야생의 심장 콩고로 가는 길 1

일러두기

-본문에 나오는 외국 인명, 지명 등의 표기는 국립국어원의 규정을 따랐다. 다만 외래어 표기
규정과 세칙이 없고, '외래어 심의회'에서 심의된 표기가 없는 아프리카 인명, 지명의 경우 원
지음(原地音)을 따르는 것을 원칙으로 했다.
-본문의 주석은 내용의 이해를 돕기 위해 모두 옮긴이가 작성했다.

야생의 심장

콩고로 가는 길 1

레드몬드 오한론 지음
이재희 옮김

바다출판사

아내 벨린다에게

1부 강을 거슬러 오르다

2부 사말레의 수수께끼

_2권으로 이어짐

1부

/

강을
거슬러 오르다

쓰고 또 쓰는 레드몬드 오한론

오한론의 미국인 친구 래리 섀퍼

콩고의 생물학자 마르셀랭 아냐냐

마르셀랭의 이부동생 마누

마르셀랭의 사촌 동생 응제

콩고 강 상류로 향하는 배의 풍경

❖ 콩고로 가는 길

중앙아프리카공화국

방기

우방기 강

카메룬

상가 강

이벵가 강

모타바 강

자이르
(현재 콩고민주공화국)

우방기 강

우에소

임퐁도

상가 강

상구로 지류(급류지역)

기니아

가봉

콩고인민공화국
(현재 콩고공화국)

리랑가

모사카

콩고 강

자이르 강

브라자빌

킨샤사

푸앵트 누아르

* 여정의 행로

• • • • • • • 수로

1

브라자빌의 주술사

브라자빌Brazzaville의 빈민촌 포토포토Poto-Poto에 있는 오두막에 주술사가 무릎을 꿇고 있었다. 주술사는 우리를 향해 미소를 지으며 허리춤에 차고 있던 천 가방에서 고둥껍데기를 한 움큼 꺼내더니 야자수 잎으로 엮어 만든 매트 위로 획 던졌다.

래리 섀퍼와 나는 나무 의자에 앉은 채 상체를 기울여 의미 없는 패턴으로 흩어진 고둥껍데기 모양을 유심히 살펴보았다. 손때 묻은 고둥껍데기는 등유 램프 불빛을 받아 반질반질 윤이 났다. 주술사의 얼굴에서 웃음기가 싹 가셨다.

"둘 중 하나가 심하게 아프군요. 바로 지금 말입니다." 주술사가 프랑스어로 느릿느릿 말했다.

타닥타닥 함석지붕을 내리치는 빗방울이 긴박감을 더하는 듯했다. 콘크리트 벽돌로 지은 작은 방 안의 물건들, 빨간 플라스틱 통에 담긴 빨래더미, 투박한 더블 침대(침대 위 대들보에 고리를 달아 모기장을 걸쳐놓은)가 우리를 노려보는 듯한 터무니없는 기분이 들었다. 아직 적응이 안 돼서 그럴 거야, 속으로 생각했다. 콩고에 온 지 이제 겨우 이틀밖에 안 됐잖아. 이런 생각을 하자 축축한 습기와 후끈한 열기가 곱절로 가슴을 짓누르는 듯했다.

래리는 바닥에서 눈을 떼지 못하고 이마와 콧잔등에 맺힌 땀방울을 닦았다. 손이 바르르 떨리고 있었다.

"접니다." 래리가 더듬거리며 말했다. "저예요, 아픈 사람이. 9년 전만 해도 휠체어를 탔죠. 다발성 경화증이라는 병이었어요. 억지로 다시 걷기 시작했죠. 하루에 1미터씩. 그다음엔 2미터씩. 시력도 돌아왔어요. 작년에는 자전거를 타고 미국 대륙을 횡단했어요. 33일 걸렸죠. 땅 끝까지 대륙 전체를 돌았습니다. 지금은 거뜬해요."

"휠체어를 탔다고?" 내가 말했다. 목소리에 두려움이 묻어나는 걸 감출 수 없었다.

"나 매일 2킬로미터를 45분간 수영하는 사람이야. 나 건강해, 멀쩡하다고. 보면 모르겠어? 뭐 아무튼 한여름 내내 코넬리아 스트리트의 집에서 페인트나 벗기느니 차라리 아프리카에서 죽는 게 낫다고 생각했어. 아무 문제없어. 걱정할 거 없다고. 전혀 그럴 필요 없다니까."

"거기!" 주술사가 머리를 번쩍 들더니 손바닥으로 눈두덩을 지그시 누르며 말했다. "조용히 해야 해요. 그렇게 떠들면 안 보여요. 안 보이면 당신들을 도와드릴 수 없어요." 그녀는 눈을 뜨고 손을 뻗어 흩어진 고둥껍데기를 주워 모으더니 우리에게 세 개씩 건넸다. "자, 받아요. 지폐 한 장으로 그걸 쥐어요. 그리고 거기에 소원을 불어넣어요."

고둥껍데기를 쥐지 않은 손으로 1,000세파프랑* 지폐(4파운드 혹은 6달러 정도) 두 장을 바지 주머니에서 꺼내 하나를 래리에게 주고 남은 걸로는 내 손바닥에 있는 고둥껍데기를 덮었다.

"자 그럼, 이 모든 걸 계획한 사람이 누구죠?"

"접니다." 내가 가슴을 내밀며 말했다.

"그럼 원하는 게 뭔지 나한테 말해보시오. 마음속을 고요히 들여다봤을 때 당신이 진정 원하는 게 뭐예요? 허튼소리 할 생각은 말아요. 마누라한테 하듯 얼렁뚱땅 둘러대는 얘기라면 하지 말란 뜻이에요."

"우리는 대단한 여행을 계획하고 있습니다. 통나무배를 타고 북부 밀림으로 들어가 모타바Motaba 강 상류까지 갈 겁니다." 내가 말하고도 멋지게 들렸다. "거기서 배를 버리고 도보로 동쪽으로 가 늪지대를 거쳐 이벵가Ibenga 강 유역까지 갑니다. 거기서 혹시 운이 좋아 배를 구할 수 있다면 노를 저어 리쿠알라오제르브Likouala aux Herbes 강을 건넌 다음, 걸어서 비밀의 호수인 텔레

---

* CFA franc. 옛 프랑스령 아프리카 국가에서 사용되는 통화. 100세파프랑은 1프랑에 해당된다.

Télé에 도착하는 겁니다. 콩고의 공룡 모켈레음벰베Mokélé-mbembé
가 살고 있다는 곳 말이죠."

"안 됩니다! 안 돼요!" 주술사가 새된 소리로 외쳤다.

"왜죠? 군대가 막을까요? 우리가 브라자빌에서 나가지 못할
것 같나요?"

"뭘 모르는 양반이군." 주술사가 상자에 든 주사위를 흔들 듯
손 안에서 고둥껍데기를 달그락거리며 짜증 섞인 목소리로 말했
다. "소원은 말하는 게 아니에요. 생각만 하는 거지. 그래야 내가
볼 수 있어요."

주술사는 내 손에서 고둥껍데기와 지폐를 획 낚아채더니 매
트 위로 세차게 던졌다. 고둥을 감싸고 있던 지폐가 플라타너스
씨처럼 확 퍼졌다.

"아이들이 당신을 무척 좋아하는군요." 주술사는 경멸이 담긴
표정으로 흩어져 있는 고둥껍데기를 응시하며 읊조리듯 말했다.
"아내도 당신을 사랑해요."

복채를 두 배는 줘야겠다고 생각했다.

"두 달간 머문다면 숲의 정령이 당신을 해치지는 않을 겁니
다." 주술사는 어느새 래리 쪽을 향해 말했다. "허나 단 하루라
도 더 머문다면 맥은 죽게 될 겁니다."

"그렇지만 6개월 있을 예정이에요!" 내가 말했다.

"그럼 뭐 죽는 거지." 주술사는 나를 무시하듯 바로 래리에게
시선을 돌리더니 눈을 감았다.

래리는 주술사가 시킨 대로 고둥껍데기와 지폐를 쥐고는 고

개를 숙였다. 코끝에서 땀방울이 뚝 떨어졌다. 입술이 움찔했다.

그때 나는 이 전형적인 개척자 미국인(래리는 지금까지 자기가 살 집을 세 번이나 제 손으로 지었다)의 무의식이 지금 이 방에 있는 어떤 것과 온전히 함께 어우러지고 있음을 약간의 불안과 함께 느꼈다. 뉴욕 주립 대학교 플래츠버그에서 심리학을 가르치는, 어느 면으로 보나 매우 이성적인 래리 섀퍼 교수가 과학자다운 태도로 상황에 대응하지 못하고 있는 것이다. 노벨 생리의학상을 수상한 옥스퍼드 대학교 니콜라스 틴베르헨*의 영화 촬영자였고, 줄무늬노랑발갈매기의 게 포식에 대해 박사 논문을 쓴 이 동물행동학 전문가가, 순간적으로 현실감각을 잃어버린 거라고 나는 생각했다. 하지만 곧 그런 내 생각이 얼마나 주제넘은 것인가, 라는 생각이 스쳤다. 20년 전 함께 대학에 다녔던 이래 우리는 만난 적이 없었고, 내가 그에 대해 아는 거라곤 거의 전무했기 때문이다. 도착한 지 이틀밖에 안 된 낯선 땅의 열기와 불안, 그리고 너무 많이 마신 위스키 탓에 우리가 아프리카에 휘둘리는 거라고 마음을 다독였다.

주술사는 래리의 고둥껍데기와 지폐를 가져가더니 지폐는 옆에 조심스럽게 놓고 래리의 고둥껍데기에 자기가 가지고 있던 것을 합친 다음 손목을 살짝 꺾어 매트 위에 흩어놓았다. 흩어진 고둥껍데기의 모양을 보며 버려진 아이처럼 몸을 앞뒤로 흔들기

---

* Nicolaas Tinbergen(1907~1988). 네덜란드 출신의 생물학자, 동물학자. 유럽, 미국, 아프리카 해조의 행동 연구로 1973년 노벨 생리의학상을 받았다.

시작했다.

"댁은 생각이 너무 많군요." 주술사가 고음으로 말하기 시작했다. 목소리는 점점 깜짝 놀랄 정도로 높아졌다. "감당할 수 없을 정도로 걱정이 많아요. 아내하고도 심각한 문제가 있고. 여기저기 부서지고 깨진 삶을 살아왔어요. 그럴 때마다 망가진 곳을 고쳐서 다시 시작했고요."

래리의 눈이 휘둥그레졌다.

"맞아요. 어머니가 돌아가시고 그다음에는 아버지가 돌아가셨죠. 병에 걸렸고 결혼 생활은 엉망이 됐어요. 아내는 흑인 남자하고 캘리포니아로 떠났고. 레드몬드를 만나 여기 오려고 뉴욕에서 런던으로 떠나기 하루 전날, 전화 한 통을 받았습니다. 수화기 너머로 이런 목소리가 들리는 겁니다. '안녕, 아빠. 저 아빠 딸이에요. 오늘이 제 스물한 번째 생일이에요. 이제 아빠한테 연락해도 된다는 허락을 받았어요.' 난 딸이 있는 줄도 몰랐어요. 한 번도 본 적 없는 딸이 있다니. 내 유일한 자식이에요. 한 번도 놀아준 적도 없고 자라는 걸 지켜보지도 못했어요. 21년 전 그때 사귀던 여자친구하고 심하게 다퉜죠. 서로 독설을 퍼붓고는 헤어졌어요. 그러고 나서 나는 옥스퍼드로 떠났죠. 그게 끝이었어요. 그 뒤로 연락도 안 했고."

세 사람은 말없이 바닥을 응시했다. 내 부츠 옆에 고둥껍데기 하나가 떨어져 있는 게 보였다. 거북 등 모양의 윗면이 바닥에 가 있고 밑면의 가느다랗게 갈라진 긴 입이 위로 드러나 있었다. 여성의 목에 거는 고둥껍데기가 왜 임신과 순산을 상징하는

지 어렴풋이 알 것 같았다. 고둥껍데기가 어떻게 여기까지 오게 됐을까. 인도양 몰디브 섬에서 나온 이 고둥은 실제로 화폐로도 쓰였다. 학명은 사이프래아 모네타cypraea moneta이다. 아마 13세 기 아랍의 다우 배*를 통해 이집트로 흘러 들어가 아랍 상인들 에 의해 북쪽 해안을 따라 유통되고, 남쪽으로는 사하라 사막에 서 낙타에 매단 안장주머니 속에 담겼다가 이 소왕국에서 저 소 왕국을 거쳐 중앙아프리카까지 이르게 된 것이리라. 아니면 유 럽의 노예선에 실려왔을지도 모를 일이다. 이런 생각을 하는데 한 가지 쓸데없는 통계수치가 머릿속에서 모기처럼 윙윙거렸다. 1520년 포르투갈인들은 남자나 여자 한 명에 화폐 조개 6,370개 를 지불했다. "육천삼백칠십 개, 육천삼백칠십 개……" 모기가 노래하듯 윙윙거렸다.

그때 래리가 발작하듯 별안간 머리에 얹은 두 손을 위로 쓸어 올렸다. 마치 머리가죽이라도 벗길 기세였다. 깜짝 놀란 도마뱀 붙이 한 마리가 래리 옆의 벽을 타고 빠르게 질주하다가 우뚝 멈 췄다. 발가락이 덩굴손처럼 섬세했다.

래리가 나를 쳐다보며 살짝 쓴웃음을 머금고 말했다. "그리고 지금 나는 빌어먹을 콩고에 와 있지."

주술사가 고둥껍데기와 지폐 두 장을 주섬주섬 챙겨 가방에 넣고는 몸을 일으켰다. 우리도 일어났다. "댁은 용기가 두둑한 사람이에요." 주술사가 바깥방과 분리하기 위해 걸어놓은 플라

---

* Dhow. 삼각형의 큰 돛을 단 아랍의 배.

스틱 줄로 된 커튼을 옆으로 밀어젖히며 래리에게 말했다. "당신은 지금까지 자신을 강하게 단련시켜 왔어요. 용맹한 사람이에요. 좋은 사람이고요." 주술사가 래리의 팔을 만지며 미소 지었다. 미소와 함께 그녀의 피곤한 눈이 환하게 빛나며 한순간 앳된 아가씨로 돌아간 듯했다.

2

텔레 호수의 공룡 모켈레음벰베

바깥방 가운데 놓인 탁자에는 십대로 보이는 주술사의 두 아들이 석유램프 불빛 아래 숙제를 하고 있었다.

"잘했구나." 래리가 영어로 말했다. 아랫사람을 대하는 상사 같은 목소리였다. 금세 정상으로 돌아온 듯했다. "열심히 해라. 배울 수 있는 건 다 배우렴."

둘 중 더 어려 보이는 아이가 눈부시게 환한 미소를 지으며 말했다. "감사합니다. 굿모닝."

"굿나잇이란다." 래리가 말했다.

또 다른 방으로 통하는 입구 양쪽에 냉장고와 레인지가 놓여 있었다. 포토포토 지역의 기준으로 보자면 주술사는 부자였다.

나는 주술사에게 5,000세파프랑을 주고 쏟아지는 비에 발이 푹푹 빠지는 젖은 모랫길로 나섰다. 길 잃은 염소 한 마리가 흠뻑 젖은 처량한 몰골로 좁다란 지붕 아래서 비를 피하고 있었다. 우리가 옆을 지나자 귀와 꼬리를 털었다.

이틀간 우리를 안내하기로 한 택시운전사 니콜라 응구아칼라가 낡아빠진 닛산 차를 길모퉁이에 세워놓고 있었다. 어딘지 슬퍼 보이는 얼굴의 오십대 남자였다.

"금방 끝났네요." 용수철이 삐져나온 뒷좌석에 비집고 들어가 앉자 니콜라가 프랑스어로 말했다.

"금방이라뇨? 몇 달은 지난 기분입니다." 래리가 튼튼한 파란색 면 셔츠 오른쪽 소매로 듬성듬성한 머리칼을 쓱 문질러 닦고, 집게손가락으로 콧수염에 맺힌 땀을 쭉 눌러 털어내며 말했다.

"그렇다면 좋은 징조군요. 그게 바로 그 주술사가 아주 영험하다는 증거예요. 브라자빌에서는 최고지요." 니콜라가 차에 시동을 걸고 헤드라이트를 켜며 말했다.

"주로 무슨 일로 주술사를 찾나요?" 내가 물었다.

"가족의 치료를 위해서요." 운전사가 길가 쓰레기 더미에서 홰를 치고 있는 비에 젖은 닭 세 마리를 피해 운전대를 돌리며 대답했다. "아이가 여섯인데 그중 제일 작은애가 말라리아에 걸렸어요. 여기는 신종 말라리아가 유행하고 있어요. 위험해요. 매주 브라자빌에서 많은 사람들이 죽어가죠. 아내가 병원에서 일하는데 러시아에서 간호 교육을 받았어요. 그 병원에서 약을 받

아오긴 하지만, 그래도 혹시 몰라 주술사를 찾아가죠. 주술사한
테 가면 다 나아요. 영험하죠. 물론 다른 것도 잘 보지만."

"다른 거라뇨?"

"집안 문제. 사적인 문제, 그런 것들." 운전사가 답했다. 도로
의 움푹 파인 곳을 지나느라 차는 위아래로 요동쳤다. 헤드라이
트가 진흙이나 콘크리트 벽돌로 된 나지막한 함석지붕 오두막
위에서 너울거리거나 바나나, 망고, 야자 나무를 비추다가 쓰레
기가 여기저기 흩어진 모랫바닥으로 떨어졌다. "예를 들면 이런
거예요. 저한테 딸이 있는데 제가 애지중지하는 장녀예요. 그런
데 그 애가 내 마음에 전혀 들지 않는 사내하고 결혼하겠다는 겁
니다. 훌륭한 춤꾼이었지만 손버릇이 나빴죠. 그 녀석이 도둑이
라는 걸 모르는 사람이 없어요. 게다가 우리 집안은 바테케 출신
인데 그 남자애는 해안의 빌리족이죠. 그 일로 다른 운전사들 사
이에서 웃음거리가 됐어요. 그래서 주술사를 찾아갔어요."

"주술사가 목을 날렸군요." 래리가 흥분해서 말했다.

"아니에요. 그런 거라면 마법사한테 가야죠. 주술사는 그저
두 사람한테 주문을 거는 일을 합니다. 그렇지만 두 사람한테 그
이야기를 해주는 게 아주 중요하죠. 두 사람이 그걸 알고 있어야
합니다."

"남자 쪽이 힘을 못 쓰게 하는 거로군. 거기가 압정만 하게 쪼
그라들도록 말이지." 래리가 뒷좌석에 몸을 느긋하게 기대며 감
탄 섞인 목소리로 말했다.

우리 셋은 웃음을 터뜨렸다.

"마법사하고 주술사가 어떻게 다르죠?" 차가 포장도로로 들어섰을 때 내가 물었다. 누군가 브라자빌 중앙 발전소를 손봤는지 가로등이 일시에 켜졌다. "마법사를 찾아가기도 하나요?"

"저는 평화주의자입니다. 마법사는 필요 없어요. 마법사가 더 영험하긴 한데 더 비싸기도 하지요. 당신이 파리에 있다고 칩시다. 당신의 적이 마법사를 찾아가면 마법사가 당신 사진을 그릇에 넣고 단도를 듭니다. '이 사람을 죽이고 싶은가?' '그렇소.' 그러면 짠, 끝장나는 거죠."

"그렇군요." 래리가 말했다. 이번에는 덜 흥분된 목소리였다.

"하지만 누가 뭐래도 왕께서 제일 영험하시죠." 니콜라가 말했다. 차는 단선철도 위를 거쳐 작은 둔덕을 지나 비틀거리며 옛 프렌치 쿼터의 넓은 도로로 진입하고 있었다. "예를 들어 마코코 왕만 봐도, 마코코 왕은 조각상이 가득한 궁궐에 사십니다. 모든 물건이 다 붉은색이죠. 고대로부터 내려온 왕좌를 갖고 계신데 선대왕이 드 브라자*, 즉 프랑스와 조약을 체결할 때 앉았던 왕좌이며 자치국을 건립해 1960년 마르크스-레닌주의 노선의 콩고인민공화국으로 거듭날 때도 앉았던 왕좌죠. 마코코 왕은 모든 걸 꿰뚫어보십니다. 매우 강력한 힘을 갖고 있죠. 숲, 그러니까 오늘날로 치면 농장에 들어가지 말라고 명하면 아무도 들어가지 않죠. 두 마리 성스러운 동물, 표범과 사자도 거느리고 있을 정도로 그 힘이 강력하죠. 아침에 씨를 심으면 저녁에 나무가 크게 자라 열매가 주렁주렁 달립니다. 왕의 후계자는 오직 한 가지 음식만 먹고도 살 수 있어요. 오랜 기간의 수련 덕분이지요."

"어떻게 생각해?" 음바무 팰리스 호텔 고층의 특색 없는 방에 들어가면서 내가 물었다.

래리는 자기 침대에 눕더니 눈을 감았다. "이 사정없이 몰아치는 100볼트짜리 컬처쇼크 중에서 구체적으로 뭘 말하는 거야?" 래리가 웅얼거렸다.

"주술사 말이야." 술잔에 트리플 위스키를 따르며 내가 말했다. "어디 좋은 끄나풀이 있는 것 같지 않아?"

"무슨 뜻이야?"

"간단하지. 브라자빌에서 두세 사람만 모여도 그중 하나는 아프지 않겠어?"

"몰라, 더는 모르겠어. 그나저나 그 콩고 공룡 이야기는 뭐야? 아기 공룡 딩키도 아니고! 설마 진짜 그 허무맹랑한 말을 믿는 건 아니지? 나 진지한 생물학자야. 공룡이나 쫓아다니는 그런 사람이 아니라고. 그러다간 내 자리에서 쫓겨날 거야."

"물론 그런 건 아니야. 하지만 텔레 호수에 확실히 뭔가가 있는 듯해. 피그미의 이야기야. 그렇다면 신빙성이 있어. 해리 존스턴Harry Johnston이 오카피를 찾아 나선 것도 밤부티 피그미가 끊임없이 그 이야기를 했기 때문이야. 1901년 일이야. 그렇게 오래된 것도 아니라고."

---

* Savorgnan de Brazza. 프랑스의 탐험가로 1880년경 콩고 강에 도착해 바테케족 추장과 그 지역을 프랑스령으로 한다는 조약을 맺었고, 1882년 프랑스 의회가 이를 승인했다.

"오카피라. 앙증맞군." 래리가 위스키를 벌컥 들이켜며 말했다.

"좋아." 나는 약간 심기가 불편해져 배낭 위에 달린 주머니에 넣어둔 서류 파일을 열어 사본 사진 한 다발을 꺼냈다. 옥스퍼드에서 복사한 것이었다. "그럼 이것 좀 봐봐. 시카고 대학교의 생화학자 로이 맥컬Roy Mackal이 쓴 좀 희한한 책에 나오는 대목인데, 제목이 '공룡은 살아 있다? 모켈레음벰베를 찾아서'야. 사실 흥미로운 건 책 자체라기보다 부록이야. 마르셀랭 아냐냐Marcellin Agnagna라는 콩고의 대표적 생물학자가 쓴 거야. 7년간 쿠바에서 과학을 공부했고 악어 생장률에 대한 박사 논문을 쓰기 위해 몽펠리에에서 3년간 책만 팠던 사람이야. 네가 좋아하는 말로 하면 진지한 학자인 거지. 동식물보호부의 수장이기도 해. 그러니 이 사람 역시 자기 자리를 잃고 싶진 않겠지. 들어봐, 정말 놀랍다니까. 맥컬이 직접 텔레 호수에 가본 적은 없었어. ("내 그럴 줄 알았어." 래리가 가죽과 캔버스 천으로 된, 종아리를 다 덮는 부츠의 끈을 풀며 말했다.) 하지만 마르셀랭 아냐냐는 나중에 한 번 더 시도했어. 여기 이렇게 쓰여 있네. 1983년 리쿠알라 습지림의 보아Boha 마을에서 일주일간 머물렀다고 하면서 '모켈레음벰베의 서식지 중 하나로 알려진 텔레 호수의 주인들이 사는 습지림에서 빚어진 여러 차질로 원정대의 사기가 떨어졌다.' ("어떤 기분이었을지 짐작이 가는군." 래리가 발길질을 해 부츠를 벗으며 말했다.) '그러나 4월 26일 원정대는 다시 탐험 길에 올랐다. 보아 마을 주민 일곱 명이 가이드 격으로 동행했다. 숲을 헤치고 나아가는 길은 꽤 험난했고 우거진 녹음을 가르며 앞으로 나아가야 했다. 건기여서 물이 말라 진흙 웅덩이 물을 마셔야 했다.'"

"'이틀 동안 60킬로미터를 걸어 텔레 호수에 도착했다. 마침내 중앙아프리카 적도 밀림의 정중앙에 위치한 작은 바다를 바라보며 감정이 북받쳐오는 것을 느꼈다. 호수는 지름이 4킬로미터, 길이 5킬로미터 정도인 타원형이었다. 물가에 베이스캠프가 차려졌고 보아 마을 주민이 잡은 커다란 거북으로 텔레 호수에서의 첫날 저녁을 먹었다. 이틀간 집중적으로 관찰했지만 모켈레음벰베로 추정되는 생물체는 보이지 않았고 가끔 등 길이가 2미터에 이르는 거대 거북이 출현했다. 1983년 5월 1일, 필자는 호수를 둘러싼 낮은 수풀 지대의 동물군을 촬영하기로 했다. 다양한 포유류와 조류의 서식지였다. 필자는 두 명의 보아 마을 주민, 장 샤를 딩쿰부Jean-Charles Dinkoumbou와 아이작 만자모이Issac Manzamoyi와 함께 이른 아침에 길을 나섰다. 오후 2시 30분경 필자는 원숭이 무리를 촬영하고 있었고 딩쿰부는 진흙탕에서 미끄러져 몸을 씻으러 호숫가로 들어갔다. 약 5분 후에 그가 다급하게 소리를 질렀다. 우리가 호수로 다가가자 딩쿰부가 뭔가를 손가락으로 가리켰다. 처음에는 녹음이 우거진 것처럼 보였다. 그러나 점차 낯선 동물 모양이 눈에 들어왔다. 등은 널찍하고 목은 기다랗고 머리는 작았다. 이 갑작스럽고 예상치 못한 일에 놀라고 당황해 필자가 미놀타 XL-42 비디오카메라로 촬영하는 데 문제가 생기고 말았다. ("뻔하지, 뻔해." 래리가 말했다.) 필름은 이미 거의 완전히 노출된 상태였고 안타깝게도 카메라가 클로즈업

된 상태에서 촬영을 시작할 수 있었다.'"("왜 아니겠어." 래리가 말했다.)

"'나중에 프랑스 실험실에서 필름을 현상했을 때는 완전히 노출된 것으로 드러났다.'"("얼간이." 래리가 말했다. "조용히 해." 내가 말했다.)

"'그 동물은 호숫가에서 약 300미터 떨어진 곳에 있었고 우리가 수심 얕은 곳을 따라 60미터 정도 앞으로 나아갈 수 있었으므로 약 240미터 거리에서 관찰할 수 있었다. 그것은 우리 존재를 느꼈는지 어디에서 소리가 나는지 보려는 듯 주변을 두리번거렸다. 딩쿰부는 공포에 질려 계속 소리를 질렀다. 동물의 전면은 갈색이었지만 목 뒷부분은 검은색에 가까웠고 햇빛에 반사되어 번들거렸다. 몸의 일부는 물속에 잠겨 있었고 약 20분 동안 수면 위로 목과 머리 부분만 내놓고 있었다. 그러다가 몸 전체가 물속으로 들어갔고 우리는 2킬로미터 떨어진 베이스캠프까지 수풀을 헤치고 서둘러 돌아갔다. 그런 다음 통나무배에 비디오 장비를 싣고 동물이 나타났던 지점으로 나아갔다. 그러나 그 동물은 끝내 다시 나타나지 않았다.'"

"'그때 우리가 본 동물이 모켈레음벰베였다고 확실히 말할 수 있다. 분명 살아 있었고 많은 리쿠알라 지역 주민들이 이 동물의 존재를 알고 있었다. 수면 위로 드러난 머리부터 등까지의 길이는 5미터로 추정된다.'"

"그래." 래리가 일어나 앉아 위스키를 한 잔 더 따르면서 말했다. "나는 이 빌어먹을 나라에서 모든 자연법칙이 작동을 멈췄다는 걸 받아들일 준비가 돼 있어. 그 정도로는 부족해?"

"그래, 그걸로는 안 돼."

"비행기에 있을 때 말이야. 어둠을 뚫고 검은 강을 사이에 둔 브라자빌과 킨샤사 불빛이 떠오르자 조종사가 선회하기 시작했고, 나는 필름으로 가득한 그 망할 놈의 플라스틱 가방을 무릎에 얌전히 올리고 앉아 있었지. 내 일생에 그렇게 많은 필름을 들고 다녀본 적이 없어. 그때 탄노이 스피커를 통해 조종사의 안내 방송이 나왔어. 아무래도 브라자빌에 내리는 무모한 탑승객들에게 알려줘야 할 것 같다면서 브라자빌에서 사진을 찍다가 발각되면 그 길로 투옥돼 다시 바깥세상으로 나올 수 없다고 했어. 그때 내가 '사진을 찍다가 들키면 그 사람들이 어떻게 할 것으로 추정되나?'라고 묻자 네가 그랬지. '별거 아냐, 래리. 이상하게 생긴 곤봉 같은 걸로 가볍게 툭툭 치는 게 전부일 거야'라고. 그리고 활주로를 지나 대기실이라는 그 갈색 우리에 들어갔을 때 전등갓도 없는 백열전구가 눈을 찌를 듯 대낮같이 켜져 있고, 당장 상당한 규모의 전투에 나가도 될 만큼 많은 군인들이 진을 치고 있었지. 하나같이 곤봉에 칼라슈니코프 소총에, 수류탄에, 모르면 몰라도 그보다 더한 것까지 소지하고 있었어. 그리고 우리들을 부스 안에 따로따로 몰아넣어 가진 것을 홀라당 다 뺏을 기세였어. 아마도 넌 그게 재미있었던 모양이지?"

"뭐 조금은……."

"조금도 재미있지 않았어. 르루아 부인이 오지 않았다면 너나 나, 이 군용 가방들, 배낭, 그리고 이 수상쩍은 모양의 보따리까지 콩고인민공화국에서 딱 11분 30초간만 존재할 수 있었을 거야. 내가 시간을 재봤어. 그때 난 생각했지. 만일 자연법칙이 잠시 멈춰야 한다면 이 공항이 딱 적당한 장소가 되겠다고 말이야."

"내가 르루아 부인한테 우리를 만나러 와달라고 부탁했어. 편지를 썼지. 르루아 부인은 대통령의 최측근이야. 르루아 부인과 있으면 안전해. 게다가 고릴라도 기른다고."

"어련하시겠어. 뒷마당에 고아가 된 화성인이나 아기 공룡 딩키 같은 것도 키우시겠지. 하지만 나도 좀 조사를 해봤는데 말이야." 래리는 오른쪽 셔츠 주머니에서 책에서 오려낸 구깃구깃한 종이 두 장을 꺼내 무릎에 대고 반듯하게 폈다. "르루아 부인이 이것까지 도와줄 순 없을 것 같은데, 어때?" 가이드북《론리 플래닛》아프리카 편 최신판에 나온 경고인데 말이야. '신청자의 국적과 비자 신청지에 따라 단 5일의 체류 기간을 받게 된다. 그러나 보통은 입국 날짜와 함께 15일 정도의 시간을 받는다. 그 시간 안에 콩고를 돌아보기는 어려울 것이다. 최근 킨샤사에서 비자를 받은 두 명의 오스트레일리아 여행자가 5일의 체류 기간을 받았으나 연락선으로 브라자빌에 도착했을 때 뚜렷한 사유 없이 입국을 거부당했다…….'"

"우리는 15일 받았어."

"그래? 그럼 이건 어때? '비자 연장은 불가능하다.' 혹시 허가 없이 들어갈 생각 같은 걸 하고 있다면 이 말도 귀담아들어야 할 거야. '시골 지역에는 25~30킬로미터마다 경찰 검문소가 있어서 경찰이 통행을 막고 여권과 백신 접종 증명서를 요구할 것이다.' 이제 우리는 이게 뭘 의미하는지 알잖아. 미국에서 온 백인 자본주의자 스파이 래리 섀퍼가 칼라슈니코프 총탄에 몸이 두 동강 나고, 후안무치한 이들이 난데없이 나타나 그의 부츠를 채 갔다."

"스파이라니? 도대체 무슨 말을 하는 거야?"

"무슨 말이긴. '이 나라에서는 낯선 사람들과 정치에 대해 논하지 않는 게 좋다. 소도시와 중심지에 사복 경찰들이 상당히 많이 깔려 있다.' 장담하건대 지금 이 방도 도청당하고 있을 게 뻔해. 뭐 그럴 돈도 없어 보이지만 러시아가 경찰과 군대에 자금을 대고 있을 거야. 아마 잘 느끼지 못하나 본데 레드소*, 여긴 공산국가야. 러시아군과 쿠바군이 앙골라 내전에 개입해 승전했을 때 전쟁 기지로 삼았던 곳이라고. 그 전쟁에서 아프리카인 35만 명이 목숨을 잃었어. 미국 CIA와 남아프리카공화국은 UNITA(앙골라 완전독립 민족동맹)에 자금을 공급했어. 그러니 미국인을 싫어할 수밖에."

"그래서 의미가 있는 거야. 이 나라는 적도 지대에 위치한 아프리카 국가 중 입국이 가장 까다로운 곳이야. 이 말은 곧 방문자가 제일 적었고 가장 미지의, 가장 흥미로운 곳이란 뜻이지. 습지림으로 가면 고릴라, 침팬지, 긴꼬리원숭이, 둥근귀코끼리, 늪영양, 비단뱀, 세 종류의 악어, 그리고 용각류 공룡도 볼 수 있

---

* Redso. 이 책의 작가 레드몬드의 애칭.

어."

"우리를 발로 뻥 차서 내쫓을걸. 정확히 13일 후면 우린 그 똥통 같은 공항 대기실을 다시 보게 될 거야. 그렇게 되면 주 1회 비행하는 브뤼셀 비행기를 타야지. 가자, 내 고향 플래츠버그로! 거기서 크리스, 미국에서 제일 친절하고 멋지고 섹시한 여자를 만날 거야. 세차 한 번 아니면 두 번."

"세차라니?"

"샤워 중 섹스."

"왜 괜히 스스로를 괴롭히고 그래. 너 지금 크게 실수하는 거야."

"이게 바로 큰 실수야." 래리가 국방색 짐가방을 가리키며 말했다. "군인들이 나를 고문하지 않는다면 내가 날 고문하는 게 낫겠다고 생각하는 거야. 그런 반면……" 래리가 위스키 한 잔을 더 따르며 말했다. "아직 내장선충에 걸리지 않았으니 축하하는 게 좋겠지. 크기가 풀뱀만 하다고."

"지금 그게 두려운 이유야? 기생충 때문에?"

"그건 63개 정도의 부차적 두려움 카테고리에 들어가는 항목이야. 일차적 두려움은 뭐라 규정 지을 수 없어. 이성적으로 판단할 수 없는 거야. 그건 가분살무사 같은 거야. 그 놈들이 저기서 날 기다리고 있는 게 그냥 느껴져. 길이가 거의 2미터 가까이돼. 몸통은 굵고 느릿느릿 움직이지. 위장술이 뛰어나 낙엽 사이에 있으면 전혀 구분이 안 가. 밟히는 걸 끔찍이 싫어하지. 이 놈들은 몸의 반을 세울 수 있어. 독니는 한 번에 열다섯 방울의 맹

독을 쏠 수 있고. 네 방울만 쏘여도 죽어. 동물원에 보러 간 적이 있었지. 4평방미터 되는 우리에 두 마리가 있다고 했는데 처음엔 아무것도 없는 줄 알았어. 어디 있는지 알아채는 데 거짓말 안 하고 족히 5분은 걸렸어. 나뭇잎 위에 아주 조그만 뿔같이 생긴 게 살짝 솟아 있는 게 보였지. 그게 전부야. 알다시피 내가 발에 감각이 없잖아. 내가 발을 어디다 놓을지 항상 알 수 있는 건 아니라고. 하지만 그런 사정을 가분살무사한테 어떻게 설명하겠어? 그래서 생각해낸 게 엘엘빈˚에서 제일 긴 부츠를 사야겠다는 거였어."

"모든 건 내일에 달렸어. 내일이면 다 결정돼. 과학연구부의 장 웅가치에베Jean Ngatsiebe 장관, 그리고 보좌관인 마리앵 웅구아비 대학교의 세르주 팡구Serge Pangou 박사와 식사를 하게 될 거야. 정장 입고 가자. 과학 탐사대처럼 보여야 하니까. 그래서 통행 허가증을 받아내야 해. 일 년간 준비해온 일이야."

"알아, 알아. 여기 오기까지 네가 쓴 돈과 노력을 생각하면 눈물이 날 지경이야."

"나도 그래."

"그런데 그 사람들이 널 들여보낼 이유를 단 하나도 못 찾겠어."

"나도 그래."

"그럼 그 아기 공룡 딩키 봤다는 얼간이는 어떻게 된 거야?

˚ L. L. Bean. 미국의 아웃도어 의류 및 용품 브랜드.

이름이 뭐? 나냐냐?"

"얼간이 아니고 이름은 아냐냐야. 지금 쓰고 있는 습지림 코끼리에 대한 연구 조사서를 끝내고 나면 우리와 합류할 거야. 우리는 2주 후면 떠나."

"브뤼셀로 직행! 그다음은 런던, 케네디 공항, 플래츠버그, 그리고 그녀에게로."

"그 말도 안 되는 소리 좀 작작해. 그러다 정신 나가겠어."

"정신 나간 건 이 여행 계획이야. 무슨 마법사에, 공룡에, 빌어먹을. 네가 정말 보고 싶은 게 도대체 뭐야?"

"피그미들. 하지만 그게 전부는 아니지. 가분살무사만큼 설명이 안 되는 그런 것. 전쟁 전 우리 아버지는 영국성공회 전도사로 에티오피아에 가셨어. 거기서 콥트 교회Coptic Church에 대한 책을 쓰셨어. 이탈리아가 에티오피아를 점령하자 아버지는 하일레 셀라시에 황제의 성경책을 들고 에티오피아를 떠났어. 안전하게 보관하기 위해서 말이야. 그리고 황제가 영국 바스로 망명했을 때 돌려줬어. 아무튼 내가 자란 월트셔 목사관에 있던 아버지의 크고 어둑어둑한 서재에는 아프리카에 대한 훌륭한 책들이 많이 있었어. 서재는 출입 금지였지만 아버지가 교구민을 방문하러 가시거나 성가대 연습을 하실 때, 아니면 저녁기도나 심방, 혹은 교구교회협의회 회의에 가시면 서재에 살짝 숨어들어가 문 뒤편 오른쪽 책장 두 번째 칸에서 배너먼David Bannerman이 쓴《열대 서아프리카의 새들The Birds of Tropical West Africa》중 한 권을 꺼내 신문이 놓인 아버지 책상 위에 펼쳐놓았지. 의자에 앉으면 잔디로 뒤덮인 언덕이 내려다보였어. 해시계를 지나 잔디 밭을 보면 청딱따구리 한 마리가 주목나무에서 개미를 잡아먹고 있고, 정글 놀이를 하던 풀숲, 커다란 너도밤나무, 마로니에나무, 그리고 그 너머로 루코제이드 음료수 병에 미끼로 식빵을 넣어 피라미를 잡곤 하던, 무릎까지 덮는 월링턴 부츠 위로 물이 흘러 넘치곤 하던 하천이 보이고……."

"그래, 좋구나." 베개에 편안하게 몸을 기대고 눈을 감은 채 래리가 말했다. "우리 아버지는 글로스빌에서 장갑 만드는 가죽 판매원으로 일했는데 우리 집에도 한동안 아프리카의 돌멩이 하나가 있었어. 아버지는 카이로에서 헌병으로 복무한 적이 있었어. 어느 날 나한테 '특별한 거 하나 보여줄까?' 그러는 거야. 아버지가 손바닥을 펼치자 그 위에 노란 작은 돌멩이 하나가 있었어. 알사탕 반 정도 되는 크기야. 아버지가 말했지. '지금 생각하면 좀 부끄러운 일이다만, 그레이트 피라미드 꼭대기에서 가지고 내려온 거란다. 이걸 수없이 들여다보면서 이 돌멩이를 꼭대기까지 운반한 사람들에 대해 생각해봤단다.' 난 아버지를 정말 사랑했어. 아마 아버지가 알츠하이머에 걸렸을 때 그 돌멩이는 어디다 던져버렸을 거야. 어머니는 암으로 돌아가셨는데 뇌출혈이 발생했을 때 우리는 임종을 지키고 있었어. 마침내 사람들이 두개골이 피로 가득 찬 어머니의 시신을 모셔가려 할 때 아버지가 이렇게 묻는 거야. '작별 키스를 해도 될까요?' 아버지라면 자네한테 완벽한 여행 동반자가 되었을 텐데. 어떤 일에도 불평 한마디 하지 않는 분이시거든."

"앞으로는 불평할 거리가 없을 거야. 아마 일이 쉽게 풀릴 거야."

"오, 그래? 수없이 유리가 깨지고 비소 냄새도 날거야."

"날개가 삼각기 모양으로 펼쳐지는 쏙독새를 보고 싶어."

"뭐?"

"아마 내가 열한 살이나 열두 살쯤 되었을 때일 거야. 배너먼의 책 제3권에서 쏙독새가 70센티미터 정도 되는 긴 깃털을 휘날리며 달을 가로질러 날아가는 그림을 본 적이 있어. 하늘을 나는 새 중 가장 오묘하고도 매력 있는 새라는 생각이 들었어. 지금도 그렇게 생각해. 그날 밤, 해부 도구와 명반, 엉망이 된 조각들을 이어 붙일 오트밀죽 봉지를 쌓아놓고 식탁에 앉아 밤새도록 살금살금 오소리 가죽을 벗겼어. 덩치가 자이언트판다만큼 커져서 바깥채로 쫓아 보낸 놈이었지. 쏙독새를 박제할 수 있는 기회가 반만큼만 주어진대도 토끼 가죽 몇 상자라도 주겠다고 생각했어. 그건 지금도 그래."

"유별나지만 그게 진실이라는 거지?" 래리가 깊은 한숨을 내쉬며 말했다. "가족을 떠나, 모든 위험을 무릅쓰고, 가진 돈 탈탈 털어 그 먼 거리를 거쳐 여기까지 온 게…… 겨우 새 한 마리 때문이라니……." 그러고는 코를 골기 시작했다.

갑자기 혼자 기숙학교로 보내진 일곱 살 아이처럼 집이 왈칵 그리워졌다. 눈물로 얼룩진 만화책《이글Engle》대신 맥컬의 사진을 보며 나를 위로했다. 콘크리트 벽돌로 지은, 엘프 정유회사 불빛이 내려다보이는 이 고층 호텔에서도, 콩고 밀림이 맥컬의 다음 말을 수긍하듯 6,500만 년(조금 길게 잡자면) 동안 고스란히 자신을 지켜왔다는 사실을 믿는 게 어렵지 않았다.

적도 정북 방향에 위치한 리쿠알라 지역에는 지구상 가장 경이로운 밀림 늪지가 펼쳐져 있다. 사람의 발길이 거의 닿지 않은 14만 평방미터에 이르는 늪지와 열대 우림지다. 물론 프랑스 식민지 시절에 틀림없이 주요 하천 답사가 이뤄졌을 것이다. 몇몇 용감무쌍한 유럽인들도 이 일대에 깊숙이 들어왔다가 사나운 피그미들과 놀라운 동물 생태에 대한 흥미진진한 이야기를 안고 돌아갔을 것이다.

나는 그때 19세기 여행가들 중 유머러스하고 온화한 피그미를 조금이라도 사납다고 표현한 사람을 한 명도 떠올릴 수 없었다. 프랑스인들이 주요 하천 탐사를 제한하는 예의를 갖추지 못한 게 안타까웠다. 하지만 동물 생태는 정말이지 놀라웠을 것이다. 그 시대에 의심의 여지없이 서식하고 있었을 거대 파충류, 익룡, 새들의 직계 후손만 생각해봐도 그렇다.

3

고릴라 고아원

"이것 좀 봐." 래리가 호텔 주차장 구석에 쭈그리고 앉아 소리
쳤다. 잿빛 하늘 아래 이른 아침의 열기가 후끈했다. 가까이 다가
가자 래리가 펜스 기둥으로 쓰인 낡은 쇠막대를 통통한 손가락
으로 쓸어보며 우스꽝스러울 정도로 행복한 표정을 짓고 있었다.

"이제 영국이나 미국에서는 더 이상 볼 수 없는 거야." 래리가
황홀한 표정으로 말했다. "이건 티레일T-rail이 아니야. 횡단면이
8자 형으로 생긴 거지. 오래전에는 이런 모양이 주조하기 편했
거든. 짐작하건대 초기 열차 건설 시기에 여기까지 들여오게 됐
을 거야. 정말이지 멋진 선로 아냐? 박물관에나 있어야 하는 건
데! 몹시 육중하고 정말 제대로 묵직하게 만든 거야. 처음부터

상당히 우수한 질로 만들었던 게 틀림없어. 무게가 얼마나 나갈까? 1미터에 55~60킬로그램쯤 하려나? 그보다는 좀 가볍겠지? 아마 45~55킬로그램 정도?"

"난 잘 모르지." 몸을 숙이며 내가 말했다. 선로 한 단을 자세히 들여다보기는 평생 처음이었다. "플래츠버그에 있을 때 열차에 대해 죄다 섭렵했지." 래리가 말했다. "난 언제나 기차를 좋아했어. 어릴 때부터. 할아버지도 정말 좋아했지. 할아버지가 평생을 열차에서 일하셨거든. 검표원으로 시작해서 관제사까지 올라가셨어. 이건 아마 1920년대 초에 생산된 걸 거야. 프랑스산이고. 1890년대에 벨기에가 킨샤사에서 마타디까지 선로를 건설했지. 그러자 1921년에서 1934년 사이에 프랑스가 그 경쟁 노선인 브라자빌에서 해안간 노선을 푸앵트 누아르에 건설했어. 단일 노선 거리가 510킬로미터가 넘는 데다 마욤베 산지를 통과하는 노선이었어. 프랑스는 열차 건설을 위한 노동력 확보를 위해 인간 사냥까지 했어. 통계에 따라 차이가 있지만 말라리아와 이런저런 사고로 최소 1만 5,000명에서 2만 3,000명 정도의 아프리카인이 죽었어. 전체 노동력의 15퍼센트야."

니콜라가 도착해 경적을 울렸고 우리는 르루아 부인과 그녀의 고릴라를 만나러 길을 나섰다. 르완다와 가봉의 대통령, 자이르의 모부투 대통령이 드니 사수 응게소 대통령과의 회담을 위해 브라자빌을 방문해 모든 주요 도로가 폐쇄돼 있었다. 니콜라는 도시 뒷골목으로 우회했다. 말레보 풀Malebo Pool에서는 한 통나무배에 두 명씩 탄 어부들이 서서 기다란 노를 저으며 가고 있는 것이 언뜻 보였다. 드넓게 펼쳐진 수면에 빛이 반사되어 실루엣만 눈에 들어왔다. 곧 우리는 길게 늘어선 거리에서 오도 가도 못하는 신세가 되었다. 거리에는 알록달록한 플래카드를 매단 가게와 연한 갈색 나뭇잎으로 싼 팔뚝만 한 카사바*, 도넛, 오렌지, 바나나, 파인애플, 콜라 캔 등을 피라미드처럼 쌓아놓고 파는 노점들이 즐비했다. 시체 공시장에 이르자 우리는 흥분한 군중 사이를 뚫고 서서히 앞으로 나아갔다. 청바지에 티셔츠, 운동화 차림의 남자들, 보라, 노랑, 빨강 랩드레스를 입은 여자들이 모여 있었다. 여자들 드레스에는 'S'가 많이 들어가는 'DENIS SASSOU-NGUESSO(드니 사수 응게소)'가 프린트되어 있어서 가슴과 엉덩이, 널찍한 등을 따라 풍만한 곡선이 그려졌다. 한 무리의 소년들이 구부러진 레일 체결 스프링**과 색칠된 판지로 만든 미니어처 자동차와 트럭에 줄을 달아 이리저리 잡아당기며 모래 위에 철사로 만든 바큇자국을 그리고 있었다. 어린 소녀들은 하나같이 최신 유행하는 머리 모양을 하고 있었다. 머리카락을 돌돌 말아 무선 안테나 모양으로 삐죽삐죽하게 세우는 식이었다.

사람들이 우리 차 지붕을 둥둥 두드리며 열린 차창을 통해 바테케 말로 함성을 지르며 인사말과 농지거리를 쏟아냈다. 니콜라도 맞받아 함성을 질렀다. 영락없이 무슨 축제일 같았다. 얼룩까마귀 한 마리가 전봇대 꼭대기에 자리를 잡고 앉아 우리를 내려다보더니 까만 발 한 짝을 들어 까만 볼을 긁적였다. 머리, 배, 등, 꼬리가 온통 검은색이고 목테와 가슴만 마치 빛의 원천인 것처럼 하얗게 빛을 발했다.

사람들을 뚫고 나오자 니콜라는 예의 그 비감한 목소리로 되돌아가 이렇게 말했다. "한 젊은이가 싸우다가 죽었다는군요." 차는 조금 더 부유한 구역으로 접어들고 있었다. 돈을새김된 담벼락 뒤로 낮은 집들이 즐비했다. "모던 라이프, 이게 문제예요." 니콜라가 운전대에서 오른손을 들어 손가락을 쫙 편 채 손바닥을 위로 향하고 반대 차선에서 오는 도요타 트럭을 가리키며 말했다. 카사바 가루 자루가 가득 실린 트럭이었다. 시골에서 들어오는 차였다. 자루 위에는 사람들이 족히 열 명도 넘게 앉아 있었고, 스무 개는 되는 냄비와 솥, 의자 하나, 줄에 묶은 하얀 염소가 실려 있었다. "저게 문제라는 겁니다. 저기서부터 문제가 생기는 거라고요. 내가 자란 마을에서는 이런 일이라곤 생기질 않았습니다. 다 같이 어울려 함께 살았지요. 우리 아버지는 부인을 두 명 두었고, 나는 남자형제가 넷, 여자형제가 다섯이었어요. 젊은 사람들은 사냥을 하고 뭘 잡아오든 다른 사람들하고 다 같이 나눠 먹었지요. 먹을거리는 공짜였어요. 카사바도 공짜였고요. 질병도 없었어요. 마을 중앙에 있는 집이 학교이자 정의의 전당, 그러니까 법원이었지요. 거기서 나이 많은 어르신들이 마을의 문젯거리를 의논하기도 했고 아이들에게 우리의 이야기, 우리 종족의 역사를 가르치고 어떻게 살아가야 하는가에 대해서

* cassava. 대극과의 낙엽 관목으로 덩이뿌리는 알코올 원료 또는 요리에 쓴다. 아프리카 원주민들은 덩이뿌리를 감자처럼 쪄서 먹는다.
** 레일을 침목 등의 지지체에 탄력적으로 고정시키는 스프링.

도 가르쳤어요. 내가 어릴 때 살던 마을의 삶, 그것만이 유일하게 진정한 공산주의였어요. 공동체의 삶이란 그런 것이지요. 공기는 또 얼마나 깨끗했는데요. 트럭도 없었어요. 화폐도 없었지요. 물고기는 공짜였어요. 그리고 주술사가 있었는데, 만약 다리가 부러진 사람이 있으면 닭의 다리도 하나 부러뜨렸어요. 그러면 둘 다 동시에 다리가 나았어요. 내 눈으로 직접 목격한 이야기입니다. 오늘날 도시에서는 그런 일이 더 이상 가능하지 않아요. 그런 일은 들어보지도 못해요."

그때 갑자기 허공을 찢는 듯한 우레 같은 소리가 터져 나오며 머리 위에 끝이 두 갈래로 갈라진 창 모양의 흔적이 그려졌다. 제트 전투기였다. 회색빛 하늘에 조금 더 진한 회색 줄무늬가 그어졌다. 그 소리에 그보다 한참 아래 전봇대에 앉아 있던 얼룩까마귀들이 삽시간에 흩어지며 날아올라 공중에서 선회하더니 흑백 시위대처럼 목청껏 울어댔다. 이들은 침입자가 눈앞에서 사라질 때까지 지켜본 후 다짐하듯 결연하게 제자리로 돌아갔다.

"러시아 미그MIG 기군." 래리가 니콜라처럼 비감한 목소리로 작게 말했다.

"여기가 공항 근처라 그래요. 대통령을 경호하는 비행기죠." 니콜라가 말했다.

차는 포장된 대로로 접어들었다. 기묘하게 생긴 2층짜리 집과 '인민의 영웅들'을 찬양하는 거대한 벽보가 눈에 들어왔다. 벽보에는 네 개의 커다란 초상화가 그려져 있었다. 마르크스, 엥겔스, 레닌, 마리앵 응구아비의 초상화였다.

"얼간이들." 래리가 복잡한 감정이 실린 목소리로 말했다.

니콜라가 머리 높이 정도의 돋을새김된 초록색 콘크리트 담벼락에 나 있는 뾰족한 철문 옆으로 차를 댔다. "괜찮으면 여기서 기다릴게요."

"아니에요, 같이 들어갑시다." 흥건한 땀 때문에 비닐 의자 커버에 찰싹 달라붙은 셔츠와 바지를 떼어내며 내가 말했다.

"고릴라는 위험해요." 니콜라가 단호하게 말하더니 차창을 올렸다.

철제 격자창이 달린, 회반죽을 바른 널찍한 방갈로였다. 베란다에는 청바지에 데님 재킷 차림의 젊은 남자가 고리버들 의자에 큰 대자로 누워 있었다. 기저귀를 찬 작은 침팬지 한 마리가 그의 가슴팍에 매달려 있었다.

"안녕하세요." 아기를 돌보는 엄마처럼 나른한 목소리로 청년이 말했다. "이베트가 기다리고 있어요. 전 마크 앳워터라고 합니다. 이 아이는 맥스예요. 피그미침팬지 새끼죠."

자기 이름을 알아듣고는 맥스가 마크를 감싸고 있던 길고 까만 오른팔을 들어 마크의 머리칼을 마구 헝클어뜨렸다. 짙은 갈색 손에 달린 손가락이 섬세했다.

"피그미침팬지를 보는 건 처음이에요." 마크가 맥스의 엄지손가락을 귀에서 떼어내며 말했다. "매우 희귀한 종이에요. 자이르에서만 서식해요. 콩고 강 남단에서요. 삼림청이 여기로 보냈어요. 시장에서 누군가가 애완용으로 팔려고 했답니다. 거의 예외

없이 고릴라 새끼들이 여기로 와요. 밀렵꾼들이 숲에서 어미 고릴라를 죽여 살을 잘라 훈제 고기를 만들거든요. 새끼는 마을로 데려가 아이들한테 장난감으로 주죠. 그러면 아이들이 얼마나 패대기를 쳐대는지 결국 죽게 되죠. 구조되는 경우는 매우 드물어요. 보통 수자원과 삼림부의 민병대가 구조해서 우리에게 보내지요. 서쪽의(여기서는 남쪽이라 부르지만) 마욤베 숲에서 구조할 경우는 트럭이나 소규모 국내 항공사인 콩고 항공기 편으로 보내고, 북쪽의 큰 밀림에서 구조하면 강을 통해 증기선으로 이송하지요. 하지만 상황은 절망적이에요. 대부분 등에 마체테나 수렵총 산탄에 입은 상처가 있거나, 이질에 걸려 탈수 상태에 있지 않으면 배가 고파서 파먹은 흙과 십이지장충, 균류, 온갖 종류의 기생충들이 위 속에 가득하죠. 심리적으로도 매우 불안한 상태가 됩니다. 고릴라들은 원래 예민해요. 감정이 풍부하죠. 눈앞에서 자기 어미가 죽는 걸 지켜본 고릴라들은 정신적 충격을 입게 돼요. 그러니 병으로 죽지 않으면 슬픔 때문에 죽게 되죠. 살 의지를 잃고 먹이를 거부하거든요. 지난 2년간 새끼 고릴라 스물일곱 마리가 이곳으로 이송됐는데, 겨우 네 마리만 아직 살아 있어요."

"피그미침팬지들은 어떻습니까? 얘들도 슬픔으로 죽기도 하나요?" 래리가 베란다 계단에 무겁게 내려앉으며 물었다.

"아직 그런 예는 없습니다." 마크가 한쪽 팔로 맥스를 감싸 안고 다른 손으로 등을 어루만지며 대답했다. "지금 맥스는 기생충 치료를 받고 있어요. 그것만 아니면 건강한 편이죠. 맥스는 자기 또래의 일반 침팬지보다 훨씬 영리해요, 사교적이고요. 피그미침팬지에 대해서는 알려진 바가 거의 없습니다. 지금 자이르에서 각각 미국인과 일본인으로 구성된 두 조사팀이 피그미침팬지 행동을 연구하고 있다고 하더군요."

"그럼 동물학자이신지?" 래리가 생기를 띠며 물었다.

"아, 아닙니다. 하지만 장차 그렇게 되고 싶어요. 그냥 여기서 동물들 보모 노릇만 하는 건 아닙니다. 전에 하울렛 야생동물 공원과 켄트에 있는 존 아스피널 동물원에서 사육사로 일했죠. 지금은 브라자빌 동물원 땅에 존 아스피널 고릴라 고아원을 세우고 관리하기 위해 이곳에 머물고 있어요. 전문 수의사와 시설, 기금 등 모든 걸 충분히 갖출 계획이에요. 번식지를 만들고 고릴라들을 안전한 곳에 방사하게 될 거예요. 이를테면 콩고 강 중앙에 있는 대형 섬 같은 곳 말이에요."

마크는 이렇게 말하고 몸을 일으켰다. "이제 이베트를 찾아봐야겠는데요. 인원이 충분해 마그네를 우리에서 내보낼 수 있는 날이거든요. 일주일에 한 번이죠. 마그네는 이베트의 세 살 반 된 고릴라예요. 원기 왕성한 녀석이죠." 마크는 잠깐 말을 멈추고 셔츠 주머니에 들어가 있던 맥스의 오른발을 꺼냈다. "보세요. 피그미침팬지는 두 번째, 세 번째 발가락 사이에 이렇게 물갈퀴 같은 게 있어요."(맥스 또한 처음 본다는 듯 작은 갈퀴를 신기하게 쳐다봤다.) "피그미침팬지는 일반 침팬지보다 몸무게가 20퍼

---

* Machete. 날이 넓고 무거운 칼.

센트 정도 덜 나가요. 털 색깔은 더 짙고 얼굴은 더 둥글고 귀는 더 작지요. 머리털이 벗겨지지 않았고요."

"꽤 지각 있는 녀석들이군." 래리가 듬성듬성한 머리카락을 손으로 쓸며 말했다.

마크가 쇠격자 무늬의 유리문을 열었다. 안으로 들어가자 소파와 쿠션이 가득한 커다란 실내가 나왔다. 나무 블록, 빨간 고무 링, 물어뜯긴 봉제 인형 같은 장난감들이 바닥에 어지럽게 널려 있었다. 빨간 원피스를 입은 반투족 여자아이가 구석에 놓인 침대에 누워 맞은편 책장에 있는 텔레비전을 보고 있었다. 자그마하고 얌전한 고릴라 한 마리가 배에 바짝 붙어 안겨 있었다.

"여기는 알베르틴 응도킬라예요. 18개월짜리 고릴라 캄발라를 돌보고 있어요. 몸이 아프고 상심이 큰 고릴라예요." 마크가 소녀를 우리에게 소개했다.

그때 안쪽 문이 활짝 열리며 이베트 르루아 부인이 불쑥 들어왔다. 고릴라 두 마리가 이베트의 빨간 블라우스 가슴 양쪽에 각각 매달려 있었다. 작고 검은 얼굴이 그녀의 큰 가슴을 한 쪽씩 누르고 있었다. 한 마리는 두 다리로 그녀의 스커트 허리 밴드를 앞뒤로 감싸고 있었다.

"어서 의자를 가져와요! 경비원들이 마그네를 정원에 풀어줄 참이에요. 마그네가 흥분 상태예요!" 르루아 부인이 말했다.

"흥분 상태래." 래리가 반복했다.

"저는 맥스하고 여기 있을게요." 마크가 알 만하다는 듯한 미소를 지으며 소파에 벌렁 기대 누웠다.

우리는 잔가지로 엮어 만든 팔걸이의자를 가지고 정원으로 나갔다. 이베트는 잔디밭에 무릎을 꿇고 앉아 몸을 앞으로 숙이고 한쪽 팔로 고릴라 새끼들을 감싸 안았다.

"조용히 앉아요. 의자에 가만히 앉아 있어야 해요. 무슨 일이 있어도 절대 마그네의 눈을 똑바로 쳐다보면 안 돼요. 고릴라들은 서로 응시하지 않아요. 그건 위협을 의미하거든요."

"본조*, 순둥이 거인, 토실토실 아기." 래리가 영어로 말했다.

그때 빗장 당기는 소리가 나더니 우리 문이 철커덩 열렸다. 곧이어 짧고 날카롭게 우짖는 우렁찬 소리가 들려왔다. 콘크리트 바닥이 진동하는 듯하더니 방갈로 모퉁이를 돌아 마그네가 모습을 드러냈다. 녀석은 구부정하게 등을 웅크리고 네 발로 바닥을 구르며 전속력으로 질주해왔다.

회색 털에 덩치가 산만 한 마그네가 이베트의 등을 찰싹 치더니 비명을 질러대는 고릴라 새끼 두 마리를 그녀의 품에서 떼어 조금 난폭하게 내리치는가 싶더니, 자기 가슴을 쿵쿵 때리고 잔디밭 풀을 마구 뜯었다. 그러고는 곁눈질로 흘끔 보더니 새로 등장한 사람들, 즉 우리 쪽으로 다가오기 시작했다.

"본조가 무척 화난 것 같은데." 래리가 말했다.

"장! 여기 영국 분의 안경을 벗겨드려!" 이베트가 소리쳤다.

마그네의 정수리에 난 갈색 털, 낮고 검은 이마, 가운데로 몰

---

* Bonzo. 1951년 미국 코미디 영화 〈본조가 잠잘 시간Bedtime for Bonzo〉에 나오는 침팬지.

린 짙은 갈색의 작은 눈, 넓고 펑퍼짐한 까만 코, 모든 것이 흐려
지더니 뿌옇게 보였다. 나는 형체를 구별하려고 흐릿한 모습을
뚫어지게 응시했다.

"귀염둥이 본조. 그래, 착하지. 가서 레드소를 확 물어버려. 귀
여운 것." 래리가 말했다.

"질투가 나서 그래요." 이베트가 마그네의 가격에 아직 거친
숨을 몰아쉬며 말했다. "내가 새로 온 아기들을 돌보고 있으니
까 샘이 나는 거예요. 이리온, 마그네! 엄마한테 와!"

고릴라의 걷는 방식을 주먹관절 걷기라고 부른다. 그러나 이
렇게 겨우 세 살 반의 나이에 세상에서 가장 크고 부드럽고 아늑
했던 엄마 이베트의 품에서 난데없이 떨어져, 갑자기 어디서 굴
러온 건지 알 수 없는 두 마리 새끼들에게 자기 자리를 뺏긴 채,
심지어 일주일 내내 같이 있던 두 마리도 온데간데없이 혼자 갇
혀 있어야 했다면, 주먹관절 걷기는 주먹관절 뛰기나 주먹관절
질주, 주먹관절 돌격, 날아다니는 관절, 공중에서 내리꽂는 징
박힌 관절 등으로 바뀔 수도 있겠나는 생각이 들었다. 바로 그때
마그네가 주먹관절을 실제로 내 허벅지에 내리꽂더니 사람 발처
럼 생긴 커다란 발을 그 위에 얹고 내 어깨를 잡으려고 손을 들
었다.

"착하지." 육중한 무게와 탄탄한 몸, 뻣뻣한 가슴 털에서 나는
짙은 사향 냄새에 정신이 멍해진 채 내가 말했다. 두 손을 들어
온 힘을 다해 출렁거리는 근육을 밀쳐봤다. 그러자 마그네는 힘
하나 안 들이고 내 쪽으로 더 가까이 몸을 밀어붙였다. 까맣고

주름진 번들거리는 얼굴을 내 코앞까지 들이대더니 입을 쫙 벌렸다. 밧줄 스파이크만 한 커다란 송곳니 두 개와 동굴같이 깊은 분홍색 입안, 혀, 어금니, 침, 소의 입에서 나는 것 같은 들척지근한 냄새가 확 느껴졌다. 마그네는 이윽고 내 귀를 물었다. 신중하게 한쪽을, 그다음에 반대쪽을 물더니 한참을 미친 듯이 으르렁댔다. 마치 자기 자신과 속사포처럼 힘겨운 대화를 나누듯 으르렁대는 소리는 높아졌다 낮아졌다 빨라졌다 느려졌다 했다.

똑바로 쳐다보지 않도록 내 행실을 바로잡은 데 만족한 마그네는 잠깐 멈추더니 자기 왕국을 한번 휘 둘러봤다.

래리는 의자에 등을 기대고는 참을 수 없다는 듯 마구 웃어댔다. "레드소를 확 물어버려. 레드소를 물라고!"라며 고래고래 소리를 질렀다.

그러자 영특하고 사려 깊은, 사고할 줄 아는 고릴라 마그네는 내 무릎에서 내려서더니 옆으로 두 번 홀쩍 뛰어 래리의 배를 물었다.

택시로 돌아온 래리는 셔츠를 올리고 횡경막 부근의 벌게진 부위를 살펴봤다.

"신기하지만 맞는 말이야. 순둥이 거인, 토실토실 아기 같아. 그 정도 이빨로 물었는데 피부에 상처도 남지 않았어."

래리는 이번에는 내 귀를 살펴보더니 실망스러운 목소리로 말했다. "그냥 빨개지기만 했군. 영락없이 귀가 떨어져 나갈 거라 생각했는데. 그럼 그걸 잘 말려서 네 마누라한테 보내줘야지 그렇게 생각했지."

잘 빠진 파리 스타일의 양복을 갖춰 입은 과학연구부 장관 장
응가치에베는 비대한 체구에 거만한 분위기를 풍기는 사람이었
다. 자기는 산전수전 다 겪은 사람이라는 표정이었다. 거대한 주
먹을 하얀색 테이블보에 올려놓고는 이렇게 말했다. "오한론 씨,
듣기론 다윈에 대한 책을 쓰고 계신다고요? 맞습니까?" 프랑스
어로 그가 물었다. (나는 고개를 끄덕였다.) "좋습니다. 그럼 당신
과 내가 같은 종족이라고 생각하시는지 아닌지 말씀해주실 수
있겠군요."

장관 보좌관인 마리앵 응구아비 대학의 세르주 팡구 박사는
턱수염이 덥수룩하고 래리와 나처럼 10년 전에는 몸에 잘 맞았
을 양복을 입고 있었다. 그는 장관의 말에 멋쩍어하며 호텔 다이
닝룸의 커다란 통유리창 너머 밤 풍경에 시선을 두고 수영장 주
변의 조명을 바라보고 있었다.

래리의 눈이 불퉁그러졌다.

"네, 그렇게 확신합니다." 나는 불시의 질문에 당황하며 말했
다. "우리 조상은 약 10만 년 전 아프리카에서 진화했습니다. 아
마 여기서 그리 멀지 않은 곳이겠지요."

장관은 내 분홍 손 옆에 검은 손을 대더니 "확신해요?"라고
물었다.

"당연히 확신하죠." 래리가 불쑥 끼어들었다. "피부색은 매우
표피적인 면에 불과합니다. 수만 개에 이르는 유전자 중에서 겨

우 여남은 개의 유전자에 의해 결정되는 것이니까요."

"그렇군요. 좋습니다. 그럼 그런 걸로 합시다. 나 역시 다윈의 추종자요. 다윈이 한 말은 죄다 믿지요. 처음에는 의심했지만 지금은 믿게 됐어요. 왜냐하면 다윈이 말한 생선 식이요법을 해봤더니 내 피부가 점점 하얘지더란 말입니다."

장관은 손바닥을 뒤집어보였다.

"제가 틀릴지도 모르겠습니다만, 다윈이 식이요법에 대해서 말한 적은 없는 걸로 아는데요." 내가 말했다.

"레드몬드 말은 신경 쓰지 마십시오." 래리가 억지 미소를 지으며 얼른 말했다. "항상 저렇게 논쟁하려고 들거든요, 다윈에 대해서는 일가견이 있는지라. 당연히 다윈이 식이요법에 신경을 썼지요. 늘 몸이 아팠으니까요."

"반면 나는 최상의 건강 상태고요." 장관이 이렇게 말하며 화이트 와인을 한 잔 더 시켰다.

우리는 프랑스산 자동차의 터무니없는 가격에 대해, 프랑스인들이 자국 내의 공장을 얼마나 옹색하게 유지했는지 마르크스-레닌주의 혁명이 일어났을 때 웬만한 공산주의자들도 가져갈 만한 생산 수단이 없었다는 것에 대해, 영국에서 열린 오존 회의와 콩고인민공화국은 공기 중의 오존층 형성에 기여했지만 위선적인 선진 공업국들은 자국의 삼림을 파괴하고 지금도 여전히 성층권 공기를 오염시키고 있다는 등 이런저런 잡담을 나누었다.

"그래서 당신들이 내 나라에서 하고자 하는 일이 정확히 뭡니까? 이해가 안 가는군요. 왜 여기 온 거예요?" 장관이 코냑을 마시며 물었다.

"우리는 북부 정글에 서식하는 조류와 포유류, 파충류 동물들을 보고 싶습니다. 그리고 텔레 호수에 가보고 싶고요." 내가 대답했다.

장관은 아무 대꾸도 없었다.

"저는 콩고인민공화국에 매료되었습니다." 나는 어색해하며 이렇게 말하고는 생각 없이 이런 말을 내뱉었다. "수자원과 삼림부의 마르셀랭 아냐냐에게 서신을 보냈습니다. 아냐냐 부장도 우리와 동행할 겁니다."

"두 부서에? 두 정부 부서에 편지를 쓴 겁니까?" 응가치에베 장관이 불쾌한 기색으로 말했다.

"조팝! 그 사람이라면 나도 알아요." 세르주 팡구 박사가 말했다.

"조팝?" 응가치에베 장관이 싫은 내색을 했다.

"아바나에서 같이 대학에 다녔어요. 조팝! 오티스 레딩Otis Redding 노래라면 모르는 게 없었죠. 늘 쿠바 여자들하고 춤을 춰댔죠. 그 사람은 약사였어요."

"약사요?" 래리가 물었다.

"네, 그게 전공이었습니다. 그러다가 몽펠리에서 악어 생장률을 연구하게 됐어요. 악어 사육사가 되고 싶어 했지요. 그리고 용각류 공룡을 본 적 있다고 말했어요."

"그래서 당신은 믿지 않나요?" 래리가 팡구 박사 쪽으로 고개를 돌리며 물었다. "용각류 공룡이 존재한다는 걸 믿지 않나요?"

잠시 행복한 학생 시절의 추억이 팡구 박사를 과거로 데려갔다가 다시 중년의 얼굴로 되돌려놓았다. 낮은 목소리로 그가 말했다. "백인들만 모켈레음벰베를 웃음거리로 생각하지요. 우리 아프리카인들은 거기에 뭔가가 있다는 걸 믿습니다. 만에 하나 당신들이 텔레 호수에 간다면, 저는 밝힐 수 없는 이유로 거기 가는 건 불가능하다고 보고 있지만 말입니다. 틀림없이 기묘한 소리를 듣게 될 거예요. 인간이 설명할 수 없는 기이한 울음소리 같은 거요." 그는 갑자기 고개를 뒤로 젖히고 눈을 감더니 리듬을 타며 작은 소리로 짐승이 울부짖는 듯한 높고 가느다란 소리를 냈다. "우우우우…… 우우우우…… 워우우우."

옆자리에서 식사를 하던 초조해 보이는 프랑스인 한 명과 느긋해 보이는 콩고인 두 명이 그들 앞에 놓인 티본스테이크에서 일제히 고개를 들어 우리를 봤다.

팡구 박사는 오른손으로 브랜디가 담긴 잔을 빙빙 돌려 작은 소용돌이를 만들더니 킁킁거리며 냄새를 맡았다. "모켈레음벰베의 흔적을 찍은 사진들이 있어요. 등딱지 지름이 2미터가 넘는 거북이나 거대 왕도마뱀에 대해 신뢰할 만한 보고도 있습니다. 거대한 비단구렁이들이 텔레 호수에 모여들어 짝짓기를 하고요. 호수 기슭의 나무들까지 크기가 엄청나요. 더구나 습지림 지대에 사는 피그미들은 학교를 전혀 다니지 않았음에도 모켈레음벰베를 그려보라고 하면 나무 막대기를 들고 진흙 위에 용각류 공룡과 판박이인 그림을 그립니다. 이걸 어떻게 설명할 수 있겠어요?"

"맞아요, 어떻게 설명할 수 있겠어요?" 장관이 맞은편에 앉은 래리 쪽으로 몸을 쑥 기울여 눈을 똑바로 쳐다보며 말했다. "어떻게 설명하시겠어요? 뉴욕에서 오신 섀퍼 박사님?"

"모르겠는데요." 래리가 통통한 손가락으로는 호텔 숟가락을 반원 모양이 되도록 구부리는 데 집중하며 말을 이었다. "헌데 두 분 중 실제로 텔레 호수에 가보신 분이 있으신지."

"물론 안 가봤죠." 장관이 모욕이라도 당한 듯 답했다. "나는 정부 부처를 이끌어가는 사람이에요."

"저도 안 가봤습니다." 팡구 박사가 말했다. "나는 대학교수예요. 학생들을 가르쳐야 합니다. 텔레 호수는 여기서 매우 멀리 떨어진 내륙에 있습니다. 무엇보다 그 정도 탐험을 하려면 내 일 년 치 연봉 이상이 들어요."

"그래서 오한론 씨, 무슨 공룡 같은 걸 조사하러 여기 온 겁니까? 우리를 웃음거리로 만들고 싶어서요? 아프리카인들을 조롱이라도 하려고요?" 장관이 적개심 가득한 목소리로 물었다.

"그런 건 물론 아닙니다. 저는 옛사람들의 지혜에 관심이 있습니다. 항상 그래왔지요. 저는 먼 내륙에 살고 있는 다양한 반투족의 역사에 대해서 알고 싶습니다. 당신들 민족의 역사에 대해 배우고 싶어요."

장관이 의자에 등을 기댔다. 처음으로 미소를 지었다. "그렇다면 내가 도움을 줄 수도 있을 것 같군요. 장관이 그의 큼지막한 손을 내 어깨에 살짝 올려놓으며 말했다. "아버지는 우리 사이에서 '빅맨Big Man'으로 통했어요. 우리들의 훌륭한 부양자였

56

고 훌륭한 주술사였지요. 모두들 아버지를 존경했습니다. 아버지는 숲의 모든 식물에 정통했어요. 아버지가 특별한 나뭇잎을 우리 마을 주위 숲길을 따라 깔아놓으면 다음 날 아침 독사 수백 마리가 나뭇잎 위에 널브러져 죽어 있었죠."

"장관님." 내가 애가 타서 말했다. "저는 주술에 관심이 많은 다윈-마르크스주의자입니다."

장관이 박장대소하며 자기 허벅지를 탁 치더니 말했다. "그러시다면, 우리 나라를 여행할 수 있도록 6개월짜리 비자를 발급해드리지. 내일 아침 내 사무실로 와서 찾아가시오. 세르주 팡구가 9시에 전화 드릴 겁니다."

에어컨 바람에서 벗어나 호텔 밖 계단 위에 선 우리는 밤의 축축한 습기와 야릇하고 들척지근한 밤공기 냄새, 모래와 적색토, 야자열매와 망고가 낮 동안 간직했다가 내뿜는 열기에 휩싸였다. 쓰레기 냄새 비슷한 악취도 살짝 났다.

우리는 모두 취한 채 검은 메르세데스 품에 안겼다. 세르주 팡구가 내 귀에 대고 흠 잡을 데 없는 완벽한 영어로 귓속말을 했다. "장관은 사실 과학에 대해 아무것도 몰라요. 대통령의 친인척이죠."

4

과학연구부 인민위원회 면접

래리와 나는 뒷골목에 있는 일 층짜리 과학연구부 빌딩 안, 흰 개미가 갉아먹은 갈색 소파만 덩그러니 놓인 방에서 대기하고 있었다. 문 위쪽의 작은 창을 통해 들어온 빛이 맞은편 콘크리트 벽 갈색 곰팡이가 핀 곳을 비스듬히 비추고 있었다. 래리는 불안해보였다. "여기가 말이야." 래리가 귓속말로 시작하더니 목소리를 높여 이렇게 말했다. "질서가 잘 확립돼 있고 정의로우며 진보적인 마르크스주의, 친방문자주의 국가가……" 다시 귓속말로 이어갔다. "아니라면 말이야. 우린 어디론가 영영 실종되고 말 거야. 뭔지 모르게 으스스한 곳이라고."

우리는 무거운 양복 차림에 땀을 줄줄 흘리며 침묵 속에 앉아 있었다. 우리 맞은편 벽 하단부의 금이 간 곳에서 마치 긴 갈색 줄이 뻗어 나오듯 작은 개미들이 일렬종대로 기어가다가 우리 발치에서 두 줄로 나뉘어 소파의 오른쪽 앞다리를 따라 올라가고 있었다. 개미들은 소파가 찢어져 솜이 터져 나온 곳에서 한 줄로 합쳐 소파 왼쪽 앞다리를 통해 다시 아래로 내려와 삼각형 꼭짓점으로 모였다.

문이 열렸다. 우리는 자리에서 벌떡 일어났다. 두 남자가 초대형 타자기를 들고 들어왔다. 볼에는 누군가 빗질이라도 한 것처럼 세로줄의 흉터가 있었다. 그들은 아무 말 없이 타자기를 우리 앞에 내려놓고는 나갔다. 우리는 다시 소파에 앉았다.

"수색해봐." 래리가 손가락으로 셔츠 깃 안쪽에 원을 그리며 말했다. 몸을 앞으로 기울이고 타자기의 롤러 위로 고개를 숙였다. "째깍째깍…… 저건 폭탄이야."

노크 소리가 들렸다. 열쇠 구멍으로 누군가 루거*를 발사하기라도 한 것처럼 우리는 소파에서 튀어 오르듯 벌떡 일어났다.

연두색 랩드레스를 입은 여자가 들어와 "과학기술협력처 소장 장 조제프 아쿠알라Jean-Joseph Akouala 박사님이 기다리고 계십니다. 따라오세요"라고 하더니 우리를 좁은 복도로 안내했다.

큰 체구에 호의적인 느낌의 박사가 그의 사무실에서 우리를 맞았다. 사무실에는 작은 탁자와 의자 세 개, 텅 빈 책장이 전부였다. 빨간 줄로 동여맨 서류 묶음이 책장 위에 있고 테이블 중

---

* Luger. 독일제 반자동 권총.

앙에 놓인 작은 나무 받침대에는 2년 전 날짜의 탁상용 달력이 덩그러니 있었다. "무슨 일로 오셨죠?" 박사가 미소를 지으며 물었다. 내가 대답하자 그는 메모지에 우리 이름을 적더니 종이를 떼어내 재킷 안주머니에 넣었다. "좋습니다. 그럼 지금 인민위원회 회의에 참석하도록 합시다."

우리는 왔던 길로 되돌아갔다. 접견실을 지나(개미들은 필시 줄지어 행진해 타자기의 금속 출입구를 지나 자판 계단을 오르고 있었을 것이다) 위원회실로 들어갔다.

장 웅가치에베 장관은 긴 탁자(가죽으로 된 탁상용 문방구 한 벌이 놓인)에서 일어나 개인 보좌관(왼쪽 눈썹을 경련하듯 심하게 씰룩거리는 깡마른 젊은 청년이었다)과 과학기술협력처 소장의 보좌관 마크 앰피온Marc Ampion에게 우리를 소개했다. 마크는 볼과 이마에 세로줄의 가벼운 흉터가 있는 이십대 후반의 남자였다. 그 옆자리에는 세르주 팡구 박사가 앉아 있었다. 낭만적으로 생각할 필요는 없다고 속으로 말했지만, 팡구 박사와 마크라는 사람은 딱 봐도 진짜 과학자다웠다. 살짝 어딘가 정신이 팔려 있는 듯한 인상은, 진정한 흥미는 외부 세계에 있고 가족이나 돈벌이에 대해서는 내적으로 거리를 두는 사람들에게서 보이는 특징이었다.

아쿠알라 박사는 탁자 뒤편에 자리를 잡고 앉아 있었다. 우리는 탁자 앞에 놓인 의자에 앉았다. 인터뷰가 시작됐다.

웅가치에베 장관이 입을 열었다. "콩고인민공화국 과학연구부 인민위원회는 당신들이 이곳에 온 이유를 정확히 알고 싶습니다."

내가 설명했다. 링갈라어로 긴 토의가 이어지고 난 후 팡구 박사가 내 쪽을 보며 말했다. "밀림에 두 종류의 매우 흔하고 위험한 독사가 서식하고 있어요. 코브라와 가분살무사예요. 해독제가 필요할 텐데 물론 런던에서 가지고 오셨겠죠?"

"아니요. 제 경험상 뱀을 마주치는 일은 매우 드뭅니다. 마주쳐도 그다지 신경 쓰이지 않았고요." 내가 당황해서 허둥대며 말했다.

"일반적으로 항상 신경 써야 합니다. 제 경험상으론 뱀 한 마리면 한 사람이 죽기에 충분해요. 바다뱀만 떼로 무리지어 다니지요. 제 말이 틀렸다면 정정해주십시오." 팡구 박사가 조용조용 말했다.

"바다에 뱀이 있다고?" 응가치에베 장관이 큰 소리로 말했다. 우렁찬 목소리가 창문도 없이 휑하고 높은 벽을 쩌렁쩌렁 울렸다. "그것도 무리지어?" 그는 금장 쉐퍼* 만년필로 탁자를 톡톡 두드리며 말했다. "동지들, 괜한 토론으로 시간 낭비하지 마시죠. 처리해야 할 중요한 사안이 많아요."

"모르핀이 있긴 합니다. 스프링식 시레트 주사기예요. SAS 사가 사용하지요. 만일 폭발로 다리가 잘려나가면 얼른 벨트 주머니에서 꺼내 주사를 놓는 거지요." 내가 말했다.

"SAS 사라면 항공사 말인가요?" 장관이 물었다.

"아, 네. 그렇습니다. 스칸디나비아 항공사죠." 래리가 긴장한

---

* Sheaffer. 고급 만년필로 유명한 미국의 필기구 제조 회사.

목소리로 답했다.

"그게 무슨 도움이 되지요? 독이 퍼지는 것을 막아주나요?" 팡구 박사가 호기심 어린 목소리로 물었다.

"그건 아니고, 편히 죽을 수 있게 도와줍니다." 내가 말했다.

래리를 제외하고 모두 웃음을 터뜨렸다.

"진지하게들 임하세요. 공식적인 위원회 회의입니다. 경고하겠는데요, 오한론 씨, 그리고 뉴욕에서 오신 섀퍼 박사님, 북부 지역은 우리 정부의 통제가 충분히 미치지 못하는 영역이에요. 자동소총으로 무장한 밀렵꾼 무리가 설친다는 보도가 있어요. 수단에서 온 사람들로 우리 삼림지에서 코끼리를 사냥하고 우리 국민도 죽인다는 말씀입니다. 언젠가 모조리 소탕하겠지만 지금으로선 전 인민군이 자이르인의 습격을 처리하는 데 총력을 기울이고 있어서…… 두 분은 칼라슈니코프 총으로 무장한 군인 네 명과 동행할 수 있어요. 밀림에 도착하면 두 명은 앞에서, 두 명은 뒤에서 행군할 겁니다. 밀렵꾼을 만나면 생포하거나 죽일 수 있고요."

"아, 그건 우리 임무가 아닌 것 같습니다." 래리가 얼른 말했다. 코에는 다시 땀이 송골송골 맺혀 있었다. "아시겠지만 저희는 비폭력주의자입니다."

"군인과 동행할 순 없습니다." 내가 놀라서 말했다. "우리는 밀림 지대의 코끼리와 원숭이, 원숭이를 잡아먹는 독수리, 침팬지, 고릴라를 보고 싶을 뿐입니다. 군인들은 너무 소란스러울 겁니다."

"고릴라라니!" 장관이 벌떡 일어나더니 허공에 팔을 히뜩 들어 올리며 소리를 질렀다. "그 녀석들은 집채만 해요! 키가 3미터나 된단 말입니다. 한 치의 망설임도 없이 바로 공격한다고요. 당신들 머리를 간단히 찢어발길 거요. 총을 쏴야 해요." 그러더니 스텐 기관단총을 엉덩이에다 쏘는 시늉을 했다. "탕, 탕, 탕!"

팡구 박사가 나를 보며 눈살을 찌푸렸다. 장관이 자리에 앉더니 실망한 목소리로 말했다. "좋습니다. 군인들을 안 데려가시겠다, 그럼 뭐 내가 달리 해줄 건 없군요. 이로써 과학연구부 인민위원회 회의를 마치도록 하지요. 앰피온 동지가 필요한 서류를 준비해줄 겁니다."

나는 안도하며 거의 공중에 붕 뜬 기분으로 일어섰다. 인민위원회 위원들은 직위 순으로 열을 지어 회의실을 나갔다. 장 조제프 아쿠알라 박사, 세르주 팡구 박사, 마크 앰피온 순이었다. 래리와 나도 뒤를 따랐다.

"본조." 래리가 소곤거렸다. "레드소를 확 물어버려." 래리의 어깨가 들썩였다.

"쉿! 얌전히 굴어!" 래리의 뒤통수에 대고 내가 낮게 말했다.

"거기 두 분! 두 분은 남아요!" 장관이 벼락같이 소리쳤다. "자리에 앉아요. 나는 인민공화국의 장관입니다."

순간 나는 다리가 얼어붙는 것 같았다. 마치 학생 시절로 돌아가 격노한 교장한테 볼기를 흠씬 두들겨 맞기 일보직전인 것 같았다.

마크가 나가면서 문을 닫았다. 개인 보좌관은 연필 끝을 잘근 잘근 씹으며 눈썹을 씰룩했다. 우리는 자리에 앉았다.

"두 분, 타자기 봤습니까?" 장관은 이렇게 묻고는 의자 옆에 놓아둔 검정 가죽 서류가방을 집어 들더니 자기 앞에 똑바로 올려놓았다. 그가 번호자물쇠를 만지작거리자 찰칵 소리와 함께 가방이 열렸다. 초대형 권총이 들어 있겠군, 내가 생각했다. "뉴욕에서 오신 새퍼 박사님, 타자기를 보셨나요?"

"네, 봤지요. 상당히 좋아 보이던데요." 래리가 답했다.

"고물이에요. 미국에서 만든 겁니다. 망가졌어요."

"미안합니다." 래리가 자기 나라와 타자기에 마땅히 책임을 느낀다는 듯 말했다.

"우리 부처는 새 타자기가 필요합니다."

"아, 그럴 것 같습니다." 래리가 말했다.

나는 우리가 처리해야 할 중요한 일이 무엇일지 눈치챘다. 그리고 왜 팡구 박사가 리쿠알라로 가려면 그의 연봉보다 많은 비용이 든다고 했는지도.

"당연히 두 분께서 돈을 좀 기부하고 싶으실 것 같은데……." 장관이 말했다.

"아, 그럼요. 그러는 게 온당하지요. 이렇게 체류할 수 있는 특혜를 주셨는데요." 내가 말했다.

래리는 부츠만 뚫어져라 보고 있었다.

장관이 미소 지으며 서류가방을 닫고 자물쇠의 비밀번호판을 이리저리 돌리더니 다시 바닥에 내려놓았다. "얼마나 기부하실 생각인가요?"

"250파운드요?" 내가 답했다.

장관이 의자 등받이에 기대더니 웃었다.

"그럼 500파운드?" 내가 말했다.

장관이 오른쪽 벽을 바라보며 허밍으로 노래를 흥얼거렸다.

"1,000파운드?" 가쁜 숨을 몰아쉬며 내가 말했다.

장관은 비상한 관심을 보였다.

"프랑스 프랑으로 갖고 있습니까?"

"아니요."

"그럼 달러로?"

"아니요."

"좋습니다. 세파프랑도 괜찮아요. 내일 눈에 안 띄는 봉투에 담아서 이리로 가지고 오세요. 내 이름은 적지 말고 내 개인 보좌관한테 주세요. 틀림없는 사람이니 믿어도 좋습니다. 그리고 이 건은 무슨 일이 있어도 누구에게도 발설하지 않도록 하세요. 특히 당신 친구 세르주한테는 절대 함구하고요, 알겠죠?"

그 세르주가 밖에서 우리를 기다리고 있었다. "여기요." 세르주가 손짓으로 우리를 빨간 피아트 소형차로 안내했다. "괜찮은 숙소로 안내하려고요." 내가 앞에 앉고 래리가 뒤에 앉았다. 피아트가 부르릉거리며 길을 따라 내려갔다. "그 말도 안 되는 호텔에 아까운 돈을 뿌릴 필요가 뭐가 있어요. 거긴 아프리카가 무서운 사람들이나 묵는 데죠. 해외에서 온 석유업자나 원조 단체 직원들, 아니면 광산권이나 어떻게 따보려는 사람들, 일본산 차나 팔려는 사람들, 그런 사람들이나 머무는 곳이죠. 왜 거기로 숙소를 정했는지 알아요. 그러면 우리 같은 현지인들이 '와, 돈 좀 있겠는데' 하면서 체류시켜줄 거라 생각했겠죠. 이봐요, 형제 님들!" 세르주가 강세를 주려는 듯 핸들을 쾅 내리치더니 씩 웃음을 지었다. "우리가 그렇게 바보는 아니랍니다. 정신이 제대로 박힌 부자들이라면 두 분처럼 양복 입은 모습이 그렇게 구닥다리처럼 보이지는 않을 거예요."

우리는 대로로 진입했다. 우리 앞에는 군인들을 가득 실은 베를리에 군용 트럭 한 대가 있었다. 검정색 전투복을 입은 군인들이 무릎 사이에 자동소총을 꼿꼿이 세운 채 장막 아래 두 줄로 조용히 앉아 있었다.

"특수 장병들이에요. 대통령 경호를 맡고 있죠." 세르주가 말했다.

우리는 왼쪽으로 방향을 틀어 언덕배기로 올라가 2층짜리 식민지 시대풍 가옥이 밀집한 구역으로 접어들었다. 경사진 높은 지붕과 덧문이 달린 창, 공기가 잘 통할 것 같은 멋지고 시원해 보이는 집들이 잔디밭과 야자수, 부겐빌레아가 어우러진 조화로운 정원에 자리 잡고 있었다.

"그것도 그렇지만 두 분과 얘기를 좀 하고 싶었어요. 여기서는 차에서 얘기하는 게 안전하죠. 나는 두 분이 마음에 듭니다. 섀퍼 박사님, 당신은 적어도 과학자가 아닙니까? 앞으로 해야 할 진짜 현실적인 연구 과제가 있을 겁니다. 과학 발전에 더욱 공헌할 수도 있을 거고요. 북미에서의 당신의 인생, 그 많은 장비며 최신 기계들이며 그런 걸 헛되이 버리면 안 되는 것 아니겠어요? 나로 말하면, 난 이대로 만족합니다. 콩고의 약초를 연구하는 일에 만족해요. 아프리카 기준에서 봤을 때 훌륭한 표본집도 갖고 있고요. 나는 내 식물 표본집을 정말 좋아합니다. 나를 행복하게 하지요. 하지만 우리한테는 학계의 저널 같은 걸 구독할 여유가 없어요. 다른 나라에서는 어떤 생각들이 오가는지 읽어볼 기회가 없죠. 컨퍼런스에 가서 다른 과학자들과 교류할 돈도 없어요. 하다못해 쿠바나 러시아에서 열리는 심포지엄에도 못 가는 형편이에요. 심지어 아바나에 있는 모교에서 열리는 행사에도 못 가요. 내가 죽으면…… 괜찮습니다. 죽는 것쯤 아무렇지도 않아요. 안타까운 마음도 없고요. 내 이름을 기억해줄 사람은 기껏해야 우리 가족이 전부일 거란 걸 너무도 잘 알지요. 하지만 래리 씨, 당신의 경우는 다릅니다. 죽으면 안 됩니다. 그렇게 모든 걸 헛되이 내버리지 말라는 말입니다. 텔레 호수는 안전하지 않아요. 아까 군인 얘기가 나왔을 때 농담 정도로 생각하는 모양이던데 말입니다. 농담 아닙니다. 이 이상은 말 못하겠네요. 이 이상 말할 수 없다는 걸 잘 아실 겁니다. 당신들은 군인과의 동행에 동의했어야 해요."

우리는 도로를 벗어나 뾰족한 대못이 박힌 회반죽을 바른 담벼락 옆을 따라 땅이 울퉁불퉁한 풀밭과 마른 진흙이 있는 널따란 길가에 차를 세웠다. "그리고 거기서는요." 세르주가 한 손을 핸들에 얹고 내 쪽을 보며 말했다. "북부 밀림에서는 건강이 좋아야 해요. 그런데 레드몬드 씨, 댁은 건강 관리를 썩 잘한 것 같지 않군요. 래리 씨, (운전석 거울을 통해 래리를 건너다보며) 댁은 확실히 운동을 좀 하시는 것 같고요. 다리가 챔피언 축구 선수 같아요. 눈빛도 쌩쌩하고요."

"자전거를 탑니다." 래리가 쑥스러워하며 말했다. "그런데 술을 너무 많이 마셔요."

"누군들 많이 안 마시겠어요?" 세르주는 잠시 멈추고 먼지 낀 차창으로 반쯤 열린 철문을 응시했다. 철문 위에는 부겐빌레아 줄기가 덩굴시렁을 칭칭 감고 있었고, 연두색 이파리와 자줏빛이 감도는 분홍 꽃들이 공중에서 덤불을 이루고 있었다. "그냥 내 조언을 받아들여요." 세르주는 누군가 우리를 감시하고 있기라도 한 것처럼 목소리를 낮추었다. "괜히 하는 소리가 절대 아니에요. 텔레 호수 가는 거요. 그거 위험해요. 가지 마시라고요." 세르주는 핸들 위에서 두 손을 맞잡았다. "자, 여기서 내리세요. 난 학교로 가야 해요. 저 철문으로 들어가면 호텔이 나와요. 내가 미리 말해뒀습니다. 다시 못 볼지 모르니 행운을 빌겠습니다. 그리고 기억하십시오. 이곳은 세상에서 가장 아름다운 나라예요." 세르주는 이렇게 말하고 빨간색 소형차를 돌려 텅 빈 거리로 나갔다.

철문 안으로 들어가 콘크리트 길을 따라가자 여기저기 방갈로들이 흩어져 있었다. 방갈로 창문에는 육중한 철창이 쳐져 있었고, 안내 데스크는 앞줄에 지어진 막사 안쪽으로 쑥 들어가 있었다. 매표소같이 생긴 창구 뒤에 검은 머리에 분홍색 부겐빌레아 꽃을 꽂은 젊은 여자가 앉아 있었다. 그녀는 우리 이름을 받아 적더니 고리에 걸려 있던 열쇠를 뽑아 들고 출입문 쪽으로 나왔다. 그녀는 중앙 복도에 있는 방문을 열쇠로 열었다.

"지금 빈 방은 여기 하나뿐이에요." 친절한 미소를 지으며 그녀가 말했다.

나는 내부를 한번 휙 둘러봤다. 오른쪽 벽에는 옷장, 왼쪽에는 램프가 놓인 테이블과 의자, 커다란 더블 침대가 있고 성에 낀 창문이 맞은편 벽을 다 차지하고 있었다. 한쪽 구석에는 욕실이 있었다.

"좋습니다. 이 방으로 하지요." 내가 말했다.

여자가 나가자 나는 침대 가장자리에 털썩 주저앉았다. 갑자기 피로가 엄습했다. 냉장고와 위스키 한 병이 간절했다.

"음…… 너희 영국인들은 말이야." 문 쪽에서 이상한 목소리가 들려왔다.

나는 고개를 들어 쳐다봤다.

"너희들도 다 같은 사람이지." 래리가 안으로 들어오지 않고 방 안으로 반쯤 고개만 들이민 채 말했다.

"무슨 소리야?"

"너희 나라에서는 물론 전혀 문제될 게 없겠지. 그건 나도 잘 알아." 래리는 눈을 크게 뜨고 어깨는 올리고 팔은 옆구리에 바짝 붙인 채 말했다. "내가 비판적이라거나 그런 생각은 하지 말게, 레드소. 나도 괜찮다고 생각해. 일반적으로는 말이야. 그러니까 내 말은 다른 사람들은 괜찮다는 뜻이야."

"도대체 무슨 말을 하는 거야?"

"너희 영국인들은 말이야." 래리는 같은 말을 반복했다. 누군 가한테 목이라도 조이는 것처럼 입 모양이 일그러졌다. "비판 하려는 게 아니야. 반대 주장이 나올 수 있다는 건 나도 잘 알고 있어. 너도 나나 우리나라 문화가 비정상이라고 주장할 수 있겠 지."

나는 생각했다. 침착하자. 횡설수설은 첫 징조야. 발작이 오려 나 봐. 물을 못 마신 지 몇 시간이나 지났고 더위를 먹었으니 뇌 가 탈수 상태에 빠지는 것도 무리는 아니지.

"물 좀 마시자." 내가 말했다.

"어, 그래." 래리가 다시 복도 쪽으로 나갔다. 그러면서도 눈 은 내게서 떼지 않았다. "오해하지 마. 관념적으로는 나도 받아 들일 수 있어. 근본적으로는 너희들도 다 같은 사람이란 걸 알 아. 예외 없이 말이야. 그렇지만 그게 말이지, 바로 내 눈 앞에서 직접 벌어진다고 생각하면 그건 진짜 다르다고. 제기랄. 너한테 어떻게 들릴지 모르지만 우린 아직 준비가 안 된 것 같아. 그냥 그게 나한테 맞질 않아. 남자랑 한 침대에서 자는 거 말이야."

"말도 안 되는 소리 좀 작작해. 돈이 덜 들잖아." 나는 목이 잠 겼다. "우리 형편에 방 두 개를 얻을 순 없잖아." 나는 식식거리 며 말했다. "게다가 어차피 방도 여기 하나뿐이라잖아." 나는 다 시 침대에 앉았다. "그리고 방수포로 돌돌 말고 잘 거야!" 나는 소리를 꽥 질렀다.

"그래? 그럼 뭐 괜찮겠군." 래리가 여전히 두려움에 갈라지는 목소리로 말하며 살금살금 방 안으로 들어왔다.

5

콩고의 생물학자 마르셀랭 아냐냐

나는 음바무 팰리스 호텔에서 숙박료를 치렀다. 니콜라가 길 건너 도넛 가판대 옆에 평소처럼 차를 세우고 기다리고 있었다. 우리는 잡낭 다섯 개와 배낭 네 개를 닛산 차 안에 쑤셔 넣고, 차 지붕 위에 밧줄로 꽁꽁 묶어 어찌어찌 다 실었다. "지금 크게 실수하는 거야." 래리가 더블 침대 충격에서 아직 헤어나지 못한 게 분명한 목소리로 말했다. 아직 특유의 자기 절제의 유머 감각을 제대로 회복하지 못한 것 같았다. "중심가를 벗어나는 건 실수라고. 근데 이건 대관절 다 뭐야?" 뒷좌석에 놓인 카키색 잡낭 두 개 사이에 몸을 구겨 넣으며 래리가 말했다.

"대부분 선물이야." 내가 앞좌석에 앉으며 대답했다. 니콜라는 시동을 걸고 도로로 진입했다. "상류 사람들 줄 것들이야. 2,000파운드어치는 될 걸. 항생제, 말라리아 치료용 키니네*랑 판시다**, 드레싱, 붕대, 소독약, 작은 상처에 쓰는 온갖 약들. 전부 보르네오와 남미에 갔을 때 챙겨 가지 않아서 후회했던 것들이야. 그리고 이번에도 가져온 것들은 추장들한테 줄 옥스퍼드 파이프와 발칸 소브레니 담배, 스위스 군용 칼, 맥라이트 손전등, 우리하고 같이 지낼 사람들을 위한 영국식 배터리, 평생 쓸 수 있는 버밍엄 마체테. 마르셀랭이 겪은 일이 벌어질 경우에 대비한 쌍안경, 물병 주머니가 달린 벨트, 모자도 가져왔지. 그렇다고 그 사람들이 우릴 반가워하리라는 뜻은 아니지만 말이야."

"두말하면 잔소리. 그런데 우리 지금 19세기에 있는 거야? 그런 거 다 네가 좋아하는 거지, 그렇지? 넌 150년 전에 태어났어야 해. 짐꾼에 사공들을 앞세워서 머리에는 그 브래지어 컵 같이 생겨먹은 영국식 하얀 모자를 쓰고 말이야. 내가 모를 줄 알아? 그 가마처럼 생긴 거 타고 옆에는 부채질하는 시녀, 차 시중드는 소년들 대동하고, 큰 주머니칼 그런 거 가지고 말이야."

"글쎄, 잘 모르겠는데. 전처럼 19세기에 막 끌리지 않아. 여기선 말이야. 메리 킹슬리**에 따르면 서해안 쪽에는 백인들 중 80퍼센트는 죽거나 병에 걸려 귀국한 지 일 년도 안 돼 죽었다는군. 그렇지만 난 절대 아프지 않아. 말라리아에 걸린 적도 없다고." 그때 갑자기 주술사를 만났던 날이 떠오르면서 괜히 허세를 부린 게 곧바로 후회스러워졌다.

래리는 닛산 자동차가 언덕배기로 꾸역꾸역 올라가는 동안 입을 꾹 다물고 있었다. 어찌나 천천히 가는지 차가 내뿜는 검은 먹구름 같은 디젤 배기가스가 열린 차창을 통해 차 안으로 들어왔다. 마침내 래리가 입을 열었다.

"우리 가는 곳이 에볼라 강 근처야?"

"그건 왜? 맞아, 에볼라 강에서 상당히 가까운 곳이지. 우리는 우방기 강 상류로 가는데 에볼라 강은 오른쪽에 있어."

"그게 또 하나 내가 두려워하는 점이야." 래리가 앞좌석 등받이 사이로 몸을 기울이며 말했다. "그거하고 모기가 에이즈 바이러스를 퍼뜨린다는 생각. 과학 잡지의 어떤 논문도 하나같이 그렇다는 증거는 없다고 말해. 하지만 누구도 그렇지 않다는 말도 안 해. 플래츠버그에서 내가 열대성 질환 전문가 친구한테 콩고에 갈 거라고 했더니 이러더라고. '그래? 왜 시간 낭비를 하고 그래? 그냥 아무 하수구에나 뛰어들어서 그 물을 마셔.'"

"왜? 에볼라 강에 뭐가 있는데? 20미터짜리 비단구렁이라도 있을까 봐? 뗏목을 통째로 집어 삼키는?"

"농담할 일이 아니야. 에볼라 바이러스Ebola Virus라는 게 있어. 또 하나의 신의 장난이지. 필로바이러스과Filoviridae family에 속하는, 실 같은 모양의 바이러스야. 신께서 정말 열심히 만드신 것 중 하나야. 제7일이 지나고 말이야. 만일 에볼라 바이러스가 퍼

---

* kinine. 가시나무 껍질에서 얻는 알칼로이드의 하나로 말라리아 치료제.
** fansidar. 설파독신과 피리메타민의 복합제제로 값싼 말라리아 치료제.
:* Mary Kingsley(1862~1900). 영국의 민족지학자이자 탐험가. 서아프리카를 탐험해 유럽에 아프리카 문화를 알리는 데 큰 역할을 했다.

지면 우리도 심각한 곤경에 빠지게 돼. 호모 사피엔스들한테 특히 치명적이야. 이 바이러스는 죽은 사람을 처리하는 과정에서도 감염될 수 있도록 진화했어. 장례식을 치를 때도 돌아다닌다는 말이야."

"금시초문인데."

"에볼라 강 유역의 55개 마을에서 동시에 발생했어. 1976년 9월이었지. 감염되면 머리가 아프고 열이 나. 면역 체계가 망가지는 거야. 세포는 계속 복제하는 바이러스로 가득 차서 머리카락처럼 점점 길어지고 출혈과 혈액 응고가 동시에 일어나. 피부는 과육처럼 물컹해지고. 장기는 혈액으로 가득 차. 눈, 코, 입, 항문에서 피가 줄줄 흘러. 몸이 서서히 녹고 흘러내려서 결국은 끈적끈적한 점액질처럼 변하는 거야. 시신을 묻기 위해 누가 손이라도 대면 그 사람도 역시 감염되고 말아. 백신도 치료제도 없어."

"저기 보이는 게 병원입니다." 때마침 니콜라가 도로에서 뒷면이 보이는 하얀색 큰 건물을 향해 고개를 까딱하며 프랑스어로 말했다. "러시아인들이 우리를 위해서 지어줬죠. 아내가 저기서 근무해요. 러시아에서 간호사 교육을 받고 돌아온 후 줄곧 저 병원에서 근무하고 있습니다. 러시아에서 돌아왔을 때 아내가 이렇게 말하더군요. 니콜라, 내 말 못 믿겠지만 출산할 때 백인 여자들도 흑인 여자들하고 똑같이 소리를 질러!"

우리는 우회전해서 레 부갱빌레Les Bougainvillées를 향해 울퉁불퉁한 길을 따라 내려갔다. "조심들 하세요." 니콜라가 철문 안

쪽에 짐 부리는 것을 도와주며 말했다. "흑인 여자들도 저기 들어가기 전에 소리소리 질러요. 저 병원 말이에요. 곁에서 보기엔 멀쩡하지만 저기 들어가고 싶어 하는 사람은 아무도 없습니다. 출산하러 들어갔다가 그걸로 마지막인 경우도 있고, 한 가지 병으로 들어갔다가 열 가지 병을 안고 나오기도 해요. 저 안에서 매주 30명이 말라리아로 죽어요. 나머지도 퇴원하고 나서 멀쩡해 보인다고 생각했는데 눈앞에서 그냥 죽기도 합니다. 저기서 다른 열병도 옮는대요. 열병보다 더 지독하죠. 아내한테 들은 말이에요. 우리는 아이들을 집에서 치료합니다. 전에 말한 것처럼 주술사한테 가기도 하고요. 가난한 사람들은 다른 선택이 없기도 하지만요."

썰렁한 방에 짐을 내려놓고 양복을 벗고 옷을 막 갈아입었을 때 누군가 반쯤 열린 문에 대고 요란하게 노크를 했다. 문 앞에는 키가 훤칠하고 건장하게 생긴 삼십대 중반쯤 되어 보이는 남자가 서 있었다. 턱 선이 날렵하고 살짝 매부리코에 내가 봤던 사람들 중에서 가장 피부가 검은 사람이었다. 벨벳 같은 느낌의 검은색으로, 마치 쳐다보고 있으면 주변의 빛을 모두 빨아들일 것만 같았다. "마르셀랭입니다!" 그가 카랑카랑한 목소리로 소리 지르듯 말했다. "시장하네요! 밖에 택시가 기다리고 있어요! 우선 먹고 하죠!"

나는 가방 옆주머니에서 서를William Serle과 모렐Gerard Morel의 《서아프리카의 조류Birds of West Africa》와 핼트노스Theodor Haltenorth와 딜러Helmut Diller의 《아프리카의 포유류Mammals of

Africa)를 꺼내 들고 문을 잠근 후 마르셸랭을 따라갔다. 그가 지나간 자리에 남아 있는 톡 쏘는 듯한 강한 애프터 셰이브 로션 냄새는 호텔 부엌에서 올라오는 생선 튀김 냄새마저 지울 수 있을 정도였다. 뜨거운 햇빛 아래 마르셸랭의 셔츠는 눈이 부시도록 하얗고 청바지는 갓 세탁한 것처럼 말쑥했다. 그는 운동선수 같은 유연한 몸놀림으로—걸을 때마다 하얀색 아디다스 운동화가 반짝반짝했다—택시 뒷자리로 쑥 들어갔다. 나는 앞자리에 어색하게 앉아 무심코 뒤를 돌아보고는 깜짝 놀랐다. 마르셸랭은 혼자가 아니었다. 젊은 여자와 함께였다. 그녀는 연모와 욕망이 가득한 눈으로 마르셸랭을 바라보며 한 손으로는 마르셸랭의 뒷목을, 다른 손으로는 무릎 바로 위 다리 안쪽을 주무르고 있었다. 여자의 손바닥만 한 흰 티셔츠가 가슴 부위에서 너무 팽팽하게 당겨 올라가 끝자락이 배꼽에 닿을락말락했다. 빨간 면스커트는 말려 올라가 날씬하고 검은 허벅지가 반은 다 드러났다.

뭔가 꼬리를 무는 생각에 빠져 있던 래리가 뒷좌석으로 들어가 마르셸랭 옆에 무심히 앉았다가 여자를 발견하고는 악수를 청하려고 손을 뻗었다. "아냐냐 부인이세요?"

"에이, 아니에요!" 마르셸랭이 래리의 손을 치우며 말했다. "그리고 이 여자는 영어 할 줄 몰라요."

"부인도 오실 건가요?" 래리가 머쓱해져서는 당황한 듯했다.

"그럴 리가요!" 마르셸랭이 래리 귀에 대고 큰 소리로 말했다. "마누라는 임신 중이에요!"

"임신 중이요?"

"아기를 가졌다고요!" 마르셀랭이 목소리를 좀 더 높여 말했다. "딸이 하나 있어요! 그리고 지금 아내가 또 임신했어요!"

"축하합니다." 래리가 어안이 벙벙한 표정으로 말했다. 아마도 귀가 먹먹했을 것이다. "잘됐군요. 축하합니다."

마르셀랭이 똑바로 앉았다. 그가 손을 찰싹 때리기라도 한 것처럼 여자가 얼른 손을 뺐다. "저기요!" 마르셀랭이 턱을 앞으로 쑥 내밀며 소리쳤다. "이거 하나는 똑바로 해둡시다. 처음부터 그러는 게 좋죠. 여기는 영국이 아닙니다! 미국의 소도시도 아니고요! 여긴 아프리카예요! 내 아내는 임신 중이고요. 그러니 섹스를 할 수 없어요. 그래서 여기 섹스라면 사족을 못 쓰는 루이즈가 있는 거고요. 잘들 아셨죠?"

마르셀랭은 운전사에게 교외의 한 카페로 차를 몰게 했다. 콩고 강의 작은 지류가 내려다보이는 테라스가 있는 카페였다. 지류 중간에는 작은 모래언덕이 있었고, 모래언덕 한가운데는 하마 한 마리가 있었고, 하마 한가운데 아래쪽에는 엄청나게 길쭉하고 가느다란 성기가 발기해 덜렁거리고 있었다.

"무…… 무…… 무……" 하마가 소리를 냈다.

"그렇죠. 보셨죠? 하마도 섹스가 필요한 거라고요. 마누라가 임신을 안 했다 뿐이지. 군인들이 암컷을 사살하고는 먹어버렸죠."

"놀랍지도 않네요." 래리가 말했다.

"하지만 지금 저 녀석은 안전해요. 여기는 고위급 관리의 사유지거든요. 관리는 사람들이 하마를 구경하러 여기 온다는 사실을 알았죠. 그래서 이곳 이름을 '리포포탐*'이라고 바꾸고 여기 계속 머물게 할 셈으로 남자아이 하나를 고용해 먹이를 주도록 하고 있죠."

하마는 우리 쪽으로 시선을 돌려 마르셀랭의 애인을 한참 쳐다보더니 이윽고 자기가 어떻게 해볼 수 없는 상대라고 결론을 내린 듯, 그런 경우 보통 남자들이 그러는 것처럼 냉수 목욕이나 하려는지 물속으로 들어갔다. 하마는 짤따란 꼬리는 감추고 몸의 절반만 수면에 드러내고 있었다. 회색빛이 도는 등가죽은 세 겹의 주름이 세로로 나 있고 작은 귀는 뒤로 젖혀 있었다. 커다란 아래 송곳니를 감싸고 있는 늘어진 주머니가 입 양쪽으로 불룩 튀어나와 있었다. 녀석은 우리를 오른쪽 눈으로 응시하고 있었는데, 눈동자는 갈색이고 그 위의 눈두덩은 마치 거대한 달팽이가 얹혀 있는 것처럼 보였다. 달팽이는 엉덩이 쪽을 향해 번들거리며 기어가는 참이었다. 볼에는 살짝 분홍빛이 감돌았는데 피의 땀이라고 불리는 체액 때문이었다. 이 체액 덕분에 피부의 수분이 유지되고 아무리 더러운 물웅덩이나 진흙탕에 있어도 상처가 곪지 않는다. 하마의 친족인 야생 피그미하마Pygmy hippo(보통의 하마보다는 몸집이 훨씬 작지만 그래도 덩치가 큰 동물에 속한다. 멧돼지 크기 정도)에 대해서는 연구된 바가 거의 없다는 게 이상하게 여겨졌다. 수컷, 암컷, 새끼가 가족을 이루어 산다는 것 외에는 무리 생활에 대해서 조금도 알려진 게 없었다.

우리는 생선 요리와 콩고 맥주인 프라이머스를 시켰다. 나는 서를과 모렐의 《서아프리카의 조류 야외 관찰 안내서A Field Guide to the Birds of West Africa》(1977)를 꺼내 왕관독수리 삽화가 있는 페이지를 펼쳤다. 나무에서 하강해 영양을 덮쳐 발톱으로 살을 찢어발길 수 있을 정도로 힘이 엄청난 독수리다.

"이거 본 적 있어요?"

"물론입니다." 마르셀랭이 어느새 과장된 야단스러움을 버리고 그림에 집중하며 유럽인 톤으로 말했다. "원숭이 무리가 가까이 있는 나무 위에 조용히 앉아 있는 것을 본 적이 있습니다. 관심 없다는 듯 다른 쪽을 보며 부드러운 소리를 내면서 말이죠. 원숭이들은 어쩔 줄 몰라 했어요. 넋이 나간 것 같았죠. 애처로울 정도로 끼끽대며 한쪽으로 우 몰려갔어요. 그러다 '팍' 한 마리가 낚아채였죠." 마르셀랭이 손뼉을 딱 치며 말했다.

"멋지군." 래리가 말했다.

"아니면 나무둥치나 가지 사이에 있는 원숭이를 사냥하기도 하죠. 원숭이들은 바닥으로 뛰어내려요. 그러면 녀석이 급하강해 '팍' 낚아채는 거죠. 결코 놓치는 법이 없어요. 피그미들 말이 표범이 이 왕관독수리하고 합심해 사냥을 한다는군요. 표범이 기다리고 있다가 원숭이들이 땅으로 떨어지면 그때 덮치죠."

"원숭이로 안 태어난 게 천만다행이군. 끔찍하네요." 래리가 맥주잔을 비우며 말했다.

나는 마르셀랭에게 회색빛으로 바랜 26번 삽화를 보여주었다.

---

* L'Hippopotame. 프랑스어로 '하마'라는 뜻.

박물관에 전시된 표본으로 페넌트pennant(가늘고 긴 삼각기) 모양의 날개를 지닌 박제된 쏙독새의 삽화였다. 속을 지나치게 많이 채운 박제였다. 역시 실물감이 없는 다섯 마리의 다른 박제 쏙독새들과 바닥에 줄지어 앉아 있는 모습이었다. 삽화를 본 마르셀랭도 역시나 고래를 절레절레 흔들었다. '내가 아는 쏙독새가 아니야.' 내가 속으로 말했다.

"피그미들 말인데요, 우호적인가요?" 래리가 물었다.

"물론 그렇죠. 어차피 대부분 강둑을 따라 형성된 마을 후방에서 노예처럼 살고 있는걸요. 하지만 여전히 밀림 속에서 사는 피그미들도 있어요. 찾아가기가 어렵지만요."

"우리는 찾아야만 해요." 나는 마치 스탠리*라도 된 것처럼 말했다.

"찾을 수도 있고 못 찾을 수도 있지요." 강 건너 적색토의 작은 절벽을 바라보며 마르셀랭이 말했다. 야산으로 연결되는 길 중간이 끊긴 곳에 야자나무와 작은 덤불, 텅 빈 오두막들이 여기저기 흩어져 있었다. "그런데 사람들 말이 북부 밀림에 프랑스 사람 하나가 있다더군요. 예순 살인데 파리에서 온 기자였답니다. 피그미에 대한 기사를 쓰려고 이곳에 왔다더군요. 10만 년, 아니 25만 년 전 구석기시대 조상이 살았던 방식 그대로 살고 있는 피그미들 말이지요. 직접 가서 보니 진짜 그렇게 살고 있더란 말입니다. 그런데 이 사람이 피그미 여자와 사랑에 빠져 결혼해서 거기 그대로 살고 있대요. 추장이 됐다고 하네요. 식량과 상아를 얻기 위해 밀림의 코끼리를 사냥하고, 외부인이 침입하면 독화살로 쏴서 죽인답니다. 지금 그 프랑스 사람은 부자인데 돈은 그에게 아무 의미 없대요. 그 사람은 자기가 피그미들의 왕이라고 생각하고 산답니다. 그런데 사실은 피그미들이 그를 포로로 잡아두고 있는 거예요. 보름달이 뜨면 그 프랑스 사람은 개처럼 울부짖는대요. 밤새도록 말이지요. 그게 사람들 말이에요."

래리는 혼자 생각에 빠져 테이블에 올려놓은 손으로 빈 맥주잔을 앞뒤로 흔들고 있었다. 불빛에 반사되어 유리잔이 하나의 선을 그으며 왔다 갔다 하는 것이 마치 어떤 의미를 담고 있는 내점이라도 되는 것처럼 응시하고 있었다. 루이즈는 몸이 더 달았는지 뜨거운 시선으로 마르셀랭을 쳐다보며 양 허벅지를 빠르게 오므렸다 폈다 하면서 킥킥거렸다.

"강여울로 가봅시다." 마르셀랭이 루이즈의 애를 태우며 이렇게 말했다. "택시가 있을 거예요. 물살이 얼마나 요동치는지만 보고 오자고요. 흥분제 같을걸요, 레드몬드."

우리는 커다란 회색 바위 위에 서서 스탠리가《암흑의 대륙 Through the Dark Continent》(1878)에서 묘사한 것 같은 거센 급류를 마치 최면에 걸리기라도 한 듯 내려다봤다. 스탠리는 강둑의 거주민들과 서른세 번에 걸친 격렬하고 질긴 싸움에서 살아남아 1,988킬로미터에 이르는 콩고의 심부까지 들어갈 수 있었다. 그

---

* Sir. Henry M. Stanley(1841~1904). 영국 출신의 미국 언론인이자 아프리카 탐험가. 1871년 중앙아프리카에서 실종된 탐험가 데이비드 리빙스턴을 구조하여 널리 알려졌다.

리고 강을 내려다보며 이렇게 말했다.

나는 일찍이 이렇게 거센 강을 본 적이 없다. 허리케인이 몰려와 길이 7킬로미터, 폭 1킬로미터로 바다 한쪽을 떼어 놓았다고 생각해보라. 그러면 그 뛰어오르는 물결에 대해 정확히 감을 잡을 수 있을 것이다. 물결과 물결 사이의 골이 100미터까지 쑥 꺼지기도 했으며 성난 강은 튀어 올랐다가 떨어지기를 반복했다. 먼저 물살이 거대한 골의 바닥으로 급격히 떨어졌다가 그 힘에 탄력을 받아 거대한 너울이 깎아지르듯 위로 치솟아 용마루를 이루며 잠시 멈췄다. 그러다가 별안간 다시 5~10미터를 내던지듯 더욱 위로 올랐다가 또 한 번 깊은 골을 이루며 아래로 철썩 미끄러져 내려간다. 고개를 들었다 내렸다 하며 이처럼 격렬한 모습을 보고 있자니 50미터, 100미터마다 하나씩 물기둥이 세워지는 듯했다. 물기둥은 물보라와 포말을 일으키며 아래로 무너져 내렸다가 서로 세차게 부딪혀 물 구릉을 만들고 너울을 일으켰다. 그 사이 물에 깎인 거대한 암석이 줄지어 있는 양쪽 강둑의 아랫부분은 사나운 파도에 묻혀 있었다. 물결이 굽이치는 소리가 엄청난 굉음이 되어 귀가 먹먹했다. 급행열차가 암반 터널을 통과할 때 나는 우레 같은 소리라고 할 수 있다. 바로 옆에 있는 사람한테 말할 때도 귀에 대고 고래고래 소리를 질러야 했다.

이처럼 혹독한 여정을 거친 후 스탠리가 여전히 급류를 타고 내려가 물결이 소용돌이치는 곳에서 무거운 뗏목의 방향을 틀어 덤불숲이 있는 육지까지 끌고 올라와 폭포수를 우회했다는 사실이 가공할 노릇이었다. 겨우 240킬로미터를 가는 데 5개월이 걸렸다. 그 과정에서 스탠리는 그의 친구이자 오른팔이었던 프랭크 포콕을 잃었다. 그는 겨우 스물일곱 살이었으며 켄트에 사는 어부의 아들이었다. 리빙스턴을 찾는 도중에는 아랍 상인에게 선물받아 런던으로 데려가 양자처럼 돌봤던 카룰루라는 노예 소년도 잃었다. 둘 다 급류에 휩쓸려 익사했다. 그의 일행 중 다른 일곱 명의 잔지바르인도 목숨을 잃었다.

다시 길 쪽으로 나온 마르셀랭이 갈색과 흰색이 뒤섞인 건너편 강물을 손짓하며 말했다. "15년 전에 한 프랑스 스턴트맨이 이곳에 온 적 있어요. 그때 막 나무통을 타고 나이아가라 폭포를 건넌 직후라 이 강의 급류는 별거 아닐 거라고 생각했죠. 그래서 팔에 끼는 부낭만 하고 저기 저 바위에서 뛰어내렸어요. 많은 기자들이 강 하류에서 대기하고 있었고요."

"그래서 어떻게 됐어요?" 래리가 물었다.

"아직 실종 상태예요." 마르셀랭이 뭔가 자부심을 느끼는 목소리로 말하며 루이즈를 껴안았다.

"저기 저 섬은 뭐라고 부릅니까?" 래리가 강 한가운데 숲이 우거진 커다란 노두*를 가리키며 물었다.

---

* 露頭. 암석이나 지층, 석탄층 따위가 지표에 드러난 부분.

"데블 아일랜드Devil Island라고 하죠. 유령이 출몰한다고 합니다. 아무도 안 가려고 하죠." 마르셀랭이 손을 흔들어 택시를 잡으며 말했다.

"애스피널*에 연락해야겠군. 본조 고릴라들을 데려다 놓기 딱 좋은 곳이잖아." 택시에 올라타자 래리가 말했다.

마르셀랭이 숙박할 방이 있는 오두막 같은 호텔 앞에 택시를 세웠다. 그는 몸을 휘감듯 매달려 있는 루이즈를 떼어내고 상체를 앞으로 숙여 말했다. "정부 수당으로 지불해야 합니다. 하루에 30파운드."

"하지만 벌써 장 응가치에베 장관에게 1,000파운드를 주기로 약속했소." 나도 모르게 울컥 짜증을 내며 말했다.

"겨우? 싸게 하셨네요. 아마 두 분을 좋게 보신 모양입니다."

"그건 뇌물이요. 부정행위란 말입니다." 래리가 말했다.

"여긴 아프리카예요. 안 그러면 어떻게 월급을 보충하겠어요? 그런 일은 오래가지 못해요. 정치적 연줄로 감투 하나 쓴 거라고요. 4년에 한 번씩 들어갔다 나왔다 하는 거예요. 정부기관에서 일하는 나도 월급을 못 믿고 살아요. 어떤 달은 나오고 어떤 달은 안 나오기도 한단 말입니다. 적어도 당신과 일한다면 틀림없이 돈은 받을 수 있겠군요."

"어떻게 알아요?" 내가 아둔하게 물었다.

"왜냐하면 1프랑까지 몽땅 선불로 줄 거니까." 마르셀랭이 차에서 내리며 말했다. 루이즈가 뒤따라가며 그의 바지춤에서 하얀 셔츠 자락을 획 잡아 빼더니 그 속으로 팔을 쓱 집어넣고는 허리를 감싸 안고 호텔로 유유히 사라졌다.

"텔레 호수가 도대체 뭐 어떻다고 그러는 거지?" 작은 호텔 정원의 카페에서 생선 튀김으로 저녁을 때운 뒤 서걱거리는 군용 방수포 안에 몸을 말고 누웠을 때 내가 말했다. "왜 다들 거기가 위험하다는 거야? 팡구 박사는 또 왜 우리가 거기 가면 죽을 거라고 하지? 왜 그냥 어떤 곳인지 말해주면 안 되는 거야?"

"나도 모르지." 래리가 조니워커 블랙 라벨 한 병, 플라스틱 양치 컵, 마크 트웨인의 《유랑Roughing It》을 의자 옆에 죽 늘어놓으며 말했다. "하지만 조언 하나 하자면, 물론 내 알 바는 아니지만, 나라면 마르셀랭 아냐냐한테는 안 물어볼 거야. 그냥 본능적인 느낌이 그래. 그저 육감이라는 거지. 하지만 만일 그 밥맛없는 녀석한테 네 진짜 목적지가 텔레 호수라고, 그곳이 주요 목표지라고, 북부 밀림을 경유해 그곳에 가는 게 네 의도라고 발설하면 말이야, 그 놈은 너랑 안 갈 거야. 뭔가 핑계를 만들겠지. 그 녀석은 뭔가 겁을 내고 있어. 가능한 한 늦췄다가 마지막 순간에 말하란 말이야. 그게 내 조언이야."

"그런데 '내 알 바 아니'라니 그건 무슨 말이야?"

"내 문제 아니란 거야." 만면에 미소를 띠며 래리가 말했다. 그러더니 등을 돌리고 누워 팔꿈치를 세우고 몸을 기댄 후 왼손

---

* Aspinall. 멸종 위기 동물을 다시 야생으로 돌려보내는 운동을 하는 영국의 비영리 단체.

으로 위스키를 한참 졸졸 따랐다. "모타바 강 수원지까지 올라 간다고 하자. 걸어서 강 유역을 건너서 말이야. 그곳에서 너를 위한 뗏목이 짠 하고 나타나기를 기다린다고?" 그는 양치 컵에 담긴 위스키를 단숨에 들이켜더니 계속 말했다. "아마도 뗏목에 는 신께서 네 앞으로 보낸 카드가 꽂혀 있을 거야. 왜 그런 카드 있잖아. '레드소 보아라. 네 마지막 머리칼 하나까지 사라질 순 간이 임박했다. 물론 이곳에 네 문패가 달린 저택을 당연히 마련 해놓았단다. 자, 천국의 카누가 여기 있다. 네가 정말이지 유쾌 하고 성격이 좋은 녀석인 데다, 예쁜 여자는 남들에게 양보하고 못생긴 여자에 덤벼드는 순종 영국 변태이기 때문에 보내주는 거란다. 아 참, 레드소. 깜박할 뻔했구나. 여기 날개 달린 일꾼도 보낸다. 몇 가지 보급품을 공수해주고 네 다리가 부러졌을 때 이 끌어줄 수 있게 말이다. 그리고 말인데, 3개월 안에 텔레 호수 근 처에는 얼씬도 못할 테니 그리 알아라.'"

"날개 달린 일꾼이라니?"

"천사 말이야."

"틀림없이 카누를 찾을 수 있을 거야."

"그럼, 누가 그걸 몰라. 모타바 강 동쪽에 가면 날개가 퍼덕이 는 소리에 묻혀 네 목소리는 들리지도 않을 거야. 번쩍번쩍하는 후광을 쓰고 네온 불로 밝혀져 있을 거야."

"하느님 맙소사. 말도 안 돼."

"오, 물론 그분도 거기 계실 거야. 하지만 난 돌아가야 해. 학 생들이 기다리고 있다고. 분명히 말하지만 내가 쓸 수 있는 시간은 단 석 달뿐이야. 게다가 난 여기서 벌써 3년은 지낸 것 같아."

"미안하네. 여행을 시작하는 순간부터 달라질 거야."

"있잖아, 내가 만약 히스로 공항을 다시 볼 수만 있다면 내가 어떻게 할 것 같아?"

"몰라."

"나는 교황처럼 무릎을 꿇고 타맥으로 포장된 찍찍거리는 활주로에 입을 맞출 거야. 그러고 나서 친절한 세관원들한테 곧장 달려갈 거야."

6

증기선을 기다리다

다음 날 아침 니콜라가 우리를 시내 중심에 있는 은행에 데려다주었다. 나는 은행에 남아 있는 모든 예금을 작은 단위 화폐로 몽땅 바꾸었다. 갈색 꾸러미 두 개를 가지고 래리와 함께 대리석으로 된 은행 화장실로 들어갔다. 하나 있는 화장실에 들어가 문을 잠그고 꾸러미를 변기 뚜껑에 올려놓고 장 옹가치에베 몫으로 세파프랑으로 1,000파운드, 마르셀랭 몫으로 세파프랑으로 3,000파운드를 따로 챙겨놓은 다음, 가방 주머니에 미리 챙겨 넣은 밀봉할 수 있는 투명한 비닐봉지 다발을 꺼내고 바지 주머니에 넣어둔 여덟 개의 원통형 투비그립Tubigrip 압박 붕대(정강이용 네 개와 파열된 허벅지용 네 개)를 꺼냈다. 그러고는 나머지 돈을 비

88

닐봉지에 나누어 넣은 후 부츠와 양말을 벗고, 바지를 내린 다음 발을 바지 밖으로 내딛었다. 그때 누군가 세차게 화장실 문을 두드렸다.

나는 래리를 봤다. 래리도 나를 봤다. "싸구려 자물쇠 같은데." 래리가 말했다.

"조용히 해." 내가 작게 말했다.

안에서 나는 소리를 들은 남자는 도덕적 태도를 보여줘야겠다고 다짐한 듯 화장실 문을 세차게 발길질했다.

이유를 알 수 없는 신비로운 확신이 드는 순간처럼, 나는 밖에 있는 사람이 응가치에베라는 것을 직감했다. 그는 하나밖에 없는 은행으로 가는 우리의 뒤를 밟은 다음, 큼지막한 양손에 권총을 들고 입에는 마체테 칼을 물고 밖에서 기다리고 있을지도 모를 일이었다.

"영국인과 화장실에 갇히다." 래리가 넋이 나간 표정으로 중얼거렸다.

"강도를 만나다. 돈 한 푼 없이 추방당하다."

"홀딱 벗은 채."

남자가 다시 화장실 문을 발로 찼다. 남자가 돌아서는지 물기 있는 타일 바닥에 구두굽이 찍찍 달라붙는 소리가 났다. 바깥문이 쾅 하고 닫혔다.

"암, 그렇지. 당연히 그래야지. 군인들을 부르러 간 거야." 래리가 말했다.

우리는 땀을 뻘뻘 흘리며 허둥지둥 큰 원통형 압박 붕대를 허벅지 위로 끌어올리고 작은 압박 붕대는 종아리 부근에 대충 허겁지겁 착용했다. 그러고는 그 안에 축축한 비닐봉지를 쑤셔 넣었다. 그런 다음 바지를 입고 양말을 신었다. 우리는 신발 끈을 빨리 묶지 못해 쩔쩔매는 어린아이처럼 당황해 어쩔 줄 몰랐다. 압박 붕대 안에 쑤셔 넣지 못한 마르셀랭에게 줄 돈과 응가치에베에게 줄 뇌물을 서둘러 주머니에 넣고 화장실을 뛰쳐나와 총알같이 계단을 뛰어 내려가 거리로 나섰다.

"침착해." 대기 중인 차에 다다랐을 때 래리가 말했다. 우리는 차 안으로 돌진해 들어가 녹슨 문을 쾅 닫았다.

"무슨 일이에요? 은행이라도 털었습니까?" 니콜라가 말했다.

과학연구부에 도착해 응가치에베의 보좌관을 만나 묵직한 갈색 봉투를 슬쩍 건넨 후 마크 앰피온에게 전할 서류를 받았다. 그런 다음 한적한 공원에 세워진 식민지 시절 도서관의 일부였던 대학 별채 건물에서, 커다란 창문이 달린 고층 방, 탁자 앞에 앉아 있는 마크 앰피온을 만났다. 그가 공식 서류를 꺼내보는 동안 우리는 오른편 벽에 놓인 긴 의자에 앉아 최종 전리품이 하사될 것을 기다리고 있었다. 장관 허가증, 금지된 밀림으로 들어갈 수 있는 자유 통행증 말이다.

"전공이 뭔가요?" 마크 앰피온이 커다란 등사판 문서에 뭔가 기입하고 있을 때 래리가 물었다. "분야 말이에요. 연구 분야요."

앰피온이 수줍은 듯한 미소를 띠고 래리를 쳐다봤다. 양쪽 입꼬리에서 주름이 퍼지더니 양 볼에 있는 칼에 베인 다섯 줄의 흉터가 우둘투둘한 굴곡으로 변했다. "대학에서 가르치고 있습니다. 이 방에서 과학연구부의 공무를 보기도 하고요. 하지만 틈이 날 때마다 미생물을 제외하고 아프리카 생물체 중 개체 수가 가장 많은 생물체를 연구하고 있지요. 바로 흰개미예요. 아주 중요하죠. 흰개미를 연구하지 않을 수 없는데 왜냐하면 우리 초지를 망가뜨리기 때문입니다. 목재를 갉아먹기도 하고요. 제 논문에서 그렇게 말할 생각이에요. 하지만 사실 저는 흰개미를 관찰하는 걸 좋아합니다. 오래됐기 때문이에요. 흰개미들은 적어도 1억 년 전에 이 땅에 이미 존재하고 있었어요. 그때의 흰개미들은 오늘날의 흰개미들과 거의 동일해요. 지금 여기 지하에 있는 통로와 침실에서 똑같은 온도와 똑같은 어둠 속에서 1억 년을 살아왔다고 보셔도 돼요. 콩고만 해도 50가지가 넘는 흰개미 종이 서식하고 있지요. 그리고 이건 제 생각인데 아마 지금까지 알려지지 않은 새로운 종을 제가 발견한 것 같습니다. 하지만 확증하기는 어려운 형편이에요. 중앙위원회는 물론 최선을 다하고 있지요. 하지만 이곳 설비는 낙후해요. 현미경은 독일제인데 굉장히 오래됐어요. 혹시 섀퍼 박사님이 저를 좀 도와주실 수 있을까요?"

"물론이지요. 도와드리죠." 래리가 상체를 앞으로 기울이고 눈을 반짝이며 말했다. "논문을 보내보세요. 흰개미 전문가한테 읽어보라고 할게요."

"정말 친절하시군요." 앰피온은 작성을 마친 서류를 우리 쪽으로 건네며 말했다. "지금은 S. H. 스카이프 교수의 번식 실험을 재연하는 일을 하고 있습니다. 저는 검은둑흰개미들의 타액이 닿는 건 뭐든 다 검게 물들고 어린 여왕은 순백의 배를 가졌다는 스카이프 교수의 견해에 동의합니다. 일개미들이 여왕개미의 부풀어 오른 피부에서 나오는 지방질의 분비물을 섭취하려고 입으로 핥는다는 사실도 확인했습니다. 나중에 여왕개미의 피부가 어두운 갈색으로 변하는 걸 제 눈으로 봤죠. 여왕개미가 늙어서 더는 산란을 못하게 되면 일개미들이 떼로 몰려들어 밤낮으로 여왕개미의 배에 입 부위를 문질러대는 것도 확인했고요. 여왕개미의 몸이 점점 마르다가 결국 쪼글쪼글한 껍질만 남게 된다는 것도 맞아요. 일개미들이 여왕개미를 핥아서 결국 죽음에 이르게 한다는 것도 사실이고요."

최종 허가증을 받았지만 상류에서 증기선이 돌아올 때까지 열흘을 기다려야 했으므로 우리는 같은 일과를 반복했다. 아니 그보다는 체계적인 래리가 정해진 일과대로 사는 게 어떤 건지 내게 보여줬다고 보는 편이 맞겠다. 6시에 맞춰놓은 알람 소리에 일어나 샤워한 다음, 가지고 있는 현금의 절반을 몸에 차고 (나머지는 배낭 제일 위에 있는 지도 넣는 주머니에 테이프로 붙여놓았다), 레 부갱빌레 카페에서 커피를 마시고 크루아상을 입안에 구겨 넣으며 회색 하늘 아래 차양 밑에서 하루 중 유일하게 공기가 깨끗한 시간대를 즐기면서, 옥스퍼드에 있는 참새와 다를 바 없는 회색머리참새 한 쌍이 방갈로 지붕 아래 둥지 주변에서 찍찍거리며 분주하게 목을 빼고 스스럼없이 우리 주변을 돌아보

는 것을 바라본다. 그다음 걷기 시작하는데(무더위 속에서, 나한테
는 사이클 선수 속도로 느껴지는 걸음으로) 래리가 아침 운동량을 다
했다고 결정할 때까지 계속 걸은 다음, 호텔 정원의 퍼걸러*문을
통해 돌아와 책을 읽은 후 점심으로 콩고 민물고기 튀김을 먹은
후 낮잠을 자고, 땀에 흠뻑 젖은 옷 한 벌을 욕조에서 빤 다음 옷
장에 널어놓고, 옷을 갈아입은 후 시내까지 걸어가 저녁을 먹고
싸구려 스페인산 와인(10갤런짜리 한 통에 8파운드) 1리터씩을 마
신 후 방수포를 몸에 감고 잠든다.

우리의 새로운 일과가 시작된 첫날 아침 마르셀랭의 사무실
로 가려고 길을 나섰다. 조용한 특권층의 거리는 마치 집 앞 거
리처럼 익숙해지고 있었다. 오른편으로 거대한 가짜 판야나무,
철제 전신주, 우리를 지켜보는 얼룩까마귀를 지나 대로에서 왼
쪽으로 돌아갔다. 대로에는 드문드문 모페드**를 실은 화물차들
이 보이고, 도요타와 닛산 트럭, 베틀리에 군용 트럭, 미니밴 버
스, 그린 택시와 자전거들이 달리고 있었다. 그늘로 가기 위해
나무가 줄지어 선 맞은편 넓은 거리로 건너갔는데, 말하는 데 열
중해 하마터면 아무 표시도 없는 1미터가 넘는 넓이의 하수구
검수 수갱에 빠질 뻔했다. 수갱 위로 물이 넘쳐 보도에까지 흘러
들었고 수심 15미터 아래에서 검은 물이 부글거렸다. "개자식들,
플래츠버그에서라면 2,000명 넘게 도로국에 소송 걸었을 일이

---

* pergola. 정원에 덩굴 식물이 타고 올라가게 만들어놓은 아치형 구조물.
** moped. 모터 달린 자전거.

야. 가림막이라도 쳐야지. 염병할, 간단한 맨홀 뚜껑이라도 덮든가." 래리가 말했다. 우리는 차양을 친 안뜰에 있는 북베트남 식당, 리포캉프L'Hippocampe를 지났다. 안뜰 입구에는 칼라슈니코프 소총을 가슴에 대각선으로 멘 젊은 군인이 보초를 서고 있었다. "그런 식으로 보지 마." 래리가 눈은 길에 고정한 채 입꼬리로 말하는 듯했다. "저 사람 우리를 세우고 싶어 안달 나 있다고. 미친 짓이지. 이렇게 현금을 가지고 다니는 것 말이야. 왠지 불길한 예감이 들어. 그냥 육감 같은 거야. 네가 뭐라고 해도 좋은데 나는 저 군인이 왠지 사나운 갱으로 돌변해 내 다리를 톱질해버릴 것 같단 말이야." 그래서 우리는 길 건너편에 서 있는 칼라슈니코프 소총을 가슴에 메고 축구장 입구를 지키고 있는 젊은 군인의 눈을 똑바로 쳐다보고 걸었다.

동물보존·보호구역 관리부는 동물원 뒤편 왼쪽에 있었고, 그곳의 부장 마르셀랭 아냐냐는 L자 모양으로 늘어선 사무실 중 한 곳에 놓인 테이블 앞에 앉아 있었다. 마르셀랭은 분홍색 줄무늬 셔츠에 흰바지를 입고 날렵한 갈색 구두를 신고 있었다. 앞에 파란색 다이어리를 펼쳐놓고 대형 인쇄 용지에 볼펜으로 뭔가를 쓰고 있었다. 덥고 작은 방은 거의 비어 있다시피 했다. 오른쪽 벽 메모판에 사진이 몇 장 붙어 있고 마르셀랭의 왼쪽 팔꿈치 옆에《신비 동물학 저널Journal of Cryptozoology》한 권이 놓여 있을 뿐이었다.

"둥근귀코끼리 조사에 대한 공식 보고서를 쓰고 있어요." 마르셀랭이 우리를 쳐다보며 말했다. "훌륭한 생물학자 마이크 페이˙와 함께 갔었죠. 마이크 페이는 중앙아프리카공화국에 살고 있고 세계자연보호기금Worldwide Fund for Nature에서 일하고 있어요. 지구상에 마이크 페이만큼 둥근귀코끼리에 대해 더 많이 아는 사람은 없을 겁니다. 밀림 속을 잔걸음으로 얼마나 빨리 걷는지. 건강한 사람이죠. 아픈 법이 없어요. 그런데 차를 계속 마셔 줘야 해요. 가다가 멈추고 불을 피워 차를 끓여 마시지 않으면 아무것도 못해요. 꼼짝도 못하죠."

"조사는 어떻게 진행됐나요?" 래리가 벽에 편안하게 몸을 기대고 허리의 움푹 들어간 부분에 손을 얹고는 말했다. "표본은 어떻게 채취했어요?"

"밀림에서 100평방미터 되는 공간에 하얀 면실로 표시를 해 두고 각 구역에 쌓인 배설물 더미 수를 세어봤어요. 마이크 페이는 오차 범위가 25퍼센트라고 했지만 그보다 나은 방법을 내놓을 수 있는 사람은 없어요. 케임브리지라 해도 별수 없을걸요. 아프리카둥근귀코끼리는 수를 셀 수 있을 때까지 기다려주지 않아요. 피그미만이 그들한테 들키지 않고 다가갈 수 있으니까요."

"그렇군요. 허나 풀을 찾아 이동하는 동일한 코끼리 떼를 계속 세고 있는 게 아닌지 어떻게 알 수 있습니까?" 래리는 세미나에라도 참석한 것처럼 말했다.

"그렇지 않아요. 배설물을 통해 대략적인 나이를 파악하고 기록하는데 그게 도움이 됩니다. 감으로 알 수 있어요. 우리는 지

---

* Mike Fay(1956~). 미국의 생태학자.

난 10년간 콩고에 서식하는 전체 둥근귀코끼리 개체 수가 절반으로 줄었다고 추정합니다. 그곳에 가면 실제적 증거를 볼 수 있어요. 북쪽 삼림의 건조 지역에는 넓은 코끼리 길이 있어요. 코끼리들이 족히 몇 천 년 동안은 밀림을 밟고 다닌 흔적이죠. 그런데 지금은 그 길이 반은 가려져 있어요. 다른 종들이 침범하기도 했고 관목나무와 어린 나무들이 자랐기 때문이죠. 6미터가넘는 나무들도 있어요. 2차 생장 식물*들이 빽빽하게 우거진 곳이 갑자기 눈앞에 나타나기도 해요. 무슬림들, 수단이나 중앙아프리카공화국에서 온 무역상들도 문제예요. 이 사람들은 피그미들한테 담배 몇 갑 쥐어주면서 고성능 권총을 빌려주고 나중에돌아와서 상아를 모아가요. 밀림 국경선을 경비할 수 있는 사람들도 없어요. 그건 불가능하지요."

"그게 주요 문제라고 확신해요? 벌목이나 개간, 인구 증가가문제는 아니고?"

"거기 가보면 알 거예요. 우방기 강과 상가 강 사이에 있는 거대한 습지림은 아프리카에서 훼손되지 않은 마지막 밀림입니다.그곳의 인구 밀도는 1평방킬로미터당 겨우 0.9명에 불과해요. 게다가 강 제방 구역에서만 살고 있고요. 그 사람들은 물고기를 낚고 자기들 농장에서 일해요. 하지만 습지림 안쪽까지는 절대 들어가지 않아요. 그것도 가서 보시면 알 겁니다."

"왜죠?" 래리가 고쳐 앉으며 물었다.

"험난한 곳이에요. 허리까지 물이 찰 수도 있어요. 벌들이 공격할 거고요. 밤이면 표범들이 야영지 주변을 어슬렁거릴 거예요. 다리에 궤양이 생길 수도 있어요. 몸에는 곰팡이가 생길 거고요. 독사와 코브라도 조심해야 하고요. 수로를 따라 체체파리들은 또 얼마나 끔찍하게요."

"고맙소." 래리가 어깨를 웅숭그리며 말했다.

"둥근귀코끼리들에게는 자연스럽게 보호구역이 되는 거지요. 둥근귀코끼리들은 물웅덩이가 많은 강 저지대를 좋아합니다. 마이크 페이가 그러더군요. 나는 내 보호 아래 둥근귀코끼리들이 그곳에서 안전했으면 좋겠어요. 거주민들 말이 코끼리들이 우기에 늪지대를 떠나 육지 숲으로 이동한다는 거예요. 그때 총격을 당하는 거죠, 짐작이지만. 가서 보면 알게 되겠죠. 어찌 됐든 제 상사 아시투 응딩가Assitou Ndinga는 두 분과 함께 이번 여행을 갈 수 있다는 데 흡족해하십니다. 거기 가면 오지 마을의 추장들과 인민당 위원회 부회장들에게 우리 법이 바뀌었다는 걸 알려줄 수 있을 겁니다. 지금 우리는 콩고인민공화국의 정부가 아니라 세습 추장들이 다시 한 번 대대로 살아온 밀림 지대의 직접적인 수호자가 될 수 있다고 생각하고 있습니다. 이제 우리를 도와 불법 침입을 막고 필요하다면 전쟁도 불사하는 것이 추장들의 책임이 되었어요. 우리는 정부의 공식 탐험대가 될 겁니다."

"그렇고말고." 래리가 겁에 질려 말했다.

이야기가 끝나자 마르셀랭은 일어나 문 쪽으로 걸어가며 말했다. "게다가 그렇게 하는 편이 우리한테 더 안전하기도 합니

---

* 화재나 벌목, 곤충에 의한 전염병 등으로 숲이 파괴된 후에 다시 자라난 식물.

다. 모든 점을 감안해볼 때 정부의 공식 탐험대라고 하면 아무래도 창에 찔리거나 마체테에 베이거나 총에 맞을 확률이 덜하겠죠."

메모판에 꽂힌 사진들을 슬쩍 봤다. 대부분 아마도 마이크 페이가 찍어줬을 밀림에 있는 마르셀랭의 컬러 사진이었다. 오른쪽 아래 구석에 꽂혀 있는 흑백 사진 한 장이 눈에 들어왔다. 거대한 고릴라 한 마리가 가슴에 총알구멍이 뚫린 채 오두막 벽에 기대 쓰러져 이쪽을 응시하고 있는 사진이었다.

"마르셀랭, 저게 뭐죠?"

"늙은 불한당 같은 놈이었죠. 어느 날 밀림을 어슬렁거리다가 임퐁도Impfondo라는 작은 마을에 있는 집에 들어간 거예요. 사람들이 혼비백산했죠. 군인이 저격했어요."

밖에 택시 한 대가 섰다. 갈색 군용 셔츠와 바지를 입고 검정색 부츠에 초록색 베레모를 쓴 젊은 남자가 조수석에서 내렸다. 운전사는 대놓고 투덜대며 운전석에 앉아 마르셀랭에게 소리를 질렀다. 젊은 남자는 웃으며 자동차 트렁크를 열더니 죽은 아프리카 사향고양이 두 마리의 앞발을 잡고 질질 끌고 와 우리 앞에 놓고는 트렁크 뚜껑을 쾅 닫았다. 택시는 떠났다.

고양이의 짧고 까만 다리와 털이 수북한 꼬리가 콘크리트 보도에 축 늘어져 있었다. 스패니얼만큼 큰 회색 몸통은 검은색 반점과 줄무늬로 덮여 있었다. 생명의 기미가 하나 없는 눈은 까맸다. 주둥이는 뭉툭했고 귀는 작고 동그랬다. 자세히 보려고 몸을 앞으로 숙였는데 갑자기 뭔가 끈적끈적한 냄새가 확 났다. 어찌나 지독한지 냄새의 끈끈함이 얼굴에 척 들러붙는 듯했다. 진하고 오래 묵힌 소변과 구더기가 생긴 반쯤 썩은 배설물이 뒤섞인 냄새에 더해, 누군가 더러운 돼지 고환 사이에 내 코를 처박았다가 뺀 것 같은 냄새였다. 나는 소맷부리에 얼굴을 파묻었다. 물론 정제는 하겠지만 사향고양이의 항문샘에서 채취한 기름이 향수의 베이스가 된다는 사실이 믿기지 않았다. 그리고 솔로몬 왕이 이미 3,000년 전에 아프리카로 사람을 보내 사향을 구해오도록 한 것도 믿기지 않았다.

내가 뒤로 물러서는 걸 보고 마르셀랭이 웃으며 말했다. "저 택시 운전사들은 우리를 안 좋아해요. 우리는 원할 때 언제든 택시를 부를 수 있거든요. 내 경호원이 항구에서 이 사향고양이를 압수했어요. 사람들이 고기는 먹고 가죽은 팔죠. 하지만 택시 운전사가 안됐긴 해요. 고약한 냄새가 한 달은 갈 걸요."

저녁을 먹으러 시내로 걸어가며 내가 물었다. "래리, 왜 마르셀랭을 밥맛없는 녀석이라 생각하지?"

"미안해." 래리가 기찻길을 건너기 위해 발걸음을 재촉하며 말했다. "그건 그냥 내가 가진 선입견 때문일 거야. 나도 내 생각이 시대에 맞지 않다는 걸 알아. 그래도 어쩔 수 없어. 아마 유전자에 그렇게 새겨진 것 같아. 난 신뢰나 정절, 그런 걸 믿어. 그냥 마르셀랭이 아내를 그런 식으로 속이는 건 안 될 것 같아. 배우자를 존중할 마음이 없다면 결혼이니, 서약이니 그런 게 다 무슨 의미가 있어? 맙소사, 게다가 아내가 임신 중이라잖아?"

"아마 여기는 다르겠지."

"글쎄, 그 다르다는 것에도 난 동의하지 않아. 단순히 무슬림이라는 이유로 여자아이의 클리토리스를 자르거나, 제7일안식일예수재림교의 기괴한 짓이나, 거듭난 그리스도인이라나 뭐라나 그런 멍청한 말에도 동의하지 않아. 나는 정말 그래."

포토포토에서 우리는 가던 길을 잠시 멈춰 티셔츠에 반바지를 입고 샌들을 신은 두 남자아이가 작은 벤치 양 끝에 다리를 쩍 벌리고 앉아 단단한 목재로 만든 직사각형 모양의 틀을 사이에 두고 극도로 집중하고 있는 것을 구경했다. 각 틀에는 32개의 구멍—테두리에 진흙이 묻은, 지빠귀 둥지 모양으로 생긴—이 나 있고, 구멍 안에는 넓적하고 작은 초록색 공작석돌이 서로 다른 숫자로 계란처럼 놓여 있었다. 두 소년은 오른손을 들어 무시무시하게 빠른 속도로 돌을 자기 틀 안에 옮겨 담았다. 래리는 게임 규칙이 너무 복잡해서 몇 년 동안은 지켜봐야 이해할 수 있고, 그렇다고 직접 정보를 구하는 것은 체스 토너먼트에서 두 대가를 인터뷰하는 것만큼이나 어려울 거라 판단했다. 그래서 우리는 덮개 없이 그대로 노출된 하수구 옆으로 깊은 모랫길을 통해 르 수아 오 빌라주Le Soir au Village 쪽으로 걸어 올라갔다. 하수구에는 고인 물과 함께 깡통, 뽑힌 닭털, 버려진 판지 조각, 골함석 조각, 그리고 머리가 잘린 인형이 뒤섞여 있었다.

"여기가 바로 말라리아균의 온상이구먼. 모기 유충이 우글거릴 수 있는 길쭉한 보금자리, 완벽하게 준비된 곳이야. 하수구에서 숙주까지 갔다가 되돌아오는 거리가 짧잖아."

"하지만 모기가 어디 있어? 이해가 안 돼. 옥스퍼드에서 오히려 모기를 더 많이 본 것 같아. 여기서 겨우 다섯 번 모기에 물렸어. 세고 있었거든."

"그래서 감염률의 차이를 보는 게 통계적으로 유효한 거야." 래리가 음울하게 말했다. 우리는 갈대로 만든 이엉과 콘크리트 벽돌로 지은 작은 식당에 들어가 빈 테이블에 앉았다.

"그 수치는……" 래리는 오른쪽 벽에 붙은 메뉴판을 보며 여전히 음울한 목소리로 말했다. 메뉴판에는 '악어고기와 사카사카SAKA-SAKA'라고 적혀 있었다.

"젠장, 사카사카가 뭐야?"

"낸들 아나."

그래서 우리는 악어고기와 사카사카를 시켰다.

"맥주 네 병도요." 래리가 말했다.

"맥스 말야." 래리가 맥주를 잔에 따르며 말했다.

"맥스?"

"르루아 부인 거처에 있던 그 피그미침팬지 말이야. 나를 보던 그 눈이라니. 머릿속에서 떠나질 않아. 피그미침팬지, 보노보를 실제로 본 건 그때가 처음이었어. 피그미침팬지에 대해 뭐 좀 알아?"

"아니, 나는 일자무식이야." 내가 우물쭈물 답했다.

"알긴 아네." 래리가 기분이 좋아져서 잔을 비우고 두 번째 병을 따며 말했다. "피그미침팬지들은 1928년에 처음 발견됐어. 짐작하건대 네가 가진 모든 지식은 아마 1900년쯤에 멈춰 있을 거야. 피스 헬멧*을 쓴 제국주의 시대의 원정대 때 말이야. 카이버 고개** 어디쯤, 내 말 맞지? 내가 가르치는 뉴욕 주립 대학에 바로 지금 피그미침팬지에 대해 실제로 연구하고 있는 사람들이 있어. 앨리슨과 노엘 배드리언이야. 놀라운 이야기가 있어. 인간과 피그미침팬지는 유전자의 98퍼센트가 일치해. 인간의 유전자 287개의 헤모글로빈은 피그미침팬지와 똑같아. 피그미침팬지의 돔 모양 두개골도 인간의 가장 오래된 조상 오스트랄로피테쿠스와 동일하고 말이야. 인간과 침팬지의 조상이 갈라지게 된 것은 불과 430만 년 전일 것으로 추측하고 있어. ("일요일 오전 10시, 침대에서 정상체위로 할 때?" 내가 말했지만 래리는 못 들은 체했다.) 그동안 우리가 우리 좋으라고 생각했던 2,000만 년 전이 아니고 말이야. 우리의 피그미침팬지 조상이 맥스 조상으로부터 떨어져 나온 건 2차 아프리카 조산造山 운동이 일어난 때로 보여. 용암이 분출해 열곡이 형성된 시기인 약 600만 년 전쯤인 것으로 추정되지. 그러니까 우리의 몇 번째일지도 모를 조부모 피그미침팬지가 서쪽에 새로 형성된 산 때문에 비가 오지 않는 열대 우림지에 고립됐어. 나무도 점차 줄어들어 잡목림이나 사바나로 바뀌게 된 거야. 맥스 같은 침팬지들은 그냥 그곳, 자이르 강 남부 환경에 익숙해지고 행복하게 살게 된 거야. 자기들 친족은 운명의 장난에 시달리는 줄도 모르고 말이야. 우리가 숲을 떠난 게 아니야. 숲이 우리를 떠난 거지. 그래서 그들은 밀림에서, 지구상에서 가장 안정된 대륙의 가장 안정된 지역에서 자기들 식으로 살아간 거야. 또는 원래 살던 방식을 안 바꾸고 살아간 것일 수도

102

있지. 그들 문화가 항상 그래온 것일지도 몰라. 아마 인간의 문화도 마찬가지였을 수 있어." 래리는 손을 흔들어 얼굴에 날아드는 모기를 날려 보내며 두 번째 병의 맥주를 따랐다. "아니야, 우리는 피그미침팬지하고 정말 다를지도 몰라."

"어떤 점에서? 뭔가 심기를 건드리는 게 있어? 무슨 문젠데?"

"결혼 말이야." 래리가 내 쪽을 보지 않고 숟가락을 구부리며 말했다. "피그미침팬지들은 우리와는 정말 다른 사회에서 살아가는지도 몰라. 아까는 감정적으로 말해 미안해. 정절이니 뭐니 했던 것 말이야."

"뭘 말하고 싶은 거야?"

"피그미침팬지는 유전적으로 우리와 매우 유사해. 하지만 다른 방식으로 섹스를 이용하지."

"좀 더 구체적으로 말해봐." 나는 시가가 있으면 좋겠다고 생각하며 정신과 의사처럼 달래듯 말했다. "자, 천천히 말해봐."

래리가 나를 노려봤다. "넌 정신과 의사가 되긴 글렀어."

"뭐?"

"정신과 의사 되는 건 꿈도 꾸지 말라고. 첫째, 넌 다른 사람의 문젯거리를 농담처럼 만들려고 해. 너 자신을 보호하려고 말이지. 둘째, 넌 평생 비밀이라곤 지켜본 적도 없을 거야. 척 보면 알아."

---

* pith helmet. 더운 나라에서 머리 보호용으로 쓰는 가볍고 단단한 소재로 된 흰색 모자.
** Khyber Pass. 파키스탄과 아프가니스탄을 잇는 산길.

"무슨 말이야. 나 비밀 잘 지켜." 나는 한 번이라도 성공한 기억을 떠올리려 했지만 실패하고 말았다. "나 입 무거워. 나 믿어도 돼. 정말이야."

"그래, 참도 맞는 말이겠다." 래리가 씩 웃었다. "정신과 의사가 된다고 해도 넌 돌팔이 중의 돌팔이가 될 거야. 아무튼 난 이 문제에 대해 거듭 생각해왔어. 도덕이라는 것도 진화의 산물일 거야. 다윈이 《인간의 유래The Descent of Man》에서 말한 것처럼 진화된 행동의 하나일 뿐이야. 함께 행동하고 서로 돕는 이기적이지 않은 사람들은 아무리 개개인이 강하다고 해도 자기만 생각하는 사람들이 모인 전사 집단을 격퇴할 수 있잖아."

"그래, 물론 그렇겠지."

"피그미침팬지들은 평화롭게 살아. 제대로 해낸 거지. 보통다른 침팬지들처럼 가끔이라도 서로 죽이는 짓을 하지 않아. 서열이 낮은 암컷의 새끼를 잡아먹는 짓도 안 해. 동족을 잡아먹지 않아. 암컷끼리의 유대가 강하고. 모계 사회인 거지."

"피그미침팬지Pygmy chimps라, 약자로 하면 PC네. 정치적으로 올바름*. 모계 사회는 언제나 이상적이지. 보르네오의 이반족이 떠오르는군. 섹스는 더, 경쟁은 덜, 재미는 더, 잠은 더 많이."

"그게 아냐." 래리가 정색하며 말했다. "네 식대로 또 코미디로 만들지 마. 피그미침팬지들은 섹스를 다르게 사용할 뿐이야. 암컷들의 클리토리스는 비대해지는 쪽으로 진화했어. 집게손가락 반 정도의 클리토리스가 앞으로 휘어진 모양으로 덜렁거려. 암컷들은 이 부분을 서로 대고 문질러. 전문 용어로 하면 생식기와 생식기 문지르기지. ("프로타주[**]군." 내가 말했다.) 암컷 한 마리가 다른 암컷한테 다가가서 눈을 응시해. 그러면 시선을 받은 암컷이 등을 대고 누워. 유혹하는 암컷 쪽이 그 위에 올라타서 클리스토스를 문지르는 거야. 숨을 헐떡이다가 절정에 이르면 괴성을 지르지."

"맙소사."

"피그미침팬지들은 나무에 아늑하고 작은 보금자리를 짓고 거기서 혼자 잠을 자. 아침 5시 반에 기상하지. 그리고 그때부터 9시 반까지 상대를 바꿔가면서 한 시간에 평균 1.7번의 성행위를 해. 암컷, 수컷, 어린 개체 가리지 않고 모두 섞여 난교를 하는 거야. 엄마 피그미침팬지가 다른 암컷하고 생식기 문지르기를 끝내면 어린 아들이 엄마의 상대한테 매달려. 그럼 이 암컷은 어린 수컷이 엉덩이를 붙잡고 작은 성기를 집어넣고 마치 딱따구리가 부리로 나무를 치듯이 방망이질을 하는 동안 가만히 기다려주지. 별로 개의치 않는 표정으로 말이야. 그럼 다른 어린 개체들도 다가와서 그 암컷의 엉덩이를 만지며 자기 차례를 기다려. 암컷은 그저 좀 지루한 표정을 짓는 게 전부야. 이건 인정해야 해. 상당히 진보된 성교육 아냐?"

"목소리 좀 낮춰. 쫓겨나고 싶어?" 악어고기와 사카사카, 손목 두께의 차가운 연두색 카사바가 통짜로 나왔을 때 내가 말했다.

---

[*] politically correct. 차별이나 편견에 의한 표현을 제한하는 것을 일컫는다.
[**] frottage. 옷을 입은 채 몸을 남의 몸이나 물건에 문질러 성적 쾌감을 얻는 변태 성욕.

"너는 감옥에 가둬야 해. 따로 격리시켜야 해."

래리는 자기 접시에서 기다리고 있는 음식은 까맣게 잊은 채 맥주를 더 시켰다. "피그미침팬지는 평화로운 공생 관계의 전문가야. 다른 보통 침팬지들은 수컷끼리 무리를 형성하지만 피그미침팬지들은 언제나 다 함께 생활해. 오직 청소년기 암컷만이 자기 집단을 떠나 다른 집단을 찾아나서. 그래서 한 집단은 보통 엄마, 아들, 새로 들어온 청소년기 암컷, 엄마의 생식기 문지르기 친구로 구성되고 모든 수컷은 마마보이야. 하지만 수컷들은 남자 구실을 해야 해. 암컷이 들이댔는데 수컷이 거절하면 암컷은 사납게 소리 지르며 화를 내지. 그러면 다른 암컷들이 득달같이 달려와 수컷을 열매가 열리지 않는 나무로 쫓아버려. 그래서 수컷들은 머리를 쓰기 시작했지. 요령을 터득한 거야. 대부분 수컷들은 사정하지 않고 성교만 하는 거야. 성기가 힘없이 늘어진 채로 암컷한테 붙들리는 일이 없도록 각별히 조심하는 거지. 게다가 새로 들어온 어린 암컷들은 성적으로 가장 왕성한 때야. 이 암컷들은 등을 대고 누워서 하는 걸 좋아하지. 그런데 이 암컷들은 가임기가 아니야. 그래서 출산율은 매우 낮아. 그러니까 성행위 대부분의 주요 기능은 모두에게 쾌락을 주는 것이고, 함께 살아가는 사회를 유지하기 위한 거야."

"그래서 넌 어때?" 나는 턱을 놀려 기다란 악어고기 힘줄(생선 같으면서도 질 좋은 스테이크 같은 맛이 났다)을 연신 씹어대면서 물었다. "그게 연구해보고 싶은 분야야? 우리 조상들의 성생활은 어땠을까?"

"아냐. 베른트 하인리히Bernd Heinrich가 내 영웅이야.《뒤영벌의 경제학Bumblebee Economics》이란 책을 썼지." 래리 역시 턱을 놀리며 말했다. 사카사카(시금치 비슷한 것) 한 조각이 떨어져 나와 래리의 생강 빛깔이 도는 갈색 수염 위에서 선명한 녹색을 발했다. "역사상 가장 위대한 책 중 하나지. 하인리히는 믿을 수 없을 만큼 멋진 실험들을 고안했어. 그리고 뒤영벌이 비행 전에 날개는 움직이지 않고 몸을 덥힌다는 걸 알아냈어. 비행 근육을 움직여 주변 환경보다 체온을 높이고 날개를 다시 그 근육에 연결하는 거야. 그렇게 해서 멀리까지 가는 거야. 뒤영벌은 포유류처럼 온혈 동물은 아니고 아마 공룡이 그랬을 것처럼 부분적으로만 온혈인 거야. 흉부에 열을 저장할 수 있는데 흉부와 배 사이에 열 조절 밸브가 있어. 하지만 비행할 때마다 손익을 계산해 봐야 해. 꿀이 얼마나 멀리 떨어져 있는지, 지난번 비행 때 얼마나 많은 꽃들이 꿀을 품고 있었는지 말이야. 먹이를 가져오기 위해 연료를 태우는 셈이지. 얼마나 더 멀리 가야 할까? 만일 연료가 다 되면 이들은 착륙해서 나머지 길은 걸어서 가. 가끔 비행 경제 상태를 잘못 계산해서 날이 저물 때도 있지. 그럴 때는 식물 자락에 몸을 누이고 해가 뜨기를 기다려. 뒤영벌은 북부 종이야. 북극 툰드라 지대의 벌이 남쪽으로 영역을 넓힌 경우야. 뒤영벌은 이들과는 반대로 열대 종인데 북쪽으로 영역을 확장한 꿀벌들과 경쟁하게 됐지. 뒤영벌의 일벌들은 작은 벌집 안에 꿀이 아니라 여왕벌들을 비축해. 여름이 끝날 때 원래 벌집이 없어지게 되면 산란을 맡은 여왕벌들은 흩어져서 각자 버려진 쥐구멍을 찾아 그곳에서 동면하고 봄이 오면 다시 나와. 뒤영벌들은 온도가 낮아서 아직 꿀벌들이 날 수 없을 때인 이른 아침 꽃을 찾아갔다가 꿀벌들이 오는 시간이 되면 꿀이 별로 많지 않은 꽃들로 자리를 옮겨. 최선의 거래로 최선의 결과를 얻도록 계산하는 거지. 멋지지 않아? 그냥 멋지다고 밖에 못하겠어. 내가 만일 그런 연구를 해냈다면 죽어도 여한이 없을 거야. 주위를 휘 둘러 보며 이렇게 말할 거야. '나는 뒤영벌의 일생에 대해 그토록 정교한 발견을 했어. 지금 바로 죽는다고 해도 행복하게 눈감을 수 있어.'라고 말이야."

"지금 하고 있는, 가르치는 일도 그만큼 중요한 거 아냐?"

"대규모 기초 수업 말하는 거야? 신입생들? 대학의 이념? 그런 것들? 아니면 간호사들을 위한 생물학 강의? 일반 동물학?"

"전부 다."

"그렇게 생각하지 않았지, 여기 오기 전까지는." 래리는 처음으로 음식에 주의를 기울이며 남은 카사바를 접시 한쪽 끝으로 밀어놓으며 말했다. "지금은 잘 모르겠어. 학생들은 자기들이 얼마나 운이 좋은지 몰라. 걔네들한테 세계란 플래츠버그에서 뉴욕까지 연결된 곳에 불과해. 내가 살아서 여기서 나갈 수 있다면 학생들에게 그렇지 않다고 말해줄 거야."

그는 카사바를 포크로 쿡쿡 찔러보더니(카사바는 화장실 청소 세제에 일주일 재워둔, 반쯤 굳은 퍼티* 같은 맛이었다) 생각에 잠긴 표정으로 윗입술 아래 사카사카 조각이 낀 앞니에 혀를 대고 앞뒤로 움직였다. "이게 도대체 무슨 음식이야?"

"카사바, 남미에서 주로 많이 먹지. 거기서는 조각을 내거나 톱밥 모양으로 나오지만 말이야. 포르투갈 사람들이 16세기에 노예들을 먹이려고 들여왔대. 덩이줄기 식물로 시안화수소를 다량 함유하고 있어서 물에 담갔다가 갈아서 프레스 같은 데 넣고 독성을 짜내야 해. 그리고 불 위에서 팬에 구워 남은 수분을 없앤 후 가루를 만들지. 별로야?"

"별로냐고? 창자까지 게울 것 같아."

---

* putty. 유리를 창틀에 끼울 때 쓰는 접합제.

7

말라리아에 걸리다

우리는 군기가 바짝 들어간 군 소대의 모습에 경탄하고 있었다. 군인들은 칼라슈니코프를 메고 모든 장비를 갖추고 한낮의 열기 속에서 행군가를 부르며 전투 대형으로 레 부갱빌레를 빠른 속도로 달리고 있었다. 래리와 나는 창문 없는 커다란 콘크리트 벽돌 더미 같은 감옥을 걸어서 지나갔다. 오물 저장소 같은 냄새가 났다. 북베트남 식당에서 수프와 소시지로 식사를 하고 콩고 민물고기를 먹고 평소처럼 싸구려 레드 와인을 마시며 필요한 비품 목록을 작성했다. 그리고 숙취가 찾아왔다.

평생 겪은 숙취 중 최악이었다(그러고 보니 레드 와인도 소시지도 그랬다). 억지로 걸어서 돌아오는 길에 셔터가 내려진 이란 대사관을 지나갔다. 대사관에는 검둥개 두 마리가 주변에 쳐진 높다란 닭장용 철망 울타리를 소리 하나 내지 않고 펄쩍펄쩍 뛰어올랐다. 깨진 맥주병 조각을 위에 박아놓은 콘크리트 벽돌 담장을 지나 숙소 쪽으로 향해 걸어갈 때 나는 머리카락만 스쳐도 머리가 깨질 듯이 아팠다. 레 부갱빌레로 가는 마지막 몇 발자국은 발을 뗄 때마다 두개골 속에서 통증이 물통에 담긴 물처럼 철썩거렸다. 뒷목이 뻣뻣하게 굳었다. 내장이 다 풀려 위장 바로 아래서 방울뱀처럼 움직이는 것 같았다. 변기에 몸을 웅크리고 앉아 평생 이렇게 심한 설사는 해본 적이 없다고 생각했다. "눕는 게 좋겠어." 나는 소리 내어 말했다. 그 순간 갑자기 몸이 획 돌아가더니 설사가 가득한 변기로 구토가 쏟아졌다. 구토가 얼마나 심한지 목과 식도 내부가 확 뜯겨 거꾸로 뒤집어놓은 양말처럼 입에서 쑥 빠져나와 덜렁거리는 것 같았다.

"맙소사, 어서 누워." 방으로 돌아가자 래리가 말했다. 래리의 머리만 둥둥 떠서 내 몸 위에 불쑥 나타나는 것 같았다. "맙소사." 그 두상이 말했다. 나는 눈을 감았다. 여덟 살로 되돌아갔다. 높은 돌담 뒤편 밴텀 닭을 키우던 잔디밭 잡목 숲에서 주운 자전거 조각, 널빤지, 캔 등으로 만든 기계에다 할머니를 태워 미국에 보낸다고 했던 일, 월셔 하천에서 아버지와 2인용 캔버스 카누를 타고 노를 젓던 일, 황량한 솔즈베리 평원을 반쯤 가로질러 도시에 있는 초등학교로 가던 길, 아버지의 라일리 차 뒷좌석에서 겁에 질려 정신이 아득했던 일. 그런 기억들이 저절로 떠올랐다가 계속 탁탁 끊기는가 하면, 화면이 깨지며 욕지기가 나는 하품 속으로 쑥 들어갔다. 깊은 신음 소리가 절로 나는, 턱이 빠질 것 같은 큰 하품이었다.

"내 생각에는 숙취가 아닌 것 같아." 저 멀리서 래리의 목소리가 들려왔다.

몇 시간 후, 아니면 몇 시간이 흐른 것처럼 느껴졌을 때, 나는 다시 가족들과의 휴가로 되돌아갔다. 아일랜드 서쪽 크로프 패트릭 산 정상이었다. 그런데 갑자기 눈보라가 쳤고 어머니, 아버지, 형이 나를 버려두고 갔다. 나는 달랑 꺼끌꺼끌한 회색 교복 반바지만 입은 채 돌무더기 바로 옆 눈 더미에 누웠다.

"가족들이 날 버리고 갔어. 추워." 내가 말했다.

"여긴 지금 48도가 넘어." 래리가 저 산 아래서 말했다.

"제발, 옷 좀 갖다 줘."

목 아래 부분에서부터 척추까지 고드름이 얼듯이 얼어붙는 걸 느끼며 나는 몸을 떨기 시작했다. 하지만 오한이 나면서부터 숨이 턱턱 막히던 욕지기는 사라졌다. 래리는 산 위에 있을 때 함께하기 적합한 인물이었다. 뭔가를 생각해내고 방법을 떠올리는 사람인 것이다. 당나귀 등에 내 짐을 실어 가지고 올 사람이었다.

귀 안쪽에서 타닥타닥하는 소리가 났다. 자갈길을 걸어오는 당나귀 발굽 소리였다. 래리가 내 여분 바지와 셔츠, 팬티, 스웨터 한 벌과 두 장의 담요를 덮어주었다. 그리고 시신을 방수포로 감쌌다.

래리는 내 머리 옆에 무릎을 꿇고 앉아 말했다. "네 짐가방 엉망이야. 좀 체계적으로 정리할 수 없어? 옛날식으로 그냥 다 쑤셔 박아놓았잖아. 비닐봉지에 쑤셔 넣고. 정말 끔찍하다고. 첫째, 짐을 넣는 중요한 가방과 옆주머니를 구분해야 해. 둘째, 지도는 잘 접어서 지도 주머니에 반듯하게 넣어야지. 중요한 거잖아. 나중에 꼭 필요할 거 아냐. 그리고 도대체 왜 모든 물건을 양말하고 같이 쑤셔 넣은 건데?"

"헤리퍼드의 특수부대 대장이 그렇게 하라고 했어. 비…… 빈틈은, 야…… 양말로, 채…… 채워라."

"왜 쥐라도 기를 작정이야?"

래리가 말을 멈추자 나는 머릿속이 거미줄에 걸린 말벌처럼 윙윙대는 걸 느꼈다. 그러나 그 윙윙거리는 소리는 이번 주에 들렀던 시장 가판대에서 들려왔다. 말벌은 더러운 빨간 천을 꼬아 만든 똬리에 걸려든 것이었다. 천을 돌돌 말아 만든 그 줄은 세 겹으로 매듭을 지어 30센티미터 정도 크기의 사람 입상의 목에 묶여 있었다. 입상은 라피아*로 엮어 만든 킬트 옷을 입고 있었다. 입은 벌리고 눈은 감고 있었다. 얼마 전에 죽은 사람의 입상으로 주술사의 인형이었다. 만일 연기에 그을린 주물이 힘을 잃었다는 게 증명된 게 아니라면, 시누아**라는 별명이 붙은(아마도 눈꼬리가 약간 올라갔기 때문에) 이브라힘 마하맛Ibrahim Mahamat에게 팔라고 내주지 않았을 것이다. 나는 입상을 집어 들었다. 목

---

* raffia. 주로 야자나무 잎에서 나오는 섬유. 매우 질기고 유연해 바구니, 매트, 모자 등을 만드는 데 사용된다.
** chinois. 프랑스어로 '중국사람'이라는 뜻.

줄에는 아홉 개의 매듭이 있었다. 목에는 최근에 그은 듯한 흔적이 선명했다. 원수를 초대해 야자로 만든 술에 나무 가루를 살짝 넣어 마시게 한다. 다 마시고 나면 안에다 뭘 넣었는지 말해준 다음 원수가 치명적인 우울증에 빠져 목을 매 죽을 때까지 기다린다. 열 번째 희생자는 분명 그보다 공력이 더 강한 주술사를 찾아갔던 모양이다. 그래서 이제 효력을 발휘하지 못하고 힘이 빠진 인형은 버려졌다. 또 한 번 발작 같은 오한이 덮쳐왔다. 이가 개틀링 기관총처럼 덜덜거렸다.

"어디 보자." 래리가 잔뜩 과장된 목소리로 말했다. "찾았다. 제일 아래 있었군. 존 해트John Hatt, 《열대 여행자The Tropical Traveller》, 개정증보판. 암, 그래야지. 가만 보자. 95페이지라." 잠시 침묵이 흐른 후 다시 목소리가 들려왔다. "내 생각이 맞았잖아. 지구상에서 말라리아 위험이 극도로 높은 지역은 거의 모두 저지대 열대 아프리카 지역에 밀집되어 있다…… 아무리 약을 잘 챙겨먹었다고 해도 말라리아에 대한 완벽한 예방책은 없다는 것을 명심해야 한다…… 보통 열대 말라리아만이 목숨을 앗아간다…… 열대 말라리아에 걸렸을 때는 삼일열 말라리아의 전형적인 증상, 즉 오한, 떨림, 발열, 체온 강하와 함께 나타나는 심한 발한의 단계(24시간 동안 이 증상이 차례로 나타나고 이틀에 한 번씩 반복해 나타난다)를 따르지 않을 수 있음을 기억하는 게 중요하다. 열대 말라리아에 걸리면 처음에 발열과 두통 같은, 독감과 유사한 증세가 나타나는 게 보통이다. 구토와 설사가 더 뚜렷하게 나타난다."

"제…… 제기랄."

"걱정할 거 없어. 널 죽일 말라리아종에 걸린 것뿐이야."

"나 이제 지정화…… 환자인 거네. 야…… 약가방에 신약이 있어. 라리암Lariam이라는 거야." 내가 덜덜 떨리는 턱 근육을 어찌해보려 애쓰며 말했다.

"네가 지어낸 말이지?"

"지정환자가 무슨 뜻인지는 나도 몰라. 그냥 고…… 고약하게 드…… 들려."

"그럼 당연하지. 빌어먹을." 래리가 약가방을 가지러 가며 말했다. "이제 내 차례가 올 걸 생각하니 좋아 죽겠군. 그냥 이 빌어먹을 곳을 떠나면 안 돼? 나도 걸리기 전에? 집에 가면 안 되냐고?"

"옥스퍼드의 여…… 열대병 연구소 데…… 데이비드 워렐 교수가 준 거야. 먹고 나면 현기증이 날지도 모른다고 했어."

"현기증!" 단단히 포장된 비닐봉지를 우지직 뜯으며 래리가 말했다.

래리가 커다란 부츠를 신고 서리가 내린 갈아놓은 밭을 아주 천천히 걷고 있는 것처럼 들렸다.

래리는 하얀색 커다란 알약 세 개와 검은색 물병에 물을 가득 채워 건네주었다. "자, 여기 있어. 여섯 시간 간격으로 세 번 더 먹으래. 부작용은 알려진 바 없음. 경미한 현기증이 나타날 수 있음."

"추워."

래리가 자기 여분의 마른 옷 꾸러미를 오른팔에 안고 나타나 왼손으로는 방수포를 벗겼다. 바지와 셔츠를 내 위에 툭 떨어뜨리며 래리가 말했다. "세상에 땀이 흥건하군. 안에서 진짜 물이 줄줄 흐른다고. 완전히 물에 빠진 것 같아." 래리는 방수포를 털고 옷을 다 펴놓은 다음 다시 방수포를 깔았다. "나한테 언제나 마른 옷 한 벌은 갖고 있어야 한다고 그랬지? 그냥 강에다 휙 던져버리는 게 낫겠어." 그러고는 물병 두 개를 침대 옆에 두었다.

"넌 내 구…… 구세주야."

"당연하지. 의사를 부를 수도 있겠지만 널 죽일 것 같아. 있잖아, 지금 저녁 시간이야. 난 가서 소시지나 먹고 올게, 알았지? 조깅하러 나가지 말고. 움직이지 마. 금방 올게." 그러고는 문이 닫혔다.

나는 꼼짝하지 않고 누워 있었다. 다시 여덟 살, 이끼로 뒤덮인 널찍한 바스석* 위였다. 목사관 텃밭 벽 꼭대기를 따라가는 비밀 통로였다. 여름이었고 내 바로 아래 오른쪽 노란색 담을 따라 줄지어 선 과일나무들에는 녹색 자두와 이상하게 생긴 복숭아가 열려 있었다. 오래된 담벼락에는 몇 대에 걸친 정원사들의 손톱자국이 움푹 파인 흔적으로 남아 있었다. 뒤로는 높은 창과 회색 슬레이트 지붕을 얹은 커다란 집이 있었다. 세탁장과 석탄광이 있는 작은 안뜰, 커다란 판석 아래의 우물, 자전거를 넣어두었던 사과 저장고도 보였다. 내 앞으로 돌담 모퉁이에 망루가 있었다. 지붕 꼭대기에 둥근 돌을 고정시켜놓은 가든 하우스로, 위아래 하나씩 두 개의 방이 있었다. 돌계단으로 올라가게 되어 있는 윗방은 따뜻한 짚이 가득 깔려 있었고 아랫방은 닭들로 가득했다. 닭들은 다른 담벼락 쪽을 따라 있는 교회 밭을 마음대로 드나들 수 있었다. 아무도 보지 않을 때 나는 상상 속의 말을 타고 진짜 활과 화살을 들고 로드아일랜드 레드버펄로를 사냥하곤 했다. 내 왼쪽 바로 아래에는 하얗고 커다란 암퇘지가 벽에 기대 세운 우리에서 자고 있었고, 그 위로 펼쳐진 밭은 비스듬한 경사로를 통해 강으로 연결되어 있었다. 그곳에는 오리집이 있었는데, 매일 아침 내가 문을 열어주면 에일즈버리종 집오리 퍼시가 고개를 숙이고 목은 앞으로 쭉 늘인 채 꼬리를 흔들며 날개구리 발같이 생긴 물갈퀴를 쫙 펴고 걸어 나와 진흙 홈통을 미끄러져 내려가 물속으로 들어갔다. 그러면 퍼시의 친족들인 카키캠벨종 오리들이 그 뒤를 따랐다.

나는 아버지의 쌍안경을 들고 《조류 관찰 도감The Observer's Book of Birds》을 옆에 두고 담벼락 위에 누워 있었다. 그때는 어두운 전망 같은 것에 대해서는 아무것도 모른 채 세이버네이크 숲은 마음만 먹으면 가족 소풍을 갈 만큼 가까운 곳에 있고, 아버지 말에 따르면 1888년 롤러카나리아가 그곳에서 발견되었다고 하니 머지않아 언제라도 롤러카나리아가 저 가운뎃길에 줄지어 서 있는 사과나무 어딘가에 날아와 앉으리라고 확신했다(정확히 어디 앉을지는 모르지만 분명 눈에 잘 띌 것이고 나는 잘 대비하고 있었다). 아버지는 내가 롤러카나리아를 보면 금방 알아볼 수 있

---

* Bath stone. 건축용 석회석.

을 것이라고 했다(너무 특별해서 내 책에는 사진이 실릴 수 없었다고도 했다). 금방 알아볼 수 있는 건 까마귀 같은 생김새나 밝은 갈색의 등 때문이 아니라 온갖 다양한 파랑, 여름날의 하늘처럼 밝은, 상상할 수 있는 모든 파랑으로 이루어진 몸통 때문일 거라고 했다. 그리고 롤러카나리아가 반드시 올 거라면 딱새도 그럴 거라고도 말했다(딱새도 내 책에는 없었다). 왜냐하면 1866년 워민스터 근처 비숍스트로에서 딱새 한 마리가 총에 맞았는데, 워민스터는 여기서 그리 멀지 않기 때문이라는 것이다. 갈색, 파란색, 녹색, 검은색, 그리고 온갖 색깔이 섞인 딱새는 공중을 나는 것 중 가장 아름다운 새라고 아버지는 말했다. 내가 그 새를 못 알아볼 리 없다. 딱새는 벌을 매우 좋아하고 벌침에 쏘일 염려도 전혀 없는 데다 우리 집 정원은 벌로 가득하기 때문에 언제라도 날아와서 여우장갑 꽃송이에 부리를 집어넣어 뒤영벌을 쏙 빼낼 거라고 생각했다. 그런 기대감으로 몸이 떨리기 시작했다.

담벼락이 오르락내리락하는 바람에 눈을 떴다. 어딘지 분간할 수 없는 침실 바닥이 마구 너울거리며 위로 치솟더니 천장을 쳤다. 다시 눈을 질끈 감았다. 몇 년이 흘러 내 첫 오토바이, 2행정 150시시 BSA 밴텀을 타고 있을 때 갑자기 파도가 나를 덮쳤다. 나는 파도에 휩쓸려 데리 힐Derry Hill 꼭대기까지 치솟았다가 레그 웨이Reg Way의 작은 집에 떨어졌다.

주인이 살지 않는 작은 사유지의 관리인이었던 나의 어린 시절 영웅, 레그 웨이가 나를 맞으러 나왔다. 그는 작업복 차림이었는데, 갈색 트위드 모자, 갈색 트위드 재킷과 조끼, 카키색 셔츠와 타이, 갈색 가죽 각반, 징을 박은 갈색 부츠가 그의 작업복이었다. 레그 웨이는 1차 세계대전이 발발했을 때 아직 어린 나이였음에도 미성년으로 의용 기병대에 자원했다가 참호 옆으로 쏟아진 독일군의 기관총 포화에 휩싸였다. 여섯 시간 후 영국군이 집중 포화로 독일군을 격퇴하고 나자 레그 웨이는 의식 없는 상태로 들것에 실려 야전병원으로 이송됐다. 그곳에서 왼팔은 팔꿈치 아래로 절단됐고, 짓이겨진 오른손가락 네 개는 잘려나갔다. 상체 곳곳에 박힌 여러 개의 금속과 납 조각은 너무 깊이 박혀 제거하지 못했다.

어머니 말에 따르면, 레그 웨이는 지속되는 통증 때문에 천천히 말하고, 천천히 걷고, 천천히 웃으며, 신을(신에 관한 교육 자체를) 믿지 않는다고 했다. 그러나 그는 내가 만나본 사람 중 가장 친절한 사람이었다. 그는 자기 집 복도에서 재킷과 조끼를 벗고 남아 있는 그의 왼팔 윗부분을 깔때기 모양으로 생긴 가죽 후크 지지대(가슴에 X자로 매는 띠에 고정해둔)에 끼워 넣고, 다시 재킷과 조끼를 입고 참나무로 만든 총 시렁으로 가 손바닥과 엄지손가락으로 2연발 웨블리 앤드 스콧 410 구경탄 사이드록 해머건을 꺼냈다. 나에게 사용법을 가르쳐준 총이다. 나는 다시 열 살이 되어 왼팔을 접어 총을 끌어안고 총구를 바닥에 겨누었다. 레그 웨이는 내 왁스 재킷(금방 자랄 것을 생각해 두 사이즈는 더 크게 입은)의 오른쪽 주머니에 복도 테이블 서랍 속 골판지 상자에서 꺼낸, 반짝거리는 황동으로 끝을 처리한 가늘고 매혹적인 밝은 갈색의 매끈한 5번 탄환(토끼 사냥용)이 든 엘리 탄약통 네 개를 채워 넣었다. 그리고 본인은 공이치기가 없는 다마스커스 총구의 홀랜드와 12구경 홀랜드—다른 8구경, 16구경, 28구경 총처럼 전단부를 그의 손 갈고리의 가죽 손목에 맞도록 금속 받침대로 변형한—를 골랐다.

레그 웨이는 곧은 파이프에 엄지손가락으로 윌스컷 골든바 담배를 재어 넣고 은색 라이터로 불을 붙인 후 담배통과 라이터를 재킷 주머니에 넣었다. 우리는 그물로 쳐놓은 까막까치밥나무, 구스베리와 라스베리 덤불, 깍지콩을 기르는 원형 천막을 지나 개를 넣어두는 그의 오래된 화차로 갔다(레그 웨이는 사냥개에게 총으로 쏜 사냥감을 주워오도록 훈련시키는, 그 고장에서 가장 뛰어난 조련사였다). 그가 크레오소트˚로 처리한 검은 판자문의 빗장을 열면 그의 개 휴버트가 펄쩍펄쩍 뛰었다. 빗질이 잘 돼 털에서 윤이 반지르르한 골든 코커스패니얼로 천방지축으로 명랑한 개였다.

"너 살짝 미쳤지? 그렇지?" 레그 웨이는 허리를 구부리고 납작한 엄지손가락으로 개의 머리를 다섯 번 어루만졌다. "그리고 모든 걸 고려해봤을 때 입도 좀 건 편이야." 휴버트는 꿀꺽꿀꺽 침을 삼켜가며 뭉툭한 꼬리를 흔들고 침을 질질 흘리고 털이 북슬북슬한 기다란 귀를 산비둘기가 날개를 푸드덕거리듯 펄렁이며 꿩을 찾으러 깍지콩 밭으로 달려갔다.

"휴버트는 헤엄도 잘 친단다." 레그 웨이가 날카로운 휘파람을 불어 밭으로 통하는 정원 문으로 휴버트와 나를 들여보냈다. "그런데 코커스패니얼 종은 체구가 너무 작아. 반나절 정도만 사냥할 수 있단다. 너무 혹사시키면 안 돼. 지칠 수 있거든. 지치면 몸을 부들부들 떨면서 가만히 서 있지."

우리는 오솔길을 걷다가 왼쪽으로 방향을 틀어 검은 딸기가 퍼져 있는 묵직한 울타리를 지나 하천과 부드러운 강바닥이 있는 곳으로 내려갔다가 끝이 촉촉이 젖은 갈대숲으로 계속 걸었다. 갈대숲에서는 가끔 도요새가 발견되기도 했다. 휴버트는 온갖 냄새를 다 맡고 돌아다니다가 마침내 우리를 따라왔다.

철로의 경사면 아래 돌 아치길을 통과한 후 엔젤의 밭 울타리로 올라갔다. 앵무새처럼 화려한 색의 수컷 노랑텃맷새가 자두나무 꼭대기에 앉아 영역을 주장하는 노래를 부르고 있었다. "어 리틀 빗 오브 브래드 앤드 노 치즈a little bit of bread and no cheese"** 개천과 고풍스러운 나무 울타리가 쳐진 넓은 토루(꼭대기에 가지를 짧게 쳐낸 참나무가 있는) 안쪽에 직사각형 모양의 모래톱이 있었고, 그 안에 쐐기풀이 가득한 작은 웅덩이가 보였다. 레그 웨이가 목도리도요새 암컷의 집이 허물어지고 남은 것이라고 말했다. 주변에 흩어져 있는 마가목나무(레그 웨이는 '룬나무**라고 불렀다)는 옛날에 악마의 눈을 가리기 위해 항상 심은 것이라고 말했다.

우리는 부츠 높이 정도의 보랏빛 안개 같은 블루벨이 심어져

---

* creosote. 목재 보존제로 쓰이는 콜타르로 만든 진한 갈색 액체.
** 영국에서 노랑텃맷새의 노랫소리가 이렇게 들린다고 관용적으로 말하는 구절.
** 룬rune 문자는 나무나 돌에 새겨진 고대 북유럽 문자로 신비하고 주술적인 의미가 있는 상징으로 여겨진다.

있는 수풀을 지나갔다. 빈 꿩 우리와 나무로 만든, 보리를 가득 채워둔 먹이 호퍼*두 개를 살펴보고, 두 개의 느릅나무 뿌리순 사이에 매어놓은 줄을 살펴봤다. 레그가 덫을 놓거나 총을 쏘아 잡은 족제비, 회색다람쥐, 두더지, 어치, 까치, 까마귀 같은 동물 사체를 널어두곤 하는 곳이었다. 우리는 또 개암나무의 맹아가 자라고 있는 숲을 배회하기도 했다. 땅에는 흐릿한 양파 냄새가 나는 램전**잎이 두툼하게 쌓여 있었다. 나비와 알락숲비둘기가 그늘 속에서 휙휙 움직이고 원을 돌며 구애 비행에 열중하고 있었다.

우리는 레그 웨이가 가장 좋아하는 아지트, 거대한 참나무가 있는 숲에서 빈둥거렸다. 몇몇 참나무의 가지는 사슴뿔 모양으로 바짝 말라 있었고 위에 난 가지들은 죽어 있었다. 우리는 겨울이면 그 아래에서 산비둘기가 와서 홰를 치고 앉기를 기다렸다. (산비둘기는 먼저 착지하기 쉬운 헐벗은 참나무 가지에 앉아서 통통거리며 걷다가 날개를 활짝 펴고 옆 숲에 있는 어린 가문비나무로 날아가더니 잎이 우거진 따뜻한 안쪽으로 뒤뚱거리며 들어가 시야에서 사라졌다. 그리고 이내 만족스러운 듯 가르랑거리는 소리를 내며 편안하게 잠들었다.) 황혼녘에는 떼까마귀들이 우르르 몰려왔고, 해가 뉘엿뉘엿 질 때는 까마귀들이 그 뒤를 따라왔고, 마지막으로 땅거미가 지고 나면 갈까마귀 수천 마리가 깍깍 높은 불협화음을 내며 해가 진 하늘 위를 모닥불 위로 날아오르는 검댕처럼 빙빙 돌았다.

서어나무가 밀집한 곳의 중앙 빈터(새끼 둥근귀코끼리가 아마 앞날을 생각하지 못하고 진공청소기처럼 코로 보리를 다 흡입해버린)에서 우리는 꿩 우리를 들여다보고 숲의 맨 꼭대기, 거의 35미터가 넘는 미송나무의 빽빽한 임관林冠 아래 거의 불모지에 가까운 땅을 향해 나아갔다. 대낮에도 어두컴컴한 곳이었다. 레그 웨이는 멈춰 서서 우리 앞에 있는 뭔가를 바라보며 입에서 파이프를 빼내 다리에 대고 조용히 두드린 후 손잡이 부분이 아래에 오도록 가슴 주머니에 집어넣었다. 휴버트는 그의 부츠 위로 살금살금 기어갔다.

"얘야." 레그 웨이가 내 귀에 대고 소곤거렸다. "최대한 조용히 하렴. 발아래 전나무 방울 조심하고. 너도 알다시피 이 숲은 언제나 위험한 피그미들로 가득하단다. 독화살로 쏘기도 해. 하지만 여기는 더 위험해. 훨씬 더 위험해."

그는 아주 천천히 총을 오른쪽 어깨 위로 들어 올려 그의 가죽 팔뚝을 쇠로 만든 지지대에 올려놓았다. 그의 갈고리가 툭 튀어나왔고 손바닥은 개머리판의 잘록한 부분에, 엄지손가락은 방아쇠울에 올려놓고 있었다.

"총신 조리개를 사용해라. 탄흔을 멀리 던지도록 해. 이건 후방 방아쇠라는 걸 기억하렴. 오른쪽에 있는 사람을 조준하거라. 너무 가까이 가진 말고. 저들은 칼라슈니코프를 가지고 있어."

나는 겨우 사람들의 형체를 알아볼 수 있었다. 20~30명의 사

---

* V자 모양의 용기로 짐승의 사료를 담아 밑으로 내려 보내는 데 사용한다.
** ramson. 잎이 넓은 마늘의 일종.

람들이 전나무 아래 누워 기다리고 있었다. 터번을 둘러쓴 그들의 얼굴 가운데는 까맸고 테두리는 섬뜩하게 희었다. 다운스*에 있는 달빛 받은 토끼 굴 같았다.

"저들은 밀렵꾼이야. 수단에서 온……." 레그 웨이가 그의 나긋나긋한 월트셔 악센트로 말했다.

휴버트가 낑낑댔다. 다시 열이 나기 시작했다.

---

* Downs. 영국 브리스톨 지역에 있는 초원.

8

비자는 어떻게 됐어?

이튿날 아침 눈을 뜨니 몸이 멀쩡했다. 일시적으로 정신적 에너지가 솟구쳐 들뜨고 흥분됐다. 불규칙적으로 코를 고는 래리가 깨지 않도록 조심하며 찬물로 샤워하고(여기서는 찬물 샤워밖에 할 수 없다) 땀에 흠뻑 젖은 옷을 다시 입고 목욕탕 타일 위에 앉아 식전에 먹을 파인애플을 막 자르고 있는데, 글루체스터 올드스팟 종의 암퇘지가 열두 마리 새끼를 품고 젖을 하나씩 물리고 킁킁대는 소리가 뚝 그쳤다. 잠시 후 래리가 욕실로 슬금슬금 들어와 욕조 가장자리에 앉아 팔꿈치는 무릎에 대고 손으로 머리를 받쳤다. 끔찍하게 피곤해 보였다.

래리는 나를 내려다보며 말했다. "사람은 말이야, 스트레스를 받으면 정말 말도 안 되는 시시한 문제로 다투곤 한다는 거 나도 잘 알아. 마지막 한 방울 남은 토마토케첩 가지고 싸우기도 하고 칫솔 하나 때문에 칼부림이 나기도 하지. 그렇지만 너 정말 이래야겠어? 파인애플을 꼭 똥 누는 화장실 바닥에서 그렇게 먹어야겠어? 종이 접시 하나 살 형편도 안 되는 거야?"

"웨지우드 자기든 중국 명나라의 자기든 네가 사라고 하면 살게. 말만 해. 뭐든 좋아. 나 이제 다 나았어. 나머지 약들도 먹인 거야?"

"당연히 그랬지. 알람을 맞춰놓았거든. 물론 그럴 필요도 없었지만. 네가 그렇게 밤새도록 이를 덜덜 부딪고 물 끓는 주전자처럼 열이 펄펄 나는데 내가 어떻게 잠들 수 있었겠어?"

"기억이 안 나. 기억나는 게 거의 없어."

"나는 속으로 이렇게 말했지. '괜찮아, 그래 저 사람이 확실히 죽을 확률은 65퍼센트야. 미국 대사관으로 가는 거야. 가서 시체 운반용 부대 하나를 얻어오자. 이건 내 평생 최악의 밤이야. 그건 확실해. 하지만 샤퍼, 지금 허둥거리는 건 좋은 생각이 아냐. 잠을 좀 자두자.' 그런데 그때부터 네가 선반*이라도 된 건지 끔찍한 신음 소리를 내면서 입속에 있는 건 죄다 작살이라도 내겠다는 듯 턱을 덜거덕거리는 거야. 그래도 그건 괜찮았어. 참을 수 있었어. 문제는 그러다가 갑자기 소리가 뚝 그치는 거야. 너무 잠잠해서 불을 켜봤어. 그런데 세상에, 네가 눈을 뜨고 있는 거야. 베개 위 얼굴에서 땀은 줄줄 흐르는데 네가 웃고 있었어. 나는 뭐라도 말해보려고 했지. 네 얼굴 앞에서 손을 휘저어봤어.

아무 반응 없더군. 무서워 죽겠는 거야. 그러다가 네가 갑자기 섬뜩한 목소리로 뭐라고 조그맣게 중얼대기 시작했어. 뭐라고 하는지 알아들을 수 없었어. 뭐라더라, 여기 새가 있다고 그러는 것 같았어. 뭐 롤러스케이트 탄 벌이 어쩌고저쩌고 그러는 것 같 더라고. 그러더니 한참 있다가 이제는 소리소리 지르기 시작하 는 거야. '위험한 피그미들이 있다! 위험한 피그미들을 수색하 자!' 그러더니 무슨 일이 일어난 건지 다시 잠잠해졌어. 눈은 옷 장에 딱 고정시키고 말이야. 나도 갑자기 등골이 오싹해져서 침 대에서 일어나 실제로 옷장 안에 뭐가 있나 하고 살펴봤다니까, 제기랄. 난 생각했지. 그래, 별거 아냐. 겁먹지 마. 지금 저 사람 은 제정신이 아니야. 대뇌 말라리아에 걸린 거라고. 병균이 뇌수 막으로 들어간 거야. 뇌 안쪽이 감염된 거라고. 나는 소리 질렀 어. '강 상류에도 못 가보고 뭐 하나도 제대로 보기도 전에 이렇 게 죽어버리면 다야? 어떻게 이런 싸구려 여관에서 이렇게 죽어 버릴 수 있어? 이게 뭐하는 짓이야?' 그때 네가 벌떡 일어났어. 그러더니 팔을 앞으로 접더라고, 총이라도 쥐는 것처럼. 그러고 는 다시 벌렁 누워서 비명을 지르고 배를 움켜잡더니 다리를 마 구 버둥거리면서 어머니를 부르기 시작하는 거야."

"내가 어머니를? 웃기지 마."

"그랬어. 눈 뜨고는 못 봐줄 광경이었지. 아침이 가까워지자 좀 제정신이 돌아온 것 같았어. 평소 목소리로 돌아와 젊은 군인

---

* 절삭 공구의 일종.

들이 폭파로 팔이 떨어져나가거나 복부에 총상을 입으면 왜 항상 그렇게 목 놓아 엄마를 찾는지 알고 싶다고 그랬어. '엄마! 엄마!' 죽기 전에 그렇게 소리를 지른다고. '엄마! 엄마!'"

잠시 침묵이 흐른 후 래리가 다시 입을 열었다. "나도 어머니를 사랑해. 사실 내 생각에 어머니가 잘못 한 일은 딱 하나밖에 없어. 그건 부인할 수 없지만 그렇다고 내가 어머니를 사랑하는 마음이 눈곱만큼이라도 달라지는 건 아니야. 어머니는 돈이 생기면 언제나 이렇게 하셨어."

"어떻게 하셨는데?"

"나한테 옷을 보내셨어. 토끼 사냥에도 안 입고 갈 옷을 말이야."

아침식사 후(나는 아무것도 먹지 못했지만) 마르셀랭이 도착했고 우리는 택시를 타고 물품을 사러 중앙 시장에 갔다. 방수포나 골함석으로 지붕을 씌운 올망졸망한 목재 좌판들과 옷감, 샌들, 염소가죽, 파리로 뒤덮인 고기, 연유, 콜라 캔, 환타와 프라이머스 맥주, 파인애플, 파파야, 오렌지, 카사바 가루 포대, 함석이나 플라스틱 통, 에나멜 대야, 파리가 얼룩덜룩 붙은 훈제 고기 등을 파는 판매대가 시장 좁은 골목길을 터질 듯 채우고 있었다. 래리는 잠시 피곤함을 잊었다. 그는 온갖 철물들, 망치, 못, 나사, 가위, 철사 조각과 용도를 알 수 없는 각종 금속 조각들 앞에서 정신을 완전히 뺏긴 듯 멍하니 황홀경에 빠져 있었다.

보라색 차양을 친 가판대 뒤편에 가부좌를 틀고 앉은 상인이 이렇게 말했다. "저로 말할 것 같으면 차드*에서 온 아랍인입니다. 어느 나라 사람입니까? 어느 나라요? 어느 나라?"

"와, 이 얼마나 기막힌 아이디어야? 복제 자전거 기어를 파네. 다목적 바퀴도 있어!"

다리가 없는 한 남자가 짐상자를 뒤에 실은 낮은 삼륜 오토바이에 앉아 모퉁이 부근에서 불쑥 나타났다. 그는 의자 한쪽에 달린 레버를 밀었다 당겼다 하며 모래 위를 달려 우리를 지나쳐갔다. 플라스틱 병에 담긴 조리용 기름 박스를 운반하고 있었다.

래리가 남자 뒤를 좇으며 말했다. "저건 트레일러를 매단, 팔로 젓는 휠체어잖아. 오토바이, 손수레, 자전거 부품을 조립해 만든 거야. 정말 기발하군! 용접술이 이룬 걸작이군 그래."

그렇게 래리가 흡족하게 자신만의 노벨상을, 하나는 라리암의 화학적 조제법 개발자에게, 다른 하나는 팔로 젓는 휠체어에 수여하고 난 뒤 우리는 쌀 몇 포대를 사고(마르셀랭이 임퐁도의 강 상류에서는 두 배로 비쌀 거라고 했기 때문에), 카사바 가루(브라자빌에서 파는 게 질이 더 좋기 때문에), 5갤런짜리 플라스틱 통에 담긴 싸구려 레드 와인을 두 통, 조니워커 레드 라벨 다섯 병(마르셀랭 말대로 내륙 지방 마을의 추장과 인민당 위원회 부회장을 위해), 담배 스물다섯 갑(피그미들을 위해), 정어리캔, 갈색 설탕, 분유, 차와 커피(임퐁도에서는 아마 구할 수 없을 것이므로), 소금 몇 봉지, 양파말랭이, 치킨 맛 나는 고형 육수(아마도 잠비아주머니쥐 맛을 가릴 수

---

* Chad. 아프리카 중북부에 있는 공화국.

있을 필수품), 빨간색 대형 비누(세탁용), 하얀색 소형 비누(겨드랑이용), 나이프, 포크, 스푼, 알루미늄 접시, 마체테, 휴대용 라이터, 다리를 접을 수 있는 자그마한 파란색 캠핑용 가스스토브(마르셀랭이 꼭 사야 한다고 해서) 등을 샀다.

전리품을 싣고 호텔로 가서 남아 있는 모든 여분의 짐가방에 가득 채워 넣고 나니 오전의 흥분감은 가시고 몸이 휘청하고 어지러웠다. "마르셀랭, 나 말라리아에 걸렸었어." 내가 말했다.

"당연히 말라리아에 걸리죠." 마르셀랭이 털끝만큼의 관심도 없다는 듯 무심히 말하며 스토브를 쌀 포대 깊숙이 감추었다. "여기는 아프리카예요. 상류에 가면 거기서도 또 걸릴 거예요. 래리도 마찬가지고요. 우리 다 걸릴 거예요."

"하지만 이제 라리암도 없는데……." 래리가 말했다.

마르셀랭은 쌀 포대 주둥이를 다시 묶고 혹시 금속이 눈에 띄게 불룩 튀어나온 곳이 없는지 중간 부분을 만져보더니 만족한 듯 갈 채비를 했다. "내일 아침 6시에 여기로 올게요. 그때까지 준비 다 하고 있어요. 이번 증기선을 놓치기라도 하면 또 2주 기다려야 해요. 어쩌면 더 길어질 수도 있고. 그리고 레드몬드, 무슨 일이 벌어지든 내 월급은 내일부터 셈하도록 할게요. 불만 없죠? 무슨 말인지 알죠?"

"알았어." 카사바 가루 포대에 앉으며 내가 말했다.

마르셀랭이 입구 쪽에서 멈춰 섰다. "증기선은 모사카*에 중간 정박할 거예요. 상가 강이 콩고 강과 합류하는 곳이죠. 수면병**에 걸리기 쉬운 곳이에요. 누구나 다 아는 상식이에요. 체체

파리를 퇴치할 돈이 없을 뿐이죠. 하지만 모사카에 아는 사람이 있어요. 악어가죽을 거래하는 사람이죠. 아직 안 죽고 살아 있다면 그 사람을 만날 거예요. 지난번 배편으로 나한테 편지를 보냈더군요. 지금 모사카에 콜레라가 유행하고 있다고요. 벌써 많은 사람들이 죽었답니다. 우리도 걸릴지 몰라요. 만일 그렇게 된다면 하루에 30파운드 벌려고 나는 내 딸 바네사 스윗 그레이스를 다시 못 보게 될 수도 있는 위험을 감수하는 거예요."

쾅 하고 문 닫히는 소리가 들렸다.

다음 날 아침 5시, 래리는 물품을 다 풀어서 다시 분류해서 쌌다. 6시에 마르셀랭과 니콜라가 도착했다. 이미 부두에 들렀다 오는 길이었는데, 출입구 흑판에 분필로 쓰인 공지에 의하면 증기선이 상류에서 지연되어 다음 주에 도착한다는 것이었다. 이틀 후 아침, 래리의 예상("여기서 우리가 할 일이라곤 기다리다 죽는 거야.")과는 달리, 니콜라가 우리를 항구로 데려다주러 왔다. 배가 그 전날 저녁 정박했다는 것이다.

회색빛 하늘 아래, 이른 아침부터 뜨겁고 텁텁한 열기 속에서 사람들이 높은 격자 쇠창살이 쳐진 부두 건물의 출입문에서부터 보도로 내려와 대로를 가로질러 반대편 창고까지 부채꼴 모양으로 흩어져 있었다. 상류로 돌아가기 위해 기다리고 있는 여자

---

* Mossaka. 콩고 중부에 위치한 퀴벳 주의 도시.
** 睡眠病. 열대 아프리카의 풍토병.

들이 손을 마구 내저으며 수다를 떨면서 웃고 고함을 지르고 아이들이 멀리 가지 않도록 단속하며, 플라스틱 의자, 포마이카*로 표면을 처리한 테이블, 오래된 철제 침대틀, 잔가지로 엮은 바구니, 냄비, 스토브, 발포고무 매트리스, 골함석판 같은 새로 산 물건들을 누가 가져가지 않도록 망보고 있었다. 마르셀랭은 보이지 않았다.

우리는 배낭과 잡낭을 타맥으로 포장한 도로에 던져놓았다. 베를리에 군대 수송차 한 대가 에어 브레이크 소리를 내며 우리 옆에 미끄러지듯 멈췄다. 검정색 전투복을 입은 군인들이 출병이라도 하는 태세로 수송차에서 뛰어내렸다. 니콜라가 짐꾼(빨간색 작업복을 입고 머리에는 빨간 천으로 엮은 띠를 두르고 있었다) 서너 명을 찾아 각자 세 개의 배낭을, 머리에 하나, 양손에 하나씩 들게 했다. 우리는 군인들 뒤를 바짝 따라갔다. 군인들이 걸어가자 눈에 안 보이는 충격파라도 나오는 듯 철창 출입문 바로 앞에 서 있던 사람들이 양쪽으로 갈라졌다.

"그럴 수밖에 없어요. 군인을 만지는 건 법에 저촉되거든요." 니콜라가 득의만만한 표정으로 가방 하나를 국방색 짐 더미 위에 얹으며 말했다.

우리 주위로 다시 기다리는 사람들의 줄이 생겼다. 출입문 앞의 경비대원들이 문을 활짝 열어 군인들을 들여보낸 후 머리와 발목 높이의 자물쇠를 다시 잠가 한 사람이 겨우 비집고 들어갈 정도의 틈만 남겨놓았다.

"저기 내 형이에요!" 니콜라가 말했다.

"저 꼬질꼬질 불쌍한 니커스**, 내 야자술에 빠진 파리, 내 도 넛에 들어간 개똥 같은 놈!" 경비대원 중 한 명이 바테케 말로 이렇게(또는 그 비슷하게) 말했다. 두 사람은 철창을 사이에 두고 소음 위로 그들이 오랫동안 써온 두 사람만 아는 말로 뭐라고 소리를 지르며 웃어댔다.

"이 여행길에 오르는 사람들 중 우리 두 사람이 유일한 흰둥 이인 거 보여?" 래리가 영어로 내게 말했다.

니콜라가 우리 쪽을 바라보며 말했다. "레드몬드 씨, 우리 형 이 보안대에서 두 분 서류가 통과되도록 해줄 거랍니다. 자, 이 제 갈 시간이군요! 서운하네요! 두 분은 제 택시에 태웠던 사람들 중 가장 인정 많은 손님이었어요." (그는 우리를 껴안았다.) "두 분은 내 주술사한테 갔었죠." (목소리를 낮추며) "항상 주술사의 조언을 명심하도록 하십시오. 북쪽에는 사악한 사람들이 있을 겁니다. 조심해야 해요. 그리고 오늘부터 텔레 호수에 있는 그 괴물에 대해서는 그만 잊도록 해요." 니콜라는 손가락으로 목을 긋는 시늉을 하며 이렇게 말하고는 어깨를 오므려 쑥 올리고 양 팔을 옆구리에 바짝 붙이고는 옆으로 걸어서 군중 사이를 미끄러지듯 사라졌다.

"아, 이러고 있는 거 정말 싫다, 정말 싫어. 마르셸랭은 어디 있는 거야?" 래리가 말했다.

---

* 열경화성 합성수지.
** 니콜라의 애칭.

"낸들 아나."

"아마 그 여자애한테 작별 인사하고 있을 거야. 그게 아니면 돈을 전부 선불로 준 게 실수였던 건 아닐까? 그냥 돈만 꿀꺽하고 날라버린 거 아냐?"

"짐 좀 지키고 있어."

"어떻게?"

"그 위에 앉아 있어."

니콜라의 형이 출입구 틈으로 나를 들여보내주었다. 악수를 하더니 웃으며 내 등을 찰싹 치고는 어두컴컴한 실내를 가리켰다. 오른쪽으로, 창고 정도 크기의 사무소 끝에 한 무리의 사람들이 갈색 금속 철창에 몸을 바싹 붙이고 있었다.

어둑어둑한 곳에서 누군가 옆으로 걸어 나오더니 내 옷소매를 잡아당겼다. 청바지에 하얀 티셔츠를 입은 비썩 마른 젊은 남자가 내 옆에 바짝 붙어 섰다. "윌리엄 이펨바William Ipemba, 비밀 요원이오."

"아, 반갑습니다." 내가 당황해 말했다.

"반갑습니다. 도움이 필요한가요?"

"아마도 그런 것 같군요."

그는 내 팔을 잡더니 남녀 승객들이 반원 모양으로 모여서 신분증을 손에 쥐고 소리도 내지 못하고 걱정스러운 표정으로 밀고 밀리는 사이로 나를 끌고 갔다.

"줄을 서서 기다려야죠. 줄을 서서 차례를 기다려야지." 내가 말했다.

"줄이 어디 있어요?" 윌리엄 이펨바가 이렇게 말하며 창살까지 나를 질질 끌고 갔다. 창살 뒤에는 긴 테이블에 사무원들이 일렬로 앉아 땀을 삘삘 흘리며 서류, 티켓, 신분증을 심사하고 목록을 확인하고, 창살을 사이에 두고 간청하는 사람들과 소리를 지르며 대화를 주고받고 있었다.

윌리엄 이펨바는 내 배표와 여권을 가져가 손목을 돌려 스르륵 넘기며 살펴보더니 철창 아래로 빙그르 돌려 테이블을 거쳐 (다른 사람들의 서류를 쳐서 흐뜨려놓았다) 줄 맨 끝에 앉아 있던 사무원의 무릎에 던져 넣었다. 중년의 사무원은 피곤해 보였다(잠을 잘 못 잤거나 아니면 단 한 번도 잠을 제대로 잔 적이 없는 사람 같았다). 한 손에는 안경을 들고 다른 손으로 눈을 북북 문지르고 있었다. 그는 다시 안경을 끼고 성가신 표정으로 올려다봤다. 우리는 사람들을 헤치고 사무원 앞으로 갔다.

그는 나를 뚫어지게 쳐다보더니 마지못해 여권을 살펴봤다.

"큰 골칫덩이군요."

"네, 압니다." 나는 애써 웃음을 지으며 말했다. "저란 사람이 항상 그렇습니다. 평생 그랬죠."

"웃을 상황이 아닌 것 같은데요." 그가 의자에 기대앉으며 이렇게 말하고는 내 여권을 사무 보조를 보는 아이에게 건넸다. 아이는 여권을 들고는 우측 문으로 사라졌다.

"그렇지요." 나오던 웃음이 쑥 들어갔다.

"경비!"

경비원 한 명이 좁은 철창문을 열고 안으로 들어가라는 손시

능을 했다.

"외국인은 항만 경찰서장을 만나야 합니다. 윌리엄 이펨바 당신은 여기서 기다리시오." 경비원은 나를 협실 쪽으로 안내하더니 검은색 문에 두 번 노크를 했다. "들어와!" 달갑지 않다는 투의 목소리가 크게 들려왔다. 경비원은 나를 안으로 밀어 넣고 내 뒤로 문을 닫았다.

항만 경찰서장은 옆으로 몸이 딱 바라진 땅딸막한 사람이었다. 스텐 기관단총을 차고 있었다. 그는 나를 마주 보고 앉아 있었고 내 여권은 탁자 위에 펼쳐져 있었다. 자그마하고 별다른 짐이 없는 직사각형의 사무실에는 서장의 등 뒤에 높이 난 창살 달린 창문 하나에서 빛이 들어올 뿐이었다.

"뭐, 아무것도 없군요. 입국 비자 하나뿐이네요." 서장이 말했다.

나는 몸을 숙여 내 여권을 집어 들고 두 페이지를 넘겨 소중하게 테이프로 붙여놓은 과학연구부에서 받은 서류를 펴서 서장 앞에 펼쳐놓았다. "이것 좀 봐주시죠. 이 나라를 여행해도 좋다는 허가서예요. 과학연구부에서 전권을 받았습니다. 장 웅가치에베 장관이 직접 서명하신 겁니다."

항만 경찰서장이 자리에서 벌떡 일어났다. 첫인상을 수정해야 했다. 옆으로 딱 바라지고 스텐 기관단총을 차고 있는 건 맞았지만 상체만 땅딸막할 뿐이었다. 하체는 몹시 길어 그의 몸을 족히 180센티미터로 훌쩍 늘려놓았다. 그는 스텐 기관단총을 풀어 공이치기를 잡아당겼다. 두 톤으로 찰칵하는 공허한 금속 소리가 났다. 그러고는 총신의 짧은 쪽이 내게 오도록 서류 위에 철커덕하고 내려놓았다. 나는 한 걸음 뒤로 물러섰다. 서장은 내 여권에서 등사 원지를 북 찢더니 탁자를 돌아 내 앞으로 왔다. 그러고는 왼손으로 종이를 동그랗게 말아 쥐고는 내 턱 아래에 바짝대고 오른 손등으로 서류를 크게 내리쳤다. 나는 뒤로 펄쩍 물러났다.

"응가치에베? 도대체 응가치에베란 작자가 누구요?" 서장이 내 얼굴과 불과 15센티미터일 정도로 거리를 좁혀 쑥 다가오며 소리를 질렀다.

그의 입에서 블랙커피 냄새가 났다. 카페인 중독자인가, 나는 속으로 생각했다.

"장 응가치에베 씨는 과학연구부의 장관입니다."

"말짱 허깨비 부서예요. 털끝만큼도 중요치 않은 부서라고요! 이건 화장실 휴지 같은 거요!"(서류를 손가락 사이에 끼고 비비며) "심지어 화장실 휴지로도 못 쓸 정도군!"(그는 심호흡을 했다.) "댁은 운이 좋은 줄이나 알아요. 나는 한 명의 경찰관에 불과하지만 앞으로는 군대를 만나게 될 겁니다. 그만 나가서 제대로 된 비자 가지고 다시 와요."(금으로 된 손목시계를 내려다보며) "이제 출항까지 다섯 시간 남았어요. 그런데 비자 발급에 열흘 걸려요. 짧아야 열흘!"

그는 다시 자리에 앉아 스텐 기관단총을 탁자 가장자리로 밀어놓고 여권과 서류를 내게 건네고는 신분증을 넣어둔 미결 서류함을 자기 쪽으로 반쯤 당기다가 멈췄다. 그러고는 나를 올려다봤다.

"여긴 뭐하러 온 거요? 여기서 뭐하고 있습니까?"

"지금 나가는 중이에요."

"아니, 아니, 콩고에는 대관절 왜 온 거냐고요? 석유? 목재?
다이아몬드? 아니면 혹시……" 그는 싱그레 미소를 지었다. "일
부러 모자라는 척하는 것 아니오? 혹시 모르지, CIA에서 일하는
지도. 미국인? 혹시 자이르 정부에서 돈 받고 하는 일이오?"

나는 사정을 설명했다. 설명을 하는 동안 내가 매우 허약해졌
고 어지럽다는 것, 사흘 동안 아무것도 먹지 못했다는 것, 창살
달린 높은 창문에서 들어오는 빛으로 오른쪽 벽에 사다리꼴의
수직 줄무늬 모양이 어려 있다는 것, 모기 한 마리가 왼쪽으로
부터 세 번째 직선에 앉아 있다는 것, 콧수염처럼 흰 다리와 끝
이 올라간 더듬이, 곧게 뻗은 주둥이가 우스꽝스러운 비율의 그
림자로 비치고 있다는 것, 그리고 이제 다 틀렸다는 것을 깨달았
다.

"고릴라? 새 말이오? 날아다니는 새?" 그는 이렇게 말하고는
성가시다는 듯 나가라는 손짓을 해보였다.

"이민국으로 가야 합니다." 윌리엄 이펨바가 말했다. "하지만
미리 말해두겠는데 우리 정부는 방문자를 달가워하지 않아요.
쉽지 않을 겁니다."

나는 그에게 1만 세파프랑을 주었다. 윌리엄 이펨바는 약간
구부정한 어깨를 갑자기 꼿꼿이 펴더니 땀을 뻘뻘 흘리면서 가

습근육, 이두박근을 마구 부딪치며 가슴을 들이밀고 엉덩이로 마구 비집고 들어가며 무서운 집중력으로 나를 끌고 나갔다. 밖에서는 짐 위에 올라앉은 래리 주변으로 남자아이들이 두 줄로 빙 둘러싸고 서서 아무 소리도 내지 않고 뚫어져라 그를 쳐다보고 있었다. 출발하는 사람들이 물결치듯 나를 스쳐 지나갔다. 래리는 사나워진 눈으로 소리 질렀다. "레드소, 이리 좀 와! 누가 가방이라도 훔쳐가면……." 그 뒷말은 군중의 소음에 묻혀 들리지 않았다.

이민국은 브라자빌의 중앙 막사 입구 맞은편에 위치한 광장에 있었다. 외벽이 하얀 대리석인 시청 건물 옆에 있는 2층짜리 건물이었다. 택시가 떠나자 윌리엄 이펨바가 작은 갈색 비닐 지갑을 바지 뒷주머니에서 꺼내며 말했다.

"택시에서는 말하면 안 되니까 안 했는데요, 그건 사실이 아닙니다."

"뭐가 사실이 아니라는 거요?"

"난 비밀 요원이 아니에요. 하지만 비밀 요원이 되고 싶어요."

"괜찮소. 아무한테도 말하지 않으리다. 정체를 밝히지 않겠소."

그는 지갑에 달랑 하나 들어 있는 내용물을 꺼내 펼쳐 보였다. 미국 잡지에서 오려낸 너덜너덜한 종잇조각으로 정보원 양성소를 홍보하는 광고물이었다. "텍사스 정보원 학교…… 졸업생의 90퍼센트 정규직 취업 보장…… 50회의 간편한 우편 전송 수업…… 수준 높은 강사진…… 최첨단 감시 기술 교육…… 당신도 가능합니다…… 단돈 1,000달러만 송금하시면 등록이……."

"그건 믿지 않는 게 좋을 것 같은데……" 나는 최대한 완곡하게 말했다. "그냥 여기서 하면 안 돼요? 여기가 더 기회가 많지 않소?"

"하지만 벌써 3년간 저축해놓은걸요." 그는 떨리는 손가락으로 밝은 희망을 지갑에 도로 넣으며 말했다. "여기서는 대학에서 최고 학생들만 차출해가요. 성적이 최고여야 합니다. 심지어 군대에 지원하는 것보다 더 어려워요. 최고의 직업이거든요." 이민국으로 터덜터덜 들어가는 그의 몸은 다시 구부정한 자세로 돌아가 있었다. 콘크리트 벽과 바닥으로 된 이민국에는 사람들이 대기 중이었고, 좁은 통로는 바깥으로 나 있는 콘크리트 벽 돌 하나 크기만 한 구멍에서 이따금 공기가 들어오는 게 전부였다. "댁은 상황을 몰라서 그래요." 윌리엄 이펨바가 어깨 너머로 말했다. "승진이 되면 집으로 송금도 할 수 있고 정식 부인도 둘 수 있고, 나중에는 아마도 정말 좋아하는 여자로 아내 두 명은 더 둘 수 있을 거라고요."

우리는 좁다란 방들 중에서 가장 큰 방의 창구로 비집고 들어갔다. 힘없는 쪽, 즉 우리 쪽은 난전에 내놓은 이브라힘 마하맛의 19세기 입상 주물처럼 닳고 닳아 있었다. "가망 없는데요. 전혀 없어요." 창구의 젊은 여자가 나를 마주 보며 믿을 수 없다는 듯 웃으며 말했다. 그녀와 알고 있는 사이인 게 분명한 윌리엄 이펨바가 뭐라고 간청하자 그녀는 사무용 메모지에서 종이 한 장을 찢어 이렇게 휘갈겨 썼다. "방문자 윌리엄 이펨바와 그의 의뢰인의 신분을 증명합니다. 아니타."

우리는 택시를 타고 항구로 되돌아갔다. 사람들이 더 늘어나 출입구 틈은 두 사람 정도 들어갈 정도로 넓어졌고 밀고 들어오는 사람들 무리는 더 빨리 움직였다. 군중에 떠밀려가는 중에 래리의 밝은 파란색 데님 셔츠가 땀에 젖어 색이 짙어진 게 눈에 띄었다. 그가 뭐라고 소리쳤는데 알아들을 수 없었다. "대관절 이게 뭐요?" 항만 경찰서장이 받아든 메모지를 손으로 탁탁 치며 말했다. 사각형의 종이가 V자 모양이 되어 나비가 날아가듯 팔랑팔랑 날아 바닥에 앉듯 내려앉았다. 서장이 그걸 발로 뭉개며 말했다. "나가요! 필요한 건 비자요! 열흘 걸린다고 했소! 이제 네 시간 남았소! 한 시간을 허비했군! 최소 열흘이라고! 나가요, 나가!"

밖에는 마르셀랭이 도착해 있었다. 마르셀랭이 풍기는 권위가 잡낭과 배낭으로 만들어진 섬 위에 혼자 달랑 앉아 있던 래리 주변으로 자그마한 침착의 해변을 만들어놓았다. 사람들이 서로 부딪히는 물살 속에 어깨 정도 넓이의 해안이 생겨났다. 윌리엄 이펨바가 존경의 표시로 몸을 구부정하게 수그리고 문제를 설명했다.

"레드몬드! 지금까지 도대체 뭘 하고 있었던 거예요?" 마르셀랭이 목청을 있는 대로 높여 소리를 버럭 질렀다.

"나는 장관의 허가서면 충분할 줄 알았소. 1,000파운드를 지불했는데." 나는 야단맞는 학생이 된 기분으로 말했다.

"충분하고도 남지." 래리가 땀을 흘리며 말했다.

"멍청하네요, 멍청해!" 마르셸랭이 소리를 질렀다.

그가 그렇게 심하게 화를 내는 것을 보고 나는 내심 안도했다. 신경을 쓰고 있구나, 마르셸랭이 뭔가 조치를 취할 거다, 그런 생각이 들었다. 그리고 정말이지 배가 고팠다.

"윌리엄 이펨바." 마르셸랭이 말했다. "당신은 여기 있어요. 여기서 섀퍼 박사를 도와 정부 원정대의 공식 비품을 하나도 빠짐없이 지키도록 해요."

머릿속에 계란, 베이컨, 칩스, 콩 같은 것들이 떠올랐고 영국 철도 샌드위치*도 떠올랐다. 심지어는 길쭉한 카사바까지 떠올랐다. "식사 시간이 아니군." 이민국의 콘크리트 복도로 돌아온 마르셸랭이 말했다. 그는 '프라이빗PRIVATE'이라고 표시된 사무실로 들어가더니 거기 있는 모든 사람들을 매료시켰다. 웃음도 진심으로 보였다. 거기 있는 모두와 알고 지내는 사이였다. 깨끗하게 면도한 얼굴, 하얀색 긴소매 면 셔츠, 잘 다려진 바지, 깨끗하게 세탁한 순백의 운동화, 그는 진정 정부 부처 부장의 모습이었다. 나는 대기실 통로에서 이 벽 저 벽에 기대서 이곳 공기는 땀에 축축하게 절어 사람들이 내쉬는 숨이 고기나 양파 수프 한 스푼처럼 느껴진다고 어렴풋이 생각했다. 나는 미심쩍은 상황에서 그래도 제대로 된 동행, 공룡을 본 인물을 택한 것에 대해 다시 한 번 자축했다. 도시를 가로질러 마구 질주하는 택시 안에서 마르셸랭이 말했다. "택시 운전사에게 미리 말했어요. 당신이 평소 요금의 두 배로 줄 거라고요. 왜냐하면 평소 속도보다 정확히 두 배로 빨리 달릴 거거든요." 나는 차문 위의 손잡이를 잡았다. 레 부갱빌레에서 우리는 호텔 숙박료 영수증, 왕복 티켓을 가지고 항구로 돌아가 래리에게 셔츠 앞가슴에 달린 주머니 단추를 풀게 하고 여권과 예방 접종 증명서, 왕복 티켓(래리가 티켓에 미친 듯이 입맞춤을 퍼부었다)을 넣어주었다. 도시 중심가에서 우리는 사진 복사 가게를 발견했다(복사 가게 주인은 굳이 손톱 깎는 가위로 사진 끝을 다 다듬어야 한다고 고집했다). 길 건너 사진 스튜디오는 브라자빌에 단 두 개 있는 여권 사진용 카메라를 갖고 있다고 자랑하는 곳이었지만, 바로 그날 아침 카메라를 도둑맞았다고 했다. 우리는 어쩔 수 없이 다른 경쟁사인 포토포토에 있는 허름한 판잣집으로 차를 타고 갔다. 가난한 동네 기찻길 뒤편에 안뜰과는 멀찍이 떨어진 곳에 뭐하는 곳인지 간판 하나 없는 건물(아마도 전에 돼지 우리였을 법한)이 있었다. 오른쪽에서 네 번째 콘크리트 축사(아마도 전에 새끼 돼지 우리였을 법한)에 할머니가 아주 작은 탁자 앞에 앉아 있었다. 탁자 중간에는 콩고인민공화국의 장기 체류 방문자용 비자에 필요한 스탬프 북이 놓여 있었다.

우리는 이민국 안쪽 방으로 돌아왔다. 한 공무원이 물건이 잔뜩 널려 있는 책상에서 처음으로 고개를 들어 나를 보며 미소 지었다. 그런데 로렌스, 섀퍼의 사진은 어디 있지요? 마르셀랭은 택시를 타고 항구로 가서 동생에게 짐가방을 지키라고 한 후 래

---

* 영국 기차 안에서 팔았던 샌드위치로 맛없는 음식을 비유할 때 자주 쓴다.

리를 하나 남은 카메라가 있는 곳으로 데려갔다. 나는 윌리엄 이 펨바에게 맥주 한 박스를 사오라고 보냈다. 모두 미소를 지었다. 공무원이 빨간색 금속으로 된 날짜 스탬프를 집어 들었다. 내 서류 위에서 잠깐 멈칫하는 게 보였다. 그러다가 잠시 후 쾅! 그리고 커다란 사각 나무 도장을 들어 쿵! 작은 원형 나무 도장을 들어 쿵! 우리는 맥주병을 땄다. 래리가 도착했다. 거친 숨을 몰아쉬며 말했다. "레드소, 여기 내 왕복티켓……."

항만 경찰서장은 웃지 않았고 스텐 기관단총도 풀지 않았다. 그는 자리에서 일어나 마르셀랭을 향해 말했다. "대단한 사람이군요." 그는 마르셀랭의 얼굴을 기억 속에 저장해두려는 듯 일부러 꼼꼼히 뚫어져라 쳐다봤다. "이런 일은 한 번도 일어난 적이 없었소." 11시 59분이었다. 증기선 출발 시각은 12시였다.

9

임퐁도 호에 오르다

마르셀랭과 그의 동생 마누(이십대 초반쯤 되어 보이는 마른 체구
의 수줍음 많은 청년으로 챙이 넓은 갈색 밀짚모자를 쓰고 있었다), 래
리와 나는 배낭과 잡낭을 메고 차례차례 철창문으로 들어가 복
도를 지나 경사진 부두의 콘크리트로 만든 에이프런*을 내려가
좁다란 나무 건널판을 건넌 후 증기선이 정박해 있는 안벽의 바
지선에 올랐다.

녹슬고 더러운 평저보트 갑판에서 가족들이 스티로폼 매트리
스를 풀고 짐가방과 비닐백을 세워 자기 구역을 잡고는 야영할

---

* apron. 부두 안벽에 접한 야드의 일부분으로 짐을 싣거나 내리는 부분.

준비를 하고 있었다. 발밑을 조심하며 걸어가면서 래리가 물었다. "이 사람들 여기서 다 뭐하는 거요?" 좁은 공간에서 와글대는 사람들, 그 열기와 소음에 당황한 그는 양손에 배낭을 하나씩 들고는 커다란 부츠를 신은 발로 쌓아둔 냄비 더미를 넘기 위해 중심을 잡으려다 멈춰 섰다. "무슨 일이지? 이 사람들 뭘 기다리고 있는 거요?"

"뭘 하다니요? 우리하고 같이 가는 거예요. 강 상류로요."

"뭘 타고? 어디서?"

"이 바지선으로요! 어디라고 생각했어요? 이 사람들은 가난한 사람들이에요. 장사꾼에 시골사람들이에요. 삼등 여객이죠. 2주 동안 여기 한데서 잘 거예요. 어쩌면 3주가 될지도 모르죠. 몇 명은 죽기도 할 거예요. 어린 애들 한두 명이 자다가 굴러서 배 사이로 떨어져 강으로 사라지죠. 노상 벌어지는 일이에요. 여기 있는 사람들이 도합 3,000명은 될 겁니다. 그 이상일 수도 있고요."

"난간도 없군. 심지어 가장자리 쪽에도 난간이 없어." 래리가 중얼거렸다.

마르셀랭이 진청색 배낭을 메고 앞장서서 걸어가며 말했다. "이등 여객은 저기서 머물죠." 그는 평평한 지붕을 얹은 하얀색 이중 갑판의 선상 가옥을 무시하는 듯한 손짓으로 가리키며 말했다. 나는 바지선이 부두 쪽에 따로 정박해 있는 거라고 생각했다. 그런데 부두 쪽에서는 재빠르게 마을이 형성되고 있었고 그 마을 전체가 우리와 함께 떠나는 것이었다. 나는 선상 가옥에 줄지어 있는 짙은 갈색 선실문과 베란다를 받치고 있는 하얀색 수직 외부 버팀목에 시선을 뺏겨, 내 앞에 발목 높이 정도로 팽팽하게 쳐진 강철 닻줄을 보지 못했다. 닻줄에 발이 걸려 넘어지면서 양손에 든 잡낭을 떨어뜨리고 내 왼쪽에 서 있던 어떤 남자의 등에 부딪쳤다. 넘어지면서 나도 모르게 그의 재킷을 잡고 말았는데 한때는 아마도 검정 양복의 일부였을 것 같아 보이는 재킷이었다. 남자는 몸을 사납게 비틀어 팔꿈치를 빼내고 주먹을 쥐었다. 몸을 일으키며 남자를 쳐다봤다. 늙고 분노한 눈이었다. 피부 상피의 질병 때문인지, 아니면 유전적 불운 때문인지 볼 아래로 주머니 같은 것이 자라 있었다. 그것은 움직일 때마다 살짝 덜렁거렸고 목 부분은 칠면조 목처럼 살이 축 늘어져 있었다. 나는 너무 놀라 아무 말도 못 하고 뒷걸음치며 배낭을 집어 들고 마르셀랭의 진청색 배낭을 얼른 쫓아갔다.

마르셀랭의 뒤를 바짝 따라갔을 때 그가 말했다. "이등칸, 객실 하나에 침상 네다섯 개가 있어요. 동생 마누는 그리로 가게 될 거예요. 반면 레드몬드, 우리는 왕처럼, 진짜 추장처럼, 두목처럼 여행하게 될 거예요. 내가 제일 좋은, 일등칸으로 당신 표를 사도록 해놨거든요. 일등칸 표라 함은 식당에서의 하루 세끼 식사를 의미하죠. 바지선의 아줌마들이나 배 옆쪽 어부들하고 음식 흥정을 할 필요가 없다는 거예요. 그리고 객실마다 침대는 단 두 개죠. 필요하니 어쩔 수 없죠. 이 정도 짐으로 여행을 하려면 말이에요. 문하고 자물쇠가 있는 방이어야 하니까요."

우리는 증기선 '임퐁도' 호(함교 밑에 붉고 크게 쓰여 있었다)에

당도했다. 마르셀랭이 층계 아래서 잠시 멈추더니 나를 향해 반쯤 몸을 돌려 말했다. "게다가 당신과 래리가 한 객실을 쓸 거고요. 다른 하나는, 만일 내가 운이 억세게 좋다면 두 번째 침상에 아무도 없을 수도 있지 않겠어요? 그러면, 뭐라고 해야 할까? 아마도 나는 여자랑 지낼 수도 있겠죠?" 그러더니 이번에는 영어로 이렇게 덧붙였다. "저 아래 갑판에서 데려온 여자 말예요."

우현 쪽으로 두 번의 층계를 오르자 선상 사무원(몸집이 작고 까칠하고 교활해 보이는 중년 후반의 남자로, 뭔가 자신을 지배하고 있는 비밀 같은 것이 있어 보이는 사람이라고 혼자 생각했다)이 줄지어 있는 객실 다섯 개 가운데 두 번째와 세 번째 객실의 문을 열어주고는 열쇠를 우리한테 건네고 계단을 내려가 자기 일로 돌아갔다. 객실마다 두 개의 작은 침대와 옷장, 손바닥만 한 세면대가 있었다.

"훌륭한데. 호화로워." 내가 말했다.

"네가 그렇다면야." 래리가 말했다.

"일등칸이라니까요." 마르셀랭이 말했다.

왜소하고 수줍어하는 마누가 혼자 싱그레 웃으며, 큰 모자로 얼굴의 반은 가린 채, 세면대 가장자리를 손가락으로 쓸어보고 있었다.

래리와 나는 배낭과 잡낭을 끌어다 우리 객실 안으로 들여와 옷장에 기대놓고 객실 문을 잠근 후 함교 아래로 걸어갔다. 우리는 난간에 기대서서 강철 바지선에 마을이 세워지고 있는 것을 바라봤다. 아이 엄마들은 플라스틱 대야에 갓난아이들을 씻기거나 절굿공이에다 카사바 잎을 찧어 푸푸 반죽을 만들거나 야자나무 씨앗을 찧어 야자유를 만들고 있었다. 우리 바로 아래에서는 한 노인이 왼손 집게손가락과 오른쪽 엄지발가락 사이에 줄을 끼워 팽팽하게 잡아당기고 오른손으로 매듭을 지어 그물을 만들고 있었다. 아직도 사람들이 머리에 짐을 이고 갑판 위로 밀려들고 있었다. 좋은 자리는 먼저 온 사람들이 이미 차지하고 있었으므로 두 바지선의 부두 쪽 짐칸에 자리를 잡았다.

우현 쪽에 펼쳐진 인도 땅덩이만 한 정도의 물이 흐르는 거대한 강에는 갈대와 부레옥잠이 먼 내륙으로부터 끊임없이 흘러 내려와 섬을 이루고 있었다. 프랑스인들이 포르투갈령으로 부른 섬이었다. 급류와 바다를 향해 가는 길에 식물들이 놀라울 정도로 무성하게 자라 있었다. 저 멀리, 앉는 부분이 축 늘어진 흑백 의자가 뒤집힌 것 같은 형체가 보였는데 쌍안경을 통해 그 정체를 알 수 있었다. 그것은 물에 빠진 흑백얼룩무늬염소였다. 뻣뻣하게 위로 뻗은 다리는 햇빛에 반사돼 검은색으로 보였고, 흰 배는 더위 속에 통통 불어 있었다.

24킬로미터 정도 떨어진 곳에, 말레보 풀 건너편 회색빛 하늘 아래 어둑어둑한 킨샤사*의 건물들이 보였다. 마르셀랭은 킨샤사를 무질서와 부패, 무장한 갱들의 도시라고 불렀다(갱 대부분이 군인이나 경찰들이라고 했다).

---

* Kinshasa. 킨샤사는 구 자이르, 현 콩고민주공화국의 수도이다.

킨샤사는 수도로 구리와 코발트가 풍부해 잘만 관리한다면 모든 시민이 부자로 잘 살 수 있지만 수익은 갱 중에서도 제일 힘센 사람에게 모두 돌아간다는 것이었다. 그는 호텔 요리사의 아들로 자본주의 국가의 선교사들에게 교육받은 사람으로 자칭 '모부투 세세 세코 응쿠쿠 응그벤두 와 자 방가'라 불렸다. "그 무소불위의 군인은 그 집요함과 성공에 대한 끈질긴 집념 때문에 지나는 곳마다 포탄을 터뜨리며 성공에 성공을 거둘 거예요." 마르셀랭은 이렇게 말하고는 모부투가 스스로를 조타수, 구세주, 메시아라 부르면서 북미 기독교인들의 비호를 누리며 자기네 국민들로부터 50억 달러를 약탈했다고 덧붙였다. 나는 강을 사이에 두고 공산주의 국가 편에 서서 도덕적 우월감을 느끼는 드문 순간을 만끽하고 있었다.

우리는 마르셀랭, 마누와 함께 해안 쪽으로 걸어갔다(질척질척한 계단을 내려가 미끄러운 강철 바지선을 걸어 내려갔다. 오른편으로 450평방킬로미터 말레보 풀의 거대한 풍경이 한눈에 들어왔다. 말레보 풀은 찌는 듯한 숨 막히는 더위 속에 결코 올 것 같지 않은 태풍을 기다리고 있었다). 출입구를 나와 부두 끝에 있는 카페에 앉아 맥주와 생선 수프, 빵과 소시지를 (각자 여러 번) 먹었다. 한가로이 걸으며 돌아오는 길에 래리가 군중을 헤치고 지나가는 남자 세 명을 목격했다. 이들은 왼팔에 주황, 파랑, 빨강 같은 밝은 원색의 알록달록한 알약이 담긴 길고 투명한 플라스틱판을 들고 있었다. 남자들의 벨트에 끈으로 묶어놓은 가위가 덜렁거렸다. 거의 모든 여자들이 형편 되는 대로 색깔 별로 골라 알약을 사는 것 같왔다.

"저 사람들 돈 잘 벌어요. 자이르에서 온 사람들이죠. 콩고에서는 저렇게 항생제를 파는 게 불법이에요. 정식 약사한테 가야 해요. 헌데 경찰들도 포기했죠. 어쩔 도리가 없어요. 모든 엄마들이 아이들을 위해 약을 사려고 하니까요. 온갖 질병에 사용하죠. 이 사람들은 무지한 사람들이에요. 어차피 복약 지시가 없기도 하고요. 약학 조사도 없고요. 공장은 자이르에 있어요. 저게 색깔 있는 젤라틴 코팅을 입힌 야자유인지 진짜 항생제인지 누가 알겠어요? 자이르 사람들, 온갖 방법으로 우리에게 피해를 주고 있어요." 마르셀랭이 말했다.

그는 군중들 속에서 루이즈를 발견하고 작별 인사를 하기 위해 그녀와 함께 창고 뒤편을 돌아 눈앞에서 사라졌다. 마누는 형에게 지기 싫었는지 자기도 여자친구를 만난 척하며 맥주 판매대가 있는 곳을 향해 뭔가 굳은 결심의 태도로 걸어갔다.

땀을 뻘뻘 흘리며 다시 출입구를 통해 돌아가는데 래리가 말했다. "결핵균은 당연히 항생제 내성이 있는 균이야. 바실루스균에 이런저런 약을 소량 주는 거야. 완전히 죽이지는 않고. 그건 결핵균에게 생각할 시간을 주는 거나 같지. 그럼 적응하게 되

---

* Mobutu Sese Seko Nkuku Ngbendu Wa Za Banga. 모부투는 1965년 쿠데타로 집권한 후 1971년 동콩고의 국명을 자이르로 정하고 32년간 독재 정권을 지속했다. 1997년 5월 내전을 통해 새롭게 권력을 잡은 카빌라 대통령이 국명을 지금의 콩고민주공화국으로 바꿨다. 1972년 모부투는 자신의 이름을 위와 같이 개명했는데, '초인적인 인내와 불굴의 의지로, 지나가는 발자취마다 불을 남기며, 정복에 정복을 거듭하여 전진하는 전능한 전사'라는 뜻을 담고 있다.

고 점점 더 퍼지는 거야."

퀴퀴한 냄새가 나는 우리 방으로 무사히 돌아왔다. 방은 너무 더워 숨 쉬기조차 힘들었다. 래리가 에어컨을 켰다. "고장 났네." 래리가 한껏 들뜬 표정으로 이렇게 말하더니 벨트에 찬 작은 레더맨* 공구 상자를 열었다.

그는 필립스 드라이버로 에어컨의 가짜 나무 덮개를 떼어내더니 세 가지 크기의 보통 드라이버로 상당 부분의 부품을 해체시켰다. 그러고는 펜치를 들고 정교하고 본격적인 내부 작업에 몰두했다. 줄까지는 사용했을 수도 있지만 내가 아는 한 자, 칼, 캔 오프너는 사용하지 않았다.

"정지 상태에서는 수리된 것 같군." 래리가 전문 배관공 같은 목소리로 크게 말했다.

재조립된 에어컨 앞에 우리는 무릎을 꿇고 앉았다. 래리가 스위치를 켰다. 작동을 준비하는 소리가 나며 몸체가 진동을 시작하는가 싶더니 곡사포의 핑음과 함께 기차가 터널을 지날 때처럼 쩌렁거리고 제트기가 가까이 오는 것처럼 윙윙 소리가 났다. 비릿한 냄새와 함께 왼쪽 환기통에서 고양이 숨 같은 뜨뜻한 공기가 하품하듯 나왔다.

"됐다!" 래리가 소리쳤다.

"그래, 과연 됐구나." 내가 손가락으로 귀를 틀어막으며 말했다.

래리가 스위치를 껐다.

"뭔가 이상해. 에어컨에 문제가 있다고." 래리가 굴욕감 가득한 목소리로 말했다.

"그렇겠지. 그래도 침대에는 아무 문제없어." 내가 침대에 누워 달라는 목소리로 말했다.

래리가 칼집에 단검을 집어넣듯 레더맨 상자를 닫으며 말했다. "어디서 읽었는데 말이야. 이런 데서는 매트리스를 한 번 뒤집어줘야 한대. 이가 다시 처음으로 돌아가서 자기 길을 되돌아오도록 말이야."

"그러지 마." 내가 말했지만 이미 때는 늦었다.

래리가 침대 틀에서 반쯤 꺼낸 메트리스의 오른쪽 모서리 아랫부분을 들었다. 나무에 손톱이 직 끌리는 소리가 나며 닭장에 깔린 짚 같은 매캐한 냄새가 났다. 침대 틀의 뼈대에서 뒤쥐만 한 바퀴벌레가 폭포수 쏟아지듯 마구 흘러나오더니 바닥으로 우두둑 떨어졌다. 바퀴벌레는 얼른 몸을 일으켜 방바닥을 가로질러 사방팔방으로 숨을 곳을 찾아 재빨리 기어갔다.

"수백 마리는 되겠어." 래리가 매트리스 받친 손을 툭 놓으며 오른발을 내밀어 바닥을 기어가는 한 마리를 밟아 죽였다.

"그대로 두는 게 최상이야. 저 녀석들은 등에 냄새 분비선이 있어. 건드리면 악취를 풍기지. 게다가 저 녀석들은 무소불위야. 심지어 방사선을 쏘여도 끄떡없다고. 원자탄이나 투하해야 소탕될 거야."

---

* Leatherman. 미국 공구 회사 상표명.

"그래, 맞아. 모켈레음벰베보다 더 오래됐는데 뭐. 나도 알아. 요놈 같은 화석 바퀴벌레는 3억 년 전 형성된 석탄층 화석에서 흔히 볼 수 있지." 래리가 죽은 바퀴벌레를 손가락으로 집어 올렸다. "용각류 공룡이 나타나기 7,500만 년 전이지. 설령 그렇다고 해도 내 침대 아래 저 녀석들을 두고 싶다는 말은 아니야." 바퀴벌레의 더듬이와 촉수, 여섯 개의 다리가 축 늘어져 있었다. 몸뚱이는 온통 진갈색이었고 머리와 흉부에 노르스름한 주황색 줄이 예쁘게 나 있었다. "이 놈을 플래츠버그로 데려가면 관람료를 물릴 수 있을 거야." 래리는 바퀴벌레를 바닥에 던지더니 방수포를 펼쳐서 침대 위에 조심스럽게 놓았다.

"미친 프랭크 벅랜드* 말이야. 악어 먹는 걸로 사람들을 놀라게 한 사람 말이야. ("놀라는 게 당연하지." 래리가 말했다.) 그 벅랜드가 《진기한 자연사Curiosities of Natural History》라는 책에서 한 신사가 인도에서 고국으로 돌아오는 배 안에서 바퀴벌레 때문에 괴로워한 이야기를 썼는데, 밤에 자고 있을 때 바퀴벌레들이 손톱 밑에 있는 하얗고 얇은 띠 같은 피부를 마구 갉아먹었다는 거야."

"네가 바지선에서 부딪쳤던 그 남자 말이야."

"응, 왜?"

"오전 내내 신경이 쓰이더라고."

"왜?"

"그 남자가 바로 내 옆에 서 있었어. 그렇게 괴상망측한 사람은 처음 봤어."

"그래서?"

"그 어린 남자애들 말이야, 나하고 우리 짐 주변에 빙 둘러앉아 있던 애들."

"그 아이들이 왜?"

"음…… 그 아이들이 뚫어져라 쳐다본 게 바로 나란 말이지."

래리는 손전등을 껐다. 밤은 온갖 소음으로 가득했다. 증기선 엔진이 웡웡거리는 소리, 서로 크게 틀어놓은 카세트 플레이어에서 쩌렁쩌렁 울리는 소리, 고함치고 웃는 소리.

"이것만 기억해." 내가 벽 쪽으로 돌아누우며 말했다. "지금 그 베개를 베고 잔다는 건 그 베개를 베고 잔 적이 있는 모든 사람하고 같이 잔다는 말이야."

객실 안에 잠시 정적이 흐르다가 잡아당기고 탁탁거리고 평평하게 만드는 소리가 났다. 래리가 방수포를 다시 고쳐 눕고 있었다.

"컨트롤!" 군인 한 명이 객실 복도를 따라 걸어오며 칼라슈니코프 개머리판으로 문을 쾅쾅 치며 소리를 질렀다. "컨트롤!" 어두컴컴한 새벽, 우리는 임퐁도 호 바지선의 3,000~4,000명의 승객들과 함께 해안가로 떠밀려갔다. "빈 여객선과 바지선의 모든 잡동사니를 수색하는 거예요. 범죄자나 스파이, 정부의 적들이 없나 수색하는 거죠." 마르셀랭이 내 옆에 바짝 붙어 이렇게 말

---

* Frank Buckland(1826~1880). 영국의 동식물학자.

하더니 목소리를 낮춰 이어 말했다. "다른 말로 하면 용기백배하고 돈은 없는 젊은이들을 찾는 거죠."

우리는 건널판을 건너 대기하고 있는 군인들에게 우리 서류를 보여주기 위해 줄 서 있다가 콘크리트 경사면을 올라와 안벽건물을 지나 돌아왔다. 그리고 부두 끝에 있는 카페에서 커피를 마시고 생선 수프와 프라이머스 맥주를 마시고 빵을 먹고 기다렸다. 젊고 아름다운 마르셀랭의 임산부 아내가 두 살 반인 바네사 스윗 그레이스를 안고 남편을 배웅하러 왔다. 아기는 통통한 손가락을 마르셀랭의 셔츠 앞가슴에 집어넣고 좋다고 옹알이를 했다. 래리와 나는 부두를 걸어 내려와 커다란 목면나무 아래 앉았다. 머리 위로는 35미터 높이의 좁다란 나무 꼭대기가 보이고, 등 뒤에는 은빛이 도는 비늘 같은 나무껍질이, 양 옆으로는 짧은 지주근*이, 발아래는 찌그러진 콜라 캔이 뒹굴고 있었다.

"어젯밤에 시를 한 편 썼어, 프랑스어로." 내가 말했다.

"그걸 들어야 하다니 안타깝군." 래리가 말했다.

J'ai mangé du fou-fou(나는 푸푸를 먹었네)

Et j'ai eu le palu(그리고 말라리아에 걸렸네)

C'est tout(이게 다라네)

"그렇군." 래리가 무덤덤하게 말했다. "그런데 R&D가 좀 필요할 것 같지 않나?"

"R&D라니?"

"연구 개발Research and Development. 좀 더 세부적인 것에 대해 말이야."

"이대로 완벽해. 균형감 있잖아." 내가 발끈하며 말했다.

"균형감이라……."

먼지 속에서 커다란 붉은 개미들이 콜라 캔 가장자리를 빙 두르며 형체를 드러냈다.

"그 쌍안경은 객실에 두고 오지 그랬어? 누가 봐도 군용 장비 같아. 너 스파이 같아."

"하지만 새를 보게 될지 모르잖아."

"새라곤 없는데 뭘."

세 시간 후 모두 다시 선상으로 돌아갔다. 밧줄에 묶인 두 대의 조종할 수 있는 예인선과 순다Sounda 예인선의 커다란 엔진 박스가 임퐁도 호의 우리 객실 높이에 묶이고 난 뒤 모든 디젤 엔진이 선미까지 다 가동되기 시작했다. 선박 위의 모든 것이 진동했다. 대형 쇠망치로 내리치는 것 같은 엄청난 소음으로 머릿속이 멍해졌다. 래리와 나는 부채꼴 모양 갑판에 기대어 강의 갈색 수면이 밀려가고 밀려오며 하얀 포말로 부서지는 것을 바라봤다. 배가 움직이고 있었다.

---

* 식물의 지상부에서 뻗어 나와 식물체를 떠받치고 있는 뿌리.

10

콩고 강으로 향하다

말레보 풀에 이르자 선장은 엔진을 저속 진행으로 바꾸었다. 함교 아래에 서서 래리와 마르셀랭, 나 세 사람은 열 대의 소형 백색 예인선 편대가 해안에서 나와 일렬로 줄지어 바지선을 항구 쪽에 정박시키고 엔진을 끄는 광경을 지켜봤다. 마르셀랭이 그것들이 목재 예인선이라고 알려주었다. 상류로 가는 선박이 있으면 함께 나가 뗏목을 만들 림바와 오쿠메 같은 연목과 두 종류의 마호가니 같은 견목 등의 목재를 채집해온다고 했다. 그러나 일반적으로 콩고의 밀림에서 자원을 개발하기란 쉽지 않은 데—습지림에서는 아예 불가능하다—그 이유가 콩고의 급류와 연안까지의 철도 운송 비용 때문이라고 했다. 그래도 여전히 배에서 일하는 것은 좋은 직업이었다. 안정적이고 보수가 좋고 야간에 머무는 마을마다 아내를 한 명씩 두는 게 별일 아니기 때문이었다.

좀 더 멀리, 갈대로 뒤덮인 넓고 평평한 모래톱 옆에 회색 보트가 정박해 있었다. 건널판을 세워놓은 측면은 높고, 뱃머리는 위로 솟아 있고 선미는 평평했다. 뱃전의 지지대 위에 허술하게 지붕을 얹은 배도 있었다. 모든 배에 선외 모터가 달려 있었다. 배가 예인선 사이 비어 있는 안벽으로 흔들거리며 들어가고 있을 때 마르셸랭이 그 배들을 가리키며 '포경정'이라고 말했다. 이 포경정들도 우리가 탄 여객선과 함께 상류로 향하는데 거기서 마을에서 만든 생산품들, 카사바, 훈제 생선, 오렌지, 귤, 레몬 바구니를 실어 선외 모터를 가동해 다시 브라자빌로 돌아온다고 했다.

우리는 말레보 풀 동쪽 끝을 둘로 가르는, 모래톱이 이어진 음바무 섬 북쪽을 향해 가는 해협으로 들어섰다. 배가 바테케 고원의 평평한 둔덕 가까이 접근하자 경사면에 마구 자라 있는 덤불과 마른 풀, 사바나 관목이 눈에 들어왔다. 뒤이어 백색 사암의 노두 아래를 지났다. 프랭크 포콕*이 고향 켄트 마을을 그리워하며 스탠리에게 도버 백악절벽**이라 이름 붙이라고 이른 곳이다. 배는 모든 엔진을 가동해 서서히 유속이 빠르고 수심이 깊은 르

---

* Frank Pocock. 스탠리와 함께 아프리카 탐험에 동행했던 동료.
** White Cliffs of Dover. 영국 해안에 도버 해협을 마주보고 있는 하얀 절벽. 켄트 지역 도버 마을의 동서로 뻗어 있다.

쿨루아르Le Couloir 협곡을 천천히 지나고 있었다. 200킬로미터 길이에 폭 1.5킬로미터 정도의 이 협곡은 연안의 강 상류수가 과거에 침식되었음을 보여주었다. 그 강은 아마도 6,500만 년 전에 콩고 분지의 들려 올라간 가장자리에서 계곡을 조금씩 침식시켜 내륙의 호숫물을 폭포수처럼 바다로 흘려보냈을 것이다.

사무장이 우리 뒤로 뛰어다니면서 빈 프라이머스 맥주병을 식탁용 나이프로 두드렸다.

"식사 시간이다!" 마르셀랭이 말했다.

작은 반원형의 식당은 선미 쪽에 있는 방이었다. 부채꼴 갑판이 내다보였을 모든 창문에는 갈색 커튼이 쳐져 있었다. 식당에서는 오래된 고기와 바퀴벌레 냄새가 났다. 식당을 이용할 수 있는 특권을 가진 우리의 길동무들은 벌써 착석해 있었다. 십자가 목걸이를 한 파란색 수녀복을 입은 백인 수녀, 갈색 면양복을 입은 긴장한 젊은 남자, 턱살이 축 처지고 불룩한 배를 흰 가운으로 가리고 술 장식이 달린 끈으로 묶은 사십대 남자였다. 우리는 철제 의자를 잡아 당겨 앉아 포마이카를 바른 테이블에 동석한 사람들과 인사를 나누었다. 젊은 남자는 선박회사에서 일하고, 뚱뚱한 남자는 악어가죽 판매상이었다. 수녀는 스페인 갈리시아에 있는 가족들을 방문하고 돌아가는 중이었다. 그녀는 남동생들이 많은데 부모가 다 부양할 수 없어 수녀가 되었다고 했다. 매주 가족에게 편지를 쓰지만 5년에 한 번씩 만날 수 있기 때문에 마음이 아프다고 했고, 신이 허락하신다면 여생을 모사카에 있는 선교병원에서 일하고 싶다고 했다. 사무장이 쇠꼬리 요리와 감자, 자작하게 졸인 고깃국물을 들여오자 모두들 마주 보던 시선을 거두고 대화도 중단했다. 수면병과 나가나 병*을 옮기며 소를 죽게 하는 체체파리의 땅에서 뼈째 나오는 쇠꼬리 음식은 침묵 속에 모든 감각을 집중해야 하는 진미가 아닐 수 없었기 때문이다.

다시 밖으로 나와 갑판 두 개를 내려와 마르셀랭을 따라갔다. 마르셀랭은 고기를 먹고 몸이 달았는지 눈이 벌개져서 어디 바람피울 여자 없나 찾고 다녔다. 우리는 양초와 정어리캔, 건전지, 손전등, 철수세미, 빅 볼펜, 봉투, 다양한 종류의 알약, 티셔츠, 샌들, 담배, 중고 카세트테이프, 양파를 플라스틱 통에 담아 파는 새로운 가판대가 늘어선 틈을 비집고 들어갔다. 우리는 마르셀랭의 하얀 티셔츠에 시선을 고정한 채 증기선 뱃머리에서 덩치가 산만 한 두 여자(모두 체구가 조금 작은 조수 한 명씩 데리고 있었다)로부터 생선 수프 한 국자, 카사바 가루로 만든 도넛을 사려고 기다리는 남자들을 지나갔다. 그들의 스토브를 살펴보려고 래리가 멈췄고(오래된 디젤 기름통으로 아래에는 통나무로 불을 때기 위해 구멍을 뚫어놓았고, 테두리 밑에 석쇠를 고정시켜 놓았다), 다시 올려다봤을 때 마르셀랭은 사라지고 없었다. 우리는 첫 번째 바지선 끝머리에 놓인 포장용 상자에 걸터앉았다.

천천히 눈앞을 지나가는 언덕의 모든 습곡마다 작은 하천이

---

* nagana. 체체파리가 소에게 옮기는 치명적인 병.

대상림을 돌며 흐르고 있었다. 큰 강으로 흘러가는 어귀에는 어촌 마을의 오두막집들이 거대한 목면나무 그늘 아래 서 있었다. 어떤 나무들은 레바논삼목, 기름야자나무, 부채야자나무처럼 가지가 높다랗게 수평으로 뻗어 있었다. 쌍안경을 통해 야트막한 비탈의 농장에서 성기게 난 카사바 관목들 사이에서 일하고 있는 여자들을 보았다. 남자들은 상류로 흐르는 물살 속에서 통나무배에 선 자세로 노를 젓고 있었다. 이들은 우리처럼 수면에 떠 있는 도시를 향해 나아가며 손으로 방현재*나 포경선의 거널**, 증기선의 하갑판에서 던진 밧줄들을 잡고 있었는데, 그중 가장 위험한 것은 이미 다른 배에 묶어놓은 배의 측면을 잡는 것이었다. 이 배들은 짐을 내려 텅 비어 있어서 마구 흔들리고, 배꼬리는 수천 톤의 운동에너지에서 나온 후류에 철썩대며 미친 듯이 움직였다.

그들은 배를 묶자마자 증기선과 바지선에 있는 상인들과 흥정을 하기 시작했다. 어부들은 브라자빌 부두에서 그 용도가 궁금했던 고리버들로 만든 뚜껑 없는 타원형 바구니 위에 꺾쇠로 걸어놓은 훈제 고기, 검게 그을린 잉어 모양의 생선 더미를 손으로 건네거나 던지거나 선상으로 가지고 올라왔다. 큼지막하고 싱싱한 수염 난 메기류, 뱅어같이 생긴 작은 물고기로 가득한 함석통도 운반했다. 사람들이 밀치고 소리 지르고 미친 듯이 손짓을 하는 아수라 속에서 노획물들은 사라져갔다. 그 와중에 옆자리에 앉은 젊은 엄마를 가만히 쳐다보고 있자니 마음이 편안해졌다. 머리는 이마부터 촘촘하게 땋아 올려 뒤에서 묶었다. 파란

색 면셔츠 안으로 가슴이 축 늘어졌고 랩드레스(검은색 바탕에 노
란색 기사가 노란색 군마를 타고 있는 그림이 그려진)는 하늘하늘한
허리부터 장딴지까지 덮고 있었다. 그녀는 오래된 분유통에 매
달린 줄을 풀어 바지선 사이 틈으로 내리더니 물을 길어 에나멜
을 입힌 들통에 갈색 강물을 가득 채웠다. 그러고는 겁먹은 작은
여자아이의 머리 위로 노란색 원피스를 홀렁 벗겨 하얀색 비누
를 들고 몸을 구석구석 씻기고는 빨간색 행주로 닦아냈다. 그런
다음 파란색 플라스틱 통에서 야자유를 한 손 가득 퍼내더니 여
자아이의 피부에 천천히 바르기 시작했다. 피부가 접힌 부분 하
나하나 발가락 사이사이까지 꼼꼼히 발랐다. 충분하다 싶었는지
이제 빈 페인트 통에 담긴 스토브에 불을 붙이고는 스튜 냄비에
마실 물을 끓이기 시작했다. 반짝반짝 윤이 나는 아이는 조그마
한 왼쪽 손목에 함석으로 만든 팔찌 외에는 아무것도 걸치지 않
은 채 씻고 난 물이 고여 있는 물웅덩이 한가운데에 철퍼덕 앉았
다. 그러고는 오른 집게손가락으로 철갑판 위에다 갓난쟁이들이
흔히 그리는 뭔지 알 수 없는 기호 같은 것을 그리는 데 몰두하
기 시작했다.

래리와 나는 기름통 스토브에서 나오는 열기와 윙윙거리는
디젤 엔진 소리(엔진실은 닭장 창살로 울타리 쳐져 있었다), 카사바

---

* fender. 선박을 부두에 묶어두거나 다른 배 옆에 댈 경우 접촉에 의한 충격을 완화
   하기 위해 뱃전에 덧댄 완충물.
** gunwale. 배의 측면 위쪽, 측면과 갑판이 만나는 부분.

를 튀기고 물고기를 끓이는 냄새와 이제는 사방에 진동하는 임시 화장실의 악취를 뚫고 되돌아왔다.

부채꼴 모양 갑판 위에는 나무널을 이어 붙여 만든 등받이가 25도 정도 기울고 팔걸이가 널찍한 나무 의자(래리가 '식민지풍 의자'라 부른) 여덟 개가 원 모양으로 놓여 있었다. 면바지에 하얀 셔츠, 운동화를 신은 젊은 남자들이 몸을 앞으로 숙이고 둘러앉아 왼손에는 카드를 펼쳐들고 갱스터처럼 도박을 하며 카세트 플레이어에서 흘러나오는 노래를(쿵쿵 진동이 느껴질 정도로 최대한 소리를 높여) 듣고 있었다. 테이프가 늘어나 자이르 팝송의 리듬이 윙윙거리는 소리로 들렸다. 선미에는 솔개 한 마리가 따라오며 쓰레기를 찾아 물살을 가르고 있었다. 뾰족한 날개가 바람을 맞받아 한쪽으로 기울었다가 평평해졌다가를 반복했다. 뜨겁고 환한 공기와 드넓게 펼쳐진 강 위에 반사된 빛이 임퐁도 호와 순다 예인선의 엔진에 달린 굴뚝에서 나오는 더욱 뜨거운 열기와 짙은 훈기 속에 잠깐 사라졌다. 솔개는 수면까지 내려갔다 다시 배 위로 올라왔다 하며 유유히 난기류를 타고 있었다. 가까이 오면 꼬리가 두 갈래로 갈라진 것처럼 보이고 멀어지면 사각형으로 보였다. "안녕, 얘야." 래리가 솔개에게 말했다. "너 혼자인 게 이상하지 않구나. 가엾은 것. 여기서 나오는 쓰레기라고는 길게 연속으로 나오는 똥뿐이란다. 아가야, 이런 소식은 전하고 싶지 않다만 여기는 배출 없는 사회란다. 페인트 통, 콜라 캔, 오래된 자전거 바큇살, 카사바 잎, 해진 천, 생선 뼈 등 네가 가질 수 있는 건 없단다. 다 수프에 들어가기 때문이야. 또 어디에 들어

가느냐 하면……."

그때 카랑카랑한 목소리가 들려왔다. "레드몬드! 어디 갔던 거예요? 와서 맥주나 사요!"

마르셀랭이 의기양양한 표정으로 젊은 여자의 손을 잡고 있었다. 한눈에도 루이즈를 닮은 얼굴이었다. 체구는 좀 더 작았지만. 그녀는 검은색 가로 줄무늬가 넓게 쳐진 얇은 흰 티셔츠를 입고 있었다. 그녀의 작은 가슴(유두는 놀라울 정도로 길었다)이 세 번째와 네 번째 줄 사이에서 볼록 튀어나와 있었다. 티셔츠 단과 딱 붙는 청바지 사이에 있는 작은 배꼽은 마르셀랭의 왼쪽 허벅지를 훔쳐보고 있었다. 그녀는 고개를 숙이고 눈은 래리를 올려다보며 말했다.

"아저씨 부자예요?"

래리가 당황하며 답했다. "나는 교사예요."

"저런." 여자가 안됐다는 듯 말했다.

"깜찍하죠? 그렇죠?" 마르셀랭이 영어로 내게 말했다. 그는 파르페를 앞에 둔 소년처럼 활짝 웃고 있었다. "마지막 바지선 제일 앞에서 발견했어요. 어머니하고 어린 남동생만 있더라고요. 아버지는 우방기보다 한참 위에 있는 동구에 있대요. 지지리 가난한 사람들이에요. 이 여자, 마음에 쏙 들어요. 어때요? 젖꼭지 괜찮죠?"

"응, 썩 괜찮아."

"됐어요, 그럼." 마르셀랭이 뭔가 결심한 듯 이렇게 말하고 다시 프랑스어로 말했다. "우리한테 맥주 사요. 이 여자 이름은 마리예요. 자, 술집으로 가요."

"술집이 있어?"

"당연히 있죠."

앞다퉈 계단을 내려와 아래 갑판으로 가는 중에 아래쪽 바깥에서 길고 새된 비명과 고함 소리가 들려왔다. 우리는 난간으로 다가갔다. 여섯 개의 빈 통나무배가 임퐁도 호에 4분의 1 부채꼴 모양으로 묶여 있었다. 밧줄은 하나의 루프 케이블에 묶여 있어 선미 쪽은 이리저리 흔들거렸다. 짐을 가득 실은 통나무배 하나가 선체 가장 먼 쪽에 정박하려고 했는데 뱃머리에서 노를 젓던 십대 소년이 어쩌다가 노를 놓쳐버렸다. 빨간 나일론 셔츠를 입은 새가슴에 어깨가 좁다란 소년이었다. 그는 반쯤 무릎을 꿇고 왼손은 뱃전에 대고 오른손으로는 얼른 노를 잡으려고 버둥댔다. 노는 빙글빙글 선회하면서 손에서 멀어지더니 물살에 휩쓸려갔다. 배가 흔들렸다. 선미 쪽의 어부가 노를 물속에 집어넣고 증기선이 일으키는 물살과 유속을 거슬러 배를 다시 앞으로 나아가게 하려고 애쓰고 있었다. 주위의 사람들이 이렇게 저렇게 하라고 소리를 질렀다. 솥단지, 팬, 물 양동이, 노란색 쿠션, 어망, 발포 고무 매트리스, 훈제 물고기 꾸러미를 불룩하게 쌓아놓고 배 한가운데에 앉아 있던, 상의를 걸치지 않은 노파가 쭈글쭈글한 가슴에 아기를 부여안고 소리를 질러댔다.

부채꼴 모양에서 가장 멀리 있던 통나무배의 선미가 휙 움직이더니 소년이 아직 쭈그리고 앉아 있는 뱃머리를 에워쌌다. 소년은 여전히 왼손으로 뱃전을 부여잡고 물속을 휘젓고 있었다.

그때 통나무배가 뒤집혔다. 길고 가느다란 선체가 뒤집힌 채 햇빛에 번들거렸다. 검게 그을린 나무 위에 수백 시간에 걸친 힘겨운 작업을 짐작하게 하는 자귀 자국이 선명하게 눈에 띄었다.

발포 고무 매트리스, 아기, 노파, 노란색 쿠션, 어부가 차례대로 수면에 떠올랐다. 뒤집어진 선체는 안쪽의 통나무배 선미에 삐걱거리며 부딪치고, 증기선의 철제 옆면에 탁탁 소리를 내며 부딪치더니 증기선 아래로 쑥 가라앉았다. 아직 폐가 거뜬한 게 틀림없는 노파는 아기의 머리를 수면 위로 끌어올리며 비명을 질렀다.

물고기를 싣고 증기선 가까이 들어오던 통나무배에 탄 두 청년이 정박하려다 말고(그래서 2~3주는 물고기를 팔 수 있는 기회까지 포기하고) 멋들어진 균형과 절제로(맨발이 뱃전에 좍 펼쳐지고 어깨에는 삼각형으로 모아진 등세모근 윤곽이 드러났다) 노파와 아기, 어부를 물속에서 끌어올렸다. 모두 환호했다. 두 청년은 손을 흔들고 나서 다시 물살 속으로 들어가 먼 해안 쪽을 향해 가기 시작했다.

소년 쪽으로 쌍안경을 조정했다. 소년은 증기선의 스크루에 잘려나간 통나무배 조각보다 훨씬 앞에서 빠른 속도로 하류로 떠내려가고 있었다. 노는 여전히 손에서 닿을락 말락 한 곳에 있었다. 머리가 좀 이상한 아이인가? 저 노가 돌아가신 아버지의 유품이었을까? 아니면 주술사한테 빌린 거라도 되는 걸까?

그런데 소년이 자기를 구해줄 수 있을지 모를 마지막 남은 통나무배를 지나쳐 빠르게 휩쓸려 갈 때, 소년과 노가 르 쿨루아르

협곡 중앙의 깊고 빠른 물살에 한데 갇혀 있었던 것임을 알게 됐다. 멀리 육안으로는 잘 볼 수 없는 거리에서 햇빛에 반사돼 강물이 하얗게 부서지는 가운데 소년의 검은 머리가 물 위로 쏙 올라왔다가 사라졌다가를 반복하다가 이내 완전히 사라졌다.

"아이가 안 보여! 선장한테 말해! 아이가 없어졌어!" 내가 소리쳤다.

마르셀랭은 한쪽 팔로 내 어깨를 단단히 감싸 안더니 딴짓하는 어린아이한테 하듯 나를 자기 쪽으로 바싹 끌어당겼다. "조용히 해요. 그 아이를 본 사람은 당신뿐이에요. 이 배 위에서 당신하고 선장만 쌍안경을 갖고 있으니까요. 당신은 외국인이에요. 누가 당신 말을 믿겠어요? 자, 이야기는 이렇게 되는 거예요. 물에 빠졌던 모든 사람들을 어부가 구한 거예요. 알았어요?" 마르셀랭이 말했다.

"하지만 아이가 없어졌잖아? 내가 그 아이 머리를 봤어. 물속으로 사라졌다고!"

"그만하세요." 마르셀랭이 날카롭게 말하더니 나를 붙잡고 있던 팔을 풀었다. "진정하세요. 할 수 있는 건 없어요. 이 배가 돌아가는 일은 절대 없어요. 그럴 수 없다고요. 이런 물살에 바지선에 삼사 천이나 되는 사람들을 싣고 가면서 회항할 순 없어요. 불가능해요."

"그렇지만 아이가 익사했어."

"그래요, 익사했어요." 마르셀랭은 물 건너편 강둑의 마을을 쳐다보며 말했다. "여기는 아프리카에서 통치가 가장 잘 되고 있는 나라예요. 아프리카에서 교육을 가장 잘 받은 국민들이고요. 전쟁도 없고 기아도 없어요. 하지만 아프리카는 아프리카예요. 앞으로 가는 곳마다 여자들이 통곡하는 소리가 하루 종일 들릴 거예요. 누군가 죽을 때마다 이렇게 난리를 치면 오래 못 가요. 시간만 낭비하고 말 거예요. 우리 임무를 완수하지 못할 거라고요."

"구조대가 출동해야지!" 래리가 말했다.

"구조대 출동 같은 건 없어요."

"왜?" 래리가 손가락으로 콧수염을 만지작거리며 믿을 수 없다는 듯 말했다.

"누가 돈을 대겠어요? 그런 돈이 어디서 나와요?"

"물론 정부지. 세금이 있잖아."

"정부라고요? 세금?" 마르셀랭이 넓은 어깨를 으쓱하더니 래리를 보고 씩 웃었다. "우리 마리를 화나게 하지 맙시다. 됐죠? 술집에나 가요."

11

마르셀랭이 떠맡은 가족

술집은 작고 후덥지근했다. 돌돌 만 침낭, 석유통, 양동이 등
이 철제 봉에 밧줄이나 누더기 천으로 묶여 덜렁거리고 있었다.
군인 한 명이 포마이카를 칠한 테이블 위에 팔에 머리를 처박고
고꾸라져 있었다. 베레모는 일렬로 똑바로 세워놓은 빈 맥주병
끝에 놓여 있었다. 그의 테이블과 의자가 다 비어 있어서—군인
은 설령 잠들었다고 해도 왠지 위험한 존재다—우리는 그 자리
에 앉았다. 마리는 마르셀랭의 오른팔을 구명대라도 되는 듯 꼭
붙들고 있었다. 젊은 종업원이 사람 수대로 맥주를 가지고 왔다.
그는 마르셀랭이 시킨 대로 카운터 위에 놓인 크롬을 입힌 커다
란 카세트 플레이어의 소리를 높였다.

마르셀랭이 말했다. "춤춥시다."

"잠깐만." 래리가 말했다. "그 노파 말이야. 도대체 왜 배는 타고 있었던 거지? 게다가 아기라니, 말도 안 돼. 왜 그냥 집에 있지 않고 말이야. 그 어부는 이해할 수 있어. 그것밖에는 시장에 갈 방도가 없으니 그 사람들이 왜 보름에 한 번씩 그렇게 목숨을 걸고 위험한 일을 하는지 알겠어. 하지만 그 노파는 말이야, 그리고 그 아기는, 그건 용서 못할 일이야."

마르셀랭은 지겹다는 듯 맥주를 벌컥벌컥 들이켰다. "그것 말고 어떻게 상류로 갈 수 있겠어요? 아마 그 아기 아버지가 리랑가나 모사카, 아니면 임퐁도에 있는지도 모르죠. 육로는 없어요. 이게 유일한 길이에요. 통나무배로 가면 둑을 끼고 몇 달이 걸려요. 브라자빌에서 임퐁도까지 소형 비행기가 있어요. 하지만 그건 부자들이나 탈 수 있죠. 게다가 항공사도 돈이 없기는 마찬가지예요. 가끔 연료가 있으면 비행해요. 반대로 연료가 없을 때는 못하죠."

마르셀랭은 자리에서 일어났다. 마리가 여전히 그의 팔을 잡고 그를 따라 무도장 역할을 하는 1미터가 조금 넘는 빈 공간으로 나갔다. 눈은 반쯤 감고 등을 둥그렇게 웅크린 채 음악에 맞춰 작은 엉덩이를 흔들었다.

"가서 여자 좀 찾아봐요. 춤추자고요!" 마르셀랭이 래리에게 말했다.

"악마의 소굴 같은 곳이군." 래리가 맥주도 다 마시지 않고 일어서며 말했다. 나는 술값을 내고 그를 따라 밖으로 나갔다. "전쟁도 없고 기아도 없다고." 래리가 질척질척한 계단을 올라가며 말했다. "미안하지만 그 남자아이가 머릿속에서 떠나지 않아."

우리는 부채꼴 모양의 갑판 난간에 기대어 강 왼편의 제방과 자이르를 바라보았다. 관목으로 이루어진 언덕을 따라 구불구불 내려다보면 건물들이 있고 그 위로 벌통 모양으로 생긴 거대한 가마가 우뚝 솟아 있었다. 가마에서는 바람 한 점 없는 공기 속으로 연기가 퍼져 나오고 있었다. 쌍안경을 통해 부두에 놓인 뗏목과 줄지어선 기중기, 통나무와 판재 더미 옆에 세워진 트럭들도 보였다. "대단한 시도인데? 숯 굽는 화로에 제재소를 합쳐놓았군. 적어도 누군가는 일을 하고 있군 그래." 래리가 오른손으로 눈을 비비며 말했다. "보르네오와 아마존은 오늘 나무가 바닥났고, 아프리카는 내일 그렇게 되겠군."

머리에는 솜털이 더부룩하고 커다란 검은색 부리를 가진, 비둘기만 한 몸집의 물총새가 낮게 날아 증기선의 선미를 스쳐 지나 반대편 물가로 곧게 날아가고 있었다. 비행은 무겁고 불안정했다. 암회색의 등, 날개, 꼬리 사이에 하얀 점이 언뜻언뜻 비쳤다.

"자이언트물총새다! 우리가 본 첫 아프리카 자이언트물총새!"

"그래, 그래. 하지만 내가 가고 싶은 곳은 저쪽이야." 래리가 어깨를 축 늘어뜨리고 말했다. "영국 월니 섬으로 돌아가고 싶어. 거기서 갈매기를 연구하고 싶어. 다시 젊어져서 여러 계획으로 가득했을 때로 돌아가고 싶어."

"어떤 계획?"

"내 영화사가 있었어. 이름은 바이오그래프Biograph였지. 나는 수많은 자연사 다큐멘터리를 찍었어. 벨 앤드 호웰Bell and Howell 장비도 있었고, 편집자도 있었고, 그땐 자신만만했지. 나는 차세대 그리피스D. W. Griffith가 되고 싶었어. 매부리코 영화감독 말이야. 그렇게 허황된 꿈도 아니라고 생각했지. 그땐 그랬어. 할리우드에서 러브콜이 오기를 기다리는 중에 그 갈매기들이 나타난 거야. 그땐 연안의 작은 집에서 첫 번째 부인 베스와 살고 있었어. 5만 쌍은 되는 작은재갈매기와 재갈매기가 섞인 번식처에서 멀지 않은 곳이었어. 그 갈매기들은 닥치는 대로 먹어치웠어. 쓰레기장을 뒤지고 바다에 들어가 물고기를 사냥하고 경작해놓은 밭에 들어가고, 다른 새들의 알을 훔쳐먹고, 자기들끼리도 알이나 새끼를 빼앗아먹었어. 이 새들은 되새김질해서 둥지 안의 파트너를 먹이고 소화가 안 된 것은 버렸어. 그래서 번식처 근처에는 쓰레기가 늘 가득했지. 생선 뼈, 홍합 껍데기, 불가사리, 닭뼈, 발틱꽃조개, 좁쌀무늬고둥, 고무줄, 버터 포장지, 콘돔 등 온갖 잡동사니로 가득했어. 그런데 가끔 이 재갈매기 둥지 부근에 갈색게Cancer pagurus 등딱지가 엄청나게 쌓여 있는 거야. 도대체 갈매기들이 저렇게 많은 게를 어디서 찾아내는 걸까? 어선에서 버린 것일까? 그럴 것 같진 않았어. 우리는 풀어야 할 문제 하나를 발견한 거야. 어떻게 된 건지 짐작할 수 없었으니까.

그러던 어느 날 우리는 니콜라스 틴베르헨과 그의 아내 라이스 틴베르헨과 함께 시간을 보내면서 서식지 주변의 간조기 해변을 따라 걸었지. 그러다가 라이스가 몸을 수그리더니 둥그렇고 납작한 돌을 파냈어. 물수제비뜨기에 안성맞춤일 것 같은 돌이었어. 그 돌은 나지막한 모래 돔 아래 묻혀 있었어. 그런데 알고 보니 그건 돌이 아니었어. 게였던 거야.

그걸 알고 나서 보니까 해변에 그런 돔 천지인 거야. 어떤 건 1미터 가까이 가야 알아볼 수 있는 모래에 난 홈 같아 보이는 것도 있고, 어떤 건 그림자를 드리울 만큼 커서 15미터 떨어진 곳에서도 눈에 들어왔어. 이미 갈매기들이 쪼아먹은 것도 여러 개였어. 심지어 여기저기 자연적인 실험의 흔적도 있었어. 이미 갈매기가 쪼아먹은 곳의 젖은 모래 아래 공기 방울이 있는 거야. 공갈 돔이지. 베스와 나는 유목으로 뗏목을 만들었어. 가로세로 1.2미터가 조금 넘는 잠복 텐트를 실을 수 있을 만큼 큰 뗏목이었어. 그걸 간조기 때마다 게들이 많이 나와 있는 해변 쪽에 몇 시간을 정박시켰어. 물이 빠지기 시작하면 수영해서 들어가 박스에서 잠복 텐트를 꺼내 뗏목 갑판에 고정시켜 세우고 그 안에서 기다렸지. 며칠 지나자 갈매기들이 바로 우리 앞까지 와서 게 돔을 찾아다니는 거야. 어떤 녀석들은 물이 점점 빠지는 해안선을 따라 앞뒤로 왔다 갔다 하고, 어떤 녀석들은 활공하듯이 낮게 날아 머리를 좌우로 움직이며 해변을 살피는 거야. 갈매기 하나가 게를 발견하면 그때부터 실랑이가 벌어졌지. 게는 빽빽한 모래에 마치 나무뿌리처럼 다리를 쫙 펴고 버티는 거야. 암컷 재갈매기는 실랑이를 하다가 포기하는 경우도 있었고, 심지어 덩치가 큰 수컷도 게를 하나 집어 올리려면 족히 5분은 걸렸을 거야……."

"그런데 게가 왜 해변에 돌아다니는 거야? 왜 새가 내장을 쪼아먹을 때까지 거기서 기다리고 있는 거야? 다리가 동강 부러질 때까지?"

"그걸 알아내는 데 한참 걸렸어." 래리는 난간에 몸을 기대고 증기선이 가르는 물살을 바라보고 있었다. 뭔가에 집중할 때 나오는 특유의 행동대로 팔뚝에 몸을 지탱하고 두 손을 모아 엄지손가락과 다른 손가락의 끝을 맞대고 있었다. "우리는 먼저 번식처에서 게 껍데기를 모아 얼마나 되는지 측정해봤어. 두 번째로 해변에 200미터 정도 넓이로 만조일 때와 간조일 때의 해안선까지 직사각형 모양을 표시했어. 그리고 50미터마다 노란색 4리터짜리 플라스틱 병을 짤막한 밧줄로 묶어 콘크리트 벽돌에 고정해놓고 그 영역에 들어오는 게의 위치를 삼각측량법으로 측정할 수 있게 만들었지. 우리는 봄과 초여름 동안 매일 낮 시간의 간조기 때 관찰했어. 발견한 모든 게를 하나하나 삼각측량법으로 측정하고 암수를 감별하고 크기를 재고 표시하고 다시 묻었어."

"우리는 간조기 때 해변이 더 넓게 드러날수록 그 안에 숨어 있는 게를 더 많이 발견할 수 있으리라 예측했는데 그 예측은 빗나갔어. 개체 수에 영향을 미치는 가장 중요한 요인은 만조기의 시간이었어. 대부분의 낮 동안 우리는 겨우 몇 마리만 발견했어. 그런데 모든 조석 주기마다 이틀 동안 해변에 온통 게가 바글거리는 때가 있는 거야. 그건 새벽 4시쯤에 만조가 있을 때였어. 왜 그럴까? 어때? 짐작 가는 거 있어?"

"당연히 나는 모르지." 이렇게 대답하는데 갑자기 중간 크기의 게 한 마리가(정말 딱 게 비슷한 것이) 뱃속의 소꼬리를 파고 들어가기 시작했다.

"자, 그 질문에 답하기 위해서는 성체 게는 겨울을 수심 스무 길은 떨어진 앞바다에서 보내야 한다는 사실을 알아야 해. 봄이 되면 다시 해안으로 돌아와 얕은 물의 바위 아래 보금자리를 마련하고 껍질을 벗어. 이렇게 해서 연간 5밀리미터 정도 성장해. 이때 최대 48시간까지 게들은 부드러운 살을 드러내고 이때가 수컷이 정포, 즉 정자 주머니를 암컷에 넣을 수 있는 유일한 기회지. 10월부터 12월까지 이들은 또 다시 앞바다로 이동해. 가끔은 해안에서 12킬로미터 떨어진 곳까지 가. 그리고 암컷이 수심이 깊은 물에 알을 낳아. 한 번 밀어낼 때마다 46만 개에서 300만 개까지. 이 알들은 어미의 헤엄다리에 찰싹 달라붙어 있어. 7월부터 8월까지 암컷은 다시 해안으로 이동해. 그곳에서 알이 부화하고 게 유충이 둥둥 떠다니는 해안 플랑크톤 덩어리에 합류하지. 영양이 풍부한 먹이가 되는 거야. 아무튼 이제 핵심 포인트가 나와. 유충 단계를 지난 게들은 일 년 내내 자기들이 부화한 얕은 물이나 밀물과 썰물 사이에 있는 바위에서 꼼짝 않고 있어야 하는 거야. 좀 큰 게는 간조기의 경계선 바로 아래에 살고 더 큰 게는 그보다 좀 더 먼 곳까지 나가 사는 거야. 수컷은 다섯 살, 암컷은 여덟 살이 되어야 교미를 할 수 있어. 그러니 오도 가도 못하고 해안가에 묶여 있는 게들이 많은 거야. 그럼 왜

게가 가장 많이 나오는 때가 따로 있느냐? 답은, 내가 진지하게 상상을 해보니까, 내가 게가 된다면 말이야, 그러면 나는 당연히 야행성이 될 것 같아. 어둠 속에서 옆으로 기어야 진짜 안전하지 않겠어? 동이 트기 시작하고 큰 물고기들이 잠에서 깨면 난처해지는 거지. 그러면 어쩌겠어? 당연히 웅크리고 앉아 머리 위로 모래를 퍼붓고 안 보이게 숨어버리는 거지. 그거야, 그게 답이야. 게 돔 숫자가 최고조에 달할 때는 언제나 만조기의 시간이 일출 시간과 맞물렸을 때야."

"뛰어난 동물행동학 연구로군." 나는 배를 움켜쥐고 말했다. 지금 46만 개에서 300만 개에 이르는 알을 밀어내야 하는 건 아닌가, 생각했다. "그런데 나는 뒷간을 좀 찾아봐야겠어."

하얗게 칠한 세 개의 철제 변기 화장실은 모두 잠겨 있었다 (재갈매기 한 마리가 내 배를 쪼기 시작했다). 왼쪽 칸에서 계속 물탱크의 밸브가 올라갔다가 내려가는 소리가 들리더니 문이 열렸다. 뚱뚱한 악어가죽 상인이 나왔다. 우리는 서로 못 본 체했다. 나는 화장실 문턱을 넘어 문을 잠갔다. 악취에 헛구역질을 하다가 내 발밑에서 똥이 짓이겨지는 걸 느꼈다. 애써 외면하며 바지 주머니에 넣어둔 휴지를 꺼낸 후 바지를 내리고 앉아 변기가 넘칠 만큼 많은 무더기를 쌓았다. 물탱크 손잡이를 잡아당기고 땀을 흘리며 문을 열었다. 사무장이 웃음 지으며 서 있었다. "좋은 하루." 사무장이 말했다. 왼손에는 커다란 파란색 플라스틱 통을 들고 있었다. 오른손에는 집게손가락에 구멍 난 검정 고무장갑을 끼고 있었다.

그날 밤 남십자성 아래서 마르셀랭, 마리, 래리와 나는 식민지
풍 의자에 앉아 플라스틱 머그잔으로 위스키를 마셨다. 증기선
의 불빛이 수면에 반사되어 반짝였고 데크플레이트*가 엔진 소
리에 덜커덕거렸다. 함교 지붕 위 우현과 좌현에 솟아 있는 두
개의 탐조등은 강 앞쪽을 탐색하고, 아마도 무작위로 가까운 제
방 쪽을 앞뒤로 재빨리 죽 비추었다. 어둠 속에서 불쑥 점점이
흩어진 오두막이 보이고 죽은 나무가 마치 하얀 장식격자무늬처
럼 드러났다. 탐조등은 한때는 해협을 가리키는 믿을 만한 표식
이었을 길잡이, 막대기에 못으로 박아놓은 낡은 목재판을 찾고
있었다.

"그 소꼬리가 문제였어." 내가 지사제를 한 알씩 나눠주고 두
잔째 조니워커를 따라주자 래리가 말했다. "왜 온통 신선한 물
고기가 펄떡대는 배에서 전쟁 전 프랑스인이 버리고 간 통조림
에 든 동물의 엉덩이 말단 부위를 먹어야 하지? 사무장이 음식
을 나를 때 싱긋이 웃는 거 봤어? 맹세코 사무장은 입에도 안 댈
거야. 눈에 흙이 들어가고 땅 속에 묻히게 된다고 해도 안 먹을
거야"

"그런 고기는 고급 식품이에요. 회사에서 공급한다고요. 최상
품이죠. 게다가 사무장은 가족이 있어요. 살 수 있는 만큼 물고
기를 다 사서 저장해둘 수 있는 곳에 넣어두고 임퐁도에서 팔려
는 거예요. 돈이 필요하니까요. 가족이 있으니까." 마르셀랭이
말했다.

"다들 가족이 있지 않나?"

"아뇨, 아뇨. 당신이 말하는 그런 가족 말고요. 아이 둘에 자동차, 애완견, 온갖 가전제품이 가득한 집, 그런 걸 갖춘 가족 말고요. 난 지금 아프리카 가족을 말하고 있는 거예요. 대책이 없지요. 우리 모든 문제의 근원이에요. 래리 섀퍼 씨, 부패에 대해 말씀하셨는데 말입니다. 당신은 부패가 문제의 근원이라 하겠지만 사실은 아니에요. 진짜 원인은 이거예요. 아프리카 가족. 저는 당신 같은 서양 사람들처럼 한 명의 아내와 아이 둘을 두고 있어요. 하지만 우리 어머니는 자식이 열다섯 명이에요. 여섯은 제 친아버지의 자식이고, 아홉은 아버지가 임퐁도에 어머니를 남겨두고 브라자빌로 가버린 후 재혼한 코시마라는 남자의 자식들이에요. 제가 장남이죠. 저는 아버지를 따라갔어요. 열심히 공부했어요. 우리는 가난했죠. 전기도 없었어요. 가로등 불빛 아래 숙제를 했어요. 비가 오면 책과 내 머리에 비닐 한 장을 덮었어요. 1966년 열다섯 살에 나는 중등교육 시험, 졸업장을 받기 위한 시험을 봤어요. 잘 봤죠. 똑 부러지게 봤다고요! 브라자빌에 있는 아프리카에서 제일 좋은 학교인 사보르낭 드 브라자 국립고등학교에 들어갔어요. 끔찍하게 엄격한 프랑스인 교사들한테 배웠지요. 학생들에게 관심을 갖고 정말 뭔가 배우도록 만드는 사람들이죠. 그리고 자연과학 분야에서 바칼로레아를 봤어요. 쿠바 유학 장학금을 받았죠. 아바나로, 대학교로! 드디어 벗어난 거예요! 탈출에 성공했어요!"

---

* deck-plate. 바닥을 만드는 데 사용하는 물결 모양으로 만든 강판.

"잘했네! 잘했어! 축하하네!" 래리가 자기도 들떠서 말했다.

"우리는 쿠바의 아바나 베다도 어학원에서 1년 스페인어를 배웠어요. 그런 다음 진짜 대학에서 약리학을 1년 공부하고 생물학으로 전공을 바꿨죠. 척추동물학 전공이에요. 연구조사 프로젝트를 수행하기도 했어요. '영양실조증 예방을 위한 미취학 아동의 영양 상태 평가'라는 연구조사였어요. 그리고 동물생물학으로 학위를 받았죠. 마취제를 이용한 포유류의 부동화를 공부했고 수의학으로 학위를 땄어요. 프랑스 유학 장학금을 받았어요! 몽펠리에 적도 농경학과 삼림학 국제 연구센터로 갔죠. 그리고 동물 공원, 즉 동물 보호구역 설립과 관리에 대한 과학 논문을 발표했어요. 그리고 지금 파리 자연사 박물관과 함께 악어 생물학, 특히 장비악어, 나일악어에 대한 박사학위 논문을 준비 중이에요. 무슨 말을 하려는지 아시겠죠? 나는 가난할 수가 없다는 거예요. 과학자에다 고등교육을 받았어요. 프랑스어, 스페인어, 영어까지 할 수 있어요. 그런데도 귀국했더니 무슨 일이 일어났는지 알아요? '빅맨'이 돼 있더란 말입니다! 집안의 가장 말입니다! 나는 대장부도 가장도 되고 싶지 않아요. 그렇지만 내 의사는 아무 의미도 없죠. 내가 수자원과 삼림부에 취직하고 돈 벌고 집을 구하는 순간부터 어머니의 열다섯 명 자식들, 그들의 아내와 처가 친척들, 그리고 우리 아버지의 새 가족들 중 누구든, 사촌들까지 모두 그저 쓱 나타나서는 내 새 의자에 앉아 내가 퇴근하고 집에 돌아오기 전에 냉장고에 있는 모든 음식들을 싹 먹어치우더란 말입니다. 그러고는 마르셀랭 박사, 이거 해줘,

저거 해줘, 내 신발에 난 구멍 좀 봐, 새 운동화가 필요해, 미국 대사가 가는 가게에서 커다란 가죽 서류가방만 사주면 나도 사무직을 구할 수 있을 텐데…… 믿을 수 없을 거예요! 택시를 사달라는 가족도 있다고요! 택시라니! 이런 생각이 들었죠. 내가 왜 이런 짓을 하나? 모든 걸 다른 사람과 나눠야 한다면 뭐하러 일하고 성공하고 죽어라 노력하나, 그런 생각 말입니다. 그런데 내 삼촌, 형식상 우리 집안의 가장은 최악이에요. 정말 형편없죠. 끔찍할 정도예요."

"왜? 뭘 해달라는데?" 나는 그제야 모부투가 왜 그렇게 많은 돈이 필요한지 이해하기 시작하며 물었다.

마르셀랭은 내 질문을 무시하고 대신 마리 쪽으로 고개를 돌려 온전히 그녀에게만 집중했다. 오른손을 마리의 의자 팔걸이에 얹고 말했다. "그래서 꾀를 좀 부렸죠."

"그래도 그 사람들 말이 맞아요. 당신은 빅맨이에요." 마리가 솜털처럼 부드러운 목소리로 말했다.

"속임수를 좀 썼죠. 더는 그렇게 못하게 한 거예요. 조그마한 방 세 개가 딸린 진짜 작은 집으로 이사를 가고 방 앞에, 집 앞 대문 옆에 작은 웅덩이를 파고 거기에 악어 두 마리를 넣어둔 거예요." (마리가 헉하고 숨을 뱉었다.) "그 악어들은 나 말고는 아무도 안 따르죠. 장담하건대 그 녀석들은 상대방이 겁먹은 걸 알아차려요. 사나운 놈들이죠."

"하지만 당신 부인은…… 악어들이 부인도 따르나요?" 마리가 물었다.

"아니! 아내를 엄청 싫어해! 콱 물어버릴걸." 마르셀랭이 단호하게 소리치며 말했다. "물어버리지! 꼬리를 세차게 흔들면서! 먹이를 줄 때면 아내는 뒤에 서서 물고기를 던져줘. 게다가 남자가 악어를 갖고 있다는 건 다른 걸 의미하기도 하지." 마르셀랭은 이렇게 말하며 자리에서 일어나 마리를 번쩍 안아 올려 다시 자리에 앉아 그녀를 자기 무릎에 눕히고 품에 안았다.

"그게 무슨 의미인데?" 나는 잔뜩 호기심을 느끼며 물었다.

"알게 될 거예요." 마르셀랭은 귀찮다는 듯 대답하며 오른손을 마리의 왼쪽 가슴에 얹었다. "밀림에 마카오라는 마을이 하나 있어요. 거기서 알게 될 거예요. 그러나 마리, 내 악어들이 너를 콱 물진 않을 거야. 아마 여기서부터 시작할걸." 그는 왼손으로 마리의 왼쪽 샌들을 벗겼다. "요 발가락을 조금씩 물어뜯기 시작할 거야. 언제나 발가락에서 시작하지." (마리가 숨을 뱉었다.) "악어들은 이가 무지하게 많아. 이가 줄줄이 있지. 그러고도 계속해서 엄청나게 많은 이가 날 준비를 하고 있어. 아래에서 세게 밀어붙이는 거야……."

"이제 가야겠군." 래리가 플라스틱 머그잔을 거둬들이며 날카롭게 말했다. 우리는 선실로 통하는 계단을 따라 방으로 걸어갔다. 잠들어 있는 사람들이 자꾸 발에 걸렸다.

숨 막히는 열기 속에서 침상에 자리를 잡고 누웠을 때 래리가 말했다. "그런데 말이야, 나는 꿈이 있는 것 같아. 계획들, 새로운 계획들 말이야. 월니 섬, 촬영, 갈매기, 게, 행복, 풀어야 할 문제, 그리피스, 그 비슷한 것 말이야."

"그 비슷한 거라니?"

"음, 내가 이 여행을 잘 해낸다면 내 포부는 크리스와 결혼하는 거야. 그리고 트럭을 하나 구하는 거지."

"트럭?"

"응, 구형 닷지 파워 왜건 말이야. 1940년 후반 모델이 최고 좋지. 타이어 달린 탱크라고 생각하면 돼. 엔진은 그렇게 크지 않지만 저속 기어로 갈 수 있고 도로를 육중하게 달릴 때는 꽤 묵직한 소리를 내지. 바로 뒤에 픽업 박스가 달린 트럭을 구할 수 있을 만큼 운이 좋진 않겠지. 픽업 박스가 달린 건 드물어. 픽업 박스가 오래 못 가거든. 내가 지금까지 본 초기 닷지 파워 왜건 모델에는 녹슬어서 못 쓰게 된 픽업 박스 대신 뭔가 다른 걸 대충 달아놓았더군. 물론 그게 다가 아니지. 그러고 나면 또 다른 우선순위가 생기게 마련이야. 헤드라이트, 글로브 박스 덮개, 속도계 케이블 같은 것들 말이야. 그러려면 내 트럭하고 비슷한 해체될 트럭, 농장이나 삼림지에서 쓰다가 모든 부품을 팔려고 내놓은 트럭을 찾아야 해. 지금 네가 무슨 생각을 하는지 알아. 작업할 집이 있는데 왜 왜건은 찾아다니느냐는 거지? 백 퍼센트 옳은 말이야. 집을 들어 올리고 그 아래 새 대들보를 세워야 해. 쉽지 않을 거야. 지하실은 집을 떠받치고 있는 수직 기둥으로 가득해. 현장에서 새 들보를 만들어야 해. 가로세로 2 대 8인 목재를 붙여서 가로세로 8 대 8로 만들어 6미터 길이를 확보한 다음, 기둥을 한 번에 하나씩 제거하고 스톤헨지를 만들 듯이 다섯 개의 새 들보를 제자리에 끼워 넣어야……."

나는 래리가 얘기하고 있는 동안 잠이 들었고 윌트셔의 환상 열석 꿈을 꾸었다. 신석기시대 터에서 돌을 얹은 수직 기둥들을 측정하고 있었다. 그다음에는 16세기 우리가 있는 곳 남쪽에 있는 사바나 지대를 공격했던 임방갈라* 군대의 일원이 되었다. 군인들은 그 안에서 태어난 아이들을 먹음으로써 자신들의 혈통과 무리를 단절시키고 입단식에서 한 맹세대로 자신들은 지휘자에게 복속되어 있다는 믿음을 지켰다. 그리고 요새화된 진영 안의 모닥불에 너무 가까이 앉아 있는 꿈을 꾸었다. 중앙에는 전사의 우두머리가 앉아 있고 그 주변에 그의 아내들이 앉아 있었다. 다른 모든 사람들처럼 나 역시 서부로 가서 두 가지 발견을 이용해 한몫 잡을 준비를 하고 있었다. 그 두 가지는 인구가 밀집된 응동고 왕국과 해외 노예무역을 위한 상선이었다.

---

* Imbangala. 서아프리카의 카산지 왕국을 세운 전사이자 약탈자들. 이들은 여성들의 출산을 금지하고 군대의 인원은 청소년들을 잡아서 군인으로 훈련시켜 충원했다. 포로로 잡혀온 청소년들은 강제로 살인을 하거나 인육을 먹어야 했다. 포르투갈 식민지 시절 초기 임방갈라 군인들은 응동고 왕국 습격 등 정복 전쟁에 이용되었으나, 포르투갈 지배에서 독립해 스스로 오랜 정복 전쟁을 치른 후 지금의 앙골라 지역에 정착하고 17세기 후반 군대의 관습을 중지했다.

12

선장을 만나다

이튿날 이른 아침 증기선은 흑백이 섞인 노란 사암절벽을 지나고 있었다. 가끔 검은 바위가 드문드문 흩어져 있는 모래탑도 지났다. 아마도 고대 습지에 퇴적된 이판암과 이암이 남은 흔적일 것이다. 이 사암절벽은 아직도 거의 훼손되지 않은 채 적어도 15억 년 동안 수평으로 안정되게 유지되어온 바위가 모인 두꺼운 퇴적층에 자리 잡고 있었다. 또한 자이르의 콜로넬 이베야라는 증기선도 스쳐 지나갔다. 우리 임퐁도 호와 비슷했지만 더 호화롭고 모든 바지선은 이층 갑판으로 덮여 있었다. 킨샤사를 향해 하류로 항해하고 있는 그 배가 옆으로 지나갈 때는 임퐁도 호(주돛대뿐만 아니라 모든 예인선과 보트의 돛대에서도 붉은 기가 펄럭

이고 있었다)에 탄 장사꾼과 어부, 군인 들이 우현 난간에 줄지어
서서 불끈 쥔 주먹을 높이 쳐들고 소리를 지르며 자이르 배에 탄
자본주의자들과 모욕적인 말을 주고받았다.

마르셀랭, 래리와 나는 마리를 보러 출발했다. 흔히 보던 훈제
생선 더미와 머리 쪽이 둥그런 커다란 메기 외에도 전에 못 본
새로운 종류의 물고기들이 눈에 띄었다. 아마도 심해에서 먹이
를 찾는 어종인 코끼리코물고기 종에 속할 기다란 주둥이가 아
래로 축 처진 어뢰 모양으로 생긴 고동색 물고기, 장미꽃봉오리
같은 주둥이에 좁은 타원형 몸체를 가진 잉어 같은 물고기, 은빛
비늘과 듬성듬성 난 드라큘라 이빨을 가진 길이가 1.2미터도 넘
는 미늘창 모양의 물고기였다. 마르셀랭이 르 카피텐*이라고 이
름을 알려주었다. 지나가는 악어의 살점도 물어뜯고 수영하는
사람의 고환도 물어 떼는 가장 무서운 민물고기라고 했다.

슬슬 더위가 몰려왔다. 아이 엄마들은 브라자빌에서 사둔 남
은 바게트를 평평한 곳이라면 어디든 모조리 얹어 말리고, 플라
스틱 시트로 만든 차양을 조절해 어린아이들에게 햇빛을 막아주
고, 생선 수프와 사카사카를 만드는 긴 과정을 시작하고 있었다.

우리 바로 아래 열려 있는 화물칸 옆 벽면에 등을 기대고 앉
아 있던 창백하고 모래 같은 얼굴의 백색증 환자가 충혈된 눈을
들어 우리를 잠깐 쳐다보더니 래리에게 은밀한 미소를 보냈다.

"저 사람들 상황이 끔찍하죠. 열심히 일해야 할 거예요. 돈을
많이 벌어야 하니까. 당신 생각보다 훨씬 많은 돈을 벌어야 하
죠. 여자하고 하룻밤이라도 지내려면 말이에요." 마르셀랭이 바

지선 사이의 좁다란 틈을 훌쩍 뛰어넘으며 어깨너머로 영어로 말했다.

"불쌍한 자식. 사람이 살려면 할 수 있는 한 마지막 색소 한 방울까지 다 가져야 한다니까. 저들 중 서른 살을 넘길 수 있는 사람이 10퍼센트도 안 된대. 아까 그 얼굴 봤어? 악성 직전 상태의 환부들?" 래리가 뒤에서 말했다.

선실에 쓰러져서 오후의 절반을 35도가 넘는 무더위에 지쳐 낮잠에 빠져 있는데, 누군가 문을 세차게 두드리는 소리에 놀라 잠에서 깼다.

"저공비행을 하고 있어요!" 마르셸랭이 밖에서 소리쳤다. "빨리! 빨리요! 저공비행 중이라고요!"

"저공비행?" 래리가 문을 열었다. 쏟아져 들어오는 빛에 눈이 부셨다. "저공비행?"

"자이르인들이에요! 자이르군 헬기가 떴어요! 지금 우리 바로 위로 정말 낮게 비행하고 있어요, 이렇게." 마르셸랭은 오른손으로 왼손 위를 스치듯 지나가는 시늉을 했다. "총격당하는 줄 알았어요. 선장이 무선으로 병력 지원을 요청했어요. 해군이 지금 오고 있어요."

"맙소사." 래리가 말했다.

한 시간쯤 후에 함교 아래에서 올려다보니 마르크스-레닌주

---

* Le Capitaine. 프랑스어로 '대장'이라는 뜻.

의 콩고인민공화국 편에서 온 예인선과 쾌속정이 임퐁도 호에 합류했다. 스물다섯 명의 해군이 증기선과 바지선을 수색하기 시작했다. ("제5열분자를 찾는 건가? 스파이? 무기?" 이렇게 내가 묻자 마르셀랭이 답했다. "맥주를 찾나 보죠.") 그로부터 한 시간쯤 후 좌현 쪽의 두 번째 바지선에서 탕 하는 소리와 함께 디젤 엔진의 굉음을 능가하는 큰 비명이 들렸다.

마르셀랭은 어깨를 곧게 펴고 등을 곧추세우더니 콩고인민공화국의 관료가 되어 우리 보고 자리에 가만히 있으라고 명령하고는 상황을 살피러 아래로 내려갔다. 그리고 해군 네 명이—다섯 번째 해군은 링거 병을 들고—대원 중 한 명을 쾌속정에 옮긴 후 선외 모터를 잡아당겨 하류로 출발하자 마르셀랭이 다시 돌아왔다.

"취한 거래요. 자기 다리를 쐈대요. 서 있다가 몸을 앞으로 기울였대요. 총알이 허벅지로 들어가고 아래로 내려가 장딴지 근육을 관통해 발목으로 나와서 배 밖으로 튕겨나갔대요. 갑판에 널브러져 있더군요. 소리를 질러댔죠. 피 웅덩이에 누워 비명을 질렀어요. 위생병이 모르핀을 주사했어요. 피를 저렇게 많이 흘리다니, 칼라슈니코프…… 화력이 대단하죠. 내 생각에 살아나기는 힘들 것 같아요."

그날 저녁 선장은 배를 제방으로 끌고 가 강삭을 거대한 나무 두 그루에 매어놓고 하룻밤을 보냈다. 이튿날 아침 일찍 일어나보니 안개가 벌써 흩어지고 배는 항해하고 있었다. 눈앞에 강이

5미터 정도로 넓게 펼쳐져 있었다. 표지 부표를 따라가는 한데 묶인 호송대는 다가오는 모래 제방 사이에서 좌우로 육중하게 흔들거렸다. 머리 위 화창한 대기 속에서 떠오르는 햇빛이 하늘의 회색 밑면과 선홍색 꼬리를 따라잡고 있었다. 한 무리의 아프리카회색앵무새가 북쪽 해안을 향해 빠르게 날아가고 있었다.

쌍안경으로 보니 빽빽하게 무리지어 있는 작은 물떼새들이 모래톱 끝자락을 따라 종종걸음을 치고 있었다. 흑백과 회색의 패턴, 검은 머리(눈 위에 하얀 띠가 있는)와 흰색 배와 가슴(검은 띠가 쳐진), 회색 등이 드러났다. 한 줄로 달리며 모래 속을 훑고 개가 배설물을 묻으려고 뒷발질하듯이 발을 번갈아가며 뒤로 바닥을 긁어댔다. 그러다가도 갑자기 휙 날아올랐다가 다시 착륙하기를 반복했다. 악어물떼새인 것 같았다(악어물떼새라는 이름은 헤로도토스가 기원전 459년 이집트를 여행하던 중 햇볕을 쬐고 있는 악어의 이빨에서 음식 찌꺼기를 쪼아먹는 걸 본 적이 있다고 해서 붙여졌다).

"래리! 레드몬드!" 마르셀랭이 계단 쪽에서 불렀다.

"저기 포와 그의 까마귀가 오시는군. 바나비 러지를 닮은. 5분의 2는 천재적이고 5분의 3은 순 허튼소리를 하는."* 래리가 서커스에 나오는 광대처럼 눈을 크게 뜨고 말했다.

---

* "바나비 러지(찰스 디킨스의 소설에 나오는 등장인물)를 닮은 포(에드거 앨런 포)가 자신의 까마귀를 들고 오고 있다. 그의 5분의 3은 천재적이며 나머지 5분의 2는 허튼소리에 불과하다." 미국의 문학비평가 제임스 러셀 로웰이 미국 작가들에 대한 자신의 비평서 《비평가들을 위한 우화A Fable for Critics》에서 한 말을 래리가 패러디한 것이다.

마르셀랭이 계단 끝에서 소리쳤다. "선장을 만나러 갈 거예요! 어서 와요! 약속을 잡았다고요."

"약속?" 래리가 말했다.

마르셀랭이 출입금지인 상갑판으로 향하는 계단을 오르며 말했다. "선장은 아주 중요한 사람이라고요."

외젠 망귀엘레Eugène Manguélé 선장도 그 사실을 알고 있었다. 마흔한 살의 체격 좋은 단단한 몸에 어깨가 딱 벌어진 그는 위풍당당해보였다. 가슴주머니가 달린 하얀 헤비 코튼 셔츠에 파란 바지를 입고 새 아디다스 운동화를 신은 선장은 조타수(불안해 보이는 젊은 남자로 높다란 팔걸이의자에 등을 빳빳하게 펴고 상체를 기울여 앉아 양손을 키에 올려놓고 있었다) 뒤에 서 있었다. 선장은 눈앞의 거대한 강과 모래톱, 숲으로 덮인 섬, 멀리 떨어진 제방과 만(아니면 아마 멀리 떨어져 있어서 겹쳐 보일 뿐, 이것 역시 섬이 복잡하게 얽혀 있는 것일 수 있었다)을 살펴보고 있었다. 선장은 오래된 차이스Zeiss 쌍안경(엄지손가락이 받치고 있는 부분의 검정색 코팅이 벗겨져 구리색이 드러났다)을 들고 뱃머리에 있는 통나무를 밀며 증기선을 향해 다가오고 있는 목재 예인선을 꼼꼼히 살피고 있었다. 선장은 여유와 위엄이 느껴졌으며 아주 가끔 미소를 지을 뿐 결코 웃지 않을 사람 같았다. 남들이 간절히 청하는 데 익숙한 듯 한참 후에야 결국 쌍안경을 계기반(검은 손잡이가 달린 레버가 두 개 있고 온갖 스위치와 다이얼이 있었다) 위에 내려놓고 우리 쪽을 보며 근엄하게 고개를 끄덕였다. 그렇다. 선장이 되는 데는 오랜 훈련 기간이 필요하다. 요즘은 항해사를 위한 학교가 있지만 그가 선장 일을 시작한 1967년에 그런 것은 없었다. 그 시대에 허튼소리를 늘어놓는 이론 따위는 없었다. 그보다 엔진을 수리하고 대갈못을 치고 손을 더럽혔다. 선장은 단순하고 실제적인 사람이었고, 그래서 그 일을 즐겼다. 증기선 선장 밑에서 2년간 도제생활을 하면서 강에 대해 익히고, 3년은 예인선의 선장과 일한 후 소규모 배를 이끄는 일을 계속하다가, 대형선을 맡으면서 그의 경력에 정점을 찍었다. 그에게는 아내 둘과 아이 열 명이 있고 다들 건강하게 잘 자란다고 했다. 문제? 아내들하고? 그런 건 아마 없는 것 같았다. 갖고 있는 모든 돈을 공평하게 나누어주기 때문이다. 그는 공정한 사람이었다. 집안은 평화롭다. 강에서의 문제를 물었다. 물론 항상 있다. 강에서는 항로가 계속 바뀐다. 프랑스 해도海圖, 벨기에 해도, 백인의 해도, 모두가 무용지물이다. 다 소용없다! 중요한 건 오직 감각과 경험이다. 안개가 꼈을 때 쓰러진 나무나 장애물이 있을 때의 물길을 잘 알아야 한다. 모켈레음벰베? 물론 잘 안다. 유럽에서 온 백인들이 아프리카에 대해 안다고 생각하는 건 오산이다. 그런 적도 없었고 앞으로도 그럴 것이다. 아니, 내가 직접 본 적은 없다. 그러나 다른 선장들은 목격했고, 때때로 밤에 간담을 서늘하게 하는 괴상한 큰 소리가 나는 걸 들은 적이 있다. 게다가 강에는 불가사의한 곳이 많다. 특히 상가 강, 그중에서도 버려진 마을 근처가 특히 그렇다. 하룻밤 배를 그런 마을에 정박해두면 묶어놓았던 밧줄이 저절로 스르르 풀려 강 하류로 떠내려간다. 선장은 여기까지 말하고 실례가 안 된다면 다시 일을 시작해야겠다고 했다.

선미 쪽 함교의 텅 빈 평평한 지붕 위, 노랑과 검정 줄무늬가 있는 굴뚝 옆에서 선장의 요리사는 샌들을 신고 새로 사온, 죽은 드브라자 원숭이의 뒷다리를 마체테로 난도질하고 있었다. 원숭이의 온전한 얼굴이 우리를 향해 널브러져 있었다. 밤색 이마 위 정수리에 난 암녹색 털과 귀 위로 올라온 털, 부드러운 갈색 눈동자, 복슬복슬한 초록색 구레나룻, 길고 하얀 콧수염과 콧방울 절반쯤에서 시작돼 가슴까지 축 늘어진 턱수염이 있는 얼굴이었다.

선실 바깥에서 나는 마르셀랭에게 선물을 줘야겠다고 생각했다. 쌍안경(약상자에 숨겨두었던), 옥스퍼드 세이버리즈에서 산 브라이어 파이프, 발칸 소브레니 담배 한 통, 칼집에 든 마체테, 챙이 펄럭이는 밀림 모자, 띠 벨트, 탈부착 물병 등이었다.

"고마워요." 마르셀랭이 함박웃음을 지으며 말했다. 모자는 머리에 얹고 쌍안경은 목에 걸고 파이프와 담배는 주머니에 넣었다. "하지만 저 말고 다른 사람이 고맙다는 말을 할 거란 기대는 마세요. 왜냐하면 여긴 아프리카이기 때문이죠. 링갈라어에는 고맙다는 말이 없어요. 당신이 누군가한테 선물을 준다고 해봐요. 그럼 그건 그 사람이 받을 만한 뭔가를 했기 때문이거나 당신의 가족이기 때문이거나 아니면 당신이 그 사람한테 뭔가 바라는 게 있기 때문이에요." 그러고는 벨트에 달린 주머니를 탁 하고 닫았다.

"썩 맞는 말이군." 내가 말했다.

래리와 나는 복잡한 선실 맞은편 갑판에 빈 공간을 발견하고 자리 잡고 앉아 책을 읽기 시작했다. 래리는 《우리 모두의 친구Our Mutual Friend》("그리피스가 말하길 찰스 디킨스가 영화 시나리오를 썼다고 했어.")를, 나는 앙드레 지드의 《콩고 여행Voyage au Congo》(1927)을 읽었다. 마르셀랭이 합류했다. 아직 밀림 모자를 쓰고 쌍안경을 목에 걸고 띠 벨트를 하고 있었다. 띠에는 워크맨을 걸고 모자 위로 헤드폰을 쓰고 있었다. "이건 마이크 페이가 선물로 준 거예요!" 마르셀랭은 혼자만 들을 수 있는 음악 소리 때문에 목청 높여 말했다. 왼손으로 카세트 플레이어를 쓰다듬고 오른손은 주먹을 쥐어 치켜들며 말했다. "하지만 이 밥 말리 테이프는 내가 산 거예요! 밥 말리는 메신저예요! 영웅! 혁명가!"

갑판 아래에서 길게 울부짖는 소리가 들렸다. 비명 소리와 리듬을 타는 연호 소리도 들렸다.

"마르셀랭, 무슨 일이야?" 내가 마르셀랭의 어깨를 흔들며 물었다.

"뭐가요?" 마르셀랭은 헤드폰을 뺏다.

"내가 말한다는 게 잊고 있었네요. 오늘 오후 아이 하나가 죽었어요. 아이 엄마가 끓이지 않은 물을 아기한테 준 거예요. 설사였죠. 남자아이였어요. 그 엄마가 남편을 부르며 울부짖는 거예요. 하지만 남편, 그러니까 아이 아버지는 임퐁도에 있어요. 아버지는 아들이 죽은 줄도 모르고 있죠." 우리 모두 침묵했다.

"그럼 명복을 비세요." 마르셀랭은 다시 헤드폰을 썼다.

아기는 매트리스 위에 누어 있었다. 얼굴은 위로 향하고 흰색 시트에 싸여 있었다. 벤치 두 개가 아기 양옆으로 있었다. 한 벤치에는 아이 엄마가 앉아 두 눈을 감은 채 좌우로 몸을 흔들고 있었다. 두 친구가 그녀를 부축하고 있었다. 다른 쪽 벤치에서는 여섯 명의 여자가 씨가 가득 든 딸랑이를 흔들어 박자를 맞추며 구슬픈 노래를 불렀다.

13

모사카에서 임퐁도로

순다 예인선과 두 척의 포경선, 한 대의 예인선이 멀어지고 정면의 제방에는 단파 무선 안테나, 오두막집과 콘크리트로 지은 건물 몇 채가 시야에 들어왔다. 바지선을 분리시키고 예인선을 재조정하고 통나무배의 노를 저어 해안으로 가는 것까지, 한바탕 긴 과정을 거쳐 모사카 항에 도착했다.

우리는 모래가 깊이 들어가는 큰 길을 걸어 악어가죽 상인인 마르셀랭의 친구 집을 방문했다. 그는 선인장 울타리로 둘러싸인 주택 지구의 출입구에서 우리를 기다리고 있었다. 몸집이 작고 마르고 상대의 비위를 맞추려고 눈치를 보는 사람이었다. 그는 모서리를 돌아 콘크리트로 지은 작은 집으로 우리를 안내하며 마르셀랭에게 프랑스어로 말했다. "다들 아파." 목소리를 낮춰 속삭이듯이 말을 이어갔다. "여기는 이 사람도 저 사람도 다 아파. 가게 주인들 중 몇 명도 병이 나서 여기를 떠났어. 콜레라에 수면병까지. 경기도 말이 아니야. 아주 안 좋아." 그는 열쇠로 문을 열었다.

문으로 들어온 빛이 창문 없는 방에 가득 쏟아지며 콘크리트를 바른 벽, 커다란 파란색 기름통, 노, 에나멜 그릇을 비추었다. 높은 나뭇단 위에 두툼한 동물 가죽 더미가 밑면이 위로 오도록 리아나* 밧줄에 묶여 있었고, 사각형 모양의 하얀 비늘에 갈색, 검정, 노란색 부분이 얼룩덜룩 섞여 있었다. 소금에 잘 절여 놓아서 방 안 공기는 그저 뭔가가 썩고 있다는 정도로 퀴퀴할 뿐이었다.

악어가죽 상인은 머리를 한쪽으로 기우뚱하고 아랫입술을 씹으며 악어가죽을 응시한 채 서 있었다. "이게 내가 가진 전부야." 그가 말했다. 그와 마르셀랭은 링갈라어로 이야기를 주고받더니 뭔가 결정한 모양이었다. 마르셀랭이 내 쪽을 보며 악어가죽을 마치 이제 자기 소유라는 듯 가리키며 말했다. "나일악어, 아프리카긴코악어, 콩고난쟁이악어, 여기 다 있어요. 레드몬드, 제일 흥미로운 녀석은 이 난쟁이악어예요. 이 녀석은 절대 사방이 뚫린 강 가까이 가지 않아요. 둥지를 나무뿌리 밑에 만들어요. 나무막대기로 건드리면 막대기를 꽉 물고 으르렁거려요. 이 녀석을 잡으려면 나무를 다 잘라야 해요."

우리는 악어가죽 상인에게 작별 인사를 하고 거리를 어슬렁거리며 내려와 카페에 앉아 맥주를 마셨다. "난 악어가 좋아요." 마르셀랭이 나풀대는 모자를 벗고 모자챙을 손가락으로 쓸며 말했다. "정말 좋아요. 우리 조상의 자손에게 딱 맞는 동물이죠. 녀석들을 제대로 길러볼 기회가 한 번 있었죠. 벨기에 사람 두 명과 함께요. 한 명은 금융업자고 다른 한 명은 기술자였어요. 우리는 상류에 있는 리앙가*에 악어 농장을 만들었어요. 그다음은 이 나라의 전형적인 이야기인데, 그 기술자가 돈을 전부 갖고 튄 거예요. 게다가 악어들을 다 팔아치우고 우리 동식물보호부에 악어 사냥 허가서를 요청한 거예요. 그 금융업자는 당연히 의욕을 잃고 지금은 자동차 수입업을 하고 있죠."

마르셀랭이 다시 모자를 쓰고 토피** 챙처럼 둥글게 만들었다. "저는 젊었으니까 다시 시작할 수 있었죠." 마르셀랭은 자기 말에 그다지 확신이 없다는 투로 말했다. "내 다리는 제하고요."

"다리?" 래리가 연민이 담긴 목소리로 물었다.

마르셀랭이 바지를 말아 올렸다. 정강이의 한 부위가 검게 변해 있고 그 위로 드러난 분홍색 살갗에는 진물이 번들거리고 반점이 나 있었다. "궤양이에요." 말아 올렸던 청바지를 내리며 마르셀랭이 말했다. "그냥 열대궤양이에요. 밀림을 걸어 다니면 생기죠. 두 분 다 걸릴 거예요. 절대 낫지 않는 것 같아요."

"문제없어." 이렇게 말하면서 나는 뭔가 쓸모 있어진 것처럼

---

* liana. 땅에 뿌리를 내리는 열대산 덩굴식물.
** topee. 열대 지방에서 강한 햇볕을 차단하기 위해 쓰는 가벼운 헬멧 같은 모자.

느껴졌다. "플루클록사실린을 주겠네. 피부 상처에 사용하는 거야."

"그리고 치아도……" 마르셀랭이 셔츠 주머니에서 작은 금속 조각을 꺼내며 말했다. "치관이 떨어졌어요. 아마 고기 때문인 것 같아요. 고기를 그렇게 많이 먹은 적이 없어서."

"나도 그래." 래리가 이렇게 말하며 자리에서 일어나 뭔가 쓸모 있어진 것 같다고 느끼며 마르셀랭의 입안을 들여다보았다. "내가 치료해주겠네. 치과 도구가 있어. 치아에 봉 박는 데 사용하는 거야."

이튿날 아침 선장은 죽은 아이를 뭍으로 옮겨 매장하는 것을 기다려주었다.

래리는 마르셀랭을 부채꼴 갑판 위 의자에 앉히고 치과 도구를 꺼내 플라스틱 접시에 플라스틱 주걱으로 반죽을 이기고 있었다. 나는 난간에 서서 쌍안경으로 바다를 바라보고 있었다. 작은 푸른색 제비가 보였다. 턱에는 하얀 점이 있고 흰 테를 두른 꼬리가 사각형 모양으로 뻗어 있었다. 제비는 증기선의 선미에 쳐진 줄에 홰를 치고 앉았다가 날아올라 오르락내리락하는 모기 떼 사이를 뚫고 잔잔한 갈색 강 표면을 짧게 스치듯 날았다. 나는 서를과 모렐의 《서아프리카의 조류》를 펼쳤다. 경계 태세로 집중하고 있는 모습의 제비 그림에 흰멱푸른제비라는 이름이 붙어 있었다. 충분히 그럴 듯한 이름이었다. 선미 더 멀리에는 몸집이 좀 더 큰 제비 한 쌍이 날벌레를 잡고 있는 게 보였다. 날개가 길고 등 위쪽은 검푸르고 아래쪽은 불그레한 모스크제비였다. 비행 모습이 황조롱이와 매우 비슷해 금방이라도 획 날아올라 공중을 선회할 것만 같았다.

"이것만 기억해." 래리가 플라스틱 막대기와 주걱을 마르셀랭의 입에 쑤셔 넣으며 말했다. (마르셀랭의 눈에는 심각한 경계 경보가 켜졌다.) "인생의 두 가지 기본 원칙. 첫째, 사소한 것에 목숨 걸지 마라. 둘째, 모든 게 사소한 일이다."

래리는 양쪽 엄지손가락과 집게손가락을 마르셀랭의 입속 깊숙이 힘껏 밀어 넣고 있었다(마르셀랭의 눈에는 공포 신호가 켜졌다). "됐다." 래리가 뒤로 물러서며 만족스러운 표정을 지었다.

마르셀랭이 입을 닦고 다물었다. 손을 목에 대고는 입을 벌렸다. 캑캑거리더니 반죽과 봉을 뱉어냈다.

"에이, 제길." 래리가 말했다.

오후에 애도자들이 돌아오자 배는 호송대에 다시 굵은 밧줄을 묶어 상류로 출발했다. 리쿠알라오제르브 강과 상가 강의 합류 지점을 지나(해도에는 그렇게 나와 있었지만 숲이 우거진 섬과 보이지 않는 만, 모래 제방이 섞여 있고 계속 물살이 바뀌어 정확히 알기 어려웠다) 이튿날 아침 우리는 거대한 몸집의 군인이 칼라슈니코프 개머리판으로 선실 문을 쾅쾅 두드리는 소리에 잠에서 깼다. "컨트롤!" 군인은 창문으로 래리를 향해 고함을 치고는 계단 쪽으로 이동했다.

신발 끈을 묶고 있을 때 래리가 말했다. "맙소사, 우리가 이대로 감옥에 가게 된다면 나는 이 책이 필요할 거야." 펭귄북스 문고판 《마틴 처즐위트Martin Chuzzlewit》였다. 표지는 찢어지고 책등은 바지의 오른쪽 주머니에 쓸려 갈라져 있었다. "마크 태플리˙가 된 기분이야. '감히 말하겠지만 이 강에는 말라리아 열병의 기운이 달라붙어 있군요. 당신에게 신의 가호가 있기를. 그건 아무것도 아니에요. 그냥 조미료 같은 것일 뿐이죠. 우리는 모두 그렇게 어떤 식으로든 조미되게 마련이죠.' 마크 태플리가 한 이 말이 죽기 전에 위로가 될 거야."

상갑판 위에서 마을을 내려다보았다. 윗가지를 엮어 붙이고 그 위에 흙을 바른 초벽 오두막에 골함석지붕을 얹은 집들이 모여 있었다. 우리 옆으로 하갑판에서 웅크리고 있던 주름이 자글자글한 노인이 빈 파이프를 질겅거리며 그 마을 이름이 리랑가라고 알려주었다. 우리는 뭍으로 가려고 바지선의 중앙 통로에 줄을 선 사람들에 합류했다. 우리 앞의 사람들은 라테라이트˙˙ 제방을 천천히 지나 오래된 망고나무 아래서 기다리고 있는 콩고인민공화국의 민병대(군복은 낡았고 태도는 정규군보다 더 거들먹거리는 것처럼 보였다)에게 서류를 보여주고 있었다. 래리가 말했다. "레드소, 이 모든 새로운 경험에 매우 감사한다네. 정말 그렇다는 말이야. 다른 뜻은 없어." 그의 얼굴이 붉게 상기되고 흥분되어 있었다. "하지만 혹시 모르고 있다면 알았으면 해서 하는 말인데, 아마 이런 말을 하면 놀랄지도 모르지만 내가 한 200년 전에 살았던 미합중국에서는 말이야, 뉴욕 플래츠버그에서 버몬트 주 벌링턴까지 단 하나의 빌어먹을 장애물도 없이 바로 갈 수

200

있었어. 사실 넌 믿지 않을지도 모르지만, 사이코패스 같은 무례한 군인이 현 화폐 가치로 1달러 75센트를 안 주면 네 엉덩이에 칼라슈니코프 개머리판을 처박거나 귀청이 떨어져라 소리 지르는 경우는 단 한 차례도 없이 뉴욕에서 샌프란시스코까지 바로 직행할 수 있었다고."

"문제 있어요? 무슨 문제예요? 뭐예요?" 마르셀랭이 우리 뒤에서 앞으로 다가오며 물었다.

"아니야. 아무것도 아니야." 래리가 말했다.

군인들이 빈 배와 바지선을 수색하는 동안 마르셀랭이 우리를 마을로 안내했다. "여긴 어부들이 득실득실해요. 부자 마을이에요. 2킬로미터 길이죠."

야자나무가 늘어선 중심가가 강 옆으로 뻗어 있었다. 강둑 옆에 작은 나무들이 모여 있었다. 모든 나무가 지상으로 불룩 튀어나온 뿌리로 경사면을 지탱하고 있었다. 뿌리는 옅은 회색 몸통 아랫부분에서 뒤집힌 손가락처럼 밖으로 휘어져 있었고, 가지는 45도 위로 뻗어 있었다. 그 바로 위에 완만한 곡선의 돔 모양의 임관이 우산살처럼 펼쳐져 있었다.

"마르셀랭, 저 나무들에 대해서 좀 알려주게. 이름도 알려주고." 내가 말했다.

---

* Mark Tapley. 《마틴 처즐위트》의 등장인물. 주인공 마틴의 하인으로 미국 여행에 동행했다가 말라리아에 걸린다.
** laterite. 사바나 기후 지역에 많이 분포하는 적갈색 토양.

마르셀랭이 다가오는 아이들, 염소, 물웅덩이를 피해 성큼성큼 걸으며 말했다. "너무 어려워요. 숲의 모든 나무 이름에 대해 아는 사람은 마이크 페이하고 피그미들밖에 없어요. 하지만 이 건 기름야자나무……." 꾀죄죄한 녹색과 갈색 잎에 줄기가 곧게 뻗은 야자나무 길을 가리키며 그가 말했다. 몇몇 나무에는 위버 새의 둥지가 있었다. "이 나무가 없으면 우리는 못 살아요. 열매 과육에서 오렌지유를 만들고 씨에서는 커넬유kernel oil를 만들어요. 상류에 가면 다 볼 수 있을 거예요. 그걸로 음식을 만들어 팔기도 하죠. 백인들한테요." 그는 씩 웃으며 계속 이어갔다. "비누나 마가린을 만드는 데도 쓰죠. 가지가 자라나는 부위나 나무 밑동을 마체테로 절단하면 나오는 수액도 모아요." 그는 가장 가까이 있는 나무에 난 V자 자국을 가리키며 말했다. "그저 여기에 양동이나 호리병을 걸어놓기만 하면 돼요. 그러면 바로 먹을 수 있는 야자술이 되는 거죠. 하지만 가지치기가 된 야자나무에는 손대서는 안 돼요. 그냥 둬야 해요. 그건 마법사의 몫이거든요."

"이건 뭔가?" 래리가 증기선에서 보면 제방의 모든 마을에서 볼 수 있었던 몸통이 곧게 뻗은 거대한 검은 나무를 가리키며 물었다. 나뭇가지가 주변의 야자나무보다 훨씬 높이 레바논삼목 가지처럼 뻗어 있었다.

"그건 캔시엄Canthium입니다. 절대 살짝 스치지도 말아요. 나무껍질에 무는 개미들이 바글바글해요. 꽃이 피면 고약한 냄새가 납니다. 시체 냄새 같죠. 파리가 수분시켜요. 파리가 꽃가루를 나르거든요. 하지만 캔시엄은 중요한 나무예요. 마법사들이 이 나무로 특별한 물건을 만들거든요. 그리고 지팡이도요. 추장의 지팡이, 지위를 상징하는 거죠."

"그럼 저건?" 내가 뿌리가 불룩 튀어나온 나무들 중 하나를 가리키며 물었다.

"저건 숲의 개간지와 강 옆이면 어디든 자라요. 저걸로 어망의 부표를 만들어요. 링갈라어로 파라솔리에Parasolier, 무상가 세크로피오데스Musanga cecropiodes, 콤보콤보Kombo-Kombo라고 불러요. 레드몬드, 영국인들은 우산나무라고 불러요."

오렌지나무, 레몬나무, 아보카도나무, 아몬드나무, 빵나무가 가지런히 줄지어 선 주택 지구가 보기 좋았다. 비단솜나무 한 그루도 주변의 야자나무 위로 거대하게 솟아 있었다. 잎은 없고 솜뭉치 같은 하얀 꽃이 잿빛 하늘과 선명한 대비를 이루었다. 한참을 걷다가 길게 뻗은 붉은 돌담길에 이르렀다. 이끼가 끼고 부식해가는 벽이었다. ("빅토리아 시대 풍의 벽돌쌓기 양식이군. 설계가 안 좋아. 평평하게 갓돌을 놓은 건 완전 잘못된 거야." 래리가 말했다.) 작달막한 종루가 있는 간소한 교회 돌담이었다. 낮은 건물 앞 현관에는 아치가 세 개 있고(하나는 벽돌로 막혀 있었다) 골함석지붕은 반쯤 무너졌고 목재 비계가 돌출벽을 받치고 있었다. 나는 이곳이 1925년 앙드레 지드가 상류를 지나 방기*로 향하는 중에 머문 곳일 거라는 생각이 번득 들었다. 그의 책 《콩고 여행》을 보면

---

* Bangui. 중앙아프리카공화국의 수도.

다음과 같다.

> 야자나무가 늘어선 멋진 길을 지나고 나면 벽돌로 지은 교
> 회가 나온다. 그 옆에 우리가 묵을 길고 나지막한 건물이
> 있다. 흑인 '전도사'가 문을 열어줬다. 모든 방이 비어 있
> 어 아무 방이나 편리하게 사용할 수 있었다. 몹시 덥고 축
> 축하고 천둥이 칠 것 같은, 숨이 턱턱 막히는 날씨였다. 다
> 행히 식당은 통풍이 매우 잘 되는 곳이었다. 점심을 먹고
> 오수를 즐긴 후 산책하러 나갔다. 길은 드넓은 바나나나무
> 과수원으로 이어졌다. 잎이 아주 넓적한 바나나나무는 그
> 때까지 본 어떤 나무와도 달랐다. 과수원을 지나자 길이
> 좁아지고 숲이 불쑥 나타났다. 스무 걸음에 한 번씩 놀라
> 운 광경이 펼쳐져 수 마일은 족히 걸을 수 있을 것 같았다.
> 하지만 밤이 내려앉기 시작했다. 엄청난 폭풍이 몰려오고
> 있었고 즐거움은 두려움으로 바뀌었다.

우리는 전도관의 문을 열었다. 우리 오른쪽으로 흰개미집 둔
덕이 솟아 있었다. 나머지 바닥에는 박쥐 배설물이 두껍게 깔려
있었다.

그날 오후 증기선은 숲이 우거진 섬 사이를 서서히 나아갔다.
물 색깔이 옅은 갈색으로 바뀌었고 우리는 우방기로 진입했다.
넓고 수심이 얕은 강에 강둑이 줄무늬처럼 펼쳐져 있었다. 뽈호

반새가 모래 한 줌을 떨어뜨렸다. 날개를 세차게 퍼덕이며 둥그런 벌판 위를 맴도는 게 보였다. 흰 가슴과 배가 거의 수직으로 세워지고 검은색과 흰색이 뒤섞인 머리와 검정 부리(몸체의 반은 될 정도로 긴)는 잔잔히 흐르는 강물 쪽으로 향하고 있었다. 허공을 내려오다가 새로운 곳으로 날아가 또다시 선회했다. 아니면 빗금을 그리듯 경사지게 물속으로 들어갔다가 물고기를 물고 물을 튀기며 올라와, 햇빛에 하얗게 색이 바랜 나무 표류물에 앉기도 했다.

한 모래둑에 제비갈매기 열두 마리가 떼를 지어 모여 있었다. 하나같이 하류 쪽으로 머리를 향하고 있었다. 더위에 지친 것처럼 날개가 옆구리에 축 늘어져 있었다. 아프리카제비갈매기는 윗부리가 아랫부리보다 훨씬 짧고 작아서 계속 웃고 있는 것처럼 보인다. 이 부리를 벌려 잔잔한 수면 위를 쟁기질하듯 슥 스치고 지나가면서 물고기를 잡을 수 있다.

배에 실리는 화물은 점점 더 많아지고 다양해졌다. 나일악어가 캡스턴*과 버팀목에 묶여 있었다. 턱은 리아나 줄기로 묶여 있었고, 회색 몸통은 뒷다리 바로 앞에 묶은 리아나 매듭으로 꼼짝 못하게 매어져 있었다. 몸집이 작은 검은 숲악어는 좁은 통로에 움직이지 못하도록 묶여 있었다. 커다란 중앙아프리카납작등자라들이 가방과 매트리스 사이 리아나 바구니 안에 쌓여 있었다. 머리와 지느러미발을 가벼운 가죽 느낌의 등딱지 안에 집어

---

* capstan. 배에서 닻 등 무거운 것을 들어 올리는 밧줄을 감는 실린더.

넣고 밑면인 복갑 아래에 감추고 있었다. 복갑은 튼튼해 보이는 껍데기로 덮여 있었다. 그들 조상과 뚜렷하게 구분되는 몇 안 되는 특징 중 하나였는데, 이들 조상은 기록상 2억 년 전쯤으로 추정되는 화석으로 확인할 수 있다. 가장 가까운 시기의 공룡과 같은 시기에 살았던 것이다.

그날 저녁 배는 선원들이 엔진을 수리할 수 있도록(망치로 엔진에 맹공격을 퍼붓는 것처럼 들렸다) 응준두Njoundou라는 작은 마을에 정박했다. 마르셀랭, 래리와 함께 뭍에 도착했을 때는 날이 어두워졌다. 집집마다 모든 사람들이 임퐁도 호 상인이 가져온 맥주에 취해가는 듯했다. 얼룩덜룩한 두꺼비는 강둑에서 쉬지 않고 울었고, 집게벌레 크기의 작은 개똥벌레들은(각각 작은 초록색 불을 밝혔다) 우산나무에서 반짝거렸다.

이튿날(엔진 수리는 끝나 있었다) 해가 뜨면서 회색 물안개가 흩어지자 사무관은 부채꼴 갑판 위에 그가 저장하고 있던 훈제 생선 일부와, 잘게 토막 낸 훈제 원숭이, 노란색과 고동색이 섞인 등껍데기를 가진 죽은 거북을 늘어놓았다. 마르셀랭 말에 따르면, 몸이 절단된 원숭이들은 날쌘망가베이*, 대형 원숭이, 나무에서 살며 강둑을 좋아하고 콩고의 빽빽한 밀림에서만 사는 개코원숭이들이었고, 거북은 아마도 아프리카견목거북으로 드문 종이었다. 온도가 임계점을 넘자 생선과 원숭이, 거북의 사체에 슨 구더기들이 갑판으로 툭툭 떨어져 우리 쪽으로 기어왔다.

선미 쪽에서 코뿔새 한 마리가 강을 가로질러 날고 있었다. 위아래로 능선을 그리며 힘차게 날았다. 네 번 깊게 날갯짓을 하고 한 번 활주하는 식이었다. 깃털은 앞쪽은 검은색 뒤쪽은 하얀색이었고, 커다란 부리는 투구 모양으로 아래로 구부러져 있었다. 길고 하얀 꼬리는 중간에 검은색 깃털이 띠 모양으로 나 있어 반이 싹둑 잘린 것처럼 보였다. 날개는 앞으로 기울어졌다. 서를과 모렐은 갈색뺨코뿔새가 진짜 숲코뿔새라고 했다. 모래둑 위 상승 온난 기류에서는 커다란 새 두 마리가 검고 널찍하며 너풀너풀한 날개를 펴고 높이 솟아오르고 있었다. 머리와 가슴은 하얗고, 역시 하얀색인 꼬리는 너무 뭉툭해 깊이 접히는 날개의 끝자락처럼 보였다. 여기서 처음 목격하는 아프리카물수리였다. 쌍안경으로 보고 있자니 더 높이 있던 물수리가 그의 짝에게로 하강해 옆으로 가서 발을 앞쪽 위로 기울여 짝의 발톱에 잠깐 동안 깍지를 꼈다. 두 마리는 옆으로 재주넘기를 하듯 검은 날개로 원을 그리며 뱅글뱅글 돌면서 하강했다. 그러고는 서로 떨어졌다가 다시 만나 차분하게 넓은 원을 그리며 위로 솟아올랐다. 앙드레 지드조차도 잘못 본 게 있다는 생각이 들었다. 지드는 1925년 9월 22일 일기에 이렇게 썼다. "우방기 강을 거슬러 올라가는 길은 어찌해볼 도리 없이 지루했음을 고백해야겠다."

이른 오후 우리는 길고 낮게 뻗은 숲길을 지나갔다. 드문드문 꼭대기가 평평하거나 구球 모양으로 생긴 나무들이 임관 위로 솟아 있는 것이 보였다. 심포니아나무Symphonia라고 마르셀랭이 알려줬다. 원통형 몸체는 회색빛이 도는 노란색이었고 뿌리는

---

* mangabey. 아프리카 삼림에 서식하는 꼬리가 가늘고 긴 원숭이.

밖으로 죽순처럼 뻗어 나와 있었다. 주로 습지림에 사는 나무다. 우리가 향하고 있는, 다리에 궤양이 생기고 어둡고 뿌리와 물과 부식이 가득한 숲.

두 시간 후 우리는 임퐁도에 닿았다.

2부

사말레의
수수께끼

2권으로 이어짐

벌 떼에 포위당한 레드몬드(위)와 래리(아래)

숲속 바빙가 피그미들의 야영지

사냥을 위해 잠복 중인 콩고의 원주민들

레드몬드(오른쪽)와 마르셀랭(왼쪽)

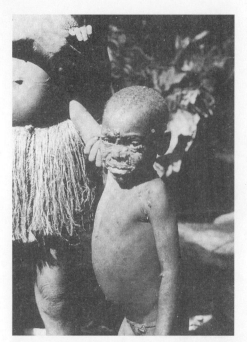

매종을 앓고 있는 아이

마카오 마을에서(왼쪽부터 마누, 응제, 앙투안, 미셸)

피그미 야영지에서 노인과 아이

바빙가 피그미 무코와 함께한 레드몬드

❖ 첫 여정

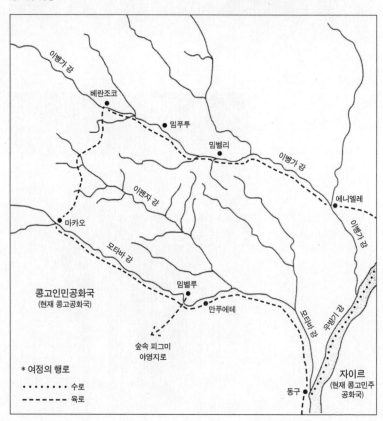

이벵가 강

베란조코

밈푸투

밈벨리

이벵가 강

이펜자 강

에니엘레

마카오

이뻴가 강

모타비 강

콩고인민공화국
(현재 콩고공화국)

밈벨루

만푸에테

모타비 강

우방기 강

숲속 피그미
야영지로

* 여정의 행로

●●●●●●● 수로

━ ━ ━ ━ 육로

자이르
(현재 콩고민주
공화국)

동구

14

만나고 싶다, 피그미

우리 선실 바깥에서 마르셀랭은 그의 작은 파란색 배낭을 가볍게 어깨에 둘러멨고 우리는 군용 배낭을 짊어지느라 고역을 치르고 있었다. 그때 마누가 나타났다. 마누는 래리를 보더니 예의 그 수줍은 미소를 지었다.

"어디 있었던 거야? 보고 싶었어! 어디 숨어 있었던 거야? 여기까지 헤엄쳐온 거야?" 래리가 반색하며 말했다.

마누는 양손에 잡낭을 하나씩 들었다.

마르셀랭이 말했다. "내가 거치적거리지 않게 어디 가 있으라고 했어요. 마누는 내 동생이에요. 이부동생이라고 해야겠죠. 나는 동생이 슬그머니 끼어들어 이것저것 도와주는 걸 원치 않았어요. 그건 부끄러운 일이죠. 그래서 묻고 싶은 건, 마누가 필요해요, 안 필요해요? 마누를 데려갈 거예요? 가부만 밝혀줘요."

"당연히 데려가지."

"고맙습니다." 마누가 처음으로 내 눈을 보며 말했다. "이 친절은 절대로 잊지 않을 거예요. 제게는 아내와 아이가 있어요."

"아내라니!" 마르셀랭이 웃으며 말했다.

"아내와 아이가 있어요. 저를 사랑하죠." 마누가 한 번 더 반복해 말했다.

"당연히 그럴 것 같아." 래리가 말했다. 우리는 아래로 천천히 내려가 바지선 사람들의 행렬을 따라 걸었다.

군인 한 명이 부두의 이동식 계단에서 승객들의 서류를 조사했다. 그는 우리 여권을 주머니에 넣었다.

"괜찮아요. 내가 여기 모든 군인들, 모든 사무원들을 알고 있어요. 날 믿어요." 마르셀랭이 말했다.

"내 이모나 믿으라지." 래리가 중얼거리며 군인의 주머니에 손을 뻗쳤다.

"손대지 마요!" 마르셀랭이 소리를 빽 지르며 래리의 손목을 잡았다.

군인이 씩 웃었다.

마르셀랭이 노란색 벽의 야트막한 선창 건물을 가리키며 말했다. "래리, 레드몬드, 저기다 짐을 쌓아요. 그 위에 앉아 있어요. 지키고 있어요. 임퐁도는 도둑 소굴이에요. 그리고 마누 너, 나머지 짐을 다 옮겨라. 금방 돌아올게. 받아." 마르셀랭이 선실

218

열쇠를 건네며 계속 말했다. "빨리 해. 조제프를 만나야 해. 트럭을 받아야 하거든." 그러고는 사람들 속으로 사라졌다.

"트럭? 트럭이라고?" 래리는 그 마법의 단어를 읊조렸다.

"닷지야. 빨간색 닷지 파워 왜건. 대략 1940년산." 내가 말했다.

"랜드 크루저예요." 마누가 등을 펴며 말했다. "도요타 랜드 크루저! 노란색! 트럭이라면 여기 바지선까지 올라올 수 있어야 해요. 일본산들이 그렇죠. 특별하죠. 마르셀랭 박사가 좋아해요. 빅맨처럼 임퐁도를 누비고 다녀요. 그 랜드 크루저는 수자원과 삼림부 거예요. 콩고인민공화국 소유죠. 마르셀랭 박사가 여기 있는 동안 조제프는 걸어 다녀야 해요. 마르셀랭 박사가 여기 없으면 조제프가 빅맨이에요. 조제프는 수자원과 삼림부의 경비요원이에요. 밀렵꾼을 잡고 상아를 압수합니다. 사람들은 조제프한테서 총기 소지 허가권을 삽니다. 조제프는 자이르에서 야생동물 고기를 수입해요. 택시 같아요. 돈을 엄청 벌어요. 가족들을 위해서요. 반면 저는 가난합니다."

"하지만 이제 마누도 일이 있잖아." 래리가 벽에 짐을 부리며 말했다. "잡낭들을 옮겨와야 할 것 같은데."

"서두를 필요 없어요." 마누가 챙이 넓은 모자를 뒤로 약간 기울이며 담배에 불을 붙였다. "마르셀랭 박사는 마리를 집에 데려다주고 싶어 할 거예요. 마리한테 랜드 크루저를 보여주고 싶어 할 거예요." 그러고는 천천히 증기선을 향해 걸어갔다. 똑바로 보고 있어도 눈앞에서 사라질 것 같은, 자기 주변의 어떤 공간도 차지하지 않는 젊은이였다.

"슬픈 일이군." 래리가 여권을 넣어둔 빈 가슴주머니를 신경질적으로 만지작거리며 말했다. "난 저 아이가 좋아. 플래츠버그로 와야 해. 똑똑한 아이야. 척 보면 알 수 있어."

작은 제비 한 마리가 우리 머리, 군중, 땅, 소음 위로 15미터 정도 떨어진 공중을 가르며 날고 있었다. 섬세한 꼬리는 깊게 갈라졌고 하얀색 가슴에는 검은 반점이 줄지어 있었다. 머리는 밤색이고 날개 아래쪽은 회색, 위쪽은 검푸른 색이었다. 서를과 모렐이 붙인 '줄무늬가 덜한 제비Lesser striped'라는 지루한 이름 말고 '아무 걱정 없는, 완벽하게 행복한 다이빙의 귀재 제비'라고 이름 지어야 할 것 같다는 생각이 들었다. 이 제비는 한 쌍의 다른 종, 완전히 평범한, 마음을 편안하게 하는 유럽흰털발제비와 같은 곤충을 사냥하고 있는 것처럼 보였다.

"래리, 우리 벌써 네 종류의 제비를 본 거 알아? 찾으려고 하지도 않았는데 말이야! 하지만 아프리카강제비를 못 본 건 아쉬워. 정말 아쉬워. 아프리카강제비는 가봉 해안에서 발견되는 소수만 빼면, 콩고와 우방기 강에만 서식하는 제일 신기한 종인데 말이야. 온통 검정색에 크고 둥그런 머리와 빨간 눈을 가졌지. 그 새는 공중에서 선회하고 제비물떼새처럼 뛰어 다녀. 굴에다가 둥지를 틀고 강 한가운데에 있는 평평한 모래둑으로 터널을 만들지. 이상한 새야."

"이거 봐." 래리가 뺨에 붙은 초록색 파리 한 마리를 세차게 치며 말했다. "너한테는 이제야 진짜 여행이 시작된 거야. 하지만 나한테는 증기선에서의 경험이 내 생애 가장 특이하면서도 우울한 경험이었어. 허무하게 죽은 아기, 익사한 사람들. 제비물 떼새? 그게 뭐야? 저속한 단어같이 들려. 새? 물론 나도 새 보는 거 좋아해. 하지만 그런 크기라면 내 지도에는 나오지도 않고 그냥 너무 작아. LBJ라고."

"LBJ라니?"

"작은 갈색 참새들."*

"하지만 저 새는 푸른색이야! 게다가 아프리카모래흰털발제비는 검은색이고!"

"그럼 수정하지. 작은 파랑 참새Little Blue Job. 작은 검정 참새 Little Black Job."

래리, 마누, 나는 도요타 트럭에 실은 가방 위에 앉았다. 마르셀랭은 운전석에 앉고 조제프는 조수석에 앉았다(조제프는 걱정이 많아 보였고 행동이 어설프고 아랫입술은 축 처져 있었다). 트럭은 비탈진 진흙길을 올라갔다. 양 옆으로 큰 코끼리부들**이 말에 탄 사람보다 높이 쭉 뻗어 있었다. 타맥 포장도로로 들어섰다. ("브라자빌 사람들이 만든 거예요." 마누가 말했다. "아무 데도 아닌 곳에서 아무 데도 아닌 곳으로." 래리가 말했다.) 그 길은 강을 따라 북쪽으로 향해 있었다. 왼쪽으로는 초벽 오두막, 콘크리트로 만든

---

* Little Brown Jobs. 조류 사육자들이 구별하기 힘든 작은 참새목의 새들을 통칭하는 말.
** elephant-grass. 동물 사료나 종이 재료로 쓰이는 아프리카산 풀.

오두막, 손질한 잔디가 깔린 커다란 주택 지구가 펼쳐져 있었고, 오른쪽으로는 현대식 교회(미국 개신교회라고 마누가 말했다), 술집, 급유 펌프가 스쳐 지나갔다. 그리고 파르티 호텔이 나왔다. 외부 계단과 발코니가 있는 이층짜리 콘크리트 빌딩으로 대로에서 들어가 있었다.

마르셀랭과 조제프는 트럭을 몰고 호텔 주인을 찾아 나섰다. ("아마 집에 있을 거야. 아니면 술집에서 춤추거나 어망을 보러 갔겠지." 조제프가 말했다.) 평소처럼 콘크리트 바닥에 배낭을 놓고 앉아 있는 우리 쪽으로 마누가 걸어왔다. 랑글루아 부인에게는 술집과 티셔츠와 청바지, 드레스를 살 수 있는 작은 옷가게가 있다고 마누가 말했다. 임퐁도를 사랑했던 남편은 죽고 없었다. 랑글루아 부부는 프랑스인이 지은 식민지 농민을 위한 집에서 살았다. 강 옆에 세워진, 지붕이 높고 통풍이 무척 잘 되고 창문에는 덧문이 달린 넓고 아름다운 집이었다. 콩고 독립 후 임퐁도가 공산주의 국가가 되어 말 그대로 골수 공산주의자들로 가득하게 되고 모든 가게가 약탈당하자 대부분의 서양 사람들은 도망가버렸다. 그러나 그 누구도 랑글루아 부인과 그녀의 남편은 해치지 않았다. 그들이 임퐁도를 진정으로 사랑하고 임퐁도에 소속되어 있음을 모두 알고 있었기 때문이다. 마누는 계속 이어 말했다. 임퐁도는 괜찮은 마을이다. 진흙길이 있는 큰 촌락 같지만 작은 비행장도 있고, 병원, 괜찮은 술집 두 곳, 식당 두 곳, 군 막사, 은행, 시장도 있다.

어두워진 후 마르셀랭이 돌아왔다. 조제프 대신 호텔 주인과 함께였다. 마누가 작은 가방을 메고 어머니 집으로 출발했다. 호텔 주인은 야간 경비원이 있는 곁채로 비트적거리며 걸어가 열쇠와 램프를 가지고 계단을 올라가 우리를 콘크리트 복도를 따라 콘크리트 방으로 각각 안내했다. "짐을 안으로 들여놔요. 우리는 나갈 거예요. 식당으로! 이베트 식당으로!" 마르셀렝이 말했다.

전조등을 켠 도요타는 깊게 홈이 파인 진흙길을 덜컹덜컹 흔들흔들 달렸다. 전조등이 선인장 울타리, 야자나무, 깔끔하게 비질된 모래뜰, 갈대로 지붕을 인 오두막 두 채—그중 하나는 대나무를 갈라서 만든 널로 벽을 이어놓았다—와 식당을 비췄다.

"침대 봤어? 시트가 있어. 진짜 시트가!" 식당에 들어가 하나 있는 빈자리에 앉으며 래리가 소곤거렸다.

키가 크고 골격이 우람하고 가슴이 납작한 삼십대 여자가 식당으로 들어와 갓을 입히지 않은 두 개의 전구 중 하나 아래에 잠깐 서서 테이블을 훑어봤다. 식당의 모든 남자가 그녀를 쳐다봤고 모든 여자는 못 본 체했다. 그녀의 몸짓은 유연했고 빈틈없고 지적으로 보이는 얼굴이었다.

마르셀렝이 몸을 앞으로 기울였다. 숨소리가 빨라지며 그의 티셔츠 아래서 가슴이 부풀어 오르는 것처럼 보였다. "플로랑스!" 그가 소리쳤다.

플로랑스는 패션쇼 무대를 걷는 모델처럼 또박또박 걸어와 빈 의자를 빼고는, 하얀 블라우스 끝단을 잡아당기고 커다란 노란 꽃잎과 검은 꽃부리가 그려진 빨간 랩스커트의 양옆을 반듯하게 펴고 자리에 앉았다.

"당신 생각 많이 했어. 꿈도 꿨어, 매일 밤." 마르셀랭이 프랑스어로 말했다.

"또 시작이다." 래리가 말했다.

"플로랑스는 일하는 여자예요. 은행에서 일해요!" 마르셀랭이 사랑에 빠진 사람의 자부심을 풍기며 말했다.

마르셀랭은 플로랑스를 집까지 태워주고 우리를 파르티 호텔에 내려줬다. 마을 발전기가 멈춰 전기가 나갔다. 원숭이 스튜와 싸구려 레드 와인을 잔뜩 먹은 래리와 나는 작은 홈이 파인 콘크리트 복도를 더듬거리며 지나 각자의 방으로 들어갔다. 나는 배낭에서 램프를 꺼내고 셔츠와 바지를 벗고 침대로 들어갔다. 시트는 낡고 바싹 마른, 지나치게 많이 사용한 손수건 같았다. 베개의 촉감은 마치 축구복에 묻은 진흙이 말라서 푸석거리는 듯했다. 나는 다시 램프를 켰다. 오래전 누군가 이 방에서 몹시 아팠던 것 같았다(공기 중에 옅은 신 냄새만 살짝 남아 있었다). 약간 메스꺼움을 느끼며 침대에서 일어나 방수포를 풀어 시트 위에 깔고 샤워실 모퉁이에 있는 양동이 물로 물병을 채우고(수돗물도 샤워물도 나오지 않았다) 염소정제를 평소 사용량의 두 배로 넣어 녹기를 기다리면서 배낭 위쪽 주머니에서 내 소중한 '피그미 공책'을 꺼냈다.

피그미에 대한 최초의 기록이 기원전 2500년(스톤헨지가 세워진 것보다 1,000년 앞선 것이다) 고대 이집트 아스완 지역의 엘레판

티네 섬의 주지사 헤르크허프Herkhuf의 무덤 벽에 새겨진 것이라는 점이 나는 (매우 많이) 좋다. 헤르크허프는 노모스의 통치자였으며 위대한 탐험가 겸 무역가, 사막 대상들의 우두머리였다. 페피 2세(이름은 네페르카레Neferkare)가 통치한 지 2년이 되었을 때 (당시 페피 2세는 여덟 살이었다) 헤르크허프는 누비아* 지역을 여행하고 돌아왔다. 누비아에서 얌Yam 지방까지 갔던 헤르크허프는 그곳에서 왕을 위한 선물로 춤추는 피그미를 가져가겠다는 전갈을 보냈다. 여덟 살의 왕이 기뻐하며 답장을 보냈고 헤르크허프는 이 답장을 받고 너무도 기쁜 나머지 그것을 나중에 무덤 벽에 새겨놓았던 것이다.

주지사가 짐에게 보낸 서신 내용을 읽었소.
주지사의 군대가 이만Iman의 땅까지 뚫고 들어갔군요.
서신에서 또 여러 가지 선물을 준비하고 있다고 들었어요.
그 선물은 아마 이만의 여신 하토르Hator가 인간 네페르카레를 위해 준비한 것이겠지.
또한 주지사의 편지에서 피그미를 데리고 온다는 것도 읽었소. 이 피그미가 전설의 땅에서 신들의 춤을 춘다고 하지요? 아마 신들의 보물 수호자 바우레드Baured가 아오시스Aosis 시절 푼트Punt에서 데려온 난쟁이와 비슷하겠지요.

---

* Nubia. 나일 강변 아스완(엘레판티네)에서 남쪽으로 제4급류 부근까지의 유역을 가리킨다.

주지사는 또한 이 피그미가 지금까지 신하가 짐에게 데려
온 누구와 비교해도 가치 면에서 떨어지지 않을 거라고도
했지요.

전설의 땅에서 주지사가 데려온 시종들 가운데 피그미가
있어 신들의 춤을 출 수 있다면 네페르카레 왕의 마음에
기쁨이 가득할 것이오.

피그미를 배로 데려올 때 배의 양 옆에 믿을 만한 사람을
두어 잘못하여 피그미가 물속으로 빠지지 않도록 잘 지켜
보시오. 또한 밤에 잠자리에 들 때는 튼튼한 시종 열 명이
피그미 옆에서 자도록 살펴두시오.

짐은 피그미가 심히 보고 싶소.

피그미가 튼튼하고 건강하게 잘 살아서 궁궐까지 올 수 있
도록 유념하시오. 그리하면 짐이 아오시스 시대에 신들의
보물 수호자들이 받았던 것보다 더 많은 상을 하사할 것이
오. 이로써 짐이 피그미를 얼마나 보고 싶어 하는지 그 정
도를 가늠할 수 있을 것이오.

이집트학자들은 얌이나 이만 땅이 어디에 위치하는지 알 수
없고, 피그미도 진짜가 아니고 평범한 늙은 난쟁이일 수도 있다
고 말했다(여기서 난쟁이를 의미하는 단어로 'deneg'가 사용된 데 반해,
고대 상형문자 기록에는 'nemu'로 되어 있다). 하지만 이집트학자들
은 그렇다 쳐도 헤르크허프나 페피 왕은 피그미와 난쟁이를 구
별할 수 있었을 것으로 보인다.

피그미를 처음 본 유럽인은 독일의 식물학자이자 탐험가인
게오르크 슈바인푸르트Georg Schweinfurth일 거라고 일반적으로
여겨진다. 슈바인푸르트는 그의 저서《아프리카의 오지The Heart
of Africa》에서 나일 강의 누비아인 뱃사공들이 어린 페피 왕처럼
피그미에 몹시 매료되었던 이야기를 다음과 같이 쓰고 있다.

> 그들은 우리가 두루미들이 피그미와 싸우러 가는 항로로
> 가고 있다고 말하곤 했다.* 이따금씩 사이클로프스**, 오토
> 몰리*** 또는 '피그미'에 대해 이야기하곤 했다. 이름을 뭐라
> 고 부르든 간에 이들에 대해 이야기하는 것에 결코 지겨워
> 하는 법이 없는 것 같았다. 이 불후의 신화에 나오는 인간
> 들을 자기 눈으로 직접 봤다고 호언장담하는 이들도 있었
> 다. 그리고 이들—이들이 신화 속의 인물을 목격했다는 점
> 을 헤로도토스나 아리스토텔레스도 부러워했을 법한데—
> 은 다름 아닌 내 시종들이었다.

영토가 우엘레 강의 극동 지류까지 뻗어나갔던 몬부투****의 문

---

* 호메로스의《일리아드》나 아리스토텔레스의《동물론》을 보면, 나일 강 상류로 건너
  오는 두루미가 그 지역에 살고 있던 피그미와 매년 토지 싸움을 하고, 이 소인족을
  대량으로 죽인다는 이야기가 나온다. 후세의 전설에서는 두루미를 피그미의 천적
  으로 보고 이 새가 피그미를 멸망시켰다고도 본다.
** Cyclops. 그리스 신화에 등장하는 외눈박이 거인족.
*** Automoli. 이집트 전사들.
**** Monbuttoo. 중앙아프리카에 위치했던 식인 왕국.

자 왕의 궁전에 머물던 슈바인푸르트는 드디어 처음으로 피그미를 만나게 되었다.

며칠이 지난 후, 궁내에 나는 고함 소리에 궁금증이 일었다. 알아보니 무함마드가 왕을 시중들던 피그미 중 한 명을 놀라게 했고, 무함마드는 그 피그미가 강하게 저항하는데도 불구하고 억지로 내 텐트로 데리고 왔다. 쳐다보니 과연 신기한 작은 생물이 무함마드의 오른쪽 어깨에 걸터앉아 있었다. 그는 불안한 듯 머리를 감싸 쥐고 경계하는 시선으로 사방을 두리번거렸다. 곧 무함마드가 피그미를 상석에 앉혔다. 왕실의 역관이 그 옆에 배석했다. 이로써 나는 마침내 수천 년간 이어져온 신화의 화신을 내 눈으로 직접 확인하는 호사를 누리게 된 것이다. 몇 시간 후 사람들이 피그미의 몸을 재보고 그림을 그리고 음식을 대접하고 여러 가지 선물을 준비했다. 피그미는 세세한 부분에 이르기까지 쏟아지는 호기심 가득한 질문 공세를 받아야 했다. 그의 이름은 아디모쿠Adimokoo였다. 그는 궁전에서 약 5킬로미터 정도 떨어진 곳에 있는 작은 부족의 족장이었다. 그가 부족 이름이 '아카Akka'라고 말했다……

하지만 슈바인푸르트도 인정했듯이 피그미를 처음으로 만난 유럽인의 영예는 프랑스계 미국 탐험가 폴 뒤 샤이위Paul du Chaillu에게 돌아간다. 뒤 샤이위는 오늘날 가봉 지역인 아프리카

대륙 서쪽 깊은 정글까지 탐험했다. 서아프리카 해안 무역 기지의 프랑스인 관리자의 아들이었던 그는, 미국으로 건너가 미국 시민이 된 후 보스턴 자연사학회의 오지 탐험 지원금을 받아 다시 아프리카로 돌아왔다. 그는 《적도 지대 아프리카 탐험과 모험 Explorations and Adventures in Equatorial Africa》(1861)이라는 탁월한 첫 책에서 여러 가지 묘사를 곁들여 고릴라의 발견에 대해 쓰고 있다. 그보다 덜 알려진 두 번째 책 《아샹고 땅으로의 여행 A Journey to Ashango-Land》(1867)에서 1865년에 발견한 고릴라에 대해 덧붙였다.

> 단연 특이한 아주 작은 움막들이 모여 있는 게 보였다. 이 부근에 난쟁이 흑인 종족이 사는 마을이 있을지 모른다는 말을 듣지 않았더라면 신전 비슷한 곳이려니 하고 지나쳤을 그런 움막이었다. 지난 여행에서 이 종족에 대해 멋대로 과장한 듯한 묘사를 듣고 나는 난쟁이의 존재에 대해 보고된 내용을 믿지 않았으며 내 이전 책에서 이에 대해 언급할 가치가 있다고 생각하지 않았다. 이렇게 특이한 거주지 형태를 보자 나는 호기심이 잔뜩 발동했다……. 나는 움막 안에 거주자가 있어주기를 바라며 급히 앞으로 나아갔다. 하지만 우리가 다가가자 그들은 부근 밀림 속으로 도망가버렸다. 움막은 짐시 텐트처럼 나지막한 타원형 모양이었다. 움막 입구의 가장 높은 부분은 땅에서 약 1.2미터 정도 되는 높이였고, 폭이 가장 넓은 부분도 약 1.2미터

정도였다. 양 옆으로 남녀가 잘 수 있을 서너 개 정도의 나무막대들이 있었다. 움막은 잘 구부러지는 나뭇가지들을 아치형으로 구부려 양끝을 땅에 고정해놓은 형태였다. 가장 긴 나뭇가지가 중앙에 놓이고 그로부터 점점 길이가 줄어드는 형태였다. 그리고 전체는 커다란 나뭇잎으로 덮여 있었다. 움막 안으로 들어가자 모든 움막의 바닥 중앙에 불을 땐 흔적이 남아 있었다.

폴 뒤 샤이위는 마침내 그가 말한 난쟁이족을 만났고, 아샹고 가이드의 안내에 따라 그들의 생활양식을 처음으로 보고하게 되었다.

아샹고인들은 그들 마을 주변에 이 흥미로운 종족이 살고 있는 것을 좋아했다. 왜냐하면 오봉고[피그미]들은 야생동물을 잡고 하천에서 물고기를 잡는 데 매우 능숙하고 날렵했기 때문이다. 오봉고인들은 필요한 만큼 섭취하고 남은 것을 플랜테인*, 쇠로 만든 도구, 요리 기구, 물병 등 그들이 필요로 하는 제조물품으로 교환했다……. 그들은 상당히 이동을 많이 하며 살고 사냥감이 부족해지면 다른 장소로 옮겼다. 하지만 그렇게 멀리까지 간 것은 아니다. 아샹고 영토에 사는 오봉고인들은 그곳을 벗어나지 않았다……. 오봉고인들은 아샹고인들이 잘 알지 못하는 매우 먼 동쪽 끝에 살고 있다고 알려졌다.

매우 먼 동쪽…… 나는 페피 2세처럼 피그미를 심히 보고 싶어 하며 잠이 들었다.

---

* plantain. 바나나 비슷한 열매.

15

임퐁도의 수도사

마르셀랭은 이른 아침 피곤하지만 흡족한 표정으로 호텔에 도착해서 우리를 이베트의 레스토랑까지 태워다주었다.

눈이 충혈된 래리는 생선 수프를 끼적대기만 했다. "내 인생 최악의 밤이었어." 래리가 카사바 덩어리가 있는 접시를 옆으로 밀어놓으며 말했다. "바닥에 온통 똥 천지였어. 베개에는 토사물이 있고. 그 냄새라니! 노상에서 자는 것만 못해. 거기서 자느니 차라리 뱀 굴이 낫겠어."

마르셀랭이 씩 웃었다. "주인이 직접 그렇게 말했죠. 방에 차마 들어갈 수 없다고요. 나도 봤는데 사실이더군요. 플로랑스를 데려갈 수 있는 곳이 아니죠. 하지만 별관이 있어요. 일등급이죠. 정부가 임금을 지원해주는 여자가 있어요. 방만 청소해주죠. 두 명을 고용할 거예요. 한 명은 래리와 레드몬드 방을 치우고 한 명은 나와 플로랑스 방을 치우는 걸로."

"오, 안 돼." 나는 무슨 속셈인지 뻔히 알고 말했다. "어서 상류로 가야지."

"사흘만요!" 마르셀랭이 그에게서 흔히 볼 수 없는, 정말이지 행복한 웃음을 지으며 말했다. "플로랑스랑 사흘만 보내게 해줘요. 그러면 여기서 나갈 수 있도록 할게요. 영국에서 당신들이 말하는 대로 흑인처럼 일할게요. 프랑스를 만들고 운하를 파고 길을 닦은 흑인들처럼요. 두 번의 세계대전에서 프랑스를 구했던 흑인들요!"

"알았네." 내가 말했다.

호텔로 돌아온 우리는 지배인을 찾아 우리 짐을 잔디밭을 가로질러 단층짜리 건물로 옮겼다. 골함석지붕이 높다랗게 돌출되어 있고 앞뒤로 다섯 개의 콘크리트 기둥이 떠받치고 있었다. 모든 방에는 천장 고리에 건 모기장을 드리운 더블 침대, 작은 책상, 의자, 서랍장 등이 있고, 욕실 뒤편 바닥에는 변기 대신 배수망이 있는 사각형의 콘크리트 덮개, 샤워기를 대신하는 양동이가 있었다.

"죽 생각해온 게 있는데." 가방을 오른쪽 벽에 기대놓으려는데 래리가 갑작스럽게 강세를 주어 말했다. "네가 진짜 바라는 게 텔레 호수를 보는 거라면 왜 군이 북부 밀림까지 가려고 해? 그냥 서쪽으로 가지 않고? 그걸로 끝내지 않고?"

"나도 모르겠어." 나는 예기치 못한 질문에 당황하며 말했다. "그냥 뭔가 느낌이 있어서 그래. 그 마을을 보고 밀림에서 피그미를 보고 고릴라, 침팬지, 긴꼬리원숭이, 코끼리를 보고 나면 사람들이 어떻게 생각하는지 엿볼 수 있을 것 같아. 직접 가보기 전에 텔레 호수에 뭐가 있는지 알 수 있을 것 같아."

"그렇군. 그러니까 갈 필요 없다는 거지, 그렇지?" 래리는 침대 아래로 배낭을 밀어 넣으며 말했다.

우리는 코끼리부들로 둘러싸인 방갈로 형태의 경찰서로 차를 몰고 갔다. 비쩍 마르고 엄격하게 생긴 임퐁도의 국경 수비 경찰서장이 책상 앞에 앉아 언제라도 벌떡 일어나 우리 여권에 도장을 찍고 날짜를 써서 돌려줄 채비를 하고 있었다. 우리는 공식적으로 임퐁도 시장(뚱뚱하고 행복해 보이는 사람으로, 관능적인 비서들과 낡아서 스러져가는 팔걸이의자들을 인자하게 다스리고 있었다)에게 보고했다. 그러고 나서 나무 가판대가 길고 야트막하게 늘어선 시장으로 갔다. 여자들이 싱싱한 생선과 훈제 생선, 악어고기 조각, 초록색 플랜테인, 파인애플, 고추 등을 작은 더미로 쌓아놓고, 자른 카사바 잎이 담긴 그릇을 흥정하고 있었다. 우리는 임퐁도에 머물 동안 먹을 파인애플, 카사바와 다가올 여행에 필요한 여분용 카사바 가루 푸푸를 샀다.

마르셀랭이 졸라대서 작은 은행 맞은편에 있는 약국에도 들렀다. 마르셀랭이 자기가 쓸 콘돔과 피하 주사기, 멸균 패드, 틀림없이 매독과 임질에 걸리고 말 무방비의 보균자들을 위한 페니실린 앰풀 없이는 여행을 떠날 수 없노라고 선언했기 때문이었다(그래서 마르셀랭이 말한 의약품들을 샀다). 마을의 다른 쪽 끝의 커다란 갈색 강 옆길에 있는 가게에서는 12구경 탄약 두 통을 샀다. 강멧돼지를 잡기 위한 것이라고 마르셀랭이 말했다. 빨간 통에 사냥 가능한 표적물들이 그려져 있었다. 영양, 버펄로, 사자, 코끼리였다.

호텔로 돌아왔을 때 마르셀랭은 역시 단호하게 강 상류 방향으로 진흙길을 지나면 나오는 옆 지구에 위치한 로마가톨릭교회에 가야 한다고 고집했다. 마르셀랭은 도요타 트럭에서 내리며 모자를 쓰고는 선고를 내리는 판사처럼 내게 말했다. 콩고 밀림으로 가겠다고 하는 사람이 지극히 초보적이며 결코 용인될 수 없는 실수를 저질러, 즉 가분살무사와 숲코브라처럼 밀림에 널리고 널린 가장 흔한 뱀에게 물렸을 때 쓸 항사독소가 있는 혈청도 준비하지 않아 여행 동반자 모두를 위험에 빠뜨렸으므로, 기독교인들한테 가서 고개를 조아리게 됐다고. 오직 백인 신부만이 갖고 있는 약품을 달라고 간청해야 한다는 것이었다.

월계수 울타리가 쳐진 부지 안에 현대식 교회와 식민지풍 가옥 두 채가 있었다. 지붕의 경사가 가파르고 벽은 빛바랜 회색이었다. 체구가 크고 턱수염이 난 수도사 한 명이 그중 한 집의 담벼락에서 축구 골대를 지키고 있었다. 그는 때가 탄 흰 수도사복을 입고 허리에는 꼰 밧줄을 둘러매고 샌들을 신고 있었다. 날씨가 무척 더운 데다 체구가 커서 땀을 뻘뻘 흘렸다. 그의 제자들은 훌륭한 스트라이커였다. 드리블하고 패스하고 소리를 질러

댔다. 하지만 수도사는 이런 일에는 머리를 쓸 줄 아는 늙은이였다. 초크로 그린 골대는 수상할 정도로 폭이 좁았다. 공이 먼지를 뚫고 회전하며 들어올 때마다 그는 수도사복 아래로 다리를 뻗는 것이었다. "더 세게 해봐!" 수도사는 남자아이들이 공을 빼앗고 페인트를 쓰고 세차게 헤딩을 하는 동안 그렇게 소리 쳤다. "더 세게!"

계속해서 공이 들어오는 사이에 마르셀랭이 수도사에게 우리가 온 이유를 설명했다. 수도사는 팀을 재배치했다. 우리는 가장 가까이 있는 문을 통해 그를 따라 집 안으로 들어갔다. 그의 서재에는 덮개를 모두 자른 보드지로 된 상자가 가득했다. 문 오른쪽에 놓인 책상 위, 방 중앙에 놓인 탁자 위, 벽을 따라 늘어선 책장 위에도 상자가 있었다. 상자에는 타고 남은 양초 동강, 몽당연필, 다 쓴 빅볼펜의 파란색 뚜껑, 끈, 고무줄, 분필 등이 가득했으며, 종이 뭉치, 잡다한 미사전서, 묵주, 주추 위의 십자가상, 샌들 한 켤레(두 짝 다 끈이 떨어진), 눈이 축 늘어진 마리아상의 컬러 사진을 액자에 넣은 것 등이 상자들 사이에 세워져 있거나 상자 위에 놓여 있었다.

"영국인이죠? 그렇죠?" 수도사가 서랍 속을 마구 뒤지며 말했다.

"맞습니다. 다른 한 명은 미국인이고요." 마르셀랭이 대답했다.

"하!" 수도사가 서랍 속에 있는 물건을 보고 이렇게 외쳤다. 모두 박엽지에 싸여 있었다. "나는 바요Bayeaux 사람이오. 부모님

236

도 두 분 다 바요 출신이지. 내 고조부도 바요에 사셨지. 모두 바요 사람들이오!"(그는 찾고 있던 것을 발견했다. 박엽지에 싼 15센티미터쯤 되는 납작한 것이었다. 자를 든 선생처럼 그걸 탁탁 치며 박자를 맞추었다.) "그럼 바요에 뭐가 있느냐? 그렇지! 태피스트리*가 있지. 잉글랜드군이 패배한 곳! 헤이스팅스 전투! 프랑스의 승리!"

래리가 웃었다.

"왜 웃소? 미국, 자유의 땅. 난센스! 누가 진짜 자유로운 사람들이오? 누가 그 입상을 만들었소? 누가 당신네 나라에 자유의 여신상을 주었소? 하! 말해봐요!"

"프랑스 사람들이죠!" 래리가 그의 말에 동조하며 소리쳤다.

"하!" 수도사가 흥분을 가라앉히고 박엽지로 싼 것을 마르셀랭에게 건넸다.

"이분한테 5,000세파프랑 줘요." 마르셀랭이 내게 말했다.

그때 방 안에 있던 다른 물건이 내 시선을 사로잡았다. 왼편 책장에 놓인 60센티미터쯤 되는 석상이었다. 한번 눈에 띄자 석상이 방 안을 가득 채우고 있는 것처럼 느껴졌다. 검게 그을린 거친 나무로 만든 얼굴에서 하얀색 개오지 껍데기로 만든 눈이 우리를 내려다보았고, 인간의 치아가 테두리에 박힌 입은 길게 소리 없는 비명을 지르는 모양으로 크게 열려 있었다. 등과 가슴, 사타구니에는 수백 개의 못이 가득 박혀 있었다.

---

* 바요 태피스트리는 1066년 노르망디 공 윌리엄 1세가 영국에 침입, 앵글로색슨족 왕을 헤이스팅스 전투에서 격파하고 노르만 왕조를 열기까지의 이야기를 담고 있는 예술작품이자 역사적 기록물이다.

"저건 뭔가요?" 내가 돈을 건네며 물었다.

"나는 생 세바스티앙Saint Sébastien이라고 불러요." 수사가 살짝 기묘한 웃음을 지으며 말했다. "콩고 주물呪物이에요. 응키시nkisi, 못 주물이지요. 여행을 떠나야 해서 걱정이 되거나 좋은 일이든 나쁜 일이든 뭔가 바라는 게 있을 때 주술사에게 가면 이걸 보게 하지요. 그러고는 당신이 가져온 못으로 저 주물을 찌르는 겁니다."

"하지만 왜 여기 있는 거지요?"

"하!" 수도사는 팔을 휘저으며 닭을 쫓듯 쉬이 소리를 내며 우리를 밖으로 쫓았다. "적은 가르치는 게 아니라 알아야 하는 법이오. 작은 악마들을 가르쳐야 한다는 말이지!"

마르셀랭은 시계를 보더니 기다란 학교 방갈로, 무선 안테나가 높이 서 있는 운동장을 향해 걸음을 재촉했다.

"왜 그렇게 서두르나?" 내가 마르셀랭을 쫓아가며 물었다.

"깜짝 놀랄 일이 있어요."

"그 박엽지 안에 든 건 뭔가?"

"여기요." 마르셀랭이 내게 건넸다. 풀어보니 기다랗게 압착된 숯이었다. "그걸 약통에 넣어둬요. 밀림에 있을 때에는 항상 정확히 어디에 뭐가 있는지 알아야 해요."

"하지만 이게 뭐하는 건데?"

"뱀에 물렸을 때 바르는 거예요. 물린 자리에 바로 바르죠. 그럼 독을 빨아들여 모든 독성을 빼내요."

"마술 같군." 래리가 말했다.

마르셀랭은 왼쪽으로 방향을 틀어 진흙길, 움막, 야자나무, 선인장 울타리, 우산나무, 코끼리부들을 지나 그의 어머니 집까지 우리를 데려갔다. 시멘트 칠이 된 방갈로가 있고 그 옆으로 야자나무 잎으로 엮은 지붕을 인 오두막이 멀리까지 뻗어 있었다. 기다란 오두막은 아직도 확장되고 있는 중이었다. 새 기둥과 가로널이 세워진 부분이 진흙으로 채워지길 기다리고 있었다. 마르셀랭의 어머니는 밖으로 나와 우리를 맞아주셨다. 자그마하고 마르고 살짝 구부정한 모습이었다. 열다섯 명의 자식을 둔 어머니로 내가 상상한 모습과는 전혀 연결되지 않았다. 그녀는 우리의 시중을 들고 마르셀랭을 마치 자신의 집을 방문한 군주를 대하듯 했다. 우리는 경대와 소파, 두 개의 안락의자가 있는 거실에서 가족을 위한 테이블에 앉아 우윳빛 야자술을 마시고 생선수프와 강멧돼지고기, 사카사카를 먹었다. 거의 한마디도 하지 않은 채 식사를 마치고 나자 마르셀랭의 계부가 안쪽 방에서 나와 우리와 함께했고, 마누도 밖에서 슬그머니 들어왔다. 떡 벌어진 어깨에 체구가 큰 마르셀랭의 계부는 마르셀랭이 묻는 말에 단답형으로 대답하며 무뚝뚝하게 대했다. 마누는 소파에 앉아 중앙아프리카의 고대 화폐였던 굵은 구리선을 손으로 돌돌 말고 있었다. 나도 모르게 이 집은 귀신이 들린 것 같다고 생각했다. 그리고 곧바로 이렇게 고쳐 생각했다. 같이 이야기를 나눠 풀어야 할 문제의 뿌리가 깊군. 래리와 나는 마르셀랭의 부모님께 감사의 인사를 하고 집을 나섰다.

돌아오는 길에 우리는 호텔에서 마실 코카콜라와 환타, 그리고 래리가 우겨서 위스키 두 병도 더 사기 위해 작은 가게에 들렀다. 가게는 막 문을 닫으려는 중이었다. 카운터에 있는 주인 남자가 음료수를 가져갈 수 없다고 말했다. 병이 비싸기 때문에 병을 되돌려 받아야 하니 그 자리에서 마셔야 한다는 것이다. 나는 코카콜라를 사고 래리는 환타가 없어 진토닉이라는 라벨이 붙은 뭔가를 사려고 했다. "알코올?" 래리가 물었다. "토닉! 어서! 늦었소! 얼른 다 마셔요!" 가게 주인이 말했다.

호텔 부지 안 땅딸막한 나무(나무둥치가 수백 개의 가는 줄기로 이루어진) 옆에 있는 잎이 넓적한 풀숲에 호랑나비 두 마리가 날갯짓을 하고 있었다. 그중 한 마리의 넓은 검정 날개에는 밝은 초록 줄이 번득거렸다. 조금 떨어진 곳에 있는 다른 한 마리는 크기와 모양이 첫 번째 나비와 거의 똑같았다(첫 번째 것과 같이 작은 주걱 모양의 꼬리가 양 뒷날개 밑에서 45도 정도 튀어나와 있었다). 하지만 반점은 거의 보호색처럼 보였다. 짙은 갈색 날개에 노란색 반점이 있었다.

선명한 보라색과 흰색이 섞인, 아마도 태양새 같은 새 한 마리가 우리 머리 쪽을 지나쳤다.

"래리, 저건 무슨 새야?"

"뭐?" 래리가 별채로 향하는 계단에서 휘청거리며 말했다.

"그거 봤어?"

"아니, 내 다…… 다리가 말을 안 들어." 래리가 우리 방문에 기댄 채 말했다.

나는 열쇠로 문을 열었다. 래리는 침대에 쓰러졌다. 뭐라고 혼자 중얼거리더니 코를 골기 시작했다.

발음이 불분명해지고 다리에 감각이 없어졌다. 다발성 경화증이다. 우린 이제 끝이다.

커다란 보랏빛 파리 한 마리가 우리를 따라 방으로 들어왔다. 방을 갈지자로 날아다니면서도 놀랍게도 소리를 거의 내지 않았다. 날갯짓 소리를 최소화하고 있었다. 기생곤충임에 틀림없었다. 소리 없이 사람 등에 붙어 목으로 올라가 피를 빨아먹는 그런 흔한 종류였다. 벽에 붙은 녀석을 내리쳤지만 놓치고 말았다. 어쩔 수 없다 생각하고 배낭이 있는 곳으로 가서 존 윌리엄스 John G. Williams의 《아프리카 나비 도감A Field Guide to the Butterflies of Africa》을 펴서 호랑나비를 찾아보았다. 조금 전에 본 두 마리 나비의 삽화가 다 있었다. 초록점호랑나비종의 암컷과 수컷이었다. 암컷에는 두 가지 유형이 있었다. 하나는 내가 밖에서 본 것이고 하나는 수컷과 색깔이 같은 것이었다. 하지만 그러한 발견에도 그다지 흥이 나지 않았다. 삽화는 색이 바랬고 생명력이 빠져나간 것 같았다.

노크 소리가 들렸다. 막 샤워를 한 마르셀랭이 깨끗한 하얀 셔츠 차림으로 들어왔다. "플로랑스, 그녀가 기다리고 있어요!" 그는 침대 가장자리에 걸터앉으며 말했다. "플로랑스는 어린 여자애들하고 달라요. 우리 플로랑스는 어떻게 하는지 알아요. 굉장하게 사랑을 나누죠."

"래리가 아프네." 내가 등받이가 곧은 의자에 털썩 주저앉으며 말했다. "병이 도진 것 같아. 다발성 경화증이야. 이제 우린 끝났네."

"아파요?" 마르셀랭이 래리를 쳐다보더니 말했다. "취한 거예요!"

"취했다고?" 나는 천천히 말했다. "마르셀랭, 그 진토닉이라는 음료에 뭐가 들었지? 그 가게 주인 남자가 그러지 않았어? 그냥 토닉이라고, 토닉 워터라고 말이야."

"토닉?" 마르셀랭이 새하얀 이를 드러내고 소리 높여 웃으며 말했다. "그거 알코올 도수 40도예요!"

한밤중에 누군가 창문을 마구 두드리는 소리에 잠이 깼다. 램프를 켜고 문을 열었다. 인민공화국 민병대 군복을 입은 젊은 남자가 무릎을 꿇었다. 맥주와 땀 냄새가 났다.

"저는 웅제Nzé예요!" 그는 챙이 있는 쿠바군 모자를 벗으며 소리쳤다. "마르셀랭 동생입니다!" 그는 코뿔새처럼 머리를 좌우로 천천히 움직였다. 램프 불빛에 보니 그의 오른쪽 눈은 내 얼굴을 살피고 있고 왼쪽 눈은 달에 고정되어 있었다. "저는 동구에 살아요! 마르셀랭과는 사촌 사이예요. 저 요리사예요. 저를 데려가셔야 해요. 제가 만든 소스를 맛보셔야죠!"

16

모타바 강 깊은 곳으로

사흘 후 이른 아침 우리는 숲을 통과해 북쪽으로 향하는, 브라질이 새로 만든 곧게 뻗은 좁고 긴 길을 따라 달렸다. 우방기 강에서 동구로 가는 길의 서쪽이었다. 동구 지역 정치위원의 사무실 밖에서 래리와 나는, 랜드 크루저 뒤에 단 40마력 야마하 선외 모터(임퐁도에서 구할 수 있는 유일한 것)에 쐐기로 고정한 배낭과 잡낭, 푸푸 부대 위에 가수면 상태로 늘어져 있는 마누와 응제를 남겨두고 조제프와 마르셀랭을 따라 나섰다. 우리는 오래된 식민지풍 건물의 계단을 따라 올라갔다.

중앙 아치 위, 긴 직사각형 모양의 유리 없는 창문의 상인방을 따라 흰색 전면에 검붉은 곰팡이가 슬어 있었다. 덮개나 가림막이 없는 안마당에는 지금은 사용되지 않는, 정치적 내용을 담은 게시판이 벽에 기대 있었다. 정치위원의 사무실은 오른쪽 끝에 있었다. 머리 위에 달린 팬으로 환기가 되고 외팔보식 골함석 덧문이 달린 작은 방이었다. 바깥 정원에서는 암탉이 흙먼지를 긁어대며 병아리들을 톡톡거리고 있었다. 정치위원은 중년의 나이였지만 생기 있는 얼굴에 에너지가 넘쳤다. 그는 깔끔하게 정리된 서류 더미—그중의 몇몇은 빨간 줄로 묶은—에서 눈을 떼고 우리를 보더니, 마르셀랭이 자기 친구의 오래된 친구이니 우리를 위해 할 수 있는 건 다 해주고 싶지만 자신이 무척 바쁘다는 것을 이해해줘야 한다고 했다. 그의 지역 지도부들을 레닌 방식으로 개조하기가 쉽지 않으며 집단농장 개념을 마을에 도입하는 것은 거의 불가능하다고 했다. 젊은이들은 그와 같은 생각이지만 지도부는 그렇지 않다는 것이다. 아마도 한 세대, 아니면 두 세대가 걸려야 될 일이라고 했다. 그는 계속해서 이렇게 말했다. '하지만 그럼에도 당에서 필요로 하는 마르크스주의 개혁을 실행하는 것은 커다란 믿음이고 영광이다. 당신들을 모타바 강까지 태우고 갈 뱃사공을 알고 있다. 기억해야 할 것은 아직 거기까지 법이 미치지 못한다는 점이다. 뱃사공이 당신들을 도와줄 거라 기대해서는 안 된다. 그건 위험하다. 지금으로서는 안타깝지만 우리 군대가 순찰을 돌 수 있을 만큼 비용이 없다. 하지만 물론 당신들 여권과 서류에 도장을 찍어줄 것이고 거기에 덤으로 내 기원도 더할 것이다. 왜냐하면 당신들이 단지 우리나라 새들을 보기 위해 마르셀랭 아냐냐 박사를 도와 자이르의 밀렵꾼들을 소탕하려고 영국과 미국에서 온 것이라고 들었기 때문이다. 오래전 나는 우에소Ouesso에서 교사를 했다. 우에소에는 커다란 나무가 있었고 커다란 새가 와서 나무 열매를 쪼아먹곤 했는데, 아무리 새를 쏘아 떨어뜨리려고 해도, 어떤 탄환을 써도 새를 놓치곤 했다. 왜냐하면 그 큰 나무가 그 안과 주변에 있는 모든 것을 보호했기 때문이다. 그런 나무 옆에서 살았던 것은 특혜였다. 그때 이후 나 역시 새를 좋아한다. 그래서 이해할 수 있다.'

우리는 강 옆에 있는 뱃사공의 집을 찾아가서 그에게 짐과 선외 모터를 맡겼다. 그런 다음 금방이라도 무너질 듯한 오두막들, 떠돌이 염소들, 닭, 딱딱한 붉은 땅이 드러날 때까지 가축들이 풀을 뜯어먹은 작은 언덕이 여기저기 흩어져 있는 곳의 맞은편 끝까지 차를 몰아 응제의 집으로 갔다. 그들의 조그마한 오두막 옆에서 응제의 친절하고 예쁘고 임신 중인 아내와 함께 우리가 가진 정어리, 콘비프, 튀긴 카사바 도넛을 나눠먹었다. 오두막 지붕에는 갈대 이엉, 갖가지 널, 통나무, 비틀린 골함석 조각들, 그리고 쓰레기통 뚜껑 등이 마구 섞여 있었다.

우리는 마을 급유기에서 뱃사공의 드럼통을 채웠다. 다시 강둑으로 차를 몰고 가 큰 널로 측면을 댄 통나무배까지 드럼통을 밀고 갔다. 우리는 조제프에게 작별 인사를 했다(슬쩍 보니 래리가 트럭 보닛을 몰래 쓰다듬으며 작별 인사를 하고 있었다). 그러고 나서 배에 짐을 싣고 뱃사공이 선미 골재에 선외 모터를 설치하는 것을 도왔다. 마누는 뱃머리 망루에 자리 잡았고, 래리와 나는 배낭과 짐에 몸을 기댔다. 우리 앞에 있던 마르셀렝은 삿대로 배를 물 쪽으로 밀었고, 잔뜩 흥분한 응제는 아직도 콩고인민공화국 민병대 군복을 입고 짐 뒤편에 서서 제방에 모인 아이들에게 장렬하게 작별 인사를 고했다. 큰 체구에 무척 유쾌한 뱃사공은 갈색 야구모자를 쓰고 파란 셔츠에 초록 체크무늬 바지를 입고 있었다. 그는 엔진을 한 번, 두 번 당겨 가동시켰다.

갑자기 일시에 모타바 강이 사납고 적막해졌다. 폭이 50미터를 넘지 않는 검은 강의 가장자리는 부레옥잠의 밝은 보라색 꽃차례로 덮였고, 강가 습지림의 나지막한 나무들과 라피아야자, 쏟아지는 폭포처럼 보이는 리아나 덩굴들이 후방을 받치고 있었다. 우리는 수련으로 덮인 작은 만을 지났다. 더위 때문에 수련 꽃잎의 반은 닫혀 있었다. 타원형의 꽃잎 끝은 뒤집어진 칼날 같고 꼭대기는 밝은 연둣빛이었다. 옆에 있는 꽃에 닿는 부분은 아래쪽이 붉은 기가 도는 갈색이었다. 우리 배가 일으키는 작은 물살이 수련을 치자 수련 꽃잎의 붉은 갈색 끝이 릴리트로터*의 적갈색 몸으로 바뀌었다. 목과 목덜미 부분에 하얀색과 황금빛 줄이 퍼져가는 모습이었다. 물에 떠다니는 수초에 지은 낮은 둥지에서 떨어져 나와 릴리트로터는 몸을 완전히 드러냈다. 특히 긴 다리와 방추 모양의 발가락을 죽 펼 때 수컷이구나 생각했다. 왜냐하면 수컷만 알을 부화하고 새끼를 돌보기 때문이다(수컷은 위험을 피해 그의 몸과 날개 사이에 알을 숨겨 옮긴다. 우비깃 아래로는 발가락만 드러내고 양 날개에 알을 두 개씩 숨긴다). 릴리트로터는 발을 높이 들어 수련 꽃잎 위를 성큼성큼 걸었다. 순간적으로 그의 날

246

개가 등 위로 수직으로 뻗었다. 배가 지나온 이파리에서 우리를 쳐다보고 뒤로 돌아 종종걸음으로 살그머니 둥지로 되돌아가 날개를 한껏 부풀리더니 알 위로 몸을 낮추고 풀 속에 완전히 몸을 숨겼다.

래리가 모자를 벗고 이마에 흐르는 땀을 튕겨내면서 말했다. "나는 그렇게 불평쟁이는 아닌데 말이야. 이제 거기서 벗어나고 있으니 하는 말인데, 동구는 내가 지금껏 살면서 본 곳 중에 가장 더럽고 역겨운 작은 동네라고 주저 없이 말하겠네."

선외모터가 한 번, 두 번 불발되더니 완전히 멈춰버렸다.

동구 선창으로 되돌아온 우리는 노를 집어넣고 어둑어둑해지는 가운데 가방을 강둑으로 옮겼다가 다시 작은 움막으로 옮겼다. 래리와 나는 아무 말도 하지 않고 모래바닥에 방수포를 깔았다. 심지어 옹제조차도 고개를 기우뚱한 채 아무 말도 없이 캠핑 스토브를 조립해보고 있었다. 뱃사공은 기름통을 지키도록 동생들 중 한 명을 통나무배에서 자게 했다. 마르셀랭과 나는 램프를 들고 진흙길을 걸어 마을로 가 무슬림이 운영하는 가게에 들렀다. 그 무슬림이 마르셀랭이 빼먹고 챙기지 않은 뭔가 신비스러운 약을 판다는 것이었다. 천장 중앙에 매달린 작은 등유 램프 하나로 불을 밝힌 작은 가게에서 우리는 녹차 다발과 정어리캔,

---

* lilytrotter. 수련이나 부레옥잠이 수면에 떠 있는 담수 늪지에 주로 서식하는 물꿩과의 새.

커피, 양초 그리고 애프터 셰이브 스프레이 한 통을 샀다.

마르셀랭은 초록색 애프터 셰이브 스프레이 통을 들어 램프 불빛에 대고 들여다보았다. "레드몬드, 상류에는 아름다운 여자들이 많아요. 직접 눈으로 확인하게 될 거예요. 이 애프터 셰이브 냄새를 풍기면 여자들이 내게로 올 거예요. 나비들처럼 내게로 올 거예요. 꽃으로 날아드는 나비들처럼."

푸푸와 정어리로 저녁식사를 마치고 우리는 모래 위에 대자로 드러누웠다. 귀에서 윙윙대다가 갑자기 조용해지며 피를 빠는 모기들에 짜증이 난 래리는 벌떡 일어나 배낭 쪽으로 가더니 머리에 쓰는 망사를 찾아 뒤집어쓰고 다시 누웠다. 스타킹을 쓴 은행 털이범처럼 보였다. 래리는 바로 곯아떨어져 코를 골기 시작했다.

뱃사공이 새벽 3시에 우리를 깨웠다. 그의 동생이 쓸모없는 선외 모터를 지키고 있는데 뱃사공이 자기가 갖고 있던 8마력 야마하 모터를 고쳤다는 것이다. 그러니 지금 바로 출발해야 한다고 했다.

4시가 되자 그 작은 엔진이 어둠 속에서 물안개를 뚫고 우리를 상류까지 끌고 갔고, 5시 반이 되자 풀로 이루어진 작은 섬들이 뱃전을 스치고 떠가는 것을 볼 수 있을 만큼 밝아졌다. 6시, 떠오르는 해가 안개를 걷고 수련의 상큼한 보라색, 활짝 핀 나리의 노랑과 백색, 갈대밭 끝에 핀 빨간색에 보라색 점이 박힌 난꽃을 환하게 비췄다. 그리고 논병아리처럼 쑥 튀어나온 갈대 아래 몸을 숨기고 물속을 낮게 헤엄치고 있는 새의 갈색 등도 보였다. 검은 꼬리로 수면을 가르며 수영할 때 긴 목은 앞뒤로 씰룩씰룩 움직였고, 빨간 부리는 공기를 찌르듯이 나아갔다. 아프리카지느러미발이었다. 정확히 논병아리 같지도 않고 오리나 가마우지, 뜸부기 같지도 않으며, 생김새나 습성에서 이 모든 새들과 공통점이 있긴 하지만, 아프리카지느러미발은 좀 더 원시적이다. 성조가 되어서도 날개에 발톱이 남아 있는 살아 있는 조류화석이라 보아도 된다. 6,700만 년 전 먹이를 찾아 어슬렁거리는 모켈레음벰베 옆을 찰방찰방 물을 저으며(얕은 물에서 목을 앞뒤로 움직이며) 지나가는 새로 쉽게 상상해볼 수 있다.

마르셀랭이 단신총을 집어 들고는 쏘는 척하며 말했다. "우리를 겁내고 있어요. 하지만 작은 새도 큰북처럼 엄청난 소리를 낼 수 있죠. 황소처럼 울부짖을 수 있어요."

다음 굽이에는 커다란 코뿔새 세 마리가 있었다. 검은 투구를 쓰고 날개를 퍼덕거리며 오른쪽에서 왼쪽으로 강을 미끄러지듯 건너고 있었다. 부리는 머리 위 상아색 돌출부 무게 때문에 아래로 휘어진 것처럼 보였다. 날개는 앞뒤가 뒤바뀐 것처럼 앞으로 구부러져 있고 너풀거리는 초열칼깃*의 쉭쉭거리는 소리는 통통거리는 모터 소리에도 묻히지 않고 들릴 만큼 컸다.

"플로랑스 같은 여자는요." 마르셀랭이 앞뒤 맥락 없이 우리를 돌아보며 말했다. "밀림으로 들어가는 남자를 좋아해요. 목숨을 거는 남자를 좋아하는 거죠. 돌아올 수만 있다면요. 그것만

---

* 새 날개의 안쪽 절반.

아니면, 내가 왜 거기 굳이 가겠어요? 무슨 의미가 있겠어요? 하지만 돌아올 수 있다면, 그래서 다시 임퐁도를 볼 수 있다면…… 가끔 잠자리에서 플로랑스는 파리 여자 같아요. 파리의 공작부인이랄까? 그러다가 때로는 표범으로 돌변해요. 그리고 잠자리에서 절정에 이르면 말처럼 힝힝대며 흐느낀다니까요."

"목숨을 건다고?" 래리가 말했다.

"큐벳* 같은 거죠. 큐벳에 든 목숨. 조제프가 말해준 게 있는데, 내 경호원 두 명에 대한 이야기예요. 나는 모르는 사람들이죠. 그 사람들 이름을 알아서 뭐하겠어요? 하지만 엄밀히 말하면 나는 그 사람들 상사예요. 그 사람들은 내 책임이죠. 그들이 밀림 야영지에서 총격을 입었어요. 조제프 말이 뒤통수가 뻥 뚫려버렸다더군요. 아무것도 안 남고 다 날아간 거죠. 밀렵꾼들, 그 사람들이 너무 가까이 온 거예요."

가끔 둥그런 갈대밭과 함께 초승달 모양으로 강이 드넓게 펼쳐진 곳이 나와서 에워싸였던 우리 세상이 순간적으로 완전히 열려버릴 때가 있었다. 그럴 때면 임관 위로 솟아오른 거대한 나무와 때로는 아마도 야자나무인 듯한 나무 위로 리아나 덩굴이 수직으로 뻗어 나와 있는 것이 보였다. 우리 앞에 펼쳐진 강물의 400미터쯤마다 아프리카지느러미발이 숨을 곳을 찾아 참방거리거나 까마귀만큼 큰 커다란 물총새가 물고기 사냥을 하던 횃대에서 우리를 뚫어져라 쳐다보고 있었다. 이들은 단지 우리를 보는 것만으로도 털이 곤두선다는 듯 볏을 빳빳이 세우다가 마침

250

내 단말마처럼 꺅 하고 경고음을 울리며 상류 쪽으로 낮게 날아 다른 튀어나온 나뭇가지로 날아갔다. 그리고 우리가 그들 하나 하나 개별 왕국의 경계를 벗어나 눈에 보이지 않게 되면 그제야 급회전해 다시 되돌아가곤 했다. 갈대밭 옆 얕은 물 위에는 주홍 색 잠자리들이 공중을 빙빙 돌기도 하고 갈지자를 그리며 날기 도 하다가 간간이 배 끝을 뒤틀어 잔잔한 수면 위를 건드리며 물 살을 갈랐다.

"대단한 녀석들, 물 위에 살짝 알을 떨어뜨리는 거야. 유충은 진흙에서 부화하는데 모든 걸 꽁지로 다 해결해. 거기 아가미도 있고 항추**에 물펌프도 있어. 문제가 생기면 빵 하고 물을 발사 해버리지. 레드소, 바로 그게 우리한테 필요한 기술 같아." 래리 가 양 눈썹을 치키며 말했다.

마르셀랭이 헤드폰을 끼고 배낭에 몸을 기댔다. 뱃머리에 있 는 마누, 배낭 뒤에 있는 응제는 잠든 것 같았다. 뱃사공은 작은 모터의 손잡이에 손을 얹고 챙이 있는 모자는 푹 눌러쓴 채 물길 이 깊은 구불구불한 중앙 항로와 불규칙적으로 모여 있는 수초 더미, 둥둥 떠 있는 수련 잎, 부러진 가지를 응시했다.

커다란 흑백색의 새 한 마리가 임관 위를 거쳐 우리 왼편으로 날아와 머리 위에서 잠깐 머물다가 곡선을 그리며 우리 시야에

---

* cuvette. 실험실에서 사용하는 용기로 광학측정에 쓰인다.
** 꼬리 끝 부분의 부속기.

서 사라졌다. 물수리였다. 초식을 주로 하는 새였다. 우리 오른편 소용돌이치는 수면 바로 위에 머리가 뾰족한 짙은 갈색의 물뱀 한 마리가 보였는데, 이 물뱀이 기다란 부리로 변하고 몸은 가마우지로 변해 검정과 흰색이 섞인 날개를 퍼덕이며 날아오르자 검은 꼬리는 부채 모양으로 퍼졌다. 새는 고개는 외로 꼬고 놀랍도록 빠른 날갯짓으로 라피아야자나무 꼭대기를 비스듬히 비켜 날아갔다. 아프리카뱀가마우지였다. 서를과 모렐은 아프리카뱀가마우지는 "나무에 있는 서식지에서 새끼를 낳고 보통 가마우지와 왜가리종과 함께 생활한다. 막대기로 단을 만들어 둥지를 튼다. 한 번에 세 개에서 다섯 개의 알을 낳고 알은 초록빛이 감도는 탁한 흰색"이라고 썼다.

래리가 몸을 돌려 그의 배낭 옆주머니에서 오래된 니콘 카메라를 꺼내며 말했다. "정말 기묘한 일이야. 이 모든 게, 이 모든 여행이. 우리 가족들 사이에 여행을 한 역사 같은 건 없어. 딱 하나의 여행을 뺀다면."

"무슨 여행인데?"

"콜럼버스 이후 미국인 대부분이 한 적이 있을 여행 말이야. 미국인을 만든 여행이라고 볼 수 있지. 그 여행에 대해 생각하고 있었어. 내가 아는 건 전부 구술로 전해진 역사야. 대부분 할머니한테서 들은 거야. 여기 사람들 대부분도 그런 식으로 역사를 배웠겠지."

"아마 그렇겠지. 할머니가 그렇게 오래 살아줬다면 말이야."

"우리는 바이에른 팔츠 출신의 독일인이었어." (래리는 검정 가

죽통에서 긴 렌즈를 꺼내 카메라 본체에 끼워 넣었다.) 1708년 우리는 영국으로 갔어. 종교적 난민이었지. 영국인들은 우리를 잘 보살펴줬지. 런던 이스트엔드에 난민촌도 세워줬어. 하지만 우리는 바이에른 사람들 아니겠어? 당연히 열심히 일했지. 현지 영국인들은 매우 빈곤했는데 이들이 우리 존재를 반대하고 나섰지. 우리하고 상대가 안 됐거든. 그래서 정부가 우리를 미국으로 보내 해군 보급품을 생산하도록 했지. 송진과 뱃밥이었어. 우리는 계약 노동자였어. 영국인들이 그랬지. '미국에 가서 영원히 살아라. 우리가 허드슨 강 상류에 대규모 난민촌도 지어줄 것이다.' 수많은 사람들이 가는 길에 죽었어. 하갑판이 물에 잠긴 거야. 춥고 고된 끔찍한 여행이었지. 게르하르트 섀퍼Gerhard Schaefer의 딸이 이 여행 중에 태어났어. 그리고 이미 그에겐 십대 아들 요한이 있었지. 그런데 결국 북부의 소나무, 스트로부스소나무는 송진을 채취하기에 적합하지 않다는 게 드러났어. 송진을 채취하려면 남쪽의 리기다소나무가 필요했던 거야. 사우스캐롤라이나에 있는 황소나무류 말이야. 그래서 이들은 뱃밥을 만들기 위해 온종일 참나무 껍질을 으깨는 일을 했어. 뱃밥은 성긴 섬유질로 송진과 함께 선재船材의 틈을 메우는 데 사용하지. 물이 새지 않도록 말이야. 아무튼 1711년 게르하르트 섀퍼는 퀘벡에서 프랑스와 인디언 간의 전쟁에 나가게 됐어. 그는 걸어서 북으로 가 영국군에 합류했지만 전사했지. 십대 후반인 요한과 그의 여동생, 어머니를 남기고 말이야. 이들은 해군 보급선 일에서 놓여나자 뉴욕 주에 기다란 통나무집을 짓고 작은 가족 농장을 만들었어. 거기에 독일인들이 모여 사는 마을이 있었어. 아직도 모호크 강에 팔라틴Palatine 다리가 있어."

강의 왼편 갈대밭에서 붉은왜가리가 불쑥 나타나 깜짝 놀랐다. 래리는 측류로 서서히 이동하는 붉은왜가리의 사진을 찍었다. 적갈색 목이 아래로 불룩하게 굽어 있었고 회색 날개는 영어색했으며 긴 다리는 질질 끌렸다.

"그러다가 증조부가 글로버스빌로 옮기게 됐어. 1870년경이었지. 증조부 이름은 마르틴 루터 섀퍼였어. 내 증조모, 프란세스가 결혼할 때 가족용 성경*에 증조부 이름을 잘못 써서 오늘날까지 '섀퍼Shaffer'로 내려오게 된 거야. 나도 뵌 적이 있는데 증조모는 네덜란드 사람으로 가족 중에 첫 비非독일인이었지. 증조모는 1956년 돌아가셨어. 103세셨어. 증조모는 링컨 대통령 암살 사건도 겪으셨어. 최초의 기차, 최초의 자동차, 최초의 전기를 경험한 분이지. 가스등이 나왔다가 사라지는 걸 목격한 거야. 상상해봐! 하지만 그런 것들이 증조모에게 대단한 건 아니었을 거야. 섀퍼가 사람들은 온화하고 친절했지. 그들은 근면한 사람들로 어떤 일에도 그다지 흥분하는 일이 없었어. '너무 힘들어서 못해먹겠네'라는 말을 하는 일이 그들에겐 없었던 거야. 아마도 나는 무감하고 우직한 조상에게서 태어난 것 같아. '이만하길 다행이지.' 그들은 이렇게 말하곤 했어."

또 다른 붉은왜가리 한 마리가 갈대밭에 서 있었다. 보통 붉은왜가리의 두 배는 되는 크기로 1.5미터 정도였다. 나는 순간 그 붉은왜가리가 우리 통나무배를 찌를지도 모르겠다는 터무니없는 생각이 들었다. 우리가 옆을 지날 때 붉은왜가리는 검은색과 노란색이 섞인 부리를 꼿꼿이 들고 있었고, 적갈색 머리와 길게 구부러진 목(정면은 검은색이고 하얀색 깃털이 폭포처럼 흘러내리는 모습이었다)에는 미동도 없었다.

래리가 조류 책을 집어 들었다.

"LBJ야. 작은 갈색 참새들Little Brown Jobs." 내가 말했다.

"저렇게 큰 놈은 처음이야." 래리가 이렇게 중얼거리며 플라밍고, 펠리칸, 왜가리, 백로의 삽화를 넘겨봤다. "골리앗왜가리. 그럼 그렇지, 진짜잖아."

서너 시간에 한 번씩 나무로 만든 부낭이나 막대기 뭉치 같은 것이 보였다. 어망이나 고리버들가지로 만든 통발을 표시하기 위한 것이었다. 마을이 가까워지고 있다는 이런 첫 신호가 있고 나면 작은 통나무배의 노를 젓는 유별난 어부들이 나타나곤 했다. 때맞춰 옹제는 잠에서 깨어났다. 옹제와 뱃사공, 동구 출신의 이 도시 거주민들이 어부와 고래고래 소리 지르며 소식과 더불어 무례한 말이나 희롱, 잡담을 주고받았다. 골리앗왜가리가 서로를 부르는 소리처럼 사방으로 2킬로미터는 떨어진 곳에서도 들릴 수 있을 만큼 컸다.

일렬로 늘어선 기름야자나무, 줄지어 세워놓은 몇 척의 통나무배가 있는 모래밭, 옹기종기 모여 손을 흔드는 아이들이 보였

---

* 출생, 사망, 결혼 등에 대해 기록할 여백의 페이지가 있는 큰 성경.

다. 그리고 밀림이 다시 가까워졌다. 바람 한 점 불지 않아 라피아야자나무의 잎, 침엽수처럼 생긴 잎에 단꽃차례의 빨간 꽃이 핀 커다란 관목들의 꼭대기, 우리 옆의 갈대 끝은 조금도 움직이지 않았다. 하지만 늦은 오후가 되자 우리 왼쪽 임관 아래에서 뭔가 요란한 소리가 나며 나무가 흔들리기 시작했다. 높은 나뭇가지가 갈라진 곳에 한 사람이 서 있었다. 그런데 꼬리가 있었다.

이 여정에서 처음 보는 원숭이였다. 동부흑백콜로부스는 긴 꼬리원숭잇과 원숭이로 몸집이 크고 지저분한 모습이었다. 그는 오른쪽 나뭇가지에 앉아 우리를 쳐다보았다. 검은색 얼굴에 하얀색 수염과 구레나룻이 테를 두른 듯 나 있었다. 어깨, 갈비뼈, 넓적다리 위에는 깃털 같은 하얀색 털이 뭉치를 이루고 있었다. 검은 꼬리는 나뭇가지 아래로 똑바로 내려오다가 기다랗고 풍성하며 노르스름한 흰색 술이 달린 모습이었다. 동부흑백콜로부스는 턱을 쭉 내밀고 우리를 쳐다보며 위아래 입술을 부딪치며 둥그렇게 움직거리고 있었다.

나는 쌍안경으로 같은 무리의 원숭이가 있는지 나무를 살펴보았다. 오른편 아래쪽으로 리아나 덩굴 사이를 살펴보고 있을 때 갑자기 갈색과 흰색 줄무늬가 있는 뒷날개, 거대한 노란색 발, 구불구불 갈라진 긴 꼬리가 쌍안경의 둥그런 시야를 완전히 채웠다. 그리고 사라졌다.

"원숭이 먹는 독수리! 왕관독수리!"

"맞아. 내가 본 독수리 중 제일 큰 녀석이야." 래리가 모자를 벗고 머리카락이 벗겨진 부위를 손으로 쓸며 말했다.

"영양도 죽일 수 있는 놈이야."

"맞아."

강물의 두 굽이를 지나자 떡갈나무처럼 생겼지만 붉은 열매가 달린 나무에 동부흑백콜로부스 여섯 마리가 먹이를 먹고 있는 게 보였다. 최소한 다른 종의 원숭이 네 마리가 그들과 함께 먹이를 찾고 있었다. 햇빛에 반사되어 털은 검정색으로 보였지만 깃털은 없고 꼬리는 길고 가늘었다. 우리 바로 위, 리아나 덩굴 뒤로 우거진 나무가 비쳤고 죽은 나무 위에 왕관독수리가 꼼짝 않고 앉아 있었다. 관모가 살짝 치켜세워졌고 부리는 휘어졌으며 노란 눈은 우리를 노려보고 있었다. 마치 '원숭이라니? 무슨 원숭이?'라고 말하는 듯했다.

어둠이 내린 지 한참 지나 우리는 손전등으로 길을 밝혀 좀개구리밥으로 가득한 작은 만으로 접어들었다. 우리는 만푸에테 Manfoutété 라는 마을로 짐을 옮겼다. 뱃사공이 그 마을에 아내가 두 명 있으며, 둘 다 동구에 있는 세 아내보다 젊다고 말했다.

17

불온한 마을 만푸에테

뱃사공은 엉덩이를 살짝 실룩대며 우리를 선가대 꼭대기 왼편으로 안내해 마을 끝에 있는 커다란 학교에 데려다놓고 '잘 자'라는 인사를 하고는 떠났다. 아마도 그의 집, 두 젊은 아내의 품으로 가는 것이리라.

마르셀랭은 진흙벽 위로 손전등을 비췄다. 학교는 크고 야자나무 잎으로 지붕을 이었으며 흙바닥이었다. 투박하게 만든 벤치식 책상이 세 개 있었고, 기다란 통나무와 두 개의 흰개미 둔덕이 있었다. 입구에 문도 없고 벽에 창문도 없었다.

"만푸에테에는 처음 와보는 거예요." 마르셀랭이 평소답지 않게 작은 소리로, 거의 속삭이듯 말했다. "이 마을엔 문제가 좀 있어요."

"마르셀랭 박사님, 그냥 가야 하지 않을까요?" 마누가 물었다.

"지금 이 밤에? 네가 강에 대해서 알아? 뱃사공이 어디 사는지 알아? 뱃사공 모터를 훔칠 수 있겠어?"

마누가 입을 꾹 다물었다.

"시시한 놈 같으니라고." 마르셀랭은 짐을 풀어 파란색 텐트를 꺼냈다.

"텐트 치려고? 여기에?" 래리가 말했다.

알루미늄 막대기를 덜커덕 꺼내면서 마르셀랭이 말했다. "그럼요. 모기하고 진드기 유충을 막는 길은 이것밖에 없어요. 그놈들은 사람 발톱 밑에다가 알을 낳아요. 살을 뚫고 자라나면 칼로 파내야 한다고요. 얼마나 아프겠어요! 걷지도 못해요!"

"염병할 치킨." 래리가 배낭 위에 몸을 구부리고 누워 중얼거렸다.

"뭐라는 거예요?" 마르셀랭이 물었다.

"배가 고픈 거야. 치킨이 먹고 싶다는 거지." 내가 말했다.

"내일 마을이 잠에서 깨면, 치킨도 있고 파인애플도 야자술도 있을 거예요. 레드몬드하고 놀 피그미들도 엄청 많을 거고, 춤도 여자도 있을 거예요. 모두에게 여자가!"

"염병할 치킨." 래리가 우리의 작은 2인용 텐트천을 펼치며 또 중얼거렸다.

"내일이라고요! 치킨!" 마르셀랭이 말했다.

나는 선물이 가득 든 배낭을 풀었다. ("물물교환." 나는 19세기식 만족감에 젖어 혼잣말했다.) 응제와 마누에게 각각 주머니칼과 마체테, 모기장, 군용 방수포, 맥라이트 손전등, 배터리 등을 주고 둘이서 공용으로 쓰도록 페츨Petzl 머릿전등을 선물로 주었다.

응제는 쭈그리고 앉아 머리를 좌우로 움직이며 웃기지도 않는다는 표정으로 작은 도구 더미를 살펴보았다. 최소한 랜드로버 4륜구동차라도 바란 눈치였다. 마누는 스위스 군용 칼을 꺼내 칼날을 살펴보고는 빨간색 손잡이를 어루만진 후 한때는 하얀색이었을 면바지 주머니에 넣었다. 이번에는 맥라이트 손전등(중간 크기 정도의 검은색)을 켜서 검게 그을린 지붕 이엉과 그의 머리 위 도끼로 자른 서까래를 비춰보고, 그 위를 따라 기어가고 있는 커다란 갈색 늑대거미도 비춰보았다(거미는 층층이 있는 마른 나뭇잎 사이에 거미줄을 치려고 바둥거렸다).

"내가 추측 하나 해볼까?" 래리가 마체테의 평평한 부분으로 텐트의 못을 탕탕 박으며 영어로 말했다. "자신 있게 말해보겠는데 말이야. 저 아이의 집에는 인형으로 가득한 벽장이 없어. 그래서 플라스틱 장난감 블록도 만져보지 못했고, 레고로 만드는 기다란 지브 크레인도 뭔지 몰라. 그리고 내가 아는 사람들과 달리 마당에 함석으로 만든 병정 장난감을 일렬로 세워본 적도 없어. 저건 마누가 받아본 첫 선물이야."

응제는 뚱한 얼굴로 머릿전등을 쓰고 오프너와 정어리캔을 배낭에서 꺼냈다. 무릎을 꿇고 캔 테두리에 오프너를 고정시키고 있었다. 오른쪽 눈의 초점을 캔 뚜껑에 맞추려고 고개를 돌리자 전등(그의 이마 중앙에 있는)에서 나오는 불빛이 바닥을 가로

질러 왼쪽으로 이동했다가 진흙벽을 1미터쯤 올라갔다. 캔을 불시에 습격하려고 왼쪽 눈으로 초점을 옮기며 고개를 반대쪽으로 획 돌렸다. 노란색 원이 진흙바닥을 가로질러 수평으로 지나 그의 오른쪽 진흙벽 2.5미터쯤에 머물렀다. 응제는 점점 더 빨리 머리를 옆으로 흔들었다 아래로 숙였다 하며 빛의 속도를 시험해봤다. 그 결과 만들어진 그림자의 혼돈 속에 응제의 머리가 점점 더 커지며 아인슈타인의 방정식에 따라 커지는 질량처럼 부풀어 올랐다. 계속 부풀어 오르다 마누가 조용히, 사려 깊게 바닥에 두 개의 초를 세우고 정어리캔을 양쪽으로 받쳐 불을 붙이자 멈췄다.

응제는 이제 지친 듯 머리에서 전등을 빼내고 마누의 발치에 던져버렸다. 마누는 아무 말도 없이 몸을 굽히고 모자를 벗더니 아직 켜진 머릿전등을 쓰고는 두 팔을 비행기 날개처럼 펼치고 빛의 표적을 쫓아 사각형처럼 생긴 학교 움막을 한 바퀴 돌았다.

래리가 말했다. "저 아이는 말이야, 상상력이란 게 있어."

차가운 푸푸와 정어리로 저녁을 해결한 후 응제와 마누는 열린 문 오른쪽 벽을 따라 모기장을 달았다. 마르셀랭은 기어서 텐트 안으로 들어가 뒤편의 덮개를 묶었다. 래리와 나도 따라했다. 우리는 좁고 푸르스름하고 갑갑한 텐트 안에서 방수포로 몸을 감쌌다. 텐트 옆면에 뚫린, 모기장이 덮인 두 개의 사각형으로만 환기가 가능했다.

"불평하는 건 아닌데, 이 진흙바닥은 콘크리트만큼 딱딱해."

래리가 셔츠 두 개를 묶어 베개로 만들며 말했다.

"익숙해질 거야." 나는 어떻게 돌아누워야 골반뼈가 온전할지 생각하며 말했다. "그래도 동부흑백콜로부스를 봤잖아. 왕관독수리도 보고."

"맞아." 래리가 자리에 누워 60센티미터 높이의 경사진 파란색 텐트 천장을 바라보며 말했다. "나는 이 원숭이의 모든 게 좋아. 꼬리, 얼굴, 레드소 거랑 닮은 하얀 콧수염, 그런 것들 말이야. 하지만 정말 좋은 건 그들의 집단생활이야. 콜로부스에 대해 연구된 바는 거의 없지만 근본적으로 비공격적이라는 건 알아. 붉은콜로부스 집단에서는 암컷의 회음부가 항상 부풀어 있고 수컷은 이걸 흉내 내기라도 하듯 항문 주위에 둥글넓적한 살덩이를 달고 다니지. 그들은 꼬리를 꼿꼿이 세우고 서로 보여주며 나뭇가지를 따라 걸어 다녀. 그건 마치 남녀 모두 가슴을 달고 상의를 벗은 채 돌아다니며 모두가 모두에게 반쯤 성적으로 홀리게 만드는 것과 비슷하지. 이러니 싸움이 불가능한 거야. 콜로부스 피부에 물린 흔적이 있다는 말을 들어본 적이 없어. 놀이 삼아 레슬링을 하듯 뒤엉켜 있거나 항상 서로 껴안고 있지. 암컷들은 서로의 아기를 돌봐주고 말이야. 완벽해."

새벽에 우리는 짐가방에 앉아 푸푸와 휴대용 식기에 든 정어리를 아침으로 먹었다. 몸집이 작은 한 남자가 쥐새끼처럼 슬그머니 학교 안으로 들어왔다. 그는 마르셀랭 앞에 서더니 오른손으로 턱 선을 따라 좀스럽게 난 수염을 쓸었다. 찢어진 체크무늬

셔츠와 오렌지색 바지를 입고 슬리퍼를 신고 있었다.

"마르셀랭 아냐냐 박사 동지, 나는 만푸에테 인민마을위원회 부회장이요." 남자가 프랑스어로 말했다. 마르셀랭은 앉은 채로 있었다. 부회장은 고개 숙여 자기 슬리퍼를 봤다. "뱃사공한테 동지의 임무에 대해 들었소. 내가 추장에게 말해놓겠소. 밀림은 다시 우리 것이 되어야 하오. 자이르와 수단 밀렵꾼들을 소탕할 수 있겠지. 밀림에 사는 피그미들을 보고 싶어 하는 백인 남자 두 명과 함께 왔다고 들었소. 동지는 정부의 공식적인 대표자요. 진짜 정부의 빅맨이오. 당신은 나를 신임해도 되오, 동지. 긴히 할 말이 있소. 긴급한 일이오." 남자는 턱에서 손을 떼더니 마체테라도 쥐고 있는 것처럼 공기를 갈랐다. "사태 전말을 알려주고 싶었소. 문제가 좀 있소……."

"코코Koko!" 갑자기 밖에서 천둥 같은 고함 소리가 들리더니 곧이어 진흙벽을 쿵하고 내리치는 듯했다. 순간 무언가 입구를 막은 것처럼 움막이 컴컴해졌다. 거대한 체구의 한 남자가 우리 앞에 우뚝 섰다. 그는 주먹으로 책상을 쾅 내리치며 소리쳤다. "코코!" 우리는 그가 우리의 주인이라도 되는 양 벌떡 일어났다.

아마도 키가 2미터는 넘을 것 같았지만 러시아 탱크 운전사 모자를 쓰고 귀마개까지 내리고 있어서 그보다 더 커보였다.

"사령관이오! 인민 민병대! 만푸에테 마을의!" 그는 군복 가슴주머니를 탁 쳤다. "코코!"

"광대 같군." 래리가 말했다. 그로서는 용기를 낸 것이었다.

"링갈라어예요. '들어가도 돼요? 여보세요! 누구 없어요?'란 뜻이에요." 마르셸랭이 사령관과 악수하며 영어로 말했다.

"아냐냐 동지! 당신에 대해서는 잘 알고 있소! 뱃사공이 지시 사항을 전달해줬소. 군의 참모총장이며 인민의 영웅이신 드니 사수 웅게소 장군님의 명령 말이오."

사령관은 군화 뒤축을 탁 하고 부딪더니 경례했다. 마르셸랭은 놀란 표정으로 자리에 앉았다.

"날 믿으시오! 우리가 밀렵꾼을 죽일 거요. 기꺼이! 하지만 우선 나한테 줄 선물은 없소? 함께 술 한잔해야지. 당신은 여기 내 마을에 머무시오. 이 백인들에게 내 피그미를 보여주시오. 우리가 소개해주지요. 나한테 피그미들이 많이 있소!"

마르셸랭이 디스크에 걸리기라도 한 것처럼 두 손을 목덜미에 가져다 댔다. 그러고는 내게 말했다. "술 가진 거 있어요? 위스키 남은 거 없어요?"

예기치 못한 상황에 놀라 내 다리가 절로 래리의 배낭 쪽으로 움직였다. 가방 안쪽에 든 주머니에서 검은 봉지에 살포시 싸여 있던 우리의 마지막 조니워커 레드 라벨을 획 잡아 꺼냈다. 출입구에서 들어오는 새벽빛에 이제 막 밖으로 나온 술병은 호박색으로 빛났다.

"조니워커!" 사령관이 술병을 낚아채며 말했다. "레드 라벨!"

그는 뚜껑을 열더니 한참 동안 벌컥벌컥 들이켰다. 거꾸로 뒤집힌 병에서 거품이 일었다. "위스키다! 들어와!" 사령관이 다시 들이키기 전에 소리쳤다.

군복을 입고 마체테를 둘러멘 몸집이 큰 남자 세 명이 오두막으로 들어왔다. 사령관은 크게 한 번 들이키더니 술병을 중위에게 건넸다. 중위는 심호흡을 하고 단숨에 들이마시더니 하사에게 병을 건넸다. 하사는 공손하게 홀짝거리더니 상병에게 병을 건넸고 상병은 마지막 남은 술을 다 마셨다.

"맙소사." 래리가 말했다.

"피그미! 따라오시오. 백인들을 데리고!" 사령관이 말했다.

래리는 폴라로이드 카메라와 필름 한 통을 집어 들었다. 우리는 사령관과 그의 부하를 따라 나섰다. 그들은 정복자 같은 분위기로 마르셀랭과 그의 부하들, 응제와 마누 앞에서 좁은 길을 저벅저벅 걸어갔다. 응제와 마누는 두 사람의 목을 밧줄로 한데 묶기라도 한 것처럼 고개를 푹 숙이고 어깨를 웅크린 채 걸어갔다.

"기찻길이다!" 래리가 멈춰 서서 오른편의 풀을 가르고 땅을 발로 차며 말했다.

"얼른 와. 이게 바로 그건지도 모르잖아. 밀림의 피그미 집단을 볼 수 있는 단 한 번의 기회." 내가 말했다.

"협궤 철도로군." 래리가 금광을 찾아 나선 카우보이처럼 모자를 뒤로 젖히며 말했다. "틀림없이 협궤 철도야."

"그건 나중에 감상해도 되잖아."

"그런데 저게 여기 왜 있지?"

"그거야 나도 모르지."

우리는 길고 널찍한 빈터로 들어섰다. 나뭇가지에 진흙을 바른 오두막들은 커다란 직사각형 모양에 야자나무 잎으로 두텁게 이엉을 엮은 모습이었다. 사령관은 멈춰 서더니 손뼉을 치며 소리를 질렀다. 그러자 찢어진 회색 반바지를 입은 키 작은 남자가 우리 왼편의 나무널을 사이가 보이게 붙여 만든 오두막 부엌에서 달려 나와 우리 앞에 멈췄다. 반짝거리는 눈에 몸은 근육질이고 다리는 짧고 맨발이었다. 사령관이 뭐라고 소리 지르며 지시하더니 손으로 뭔가 가리키자 그의 부하가 뒤로 돌아 거리 쪽으로 달려 마른 진흙과 발에 밟혀 눌린 풀숲 쪽으로 갔다.

"내 피그미들은 춤을 춘다오. 우리를 위해 춤춰줄 거요." 사령관이 이렇게 말하며 모자를 벗어 오른쪽 무릎에 탈탈 털더니 다시 머리에 썼다. 삭발한 머리였다.

큰길은 부채꼴 모양으로 갈라져 작은 집터들 사이로 이어져 있었다. 사령관은 우리를 왼편으로 난 길로 이끌더니 2차 생장 식물의 숲으로 데려갔다(우산나무들, 작은 덤불, 제멋대로 자란 관목들이 있었다).

"어째 기분이 별로인데. 아이들은 다 어디 있는 거야? 무서워서 피한 것 같아. 왜 아이들이 우리 뒤에 졸졸 따라오지 않는 거지?" 래리가 내 뒤에서 말했다.

"나도 몰라." 내가 말했다. 사령관이 오른쪽으로 몸을 틀었다. 네 갈래로 갈라진 길에 표지판이 세워져 있었다. 사령관은 그 옆을 지나면서 손바닥으로 표지판을 슥 쓰다듬었다. 대범하고 자신감 넘치는 태도와는 딴판으로 잠깐 스치듯 지나간 강박적인 동작이었다. 나도 그 옆을 지날 때 자세히 들여다보았다. 잘린 묘목 세 그루가 땅에 박혀 있었는데 가슴 높이 정도 오는 곳에 낡은 고리버들가지로 만든 바구니를 받치고 있었다. 바구니는 흉곽 같은 모양이었고 썩은 생선 조각들이 걸쳐져 있었다.

줍다란 길을 따라 내려가자 마을이 나왔다. 지금까지 본 적이 없는 마을이었다. 대충 만들어진 빈터 주변으로 직사각형 모양의 작은 오두막, 엉성하게 지은 다 허물어져가는 집들이 있었고, 그중 일부는 지붕의 반은 무너지고 교차한 횡목이 툭 튀어 나와 있었다. 사령관의 부하가 부산을 떨며 모두를 가운데로 모이게 했다. 젊은 여자들은 라피아야자나무 잎으로 만든 치마만 입었고, 등에 아기를 업은 나이든 여자들은 납작한 가슴이 삼각형 모양으로 늘어져 있었다. 젊은 남자들은 면바지 위에 라피아야자나무 잎으로 만든 스커트를 아무렇게나 걸치고 있었다. 그들은 대충 키가 135에서 150센티미터 정도 되어 보였다. 피부는 검다기보다 갈색에 가까웠고 코는 납작하고 평퍼짐했으며 미간이 유독 넓었다.

사령관의 심복들이 가까운 오두막으로 들어가더니 북 두 개를 굴려 나왔다. 나무 밑둥의 속을 파서 만든, 밑으로 갈수록 가늘어지는 통 모양이었다. 바싹 당겨 탄탄하게 덮은 가죽이 리아나 덩굴로 고정되어 있었다. 그들은 북을 옆으로 나란히 기대어놓고 젊은 피그미 한 명을 끌고 나와 연주 자세로 앉히고 다시 원 바깥의 사령관 옆에 섰다. "춤춰!" 사령관이 소리쳤다. "춤춰!" 노르스름한 갈색 털에 꼬리가 위로 말려 올라간 작은 사냥개 두 마리가 오두막 사이에 숨을 곳을 찾아 줄행랑을 쳤다.

끌려 나온 피그미는 다리를 어정쩡하게 벌리고 북 위에 걸터

앉아 느릿느릿하고 단순한 박자로 북을 치기 시작했다. 피그미들이 발을 질질 끌고 둥그렇게 원을 그리며 내키지 않는 듯 대충 몸을 흔들었고, 여자들은 높은 목소리로 생뚱맞은 노래를 부르기 시작했다. 아무도 우리를 쳐다보지 않았고 웃지 않았다.

"여기서 나가자. 기괴해." 옆에 있던 래리가 말했다.

"폴라로이드로 사진 찍자. 우리를 좋아해줄지도 모르잖아. 우리한테 도움 줄지도 몰라." 내가 말했다. 사태를 잘못 파악한 거였다.

"레드소, 나는 이런 일에 끼기 싫어." 래리가 필름을 빼며 말했다. "사령관 코코, 저 사람 위험해 보여. 사이코 같아."

30분쯤 후 우리가 떠날 때 사령관은 손뼉을 쳐서 피그미들을 자기 옆으로 다 불러들인 다음, 그들에게서 소중한 사진들을 하나도 남김없이 빼앗았다.

학교 막사 입구에 놓인 책상에 부회장이 앉아 손가락으로 책상 위를 탁탁 두드리고 있었다. "아냐냐 동지!" 그는 이렇게 소리치며 벌떡 일어나 마르셀랭의 팔꿈치를 잡았다. "이야기 좀 합시다. 얼른요! 밀림으로 걸어갑시다."

마르셀랭은 부회장이 이끄는 대로 오두막 뒤편에 있는 길로 가며 말했다. "웅제, 마누, 짐 잘 지켜."

"어떻게 해야 할지 모를 땐 공학기술을 생각하라." 래리가 말했다. 그래서 우리는 위안이 되어줄 작은 철로 조사에 나섰다. 돌아오는 길에 진짜 점토 벽돌로 기둥을 세운, 폐허가 된 커다란 작업장을 발견했다. 작업장 앞과 옆으로는 전동 장치가 달린 육중한 강재 실린더가 놓여 있었다. 한쪽 끝에 차축과 부서진 바퀴가 달려 있었다.

"아주 오래된 원심분리기인데." 래리가 실린더의 부드러운 옆면을 손으로 쓸며 말했다. "틀림없이 여기 공장이 있었을 거야. 이상하네. 너트유? 가공 공장? 정말 특이하군!"

다시 막사로 돌아와 보니 마르셀랭이 기다리고 있었다. "레드몬드! 굉장히 드문 새 소리를 들었어요. 찾아봐야 해요!"

마르셀랭은 초조해 보였다. 허리에 군용 벨트를 차고 벨트에 달린 칼집에 마체테를 집어넣고 물병 두 개와 소니 워크맨까지 완전 장착하고 있었다. "마누, 넌 여기서 짐을 지키고 있어. 래리, 책상을 가져다가 책 읽고 있어요. 겁먹은 낌새를 보이면 안 돼요. 웅제, 너도 여기 책상에 앉아 있어. 그리고 밖에서 잘 보이게 총에 기름칠을 해. 옆에다가는 탄약통 하나를 놓아둬. 만일 문제가 생기면 공포탄을 쏴!"

"정중하게 물어보겠는데, 도대체 무슨 일이 벌어지고 있는 건가?" 래리가 콧수염을 세게 잡아당기며 말했다.

"새 관찰하러 가요! 그 새를 찾아야 해요!" 마르셀랭이 이렇게 말하고 내 팔을 끌어당겨 오두막 옆길로 데려갔다.

버려진 농장 너머 100미터쯤 떨어진 곳에 있는 작은 개간지에 이르렀다. 개간지 한가운데에 잘 관리된 무덤과 묘비가 있었다. "웅도사, 라파엘. 1910-1975"라고 쓰여 있었다. 묘비 아래에는 뚜껑이 닫힌 냄비가 있고, 그 앞에는 빈 발렌타인 술병이 있었다.

"빅맨이었던 모양이에요." 마르셀랭이 무덤 발치에 있는 통나무 위에 앉으며 말했다.

"그런데 냄비는 왜 있지?" 나도 그 옆에 앉으며 말했다.

"아마 능력 있는 사냥꾼이었을 거예요. 냄비를 언제나 가득 채울 수 있었겠죠. 술병은 아마 존경의 표시일 거고요. 영혼이 행복해지라고요. 혼령들의 세계에서 행복하라고."

"쿠이! 크워코!" 오른편 무성한 덤불숲에서 뭔가가 소리를 냈다. 몸은 갈색이고 배는 하얀 개똥지빠귀 크기의 새가 언뜻 보였다. 앞으로 몸을 살짝 기울이고 날개를 쭉 뻗어 올려 인사를 반복했다. "쿠이! 크워코!"

"저기 있네." 마르셀랭이 씩 웃으며 말했다. "내 말이 맞죠? 아까 여기 부회장하고 있을 때 저렇게 울고 있었어요. 어느 마을에 가나 흔히 볼 수 있는 새예요. 아프리카에서 가장 흔한 새죠. 지극히 평범한 직박구리예요. 레드몬드를 위해서 영어로 노래해 주네요. '퀵, 닥터, 퀵!' 그러잖아요."

이렇게 말하고는 마르셀랭은 발치를 내려다봤다. "여기는 안전해요. 여기서는 말할 수 있겠네요. 무덤 옆에서 말하는 게 좋죠, 안전하니까."

"무슨 일인데 그래? 무슨 일이 생긴 거야?"

"확실한 건 아니에요. 그 사람들이 몽동고어로 말해서 이해할 수 없어요. 당신만큼이나 나도 외국인인 거예요. 더 외국인 같을 수도 있어요. 우리 마을 사람들하고 몽동고 사람들하고 싸웠었죠. 몽동고 사람들은 우리를 증오해요."

"하지만 부회장은 그렇지 않던데?"

"부회장은 교육받은 사람이에요. 하지만 지금은 겁을 먹고 제
정신이 아니에요. 운이 나빴어요. 보통 이렇지는 않거든요. 우리
나라가 꼭 이렇지는 않은데. 부회장 말이 여기 표범 구역이 있
대요. 거기서는 열다섯 살이 되면 등과 팔에 상처를 내고 원수
를 죽이겠다고 맹세를 해요. 부회장 말이 사령관이 이 마을을 지
배한대요. 사령관은 폭력적이고 제정신이 아니에요. 피그미들은
사령관의 노예고요. 교장이 유일하게 사령관한테 맞서는 용기
있는 사람들이었어요. 교장은 브라자빌에서 대학을 갓 졸업한
사람들이죠. 정부가 한 명씩 이곳으로 보내요. 내륙의 마을로 혈
혈단신으로 보내서 2년간 마르크스와 이것저것 다 가르치게 하
는 거예요. 도와주는 사람도 없고, 방문자도 없이요!"

"그래서 무슨 일이 일어난 건가?"

"사령관이 취했어요. 밤에 교장을 데려가 때린 거예요. 교장
은 강 하류로 도망갔어요. 아니면 사령관이 교장을 잡아다가 죽
이고 밀림에 시신을 묻었을 수도 있어요. 분명치는 않아요."

"그래서 지금은 학교가 없는 건가?"

"우리가 지금 거기서 묵고 있잖아요. 벌써 2년간 학교가 없는
상태였어요. 아이들은 기회도, 교육도 누리지 못하는 상태예요.
여기서 빠져나갈 수 있다면 당국에 보고할 거예요."

"하지만 우리 밀림에서 피그미를 만날 거 아니었어?"

"여기서는 아니에요. 여기 피그미들은 너무 겁을 먹어서 밀림

을 안내하지 못해요. 부회장 말이 사령관이 우리 물건들을 원한 대요. 사령관이 우리 가방, 신발, 셔츠, 바지 다 원한대요. 하지만 괜찮을 거예요. 사령관 스파이가 우리가 총을 갖고 있다고 말할 거예요. 우리에게는 탄약도 있어요. 그것도 많이! 사령관은 레드 몬드가 준 위스키를 마셨고, 위스키는 익숙하지 않을 거예요. 지 금은 부하들하고 야자술을 마시고 있어요. 그 사람들이 취해서 뻗으면 도망가면 돼요, 동트자마자."

다시 학교 막사로 돌아왔을 때 입구 맞은편에 작은 무리의 피 그미들이 커다란 나무 그늘 아래 서 있는 게 보였다. 젊은 엄마 가 래리에게 주저하는 미소를 지으며 어린 딸을 우리 쪽으로 내 밀었다. 대여섯 살로 보이는 아이는 깡마른 데다 허리에 면을 돌 돌 말아 만든 빨간 줄을 두르고 있었다. 아이의 눈꺼풀, 볼, 코, 입술은 종기로 덮였고 염증이 생겨 물집이 터져 있었다.

래리가 말했다. "마르셀랭, 이건 도대체 뭔가?"

"인도 두종pian이에요." 마르셀랭이 쪼그리고 앉아 어린아이 의 손을 잡았다. "매종yaws라고도 하죠. 매독의 일종이죠. 하지만 성관계와는 아무 관련 없어요. 파리 다리를 통해서 상처에서 상 처로 옮아요. 첫 번째 징후는 작은 돌기 같은 게 돋아요. 주로 눈 꼬리나 입가, 콧구멍 아래쪽, 어디든 파리가 수분을 빨아들인 데 서 시작하죠. 반투족들은 걸리지 않아요. 비누로 손을 씻거나 강 에서 목욕을 하면 안 걸려요. 하지만 피그미들에게는 비누가 없 어요. 잘 안 씻기도 하고요."

"어떻게 해야 하지? 치료법이 있나?" 래리가 물었다.

"간단해요." 마르셸랭이 일어서며 말했다. "익스텐실린 한 대면 돼요. 한 번 맞으면 평생 면역이 생기죠. 하지만 이렇게 멀리까지 오는 사람은 없어요. 경찰도 안 오고 의사도 안 와요. 아무도 안 와요."

"플루클록사실린…… 플루클록사실린은 어떨까?" 래리가 나한테 물었다.

나는 막사로 들어가 약통 안에 있는 비닐봉지를 뒤져 마지막 남은 플루클록사실린 통을 찾아냈다.

"그걸 주다니 제정신이 아니군요." 마르셸랭이 젊은 엄마에게 통을 건네주며 아침에 일어날 때, 해가 개간지 바로 위에 있을 때, 잠자리에 들 때 알약을 먹으라고 손짓으로 일러주었다. 그러더니 나한테 이렇게 말했다. "당신 사람들부터 먼저 챙겨야죠. 응제하고 마누 말이에요. 궤양이 생길 거예요. 우리 다 그럴 거예요."

피그미들은 나무 사이로 물러났다. 래리는 다시 《우리 모두의 친구Our Mutual Friend》를 읽기 시작했고 마누는 강에서 20리터짜리 물통에 물을 반쯤 채워서 돌아왔다. 응제는 책상에 대나무로 만든 꼬질대*, 플라스틱 병에 담긴 식용유, 탄약 한 통, 파란 면 티셔츠의 찢겨나간 조각 같은 걸 늘어놓고 흐뭇한 표정으로 엽총의 총신을 전문가처럼 실눈을 뜨고 다시 한 번 살펴보고 있었다. 마르셸랭은 그의 계획을 설명했다. 응제의 얼굴에서 흐뭇한

---

* 총구 청소용 막대.

표정이 싹 가셨고 마누는 막사 안으로 사라졌다. 래리는 주머니에 책을 쑤셔 넣었다. 우리는 책상을 안쪽으로 옮겼다.

날이 저물자 우리는 통나무 세 개와 책상 두 개를 끌고 와 입구를 반 정도 막고 앉아 녹차를 마시고 정어리와 푸푸를 먹고 신발을 신은 채 잠자리에 들었다. 웅제는 바리케이드 뒤에서 엽총을 움켜쥐고 보초를 섰다.

시간이 얼마나 흘렀을까. 래리가 나를 흔들어 깨웠다.

북소리가 크게 들렸다. 소리의 파장이 공포로 두근거리는 심장박동보다 더 빠른 속도로 막사의 진흙벽을 휩쓸고 지나갔다.

"이게 도대체 무슨 소리야?" 래리가 말했다.

"북소리."

"누가 몰라서 물어?" 래리가 이렇게 말하더니 손전등을 켰다. 콧잔등에서 큰 땀방울이 뚝 떨어졌다.

"으스스한 소리네." 내가 호응이라도 해주려고 이렇게 말하며 딱딱한 진흙바닥에서 일어나 기대앉으며 뻣뻣한 팔과 다리를 문질렀다.

"아, 질린다. 밤이고 낮이고 이렇게 깜짝깜짝 놀라게 하는 데 신물이 나. 젠장맞을, 이 여행 34일 동안 내 평생에 놀란 것보다 더 많이 놀랐어." 래리는 텐트 입구를 열어 밖을 살짝 내다봤다. 간헐적으로 깜빡이는 불빛이 바리케이드 위로 넘실거렸다. 웅제가 그 뒤에서 뒤집어놓은 책상 한참 아래로 머리를 푹 수그린 채 몸을 웅크리고 있었다. 오른손은 엽총 개머리판으로 뻗어 있었다. 총신은 아무렇게나 입구에 나란히 놓여 있었다.

"코코가 저기 있어." 래리가 다시 텐트 입구를 닫으며 말했다. "저 밖에 모자를 쓰고 있다고. 활활 타는 코펄* 횃불을 한 손에 들고 다른 손엔 마체테를 들고 모자를 쓰고 있어. 그냥 안 봐도 알겠어. 그 자는 우리 물건을 원해. 이 막사 지붕에 불을 지를 거야. 불을 붙여서 우리가 막사에서 달려나오면 그 자하고 그 부하들이 우리를 마체테로 난도질해서 토막 낼 거야."

"응제가 총을 쏠 거야."

"아마 눈치 채지 못한 것 같은데, 레드몬드, 응제는 매독 덩어리야. 게다가 한쪽 눈은 하늘에, 한쪽 눈은 땅으로 향하고 있다고. 초점을 맞출 수 없어. 통에 든 토끼 한 마리 쏘지 못할 거야."

"그럼 넌 지금 어디에 있으면 좋겠어?" (무슨 행동을 해야 할지 알 수 없을 때 이것은 언제나 마음을 진정시키는 질문이다.)

래리가 멈칫하더니 오른손으로 얼굴에 흐르는 땀을 닦았다. "버몬트의 벌링턴. 거기 차스맨 앤드 벰Chassman and Bem이라는 책방이 있어. 그리고 아마 이 말을 하면 놀랄 텐데, 거기는 총검을 든 경비병이 없어. 그냥 바로 들어가서 책장에서 책 한 권을 꺼내들고 의자에 앉아, 인간답게 말이야. 그리고 책을 읽으며 모차르트 음악을 들을 수 있어. 다가와서 귀에 대고 소리 지르고 마지막 남은 위스키 한 병에 배낭 하나, 바지 한 벌을 내놓지 않으면 마체테를 꺼내서 돼지갈빗살처럼 저며버리겠다고 말하는

---

* copal. 천연 수지.

사람도 없어."

"아, 그거 참 위안이 되는 말이다."

"그래? 그게 전부야?"

"래리, 미안해. 무슨 일이 벌어지고 있는지, 뭘 해야 할지 나도 모르겠어. 그리고 난 뭘 해야 할지 모를 때 그냥 자. 조지프 콘래드Joseph Conrad가 이런 상황에 대해 이름도 붙였어."

"지금 이 상황에 대해서?" 래리가 심술궂은 표정으로 말했다.

"응, '아무것도 하지 않는 용단'이라고 해."

그리고 나는 잠이 들었다.

5분 후(아니면 그렇게 느껴진 후) 래리가 내 어깨를 끌어당겼다. 막사 안이 희부옇게 밝았다. 새벽이었다. "맙소사! 뭔가 이상한 게 이 막사 안에서 움직이고 있어." 래리가 속삭였다. 북소리는 멈췄지만 가쁜 숨을 몰아쉬는 소리가 들렸다. 그러더니 갑자기 바리케이드 위에서 뭔가 쨍그랑 부딪치는 소리가 났다.

래리는 자기 마체테를 와락 움켜쥐고 몸을 반 바퀴 굴려 텐트 입구 쪽으로 갔다. 나는 안경을 쓰고 그 뒤를 따라서 기어갔다.

"개다! 개야!" 래리가 소리쳤다.

작은 흰 개 한 마리가 자고 있는 응제의 머리맡에서 휴대용 식기를 싹싹 핥고 책상 가장자리로 훌쩍 뛰어올라 통나무 위에서 균형을 잡으려 휘청거리다가 뒷다리로 엽총을 찬 것이다.

개머리판이 아래로 향해서 엽총이 응제의 배 위로 떨어졌다. 응제는 일어나 앉아 우리를 응시하더니 오른팔로 옆구리를 세차게 쳤다.

"빨리!" 마르셀랭이 자기 텐트 안에서 뛰쳐나오며 소리쳤다.
"발포해! 총을 쏘라고!"

막사 모퉁이의 방수포 아래서 뭔가가 꿈틀거렸다. "나 여기
있어." 마누가 고개를 쑥 내밀고 작은 목소리로 말하며 도와주
러 나왔다.

우리는 모두 웃음을 터뜨렸다.

마르셀랭이 시계를 보더니 말했다. "늦었어. 뱃사공이 기다리
고 있을 거야. 서둘러."

몸을 수그려 군용 배낭을 메고 양손에는 잡낭을 하나씩 들었
을 때 막사 옆 낮은 풀숲에서 뭔가가 움직이는 게 보였다. 몸집
이 커다란 자주색 박각시나방 여섯 마리였다. 코끼리박각시나방
인 것 같았다. 주홍색 작은 꽃 위를 벌새처럼 날면서 기다란 주
둥이로 꿀을 빨고 있었다. 만족스러운지 날렵하고 작은 꼬리가
위로 바짝 곧추서 있었다.

18

밤새 춤추는 피그미

진흙 선가대 옆에서 뱃사공과 부회장이 기다리고 있었다. 한 소년이 기다란 창을 들고 좀 떨어진 수심이 얕은 곳에 서 있었다. 우리는 좀개구리밥을 헤치고 들어가 배에 짐을 싣고 자리를 잡았다. 맨 뒤에서 오던 마르셀랭은 몸을 돌려 부회장과 악수를 했다. "알베르 응동고, 당신은 용감한 사람이오. 인민공화국 정부에 보고하도록 하겠소."

"고맙소, 동지." 부회장이 말했다. 그는 몸을 떨고 있었는데, 말라리아 때문일 수도, 아니면 싸늘한 새벽안개 때문일 수도 있었다. 아니면 만성 불안증에서 오는 경련 같은 것일지도 몰랐다.

소년은 창으로 물을 푹 찔렀다. 왜가리만큼이나 재빨랐다. 그

278

러고는 검정 메기 한 마리를 들어올렸다. 머리 뒤에 창살이 꽂힌 메기는 좌우로 버둥거리며 몸부림쳤다.

뱃사공이 모터를 작동시켰다. 배는 통통거리며 개울을 나와 강으로 나아갔다.

"세상에, 내 평생 최악의 밤이었어." 래리가 눈을 부릅뜨며 말했다.

"그랬어? 뭘 기준으로? 임퐁도 기준으로?"

"그보다 훨씬 더, 임퐁도는 비교도 할 수 없어. 식은땀이 줄줄 흘렀다고. 속이 뒤집힐 정도로 무서웠어. 다시 그런 일을 겪으니 차라리 변기에 머리를 박고 자겠어. 사람이 그렇게 겁먹을 수 있을지 상상도 못했어. 그런데 너 이 나쁜 놈, 잠이나 쿨쿨 자고 말이야. '들어봐, 북소리야. 으스스하네.' 이러더니 그냥 고꾸라져 잤잖아. 코까지 골았다고."

"미안해."

"나는 속으로 이렇게 말했지. '그래, 이건 내가 내린 결정이다. 한여름 내내 코넬리아 스트리트 집에서 망할 놈의 페인트나 벗겨내느니 차라리 아프리카에서 죽는 게 낫겠다.' 그런데 막상 죽음이 다가오니까 그렇게 되지가 않는 거야, 전혀. 나는 아직 준비가 안 됐던 거야. 죽을 준비가 전혀 안 됐다고. 너는 속편하게 그렇게 말할 수 있었겠지. 그 미친 군인 일당들이 회까닥 돌아서 지붕에 불을 지를 수 있다고. 나도 그렇게 확신해. 단지 그 놈이 우리를 잡기 전에 술이 그 놈을 먼저 잡았던 거지."

나는 아무 말도 하지 않았다.

"집에 돌아갈 수 있다면 말이야, 누가 나한테 걱정하지 말라고 한다면, 나는 이렇게 말할 거야. '내가 걱정을 한다고? 여기 플래츠버그에서는 걱정이 뭔지 몰라.' 녹차 때문이었는지 모르겠지만 결국 올 것이 오게 될 거라고 생각했어. 이런 환영이 보이는 거야. 그 사람들이 야자술을 잔뜩 마셨어. 그러고는 밤새도록 북을 치는 거야. 그다음에는 지붕에 불을 지르고 도망친 우리를 마체테로 난도질하는 거지. 나만 도망쳐 나와. 너트유 공장 빌딩 근처, 원심분리기에 숨어야겠다는 생각이 들어. 정글로 숨으면 그 사람들이 금방 나를 찾을 테니까. 그리고 어두워지면 통나무배를 훔쳐서 하류로 도망가는 거야. 먹을 건 하나도 없어. 모두 적대적이고. 모든 걸 다 잃었어. 그래도 어찌어찌 살아남는 거야. 그러고는 나는 해군들과 함께 다시 돌아와 그 망할 놈의 서전트 페퍼*를 죽여버리는 거야."

"밥이요." 웅제가 선미 쪽에서 차가운 푸푸와 정어리가 가득 담긴 휴대용 식기를 짐 위에 얹어놓으며 소리쳤다.

"치킨 줘!" 래리가 식기 두 개를 우리 앞에 있는 마르셸랭에게 건네며 말했다. 마르셸랭은 상체를 앞으로 쭉 뻗어 하나를 뱃머리 쪽에 있는 마누에게 건넸다.

"치킨은 다음 마을에서!" 마르셸랭이 스툴에서 이쪽으로 몸을 돌리며 말했다.

"윽, 역겹군. 뭐 불평하는 건 아니지만." 래리가 말했다.

"마르셸랭, 피그미 정착촌 밖에 세워진 말뚝에 있던 그건 뭔가? 마른 고기 조각 같던데, 그게 뭐지?" 내가 물었다.

"쌍둥이요."

"쌍둥이라고?"

마르셀랭은 스위스 군용 칼의 납작한 부분으로 푸푸에 정어리를 으깨 넣으며 말했다. "쌍둥이를 낳는 건 재앙이에요. 끔찍한 일이죠. 나는 안 믿지만 사람들은 보통 혼령하고 자면 쌍둥이를 낳는다고 믿어요. 한 번에 한 명 이상의 아이라니, 동물 같잖아요! 옛날에는 마법사가 산모를 죽이고 쌍둥이는 밀림에 버렸어요. 산모가 갖고 있던 모든 소지품은 다 폐기됐어요. 냄비는 파손해버리고 옷은 찢거나 태웠죠. 산모는 누구의 조상도 되면 안 되니까요. 그렇게 존재를 제거하는 거죠. 그날로부터 아무도 산모의 이름을 입에 올리지 않아요. 그 어머니 이름도요."

"지금은 어떤가?"

"지금은 출산할 때 나온 태를 나무 끝에 가져다 놓아요. 마을을 보호해준다고 믿는 거예요. 밀림에 있는 쌍둥이의 혼령 아버지를 나오지 못하게 하려는 거죠."

우리 배 앞에서 밤색 오리 두 마리가 편안하게 놀고 있었다. 우리가 다가가자 강둑을 향해 헤엄치다가 마음을 바꿨는지 물을 튀기며 낮게 날아올라 라피아야자나무를 돌고 우리 오른편에 있는 나무 중간쯤에 앉았다. 배가 그 아래로 지나가자 오리들은 에

---

* Sergeant Pepper. 비틀즈의 앨범《Sgt. Pepper's Lonely Hearts Club Band》에서 따온 말. 폴 매카트니가 에드워드 왕조 시대의 군악대 콘셉트를 바탕으로 앨범을 구상해 마치 가상의 '서전트 페퍼스 론리 하트 클럽 밴드'가 노래를 부르는 것처럼 만들었다. 당시 유행하던 히피 문화와 사이키델릭 록을 반영하고 있는데 LSD 같은 약물에 취한 상태에서 만들었다고 알려져 있다.

일스버리 오리처럼 꼬리를 마구 흔들며 검은 머리를 옆으로 살짝 기울여 모두 한쪽 갈색 눈으로 우리를 내려다봤다.

"유구오리군." 래리가 단호하게 말했다.

"흰얼굴기러기일 거야. 왜냐하면 정글에 사는 오릿과는 그것밖에 없으니까. 흰얼굴기러기에 대해서는 알려진 바가 거의 없어. 둥지를 발견한 사람도 없고."

"당연히 그렇겠지. 어떤 얼빠진 놈이 여기까지 오리를 보러 오겠어?"

"어떤 사람이 오리 한 쌍을 잡아서 번식시켰다고 하더군. 똑바로 세워둔 통 아래에 둥지를 틀었대. 새끼는 날카로운 발톱을 갖고 있었는데 옆면으로 타고 올라갔나 봐. 겨우 올라와서는 이틀만 살았다는군. 어떻게 생각해? 빈 그루터기 안에 둥지를 틀까?"

"물론 그렇게 하겠지. 여기서는 그게 유일한 생존 방법인데. 아무도 못 찾는 곳에 둥지를 틀겠지. 원심분리기에 숨듯이."

정오쯤 우리는 다음 마을에 도착했다. 뱃사공은 배를 물가에 대고 배에서 내려 풀밭에 침을 뱉었다.

오두막집들을 향해 비탈길을 올라갈 때 마르셀랭이 영어로 말했다. "저 사람 기분이 안 좋아요. 여기 밈벨루Mimbélou에는 부인이 없거든요. 그런데 여기 몽동고 사람들 중에 친척들이 있어서 저 사람을 지켜볼 거예요. 그러니 섹스를 못하는 거죠. 살이 빠지고 병이 날 거예요!"

남자아이 다섯 명이 우리를 향해 달려와서는 래리를 밀쳐대며 졸졸 따라 걸었다. "몽델레Mondélé, 몽델레!" 아이들이 구호를 외치듯 소리쳤다.

"왜 날 갖고 그러지?"

"생김새 때문이에요. 친절하게 생기셨잖아요. 미국에서 왔고요." 마누가 불쑥 말했다.

우리는 오래된 망고나무 둥치 주변에 짐을 쌓아놓았다. 마르셀랭이 이 망고나무가 '말하는 나무*'라고 알려주었다. 이 나무 아래서 마을의 모든 중요한 결정들이 내려진다고 했다. 추장이 양손에 다리 세 개인 스툴을 들고 나타났다. 그는 망고나무 뿌리의 널찍한 부분에 의자를 놓으며 말했다. "아냐냐 동지, 우리는 대화를 해야 하오." 웅제가 가장 가까운 오두막으로 스윽 들어가더니 자기가 앉을 의자를 갖고 나왔다. 마누와 래리, 나는 배낭 위에 앉았고 회의가 시작됐다. 마르셀랭이 먼저 프랑스어로 말했다. "나는 여기 처음이 아닙니다. 쿠바에서도 프랑스에서도 살았죠. 먼 나라를 보고 온 사람입니다. 나는 콩고인민공화국 정부의 요원입니다."

"대화를 해야 하오." 추장은 조용하고 근엄하게 같은 말을 되풀이했다. 토론이 링갈라어로 천천히 진행됐다.

30분 후에 두 사람은 자리에서 일어났다. 마르셀랭이 말했다. "밈벨루 추장이 우리를 도와줄 겁니다. 이렇게 결정했어요. 레드

---

* talking-tree. 신화나 이야기에 등장하는 현명한 나무.

몬드가 관례상의 요금을 지불한다. 백인이 1만 세파프랑과 야자
술 여덟 통을 준다. 우리는 피그미 다섯 명을 데려간다. 우리는
짐을 다시 싼다. 밀림으로 들어간다. 지금 필요하지 않은 잡낭과
모든 가방은 밈벨루 추장 오두막에 안전하게 보관한다. 30분 후
출발한다."

"밀렵꾼들은 내가 죽일 거요." 추장이 파리하게 미소 지으며,
붉은 셔츠의 낡은 소매를 탁탁 치고, 갈색 면바지를 끌어올리며
(오른쪽 무릎에 가로로 난 상처가 있었다) 말했다. 그러고는 오두막
으로 터덜터덜 걸어갔다.

추장의 부하 세 명이 자기들 낚싯배에 우리와 함께 피그미 다
섯 명, 네 개의 배낭과 마르셀랭의 짐을 싣고 노를 저어 강을 건
넌 후, 장대로 밀어 길고 좁은 하천으로 가서 배를 세우고 마른
땅에 우리를 내려주었다. 마르셀랭과 래리, 나는 유속이 느린 작
은 하천에서 군용 물병에 물을 채우고 벨트 주머니에 다시 찔러
넣었다. 마누와 웅제는 플라스틱 식용유병에 물을 채워 벨트에
끈으로 묶었다. 피그미들은 마체테로 리아나 줄기를 잘라 납작
한 줄로 다듬었다.

래리가 배낭을 들려고 몸을 숙였다.

"그냥 놔둬요. 우리는 짐꾼이 아니에요. 우리는 과학자라고요.
정부 직원이에요." 마르셀랭이 말했다.

"하지만 내 짐은 언제나 내가 들어." 래리가 배낭을 획 둘러멨
다.

"나도 그래." 내가 조금 자신 없는 목소리로 말했다.

"여기서는 아니에요." 마르셀랭이 이렇게 말하며 래리의 배낭을 등에서 내려 다시 땅에 놓았다. "여기는 아프리카예요. 당신들이 여기 있는 의미 중 하나는 사람들한테 일을 주는 거예요. 내 부하들, 웅제와 마누도 짐을 안 들 거예요. 짐꾼이 아니라 내 조수들이니까."

"글쎄, 그건 옳지 않은 것 같은데. 민주적이지 않잖아." 래리가 말했다.

"민주적! 민주적이라고!" 마르셀랭이 정말 재밌다는 듯 크게 웃었다.

피그미들은 맨발이었다. 자기 몸보다 몇 치수는 커 보이는 헌 옷을 입고 있었다(노끈으로 허리를 조였다). 모두 젊은 남자들이었고 움직임이 재빠르고 몸은 놀랄 정도로 탄탄했다. 그들은 줄 조절이 복잡한 배낭끈은 그냥 놔두고, 리아나 줄기를 어깨에 멘 멜빵에 묶어 등짐을 지고 30킬로그램은 되는 무게를 정수리에 묶은 고리 모양의 끈 하나로 지탱했다.

나는 앞장선 피그미를 따라 걸었다. 그들의 재빠른 다리놀림에, 장딴지 근육에 난 작은 털 뭉치에, 거의 45도로 뒤꿈치가 올라간 맨발에, 눈에 거의 보이지도 않는 길을 따라 그렇게 빨리 좁은 보폭으로 타박타박 걸을 수 있다는 사실에 거의 최면이라도 걸린 듯 정신이 멍했다.

나는 진흙길에 흩어진 축축한 나뭇잎들을 밟아 미끄러지기도 하고, 가시가 난 리아나 줄기에 머리카락이 엉키기도 하고, 지주근 옆면에 부딪히기도 하고, 길 위에 사방으로 뻗은 나무뿌리에 걸려 넘어지기도 하면서 그들을 놓치지 않으려고 엄청나게 넓은 보폭으로 걸었다. 눅눅하고 바람 한 점 없는 답답한 공기 속을 걷자니 모자 밴드에서부터 땀이 흘러내려 얼굴을 적셨다. 피그미들의 파리한 갈색 발뒤꿈치가 찰싹찰싹대는 모습이 흐릿해지기 시작할 때, 나는 제대로 서서 가기라도 하려면 피그미와 보폭을 맞춰야 한다고 생각했다. 정신없이 짧고 빠른 박자에 겨우 조금씩 맞춰가게 되자 나는 주머니에서 물병을 꺼내 한 모금 마시고 소매로 얼굴을 닦았다. 그러느라 때때로 길에서 눈을 뗄 뻔했다. 우리는 족히 20미터는 되는 거대한 나무들이 몸통이 가늘어지지 않고 그대로 우리 머리 위에서 임관까지 쭉 뻗어 있는 지대를 통과했다. 나무들의 육중한 가지가 거의 수평으로 뻗어나가 가장 작은 잔가지와 이웃한 나무의 임관 사이의 거리가 겨우 30센티미터 정도밖에 안 되었다. 리아나 덩굴 줄기가 고리 모양을 이루거나 축 늘어졌거나 나뭇가지를 칭칭 휘감고 있었다. 식물의 잔해가 높은 가지 사이에 있는 곳에는 어김없이 양치류와 기생란이 자라고 있었다. 땅 표면은 온통 이끼로 가득했다. 하지만 그렇게 빽빽한 밀림은 아니었다. 높다란 임관 부분은 나무들이 서로 떨어져 있어 그 사이로 햇살이 얼룩덜룩 들어와 묘목의 꼭대기를 거쳐 땅바닥에 바로 꽂혔다. 하부층 관목들이 점점이 흩어져 있는 가운데 밀림에서는 정말 보기 드문 것이 눈에 띄었다. 활짝 핀 꽃이었다(1미터 정도 크기의 초록 줄기에 바랜 듯한 빨간색의 꽃차례가 핀 부들이었다). 때때로 한 종류의 허브 식물들이

모여 있기도 했다. 아마도 토란류인 것 같았다. 줄기가 3, 4미터
는 되었고 각각이 옹기종기 모여 끝이 납작한 창끝 같은 모양
의 거대한 이파리를 이루고 있었다. 거의 한 시간마다 버려진 오
두막들로 둘러싸이고 흰 묘목들이 돔처럼 덮고 있는 작은 개간
지가 나왔다. 어떤 묘목은 아직 잎이 그대로 남아 있고, 어떤 묘
목은 떨어진 잎이 그대로 쌓여 누르스름한 갈색으로 썩어가고,
어떤 것은 골격만 남고, 어떤 것은 검게 그을리고, 어떤 것은 까
맣게 타 있었다. 무슨 일이 일어난 걸까, 나는 여섯 번째 개간지
(지붕으로 얹은 잎들이 여전히 남아 있는)를 막 지나며 보폭을 늦추
거나 뒤돌아보지 않고 걸으면서 다리 통증을 잊으려고 이런 생
각을 했다. 자이르의 동쪽 밀림에서 음부티족과 함께 살았던 턴
불Colin M. Turnbull이 《숲 사람들The Forest People》(1961)에서 말한
것처럼 누군가가 죽어서 옮겨간 것일까? 아니면 중앙아프리카
공화국 북부 밀림 지대에 사는 아카족의 생태를 연구한 프랑스
의 위대한 인류학자 세르주 바위셰Serge Bahuchet가 《아카 피그미
와 중앙아프리카의 밀림Les Pygmées Aka et la Forêt Centrafricaine》(1984)
에서 말한 것처럼 진드기 유충의 습격이 너무 심해 새로운 거주
지로 옮길 때가 되었던 것일까?

　한 시간 후 정신이 혼미하고 지친 상태로 나는 바위셰의 또
다른 정보를 기억하려고 애썼다. 그때 갑자기 지독한 악취가 훅
끼쳤다. 땀, 나무 훈연, 배설물, 털 타는 냄새가 뒤섞인 악취였다.
길이 넓어지더니 개간지가 나타났다. 앉을 수 있는 통나무가 눈
에 들어오고 경쾌한 요들 소리와 맥박 소리가 들리더니 웅성거

리는 사람들이 눈에 들어왔다 초점이 흐려졌다 했다. 맨팔, 가슴, 허리에 걸친 샅바, 라피아 잎으로 만든 치마가 보이고, 남자들이 내 손을 잡고 흔들고, 한 아이는 땀이 흥건한 내 이마를 작은 손가락으로 쓸었다. 드디어 도착했다.

나는 증기 보일러처럼 깊은 숨을 몰아쉬었다. 기분이 한결 나아져 몸을 일으켰다.

"코코!" 뒤에서 낯익은 목소리가 들렸다. "코코! 누구 없어요? 들어가도 돼요?" 래리가 우스꽝스러운 미소를 지으며 말했다.

다른 사람들도 나타났다. 래리와 피그미들만 강행군에도 끄떡없이 멀쩡해 보였다.

"딱 맞게 왔군요. 거의 어두워졌어요." 마르셀랭이 말했다.

"이 개간지에는 스물네 채의 움막과 한 채의 린투*가 있군." 래리가 말했다.

"물 좀 주세요. 물이 필요해요." 마누가 내가 앉아 있던 통나무에 픽 쓰러지며 말했다.

"밈벨루 추장이 말하길, 젊은 피그미들은 링갈라어를 할 줄 안대요. 추장이 피그미들에게 마을 학교에 다닐 수 있도록 해주는데, 피그미들이 반에서 일등이래요. 하지만 얼마 안 가 피그미들이 싹 사라지고 다시 밀림으로 돌아간대요. 가끔은 몇 달씩요. 어쩔 도리가 없는 거죠." 마르셀랭이 배낭 위에 앉아 장딴지 근육을 주무르며 말했다.

우리 바로 오른편 움막 입구에 깔아놓은 나뭇잎으로 만든 거적 위에 젊은 여자가 앉아 있었다. 한쪽 다리는 접어서 아래에 놓고 다른 다리는 우리를 향해 쭉 뻗고 있었다. 빨간색으로 물들인 라피아로 만든 치마하고 빨간 천을 단단하게 감아 만든 목걸이 외에는 아무것도 걸치지 않았다. 그녀가 가진 물건들이 아치형으로 덮고 있는 작은 나무와 나뭇잎 이엉이 약간 튀어나온 입구에 놓여 있었다. 나뭇잎으로 주둥이를 막아놓은 연기에 그을린 호리병박 두 개와 리아나 줄기를 꼬아 만든 끈이 뒤에 달린 고리버들로 만든 큰 운반용 바구니였다. 움막은 1.2미터가 채 되지 않는 높이였고, 지붕은 숲을 지나올 때 봤던 식물의 커다란 잎으로 엮어 만든 돔 모양이었다. 지붕에서 연기가 새어 나와 공기에 스미듯 떠돌다가 개간지 가장자리에 있는 큰 나무 아래로 흘러갔다. 마을 전체의 연기가 온통 그곳으로 모여드는 것 같았다.

내 시선을 느끼고 여자는 우리에게 환한 미소를 지어보였다. 나는 뿌옇게 된 안경을 벗어 셔츠 소매로 문질러 닦았다. 응제가 이쪽으로 걸어오더니 여자 앞에 털썩 무릎을 꿇고 머리를 한쪽으로 까딱이더니 양손을 그녀의 단단한 가슴에 대고 꽉 움켜쥐었다.

"하지 마!" 래리가 덤벼들 듯 몸을 앞으로 숙이며 말했다. 펀치라도 날릴 것처럼 오른팔을 획 들었다가 잠시 멈칫하더니 모자를 벗었다. 그러더니 마누가 앉아 있는 통나무에 앉으며 이렇게 중얼거렸다. "여기서는 아마 내가 상관할 일이 아니겠지."

---

* lean-to. 목재 구조물에 간단히 지붕을 얹어 만든 임시 거처.

마르셀랭이 프랑스어로 진력이 난다는 투로 옹제에게 말했다.
"그러지 마. 내가 말했잖아."

"하지만 이 여자들도 좋아해요, 박사님. 그냥 '당신 아름다워
요'라는 뜻이에요. 모두 다 알아요." 옹제가 일어서서 양 손바닥
에 입술을 쪽쪽거리며 말했다. "그것밖엔 없어요, 박사님. 피그
미들한테 '당신 가슴이 참 예쁘다'고 말할 방법은 그것밖엔 없다
고요."

"지금 이건 공식적인 탐험이야." 마르셀랭이 말했다. (옹제는
좀 나은 쪽 눈으로 래리에게 윙크를 했다.) "옹제 우마르, 경고하는
데, 이 탐험대의 리더인 나하고 있을 때는 이 사람들을 존중하는
태도로 대해야 해."

"나는 동구 민병대의 공식 군인이에요. 그리고 한 가지 말해
두겠는데요, 피그미들은 사람이 아니에요. 밀림에서 산다고요.
권리 같은 건 없어요." 옹제가 묘한 웃음을 지으며 춤추는 여자
처럼 엉덩이를 씰룩거리며 말했다.

"그건 달려져야 하는 거야." 마르셀랭이 등을 곧게 펴고 크게
말했다.

"피그미들은 존재하지도 않아요. 마을도 없어요! 마을위원회
도 없고! 부회장도 없어요!" 옹제가 소리를 질렀다. 그러고는 주
머니에서 담배 한 갑을 꺼내 한 대를 빼 물고 불을 붙였다. 화가
나서 손가락이 바르르 떨렸다.

갑자기 마르셀랭이 씩 웃더니 말했다. "그래, 바로 그거야. 넌
가게에 갔었어. 지금 담배를 피우고 있고. 지금 피그미들한테서

나온 담배를 피우고 있는 거야. 돈 대신 준 거지." 마르셀랭이 짐꾼 중 한 명에게 링갈라어로 뭔가 말하고는 우리를 향해 말했다. "우린 물을 마셔야 해요. 그리고 텐트를 칠 거예요. 레드몬드, 선물을 나눠주도록 해요."

그 젊은 여자는 우리를 보고 웃으며(모든 피그미들이 우리를 보고 웃는 것 같았다) 자기 움막으로 들어가서 기다란 막대기를 찾아서는 팔짝 뛰어 막대기의 두툼한 끝부분을 개간지 한가운데서 타고 있는 불에 잠깐 가져다 댔다. 그러고는 불붙은 횃불을 들고는 우리에게 따라오라고 손짓했다.

그녀를 따라 열을 지어 거무스름한 나무 아래를 지나갈 때 마르셀랭이 말했다. "코펄이에요. 나무에서 나온 천연수지죠. 피그미들은 수지를 채집해요. 귀한 거예요. 팔 수 있어요."

"만일 내가 저 젊은 여자의 남편이었다면 응제 눈에다 화살을 쏴버렸을 거야. 미간 정중앙에." 래리가 말했다.

"응제는 지적인 아이가 못 돼요. 과학자가 아니에요. 남들이 다 하는 말을 그냥 한 것뿐이에요. 반투족들은 피그미들을 동물이라고 생각해요. 정말 그렇게 생각하죠. 하지만 나는 그렇게 생각하지 않아요. 반투족들은 혁명을 일으켜 백인들로부터 벗어났죠. 이제 피그미들도 혁명을 일으켜야 해요. 반투족의 노예 상태에서 해방돼야 하죠."

"나는 씻어야겠어. 냄새가 고약해. 목욕해야 해." 래리가 말했다.

"운 좋은 줄 알아. 턴불 말에 따르면, 이투리 지역에 사는 피그미들은 언제나 깨끗한 하천 옆에 거주지를 짓는다고 했어. 하지만 턴불이 낭만적이었던 건 사실이야. 턴불은 숲속에서 나는 '다양한 소리'에 대해 이야기하고, '피그미들이 나무 위에서 서로 장난치는 화사한 원색의 새들처럼 즐거워한다'고 했거든. 그 정도밖에 기억 안 나네."

"씻을 수만 있다면 졸졸 흐르는 시내라도 좋아. 졸졸 흐르는……." 래리가 이렇게 말할 때 피그미 여자가 횃불을 작고 검은 웅덩이에 비췄다. 바닥에 파놓은 진흙 구덩이였다. 우리는 차례로 바닥에 누워 팔을 뻗어 물병을 채웠다.

부스스한 머리에 철사 같은 희끗희끗한 턱수염이 듬성듬성 난 노인이 래리의 팔꿈치를 잡더니 개간지의 다른 편 움막 사이로 데려갔다. 그러고는 가느다란 팔로 나무를 베고 구부리고 땅에 박고 나뭇잎으로 덮는 시늉을 했다. 래리가 이웃이 되기를 바란 것이다.

우리는 노인의 지시대로 텐트를 치고, 응제와 마누는 린투 옆으로 방수포를 폈다. 세 개의 기둥이 받치고 있는 린투는 나무 널빤지와 잎으로 만든 사각형 지붕이 밀림을 향해 땅까지 비스듬히 내려왔고 나머지 면들은 뚫려 있었다. 마르셀랭이 린투는 결혼하지 않은 독신 남자들이 쓰는 것이라 했다. 결혼할 여자가 성인이 되기를 기다리고 있거나 사냥을 못한다거나, 어떤 식으로든 부실한 남자, 예를 들어 노래를 못 부른다거나 춤을 못 춘다거나 이야기하는 재주가 없는 남자들이 살게 된다고 했다. 그리고 자기만큼 강하지 못하거나, 안타깝지만 자기의 의붓동생 마누처럼 약하고 무능력한 남자들이라고 덧붙였다.

노인이 그의 움막 안에 피운 불에서 반쯤 탄 장작을 가지고 나왔다. 개간지 한가운데에 있는 커다란 불에서 세 개의 장작을 더 가져와서는 우리 텐트 앞에 바큇살 모양으로 늘어놓고 불에 그을은 중앙에 나뭇가지를 한 아름 쌓았다. 그리고 그 옆에 쪼그리고 앉아 두 번 크게 숨을 불어넣어 우리를 위해 불을 붙여주었다. 그러고는 자기 움막 지붕에서 나뭇잎을 하나 뽑아 불 가까이에 놓고 그 위에 양 다리를 쭉 뻗고 앉더니 래리를 인류학자 같은 시선으로 뚫어져라 쳐다봤다.

응제는 냄비에 물과 카사바 가루를 넣고 불 위에 만들어둔 꼬챙이에 걸어두었다. 우리는 배낭을 끌어와 그 위에 앉았다. 노인은 래리에게서 시선을 거두고 개간지의 다른 방향을 향해 고개를 돌렸다. 그러고는 "베야Beya! 베야!" 하고 소리를 질렀다. 믿을 수 없을 만큼 까랑까랑한 목소리였다.

한 젊은 남자가 연기와 움직이는 그림자, 왁자지껄한 목소리 사이에서 나왔다. 숲에서 내가 따라갔던 피그미였다. 하지만 완전히 다른 모습이었다. 마을에서 입는 티셔츠와 반바지를 벗고 붉은색 샅바만 걸친 모습은 원숙해보였다. 손에는 리아나 줄기로 묶은 이파리 쌈 같은 것을 들고, 노인의 옆자리, 응제의 배낭 끝에 걸터앉았다. 그는 이파리 쌈을 땅에 내려놓고 그중의 하나를 풀었다. 안에는 검은색의 작은 고깃덩어리 같은 것이 들어 있었다. 그는 다른 하나를 응제에게 건넸다.

응제는 이파리 쌈의 주둥이를 느슨하게 풀고 냄새를 맡았다. "꿀이다!" 그가 이파리를 오른손에 놓고 한 움큼 떠서는 손가락으로 게걸스럽게 먹었다. "그만 먹어!" 마르셀랭이 이렇게 말하고 이파리를 뺏어 래리에게 건넸다. 래리는 통통한 손가락 두 개를 집어넣더니 한 손가락을 핥았다. 그러고는 꿀단지를 내 무릎에 던졌다. 래리는 왼손으로 바지 오른쪽 주머니를 뒤져 손전등을 꺼내 고리를 잡고 획 돌려서 비춰보았다. 작고 까만 벌레들이 아직 핥지 않은 손톱에서 비틀거리고 있었다. "벌이다! 나 여러 마리 삼켰어."

"괜찮아요. 다크 허니예요. 맛이 최고죠. 모파니 벌이에요. 작은 벌들은 침이 없어요. 우리를 좋아하죠. 우리 땀을 마시거든요." 마르셀랭이 말했다.

"이 이파리들은 뭐지? 밀림에서 봤는데, 여기저기 안 쓰이는데가 없군." 내가 꿀단지를 마누에게 건네며 말했다.

"마란타과Marantaceae 식물이에요. 고릴라가 좋아하죠. 싹을 먹어요. 이름은 자이언트 프라니엄Giant phrynium이에요. 마이크 페이가 말해줘서 알게 된 거예요. 그는 밀림에 있는 모든 식물들의이름을 알아요. 그것도 피그미들이 가르쳐줘서 알게 된 거예요."

"그럼 세 갈래로 갈라진 줄기가 달린 크고 빨간 꽃은 뭐지?"

마르셀랭이 베야 쪽으로 몸을 돌려 링갈라어로 말했다. 베야는 노인에게 통역을 해줬다. 휴대용 식기와 자이언트 프라니엄 잎 위에 놓인 카사바, 훈제 영양, 꿀이 메뉴인 저녁식사를 놓고긴 토론이 이어졌다. 마침내 마르셀랭이 대답을 듣고는 이렇게 말했다. "모른대요. 그 꽃은 자기네들한테 쓸모없대요. 그래서 이름도 없고요."

노인이 빈 나뭇잎 접시를 내려놓고 손을 샅바에 닦고 마치 어려운 결정을 내리기라도 한 것처럼 대단히 심각하게 천천히 자리에서 일어났다. 그러고는 두 손으로 래리의 오른쪽 손목을 감싸고 그의 눈을 똑바로 쳐다보며 말했다. "바콜로Bakolo."

"래리 새퍼." 래리는 당황하며 이렇게 말하고 자리에서 일어나 허리를 숙였다. "만나서 반갑습니다."

마르셀랭이 말했다. "이 노인이 이 집단의 우두머리예요. 베야가 그렇게 말했어요. 그들의 주술사, 정령들 세계의 메시지를 통역해주는 사람이라고 부를 수도 있어요. 노인 말이 래리, 당신은 다른 사람들하고 다르대요. 자기처럼 선생님이 될 수 있다는군요. 왜냐하면 당신의 조상들이 당신을 자랑스럽게 여기기 때문이래요. 당신의 정령 아버지가 당신 가까이 있대요."

래리가 노인이 잡고 있던 손에서 팔목을 빼내고 손을 이마 쪽으로 올려 눈을 문지르며 말했다. "저기, 가방 가지고 올게요. 선물 가방 가지고 올게요."

그렇게 해서 중앙의 커다란 불과 움막들 주변에 점점이 흩어져 있는 다섯 개의 작은 모닥불 옆에서 바콜로와 베야(마르셀랭이 춤의 고수라고 말했다)가 래리가 준 선물들을 나눠주었다. 남자들에게는 한 명당 담배 두 갑, 모든 여자들에게는 빨강, 하양, 파랑 구슬 목걸이, 아이들에게는 끈으로 묶지 않은 유리구슬(구멍 뚫린)을 나눠줬다. 내 옆 배낭에 앉아 있던 래리는 반쯤 비운 휴대용 식판 끝을 오른발로 밀어서 귀가 축 늘어지고 꼬리가 말려 올라간 작은 사냥개들 중 한 마리의 기다란 주둥이(식판에 주의를 집중하고 있는) 쪽에 대주며 내게 말했다. "좀 쓸모 있는 걸 가져오지 그랬어. 가스라이터나 익스텐실린 같은 거."

바콜로와 아마도 그의 손자일 듯한 소년이 네 개의 짧은 Y자 모양의 막대기를 가져와 우리 앞에 직사각형 모양으로 꽂았다. V자 사이에 가로대 두 개를 놓더니 그 가운데에 다듬은 나무들을 한 겹으로 깔았다.

"이게 뭐지?" 어떤 종류의 건축이든 호기심이 발동하는 래리가 말했다. "침상인가? 고기 굽는 시렁인가?"

"우리를 위해 만든 거예요. 벤치예요." 마르셀랭이 말했다. (그래서 우리는 그 위에 앉았다.) "베야 말이 내일 피그미들이 사냥 간대요. 그물 가지고요. 하지만 바콜로가 택한 장소가 먼 곳이래요. 한동안 수확이 없었대요. 아무것도 안 잡혔대요. 그래서 오늘 밤에 혼령들을 설득하기 위해 춤을 출 거래요. 조상 혼령들한테 사냥꾼들을 향해 사냥감을 몰아달라고 부탁할 거래요. 그물을 위한 춤일 수도 있고 혼령들을 즐겁게 하기 위한 새로운 춤을 출 수도 있어요. 누가 알겠어요, 바콜로가 결정하겠죠. 그리고 두 사람은 그냥 여기 앉아 구경하거나 텐트로 가서 자도 된대요. 어느 쪽이든 상관없대요. 하지만 무슨 일이 있어도 여러분은 춤추는 데 합류할 수 없어요. 가만히 그 자리에 있어야 해요."

"아, 다행이군." 래리가 말했다.

"저는 몸이 안 좋아요." 마누가 자리에서 일어나 한 손을 어깨에 얹고 목덜미를 문질렀다. "등이 아파요. 몸이 안 좋아요. 가서 자야겠어요."

"나도 아파요." 응제가 팔꿈치로 래리를 쿡 찌르며 말했다. "여자가 필요해서 아파요."

아이들은 나뭇잎을 가지고 와서는 우리 주변에 빙 둘러 앉았다. 그중 몇몇은 아직도 크고 알록달록한(반점이 있거나 빙글빙글 도는) 유리구슬을 들고 있었다. 여자아이들은 라피아 치마를, 남자아이들은 샅바를 입고 있었다. 아무것도 입지 않은 어린 남자아이 하나는 산토끼 같은 눈으로 래리를 뚫어지게 쳐다봤다.

여자들이 움막에서 나왔다. 작은 초록색 나뭇잎으로 만든 꽃 팔찌를 손목에 묶고 치마 위에도 화환을 둘러 움직일 때마다 풀 먹인 실크처럼 바스락거리는 소리를 냈다. 젊은 엄마 한 명이 아기를 옆구리에 매달고 넓은 어깨띠를 오른쪽 어깨에서 왼팔 아래, 그리고 아기의 엉덩이까지 걸치도록 단단히 묶고 있었다. 아기는 한 손으로는 어깨띠의 끝자락을 꼭 붙잡고 다른 한 손은 엄마의 왼쪽 가슴 아래를 잡고 래리를 바라보았다.

"너 수염 좀 어떻게 해야겠어. 모자도 바꾸고. 부치 캐시디*처럼 생겼어." 내가 말했다.

"나 고약한 냄새가 나. 기분 정말 더러워."

---

* Butch Cassidy. 악명 높았던 미국의 은행, 철도 강도. 영화 〈내일을 향해 쏴라〉의 주인공이기도 하다.

근육질 몸에 오른쪽 뺨에 상처가 볼록하게 올라온—아마 사
냥에서 입은 상처일 것이다—남자가 샅바를 묶은 꼬리를 등 뒤
에 대롱거리며 우리 앞 10미터쯤 떨어진 곳에 놓인 통나무 끝에
앉았다. 그의 무릎 사이에는 작은 북이 놓여 있었다. 밑으로 갈
수록 가늘어지는 원통형에 양 끝에 가죽이 있고, 꼰 끈이 한쪽
끝에서 다른 끝까지 바짝 당겨져 탄탄하게 묶여 있었다.

그는 눈을 감고 머리를 흔들더니 다시 눈을 떠 손에 입김을
훅훅 불고는 연주를 하기 시작했다.

여자들이 원형으로 앞뒤로 서서 오로지 맨발의 작고 정교한
놀림만으로 빠르게 이어지는 북소리의 리듬을 탔다. 라피아 치
마가 옆으로 살랑살랑 움직이며 멜로디에 맞추어 물결치듯 오르
락내리락했다. 아이들은 화음을 맞추듯 박수 치기 시작했고, 린
투 옆에 있는 남자들은 저음으로 뭔가 읊조렸다. 정교하면서도
무질서했다. 한 노파가 원 중앙으로 들어와 단독으로 춤추기 시
작했다. 천으로 된 끈을 겨드랑이 밑에서 조이듯 매어 길게 늘어
진 젖을 가슴과 배에 평평하게 붙이고 허리에 두르는 낡은 치마
를 입고 있었다. 팔을 옆으로 죽 뻗었다가 아래로 내려 앞에서
다시 모으는 식으로 움직였는데, 손은 아기 머리 모양을 하고 있
었다.

그때 멀리 개간지 쪽에서 어린아이가 달리며 괴성을 질렀다.
다른 움막들 뒤에 떨어져 있는 한 움막에서 커다란 회색 인형이
어둠을 뚫고 나오기 시작했다. 그 앞에는 바콜로가 조심조심 걸
음을 떼고 있었는데, 손에는 호리병박 딸랑이를 흔들며 인형이

움직이는 방향을 가리켰다. 인형은 빙빙 돌면서 가까이 다가오기 시작했다. 불 가까이 다가오자 인형의 모습이 드러났다. 발은 수피포*로 묶여 있고 나뭇잎으로 만든 치마 아래 붉은색 바지를 입고 있었다. 상반신도 수피포로 휘감겨 있었으며 팔은 없고 눈에는 크고 시커먼 구멍이 뻥 뚫려 있었다. 얼굴은 고릴라 해골이었다.

인형이 옆으로 격렬하게 발을 차면서 움직이며 여자들을 향해 빙빙 돌며 다가갔다. 발목까지 빙빙 돌며 내려갔다가 다시 회전하며 올라왔다. 그 앞에서 여자들이 흩어져서 고음의 요들을 주고받고 다시 모여 뽐내듯 앞으로 걸어와 발을 굴렀다가 다리를 벌리고 머리를 뒤로 젖히고 원숭이 먹는 독수리처럼 울부짖었다.

인형이 달아나고 여자들이 그 뒤를 따라갔다. 춤은 개간지 끝으로 물러났다가 다시 앞으로 나오기를 반복하며 계속됐다. 그때 인형이 마침내 어둠 속을 빙빙 돌다가 사라졌다.

임무를 끝낸 바콜로는 우리 옆으로 다가와 옆자리에 앉았다. 뼈만 앙상한 가슴팍이 가쁜 숨으로 들썩거렸다. 손은 무릎 위에 축 늘어졌고 호리병박 딸랑이는 발치에 놓였다. 여자들은 원무를 다시 재개하고 명랑한 멜로디의 노래를 부르기 시작했다. 자장가 같았다. 아마도 어린 왕 페피 2세가 그토록 듣고 싶어 했던 노래가 이것이었을 것이다. 거대한 나무 아래서 춤추는 작은 사

---

* 나무껍질을 물에 담가 두들겨 펴서 만든 천.

람들의, 아마도 선사시대로부터 왔을 노래.

춤의 고수 베야가 빨간 바지를 벗고 아이들과 몸을 말고 누워 있는 개들(닭 한 마리가 개 다리에 앉아 있는 걸 보고 깜짝 놀랐다) 사이에서 슬며시 나왔다. 땀으로 번들거리는 베야의 가슴과 등이 불빛에 반짝거렸다. 그는 벤치 끝, 바콜로 옆자리에 앉았다. 바콜로가 베야에게 뭔가를 열심히 말했고, 이야기가 끝났을 때 베야가 앞으로 몸을 기울여 마르셀랭에게 링갈라어로 전달했고, 마르셀랭이 래리에게 전했다. "바콜로 말이 당신의 정령 아버지가 당신 가까이 있답니다. 당신을 자랑스러워한대요. 그가 여기 밀림에 있을 때 당신을 자랑스러워하셨어요. 그래서 바콜로가 우리를 위해서 열심히 해준 거예요. 폭풍을 멈춰주었죠. 바콜로 말이 비가 오도록 하는 건 쉽대요. 나뭇잎을 떼서 물속에 던지면 갑자기 비가 오기 시작해요. 그렇지만 폭풍을 멈추는 일은 많은 노력이 필요하죠. 나뭇잎을 끈으로 만들어 손목에 두르고 알고 있는 모든 것, 갖고 있는 모든 힘을 다해 생각해야 해요. 머릿속에 열병이 생기는 거나 같죠."

"감사하다고 전해주게." 래리가 한쪽 허벅지에서 다른 허벅지로 옮겨 앉으며 말했다. "매우 감사하다고 말해줘. 담배를 원하겠지? 그렇지?"

"그런 거 아니에요." 마르셀랭이 바콜로를 대신해 기분이 상해서 말했다. "바콜로는 진심으로 한 말이에요. 진지하다고요."

벤치의 다른 한쪽 끝에 앉아 있던 옹제는 젊은 여자들의 가슴과 라피아 치마와 종아리 근육과 맨발이 자기한테서 1미터도 떨어지지 않은 곳에서 우아하게 원을 그리며 움직이고 있는데도 곤히 잠들어 있었다. 한쪽 다리를 다른 쪽 다리 아래 집어넣고 고개는 가슴 쪽으로 떨군 모습이 영락없이 홰를 치고 있는 수탉처럼 보였다.

"그 춤에 대해 이야기해줄 수 있을까?" 내가 물었다.

마르셀랭, 바콜로, 베야가 회의를 시작했다.

래리가 내게 말했다. "나 이 사람들을 사랑하게 될 것 같아."

"그럴 줄 알았어."

"네가 생각하는 그런 건 아니야." 래리가 멍한 시선으로 춤추고 있는 여자들을 응시하며 말했다. 팔꿈치를 무릎에 괴고 포동포동한 손가락 끝을 서로 맞대고 있었다. "이 사람들 기술에 대한 거야. 정말 단순해. 모든 이동 결정이 머릿속에서 끝나. 옮겨야 할까? 좋아. 집 안 물건이며 가구, 장신구, 나뭇잎 그릇이며 팬, 침대며 의자는 신경 안 써. 새로 옮기는 곳에서 더 만들면 되니까. 집도 마찬가지야. 사는 동안만 집이지. 아마 반나절 정도면 지을 수 있을걸. 내 생애 가장 행복했던 시절은 이와 비슷하게 살았던 때야. 에이컨 뱅크 숲에서 직접 집을 짓고 간단한 물건들은 만들어 쓰고 스스로 알아서 자급자족했을 때……."

"이 춤은요." 마르셀랭이 흡족한 표정으로 말했다. "이 춤의 이름은 에그노모Egnomo예요. 원래는 리쿠알라오제르브 강 북부에 사는 카분가 피그미들한테서 유래한 거예요. 베야가 걸어서 밀림을 지나 그곳에 가서 대가로 사냥 그물을 주고 이 춤을 배웠대요."

"그럼 의미는 뭔가?"

"아, 그건 나도 알아요. 죽은 사람의 혼령이 와서 야자술을 마셨어요. 너무 취해서 오도 가도 못하게 됐죠. 그렇게 주술사한테 잡혀서 밀림의 피그미들한테 끌려가 춤으로 사람들을 즐겁게 해주었다는 거죠. 바로 그거예요. 나도 그런 식으로 죽음을 해결했잖아요. 그런 면에서 나도 피그미들한테 동의해요. 할 수 있다면 죽음을 취하게 만들어서 춤추고 쓰러지게 만드는 거죠. 래리, 레드몬드, 그런 식으로 내가 두 사람의 목숨을 살리고 우리 목숨을 살렸잖아요. 그런 식으로 내가 만푸에테 민병대 사령관, 사이몬 음벵가를 붙잡았잖아요. 취하게 만들고 춤추게 만들고 쓰러지게 만들었죠."

"맞네. 진심으로 감사하네. 고마워." 래리가 정색하고 말했다.

"하지만 이 춤은 이젱기Ezengi, 사자死者의 춤과 혼동해선 안 돼요. 이젱기는 누군가 죽었을 때, 영원히 죽었을 때만 추는 춤이에요." 마르셀랭이 낮은 목소리로 말했다.

아이들이 이리저리 돌아다니기 시작했다. 노파는 자리를 떴고 마르셀랭도 그의 텐트로 들어갔다. 웅크리고 있던 개도 일어나 어딘가 잠자리를 찾아 사라졌다. 하지만 응제가 흠모했던 젊은 여자는 네 명의 친구들과 함께 새로운 춤을 추기 시작했다. 더 관능적이고 더 움직임이 많은 춤이었다. 응제 말이 맞았다. 그녀의 가슴은 아름다웠다. 하지만 총각들에게 눈길을 준 채 춤추고 노래하고 요들을 부를 때 굳이 그런 말을 해줄 사람이 필요 없었다. 다른 여자들보다 자그마했지만 자신감이 넘치고 행복해보였다. 그녀의 인생은 아직 미래로 가득 차 있는 것이다.

베야가 더 이상 참지 못하고 벤치에서 벌떡 일어났다. 힘줄은 탱탱하게 긴장되고 근육은 탄탄했다. 그는 몸을 반쯤 웅크리고 팔꿈치는 안쪽을 향하게 하고 이마는 쑥 내밀고 손바닥을 올리고 손가락 마디는 구부리고 이렇게 소리쳤다. "부우사 부우사 부우사." 여자들이 웃으며 그에게 가까이 다가가며 춤을 더욱 고조시키면서 노래를 불렀다. "아위오우 아위오우 아위오우"

응제와 닭은 각자의 자리에서 여전히 자고 있었다. 흡사 사자의 정령, 젱기Zengi가 영혼을 잠시 빌려간 것 같았다.

"우리가 방해가 되고 있는데, 늙은이들은 퇴장하자." 래리가 말했다.

"도대체 뭐라고 중얼거리는 거야?" 텐트로 들어와 어둠 속에서 춤 소리를 들으며 방수포 안에 누웠을 때 래리가 중얼거렸다.

"니모닉mnemonic, 단어를 외울 때 쓰는 연상기호야. 'On Old Olympus Towering Tops a Finn and German Pick Some Hops(온 올드 올림퍼스 타워링 탑스 어 핀 앤드 저먼 픽 섬 홉스).' 곱상어의 뇌신경, 올펙토리olfactory(청각의), 옵티컬optical(후각의)…… 그다음은 모르겠네. 뒤늦게 충격이 오는 거야. 그럴 줄 알았어. 잠이 안 와."

"이상하지만 사실이야. 잠이 안 와. 그리고 말이 나왔으니 말인데, 그 빌어먹을 곱상어의 뇌신경에 대해선 아는 게 없어."

나는 손전등을 켜고 배낭을 풀어 지도 넣는 주머니에서 메모다발을 꺼냈다. "이젱기, 분명 바위셰가 그 정령에 대해 이야기한 게 있었는데…… 위대한 숲의 정령에 대해서 말이야."

"곱상어를 만난 적이 없어. 기억할지 모르겠지만 나는 연극학을 공부했어. 그러다가 심리학, 동물행동학으로 바꿨지. 그건 더 많은 기구들을 사용하게 해줬기 때문이야. 무대 조명으로 그렇게 하긴 했지만, 동물학에서는 필름, 카메라, 그런 것들을 마음대로 사용하게 해줬어……."

"나는 바위셰가 피그미의 믿음에 대해 쓴 전부를 대충 번역해 봤어. 여기 있군. 그럴 줄 알았어. 인간의 정령 아버지는 둘이야. 젱기가 나이가 더 많고 지악폭포Ziakpokpo는 더 어린 쪽이야."

"젱기가 죽음의 신이지? 큰 낫을 든 '시간의 할아버지'처럼? 내 생각에 여기서는 마체테를 들고 있을 것 같지만. 젱기를 보면 그대로 고꾸라져 죽는 거야."

"아닐 거야. 젱기는 사냥을 관장하는 신이야. 영생에서 완벽한 사냥을 주관하지. 영생 속에서 여기 이곳처럼 생긴 야영지에서 말이야. 거기는 조상들이 살고 여자들과 잃어버린 아이들이 가득하지."

래리가 눈을 감고 천천히 이야기했다. "그럼 가슴 아픈 이야기네. 키플링Rudyard Kipling이 쓴 그 끔찍한 이야기 같아. 아들을 잃은 아버지가 숲 한가운데서 길을 잃고 헤매다가 커다란 저택 앞에 오게 되지. 저택 안에는 심령술을 가진 앞을 못 보는 여자가 살고 있었어. 모든 마을 사람들은 그녀에 대해 알고 있었지만 그 아버지는 몰랐어. 아름다운 집과 정원, 숲에는 노는 아이들로 가득했지. 위층 창문에서 손을 흔드는 아이들도 보이고 분수 뒤에서 웃음소리도 들려. 나무 사이를 뛰어다니는 아이들 모습도 살짝살짝 보여. 하지만 아이들은 부끄러움이 많아서 가까이 오질 않아. 그 아버지는 여자의 난롯가 옆에 앉아 의자 팔걸이에 손을 늘어뜨리고 있어. 그런데 죽은 아이의 혼령이 나타나 그의 손바닥에 입을 맞춰. 아이가 살아 있을 때 부자가 만들었던 비밀 신호 같은 거였어."

북소리와 노랫소리가 점점 불규칙해지고 멈칫거리더니 완전히 멈추었다.

"신에 대해서는 어때? 신을 믿어?" 래리가 물었다.

"신은 너무 멀리 있지. 닿을 수 없잖아. 신은 해와 달, 별과 함께 하늘에 고정된 존재지. 하늘과 땅의 유일한 연결은 천둥이고."

"다른 건?"

"간단해. 지구는 물 밖으로 나와 끌어올려져 태양에 의해 만들어진 거야. 지구는 하나의 평평하고 얇은 층이고 그 아래에는 아무것도 없고 나무로 덮여 있어. 그리고 그 숲의 얇은 층에 사람과 혼령, 그림자, 조상, 세상이 창조될 때 태어난 최초의 인간들이 살고 있지. 그들이 이 밀림의 진짜 주인인 거야. 그러니 존경으로 대해야 해. 대부분 순하지만 가끔은 위험할 수도 있어."

"그들이 밤에 습격하기도 하나?"

---

* Father Time. 시간을 의인화한 가상의 존재. 큰 낫과 모래시계를 들고 있는 노인의 모습으로 그려진다.

"야영지에서는 아니야. 밀림의 마을에서도 아니고. 그곳은 사적인 영역이니까. 다른 야영지로 옮겨 새로운 개간지를 만들고 길을 만들 때 가지고 가는 익숙한 영역이니까. 혼령의 세계를 통해 일상적인 삶의 끈을 이어가는 거지, 안전하게."

"그러면 그들을 화나게 하는 건 뭔가?"

"조금이라도 무시하는 것. 사냥 전날 너무 피곤해서 춤을 추지 않거나 주술사가 전달한 메시지를 무시하는 행동 같은 것."

"레드소."

"왜?"

"나 한 가지 문제가 있어."

"뭔데? 말해봐." 나는 뭔가 심각한 비밀 이야기가 나오리라 생각하고 말했다.

"나는 발을 머리보다 높이 둬서는 도저히 잠을 잘 수 없어. 내 등 쪽에 작은 뿌리가 나와 있는 건 괜찮아. 하지만 이렇게 머리가 움푹 내려가서는 도저히 잘 수 없어. 괜찮으면 자리 좀 바꿔 줄 수 있겠어? 괜찮을까?"

"또 다른 혼령들의 세계가 있어." 자리를 바꾸고 나서 내가 말했다. "동물 귀신들의 세계야. 아이들을 괴롭히지. 딸이 열이 나거나 아기가 계속 울어대거나 아들이 잠을 못 이룬다면 아내가 숲속 동물의 혼령을 화나게 한 거야. 나뭇잎으로 만든 선물도 주지 않고 동물 혼령이 지나다니는 곳을 지나간 거야."

"그건 만들어낸 이야기일 거야." 래리가 편안한 자세를 잡으려고 애쓰며 말했다. "피그미들처럼 현명한 사람들이라면 불안의 정도를 최소화하려고 했을 거야. 그런 게 아니라면 죽음이 이렇게 가까이 있고 아이들이 매종에 걸리는 곳에서 살면 두려움을 퍼뜨리는 게 도움이 될 거야. 자잘한 걱정거리를 잔뜩 갖는 거지, 공포로부터 보호하기 위해. 더 큰 걱정거리로부터 생각을 분산시키기 위해서 말이야."

"모든 동물 혼령들 가운데 가장 위험한 것, 지나가기에 가장 위험한 것은 작은 황금두더쥐야. 지하 땅굴에 살기 때문에 어떻게 피해야 할지 알기 어렵거든……."

"그럼 어떻게 해야 해?"

"불을 피우는 거야. 불에 여덟 가지 처방한 식물과 이끼를 넣고 아이에게 그 연기를 쐬게 해서 훈증소독을 하는 거야."

"그때 너 잠들 때 했던 그 콘래드 말은 뭐야? '아무것도 하지 않는 용단do-nothing heroics', 이게 무슨 말이야?"

"그거?《태풍Typhoon》에 나온 말이야. 젊은 선원이 최악의 태풍 속에서 공포와 싸우는 데 너무 많은 에너지를 써서 결국 아무것도 할 수 없게 된다는 이야기. 그는 무섭지 않다고 생각해. 하지만 꼼짝도 할 수 없는 거야. 몸이 마비된 거지. 그게 겁이 났다는 증거지."

"그렇군." 래리가 마치 큰 고민거리가 해결이라도 된 듯이 말했다. "그런 거라면 됐어." 이렇게 말하고는 잠이 들었다.

19

밀림의 동물들

새벽 4시, 알람 소리에 잠이 깼다. 우리는 어둠 속에서 영양고기 몇 점과 차갑고 걸쭉한 카사바를 먹었다. 동이 트자 그날의 첫 번째 벌들이 도착했다. 벌들은 땀에 전 셔츠에 앉았다가 셔츠 안으로 들어와 가슴팍과 목 뒤를 기어 다녔다. 자꾸 겨드랑이 아래에 모여들려고 했다. 금세 마치 하층부 관목에 있는 모든 덤불 뒤에서 나온 것 같은 다른 벌들도 모여들었고, 다른 벌의 4분의 1 크기에 색깔이 까만 침이 없는 벌, 모파니도 합류했다. 이들은 우리 얼굴 주변에 구름처럼 몰려들어 윙윙거리더니 머리카락 속으로 들어가고 눈가와 입가를 빨고 코와 귀로 들어가 콧물과 귀지를 빨았다. 우리는 셔츠를 벗어 불 가까이에 널어놓고 밀림 바닥의 작은 나무들에서 나뭇가지를 잘랐다. (마르셸랭이 잎이 넓은 생강이나 아칸서스, 애로루트보다는 딱딱할수록 더 낫다고 말했다.) 우리는 팔이 옆구리에 닿지 않도록 조심했다. (겨드랑이에 벌침을 쏘이면 사타구니에 쏘였을 때만큼이나 아프다고, 마르셸랭이 말했다.)

우리 바로 뒤편 나무에서 아이의 소리가 들렸다. 베야가 불 옆에 쌓아놓은 더미 안에서 막대기 하나를 꺼내 쥐었다. 베야 옆에는 여자아이와 아이의 어머니가 서 있었다. 세 명 모두 땅바닥을 응시하고 있었는데, 거대한 나무의 측면 지주근 사이에 갈색과 검은색으로 썩어가는 나뭇잎을 보고 있었다. 우리도 함께 보았는데 나뭇잎의 패턴이 우리를 향해 S자 모양으로 바뀌었다가 곧게 펴지더니 공중으로 치솟았다. 래리와 나는 황급히 뒷걸음치다가 서로에게 걸려 넘어졌다. 베야가 막대기로 내리쳤다.

"숲코브라다! 독니를 다리에 꽂고 씹어요. 신경계가 망가집니다. 죽는 거죠." 마르셸랭이 말했다.

"하지만 우산 모양의 목이 없는데." 래리가 1미터는 되는 축 늘어진 갈색과 검은색이 뒤섞인 몸을 부츠 끝으로 밀었다.

"목이 작아요. 가늘어요. 빨라요. 나무를 타요."

래리와 나는 아프리카꿀벌의 침이 영국이나 미국의 보통 꿀벌의 침보다 더 나쁘지도 않지만 더 낫지도 않다고 결론 내렸다 (래리는 등 세 군데가 부어올랐고, 나는 왼쪽 겨드랑이 아래에 두 군데가 부어올랐다). 그리고 피그미 거주지에서 그들이 좋아하는 먹이를 순서대로 나열하면, 남아 있는 그들 자신의 꿀(버린 자이언트 프라니엄 앞에 싼 것), 깡통에 남은 설탕(웅제가 뚜껑을 닫기 전에 이미 비워진 것), 땀, 고기 조각, 개똥 순이었다. 래리가 알게 된 것은 이 벌들이 조금 우아한 건지 닭똥은 선호하지 않는다는 점이었다.

우리가 벌들을 셔츠에서 털어내고 있을 때 래리가 말했다. "마르셀랭, 피그미들은 수렵채집 생활을 하는 줄 알았는데, 왜 닭들이 있지?"

"병 때문이에요." 마르셀랭이 주머니가 달린 벨트를 두르며 말했다. "마을에서는 사람들이 걸리는 병에 닭들도 걸리죠. 그래서 피그미의 주인이 이렇게 말해요. '너와 네 가족이 숲으로 갈 때 이 닭들도 가져가라. 두 번째로 좋은 어린 수탉과 암탉 두 마리다. 너희가 같이 지내며 숲의 음식을 먹을 거다. 그러다가 너희가 숲에 있는 동안 질병이 돌면 마을의 모든 닭들을 죽일 거다. 그럼 너희가 돌아왔을 때 다시 시작할 수 있다.' 새로운 닭들을 키울 수 있는 거지."

마누는 쉬기 위해 린투에 누워 있었다. 웅제는 우리 벤치에 앉아 이제 숲은 충분히 겪었다면서, 고맙게도 만일 모든 남자들이 사냥을 떠난다면 당연히 인민 민병대의 웅제 우마르가 남아 거주지에서 가장 젊고 예쁜 여자들을 보호해야 한다고 말했다.

그래서 마르셀랭, 래리와 나만 베야의 뒤를 한 줄로 따라나섰다. 베야는 오른손에 끝에 가시철사가 달린 기다란 창을 들고, 어깨에 덩굴 줄기를 잘라 만든 끈을 매고 그 위에 리아나 밧줄로 만든 거대한 그물망 뭉치를 매달아 앞뒤로 대롱거리며 걸어갔다. 사냥 그물이었다. 그렇게 무시무시한 짐을 지고도 평소의 보폭에는 아무 변화가 없었다. 나는 따라가기 바빠 가끔씩 나오는 길고 뾰족한 이름 없는 빨간 꽃을 알아차릴 시간도 없었다. 그 빨간 꽃은 밀림 바닥에서 1미터는 떨어진 어둑어둑한 곳에 꽃만 대롱대롱 매달린 것처럼 보였다. (무엇에 의한 수분을 기다리고 있을까? 벌, 나비, 삼주벌레?) 지주근이 있는 커다란 나무 아래에는 마치 대형 버섯처럼 과일이 흩어져 있었다(비록 초록색이긴 하지만). 땀이 눈으로 들어가기 전에 고개를 숙일 때마다 안경에 김이 서렸다. 불쑥불쑥 나타나는 길이가 3센티미터는 될 가시가 달린 리아나 덩굴과 길을 가로막는 울퉁불퉁한 나무뿌리를 피하고, 엘엘빈 카탈로그에서 가장 튼튼하고 길이가 긴 상품일 래리의 부츠에 집중하느라 온 에너지를 다 썼다.

한 시간 후 베야가 어느 빈터에 멈춰 섰다. 거대한 나무가 쓰러져 만들어진 빈터였다. 놀라울 정도로 얄팍한 뿌리 덩어리(원뿌리는 없었다)가 땅에서 직각으로 뻗어 나와 있었다. 대략 마르셀랭의 머리 위로 1미터는 훌쩍 솟아 있었다.

둘러보니 놀랍게도 빈터는 사람들로 가득했다. 남자들과 남자아이들은 무표정한 얼굴로 팔을 무릎에 괴고 말없이 앉아 있었다. 그들의 어두운 갈색 피부가 떨어진 나뭇잎의 색, 부드러운 음영의 색과 비슷했다. 그들은 창끝을 위로 오게 해서 주변의 나무에 기대놓았다. 안으로 들어간 뿌리 덩어리같이 생긴 그물은 피그미의 머리 정도 오는 크기로 잘라 말뚝으로 다듬은 어린 나무에 매달아놓았다. 각 그물은 프라니엄 잎으로 덮여 있었다.

우리 뒤에서 여자들이 나타났다. 아기를 옆구리에 매단 엄마들과 어제 새벽까지 춤을 추었던 젊은 여자들이었다. 젊은 남자와 남자아이들이 자리에서 일어나 그물을 어깨에 둘러메고 창을 들어 앞으로 나아갔고 여자들이 그 뒤를 따랐다. 세 번 만에 머리에 그물을 이는 데 성공해 꼴찌로 출발했다. 우리를 지나가면서 영양의 눈만큼이나 큰 눈으로 그물코 사이로 우리를 쳐다봤다. 볼록 튀어나온 이마가 아직 어린아이의 모습이었다. 그는 우리 앞으로 난 자국(구부러진 잔가지나 잘린 리아나 덩굴로만 표시한)을 따라 걸어 올라가며 그물 무게에 약간 휘청거렸다. "저 아이를 도와줘야 할 것 같은데, 내가 그물을 들게." 래리가 말했다. "조용히 해요. 여기서부터 조용히 해야 해요. 게다가 저 짐을 들 수도 없을 거예요. 힘들어요." 마르셀랭이 어깨 너머로 소곤거렸다. 그러다가 한 가지 생각이 떠올랐는지 오른쪽으로 휙 몸을 돌리더니 말했다. "래리는 저 그물 안에 갇힐 거예요. 자기가 자기를 잡는 거죠." 마르셀랭은 자기 농담에 기분이 좋아져서 소리쳤다.

점점 더 땅은 축축해졌고 임관은 낮아졌고 숲은 무성해졌고 가시는 사나워졌다. 결국 모두 걸음을 멈추었다. 아무도 말하지 않았다. 남자들이 나무 사이를 지그재그로 걸어가며 놀라운 속도로 그물을 펼쳤다. 그물코에는 이미 나무못이 묶여 있었고 여자들은 그물 끝단을 땅에 고정시키고 윗단은 덤불과 관목, 어린 나무에 걸었다. 1미터 높이로 연결된 그물이 양방향으로 눈에 띄지 않게 늘어졌다. 뒤로 2, 3미터 되는 곳에 여자들이 몸을 반쯤 숨기고 앉아서 기다렸다. 마르셀랭과 래리, 나도 따라했다. 그물의 다른 편으로 10미터가 넘는 곳에 창을 든 남자가 울창한 숲 그늘 속에 보일락 말락 했다.

중간쯤 되는 곳에서 뭔가 치는 소리가 나더니 고음의 요들 소리가 들렸다. 10분쯤 후에 갈색과 흰색이 섞인, 다리가 길쭉한 개가 코를 킁킁대며 앞으로 가다가 그물을 보고는 지나쳐왔다는 것을 깨닫고 사과라도 하듯 꼬리를 흔들더니 다시 물러났다. 뭔가를 쳤던 사람은 날카로운 소리로 창을 들고 기다리고 있는 피그미에게 지시사항을 알렸다. 우리 앞에 나뭇잎들이 빠르게 튀어 올랐다. 한 여자가 우리 오른쪽 그물 어디선가 소리쳤다.

"모조메Mosomé! 모조메!" 소년이 우리를 지나쳐 달리며 노래를 불렀다.

"베이다이커*예요. 어서요." 마르셀랭이 말했다. 우리는 소년을 따라 달렸다. 하지만 쉽지 않았다. 래리와 내가 가시가 있는 리아나 덩굴 그물을 겨우 빠져나왔을 때 여자와 두 명의 사냥꾼이 진짜 그물에서 영양을 끌어내고 있었다. 길이 3미터 정도에 털은 어두운 적갈색이었다(머리부터 꼬리까지 등뼈를 따라 검은 줄이 있었다). 뒷다리와 엉덩이가 튼실했고 뒷다리는 앞다리보다 길었다. 모양은 아래로 갈수록 가늘어지는 원통 같았다. 울창한 숲을 낮고 빠르게 달리기 위해 그렇게 진화했을 것이다. 남자들이 영양을 굴리자 영양은 벌렁 나자빠져 발버둥을 쳤다. 여자들은 귀를 잡아당겨 머리를 붙잡았다. 귀와 귀 사이에 있는 원뿔형

---

* Bay duiker. 소목 소과의 포유류.

으로 생긴 작은 뿔보다 긴 타원형의 귀였다. 한 남자가 발굽 뒤쪽에 난 털을 잡았고 다른 남자가 작은 칼로 왼쪽 앞다리를 베고 오른쪽 앞다리도 베었다. 영양은 깊이 신음했고, 사냥꾼이 가슴을 찔러 열어젖히자 그제야 소리를 멈췄다.

나는 충격을 받고 말했다. "먼저 창으로 찌를 줄 알았는데."

여자가 쳐다보며 흡족한 웃음을 지었다.

래리가 바닥에 흐르는 피와 살을 베어 잎에 싸는 모습에서 시선을 피하며 말했다. "그러게 말이야. 아마 우리도 한때는 저랬겠지. 우리 조상들이 수렵채집으로 살아갈 때 말이야. 우리가 닭을 받아들이기 전에 말이야. 유럽에 농업이 들어오기 지금으로부터 1만 년 전쯤. 그렇게 오래되지도 않았어. 동물들을 돌보고 기르고 마치 아이 대신으로 취급하기 전까지는 크게 신경 쓰지 않았을 거야."

더 아래쪽으로는 작은 사슴이 그물에 걸려 버둥거리고 있었다. 위에 난 작은 엄니로 그물을 자르려 애쓰고 있었다. 크기는 베이다이커와 비슷했지만 다리는 훨씬 짧았고 노르스름한 갈색 털에는 흰색 반점과 줄무늬가 있었다. 밀림 바닥에 들어오는 햇살 같았다. 나는 첫눈에 아기물사슴이나 쥐사슴이라는 걸 알았다. 사슴이라기보다 사슴과 돼지 사이에 있는 동물로, 사슴이나 돼지보다 훨씬 오래된 종이다. 3,000만 년 전 화석에서 거의 변한 게 없었다. 풀 자체가 진화하기 전, 호모 사피엔스 사피엔스가 나타나기 2,980만 년 전 풀밭에 누워 있었던 모습과 다르지 않았다.

야영지로 돌아오자 마누가 린투 밖에서 셔츠를 벗고 얇은 통나무 위에 몸을 앞으로 기울여 앉아 있었다. 무릎에 팔꿈치를 얹고 양 손바닥은 단단히 모으고 있었다. 바콜로가 마누의 왼쪽 어깨를 잡았다. 바콜로보다 나이가 어린, 아마도 바콜로의 아들인 듯한 남자가 바콜로의 지시에 따라 마누 뒤에 웅크리고 앉아 영양가죽으로 만든 붉은 주머니 안을 만지작거렸다. "괜찮아요. 바콜로가 허리를 치료해줄 거예요." 마누가 확신할 수는 없다는 투로 말했다.

도제가 주머니에서 날이 녹슨 작은 칼을 꺼냈고 바콜로가 지시를 내렸다. 도제는 마누의 왼쪽 옆구리 아래 살을 집더니 칼로 베었다. 바콜로는 작은 뿔을 꺼내 입구를 막아놓은 나뭇잎을 벗기더니 손가락에 검은 연고를 조금 짜서 칼로 벤 부위에 발랐다. 오른쪽으로 2센티미터쯤 옮겨 똑같은 과정을 반복했다. 마누의 눈이 게슴츠레해졌다.

남자아이 세 명이 다가와 그 광경을 지켜보다가 우리에게 자기네들이 얼마나 잘 뛰어오르고 하얀 고무공을 얼마나 잘 잡는지 보여줬다(거의 올림픽 선수 수준이었다).

"덩굴에서 라텍스를 얻지. 내 생각에 라텍스는 여기서 다른 무엇보다 고통의 원인이 되었어. 우리 잘못이 아니야. 언젠가 그것에 대해 말해줄게." 래리가 말했다.

바콜로는 여덟 번째 자상을 지휘하고 있었다. 그때 어젯밤 북을 치던 오른뺨에 흉터가 있는 남자가 밀림 속에서 천천히 걸어 나왔다. 한 손에는 석궁을, 다른 손에는 원숭이를 들고 있었다.

"봐도 될까요?" 래리가 석궁을 받아 쥐었다.

고수는 어깨를 으쓱하고는 미소 지으며 내게 원숭이를 건네고 우리 벤치에 앉았다.

"와, 활이 무겁네." 래리가 마치 희귀한 바이올린을 켜듯 거친 나무를 어루만지며 말했다. "아, 여기 아래에 있는 긴 방아쇠를 당겨야 활이 나가는구나……."

(원숭이의 노르스름한 갈색 털은 따뜻했고 부드러웠다. 눈은 갈색이고 솜털 같은 수염은 노란색, 귀는 파란색, 얼굴은 콧구멍과 윗입술 사이에 언뜻 하얀색이 들어간 것 빼고는 파란색, 손과 발은 검은색, 기다란 꼬리는 황갈색, 음낭은 하늘색, 성기는 짙은 청록색이었다. "콧수염원숭이예요." 마르셀랭이 말했다.)

"……이렇게 하면 이 구부린 덩굴로 만든 활시위가 홈에서 나오는구나. 멋진 솜씨군. 아주 잘 만들었어. 정말 곧게 나가겠는데……."

(콧수염원숭이 꼬리의 끝 25센티미터 정도는 털이 없는 검은 피부였고, 촉감은 손바닥이나 발뒤꿈치와 같았다. 나뭇가지를 더 잘 잡기 위해 옆으로 볼록하게 솟아 있었다. 무언가에 찔린 듯한 배에 난 상처에서 피가 새어나왔다.)

"그런데 잠깐! 화살을 조준할 홈이 없는데." 래리가 석궁을 어깨에 얹고 옆으로 쳐다봤다. 고수가 어깨에 메고 있던 바콜로의 주머니같이 생긴 것에서 활을 꺼내 래리에게 건넸다.

"하지만 이건 연필보다도 짧은데." 래리가 이렇게 말하며 활을 손가락 사이에 끼웠다. "직경은 연필의 반도 안 돼. 여기서 어떻게 날아가지? 평평한 나뭇잎처럼 생겼는데 이걸로 어떻게 쏘지? 이런 활시위로 어떻게 곧게 쏠 수 있지?"

고수가 고개를 끄덕거리더니 미소를 지었다.

마르셀랭이 래리의 손목을 잡더니 말했다. "돌려줘요. 독화살이에요. 원숭이는 2분 안에 죽어요. 거기에 긁히기라도 하면 래리도 10분 안에 죽어요. 질식할 거예요. 숨을 쉴 수 없게 된다고요."

우리는 화살과 석궁과 원숭이를 돌려주었고 고수는 자기 움막으로 돌아갔다.

바콜로는 마침내 만족스러운지 한 손을 마누의 이마에 가져다 댔다. 마누는 최면 상태에서 깨어난 것 같은 표정으로 일어나 비틀비틀 걸어가더니 뒤돌아 우리에게 예의 그 환한 미소를 보였다. "엄청 아팠을 것 같은데." 래리가 이렇게 말하며 마누의 옆구리 아래에 수직으로 베인 열다섯 군데의 상처와 양쪽 견갑골에 난 네 군데의 상처를 살펴봤다. 상처는 작고 검댕 같은 색에 피가 약간 맺혀 있었다. "사실 이런 예측이 맞을 것 같은데, 마누가 이제 아프다고 안 할 것 같아."

웅제가 개간지 한쪽 끝에서 물을 가득 채운 플라스틱 물병을 들고 나타났다.

"잘했다, 웅제. 시키지도 않았는데 물웅덩이에 갔구나. 잘했어!" 마르셀랭이 말했다.

"아, 그런 거 아니에요." 웅제가 반박했다. "마누 잘못이에요. 숨어 있었던 거라고요. 마누가 피그미들한테 말했어요. 내 거기가 아프다고 그랬다고요. 마누가 내 거기가 항상 아프다고 말했어요. 그래서 도망친 거예요. 거기를 베면 어떻게 해요? 안 돼요! 내 거기에 흉터 남기는 건 싫어요!"

베야가 두 번째 움막에서 다시 나왔고 성공적인 시술로 피곤해진 바콜로는 우리 모닥불에 같이 앉아 푸푸와 구운 다이커 고기(베야가 가져온)를 먹었다. "래리, 레드몬드, 베야 말이 사냥에서 돌아올 때 고릴라가 우리를 따라왔대요. 한참을 따라왔대요. 우리가 밟은 길 바로 위에 고릴라 발자국이 난 걸 봤대요. 늙은 수컷 고릴라래요." 마르셀랭이 말했다.

"왜?" 래리가 겁을 먹고 말했다.

"궁금해서죠. 고릴라들은 호기심이 많아요. 게다가 한 번도 백인을 본 적이 없잖아요. 이렇게 생각했겠죠. '저기 두 사자死者의 혼령이 가고 있네. 냄새가 나잖아.'"

"그래, 난 확실히 혼령처럼 느껴져." 래리가 이렇게 말하며 휴대용 식기에 담긴 하얀 푸푸 덩어리를 께적거렸다.

"사자의 혼령들한테서 냄새가 나?" 내가 물었다.

마르셀랭이 베야에게 전달했고 베야가 바콜로에게 물었다.

"바콜로 말이 사자의 혼령들은 동물에게 들어갈 수 있대요. 표범이나 숲돼지, 코뿔새, 아니면 심지어 균류의 형태를 취할 수도 있죠. 하지만 그들을 보기 위해선 그들을 알고 있어야 해요. 그러기 위해서는 마법사가 돼야 하고 비결을 전수받아야 해요. 그건 대단한 기술이고 매우 어려워요. 하지만 혼령들은 냄새를 갖고 있어요. 마치 그림자처럼요. 이 냄새는 누구나 알아챌 수 있어요."

"어떤 냄새인데?"

마르셀랭이 베야에게 전했고 베야가 바콜로에게 물어봤다. 대답은 물결처럼 반원을 그리며 돌아왔다.

"그 무엇과도 같지 않은 냄새."

늦은 밤 텐트 안에 있으니 바깥은 웃음과 이야기, 갑자기 터지는 노랫소리로 가득했다. 두 번째, 세 번째 사냥으로 영양 일곱 마리를 더 잡아온 것이었다. 나는 헬트노스와 딜러의 책에서 아기물사슴 또는 쥐사슴을 찾아봤다. 이들은 사슴치고는 이상한 습성이 있었다. 생긴 모습대로 낮은 덤불에서 나뭇잎을 먹고 실생식물과 떨어진 과일을 먹는다. 수영과 잠수도 잘한다. 발굽을 지지해줄 수 있는 리아나 덩굴이 하나나 둘이라도 있으면 나무를 타고 올라가기도 하고 작은 동물이나 곤충도 잡고 밀림의 개울에서 물고기도 잡는다. 그런 점에서 밀림의 다이커(모든 영양 중에서 가장 오래된 종이고, 몸무게 대비 뇌가 가장 무겁다)는 다른 영양들을 기준으로 볼 때 정상이라 보기 어렵다. 이들은 울창한 숲에서 비밀스럽게 서식하기 때문에 이들의 습성에 대해서는 암수 모두 자기 영역을 지키고, 일 년에 한 마리 새끼를 낳고, 나뭇잎, 과일, 새순, 새싹, 씨앗, 나무껍질을 먹으며, 때로는 작은 새와 설치류를 사냥하고, 심지어 썩은 고기를 먹기도 한다는 것 외에는 알려진 바가 거의 없다.

"이 바빙가 피그미들은 자기의 언어를 갖고 있어? 너의 그 바위셰 선생은 그에 대해 뭐라고 했어? 반투족은 베야와 바콜로의 말을 이해할 수 있어?" 래리가 부츠를 신은 채 똑바로 누워 파란 천장에 비친 횃불 모양을 바라보며 물었다.

"반투족은 이들을 바빙가Babinga라고 부르지만 스스로 부르는 이름은 바야카Bayaka야. 보통 이런 이야기가 전해지지. 피그미는 밀림의 원주민이야. 인류가 진화한 이래로 계속 이곳에 살았어. 대략 5,000년 전에 원시 반투족 농부와 어부가 처음 강으로 이동했을 때 피그미는 밀림의 중심부로 들어갔어. 하지만 반투족과 점점 공생관계를 형성해갔지. 재배한 뿌리식물과 과일을 고기와 교환했어. 그런 과정에서 피그미는 노예나 농노, 하인이 됐고 그들의 언어를 잃었어. 하지만 바위셰는 그렇게 믿지 않았어. 만일 턴불이 말한 동부 깊숙한 곳의 음부티족Mbuti(바빙가족과는 꽤 상이한), 남부 먼 곳과 서부의 트와족Twa(어부)을 빼고 나면 남는 것은 우방기의 상가 강 지역의 아카족Aka뿐이야. 이들은 밀림의 10만 평방킬로미터 반경 내에 살고 있어. 이렇게 광대한 지역에 살면서도 그들은 서로를 잘 이해하지. 서로 다른 언어를 사용할지도 모르지만 서로 이해는 했을 거야. 그리고 여기 이 밀림에 스물두 개의 서로 다른 흑인 부족이 살았어. 피그미한테 반투족은 그다지 중요하지 않을 거야. 진정한 인간세계의 가장 변두리에 사는 괴상한 종족으로 생각하겠지. 그리고 두 언어는 서로 통할 수 없고……."

"좋아. 주의를 딴 데로 돌려주는군." 래리가 콧수염을 당기며 말했다.

"하지만 피그미의 언어는 여전히 반투족에게 남아 있어. 그래서 바위셰는 피그미가 매우 이른 시기에 분파되었다고 생각해. 그래서 밀림으로 옮겨간 거라고. 그리고 훨씬 뒤에 반투족이 남과 동으로 이동한 거고. 그러는 사이 피그미는 광대한 밀림에 적응하게 됐어. 다이커나 쥐사슴처럼 점점 작아지게 된 거지."

"좋아."

"그런데 주의를 딴 데로 돌려주다니 무슨 뜻이야?"

"계속 떨치려 해도 자꾸 떠오르는 백일몽 같은 게 있어." 래리가 일어나 부츠 끈을 풀며 말했다. "그 이야기가 잠시나마 다른 생각을 할 수 있게 도와줬어. 나는 요즘 나 자신을 고문하고 있어. 그러면 안 되는 건데 말이야. 나는 미국에서 최고로 감성적이고 능력 있는 여자 크리스와 함께 있어. 미국이란 나라에 살았던 게 이제 먼 옛일처럼 느껴지지만. 그리고 이 빌어먹을 지구상에서 가장 바람직한 나라라는 걸 이제야 너무 뒤늦게 깨달았어."

"그래서?"

"버몬트의 벌링턴에 가면 중국식당이 하나 있어, 실버 팰리스라고. 그 식당에는 옛날식 극장 같기도 한 장식이 되어 있어. 그중에서도 특히 솜털 무늬 벽지가 생각나. 크리스와 나는 지금 거기 함께 있지. 후난湖南식 닭요리를 먹고 있어. 기름에 바싹 튀겨내고 겉은 반질반질하게 양념을 바른 걸로 씹으면 바삭바삭해. 식사를 끝내고 우리는 벤 앤드 제리 아이스크림을 먹으러 가지. 지금 미국에 이 아이스크림 가게가 없는 데가 없어. 버몬트에는 사람보다 소가 더 많을 지경이야.˚ 그리고 아이스크림을 다 먹으면 다시 처음으로 돌아가. 처음으로 돌아가서 중국식당에서 식사를 하는데 이번에는 스프링롤과 볶음밥이 추가돼. 그리고 이 식사를 하는 중에는 단 한순간도 이 지구상에 어떤 인간이 실제로 100퍼센트 몸에 해롭고 역겨운 카사바 같은 걸 먹을 가능성이 조금이라도 있다고, 그 누구도 말하는 사람이 없어."

나는 잠이 들면서 혹시 바위셰가 나열한 특별한 동물들, 피그미가 수태의 첫 징후가 있을 때 먹으면 안 되는 금기 동물을 보게 될 수 있을지 궁금했다. 밀림 깊이 들어가면 자궁처럼 생긴 은신처에서 그런 동물들을 끌어낼 수 있을지도 모른다. 나무천산갑(꼬리가 길고 주둥이가 긴 개미핥기를 닮은 동물로 몸통은 전나무 방울 같은 비늘로 덮여 있다)이나 나무타기바위너구리(토끼만 한 크기에 말, 맥, 코뿔소, 하마, 코끼리의 공통 조상처럼 생겼으며, 나무에 살며 밤에 달이 뜨면 아기처럼 우는 습성이 있다) 같은 동물들 말이다. 아니면 어쩌면 큰천산갑이나 땅돼지처럼 땅 밑에 사는 금지된 동물을 볼 수 있을지도 모른다. 아니면 반은 동물이고 반은 새에 가까운 날다람쥐를 흘끗 볼 수 있을까. 혹은 아이들에게 정말 위험할 숲고양이류, 그러니까 표범이나 황금삵, 사향고양이 같은 서발린제넷고양이나 큰점박이시벳을 볼 수 있을까? 하지만 그 모든 동물들 중에서 금기 동물의 마지막 카테고리에 들어가는 것 중 하나를 보고 싶다. 봉고Bongo이다(봉고의 얼굴에는 래리와 나, 많은 원숭이나 작은 영양들처럼 영혼의 색인 하얀색이 있다). 밀림 영양 중 가장 덩치가 크다고 알려졌고 짙은 밤색에 하얀 줄이 옆구리에 수직으로 나 있다(미간에도 흰색 V자 무늬가 있다). 숲이 울창한 물가에 산다. 봉고가 가장 즐기는 것은 진흙 구덩이에서 뒹굴고 나무에 몸을 비비는 것이다. 꿈속에서 그 봉고가 나타나 그물을 뛰어넘고 날아오는 창의 U자 미늘을 피해 갈색과 흰색을 번득이며 획획 뛰고, 공중에서 날아오는 독침보다 더 빨리 뛰어갔다.

---

* 벤 앤드 제리 아이스크림 포장지에는 소 그림이 그려져 있다.

20

외삼촌은 밀렵꾼

우리는 거주지의 어린 수탉이 울고, 지금은 우리 집이 된 빈터 위 나무에 사는 듯한 바벳류의 작고 얼룩덜룩한 각시오색조가 맛이 간 알람시계처럼 울어대기 시작할 때 길을 나섰다. 그로부터 여섯 시간 후 지친 우리는 밈벨루 맞은편인 모타바 강의 오른쪽 강둑에 도착했다. 베야가 '뚜' 하고 소리를 내서 뱃사공을 불렀다. 그리고 우리는 추장의 오두막으로 향하는 경사진 길을 올랐다.

나는 추장의 부인 세 명에게서 닭 두 마리와 파인애플 세 개, 코코넛 하나와 바나나 세 송이를 사고 짐꾼에게 돈을 지불했다. 추장 앞이라 그런지, 아니면 그냥 마을에 나와 있어서 그런지 피그미들이 쪼그라든 것처럼 보였다. 심지어 밀림에서는 지식과 능력으로 마치 거인처럼 보였던 베야조차도 자신감을 잃고 몸집도 줄어들어 다시 피그미 키로 돌아간 것만 같았다. 마누는 물을 뜨러 강으로 갔다. 응제는 오두막 앞 마른 진흙바닥에서 저녁을 준비하기 시작했다. 첫 번째 닭을 무릎 위에 평평하게 펴고 마체테로 목을 쓱 그었다. 1미터는 떨어진 곳에 다리를 묶어놓은 두 번째 닭이 그 광경을 보더니 겁을 먹고 어쩔 줄 몰라 했다. 추장이 한사코 권해서 추장 뒤를 따라 장중한 분위기에서 마을을 돌아보고 있을 때 둥그렇게 모인 구경꾼 무리에서 가느다란 턱수염이 난 덩치 큰 반투족 한 명이 나와 베야의 손에서 지폐를 모조리 가져가는 것이 보였다.

개간지 모래 바닥에 지어진 커다란 학교가 나왔다. 목재를 대충 잘라 만든 책상과 긴 의자, 칠판이 있고 끝이 뾰족한 말뚝으로 울타리를 친 학교 정원에는 카사바와 파인애플, 꺾꽂이한 플렌테인을 심은 작은 구획이 있었다.

"우리 마을 학생들은 행복해한다오. 교장도 그렇고. 하지만 우리에겐 펜이 없소. 펜 없이 아이들이 어떻게 쓰기를 배우겠소?" 추장이 자기 목을 물고 있는 크고 파란 파리를 세차게 치며 말했다.

래리가 인장이 새겨진 반지를 빙빙 돌리고 콧수염을 잡아당기더니 셔츠 가슴주머니에서 남아 있는 세 개의 볼펜 중 두 개를 꺼내 밈벨루 추장에게 건넸다.

답례로 밈벨루 추장은 커다란 움막 뒤편으로 돌아가더니 우리에게 여동생 두 명을 소개해주었다. 여동생은 앞이 뚫린 움막 아래 라피아야자나무 잎으로 만든 발 뒤에 놓인 통나무에 앉아 미소를 지었다. 그녀는 발치에 있는 반으로 자른 기름통에서 박으로 물을 떠 그녀 머리 위에 기우뚱하게 있는 두 개의 배수관처럼 생긴 것을 둘러 묶은 천으로 가져갔다. 주름진 얼굴에 이는 거의 없었다(윗니가 하나 아랫니가 두 개 남아 있었다).

"증류기잖아. 저거야말로 시골 버전의 대단한 기술인데." 래리가 이렇게 말하고는 한 걸음 더 다가갔다. "초기 잭 다니엘 증류 방식이잖아." 혼자 기도라도 하는 듯이 이렇게 중얼거렸다.

래리는 뜨거운 것도 잊고 불 위의 철제 받침대에 놓인 커다란 통을 들여다보았다. "170리터짜리 가스 드럼통을 반으로 잘라. 거기에 옥수수 으깬 것을 넣고 밀랍으로 봉한다. 아연 도금한 응축 파이프를 넣는다. 1미터 길이에 지름은 1.3센티미터. 파이프 끝에 달린 V자 모양의 깔대기에서 알코올이 섞여 단지 안으로 모인다. 그걸로 끝! 이거야말로 가장 최초의 가장 단순한 증류기……."

추장이 툭 내뱉듯이 말했다. "교장 말이 이게 불법이라더군요."

마르셀랭이 어깨를 으쓱하고는 말했다. "그런 거야 대도시에서나 적용되죠."

투어를 끝내고 우리는 추장의 오두막 옆 움막에서 제례용 봉을 만지작거리고 있었다. 무거운 나무로 만든 봉으로 한쪽 끝은 뽀족하고 다른 쪽은 머리와 목, 쭉 뻗은 팔이 새겨져 있었다. 신호를 주는 북의 옆면도 만져보았다. 속이 텅 빈 나무 몸통으로 만든 것이었다. 끝이 둥그런 통나무배의 가운데 부분 같은 모양에 다리가 네 개 달리고 기다린 손잡이 막대기가 달려 있었다.

밤이 되자 우리는 저녁으로 닭고기와 푸푸를 먹고 추장의 의자에 앉아 야자술(속이 울렁거릴 정도로 단)과 옥수수술(속이 울렁거릴 정도로 독한)을 마셨다. 마르셀랭과 추장, 뱃사공은 링갈라어와 프랑스어로 이야기하며 농담을 주고받았다. 추장이 손등으로 입을 쓱 닦으며 대화를 이렇게 종결지었다. "이 뱃사공 배에는 작은 모터가 있고 바지 안에는 큰 모터가 있다네." 그러고는 플라스틱으로 된 커튼을 열어젖혀 안쪽 방에 있는 부인에게로 갔다. 래리가 모기들이 그의 얼굴에서 포식하고 있는 가운데 말했다. "옥수수술은 밈벨루의 유일한 맥아주야. 옆구리 터지는 술. 마시면 바로 후두가 아픈 술. 간경화가 생기는 술. 두개골이 빠개지는 술. 몸이 축 처지는 술. 그리고 KO." 래리는 이렇게 말하고 의식을 잃었다.

이튿날 상류로 다섯 시간 배를 타고 가서 밀림의 오른쪽 강둑, 작은 선가대에 배를 세웠다. 한 척의 통나무배가 있었다. 물가 진흙 위에서는 수백 마리의 나비가 무언가를 빨고 있었다. 흰 바탕—콩고식 흰색—에 회색 반점이 난 초크힐블루나비와 산호랑나비과 두 종류의 작은 나비처럼 보였다. 하나는 검은 날개에 얼룩덜룩하게 초록 형광 줄무늬가 있었고, 먹이를 빨아먹을 때는 날개가 V자로 접혔다. 갈색 바탕에 오렌지빛이 도는 선홍색 무늬가 있는 다른 종류는 먹이를 빨 때 날개를 퍼드덕거려서 그럴 때마다 번들거리는 진흙땅에 1센티미터짜리 불꽃이 번득이는 것 같았다.

마르셀랭은 배에서 훌쩍 뛰어내려 왼편에 있는 오두막으로 성큼성큼 걸어갔다(흰 운동화가 한 걸음씩 내디딜 때마다 나비들이 한 번씩 훅훅 날았다). "왜 여기 멈춘 거지? 우리 잘 날고 있었잖아." 래리가 말했다.

"날다니?"

"이동 중이었다고. 후딱후딱 잘 빠져나가고 있었어. 잘 나가고 있었다고."

"마르셀랭 박사가 누군가를 방문해야 해요. 여기 아주 중요한 사람이 살아요. 빅맨이죠." 응제가 배의 건널판에서 엽총을 꺼내 들고 첨벙 소리와 함께 물가로 나오며 말했다.

"우리 외삼촌이 여기 살아요." 마누가 뱃머리에서 몸을 펴며 말했다. "유명한 사람이에요. 어머니의 오빠죠. 우리한테는 아버지보다 중요해요. 집안의 가장이거든요."

"오늘 우리 잘 먹을 거예요." 그를 따라 진흙길을 걸어갈 때 응제가 말했다.

"여기 무슨 일인 거야? 왜 이렇게 나비들이 많지?"

응제가 멈춰 서서 물었다. "정말 모르는 거예요?"

"뭘?"

"고기를 씻는 곳이잖아요." 응제가 씩 웃었다. 그는 왼손을 오른쪽 겨드랑이에 대고 주먹을 쥐고 팔뚝을 직각으로 구부리고는 갈비뼈를 세게 쳤다. "여기서 놀라운 걸 보게 될 거예요. 마카오에서는 더 놀라운 걸 볼 거고요. 그리고 그중 가장 최고는, 죽을 정도로 놀라운 건 텔레 호수에 가는 거죠!"

마르셀랭이 오두막에서 구르카족* 처럼 생긴 사람과 함께 나왔다. 그는 무표정한 얼굴로 우리가 다가오는 것을 바라보았다 (무릎까지 말아 올린 회색 바지에 카키색 셔츠를 입고 챙이 넓은 위장용 모자를 쓰고 있었다).

웅제는 걸음을 늦추고 목소리를 낮춰 말했다. "마르셀랭 박사는 정부의 빅맨이고 코끼리의 빅맨이죠. 모든 코끼리들을 보살피고 있으니까요. 하지만 외삼촌은 더 큰 빅맨이에요. 코끼리를 죽이죠. 유명한 사냥꾼이고 밀림에서 제일가는 밀렵꾼이에요."

"웅제, 정어리 가져와. 여기서 푸푸하고 정어리를 먹을 거다." 마르셀랭이 조용하지만 위협적인 목소리로 말했다.

웅제의 이마 한가운데에 주름이 잡히고 입꼬리가 축 처졌다. "나중에 고기 살 거죠?"

"아니, 고기는 안 살 거야. 여기서 푸푸와 정어리를 먹을 거야." 마르셀랭이 말했다. 웅제는 발을 질질 끌며 배와 가게를 오갔다.

우리는 마르셀랭의 외삼촌과 악수했다. 피그미 소년 두 명이 오두막에서 의자를 갖고 왔다. 젊은 반투족 여자가 둥그렇게 앉은 우리 한가운데에 야자술 한 병과 에나멜 컵 여섯 개를 놓고

---

* Gurkha. 현재의 네팔 왕국(구르카 왕조)을 세운 부족으로 강건한 농경민.

물러갔다. 웅제는 고기가 없다는 것에 낙심한 가운데 휴대용 식기와 푸푸가 든 그릇, 모두에게 한 마리씩 돌아갈 정어리가 든 음식 주머니를 들고 왔다. 마르셀랭과 외삼촌은 입씨름을 하기 시작했다.

"저는 둥근귀코끼리에 대한 조사를 실시하고 있어요. 정부 조사예요. 이제 코끼리가 몇 마리 안 남았어요." 마르셀랭이 우리를 위해 프랑스어로 말했다.

외삼촌이 처음으로 미소를 지어 보였다. 피부가 이상할 정도로 매끄럽고 주름 하나 없었다. 볼은 축구공의 가죽 조각처럼 동그랬다. 그는 비정상적으로 크고 근육질의 손을 좍 펼쳤다. "밀림에는 코끼리가 득실득실해."

"같은 집단이 왔다 갔다 하는 거예요. 여기서부터 가봉까지 밀림을 돌아다니는 거라고요."

"하지만 나한테는 커다란 상아가 많아."

마르셀랭이 링갈라어로 말했다. 목소리가 높아지고 허공을 가르듯이 오른손을 휘저었다. 그러다가 지금까지 한 번도 들어본 적 없는 파열음과 후음이 잔뜩 들어간 언어로 말하기 시작했다. 존경받는 것에 익숙한 권위적인 외삼촌은 뜻밖의 분노에 찬, 뭐라 말할 수 없는 무례함을 당하자 의자에서 몸을 앞으로 기울이고는 마치 개를 훈련시킬 때처럼 손가락을 마르셀랭 얼굴에 가까이 대고 흔들었다.

마르셀랭과 외삼촌에 온통 정신을 빼앗긴 웅제는 잔을 비우고 야자술을 잔에 다시 채우고는 들이켰다. 웅제는 뱃속부터 기분이 좋아졌는지 마누의 잔에도 술을 채워주었다.

래리와 나는 잔을 무릎 사이에 두 손으로 얌전히 들고 있었다. "그런 식으로 나를 봐야 아무 소용없어. 위스키를 쳐버린 건 너였어." 래리가 말했다.

"웅제, 두 사람이 쓰고 있는 말이 뭐지?" 내가 물었다.

"카카KaKa예요. 마카오 말이죠. 마누와 나는 못 알아들어요. 우리는 무누쿠토Munoocouto라는 말을 써요. 임퐁도 말이죠. 표준 말이요."

우리 맞은편에는 커다란 오두막 한 채가 있었다. 창고처럼 보였다. 널따란 야자나무 잎으로 이엉을 얹은 지붕이 바깥 초벽 위에 얹혀 있었다. 안쪽 벽으로 난 입구에는 나무로 된 거대한 이중 문이 달려 있었다. 창고 왼쪽에는 임시 변소가 있었다. 뚫려 있는 움막 아래 나지막한 진흙벽이 둘러쳐져 있었다. 그 사이에는 커다란 무화과나무 한 그루가 있었다. 무화과나무에서 튀었다가 내달리고 폴짝폴짝거리는 푸른색, 노란색, 밤색의 뭔가가 보였다. 다섯 마리의 푸른, 부채머리과 새였다. 크기는 꿩 정도인데 어처구니없을 정도로 행동이 재빨랐다. 내가 쳐다보자 한 마리가 나뭇가지를 달려 내려오더니 검푸른 볏을 까딱이고 밤색 배를 드러내 보이며 노란색 꼬리와 반짝이는 검은 날개를 쫙 폈다. 몇 번 날개를 푸드덕거리더니 미끄러지듯 앞으로 나아가며 말똥가리처럼 우는 소리를 내고 방향을 바꾸어 등이 보일 정도로 아래로 내려왔다. 그러고는 눈앞에서 한 줄기 긴 푸른빛을 남기고 사라졌다.

"래리, 지금 코끼리 상아 사진을 찍을 수 있어요." 마르셀랭이 말했다. 마르셀랭과 외삼촌의 논쟁은 아마도 종결된 것 같았다. 두 사람은 자리에서 일어났고 우리는 그들을 따라 오두막 안으로 들어갔다.

마르셀랭의 외삼촌은 나지막한 의자에 앉아 있었다. 그의 양 옆으로 위로 구부러진 모양의 빛나는 거대한 갈색 상아가 놓여 있었다. 상아의 뿌리 쪽이 그의 넓적한 발 옆에 있고 상아의 끝은 그의 머리보다 30센티미터는 위로 향하여 벽에 놓여 있었다. 아랫부분에 검은 테가 둘러진(아마도 한동안 땅에 숨겨놓은 듯한) 두 개의 상아가 그의 발목을 지나 낮은 아치 모양을 하고 있었다. 그의 머리 위 진흙벽에는 잡지에서 찢은 종이 세 장이 붙어 있었다. 쌍안경으로 본 풍경과 대구경 라이플총 삽화였다. 그의 오른쪽으로는 작은 상아 사이에, 몸통에 검은 반점이 있고 꼬리에는 검은 테가 둘러진 고양이가죽이 큰 대자로 펼쳐져 있었다. ("서발린제넷고양이에요." 마르셀랭이 말했다.) 왼쪽으로는 꼬리털이 복슬복슬한 회색 고양이가죽이 펼쳐져 있었다. ("밀림에서 볼 수 있는 황금삵 종류예요." 마르셀랭이 말했다.)

래리가 상아 사진을 찍고 응제와 마누의 사진도 두 장 더 찍었다(두 사람은 한사코 자신들의 집념과 용기를 나타낼 수 있는 증거인 강력한 전리품을 사이에 두고 찍겠다고 고집했다). 우리는 마르셀랭의 외삼촌과 악수를 나누고 배로 돌아왔다. 우산나무 아래서 자고 있던 뱃사공을 깨워 마카오로 출발했다.

강폭이 좁아졌다. 부평초와 부레옥잠, 파피루스도 조금 덜 펼쳐져 있었다. 경계가 뚜렷한 강둑의 울창한 식물은 사라지고 라피아야자나무들이 보였다. 때때로 반쯤 물에 잠긴 나뭇가지 위에 앉아 젖은 날개를 말리는 긴꼬리가마우지들이 보였다. 검은 목과 머리, 노란 부리, 붉은 기가 도는 얼굴과 루비색 눈만 드러내고 관목과 덤불이 툭 튀어나온 곳에 몸을 숨겨 헤엄치는 것들도 보였다. 그때 강둑에 있는 얌전하고 조용한 새 두 마리가 처음으로 눈에 띄었다. 바위종다리만 한 크기의 잿빛 딱새류로, 늘어진 리아나 덩굴 사이를 살금살금 다니고 있었다(서를과 모렐이 '캐신의 그레이딱새'로 부른 종이었다). 그리고 그보다는 몸집이 큰 흰눈썹숲딱새류도 보였다. 이 종은 언제나 뭔가 중요한 임무 수행 중인 것처럼 수면에 수평으로 뻗은 가지에 홰를 치고 앉아 하루살이들을 지켜보고, 부화 중인 파리 떼가 낮게 모여 있는 곳을 괜히 한 번씩 선회하고 되돌아오곤 했다.

"붉은머리모란앵무다!" 두 마리의 작은 앵무새가 초록빛을 남기며 나무 위로 강을 가로지를 때, 래리가 내 옷소매를 잡아당기며 말했다. 서를과 모렐이 검은목모란앵무로 분류한 새였다. 모란앵무 중에 유일하게 머리가 초록색이고 1차 열대우림에 사는 종이다. "좋아. 너의 19세기식 자연사를 망치고 싶지는 않지만, 붉은머리모란앵무는 이론적으로도 흥미롭고 과학적으로도 중요한 종이야. 딜거W. C. Dilger가 멋지고도 단순한 실험을 했어. 붉은머리모란앵무는 둥지 만들 재료를 꼬리 깃털 사이에 끼워서 옮기고 어떤 모란앵무는 부리로 옮겨. 딜거는 두 종을 교배시켰는데 그렇게 태어난 혼종 중 일부는 부리로 나르고 일부는 꼬리에 어설프게 끼워서 나르다가 떨어뜨렸어. 이 말은 이들의 행동에 유전자적 요소가 크게 작용한다는 거야. 당연히 그렇겠지. 하지만 그렇다고 내가 너의 19세기 사람들, 프랜시스 갤턴Francis Galton과 칼 피어슨Karl Pearson, 그리고 20세기 그들의 추종자들, 즉 영국의 시릴 버트Cyril Burt, 미국의 헨리 고다르Henry Goddard, 스탠리 홀Stanley Hall, 루이스 터먼Lewis Terman과 뜻을 같이하겠다는 건 아니야. 버트의 아버지는 갤턴의 할아버지였어. 어린 버트는 나이든 갤턴의 무릎 위에 앉아 있었지. 아마도 그렇게 해도 괜찮았겠지. 하지만 내 생각에, 그냥 내 생각일 뿐이지만, 이제 터먼이 참아줄 수 없는 인종차별주의자였다는 걸 인정할 때라고 생각해. 모든 게 지능검사와 연관된다는 건 순 헛소리야. 우리가 지능지수에 따라 살아가게 된다는 이론 말이야. 그렇다면 아무 희망도 없는 거잖아. 백인 중산층 미국인에 기준을 맞춘 어설픈 테스트를 치르게 해서 누군가의 지능지수를 평가해. 그리고 100을 곱해서 얻은 수를 네 연령으로 나누면 모든 사람은 나이가 들수록 바보가 되는 거야. 70이나 80으로 나눈다고 생각하면 우리는 모두 멍청이가 되는 거라고!"

"래리, 무슨 일이에요?"

"여기 말이야, 콩고." 래리는 모자를 벗어 챙을 쥐고 손 사이에서 빙빙 돌리며 말했다. "여기서 필요한 건 교육이 전부야. 좋은 가르침. 엉뚱한 마르크스주의, 중세 이야기나 하는 신경 쇠약 직후의 전도사들 말고 말이야. 나 같은 사람이 하는 제대로 된 교육. 그리고 약간의 기술. 그거면 돼."

(단단한 몸집에 몸 전체가 까맣고 끝이 사각형인 꼬리에 개똥지빠귀 정도 크기의 새 한 쌍이 강을 가로지르며 이따금씩 물에 잠겼다가 우리 왼쪽에 있는 갈대숲으로 사라졌다.)

래리가 말했다. "멘델의 의도는 좋았지. 이야기의 한 귀퉁이를 발견했어. 결코 전부는 아니지만. 유전자는 환경적 요인에 의해 발현되기도 하고 그렇지 않기도 해. 우리는 발전할 수 있어. 모든 게 영향을 미쳐. 이런 주장을 뒷받침하는 근거는 매우 많아. 예를 들어 아이오와 주립 고아원에서 이루어진 스킬스Skeels의 연구가 있어. 1930년대에 문제를 처리하는 쓰레기통 같은 곳이었는데, 거기에 아이들이 버려진 거야. 그중 9개월 된 여자아이 두 명이 있었는데 불쌍한 이 아이들은 거의 식물인간 상태였어. 고아원에 보내기에는 발달 지체가 너무 심각해 스킬스가 이들을 정신병원에 넘겨버렸지. 그런데 이 정신병원에는 불우한 성인들, 권태에 찌든 사람들로 그득했지. 그런데 이들이 아이들을 차지하려고 서로 다툰 거야. 놀랍게도 아이들한테 갑자기 어머니와 아버지, 이모, 고모 같은 사람들이 생기게 된 거야. 그리고 6개월 후에 아이들은 차차 좋아지기 시작하더니 완전히 정상으로 변한 거야. 스킬스가 이를 계기로 당국의 허가를 얻어 고아원에서 최악의 사례를 조사하기 시작했어. 정신병원으로 보낸 지능지수가 64인 아이들을, 고아원에 보낸 지능지수가 84나 86 정도인 아이들을 대조군으로 해서 비교해봤어. 1년 반 후에 병원으로 보낸 아이들의 지능지수는 90으로 올랐고, 고아원으로 보낸 아이들의 지능지수는 70으로 떨어졌어. 스킬스는 1960년대에 마침내 연구를 종결했는데 당시 아이들을 모두 추적 조사 해봤어. 한 명도 빠뜨리지 않고. 그랬더니 병원에서 어린 시절을 보낸 고아들은 보통의 중산층 삶을 살고 있었고, 고아원에 버려 진 아이들은 접시닦이를 하거나 결혼하지 않고 밑바닥 인생을 살고 있었어. 이런 걸 보면 유전자가 모든 것을 결정하지 않아. 지능지수가 천부적인 어떤 것을 측정하는 기준은 아닌 거야. 태 어나서 5년간이 그렇게 중요한 것만은 아니야. 모든 시간이 중 요한 거지. 우리는 변할 수 있고 발전할 수 있고 계속 배울 수 있 어. 모든 게 다 중요한 거야."

"뭐가 중요하다고요?" 마르셀랭이 우리 뒤에서 헤드폰을 벗 으며 물었다.

래리가 아직도 손에는 모자를 쥐고 뒤돌아보며 말했다. "나는 그저 지능지수 테스트가 불변의 능력을 말해주는 게 아니라고, 그렇게 믿는다고 말했어."

마르셀랭이 래리를 뚫어지게 쳐다보더니 환경이 영향을 미쳤 다고 결정했는지 다시 헤드폰을 끼고 머리를 흔들며 소리쳤다. "나도 그렇게 생각 안 해요. 걱정 말아요. 괜찮아요!"

21

마카오의 위대한 주술사

늦은 오후 우리는 강물이 굽이치고 나무가 듬성한 물웅덩이에 도착했다. 통나무배 세 척이 붉은 진흙의 선가대에 있었고, 부서진 한 척의 배는 선체가 위로 향한 채 수심이 얕은 곳에 처박혀 있었다.

"마카오다! 도착했어. 바로 여기야!" 마르셀랭이 평소답지 않게 들떠서 소리쳤다.

오솔길을 따라가자 넓은 홍토길이 나타났다. 왼편으로는 지붕을 인 초벽 오두막들이 즐비했고, 오른편으로는 뻥 뚫린 공간과 학교 막사가 나왔다. "마르셀랭, 마르셀랭, 마르셀랭 박사님!" 아이들이 구호를 외치듯 소리쳤고, 여자들은 손을 흔들고, 오두막 앞에서 무릎을 꿇고 카사바 줄기를 도마에 대고 앞뒤로 문질러 으깨던 여자아이는 벌떡 일어나 손으로 머리를 매만졌다. 모두들 마르셀랭을 알고 있었다.

"손님용 오두막이다." 마르셀랭은 좁다란 베란다와 함석지붕이 튀어나온 시멘트를 바른 건물 앞에서 배낭을 내려놓으며 말했다. "마카오다."

응제와 마누는 안쪽 진흙바닥에 방수포를 폈고 래리와 나는 바깥쪽 진흙바닥에 텐트를 쳤다. 아이들이 쳐다보고 있었다. 반투족은 낡은 티셔츠에 짧은 바지나 허리에 두르는 치마를 입고 있었고, 피그미들은 샅바나 라피아 치마를 걸치고 있었다. 한 작은 남자아이(배꼽 부근에 주먹만 한 것이 불룩 튀어나와 있었다)는 미니어처 석궁을 하늘로 향하게 어깨에 메고는 웃음기 하나 없는 사냥꾼다운 엄숙한 표정으로 우리를 바라보았다. 그보다 더 어린아이는 몇 사이즈는 커 보이는 푸른색 멜빵바지를 입고 있었다. 멜빵 왼쪽 끈은 반짝거리는 황동 놋쇠 단추로 고정돼 있고 오른쪽 끈은 나무로 된 막대 모양 단추로 고정돼 있었다. 이 아이는 래리를 그림자처럼 바짝 따라다니며 그의 모자를 뚫어져라 쳐다보았다.

마카오는 어딘가 이상한 구석이 있었다. 낯설고 뭔가 있어야 할 것이 빠져 있는 것 같았다. 기름야자나무가 조금씩 섞인 숲이 일렬로 늘어선 오두막 뒤에 탑처럼 우뚝 솟아 있었는데, 마치 우리를 향해 몰려오듯 가까이 있었다. 마당이나 정원 같은 것은 없었다.

우리 왼편으로 귀가 축 늘어진 갈색 염소 아홉 마리가 뜨거운 홍토 위에 큰대자로 누워 있었다. 염소들 너머 마을의 중앙이 보였다. 원뿔형 지붕을 얹은 옆이 뚫린 움막으로 마을 사람들이 모이는 장소였다. 우리 텐트 바로 맞은편에는 오두막 하나가 1킬로미터 사방에 어떤 이웃도 없이 동그마니 있었다. 입구 중앙의 시커먼 조각이 떨어져 나와 우리를 향해 걸어오기 시작했다.

아이들은 한동안 우리를 지켜보다가 조용한 무질서로 되돌아갔다가 다시 와자지껄 떠들며 거리를 향해 냅다 달렸다. 먼지바람이 일자 염소들이 우왕좌왕 일어나 어쩔 수 없이 무리를 이루어 아이들 뒤를 고개를 까딱거리며 따라갔다.

"도쿠! 도쿠를 위해 포도주를 가져왔어요!" 마르셀랭이 말했다.

"적포도주?" 노인이 베란다 벽에 놓인 벤치에 앉으며 낮고 갈라진 목소리로 말했다. 검은 부츠를 신고 검은 바지에 앞섶을 연 검은 셔츠를 입고 있었다. 검은 셔츠에 드러난 목에는 갑상선종이 움직거리고 있었다. 그 갑상선종 아래로 끈으로 만든 목걸이를 걸고 있었는데 목걸이에는 작은 털 뭉치 세 개가 대롱거렸는데, 자세히 보니 생쥐 머리였다.

"포도주라고?" 래리가 말했다.

"도쿠, 멀리 브라자빌에서부터 가지고 온 거예요. 배낭에 숨겨왔죠. 도쿠를 위해서요! 카베스코예요. 스페인산 적포도주예요. 최상품이죠!" 마르셀랭이 노인 옆에 앉아 그의 무릎에 손을 얹고 말했다.

마누와 응제는 학교 막사에서 벤치 하나를 끌고 나와 기대에 찬 표정으로 그 위에 앉았다.

"담배는?" 도쿠가 마르셀랭의 손을 양손으로 덮어 쥐며 마르셀랭의 얼굴을 강렬하고 충혈된 눈으로 쳐다보며 말했다. "담배는?"

"저 백인들이 파이프를 줄 거예요. 멀리 영국에서 온 담배예요."

"코코!" 때가 탄 흰 반바지에 러닝셔츠를 입은 뚱뚱한 중년남자가 베란다 기둥을 탁탁 치며 말했다.

도쿠가 올려다보고 오른손을 잠깐 눈두덩에 대더니 일어났다. "나중에, 내일. 어두워지면 마시자." 그러고는 놀라운 기력으로 길을 건너 오두막으로 돌아갔다.

뚱뚱한 남자는 기둥에 기대어 마르셀랭을 보고 씩 웃었다. "언젠가 누군가 네 도쿠를 해할 거다. 더 강한 힘을 가진 누군가가 말이야. 틀림없이 그럴 거야."

마르셀랭은 아무 말도 하지 않았다.

"하지만 일단은 마르셀랭 아니냐, 내일 밤 도쿠를 보러 가기 전에 나를 보러 와라. 내가 허리에 통증이 있어. 네가 약을 좀 줘야겠다." 이렇게 말하고는 그 역시 돌아갔다.

"누군가? 보안관이라도 되나?" 래리가 물었다.

"추장이에요. 마카오의 가장 큰 씨족의 추장이죠. 여기서 가장 중요한 혈통이에요. 우리는 그가 시키는 대로 해야 해요. 그 추장의 피그미가 필요하거든요." 마르셀랭은 자리에서 일어나 배낭을 집어 들었다. (응제는 머리를 갸우뚱하고 외눈박이 여우가 닭에 대해 생각하듯 뭔가 골똘히 생각했다.) "늦었어요. 뭔가 먹어야 해요. 오늘 밤은 정어리. 내일은 사카사카! 파인애플! 여자! 사탕수수!"

우리는 벤치를 안으로 들고 들어가 진흙바닥 중앙에 놓았다. 흰개미가 지나가는 길이 오래된 담쟁이덩굴의 갈색 줄기처럼 벽에 곡선을 그리다가 나무 들보와 낡은 야자수 잎으로 이은 지붕으로 사라졌다. 뒷벽에 만들어놓은 정사각형 모양의 창구멍 두 개는 거대한 대숲을 향해 있었다. "나는 여기 사람 아무도 몰라요." 마누가 방수포를 접으며 말했다. 그는 총격이라도 당한 것처럼 보였다. 아마도 방의 황량함, 아니면 박쥐 배설물에서 나는 시큼한 냄새, 아니면 길 건너 매우 가까운 곳에 도쿠가 있다는 생각에 충격을 받았는지도 몰랐다. "난 말라리아에 걸렸어요. 몸이 안 좋아요. 마카오에 아는 여자도 없어요. 내가 아는 사람들한테서 이렇게 멀리 떨어져본 적이 없어요."

"나도 그래." 래리가 감정을 담아 말했다.

마르셀랭이 웃었다.

"나한테 맡겨요." 응제가 바닥에 쪼그리고 앉아 캠핑 스토브 다리를 펴며 말했다. "마누 장 펠릭스 뷔롱, 나 응제 우마르가 동구에 있는 내 할아버지의 영혼과 이 화덕을 걸고 맹세하는데, 내일 밤 내가 젊은 여자를 구해주지. 네 불안함을 없애줄 여자, 젊고 수줍어하고 가슴이 야자열매처럼 생긴 여자를!"

"아내가 보고 싶어, 비비 샤를로트. 그리고 내 아들 로카, 로카

왕자님." 마누가 오른손으로 방수포를 집어 들며 말했다.

"널 보내버려야 할 것 같구나." 마르셀랭이 마누를 등지고 식료품 주머니에서 마지막 남은 정어리캔을 꺼내며 말했다. "뱃사공은 내일 아침 떠날 거야. 너도 같이 가거라. 이게 마지막 기회야."

"베란조코Berandzoko 밀림으로 가기까지 강행군일 거다. 며칠씩 걸어야 해. 아무 표지도 없어서 피그미들을 따라가야 해. 뒤처지면 길을 잃을 거고, 그럼 표범들한테 잡히겠지. 그리고 누가 알겠어? 베란조코에는 카누가 없을 수도 있어. 그 사람들은 밀렵꾼에 농부니까 낚시를 안 할지도 모르지. 그럼 우리는 거기서 빠져나올 길도 없어."

래리가 모기장을 벽에 걸린 고리에서 떼어내며 마누에게 말했다. "자, 이걸 제대로 다시 걸고 여기 와서 내 옆에 앉게. 역한 음식이나 함께 먹자고. 자, 어서와."

햇빛이 점점 사위어들고 아지랑이 같은 모기떼가 창문에서 오르락내리락했다. 응제가 바닥에 초 두 자루를 고정해놓고 스토브 위에 커피 물을 올렸다. 우리는 저마다 휴대용 식기에 든 떡이 된 카사바죽과 씨름했다.

"마르셀랭, 계속 생각해봤는데 만푸에테에 있는 원심분리기 말이야, 그게 어떻게 거기 있게 된 거지?" 래리가 물었다.

마르셀랭이 정어리캔 뚜껑을 따며 말했다. "그건 제가 잘 알죠. 아름다운 이야기는 못 돼요. 1901년 첫 백인들, 즉 프랑스인들이 그 강으로 왔죠. 처음에는 교역장을 마련하는 정도로 만족했죠. 우리의 상아를 가져가는 대신 우리한테 필요한 물건들, 도끼나 괭이, 마체테, 옷, 소금, 여자들을 위한 구슬 같은 걸 주었죠. 나중에는 철사나 구리선 더미로 바꾸기도 했어요. 하지만 프랑스인들이 고무 유액이나 고무를 원하기 시작했어요. 그건 좀 달랐어요. 지루한 일이죠. 누가 고무를 모으려 들겠어요, 그럴 필요도 없는데. 고무 유액을 채취하는 나무는 서로 멀리 떨어져 자라고 밀림 깊은 데나 들어가야 있어요. 아무도 그런 일을 하고 싶어 하지 않았어요. 그러자 1902년 이벵가에 있는 프랑스인들이 모두에게 일 년에 3프랑씩 세금을 징수하겠다고 한 거예요. 그러니 프랑스인에게 상아나 고무, 고기를 팔아서 3프랑을 벌거나 짐꾼으로 일해서 벌어야 했는데, 그러자면 한 번에 몇 주씩 농장을 떠나 있어야 하고 그러면 아이들이 쫄쫄 굶어야 했죠. 그래서 아무도 세금을 안 냈어요. 그러자 프랑스에서 군인을 차출하고 교역장에 감옥을 지어서 추장을 인질로 잡아넣었어요. 여자들이나 아이들한테도 그렇게 했어요. 그러다가 막포라는 추장을 몽둥이로 때려죽이는 일이 발생했어요. 이에 대한 복수로 사람들이 프랑스 정부 요원인 리브리를 살해하고 인육을 먹었어요. 우리는 조직적으로 나섰어요. 전쟁을 선포한 거죠. 베란조코에 본부를 설치했어요. 말도 말아요, 살벌한 시간이었죠. 1908년에야 베란조코를 되찾았어요. 우리는 교역장을 불태우고 프랑스 편에 선 변절자들을 프랑스산 마체테로 난도질해서 토막을 냈죠. 쉭, 쉭, 쉭!"(마르셀랭은 손을 평평하게 펴고 공기를 가르는 시늉을 했다.)

"보마아!" 응제가 소리쳤다.

마누는 땅을 바라보고 있었다.

"그럼 그 원심분리기는?" 래리가 물었다.

"그건 나도 몰라요. 그 원심분리기는 미스터리예요."

응제가 커피가루 한 주먹과 크림가루 두 주먹, 흑설탕 반 덩어리를 냄비에 던져 넣었다.

"끔찍한 이야기군. 역겨워. 변명의 여지가 없군." 래리가 말했다.

"그래도 영국인보다는 나아요. 식민지가 된다면 프랑스의 식민지가 되는 게 차라리 낫죠." 마르셀랭이 말했다.

"왜 그런가?"

"우리를 좋아하기 때문이에요. 그들은 있는 그대로의 우리를 좋아해요. 우리 여자들과 결혼도 했죠. 정부情婦도 갖고요. 엄청 많이요. 프랑스인들은 크리켓 클럽이나 고상한 체하는 클럽도 안 만들었고, 백인 여자를 아프리카로 데려와 살지도 않았어요. 심지어 우리를 프랑스 시민이라고 부르기도 했죠. 정말 그렇게 생각 안 했더라도 어쨌든 그건 우리한텐 특별한 거였어요. 그들은 우리를 좋아했고 여기서 영원히 살고 싶어 했죠. 게다가 그들은 우리를 거의 이해했다는 거예요. 그 사람들은 자기들이 이성을 믿는다고 생각하죠. 하지만 실은 안 그래요. 래리, 프랑스에는 성직자보다 점성가가 더 많아요. 생각해봐요, 거기 성직자들이 얼마나 많을지. 그러니까 프랑스에는 마술을 믿는 큰 두 그룹이 있는 거예요. 성직자와 점성가가 알고 보면 누구겠어요? 네?"

(마르셀랭이 자기 얼굴을 래리 얼굴에 바짝 들이댔다. 래리가 눈을 감았다.) "말해봐요. 몰라요? 마법사요! 마법사라고요!"

"알았네, 알았어." 래리가 눈을 뜨며 말했다.

"나는 주술 같은 건 안 믿어요. 안 좋아해요. 한번 믿기 시작하면 멈출 수 없죠. 나는 과학자예요. 나는 영국인에 더 가까워요. 우리가 죽으면 땅에서 썩을 거란 걸 알고 있어요. 하지만 프랑스에서는 그렇게 생각하지 않죠. 마카오에서도 그렇고요."

이른 아침 나는 텐트에서 살금살금 나와 초록색 방수용 주머니에 소중하게 넣어온 두루마리 휴지를 움켜쥐고 손님용 오두막 뒤로 돌아갔다. 대숲 뒤에 임퐁도에서 본 적 있는 가지가 많이 뻗어 나온 나무들 중 하나가 서 있었다. 무성한 나뭇잎이 주목나무처럼 빽빽해서 주변이 어둑했고 낮게 펼쳐진 가지는 바로 땅 아래까지 구부러져 있었다. 나무가 완전히 감싸고 있는 안쪽에는 빛줄기가 마치 봉고의 옆구리에 난 줄무늬처럼 밀림 바닥에 줄을 긋고 있었다. 젖니를 던지기에 가장 안전한 장소라는 생각이 들었다. 이곳에 있으면 어떤 악몽도 불시에 습격할 것 같지 않았다.

우리는 푸푸를 다 먹고 마지막 남은 설탕을 넣어 커피를 마셨다. 응제는 휘파람을 불며 성큼성큼 걸어가 밤을 보낼 정부를 지정하기 위해서 하루 온종일이 걸리는 길고도 고된 인터뷰를 시작했다. 우리는 짐을 지키도록 마누를 오두막에 남겨두고 수영도 하고 멱을 감으러 강으로 갔다.

여자들(맨발에 원색의 랩스커트를 입고 있었다)이 물을 가득 담은 플라스틱이나 아연 도금한 그릇을 머리에 이고 균형을 잡으며 홍토길을 걸어왔다. 긴 목의 힘줄이 팽팽했다. 우리 옆을 지나며 이들은 마르셀랭과 카카어로 살짝 희롱을 주고받았다. 손에 빈 물통을 들고 우리와 함께 길을 내려가는 여자들은 마르셀랭이 농을 걸고 인사를 하자 고개를 뒤로 젖히고 비명을 지르듯 웃음을 터뜨리며 혀를 차면서 기다란 허벅지를 쳤다. 마르셀랭은 브라자빌에 있을 때보다 이렇게 먼 곳에서 더 인기가 있었다. 마르셀랭은 마카오의 빅맨이었다.

"이보다 더 바보 같은 짓이 또 있을까?" 래리가 엘엘빈 부츠를 신고 내 옆에서 걸으며 말했다. "저것보다 더 바보같이 시간을 허비하는 방법이 또 있을까? 저보다 에너지 저효율적인 방법이 있으면 말해봐. 머리에 물그릇을 이고 나른다고? 저렇게 뼈 빠지게? 이 더위에? 세상에! 옛날식의 간단한 부엌용 유압 램 하나만 있으면 다 해결되는데. 유압 램 모르는 사람이 누가 있어? 너도 알겠지만 지구상에 유압 램 하나 만들지 못할 정도로 그렇게 멍청한 얼간이는 없어."

"물론 그렇지. 암, 당연해." 나는 유압 램이 도대체 뭔지 모른 채 맞장구를 쳤다.

전날 저녁에 마르셀랭을 쳐다보고 머리를 매만졌던 젊은 여자가 선체가 뒤집힌 부서진 통나무배 옆, 강으로 나가는 물길에 서 있었다. 왼편 매끄러운 나무 위에 작은 빨랫감 더미를 올려놓고 오른편에는 타르 비누를 두고 하얀 티셔츠를 손바닥 크기의 동그란 돌로 문지르고 있었다. 그녀는 허리까지 올라오는 빨간 랩원피스를 입고 있었다. 거무죽죽한 강물이 그녀의 드러난 허벅지 사이에서 소용돌이치고 있었다.

우리는 곰팡이가 슨 수건을 정박해둔 통나무배 위에 놓은 후, 바지를 벗고 땀에 전 셔츠와 바지, 양말을 수건 옆에 놓고 물속으로 들어갔다. 여자가 마르셀랭을 흘낏 보고 티셔츠를 헹궜다. 그리고 오른손을 왼쪽 어깨에 댔다. 걸쇠를 푼 건지, 아니면 핀을 뺀 건지 아무튼 랩원피스가 어깨에서부터 스르르 풀리며 허리까지 내려왔다. 그녀는 타르 비누로 기다란 팔과 겨드랑이, 볼록한 가슴, 쇄골의 움푹 들어간 부분, 그리고 선명하게 드러나는 갈비뼈의 굴곡을 문질렀다. 우리 쪽으로 살짝 몸을 돌리자 약간 아래로 처진 큰 가슴과 꼿꼿하게 선 유두가 수면에 반사된 빛을 역광으로 받았다.

오두막으로 돌아오니 마누가 불안해서 어쩔 줄 몰라 했다. 그는 혼자 있었다. 흔히 보였던 약이나 담배를 달라고 부탁하는 사람도 없었고 아이들도 눈에 띄지 않았다. 손에는 마체테를 쥐고 있었다.

"추장이 다녀갔어요. 마르셀랭 박사님! 그 사람이 경고하러 왔었어요. 하지만 나만 남겨놓고 갔다고 말했어요. 수영하러 갔다고."

"알았어. 그거 내려놔."

마누가 바닥으로 마체테를 떨어뜨렸다.

"도쿠예요. 그가 바로 저기 살고 있다고요!"

"알아."

"오늘 아침 사람이 죽었어요!" 마누가 흰자위를 번득이며 말했다.

"앉읍시다." 마르셀랭이 말했다.

우리는 모두 벤치에 앉았다.

"그 죽은 남자는!"

"좀 진정해! 우리는 어머니가 같은 가족이야. 래리와 레드몬드 앞에서는 상관없어, 여기 사람들이 아니니까. 하지만 마카오에서는 가족 얼굴에 먹칠하지 마. 마누, 내가 맹세하겠는데, 이 오두막 밖에서 네가 겁먹은 티를 내고 다니면 널 하류로 보내버릴 거다. 모두 다 알게 될 거야. 네 뒤에서 영원히 그렇게 말할 거야. '마르셀랭이 너를 쫓아냈다'고 말이다."

"그 남자는! 그 남자는 밤에 그 영혼이 도쿠 마법사 집에 갔기 때문에 죽은 거예요. 그 사람은 도쿠의 여동생을 죽이러 간 거였어요. 하지만 도쿠가 더 강한 마력으로 막은 거예요. 다음 날 아침에 도쿠 집 앞에 피가 있었대요. 모두들 봤대요. 그때부터 그 남자가 아프기 시작했고 그리고 죽은 거예요."

"그래서? 왜 네가 떨고 있는 거야? 뭐가 그렇게 무서운데?"

마누는 벤치에서 몸을 돌려 열린 문 쪽을 가리키며 말했다. 팔은 뻣뻣하게 굳어 있다. "도쿠! 저기 도쿠가 살고 있다고요!"

"알아." 마르셀랭이 말했다.

희미하고 길게 흐느끼는 소리가 들리더니 한바탕 오열이 이어졌다.

"여자들이네요. 장례식이에요." 마르셀랭이 이렇게 말하고 일어서더니 짐가방 있는 데로 가서 풀 장착 벨트를 허리에 찼다. 벨트에 물병 두 개를 차고 서류 주머니, 천으로 된 칼집에 집어넣은 버밍엄 마체테를 차고 직위를 나타내는 배지와 소니 워크맨도 찬 후 헤드폰과 쌍안경을 목에 걸고 챙이 펄럭이는 모자를 썼다. "자, 가요! 우리도 가야 해요. 조의를 표해야 해요. 마누 너도 같이 가야 한다. 가방들은 그냥 둬도 괜찮을 거야. 여자들이 오열할 때 누구도 도둑질을 안 해. 사말레Samalé가 우리를 보호해줄 거다."

"사말레? 추장인가?" 래리가 물었다.

"아니요."

마을 한가운데의 움막 옆에 몰려 있던 여자들과 아이들이 마르셀랭이 지나가자 옆으로 갈라서며 길을 터주었다. 하지만 가만 보니 모든 사람들이, 심지어 아주 어린 아이들도 마르셀랭한테서 얼굴을 돌렸다. 우리는 세 개의 북 앞에 섰다. 가운데 세워진 북은 아마도 2미터는 되어 보였고 북판의 넓이는 1미터는 돼보였다. 나무속을 비워 만든 것으로 아래로 내려갈수록 가늘어지는 모양으로, 밑면은 세 개의 땅딸막하고 바깥으로 휘어진 다리가 받치고 있었다. 북 뒤에는 나무로 만든 평평한 단이 있었다. 그 옆에 있는 두 개의 북은 더 작아 키가 큰 사람이라면 칠수 있을 정도의 높이였지만 그래도 놀라운 크기였다. 북 가죽을 격자무늬로 당기고 있는 리아나 밧줄이 터질 듯이 팽팽했고 매듭은 거칠고 세차게 묶여 있었다. 보고 있자니 불안한 기분이 들었다.

거리 반대편에 있는 오두막에서 비탄에 젖은 울음소리가 높아졌다 잦아들었다 했다. 죽은 사람이 누워 있는 오두막일 것이다. 그 오두막과 북 사이에서 키가 작고 말랐지만 강단 있는 체구의 남자(붉은색 티셔츠에 무릎 길이의 회색 바지를 입은)가 반인반수의 괴물 조각 같은 과장된 스텝으로 길게 줄지어 있는 남자들과 십대 소년들 앞에서 춤을 추기 시작했다. 그는 빈 맥주병을 주머니칼로 탁탁 치는 박자에 맞추어 맨발로 먼지를 일으키며 구르고 낮게 뛰었다가 회전했다. 남자들과 아이들이 반 스텝 늦게 그의 동작을 따라했다. 중심 고수鼓手가 상반신에 아무것도 걸치지 않고 연단에 올라섰다. 두 명의 보조 고수가 각각 북 앞에 섰다. 춤을 추던 남자는 군중 사이로 물러섰다. 남자들과 소년들이 북을 마주하고 섰다. 춤이 시작됐다.

소리의 파도가—높은 꼭대기까지 올라갔다가 소리의 깊은 골짜기로 떨어지는—당당하고 복잡한 소리의 교차를 타고 흘렀으며, 큰북에서는 마치 지진이 일어난 듯한 소리가 났다. 그러고는 소리가 뚝 끊겼다. 소리의 반향이 동심원을 그리듯 밀림에 퍼져갔다. 발아래에서 느껴졌던 딱딱한 홍토의 진동이 끊겼다. 가슴 근육이 딱 벌어진 고수들이 묵직한 북채를 들고 북을 칠 준비를 했다. 밀림의 야영지에서 길고 거친 응답의 고함이 들려왔다.

"사말레, 사말레!" 내 옆의 작은 소년이 소리쳤다.

여자들과 아이들이 비명을 지르며 흩어지더니 오두막으로 마구 달려갔다.

"서둘러!" 마르셀랭이 마누의 어깨를 잡으며 말했다. "래리, 레드몬드! 여기로 들어와요." 마르셀랭은 우리를 가장 가까운 오두막에 쓸어 넣었다.

오두막은 어두컴컴하고 비좁고 사람들로 가득했으며 나무장작을 땐 냄새가 났다. 우리는 앞쪽 벽에 기대놓은 통나무에 앉아 널조각 틈으로 밖을 내다봤다. 고함은 멈췄고 다시 북소리가 시작됐다. 줄지어 서 있던 남자들이 원형으로 서서 앞뒤로 몸을 흔들고 북 주위를 돌며 느릿느릿 춤을 추었다.

"문 앞에 바리케이드를 치고 있어. 사말레라니 도대체 그게 뭐지?" 래리가 말했다. 나는 주변을 둘러봤다. 눈이 어둠에 익숙해졌다. 래리 말이 맞았다. 세 개의 나무 장대를 쐐기형으로 세워 문을 막아놓았다. 여자들과 아이들은 안쪽 방으로 들어가더니 얇은 널빤지를 잡아당겨 막았다. 마누는 쫓겨난 개마냥 처량하게 그 옆에 앉아 있었다. 우리만 남았다.

"나한테 이건 좋은 죽음이 못 돼요. 좋은 장례식이 못 돼요." 마르셀랭이 말했다.

"사말레가 뭔가? 옆 마을을 가리키는 거야? 광적인 전사 집단이라도 되는 거야? 왜 이렇게 다들 벌벌 떨고 있는 거야?" 래리가 집요하게 물었다.

"래리, 여기선 그런 이야기를 할 수 없어요. 나중에 말해줄게요. 꼭 말해줄게요. 도쿠가 설명해줄 거예요." 마르셀랭이 목소리를 낮춰 들릴락 말락 하게 말했다.

래리는 고개를 돌리고 바깥세상을 향한 작은 틈으로 다시 눈을 갖다 댔다. 래리의 머리 위 낮은 서까래에 검게 그을린 호리병박들이 걸려 있었다. 흐릿한 빛 속에 거꾸로 매달린 해골처럼 보였다. 래리가 느릿느릿 말했다. "나는 정말이지 플래츠버그를 떠난 지 몇 해는 된 것 같아. 하느님이 소년이었던 이래로 제대로 정신이 박힌 사람과 이야기를 못해본 듯한 기분이야."

마르셀랭이 충격에서 벗어나 정신 차리며 말했다. "우리가 여기 처음 도착해서 마을로 걸어 들어올 때 달아나는 남자 봤어요? 밝은 빨강 바지를 입은 마른 남자가 죽어라 뛰는 거 봤어요?"

"아니, 공교롭게도 못 봤어."

"그 남자는 내가 자기를 잡으러 온 줄 알았어요. 죽이려고요. 총으로 쏘아 죽일 거라 생각했어요."

"그럼 달아나는 게 당연하지. 이상할 게 없지." 래리가 여전히 틈새로 밖을 내다보며 말했다.

"그 사람은 상인이에요. 내가 아는 사람이죠. 그에 대해 속속들이 알아요. 여기는 밀렵의 마을이에요. 그 남자는 여기 상아를 사러 온 거예요. 수단에서 왔죠. 피그미들한테 총을 빌려주고 담배 몇 갑을 주고 킬로그램당 4,000세파프랑을 주고 사서 브라자빌에서 1만 세파프랑을 받고 팔거나 아니면 자이르로 가죠. 일년에 1,000개의 상아가 자이르로 수출되고 있어요. 그 남자는 자기가 부자라고 생각해요. 빨간 바지, 새 바지가 있으니까. 하지만 실제로는 여전히 가난해요. 돈을 버는 사람들은 브라자빌에 있는 상인들이에요. 대통령의 부인이 개인 제트기에 상아를 싣고 벨기에로 가져가죠. 그럼 거기 있는 사람들이 일본에 파는 거예요."

"안녕, 둥근귀코끼리." 래리가 말했다.

"콩고의 밀림은 넓어요." 마르셸랭이 소리를 높여 말했다. "광대하죠. 거대한 습지림 지대가 있어요. 아무도 갈 수 없고 가본 적도 없는 곳. 피그미도 없고 아무도 없어요. 거기 코끼리들은 안전해요. 내가 보호하는 코끼리들이에요."

세 시간 후 북소리가 멈추고 두 발의 총성이 울렸다(무덤 위로 쏘아올린 것이라고 마르셸랭이 말했다). 여자들이 우리를 풀어주었고 모두들 어슬렁어슬렁 강으로 몸을 씻으러 갔다.

응제는 우리 오두막의 낮은 담장에 앉아 기타와 하프 중간쯤으로 보이는 악기를 연주하고 있었다. 배 모양으로 생긴 소리통을 무릎 사이에 끼우고, 아홉 개 구멍에 줄감개를 박아 줄을 팽팽하게 고정시키고, 우묵하게 들어간 목은 머리 위로 휘감듯이 올려놓았다. 조용히 집중한 채 자신 있게 손을 움직이는 응제는 다른 사람이 된 것 같았다. 그는 콘크리트를 바른 벽에 기대 텅 빈 손님용 오두막의 적막 속에서 쨍쨍 내리쬐는 햇빛과는 어울리지 않는 구슬픈 곡조를 연주했다.

"응제, 그거 어디서 났어? 어디 있었던 거야? 훔친 거야?" 마르셸랭의 응제 앞에 서서 말했다.

응제는 연주를 멈추고, 자기가 지금 어디에 있는지 모르겠다는 듯한 혼란스러운 표정으로 마르셀랭을 바라봤다. 그러다가 정신을 차리고 평소의 방어적인 미소를 지어 보였다.

"어떤 여자가 빌려준 거예요. 마카오에서 가장 아름다운 여자예요. 그녀가 이렇게 말했죠. '응제, 마치 혼령처럼 연주를 잘하는군요. 특별한 힘이 느껴져요. 그리고 잊으면 안 돼요. 오늘 밤은 내 오두막에서 보내는 거예요. 밤이 새도록!'"

마르셀랭이 자리에 앉으며 말했다. "닭을 사야 해."

"다 준비해뒀어요." 응제가 악기를 벽에 세워놓으며 말했다. 그는 자리에서 일어나 거리 맞은편에 대고 소리를 질렀다. 한 젊은 여자가 거의 지체 없이 도쿠의 오두막에서 나왔다. 오른손에는 양동이를 들고 왼팔 아래 닭 한 마리를 끼고 있었다.

여자가 이편으로 다가올 때 마르셀랭이 말했다. "저 여자가 네가 말한 그 여자가 아니었으면 좋겠구나."

응제가 설명하듯이 래리에게 말했다. "만일 저 여자랑 하룻밤을 보낸다고 하면요, 아침도 오기 전에 죽은 목숨이에요."

"물론 그렇겠지. 말 되는데." 래리가 오른손으로 눈을 슥 문지르더니 베란다 난간에 앉으며 말했다.

여자는 래리를 향해 살짝 웃더니 양동이는 응제에게, 닭은 나에게 건네고 도망치듯 길을 건너갔다.

내 팔에 안긴 암탉은 따뜻했다. 노란 다리에 적갈색 털인 걸 보아 로드아일랜드레드종인 듯했다. 어린 시절 우리 집 마당에 뛰어다니던 닭과 비슷했다. 등과 목 아래 굴곡진 부분의 털은 만

354

져보니 단단하고 보드라웠다. 내가 쓰다듬자 눈꺼풀 안에 있는
제3의 반투명 눈꺼풀인 순막이 스르르 내려와 눈에 가로줄을 그
었다.

응제는 양동이를 내려놓고 식료품 주머니에서 나무못이 달린
짤따란 줄을 가져와 내게서 암탉을 뺏어 오두막 입구 진흙바닥
에 놓고 왼쪽 다리를 끈으로 묶었다.

"깨끗하게 죽도록 해줘. 예쁜 닭이야." 내가 말했다.

"그래봐야 닭이에요." 응제가 말했다.

"응제는 내 형제예요. 사람들은 사촌이라 말하겠지만. 응제는
뭐든지 연주할 수 있어요. 원할 때는 언제나요. 음악을 만들어
요." 마누가 갑작스레 불쑥 말했다.

"마누, 강에 가서 물 좀 길어와." 응제가 이렇게 말하자 마누
는 물병을 모았다.

응제는 양동이에 들어 있던 사카사카와 고기를 휴대용 식기
에 담았다(마누 것은 벤치 한쪽에 치워놓았다). 음식을 먹기 시작할
때 마르셀랭이 래리에게 말했다. "래리, 이 점을 이해해야 해요.
물론 나한테는 아무 일도 아니지만 사람들이 진지하게 믿는 거
예요. 그 소녀 있잖아요, 열다섯 살이에요. 이 마을에서 제일가
는 미녀죠. 하지만 어느 누구도 손을 못 대요."

"아니, 왜?"

"왜냐하면 도쿠의 새 아내거든요. 도쿠는 여기서부터 세네갈
에 이르기까지 가장 강력한 마법사예요. 나이는 일흔여덟이고
요. 늙었죠. 마카오에서 가장 연장자예요. 왜 그럴까? 혹시 알아

요? 왜 마법사들은 그렇게 오래 살죠?"

"난 포기하겠네." 래리가 식판 위 신선한 초록색 카사바 잎 사카사카 사이에 숨어 있는 대단히 질긴 회색 연골질의 고기를 조사하듯 살펴보면서 말했다.

"그 사람들은 사타구니부터 밖으로 썩어가지 않아요. 그대로 미쳐요. 온몸이 종기에 덮여 비명을 지르며 죽어요!"

"뭐라고?"

"마법사들은 절대 아픈 법이 없어요. 유일하게 성병에도 걸리지 않는 사람들이죠. 성병으로부터 안전해요. 만일 부인이 아닌 여자와 자면 마을 전체에 이 소식이 퍼지고 그러면 영험한 힘을 잃게 되죠. 하지만 보통 남자가 마법사의 부인하고 자면…… 아! 삽입하는 중에 그대로 죽는 거예요."

"마르셀랭, 그런데 이건 뭔가?" 래리가 질긴 고기를 꼭꼭 씹으며 말했다.

"코끼리 코요!"

래리는 식판을 내려놓았다. 자리에서 일어나 약간 휘청거리며 오두막 모서리를 잡고 헛구역질을 두어 번 하더니 땅에 토했다.

"아픈가 봐요. 말라리아에 걸린 것 같은데." 응제가 자상하게 말했다.

래리는 손등으로 입을 닦으며 뭔가 생각하는 것 같더니 주머니에서 곰팡이 슨 손수건을 꺼내 콧수염과 턱을 닦아내고 식판을 가지고 가서 내용물을 덤불에 휙 던져버렸다. 그러고는 다시 자리에 앉아 물병에 손을 뻗었다.

"말을 듣자마자 그렇게 빨리 속이 뒤집힐 수 있다니 상상도 못 했는데." 내가 말했다.

"아주 오래전부터 이미 징후가 있었어." 래리는 이렇게 말하고는 검은 플라스틱 물병의 물을 벌컥벌컥 마셨다. "그런데 마르셀랭, 진지하게 말해서, 그 남자의 죽음에 대해 어떻게 짐작하나? 어떻게 죽은 건가?"

"그에 대해서는 미스터리 같은 건 없어요." 마르셀랭이 양동이에서 음식을 퍼서 식판을 다시 채우며 말했다. "도쿠의 첫 번째 부인은 예순한 살이에요. 이 부인이 그 남자에게 도쿠의 메시지를 전했어요. '내가 당신 야자술에 장난을 좀 쳤다'고요. 그리고 이걸 마을 전체에 퍼뜨렸어요. 그러자 갑자기 그 남자의 친구들이 다 등을 돌렸어요. 아무도 저주받은 사람한테 말을 걸려 하지 않아요. 불운이 옮을까 봐요. 불행은 감염되기 마련이죠. 그래서 심지어 그의 가장 친한 친구 네 명도 농장으로 가는 길에 마주쳐도 그냥 지나쳐버렸죠. 네 달 동안 못 본 체하고 어둠 속에서 저주가 옮을까 봐 그 사람한테서 고개를 돌렸죠. 그래서 그 사람은 숱한 세월 동안 쌓은 우정, 그가 나무 위에 걸어놓고 친구들에게 나눠주었던 야자술 마지막 한 방울까지 모조리 쓸데없는 거였다는 걸 깨달았죠. 물론 사람들은 다른 이유를 대기 시작했죠. '그 사람이 이런 짓을 했다, 저런 짓을 했다, 내 마누라한테 눈독 들였다, 도끼로 나쁜 짓을 하려 했다, 나는 그 사람을 두 번 도왔는데 그 사람은 나를 한 번밖에 안 도왔다.' 그런 말도 안 되는 이야기요. 사실을 말하면 우정이 있었다고 해도 어둠 속에서의 공포, 밤에 느끼는 무서움을 없애줄 수는 없죠. 그렇게 고독해서 죽은 거예요."

래리가 말했다. "우리나라에서도 그래. 아무도 실패자를 좋아하지 않아. 전염성이 있거든. '반응성 만성 울병'이라고. 넉 달간이라. 그럴 만했군."

"그렇다고 꼭 실패자만 그렇게 되란 법도 없어요. 꼭 실패자만 희생타가 되는 건 아니에요." 마르셀랭이 말했다.

그때 마누가 돌아왔다. 래리가 말했다. "그렇지. 충격, 절망을 느끼겠지. 그리고 한두 달만 지나면 떠나야겠다고 느끼게 되지. 거리를 두기 위해서, 일을 바로잡기 위해서."

오두막 앞에 한 무리의 남자들이 모여 있었다. 마을에서 죽은 혼령을 내보내기 위해 춤추고 북을 쳤던 남자들이었다. 그들은 마르셀랭에게 카카어로 집요하고도 위압적인 굵은 목소리로 말했다. 마르셀랭이 번역을 해줬다. 두통, 말라리아, 종기, 열대성 종기, 그리고 원인을 알 수 없는 가려움을 치료할 서양 약을 달라는 것이었다. 상반신이 투창 선수 같은 거대한 체구의 중심 고수가 나를 내려다보았다. 그리고 두꺼운 팔뚝을 긁으며 손가락으로 꼼지락거리는 구더기 모양을 만들어 보였다. 그의 피부에는 하얗게 벗겨지는 비늘 같은 부위가 있었다. 마르셀랭이 번역해줬다. 그 고수는 예외적으로 튼튼한 사람이라 크게 문제되지 않지만 허약한 사람이나 여성들이—"마누처럼"이라고 마르셀랭이 덧붙였다—열병을 많이 앓는데, 그렇게 되면 아무 생각도 못

358

하고 일도 못하고 심지어 섹스도 못할 정도로 끔찍하다고 말했다. 가려움증이 하루 종일 그들을 괴롭히고 피부 아래 벌레들이 가만있질 않는다고 전했다.

나는 의약품 배낭에 든 비닐 가방에서 하얀색으로 코팅된 반짝거리는 알약 열다섯 개를 꺼내 한 사람당 하나씩 나눠줬다. 그리고 삼일열 말라리아, 소위 양성 말라리아를 위한 치료제 판시다도 주었다. 거기다 해열 진통제 파라시테몰, 비타민, 상처 치료 연고 사블론, 붕대 등도 나눠주었다. 옥스퍼드에서 가져올 때는 너무 많다 싶었는데 이제 그냥 적지도 않고 많지도 않은 양으로 줄었다. "그거면 됐어요. 충분해요. 다 줘버리지 말아요. 우리도 여행해야 하니까. 우리를 위해서 남겨놔요죠. 게다가 이제 추장을 만나러 가야 해요. 마카오의 세습 추장이 우리를 기다리고 있어요. 폴라로이드 카메라로 사진 찍어요. 필름 남아 있죠?"

나는 폴라로이드 카메라와 필름 한 통, 플래시 전구대를 꺼냈다. 래리는 니콘 카메라를 꺼냈다. 우리는 마누와 응제에게 짐을 맡기고 마을을 통과해 걸어갔다. 마을 중앙의 움막 너머 짧은 밀림 풀이 가장자리에 난 넓은 길 위에서 염소들이 자고 있었고 가끔 닭도 보였다. 대부분 마르고 밝은 갈색의 뻣뻣한 털이었지만 내 마음을 편안하게 하는 로드아일랜드레드종 암탉 한 마리도 보였다. 떨어진 씨앗을 부리 가득 물고 네 마리 새끼 병아리에게 차례로 먹였다. 내가 쳐다보자 암탉은 날개를 활짝 펼쳤다. 그런데 다시 보자 날개는 검은색이었고 녀석은 날개를 옆으로 휙 비틀더니 우리 위로 넓게 펼쳤다. 하얀 테두리가 있는 검정 날개

아래 노란 다리가 언뜻 보이는가 싶더니 병아리 한 마리를 낚아 챘다. 그러고는 검은색 테두리가 있는 하얀 꼬리가 자동차의 후 류처럼 나무 사이로 슥 사라졌다. 닭들이 놀라 우르르 흩어지며 숨을 곳을 찾아 이리저리 뛰었다.

"흑참매다!"

"노상강도의 나라!" 래리가 이렇게 말하며 어깨에서 니콘 카 메라를 내려 찍을 준비를 했다. "더 큰 녀석이 나타날 경우를 대 비해서. 아니면 검독수리가 내려와 널 태워주겠다고 할 경우를 대비해서." 이렇게 말하고는 뭔가 생각하는 듯하더니 입을 열었 다. "비슷한 말이 나와서 말인데, 그 고수 근육 봤어? 그런 이두 근, 삼각근, 흉부근, 등배근이 그렇게 비좁고 답답한 대충 이어 붙인 오두막 안에서 어떻게 제대로 움직일 수 있지, 안 그래? 오 두막은 바닥도 울퉁불퉁하고 창문도 없고 천장까지 공간도 없 고 굴뚝도 없고 지붕은 비도 막지 못하는데 말이야. 어디다 몸을 둔단 말이야? 아마 그것도 여기 사람들은 다 아는데 나만 모르 는 비밀 중 하나일지 몰라. 헨리 8세한테 입혔던 갑옷 같은 옷을 입고 집으로 돌아와서는 '안녕, 자기야, 나 왔어!' 이렇게 말하며 근육을 벗어 옷걸이에 걸어두고 풋내기 귀신으로 돌아갈지 누가 알겠어?"

마르셀랭은 가던 길을 멈추고 모자를 휙 벗더니 그의 무릎에 탁탁 털었다. 그러고는 몸을 앞으로 구부리고 두 손과 모자로 그 의 배를 꾹 누르며 폭소를 터뜨렸다. 진짜 재밌다는 듯이 큰 소 리로 웃어댔다.

"하지만 이런 오두막에 그런 공간이 없지 않나." 래리가 살짝 기분이 상해 말했다. "그렇게 설명할 수밖에 없지 않나. 이곳이 귀신으로 득실거리는 것도 이상할 게 없지. 건물 건축에 대한 인민당 위원회의 지침이 그런 건가? 건축 양식이 말도 못하게 나빠. 세상에! 심지어 고급 목재도 쓰지 않아. 바로 이 마을만 돌아봐도 미국 전역에서 구할 수 있는 것보다 더 많은 좋은 목재가 널렸는데 말이야. 게다가 공짜잖아! 채광 좋고 공기도 잘 통하는 방이 달린 2층짜리 목재 골조 건물을 지을 수 있어. 열기를 막을 수 있게 지붕을 높일 수도 있고. 심지어 직접 계단식 박공을 지어보면 얼마나 재밌겠어?"

마르셀랭이 터져 나오는 웃음을 참느라 콧소리를 냈다. 나한테는 어쩔 수 없다는 듯 눈을 찡긋하며 입술을 깨물면서 코를 잡아당기며 말했다. "그리고 바로 여기가 마카오 세습 추장의 오두막입니다."

추장은 러닝셔츠에 반바지를 입고 운동화를 신고 야자나무 잎으로 만든 차양 아래 앉아 있었다. 그는 자리에 앉은 채로 마르셀랭과 악수를 나누고 고개를 까딱해 자기 앞의 벤치를 가리켰다. 마르셀랭은 자리에 앉았고 래리와 나는 마르셀랭을 가운데 두고 앉아 모자를 벗었다. 나는 필름과 플래시 전구를 벤치 위 내 옆자리에 내려놓았다. 마르셀랭은 우리를 위해 프랑스어로 설명을 시작했다. 그는 정부를 대표하는 공식 요원이고 인민당의 결정을 전달할 권위가 있다. 그 결정은 지금 이 순간부터 추장은 그가 물려받은 권한에 따라 주변 밀림을 다시 자기 소유라고 생각할 수 있으며, 따라서 모든 밀렵꾼이나 침입자를 죽일 수 있고, 둥근귀코끼리 보호는 그의 책임이라는 것이었다. 추장은 예의 바르지만 얼떨떨한 표정으로 그의 왼쪽 겨드랑이와 가슴을 긁으며 땅을 응시하다가 손을 허리에 대더니 카카어로 대답했다.

서열이 낮은 어린 수탉(윤기 없이 칙칙한 볏을 가진)이 내키지 않는다는 듯 망고나무 아래 흙먼지를 긁고 있었다(딱 봐도 나만큼 지루해보였다). 왜 저렇게 병약한 닭을 잡아먹지 않고 그냥 놔두는지 궁금해하고 있을 때 머리 높이의 나무 몸통에 회색빛의 무언가가 걸려 있는 게 보였다. 해골이었다. 리아나 덩굴 고리가 왼쪽 눈구멍에 걸쳐져 있었고, 다른 덩굴이 둥그렇게 튀어나온 이마에 걸쳐져 있었다. 뒤집힌 모양의 날카로운 용골이 뒤통수 쪽에 튀어나와 있었다. 용골은 한때 강한 턱과 목 근육을 받쳐주었을 것이다. 늙은 수컷 고릴라의 해골이었다. 얼마나 많은 새끼들을 낳았을까? 그중 몇 마리가 살아 있을까? "고릴라예요. 늙은 고릴라죠." 마르셀랭이 내 시선이 향한 곳을 바라보며, 나의 몽상을 깨며 말했다. "리더였죠. 강력했죠. 추장을 보호하는 고릴라였어요. 마카오의 추장이 잠들면 고릴라가 그를 보호했죠. 알약은요? 약 가져왔어요?"

"깜빡했네." 내가 벌떡 일어나며 말했다. "갔다 올게. 가서 가져올게."

래리도 동시에 일어나며 말했다. "아, 아니야. 내가 갔다 올게. 괜찮아."

"너는 여기 있어야지. 폴라로이드 카메라를 지켜." 나는 카메라를 그의 팔 아래 넣어주며 말했다.

어둑어둑 땅거미가 지고 있었다. 어둠을 준비하며 오두막 안에서 불을 때자 연기가 야자나무 잎으로 인 지붕 위로 올라왔다. 찌르레기만 한 크기에 널찍하고 둥그런 날개가 달린 한 쌍의 박쥐가 흩어진 연기구름 사이로 이리저리 날아다녔다. 틀림없이 원형박쥐처럼 보였다. 선사시대의 박쥐로 느릿하게 힘들여 날갯짓을 하다가 볼품없이 미끄러지기도 했다. 잎코박쥐의 한 종류인 것 같았다. 6,000만 년 전이나 그보다 더 먼 시절—7,000만 년 전이나 1억 년 전쯤—저녁 시간에 공룡으로 가득한 야트막한 호수 위에서 곤충을 잡았을 화석 조상의 모습에서 그렇게 많이 달라지지 않았을 것이다.

마을 중앙의 움막을 지나며(염소들은 모두 사라지고 없었다. 표범이 잡아가지 않게 우리 안에 넣었을 것이다) 이런 생각을 했다. 원시적인 잎코박쥐는 스스로 진화하거나 더 우아해지거나, 마치 비행기가 날듯이 곧고 빠르게 날아다니는 동부의 자이언트사냥개박쥐처럼 언월도偃月刀 같은 날개를 가질 필요를 별로 느끼지 않았을 것이다. 속도가 느리고 변화 없는 생이 그들에게는 잘 맞았다. 아마도 날개가 달린 개미나 흰개미, 굼뜬 나방, 큰 모기들을 잡아먹고 살 것이다.

웅제와 마누는 발치에 초를 켜둔 채 머리를 왼쪽 벽에 기대고 방수포에서 자고 있었다. 암탉은 다리가 입구 오른편에 묶인 채로 털을 잔뜩 부풀리고 깊이 잠들어 있었다.

"방해할 생각 말아요." 웅제가 베개에서 고작 2센티미터쯤 고개를 들고 말했다. (여분의 군복 바지가 얌전하게 접혀 있었다.) "오늘 밤에 잠을 못 잘 거란 말이에요. 적어도 우리가 갈 곳에서는요. 새로운 아가씨하고 있을 거예요. 숫처녀예요. 그러니 강해야죠. 밀림의 코끼리만큼 세야 한다고요. 커다란 상아가 있는 코끼리만큼요. 그리고 표범처럼 움직여야 해요." (그는 그 생각만으로 잠시 잠이 깬 듯했다. 촛불 빛에 눈이 부시베이비처럼 커보였다.)

"부디 그 상아가 함께하기를." 이렇게 말하고 배낭에서 손전등을 꺼냈다. 거기서 진통제와 진해거담제를 찾았는데, 그때 갑자기 아랫배에서 뭔가 액체가 꿀렁이며 설사기가 느껴졌다. (카사바에 살모넬라균이 있었나? 훈제한 질긴 코끼리고기가 문제인가? 가운데가 상했었나?) 나는 두루마리 휴지가 든 초록색 가방을 움켜쥐고 나무가 울창하게 감싸고 있는 안전한 곳으로 부리나케 달렸다.

아슬아슬하게 으슥한 곳에 이르러 바지를 내리고 손전등을 껐다. 쭈그리고 앉아 대형 폭뢰 발사 장치 추진체 같은 장의 연동운동에 가쁜 숨을 몰아쉬었다.

칠흑 같은 어둠 속 나무 아래는 으스스한 적막이 감돌았다. 수풀개구리나 덤불개구리나 옛날 나무개구리도 까마귀처럼 악을 쓰지도, 오리처럼 꽥꽥거리지도, 아기 새처럼 내다보지도 않았다. 신경을 건드리던 매미 우는 소리도 멈췄다. 그런데 이 나무가 온통 가시로 덮여 있었다는 걸 왜 진작 몰랐을까? 뾰족한 가시가 내 머리를 찔렀고 내 귓등을 뚫고 목 주변을 감싸고 내 셔츠로 들어왔다. 나는 손을 허우적거리며 허겁지겁 손전등을 찾았다.

개미들, 0.5센티미터 정도의 적갈색 개미들이 내 셔츠 앞섶을 미친 듯이 달려가고 있었다. 좌우로 마구 방향을 바꾸다가 동료들과 부딪히기도 하면서, 팔에 난 털 위를 오르다가 멈추기도 하면서 살 속으로 파고들었다. 내 머리 위 나뭇가지에서 개미들이 쏟아지고 있었다. 공포에 휩싸인 나는 두루마리 휴지를 들고 휘청거리며 속옷과 바지를 올리고(한 자루분의 개미가 성기에 달라붙어 있었다) 셔츠를 벗으며 허리에서 느껴지는 통증으로부터 벗어나기 위해 오두막으로 내달렸다.

"응제! 마누!" 나는 오두막 입구 계단에 걸려 넘어지며 소리를 질렀다. "도와줘!"

"죽은 사람이라도 봤어요? 숲에 걸어 다닌다고요." 응제가 말했다.

"개미! 내 등! 내 등에서 개미 좀 떼어줘." 나는 부츠를 잡아빼듯 벗고, 바지와 속옷을 비틀어 벗고, 개미가 앞뒤로 쉴 새 없이 뭉텅이로 물어대는 통에 몸을 마구 뒤흔들었다.

"홀딱 벗었네요. 춤추는 것 같아요." 마누가 바닥에서 쳐다보기만 하며 말했다.

"벌개미네요." 응제가 개미 한 마리를 집어 들어 마른 진흙바닥에 떨어뜨리고 발로 짓밟았다. "걱정할 거 없어요."

마누가 도와주러 와서는 모자로 쳐서 개미들을 떨어뜨리며 말했다. "처음이라 몹시 아플 거예요. 익숙하지 않은 사람은 춤을 추게 되나 봐요."

"보마아! 계집애처럼 난리법석이라니……." 웅제가 말했다.

나는 옷을 주섬주섬 챙겨서 남아 있는 개미들을 털어내고 다시 옷을 입고 조심조심 오두막을 나왔다. 달빛 없는 밤에 마을을 통과해 걸어가는데 피부는 간지럽고 화끈거리며 달아올랐다. 통증은 덜했다.

추장 오른편에 있는 탁자 위(폴라로이드 카메라로 찍은 사진 네 장도 놓여 있었다) 등유 램프 불빛 옆에서 마르셀랭과 추장은 아직도 이야기를 나누고 있었다. 둘 다 손에는 야자술이 담긴 양철잔을 들고 있었고, 두 사람 사이 바닥에는 뚜껑 없는 커피 주전자, 반쯤 남은 야자술병이 있었다.

래리는 눈 주위가 벌겋게 되어 슬픈 얼굴로 야자술은 입도 대지 않고 손에는 모자를 들고 있었다. 콧수염 양끝이 축 처진 채 나를 보고 말했다. "왜 이렇게 오래 걸렸어?"

"개미! 개미들한테 공격당했어." 나는 추장에게 진통제를 건넸다(추장은 고개를 까딱하고 주머니에 진통제를 넣은 다음 이야기를 이어갔다).

"알았어, 알았어." 래리가 말했다.

"진짜라니까."

"두 사람은 계속해서 카카어로 이야기하고 있어."

"그걸 듣고 있었어? 하긴 그 방법밖에 없어. 벌리츠* 방식이 그거잖아. 몰입 교육. 20시간 강의로 카카어 배우기."

"레드소, 헛소리 좀 집어치워." 래리가 말했다.

의견 차이가 해결된 것처럼 보였다. 토론은 끝났고 우리는 추장에게 작별 인사를 하고 오두막 쪽으로 천천히 걸었다. 웃는 소리, 이야기하는 소리, 아이들 떼쓰는 소리가 들렸다. "다들 들떠 있어요. 사말레가 여기 왔으니까요. 다들 오늘 밤 잠들지 않을 거예요."

"추장하고 무슨 얘기를 그렇게 했나?" 래리가 물었다.

"추장은 그렇게 나쁜 사람은 아니에요." 마르셀랭이 지나가는 그림자에 인사를 하며 말했다. "괜찮은 사람이에요. 밀렵꾼을 처리해주겠다고 약속했어요. 그리고 피그미인들을 데려가도 좋대요. 그런데 추장의 고수이자 마카오 민병대 사령관인 미셸 왈렝구에Michel Walengué, 그리고 앙투안 모키토Antoine Mokito한테 일을 줘야 한다는군요. 그 사람들한테 빚진 게 있답니다. 우리는 그 사람들이 우리한테 일을 달라고 하면 그렇게 해야 해요. 그밖에 다른 사람들한테는 일을 못 준다고 하고요. 추장하고 싸우지 않는 게 중요해요. 난 싸우는 걸 안 좋아해요. 내가 일을 잘하는 이유 중 하나죠. 최고라고 할 수 있죠. 난 적을 만들지 않아요. 적 만드는 걸 좋아하지 않아요."

"마르셀랭, 나 좀 도와줄 일이 있어." 나는 마르셀랭의 생각과 그의 말의 리듬에 빠져들며 말했다. "도쿠가 목에 두르고 있는

---

* Berlitz. 세계적인 외국어 교육기관.

작은 털 뭉치 같은 거 말이야. 그거 하나 구해줄 수 있을까? 하나 필요해. 난 옥스퍼드에 적이 많아. 나를 보호하기 위해서 강력한 주물이 필요해."

마르셀랭은 보폭을 줄이더니 서서히 걸음을 멈추었다.

"레드몬드, 잘 모르겠어요. 나로선 아무것도 약속할 수 없어요. 하지만 노력해볼게요. 당신을 좋아하니까 노력해보죠. 하지만 바보 같은 거고 위험하기도 해요. 그런 것에 관여하지 않는 게 좋아요. 미리 말해두겠는데요, 한번 시작하면 멈출 수 없어요. 하지만 알아는 볼게요. 도쿠에게 물어보죠. 어려운 일이에요. 준비하는 데 시간이 걸려요. 법칙 같은 게 있거든요……."

두 마리 커다란 반딧불이가 어둠 속에서 반짝 나타났다. 그때 새끼 여우 무리가 토끼 한 마리를 두고 깨갱거리고 울부짖는 듯한 소리가 들려왔다. "마르셀랭, 마르셀랭 박사님!" 응제 목소리였다. 그리고 더 높이 소리 지르는 마누 목소리도 들렸다. "마르셀랭, 도와줘요! 도와줘요!"

응제와 마누가 베란다에서 홀딱 벗고 연필 같은 손전등을 들고 서로의 몸에 달라붙은 개미를 잡아주며 고통 속에서 춤을 추고 있었다.

"군대개미다!" 마르셀랭이 소리치며 모자를 돌돌 말아 한 걸음 떨어져서 먼저 응제의 몸을 치고 다음으로 마누의 등을 쳤다.

마누가 말했다. "우린 자고 있었어요."

응제가 말했다. "우리 방수포로 개미들이 올라온 거예요! 가방 안으로 들어갔어요. 우리 음식을 먹을 거예요!"

내가 말했다. "그렇게 난리법석을 떨면 안 되는 줄 알았는데, 계집애들처럼."

"군대개미는요, 장님개미라고도 하죠. 세상에! 레이니어Albert Raignier와 반 보벤J. van Boven에 따르면 군대개미는 2,200만 마리씩 무리를 지어 이동해요. 남미에 있는 군대개미는 기껏해야 200만 마리 정도예요. 한번 보자고요." 마르셀랭은 이렇게 말하고 오두막 안으로 성큼성큼 들어갔다.

"래리, 레드몬드! 신발 조심해요! 머리도 조심해요! 머리 위로 떨어질 거예요. 지붕에서요!" 마르셀랭이 소리쳤다.

다섯 개의 개미 종대가 대숲 옆 사각형 창구멍의 가장자리를 따라 뻗어가고 있었다. 개미들은 아래로 행군하며 바닥에 부채꼴 모양으로 흩어졌다. 세 개 종대는 안쪽 벽을 타고 올라가다가 지붕 쪽으로 사라져갔다. 네 번째 종대는 응제와 마누의 방수포를 덮고 있는 개미 떼 강물로 흘러들어갔다. 이들 무리는 배낭, 식료품 주머니 위로 올라가 속으로 들어갔다. 다섯 번째 종대는 잘록한 몸과 흔들거리는 더듬이, 부서질 듯한 가느다란 다리들로 이루어진, 테두리가 뾰족뾰족한 거대한 축구공 모양이 되었다. 축구공은 자체의 축을 중심으로 조금씩 흔들거렸다. 안쪽에서 가느다랗게 뭔가에 막힌 듯한 꽥꽥거리는 소리가 갑작스레 들렸다.

래리가 1미터쯤 떨어진 곳에서 진흙바닥에 무릎을 꿇고 앉아 목을 앞으로 죽 빼고 관찰하며 이렇게 말했다. "안녕, 로드아일랜드레드. 안녕, 목사관의 어린 시절이여."

마르셀랭은 밖에서 카카어로 소리치고 있었다. 멀리서 그에 대답하는 목소리도 들렸다.

래리는 개미 종대에 손전등을 비추었다. "이 보급선은 가로로 열다섯에서 스무 마리 정도로 이뤄져 있군. 어떤 곳은 서너 마리로 이뤄지고…… 각자 바로 앞 개미에 바짝 붙어서 행진하고 있어." 래리는 이렇게 말하고 잠시 멈추더니 더 가까이 들여다보고는 누가 봐도 신기해하는 표정으로 쪼그린 채 응제의 방수포 쪽으로 이동했다. 식료품 가방 주변의 극도로 활동적인 개미 떼를 막 치운 자리에 엉덩이를 대고 앉았다. (생물학이란 참으로 평화롭고 만족스러우며 자기를 잊고 몰두하게 만드는 학문이구나, 라고 나는 생각했다.) "이봐, 레드소, 그거 알아?" 래리가 난리가 난 개미 떼에서 30센티미터쯤 떨어진 곳에 얼굴을 대고 말했다. 장님개미 종대에는 세 종류의 일개미가 있어. 검은 머리와 집게가 달린 큰 녀석들인데, 이들은 군인이야. 내가 생각한 것보다 꽤 많군. 그 다음 크기의 녀석들은 아마 중간층 일개미고. 여기 이 작은 녀석들, 2센티미터도 안 되는 이 녀석들은…… 뭐라고 생각해? 이들은 틀림없이 소수집단일 거야. 그래서 이들이 함께 뭉치면 어떤 동물이고 잡을 수 있지. 어떤 크기든 어떤 고기든 절대 빠져나갈 수 없는 거야. 이들은 물론 앞을 못 봐. 리더도 없고. 모든 걸 냄새로만 해내지. 이걸 보면, 선두에 선 녀석들이 앞으로 움직이면 다시 원이 만들어지고 뒤에 있는 녀석들이 따라잡지. 그런 식으로 계속되는 거야. 이들이 이동을 마치면 야영지를 차리고 땅을 파기 시작해. 3미터 아래 터널을 만들고 방을 만드는 거야. 여왕개미는 알을 낳고 일개미들이 어린 개미들을 돌보고 종대를 보내 그 영역에 있는 모든 걸 싹쓸이하도록 해. 그러고는 다시 다른 곳으로 이동하는 거지. 멋지지 않아? 모든 게 생각은 없고 행동으로 이뤄지는 거야. 열대우림의 모든 생물 가운데 3분의 1은 개미야. 그리고 기본적으로 나는 그걸 보통 본능, 호르몬이라고 부르는 것과 비슷하다고 생각해. 우리는 여기서 개미를 뺀 다른 나머지 같은 존재야. 바로 여기서 수백만 년의 선택적 진화에 의해 만들어진……."

그때 마르셀랭이 소리쳤다. "래리! 레드몬드! 여기로요!"

반원 모양의 불길이 어둠을 밝히고 있었다. 야자나무 잎을 태우는 불길이 땅을 따라 길게 늘어서 있었다. "이리로 건너와요." 마르셀랭이 다른 편에서 불 사이에 비어 있는 곳을 가리키며 소리쳤다.

"모두들 도와줬어요." 마르셀랭이 작은 무리의 사람들을 가리키며 말했다. 이웃한 오두막에 사는 가족들이었다. 불빛에 이들의 모습이 드러났다. 맨발의 청년들이 야자나무 잎을 무더기로 들고 있었다. "여기는 미셸 왈렝구에이고, 여기는 무코예요."

"개미들은 불 빼고는 다 먹어치워요." 고수인 미셸 왈렝구에가 우리를 보고 미소를 지으며 말했다.

"불을 피우면 양충*과 벼룩을 소탕할 수 있어요. 지붕에 사는 바퀴벌레도 없앨 수 있죠."

---

* 사람이나 동물의 피부 속에 알을 낳는 열대 지방 벼룩.

"개미들이 우리 닭을 먹어치웠어요." 옹제가 말했다.

마르셀랭이 자기 옆에 서 있는 피그미의 어깨에 팔을 두르고 있었다. 한눈에 권위와 지성이 느껴지는 중년의 피그미였다. 가슴이 널찍하고 O자 다리였다. 남자는 허벅지까지 내려오는 티셔츠를 입고 자기 발보다 훨씬 커 보이는 운동화를 끈도 묶지 않고 신고 있었다. "무코!" 마르셀랭이 말했다. (무코는 씩 웃으며 그대로 서 있다가 마르셀랭의 팔에서 벗어났다.) "나는 무코와 옛날부터 알고 지냈어요. 여기서 최고의 사냥꾼이죠. 모든 동물, 모든 나무에 대해 알아요. 무코는 우리와 함께할 거예요. 밀림 대장정을 말이죠. 그리고 오늘 밤 무코가 닭을 다른 걸로 바꿔줄 거예요. 총을 들고 다이커를 사냥할 거예요. 그럼 우린 내일 잘 먹는 거죠!"

주걱형으로 늘어난 개미군단의 전방이 오두막 입구에서 나와 불 고리에서 1미터 정도 떨어진 곳에 멈추더니 임시 리더들이 더듬이를 세우고 다시 원을 그리며 뒤로 되돌아갔다. 그다음 열도 따라 했고 서서히 퇴각이 시작됐다. 개미군단은 자기들을 중심축으로 돌며 오두막 입구 쪽으로 나가기 시작했다. 30분 정도 후 짐 위에서 마구 쏟아져 나와 벽을 따라 내려와 창구멍 테두리에서 꿈틀거리더니 숲으로 다 빠져나갔다.

옹제는 혼잣말로 심한 욕을 퍼붓고 개미들 뒤로 닭뼈를 던져버리고는 이제 끝을 갉아먹어 나달나달해진 밧줄을 돌돌 말며 말했다. "푸푸는 있어요. 그놈들이 푸푸는 안 좋아해요."

이제 짐가방에는 개미 한 마리 없고 곰팡이 슨 냄새만 났다.

"이제 됐어요. 한두 달간은 밀림에 머물 거예요. 하지만 도쿠가 이 야단법석에 기분이 안 좋아졌어요. 오늘 밤에는 안 되겠고 내일 학교 막사에서 만나잡니다." 마르셀랭이 말했다.

그날 밤은 텐트 안에 안전하게 머물며 다리에 난 개미와 모기한테 물린 자국과 이런저런 경미한 상처들을 살펴봤다. 중간에 피가 말라붙은 작고 동그란 돌기 같은 것이 수백 군데 나 있었다. 흑파리한테 물린 자국이었다. "래리, 왜 마카오 사람들한테 가려움증이 있는지 알 것 같아. 흑파리 애벌레가 사상충증에 걸리게 하는 것 같아. 이건 서아프리카에서만 걸려. 그런데 책에서 보니까 밀림 종도 있다는군. 두 가지 종류가 다 피부 아래를 기어 다니며 미치게 만드는 거야. 하지만 서아프리카 종만 실제로 안구까지 들어가 꿈틀거리는 거지. 그래서 여기서는 실명은 안 되는 거야. 그냥 가려워서 미칠 뿐이지."

래리가 말했다. "레드소, 그 역겨운 다리 좀 치워줄래?"

"오늘 아침 강에서 흑파리 봤어?"

래리가 배낭 옆주머니에서 《마틴 처즐위트》를 꺼냈다.

"아니. 하지만 틀림없이 득시글하겠지. 우리는 그 젊은 여자를 쳐다보고 있었잖아. 눈이 호강했지."

그는 《마틴 처즐위트》에서 페이지를 접어 표시해둔 부분을 폈다. "네 가정을 시험해볼 간단한 방법이 있을 거야. 언제 우리 온몸이 논스톱으로 가렵게 되는지 알 수 있겠지." 래리는 이렇게 말하고는 머리에 끼워 쓰는 전등을 켜고 책을 읽기 시작했다. 그러더니 나를 쳐다보며 말했다. "그리고 한 가지 더, 너 정말 옥스퍼드에 적이 많아?"

"맙소사, 아냐, 아니길 바라. 만일 그러면 못 참을 거야. 한 명의 적, 진짜 심한 적이 한 명이라도 있다고 상상만 해도 나는 미쳐버릴 것 같아. 나는 모두한테서 사랑받고 싶어. 우유 배달부를 포함해 모두한테서."

"우유 배달부? 그거 정말이야?"

"응."

"그렇다면 이건 말해줘야겠는데……" 래리는 전등 불빛을 조정하며 디킨스로 도망갈 준비를 하고 말했다. "너 문제 있어."

우리 왼편 옆쪽 마르셀랭의 텐트에서 끊임없이 고음으로 말하는 소리가 들렸다. 그리고 그에 화답하듯 행복한 여자의 웃음소리가 낮게 들렸다.

동이 막 트고 난 후 마르셀과 래리, 그리고 나는 오두막 베란다의 벤치에 앉아 조용히 마누를 쳐다보았다(마누는 강에서 막 씻고 돌아와 밝고 깨끗하고 산뜻해 보였다). 마누가 아침으로 먹을 카사바를 끓이고 있을 때 무코가 왔다. 맨발에 회색 반바지만 입고 있었다. 오른손에는 엽총을 들고 왼편 어깨에는 리아나 줄기로 묶어 동그랗게 만든, 죽은 파란다이커 두 마리를 둘러메고 있었다. 무코는 다이커를 오두막 앞에 떨어뜨려놓더니 우리 쪽을 향해 고개를 끄덕이고 마르셀랭에게 카카어로 뭔가 말하고 떠났다. 다른 쪽에서 응제가 나타났다. 피곤한 얼굴로(쿠바 군복을 입고 모자까지 쓰고) 한마디 말없이 무코 옆을 지나 반쯤 의식이 없는 상태로 베란다를 왔다 갔다 했다. 사랑과 음악으로 밤을 보낸 다음 날의 피로감으로 눈을 게슴츠레 뜨고 있었다.

"웅제, 다이커 껍질 벗겨!" 마르셀랭이 정복 후에 자기 부하를 다루는 데 더 노련해진 관리자 같은 생기 있는 목소리로 말했다.

"으으!" 웅제가 벤치 끝에 앉아 눈살을 찌푸리며 말했다. "마누가 할 수 있잖아요. 오늘은 마누가 모든 걸 다 해야 해요. 나를 실망시켰다고요. 마누는 부끄러워서 집에 처박혀 있었어요. 그녀의 여동생, 마누를 위한 더 젊고 마른 여자를 실망시켰다고요. 내가 어떻게 할 수 있었겠어요? 나는 음악을 연주하고, 두 여자를 다 품었어요. 마누 잘못이에요. 여자들이 나를 그냥 자게 내버려두지 않았어요. 계속 깨웠다고요. 밤새도록요. 나 못 잤어요. 한숨도 못 잤어요."

마르셀랭이 웃었다. "그래, 잘했다. 이 마을 여자들이 원래 그래. 그걸 좋아하거든."

"그렇지만 병에 옮을 거예요." 마누가 카사바를 손질하며 말했다.

"웅제, 마누, 너희 두 사람은 다이커를 손질해라. 지금 먹을 것하고 가지고 갈 것 따로 준비해. 래리, 레드몬드는 나하고 같이 강으로 가요. 옷을 전부 빨아야 해요. 밀림에서는 빨래할 곳 없어요. 우리는 깨끗이 해야 해요. 그러고 나서 도쿠가 학교 막사에서 우리에게 할 중요한 말이 있답니다."

"어, 도쿠를 만나는 거라면 고맙지만 사양하겠네. 괜찮다면 지금은 카카어는 더는 안 되겠네. 나는 짐이나 좀 뒤집어엎어야

겠네. 정리가 하나도 안 돼 있어서 뒤죽박죽이잖아…….” 래리가
말했다.

학교 막사(손님용 오두막보다 그렇게 크지 않지만 모래 바닥에 함석
지붕이 있고 입구 양 옆으로 두 개씩 창구멍이 나 있었다)는 마을에서
조금 떨어져 강 쪽에 있었다. 막사 안은 텁텁한 열기가 가득했
다. 도쿠는 교장의 책상에 근엄한 자세로 앉아 우리를 기다렸다.
검은 재킷에 검은 셔츠, 검은 바지, 검은 부츠까지 갖춰 입고 있
었다. 도쿠 앞에는 흰색 잔 네 개가 나란히 놓여 있었다.
마르셀랭이 그 옆에 카베스코 와인병을 놓았고, 나는 그 옆에
선물이 든 비닐가방을 내려놓았다. 옥스퍼드에서 가져온 브라이
어 파이프와 발칸 소브레니 타바코 한 통, 스위스 군용 칼, 판시
다와 키니네가 들어 있었다. 나는 그의 목에 툭 튀어나온 갑상선
종에 정신이 팔려 요오드가 필요하겠다고 생각했다. 열린 셔츠
칼라에는 원숭이 털 뭉치가 세 개 정도 보였다.
“다른 백인 남자는 어디 있나?” 도쿠가 잔 하나를 책상 끝으
로 밀며 말했다.
마르셀랭과 나는 학생들처럼 앞줄 벤치에 앉아 있었다. “섀퍼
박사는 짐꾼들을 위해 짐을 정리하고 있습니다. 내일 밀림으로
떠나거든요.” 마르셀랭이 말했다.
“그 사람은 안 올 줄 알았네. 그 사람은 자기만의 힘을 갖고
있어. 다른 종류의 힘이지. 내 보호는 필요 없네.”
“지당하신 말씀이십니다.” 마르셀랭이 지금껏 본 적 없는 공

손한 태도로 말했다. 고개는 살짝 숙였고 지나치게 격식을 차린 말투였다.

도쿠가 와인 뚜껑을 열고 잔 세 개에 따랐다. 마르셀랭이 일어나 책상과 의자 사이에 다가가 잔을 받아 한 잔은 자기가 갖고 한 잔은 내게 주고 다시 자리에 앉았다. "밀림에서의 안전을 위해." 마르셀랭이 이렇게 말한 후 우리는 와인을 들이켰다.

도쿠는 충혈된 눈빛으로 강렬하게 나를 응시했다. "사말레에 대해 알고 싶어서 왔다고?" 도쿠는 책상 위에 손을 겹쳐놓으며 말했다. "하지만 사말레는 당신이 아는 걸 알게 될 거고 그건 위험하네. 밤에 등을 베일 거야. 그래서 우리는 희생양이 필요하네. 낯선 이가 사말레를 보려면 죽음이 필요하지. 그러니 평범한 희생으로는 안 돼. 사말레가 낯선 이에게 자신의 비밀을 보여주려면, 더구나 그 낯선 이의 친구가 이미 사말레에 가까이 가 있을 때는, 사말레는 한 마리의 닭이 아니라 두 마리를 요구할 걸세."

마르셀랭이 말했다. "1,000세파프랑."

"오늘 밤 돈을 가져오겠습니다. 자정에요. 저에게 주물을 주시면." 내가 도쿠를 향해 말했다.

도쿠는 창구멍을 재빨리 흘끗 보았다. 늘 들리던, 눈이 커다란 아이들이 시끌벅적 떠드는 소리는 들리지 않았다. 밖에는 아무도 없었고 비둘기나 뻐꾸기가 우는 일정한 톤의 소리밖에는 들리지 않았다. 구구구. 그리고 그 뒤로 칼로 유리잔을 치는 것 같은, 아마도 오색조인 듯한 불규칙한 울음소리가 들려왔다. 챙챙

챙챙.

"여기서는 다른 힘에 대해서는 말하지 않겠네. 그런 이야기를
할 자리가 아니네."

"그냥 듣고만 있어야 해요. 당신 의견을 들으려는 자리가 아
닙니다." 마르셀랭이 잔을 만지작거리며 말했다.

"백인 한 명이 여기 왔던 적이 있지, 오래전에. 밀림으로 사말
레를 잡으러 갔어. 세 통의 탄환을 썼지만 매번 빗나갔지. 운이
없었던 거야. 그래서 그냥 떠났네." 도쿠가 말했다.

"잘됐군요. 듣던 중 반가운 소리입니다." 내가 말했다.

"당신은 사말레 소리를 들었소. 당신은 사말레가 우는 소리를
들어본 극소수의 이방인 가운데 한 명이요. 그게 사말레요. 그건
사람이 울부짖는 소리하고는 다르지. 가끔 사말레는 사람들 바
로 옆에 앉아 있기도 하지. 그리고 그 사람들은 사말레가 우는
소리를 들어. 그게 그 사람들이 듣는 마지막 소리가 되지. 귀가
멀게 되는 거네. 사람으로서도 그렇고 영혼도 그렇게 되지. 당신
백인들은 낮에는 왕이지만 밤에는 그렇지 못해. 여기 아프리카
에서 밤에 당신들은 그저 어린애에 불과하오. 그냥 어린 소년이
지. 어떤 이의 조카가 파리에 유학을 간 적이 있지. 그 삼촌이 조
카가 다시 돌아오기를 바랐던 거요. 그래서 친구를 데리고 밤에
비행기를 타고 파리로 갔다네. 이민국에서 조카에게로 전화를
해서, '당신 삼촌이 지금 샤를 드 골 공항에 있다'고 알려주었지.
그래서 이 조카가 나중에 콩고로 알아보러 갔어. 마을에 도착했
는데 삼촌의 오두막에 나무로 만든 모형 비행기가 있는 거야. 낮

에는 모형 비행기지만 밤에는 진짜 비행기인 거지."

마르셀렝이 내가 뭔가 뻔한 이야기를 할 거라고 생각했는지 만류하려는 듯 내 팔에 손을 얹었다.

"사말레는 사람들을 보호하고 죽은 자를 보호하기 위해 울지. 사말레는 상상 혹은 신비의 동물이오. 그는 사바나, 중앙아프리카공화국의 웅델레 지역에 그 기원을 두고 있소." 도쿠가 마치 설교하듯 소리를 높여 말했다.

"수풀에서 길을 잃은 어느 여자가 뭔가 특이한 동물 울음소리를 들었어. 그녀는 남편에게 달려가 알렸고 남편은 그 장소에 가 봤지. 그리고 그 동물을 길들이는 데 성공했어. 그 동물은 남편에게 안식처를 지으라고 지시했어. 1900년, 아니면 그보다 더 전에 일어난 일이지. 1차 세계대전 중에 카카족이 그 비슷한 동물을 중앙아프리카공화국에서 모타바 강 북부 지역에 데리고 왔어. 처음에는 베란조코, 그다음에는 마카오, 그리고 세케, 마지막으로 릴콤보와 징고 지역까지 데려왔어. 이 영적인 동물은 사람들의 안전과 행복을 지켜주도록 길들여졌지. 악령으로부터 보호하고 이국의 마법사들 주문으로부터 보호하는 거지. 1914년 전쟁 중에 이 동물이 각처에서 사람들을 도왔어. 우리에게 적지에 대해 자세히 알려준 것도 바로 사말레야."

도쿠는 말을 멈추고 잔을 다시 채워 들고는 눈을 감고(얼굴은 참나무 껍질처럼 주름이 자글자글했다) 와인을 마셨다.

"독일군은 중앙아프리카를 통해 들어와서 콩고 내륙 지방, 마카오를 향해 진격했어. 사말레로부터 경고를 들은 사람들이 마카오에서 베란조코까지 펼쳐진 밀림으로 가는 길에 있는 방가라는 곳으로 가 거기에서 적과 마주했지. 독일군은 소총으로 무장하고 있었고 우리 쪽은 석궁과 독화살, 그리고 얼마 안 되는 총을 들고 있었지. 하지만 그 총에 사용되는 총알은 우리나라에서 만든 거였어. 방가 전투 후 우리 쪽 사람들은 퇴각했고 마카오에서 또 다른 전투가 일어났어. 마카오 전투 후에 우리는 밀림으로 물러났고 독일군이 마카오 마을을 점령했어. 여기에 야영대를 세웠지. 총독이나 사령관으로 불렸던 모수수라는 프랑스 관리가 중앙아프리카공화국의 놀라 지역을 지나다가 우리를 도우러 왔어. 그는 세케에 대대와 함께 진지를 쳤지. 모수수는 밀림으로 도망쳤던 모든 사람들에게 전갈을 넣어 세케에 있는 진지로 와도 좋다고 했어. 세케 지역 거주민들과 다시 뭉친 이들은 사령관과 그의 부하들과 함께 카붕가스 땅으로 진격했어. 사령관 모수수가 밀고 들어가자 독일군은 점령지에서 퇴각했고 다시 평화가 찾아왔어. 사람들이 강을 따라 있는 마을에서 떨어져 밀림에 사는 동안 단 한 명의 군인도 그들을 쫓아오지 못했어. 밀림에 살면서 매우 살벌해진 카카족한테 살해당할까 두려웠던 거지. 카카족은 중앙아프리카에서 왔어. 카카족의 토템인 동물 사말레는 원래 사말레가 기원한 반다족Banda하고도 함께 살았어. 두 부족은 서로의 언어를 이해했지. 카카족 사람들은 마카오, 베란조코, 세케, 베예, 리폰자파페Lipondza-pape 마을에 살고 있어. 방기모타바Bangui-Motaba 마을의 거주민들은 카붕가스 땅에서 왔지. 오늘날까지도 카붕가스와 모타바 북부를 잇는 길이 나 있어. 중앙아프리카에서 바양가Bayanga까지 아직 카카족이 살고 있고."

"하지만 사말레는 어떻게 생겼습니까?" 내가 답답해져서 물었다.

도쿠는 내 말을 무시하고 와인을 한 잔 더 따랐다. 말을 끊은데 화가 나 우리 쪽으로는 눈길도 주지 않고 잔을 비우고 우리뒤 교실 벽에 시선을 고정한 채 말했다.

"사말레는 언제나 어머니와 아버지 역할을 해줄 부부가 키우지. 성스러운 영혼을 가진 가족의 후손으로만 자라지. 오직 이러한 가족만이 이 신비스러운 동물의 부모가 될 자격이 있어. 이동물의 이름은 웅가콜라 사말레Ngakola Samalé야. 그의 기원에서비롯된 이름일세. 중앙아프리카의 반다족 지역에서 조상들이 이동물의 존재를 알게 된 이래로 웅가콜라 사말레라는 이름이 유지되었어. 카카어로 '마을의 수호신'이라는 뜻이네. 이 동물을중심으로 한 교파가 있고 신봉자들은 여기에 입문해야 한다네.세례는 이런 식으로 이루어지지. 오직 카카족의 후예만이 세례를 받을 수 있어. 세례식은 이렇게 진행된다네. 세례 받을 아이를 위한 준비물들이 있지. 전통적인 의상과 다른 비밀스러운 물건들이 있다네. 그의 변신을 확실히 해주는 물건들이지. 염소 한마리와 산 닭들이 사말레를 위한 제물로 바쳐진다네. 염소와 닭은 마을 근처 밀림에 있는 사말레의 은신처에 남겨진다네. 그러면 사말레가 직접 제물들을 죽이고 그러면 마을 사람들이 이걸가져다가 요리하지. 이렇게 만들어진 음식은 다시 사말레의 은신처 앞에 놓이고, 사말레가 다 먹고 나면 빈 그릇은 마을사람들이 가져오지. 그 전에 세례 받을 아이는 사말레의 은신처, 야생으로부터 이 동물을 보호하는 거처에 가야 한다네. 사말레는 이 아이를 잠들게 하지. 아이는 마치 독화살에 맞은 것처럼 잠들어. 그러면 사말레가 이 아이에게 십자 표시를 해주지."

도쿠가 갑자기 경계하는 태도로 나를 똑바로 응시했다. "사말레는 발톱 세 개를 갖고 있다네." 그의 숨소리가 가빠지며 목소리는 거칠게 갈라졌다. "양손에 발톱 세 개가 있어. 기다랗게 구부러져 있고 강철처럼 강하고 낫처럼 날카롭지!" 그는 이렇게 소리 지르더니 자리에서 일어나 책상 앞으로 몸을 기울였다. 동공은 팽창하고 입술은 당겨지고 들쑥날쑥한 누런 이가 드러났다. "하지만 그는 오직 두 개의 발톱만으로 자르지!" 이렇게 말하며 도쿠는 마치 나를 때릴 것처럼 손가락 두 개를 구부린 오른손을 올리더니 내 얼굴 앞에서 공기를 획 갈랐다.

도쿠는 다시 책상에 무너지듯 앉아 마지막 남은 와인을 따라 마셨다. "그로부터 이틀 후 음식을 바치지." 그는 아무 일도 없었다는 듯 읊조렸다. "음식은 바로 세례를 받은 입문자가 바쳐. 음식은 사말레의 은신처 앞에 놓고 그때 사말레를 쳐다보면 안 돼. 쳐다보면 사말레는 아이의 팔을 찢는다네." (도쿠는 책상에 놓인 그의 제물들을 모으기 시작했다.) "그러면 그 상처가 흉터가 되고 평생 표식으로 남지." (그는 재킷 안쪽 주머니에 파이프와 담배를 넣고 어깨에서 옆구리까지 붙도록 꼭 맞게 멘 낡은 검은색 털주머니에 알약을 넣었다. 아마도 흑백콜로부스 가죽인 것 같았다.) "이 모든 세례식이 진행되는 동안 세례자는 아무것도 모른다네. 심지어 자기 몸에 표식을 낸 동물을 보지도 못하지. 세례를 받고 나서야 사말레를 찾아갈 수 있지. 사람들이 세례 받은 아이를 사말레 앞에 데려가."

도쿠는 재킷을 잡아당겨 가방을 덮고, 자리에서 일어나 빈 잔을 재킷 주머니에 넣고, 빈 와인병의 뚜껑을 닫았다. "두 사람은 여기 잠깐 있게. 한꺼번에 다 나가면 안 되니." 이렇게 말하고는 발을 끌며 입구를 향해 갔다. 어깨는 움츠러들고 생기가 빠져나간 것 같았다.

"그래서 사말레는 어떻게 생겼다는 건가?" 마르셀랭을 쳐다보며 내가 물었다. 우리는 학생처럼 의자에 옆으로 나란히 앉아 있었다. 놀랍게도 마르셀랭 이마에 땀방울이 맺혔고 손은 떨렸다. 마르셀랭은 나를 쳐다보지 않고 계속 자기 앞 나무 책상에 난 손도끼 자국을 보며 작은 소리로 말했다. "그것에 대해서는 더 말하고 싶지 않아요. 그 이야기는 그만합시다. 알았죠?"

이상하다고 생각하며 내가 말했다. "미안하네." 화제를 돌리려고 이렇게 말했다. "지난밤에 좋은 시간 보내는 것 같던데."

"그리고 지금 이렇게 학교에 앉아 있죠."

"그게 무슨 말인가?"

"그 여자는 교장 아내예요. 강에서 씻는 동안 당신이 쳐다봤던 그 여자예요. 지금까지 내가 본 중에 가장 아름다운 가슴을 가진 여자죠. 남편은 중앙아프리카공화국에 가고 없어요. 그 여자 혼자 있었죠. 쌍둥이 엄마래요."

"쌍둥이? 그건 부정한 일인 줄 알았는데. 쌍둥이 엄마는 마을에서 추방당한다고 하지 않았어? 그렇다면 마르셀랭은 혼령이랑 잔 거고, 밀림의 동물이 되는 건가?"

"재난이고 재앙이죠. 하지만 도쿠가 영험한 힘을 가졌잖아요. 여기서부터 징고까지 모든 카카족 사람들에게 존경받아요. 그런 도쿠가 그 여자를 도와줬어요. 도쿠가 악령과 나쁜 생각들로부터 그 여자를 완전히 보호해줬어요. 모두들 그걸 알고 있죠. 그녀는 젊고 무척 가난하고 남편은 멀리 떠나 있어서 도쿠가 아무것도 받지 않고 그렇게 해줬어요. 도쿠는 돈을 안 받겠다고 했고 심지어 파인애플이나 닭 같은 선물도 안 받았어요. 게다가 여자가 할 수 있는 방법으로도 감사 표시를 할 수 없었죠. 마법사는 자기 부인 외에는 누구하고도 잠자리를 할 수 없으니까요. 그래서 그녀가 나한테 대신 감사하러 온 거예요. 그녀의 육체를 선물로 가지고 온 거죠. 처음에는 부끄러워했어요. 텐트에 들어와본 적도 없었죠. 하지만 뭔가 다른 점이 있는 것 같았어요. 처음에는 입을 못 맞추게 했어요. 하지만 나를 흥분시켰죠. 그녀는 나한테 옷을 다 벗고 콘돔도 끼지 말라고 했어요. 한 시간, 아니면 그 이상 사랑을 나눴죠. 그리고 그녀는 절정에 이르자 울기 시작했어요. 얼굴을 돌리고 흐느꼈죠. 울고 또 울었어요."

"이해가 안 가는데."

"나도 그래요. 그런 일은 처음이에요. 남편이 멀리 떨어져 있어서 울었을 수도 있고, 아니면 나하고 하면서 절정을 느꼈으니까 죄책감이 들어서 그랬을 수도 있죠. 아니면 쾌감 때문에 흐느

384

낀 것일 수도 있고. 모르겠어요. 아무 말도 하려 하지 않았어요. 기분이 별로였어요."

"내 말은 운 게 이해가 안 간다는 게 아니라, 왜 마르셀랭을 찾아왔냐는 거야. 왜 마르셀랭하고 자는 게 도쿠한테 빚을 갚는 거라 생각한 거지?"

마르셀랭은 내 물음에 대답하지 않았고, 우리는 아무 말 없이 학교 막사를 나왔다. 야영지까지 반쯤 왔을 때 마르셀랭이 입을 열었다. "다시 말하지만, 뭔가 다른 일이 있었어요. 제 결혼반지 예요. 나는 감정이 예민한 편이고 교육받은 사람이에요. 그래서 아내가 아닌 다른 여자하고 잘 때는 결혼반지를 빼놓죠. 존중의 뜻이에요. 그런데 어젯밤, 결혼반지를 잃어버렸어요. 오늘 아침 내 바지 뒷주머니를 뒤지니 없더라고요. 텐트 안도 찾아봤죠. 다 찾아봤어요. 어디에도 없었어요."

"그 여자가 가져간 것 같은데."

"절대 그럴 리 없어요. 그런 짓을 할 사람이 아니에요." 마르셀랭이 마구 달리며 다가오는 아이들에 놀라 걸음을 멈추고 손짓으로 아이들을 쫓으며 말했다. "그럴 리 없어요. 마카오 여자들은 남자를 그런 식으로 취급하지 않아요. 그건 그냥 있을 수 없는 일이에요. 그보다 더 나쁜 이유가 있을 것 같아요. 그 생각을 머리에서 떨칠 수가 없어요. 한편으로는 터무니없는 생각이라는 걸 알지만 그래도 소용없어요. 계속 같은 생각이 맴돌아요. 더 빨리, 더 빨리요. 피곤한 일이에요. 약간 자포자기하는 심정이 돼요. 뭔가 이상하고 옳지 않은 일이니까."

"걱정 말게. 찾을 수 있을 거야. 어딘가 잘못 둔 거겠지. 바닥 시트 접힌 곳에 들어가 있을지도 몰라."

"그런 게 아니에요." 마르셀랭은 목에 온 경련을 풀려는 듯 갑자기 머리를 옆으로 살짝 기울이며 말했다. "거기 없다는 거 알아요. 그냥 저절로 사라진 거예요."

그날 저녁 우리는 삶은 다이커 고기와 카사바, 파인애플(고수 앙투안이 선물로 가져온 것이었다)로 저녁을 먹었다. 래리는 질 나쁜 야자술 한잔, 아니면 그저 평범하고 오래된 것도 좋으니 뇌를 죽이는 옥수수술(왜냐하면 자기는 맥아 속물은 아니니까) 더블샷이라도 마실 수 있다면, 그것도 아니면 정말 미친 생각이지만, 그런 생각만으로도 돌아버릴 것 같지만, 베이컨과 양상추, 토마토가 들어간 샌드위치만 있다면 지금 삶이 완벽해질 거라고 말했다. 하지만 내일 짐을 질지 안 질지 모르지만 지옥 같은 강행군이 기다리고 있으므로 잠자는 게 좋겠다고 말했다.

마르셀랭은 베란다에 앉아 짐꾼을 하겠다고 지원한 사람들을 면접하고 있었다. 응제는 그 자매와의 마지막 밤을 보내기 위해 강에 씻으러 갔고, 마누는 하루 종일 자고 나서 더 피곤해졌는지 말없이 방수포에 누워 있었다.

텐트 안에 있으니 밖에서 마르셀랭이 목록을 만들며 질문하는 소리가 들려왔다.

"반투 이름! 마카노, 보니파스…… 부탄자라, 피에르…… 빌레부, 알베르…… 보엠바, 앙브루아즈……."

"에잇, 제기랄, 빌어먹을." 래리가 겉으로는 평화로워 보이는 표정으로 바닥에 까는 시트에 똑바로 누워서는 이렇게 말했다. "그게 무슨 소용이지? 그게 알고 싶어. 그 마법사고 뭐고가 다 무슨 의미야? 이 모든 두려움의 심리학적, 사회적 기능은 뭐지? 왜 그럴 필요도 없는데 이런 마술이며 말도 안 되는 헛소리며 이런 주문 저런 주문의 공포 속에서 살아야 하는 거야? 왜 도쿠한테 이렇게 말하지 않는 거지? '도쿠 노인 양반, 마음 상하게 하고 싶지는 않지만, 당신의 나이와 지혜와 마을에서의 권위를 진정 존중하지만, 그런저런 마법 같은 말도 안 되는 헛소리는 엿이나 먹으라고 하고, 그만 집어치우시죠.'라고 말이야."

"나도 몰라." 나는 양말과 바지를 뭉쳐 셔츠로 묶어 베개를 만든 다음 손전등을 끄고 햇빛에 익어 딱딱해진 진흙 위에 편안하게 누우려 애쓰며 말했다. ("바빙가 이름! 무코…… 에코…… 바캄바…… 젤레…….''마르셀랭이 노래하듯 말하는 소리가 들렸다.) "보통의 대답은 이런 거지. 그것이 인생에 구조와 의미를 주니까. 그리고 우리 생각이 논리 이전 단계일 때, 자연에 대한 관념이 주관적인 감각과 객관적인 감각, 주관적인 생각과 객관적인 생각 사이를 구분 짓지 못할 때, 우리 내면과 외부 세계가 온통 뒤섞여 있을 때, 우리 머릿속에서 벌어지는 현실과 오두막 위로 지나가는 표범, 박쥐 또는 군대개미 파티가 열리고 있는 대숲 사이에 정확한 구분이 가지 않을 때, 그럴 때 확실히 필요하지. 내 생각엔 우리 모두 하루에 적어도 아주 잠깐 동안은 누구나 그렇게 생각할 거라고 봐. 어떤 사람은 남들보다 좀 더 많이, 어느 때는 다른 때보다 더 많이 그렇게 생각할 거야. 가령 좌절을 겪거나 충격을 받았을 때, 아니면 누군가 죽거나 아프거나 사랑에 빠졌을 때 말이야. 그리고 낮보다는 밤에 더 그렇겠지. 하지만 여기서는 그런 악몽을 봉합하는 선이 결코 안 그려지고 그런 것들을 한데 모아버리는 일이 일어나지 않는 거지. 늘 그 상태로 어딘가에 걸려 있는 거야. 그래서 밀림으로 산책하러 가면 나무 사이에서 나타나고 어둠 속에서 들이닥치는 거지."

"진정제 용량을 좀 더 높여야겠군. 너 의사 좀 만나봐야겠어."

"그래, 바로 그거야. 그래서 공포를 없애줄 주물을 구하는 거야. 하지만 아마도 그 주물 자체가 공포를 가져오겠지. 주물이 효과가 있을까? 잃어버리면 어떡하지? 그게 정말 나한테 이로울까? 나를 죽이고 싶어 하는 어떤 놈이 마법사한테 나보다 먼저, 더 좋은 선물을 갖고 가서 이렇게 주물을 만들어달라고 했으면 어쩌지?"

"그러니까 플래츠버그에 남아 있어야 했어."

"하지만 그것의 진짜 의미는 아마도 단순할 거야. 어딘가 거대한 공포가 오두막 벽을 뚫고 들이닥칠 때를 기다리고 있다는 걸 알고 있어. 아이들 중 두세 명이 아주 어릴 때 죽을 거란 것도 알고 있고, 아플 거란 것도, 젊은 나이에 죽을지 모른다는 것도 알아. 그래서 스스로에게 여러 가지 작은 공포를 주는 거야. 반쯤은 그렇게 심각하지 않다는 것을 알고 있는 그런 공포지. 작은 공포가 큰 공포를 그냥 배경 같은 상태가 되도록 분산시켜주는 거야. 그건 기독교인이나 무슬림들이 스스로 맺는 심리적 거래와 마찬가지인 거야. 그들은 일생 동안 똑바로 생각하는 능력을 버리겠다고 동의하지. 삼류 동화 같은 이야기나 온갖 종류의 말도 안 되는 말을 받아들이고. 그들의 지성을 잠재우는 데 들인 노력의 대가로 아침에 잠에서 깰 때마다 커다란 공포, 즉 죽음의 공포에서 놓이는 거야. 정말로 죽은 어머니나 아버지를 다시 볼 수 있다거나, 죽은 아이가 사실은 죽은 게 아니라거나, 죽은 친구가 아직도 술을 마시며 불가에서 앉아 있다거나, 심지어 네가 아끼는 개가 아직도 깊은 잠에 빠져 널 기다리고 있다고 스스로를 설득하게 되는 거지."

"그렇게 말하니 그렇게 나쁜 거래 같진 않군." 래리가 조용히 말했다.

자정에 마르셀랭이 텐트 밖에서 휘파람을 불었다. ("고맙지만 나는 사양하겠어. 괜찮다면 그냥 여기 있을게." 래리가 내게 말했다.)

"레드몬드, 손전등은 켜지 마요. 아무도 우리를 안 봤으면 좋겠어요." 마르셀랭이 텐트 덮개를 열고 속삭였다. 나는 부츠를 신고 길을 건너 마르셀랭을 따라갔다.

마르셀랭이 오두막 문을 두 번 똑똑 두드리자 문이 왼쪽으로 몸 하나 들어갈 정도 열렸다. 안으로 들어가자 도쿠가 우리 뒤에서 문을 닫았다.

도쿠는 낮에 볼 때보다 10년은 더 젊어 보였다(잠을 푹 잔 모양이라고 생각했다). 맨발에 아직도 검은 재킷에 검은 셔츠, 검은 바지를 입고 있었다. 그는 우리를 돌멩이 위에 쇠살대를 얹은 화로 왼쪽에 놓인 나지막한 나무의자에 앉으라고 손짓하고 자기는 다리가 세 개 달린 의자에 걸터앉았다. 옆에 놓인 나무 조각을 이어붙인 작은 테이블에는 하얀 잔과 병이 놓여 있었다.

"레드몬드 씨, 오늘 밤 사말레에 대한 질문에 대답해드리지요." 도쿠는 구름같이 하얀 와인을 따르며 말했다. 그의 목소리는 격식이 없고 거의 친밀하다시피 했다. "마르셀랭 박사, 레드몬드 씨, 오늘 우리는 중요하고 심오한 일에 대해 논의하기 위해 여기 있소. 나한테는 당신들에게 줄 수 있는 힘이 있소. 그 힘은 당신들 인생을 바꾸어놓을 거요." 도쿠는 나무로 된 받침대에 술병을 올려놓았다. 그는 연기가 자욱한 작은 방을 천천히 둘러보았다. 화로의 붉은 불빛과 야자유 램프의 노란빛이 도는 주황 불빛에 방 안에 있는 물건들을 다시 눈에 익히려는 듯, 아니면 벽을 따라 둥그렇게 놓인, 선반 위에 테두리가 연기에 그을린 바구니, 뚜껑 달린 병, 냄비, 팬이 어지럽게 놓여 있었다. 나뭇조각을 이어붙인 선반 어디쯤을 눈에 새기려는 듯했다. 그는 또한 검은색 벽에 기대놓은 2미터쯤 되는 두 개의 창(끝이 넓적하고 이중 쇠미늘이 달린)을 꼼꼼히 살펴보았다. 입구의 상인방 위에 걸려 있는 세 개의 작은 털 뭉치는 몇 시간이고 노려보고 있는 느낌이었다.

"사말레는 고릴라 같은 동물이오." 도쿠는 다시 현실로 되돌아와 우리에게 야자술이 담긴 잔을 건네며 말했다. "사말레는 고릴라 같고 침팬지 같고 사람 같소. 그리고 이 모두와 다르오. 털이 없고 수염도 없소. 팔은 다리보다 길고. 그는 소년 등에 왼쪽에서 오른쪽으로 세 번 상처를 내고, 오른쪽에서 왼쪽으로 세 번 상처를 내지. 그리고 이 상처는 소년의 팔뚝에 내는 상처보다 더 길다오."

(그래서 나는 사말레가 가끔은 세 발톱 모두로 상처를 내거나 아니면 하나로…… 이런 생각을 한가로이 하고 있었다.)

"사말레는 밀림의 동물이오. 그래서 우리 마을 가까이 커다란 나무들을 심어두는 거요. 사말레는 우리의 수호신이지. 나무들은 사말레에 속해 있는 거요."

도쿠는 마르셀랭의 잔을 다시 채웠다. "마셔라, 마르셀랭! 오늘 밤 너는 내 야자술을 마셔야 하느니." 마르셀랭은 술을 마셨다.

"레드몬드 씨, 또 한 가지 알아야 할 것은 개인적으로 나와 내 모든 가족을 위한 또 다른 동물이 있다는 거요. 특별한 힘을 가지고 대대로 전해 내려오는 전통적인 동물로, 땅에도 있고 물에도 있는, 바로 악어라오. 돈은 갖고 왔소?"

나는 바지 주머니에 있던 비닐봉지에서 500세파프랑짜리 지폐 두 장을 꺼냈다. 도쿠가 손가락으로 구겨진 지폐를 펴더니 아직 손대지 않은 그의 술잔 옆에 내려놓았다. "다른 문제도 있소. 당신의 안전에 관한 것이지. 텔레 호수로 갈 거라 했소? 텔레 호수는 버림받은 혼령들의 장소요. 지금은 더는 존재하지 않는 혼령들이 사는 곳이지. 텔레 호수 혼령들은 제물을 못 받지. 왜냐하면 그들이 아는 모든 사람들, 모든 아이들이 이미 죽었기 때문이오. 그 혼령들은 배고프고 자신들이 누군지도 모르지. 그래서 위험해진 거요. 나 도쿠는 오늘 밤 이 오두막에서 마르셀랭과 레드몬드에게 경고하거니와, 강한 사람들, 사냥꾼들, 최상의 건강 상태에 있는 사람들도 텔레 호수에 가면 이상한 소리를 듣게 된다는 거요. 전에는 결코 들어본 적 없는 소리지. 그들은 밀림을 다시 걸어 나오며 아픈 것 같다고 느끼지. 그리고 마을로 돌아와 죽는 거요."

마르셀랭은 눈을 떨구었다.

"그 주물은 얼마인가요?" 내가 물었다.

도쿠가 나를 똑바로 쳐다봤다. "1만 프랑이오."

마르셀랭이 고개를 주억거렸다.

나는 지폐 스무 장을 더 꺼냈다. 도쿠가 처음에 주었던 지폐 두 장도 집어 돈 뭉치를 재킷 가슴주머니에 넣고는 자리에서 일어나 어두컴컴한 안쪽 방으로 사라졌다.

마르셀랭이 중얼거렸다. "레드몬드, 이게 다 당신 잘못이에요……. 나를 여기로 오게 만들었어요. 내 일생 피해왔건만…… 자유로워지려고……."

도쿠가 우리 앞에 서 있었다. 손에는 검은 천으로 싼 뭔가를 들고 있었다. 그는 자리에 앉아 자기 옆에 있는 탁자에 그 뭉치를 조심스럽게 내려놓고는 천의 끝자락을 펴서 그 속에서 가늘고 기다란 자그마한 주머니를 꺼냈다. 검은갈밭쥐만 한 크기였고 목에 끈이 묶여 있는 것 같은 모양이었다.

"레드몬드 씨, 이게 당신을 보호해줄 주물이오." 도쿠가 이렇게 말하더니 그 물건을 내게 건네주었다(내 손에 쏙 들어가는 크기였다. 따뜻했다. 아마 안쪽 방에도 화로가 있는 모양이었다. 갈색의 무성한 털은 부드러웠고 흰 피부가 언뜻언뜻 드러났다). "그 주물을 사용하는 데 특별한 조건은 없소. 따로 챙겨야 하는 음식도 없고." 도쿠는 이렇게 말하며 마르셀랭의 잔을 다시 채웠다. "음식은 원하는 대로 먹어도 되오. 하지만 물을 너무 자주 건너는 건 금지돼 있소. 그 주물의 속을 절대로 열어보면 안 되오. 지금 손에 쥐고 있는 그 주물 말이오. 그 안에는 어린아이의 손가락이 들어 있소. 그 아이의 혼령이 당신을 보호해줄 거요. 그 영혼이 오래되고 슬픈 생각들로부터 당신을 지켜줄 거요. 그 영혼이 당신을 질병으로부터도 보호해줄 거요. 그 주물은 비밀로 하시오. 당신의 가장 친한 친구, 당신과 함께 사냥을 가는 사람들에게만 살짝 보여줄 수 있소. 당신의 아내도 만질 수 있소. 하지만 아내가 그걸로 은밀한 부위를 닦는다면 주물의 힘을 잃게 되는 거요."

"그래요?" 나는 가까스로 이렇게 말했다.

"마르셀랭, 마셔라." 도쿠가 말했다.

마르셀랭이 술을 마셨다.

도쿠는 검은 천에서 내게 준 주물과 똑같이 생긴 것 같은 주머니를 꺼냈다. 그러더니 몸을 앞으로 기울여 집중해서 말했다. 그의 목소리가 갑자기 차분해졌다. "마르셀랭, 이건 보통의 주물이 아니다. 오직 나, 도쿠만이 이런 보호물을 가질 수 있어. 이걸 너한테 주고 싶구나."

"싫습니다. 싫어요! 필요 없어요." 마르셀랭이 술에 취해 의자에 몸을 기대며 말했다.

"이 주물은 적이나 불운, 다른 모든 것으로부터 널 보호해줄 거다. 이 주물 안에는 사말레의 숨결이 담겨 있어." 이렇게 말하는 도쿠의 손이 바르르 떨렸다.

"전에 말씀 드렸잖아요. 백번도 더 말했어요. 이런 거 원치 않아요." 마르셀랭이 가슴 앞에서 단단히 팔짱을 끼고 목은 빳빳하게 세운 채 말했다.

도쿠는 오른손으로 털 뭉치를 감싸고 주먹을 쥐더니 재킷 오른쪽 주머니에 넣었다. 그러고는 비틀비틀 일어나더니 물고기를 덮치려는 왜가리처럼 마르셀랭 쪽으로 몸을 숙였다. "가져가거라! 텔레 호수에 가려면. 너는 내 보호가 필요해. 가져가!"

도쿠는 마르셀랭의 가슴 높이에서 쥐었던 주먹을 펼쳤다. 그의 평평한 손바닥에는 뭔가 밝고 노르스름한 끈 같은 것이 주물의 목에 고리 모양으로 걸린 채 놓여 있었다.

마르셀랭은 거의 숨을 멈추고 입은 반쯤 벌린 채 눈은 흰자위가 보일 정도로 크게 뜨고 도쿠의 손바닥을 쳐다보았다. 마르셀랭의 오른손은 마법사의 인형처럼 빳빳해져서는 의자 끝에서 스르르 멀어지더니 도쿠의 손으로 다가가 주물과 결혼반지를 집어들었다.

"잘했다." 도쿠가 이렇게 말하며 자리에 앉아 처음으로 술을 마셨다(그의 갑상선종이 올라갔다가 술을 마실 때마다 꿀럭꿀럭 움직였다). "그럴 거라고 생각했다. 여기 마카오에서는 서로 돕는 법이니까. 나는 그 여자를 도왔고, 그 여자는 나를 도왔다. 그녀 남편인 교장은 외지인이다. 여기 출신이 아니야. 그는 고원 지대에서 온 케케 사람이야. 그녀는 아들을 바랐어. 사말레를 위한 아들 말이다. 내가 '마르셀랭이 올 거'라고 말했지. 내가 혼령을 너에게 보냈단다. 네가 올 줄 알고 있었다. 육신의 형태로 여기 오기 훨씬 이전에 나는 네가 올 거란 걸 알고 있었다. 하지만 두 사람은 이제 가야 한다. 두 사람은 내 보호를 받을 것이다. 이제 더 이상 해줄 게 없어. 그만 자야겠다."

매우 천천히 걸어 돌아오는 길에 나는 늙은이처럼 말했다. "마르셀랭, 나는 이해가 안 되네. 마르셀랭이 어떻게 교장의 아내에게 사말레를 위한 아들을 줄 수 있지? 마르셀랭은 세례를 받지도 않았잖아. 그 흉터도 없지 않나?"

"마카오를 떠날 때 난 너무 어렸어요. 하지만 상관없어요. 내겐 특별한 지위가 있거든요. 특별한 혈통이요."

"특별한 지위?"

마르셀랭이 나를 보며 말했다. "정말 모르겠어요?"

"뭘 말인가?"

"도쿠, 그분이 제 할아버지예요."

나는 텐트로 살금살금 기어들어가 부츠를 벗고 누웠다. 래리가 기척을 느끼고 말했다. "그 늙은 사기꾼이 뭐 이상한 걸 준 건 아니겠지?"

나는 어둠 속에서 대충 래리의 얼굴이 있겠다 싶은 곳을 가늠해 주머니에서 주물을 꺼내 부드러운 원숭이 털 뭉치를 래리의 뺨에 부드럽게 스쳤다.

래리가 벌떡 일어나더니 비명을 질렀다.

22

숲으로 가는 군단

희끄무레한 새벽, 마지막 카사바 농장을 지나 밀림으로 향하는 좁은 길을 무코는 우리 작은 군단의 제일 앞에서 덤불을 마구 가르며 걸어갔다. 그는 어깨를 몇 번 탁탁 치고, 이마에 리아나 덩굴 줄을 매 등에 받친 무거운 배낭도 몇 번 쳤다.

"이 사람들은 항상 이래요." 앞서가던 마르셀랭이 내 질문에 대한 답으로 이렇게 말했다. "스스로를 정화하는 거예요. 마을의 영향을 떨쳐버리고 머릿속을 깨끗이 비우는 거죠. 그에게 마을은 낯선 장소예요. 보스들과 굴욕으로 가득한 곳이죠. 밀림에서 그는 남자가 되는 거예요."

"그러면 밀림에 머무는 게 낫지." 래리가 내 뒤에서 말했다.

"그럴 수 없어요." 마르셀랭이 작은 길로 접어들 때 말했다. "말했잖아요, 바빙가들은 창을 위한 침이 필요하고 마체테를 위한 칼날이 필요하다고요. 밀림에서 고기도 잡아야 하고 아주 작은 철 조각을 대가로 반투 농장에서 일해야 해요. 하지만 오래된 옷이나 담배, 야자술, 생활에 필요한 이런저런 물건도 좋아하죠. 게다가 탄수화물도 좋아해요. 카사바라면 사족을 못 쓰죠."

"카사바라고!" 래리가 말했다.

"얼른 와요. 서둘러야 해요. 다른 사람들보다 앞서가야 해요. 무코가 우리한테 이것저것 보여줄 거예요. 하지만 조용히 해야 해요. 미셸 왈렝구에, 앙투안 모키토, 응제와 마누는 반투 사람이에요. 밀림에서 쉬지 않고 목청을 있는 대로 높여 이야기하죠."

"그런 것 같더군. 피그미 야영지에서부터 여기까지 응제와 마누가 계속해서 서로 소리를 질렀어. 여섯 시간 삼십팔 분 동안. 그들은 멀리 떨어져 갔어. 에너지가 얼마나 들까. 뭐가 갑자기 그렇게 흥미로운 거지? 뭘 발견하고 그렇게 서로 이야기를 나누는 거야? 무슨 소용이람."

"표범에 대해서 이야기할 거예요. 표범을 조심하라고 하는 말이에요. 하지만 나는 조심할 게 조금 다르다고 생각해요. 밀림에서는 혼령을 놀라게 하면 안 돼요. 혼령하고 마주치면, 가는 길에 혼령한테 잡히면 미쳐버려요. 절대 회복도 안 된다고요!"

"레드소, 우리는 너만 믿을게, 알았지? 첫 촉감이 느껴지면, 목에 심령체가 닿는 게 느껴지면 '엎드려'라고 말하지 말고 그냥 공식적으로 발톱을 정확하게 흔들어. 다른 손으로는 그 더럽고, 구린내 나고, 지저분하고 탄저균이 득실거리는 그 털 뭉치를 꺼내서 얼굴을 문질러. 비명을 지르게 만들라고, 알았지?" 래리가 그의 커다란 부츠를 저벅거리며 내 뒤를 바짝 따라오며 말했다.

한 시간 후에 무코가 걸음을 멈추고 마르셀랭에게 카카어로 뭔가를 말했다. 그리고 그의 마체테로 수평으로 구부러진 나무를 가리켰다. 나무 중간 부분은 껍질이 앞쪽으로 튀어나오듯 벗겨져 있고 꼭대기의 잎은 소용돌이 모양으로 묶여 있었다. "피그미들의 신호예요. '이 길로 꿀을 구하러 갔다'는 뜻이에요. 그리고 무코가 말하길 자기도 이 길로 꿀을 구하러 갔으면 좋겠대요." 마르셀랭이 말했다.

거의 뛰는 거나 다름없이 전속력으로 걸으며 지상에 나온 뿌리에 걸려 비틀거리고 쓰러진 나무 위를 뛰어넘고 작은 하천을 헤치고 미끄러져 통과하는 사이사이, 무코가 일반적인 지식을 위해 필수적인 부분이라 생각하는 것은 무엇이 됐건(혹은 그냥 자기가 쉬고 싶거나 담배 피고 싶을 때 마침 옆에 있었던 것을) 살펴보았다. 우리는 에솔로Esolo 나무를 감상했다. 껍질이 매우 부드러워 가루로 만들어 물에 섞으면 아이들의 지사제로 사용할 수 있다고 했다. 헤이즐넛처럼 생긴 열매는 모든 원숭이들의 먹이가 되며 애벌레나 야자굼벵이 수프를 만들 때 양파처럼 풍미를 내기 위해 곁들일 수 있다고 마르셀랭이 말했다. 우리는 커다란 바무Bamou 나무 아래 흩어져 있는 붉은색 열매를 먹었다. 껍질은 석류 같고 안쪽의 하얀 껍질에는 섬유질 같은 것이 끈적끈적하게 붙어 있고, 고릴라가 몹시 좋아할 만한 노르스름한 오렌지 빛 과육 안에는 씨가 네 개 들어 있었다. 썩은 것은 사과주스 냄새가 났다. 우리는 포도송이처럼 뭉쳐서 떨어져 있는 자두 크기만 한 붉은 과일도 맛보았다. 어떤 포도나 자두가 그럴 수 있을까 싶게 썼다. ("입에서 분출하는 걸 막으려면 그 나무껍질이 필요하겠어." 래리가 이렇게 말하고는 어린 나무들의 숲에 높이 던졌다.) 우리는 밤같이 생긴 파요payo를 주머니에 가득 채웠다. 마르셀랭이 그걸 쳐서 껍질을 벗긴 다음 잘게 썰어 고기와 조리하면 바삭바삭한 칩이 되는데, 맛이 감자칩과 상당히 비슷하다고 했다.

"감자!" 래리가 말했다.

갈수록 땅은 더 마르고 나무는 키가 커서 걷는 게 쉬워졌다. 하지만 모든 나무는 여전히 하얀 이끼로 덮여 있었고 거의 멈추지 않고 모든 구역에서 붉은가슴뻐꾸기가 울었다. 도쿠를 부르는 것처럼 '토토부 토토부'라고 울었다. 그러다가 우리는 갑자기 무섭게 쏟아지는 빛과 직접적으로 닿는 열기, 그리고 앞이 뻥 뚫린 공간에 들어서게 됐다. "하늘이다!" 래리가 하늘에 펼쳐진 구름을 올려다보며 말했다.

우리 앞에 복도식의 초원이 펼쳐졌다. 아마도 폭이 100미터쯤 될 것 같았고, 울창한 수풀과 낮은 삼림으로 둘러싸였으며, 그보다 멀리 사방으로 솟아 있는 밀림에서 드문드문 꼭대기가 다른 높이로 층진 거대한 나무들이 보였다.

"토양 사바나다! 리처즈P. W. Richards의 책에서 본 적 있어. 완전혀 밀림으로 둘러싸인 자연적인 사바나로 토양이 너무 황폐해서 가장 작은 나무조차 자랄 수 없는 초원이라고 했어. 오래된 강 모래톱이나 하천의 수로가 변하면서 강물이 말라버린 모래톱을 따라 주로 생긴대. 또 다른 유형도 있는데, 오직 우방기 지역에서만 발견되는 사바나로 제대로 알려진 게 거의 없어서 흥미롭다고 언급했어." 내가 말했다.

"내가 전에 말했잖아." 래리가 정강이 높이쯤 오는 뾰족한 풀과 잿빛의 흰 모래를 찍기 위해 무릎을 꿇고 말했다. "자신을 존중하는 과학자라면 누구도 여기까지 오지 않을 거고 (찰칵) 어떤 식물학자도 여기까지 오고 싶어 하지 않을 거야. (찰칵) 어느 누구도 우방기 지역의 소소한 문제를 해결하기 위해 서전트 페퍼한테 '파요칩'처럼 튀겨지길 원하지 않을 거야."

"그래, 네 말이 맞을지도 모르지." 내가 마르셀랭을 따라가며 이렇게 말했다. (마르셀랭은 챙이 펄렁거리는 모자에 황록색 셔츠를 입었고 가슴을 가로질러 엽총을 메고 있었다. 군용 벨트에는 물병 두 개와 회색 서류 주머니가 끼워져 있었다.) 우리 앞 멀리에는 빠른 속도로 까딱대는 배낭이 보이고 그 아래로 무코의 다리가 보였다. "나름의 방식으로 인상적인 또 다른 책이 있어. 얀 반시나Jan Vansina가 쓴 《열대우림에 난 길Paths in the Rainforests》이라는 책인데, 부제는 '적도 아프리카의 정치 전통의 역사를 향하여'야. 하지만 이 제목이 실제로 이 책이 이룬 성과에 대해서는 전혀 알려주는 바가 없어. 그는 콩고 분지에 사는 서로 다른 집단에 대한 역사를 기술해보려고 했지. 대부분 비교언어학을 통해, 또한 초기 행정가들의 보고나 민족지, 선교사들의 회고록, 심지어는 유전적으로 뚜렷한 차이를 보이는 바나나 분포에 대한 연구를 통해서 말이야."

"그래서? 어떤 종류의 역사였는데?" 래리가 중앙 첨탑이 3미터는 되는 뾰족한 산봉우리처럼 생긴 흰개미 성을 사진 찍기 위해 멈추며 말했다.

"강을 따라 밀림으로 진행된 점차적인 이주, 전쟁, 더 큰 정착지, 더 큰 카누, 더 큰 농장들. 피그미들이 존경받는 스승에서 인간도 아닌 멸시받는 농노로 받아들여지게 된 역사. 가진 것을 모두 공유하고 동등하게 살며 마법사한테 혼나지 않으려면 시기심을 일으키지 않아야 한다는 규칙에도 불구하고 나타난 빅맨, 추장이라는 개념의 점차적인 진화."

"그래서 새로운 게 뭔데?"

"어휘의 역사야. '영웅'에 해당되는 서부 반투족의 어휘는 원래 '망각 속으로 사라지다, 상실되다, 혼백이 되다'의 뜻을 가진 동사에서 왔어. 반시나는 예를 들어 남서부에서 일어난 본격적인 교역의 시기를 '팔다'라는 동사가 나타나게 된 때로 보고 있는데, 이 동사는 '덫을 놓다'라는 동사에서 파생했어."

"그래, 그 말은 곧 그 코끼리 코를 샀다는 뜻이지⋯⋯." 래리가 이제 흰개미 사진을 충분히 찍고 말했다.

"하지만 우리에게 실제로 중요한 것은 그가 만든 콩고 분지의 지도야. 그는 거기에 어떤 관찰이나 연구가 일어난 지점, 그가 증거를 가져온 지점을 표시했어. 그리고 정도에 따라 그 지점들을 '1등급 플러스'에서 '부적절' 등급까지 매겼어. 그런데 우리가 간 모든 지역은 그냥 '데이터 없음'이라고 표시돼 있어."

"불쌍한 반시나 씨. 서전트 페퍼가 학생들을 다 태워버렸는걸."

마르셀랭은 우리가 따라잡을 때까지 기다리고 있었다. "응곰보!"라고 말하며 모래 바닥에 나 있는 자취를 가리켰다. (샤롤레종 소의 발굽 같은 모양이 찍혀 있었다.) "붉은물소예요. 위험해요. 래리, 쏘면 안 돼요."("물론이지." 래리가 모래에 있는 뭔가가 궁금했는지 몸을 웅크리고 살펴보며 말했다.) "한 마리 죽이고 이렇게 생각할 수 있어요. '아, 됐다. 이제 안전해!' 하지만 다른 것들이 계속 따라와요. 붉은물소는 평원에 사는 물소보다 몸집이 작아요. 뿔은 옆이 아니라 바깥쪽으로 굽었어요. 강한 혀를 가졌지요. 가장 질긴 풀을 먹어요. 만일 붉은물소가 오는 소리에 놀라 나무에 올라가려 하는데 잘 올라가지 못해서 오도 가도 못하고 있으면, 붉은물소가 와서 빙빙 돌며 핥기 시작해요."

"핥는다고?" 래리가 마르셀랭을 쳐다보지 않고 말했다.

"이 녀석들은 혀로 핥아서 바지를 벗기고, 피부를 벗기고, 근육을 벗기고, 결국 뼈만 남겨요. 붉은물소가 사라지고 나면 다리에 살은 하나도 없이 무릎 관절에서 뼈만 덜렁거리게 되죠."

"그렇겠지. 이건 뭔가? 달팽이 조각?" 래리가 흑백의 작은 껍데기 같은 것이 가득한 모래 한 움큼을 들고 일어서며 말했다.

"아프리카개미핥기 똥이에요!"(래리가 모래를 떨어뜨렸다.) "땅돼지예요. 돼지처럼 생겼지만 긴 코와 긴 귀, 긴 꼬리를 가졌고 앞 다리는 굵어요. 그리고 발톱이 크죠. 개미, 흰개미, 노래기를 잡아먹죠. 그건 노래기 껍데기 조각이에요. 피그미들이 카사바라면 사족을 못 쓰는 것처럼 땅돼지는 노래기라면 사족을 못 쓰죠."

모래 위, 풀의 뾰족한 끝 위로 아지랑이가 올라와 래리와 마르셀랭을 감싸는 듯했고, 윤곽이 흐릿해지며 두 사람의 형체가 오르락내리락했다.

마르셀랭이 말했다. "땅돼지를 만지면 이 녀석들은 비명을 지르며 공중제비를 돌아요."

"본 적 있나?" 래리가 물었다.

"물론 없죠. 땅돼지는 굴을 파서 그 속에 살아요. 밤에만 나오죠. 혼자 떨어져 살아요. 땅돼지에 대해서는 아는 사람이 없어요. 피그미들만이 그들이 어떻게 사는지 알고 있죠."

더위 때문에 어지럽던 차에 때마침 밀림 속으로 들어가며 나는 생각했다. 밀림 속은 빛이 나무에 투과되고 습지가 가까워오면서 공기가 갑갑하고 사향 냄새가 났다. 맞아, 포유류 중에서 이빨 사이에 그렇게 작은 관이 튀어나온 동물은 없지. 그렇게 이빨에 에나멜이나 뿌리가 없는 이빨을 가진 동물도 없고. (나는 리아나 뿌리의 이중나선 구조에 발이 걸려 휘청대며 계속 생각했다.) 땅돼지는 친족이 없어. 사말레보다도 더 이상한 동물인 거야. 어느 누구도 어디서 왔는지 모르니까, 기원이 없으니까 말이야. 땅돼지는 그들의 이빨만큼이나 뿌리가 없는 거야. 그 자체로 단독으로 종, 속, 과를 이룬 동물이야. 그의 과거는 망각되고 상실되고 혼백이 되어버린 거지. 어둠이 내리면 지하세계 땅굴에서 나타나는 혼백……."

나는 왼손으로 물병을 꺼내려고 했지만 벨트 망에 걸려 헛손짓을 하며 멈췄다. "괜찮아? 레드소? 괜찮은 거야?" 래리가 뒤에서 물었다.

"물을 마셔야겠어. 기분이 이상해." 나는 검은 물병을 뒤집어 남은 물을 다 마셔버렸다.

마르셀랭이 돌아보더니 내 쪽을 향해 길을 내려왔다. "물을 너무 많이 마셨어요. 아침에 출발하기 전에 마시고, 자기 전 저녁에 마시고, 그런 식으로 해야 해요. 물을 많이 마시면 마실수록 땀을 더 많이 흘리게 돼요." 마르셀랭은 나를 자세히 살펴봤다. 그의 몸이 점점 가늘어지고 형체가 좁아지며 눈은 커졌다. "당신은 마이크 페이 같지는 않군요, 그렇죠?"

"그래, 그건 아닌 것 같군."

"레드몬드는 강해 보여요. 페이스를 잘 유지하고 있어요. 하지만 좀 어설퍼요. 셔츠 좀 봐요! 다 젖었어요. 냄새도 나고 땀 흘리고 있잖아요!"

"그래, 그런 것 같군."

"마이크 페이는 짧은 보폭으로 빠르게 걸어요. 결코 지치는 법이 없죠. 어떤 것도 말해줄 필요 없어요. 포기하는 법이 없어요. 그리고 밀림의 모든 식물에 대해 알고 있죠. 그는 천재예요!"

"당연히 그렇겠지. 그 사람은 미국인이잖아." 래리가 입꼬리가 죽 올라가 콧수염 끝에 닿도록, 그래서 고양이 콧수염처럼 비죽 튀어나오도록 크게 웃으며 말했다.

마르셀랭이 전보다 속도를 두 배 높여 다시 걷기 시작했다.

래리가 소리를 낮추어 이렇게 말했다. "내가 들어본 운동생리학 이론 중 가장 엉터리군." 그러더니 내 빈 물병을 꺼내가고 대신 물이 가득 든 자기 걸로 바꿔놓았다.

나무뿌리와 리아나 덩굴, 쓰러진 나무 주위의 덤불 사이에 탁트인 길이 나올 때마다 나는 물을 들이켜며, 전장에서(어디인지는 잘 기억나지 않지만) 죽어가면서도 물 마실 기회를 다른 사람에게 준 진정한 영웅, 필립 새퍼 경을 생각했다. 30분쯤 후 물을 잔뜩 마신 나는 한결 기운을 차리고 이렇게 소리쳤다. "주트펜 Zutphen 전투!"*

우리는 땅돼지 동굴 여러 곳을 지났다(입구는 오소리 굴처럼 보였지만 두 배는 더 컸다). 그런 동굴은 임시적인 거라고 마르셀랭이 말했다. 땅돼지는 매일 밤 수 미터를 돌아다니다가 새벽이 오고 집에서 먼 곳까지 왔다면, 낮 동안 굴을 파 숨구멍만 남겨놓고 입구를 대충 흙으로 덮고 잠을 잔다고 했다.

우리는 무코를 따라잡았다. 그렇다기보다 무코가 커다란 나무 아래 배낭을 놓고 걸터앉아 우리를 기다리고 있었다. 그는 자기

* 네덜란드의 17개 주가 에스파냐를 상대로 벌인 독립 전쟁인 80년 전쟁 중 주트펜에서 일어난 전투.

머리 크기의 반은 되는 초록이 도는 노란색의 둥그런 과일을 꺼내 세모진 부분을 빨아먹고 있었다. "이카무ikamou예요." 마르셀랭이 말했다. 파인애플과 같은 종류인데 레몬보다 두 배는 쓰다고 했다. "그리고 어떤 건……" 래리는 이렇게 말하다가 먹던 조각을 뱉어냈다.

땅은 완만하게 굴곡지기 시작했다. 우리는 하천을 건넜고 물병을 채웠다. 빛의 성질이 달라져 있었다. 빽빽한 삼림과 고른 임관 사이로 흩어져 더 약해지고 시원해졌다. 지상으로 튀어나온 나무뿌리와 리아나 덩굴도 거의 없고 허브식물과 풀도 거의 없는 밀림 속을 수월하게 걸어갔다. 돌출된 부위나 튀어나온 뿌리가 없는 큰 나무들이 대부분이었다. 하지만 가지가 낮아지기 시작하면서 옹이 투성이의 가지들이 겹겹이 나타났다. 육중한 가지들이 뭉쳐 있는 곳에 또 가지들이 겹쳐지더니 울창한 암녹색의 임관으로 사라졌다. 1.5미터쯤 걸어가다가 나는 줄줄 흐르는 땀 속에서 뭔가 어렴풋이 깨달았다. 이 장소가 뭔가 익숙한 것 같은 이상한 느낌이 들었다. 나무 크기만 뺀다면 폐쇄된 공간의 열기, 어두침침한 빛은 아마도 영국의 떡갈나무나 너도밤나무 숲과 닮아 있었다.

"마르셀랭, 이 나무들 똑같아!"

"맞아요, 우리는 물라파mulapa라고 부르죠. 마이크 페이는 림발리limbali라고 불렀어요. 커다란 뿌리가 땅을 깊이 파고들어가 토양의 곰팡이하고 같이 살죠. 거기서 모든 양분을 구해요." 마르셀랭이 돌아보거나 보폭을 조절하지도 않고 웅제만큼 큰 소리로 말했다.

나는 몸을 구부려 땅바닥에 흩어져 있는 씨—암갈색에 주름 많고 거대한 납작콩처럼 생긴, 길이 6센티미터에 폭 5센티미터 정도 되는—몇 개를 집어 올리며 생각했다. '무슨 이유인지는 모르지만 마르셀랭이 나한테 아직 화가 나 있군. 행군을 멈추면, 과연 멈추게 된다면, 뭐가 문제인지 생각해봐야지.'

우리 머리 위에서 뭔가가 휙, 쌩하고 날아가는 날갯짓 소리가 들렸다. 백조의 날갯짓 소리보다 더 크고 귀에 거슬렸다. 그러고는 잠시 잠잠하더니 다시 나귀가 우는 듯한 시끄러운 소리가 들렸다. 길게 한 음으로 들리는 피리 소리 같았다. 그러고는 키득거리는 웃음소리가 이어졌다. "그랜드 칼라오Grand Calao다! 검정색 큰 코뿔새!" 마르셀랭이 아무도 묻지 않았는데 이렇게 소리쳤다.

한 시간쯤 지난 후 우리는 밀림으로 둘러싸인 또 다른 작은 사바나에 이르렀다. 풀은 그전 사바나보다 더 커서 허리까지 왔고 중간중간 서로 다른 모양의 흰개미 탑이 섞여 있었다(공기관 꼭대기는 버섯처럼 돔 모양으로 되어 있었다). 그리고 멀리 수백 미터 너머는 다시 정상적인 혼합 밀림의 모습을 하고 있었다. 무코는 그날 밤을 이곳에서 보내기로 결정했다. 그는 배낭을 내려놓고 마체테로 어린 나무를 자르더니 네 번 조각내듯 내리쳐 뾰족하게 만들어 땅을 파기 시작했다.

"여기 물이 있어요. 무코는 항상 어디에 물이 있는지 알아요. 빗나간 적이 없죠. 느낌으로 알 수 있어요." 마르셀랭이 말했다.

"졸졸 흐르는 시내겠지." 래리가 모자를 벗어 포물선을 그리며 땅으로 던지더니 나무에 기대 앉아 땀으로 납작 눌린 머리를 양손으로 쓸었다. "무코는 수맥 탐사자. 내 생각엔 여기 어디를 파도 물이 나올 것 같은데. 매년 강수량이 2미터인데 뭐가 대단해?"

"지금은 건기예요. 생각하는 것만큼 그렇게 간단하지 않아요. 복잡하다고요. 두 번의 건기가 있어요." 마르셀랭이 쏘아붙이듯이 말했다.

"미안하네." 래리가 나무둥치에 기대며 눈을 감았다.

머쓱해진 나는 가까이 있는 식물을 살펴보는 척했다. 그러다가 정말 살펴보게 됐다. 1.2미터에서 1.8미터 정도 되는 다양한 높이의 특징 없는 식물들이었다. 밀림의 가장 흔한 나무 같은 식물로, 가늘고 길쭉하며 마구 흐트러지듯 난 잎들의 표면에는 전에 본 적 없는 짙은 파랑과 녹색의 기묘한 광채가 났다. 빛에 매우 민감한 어떤 색소를 포함하고 있어서 짙은 그늘에서도 살아갈 수 있고, 나무와 덩굴식물, 착생식물을 비껴간 마지막 남은 빛을 붙잡을 수 있는 걸까? 몇몇 풀에는 꽃이 피어 있었다. 홑겹 중앙 꽃차례가 있는 작은 보라색 꽃이었다. 어떤 풀은 열매 맺기의 다양한 단계에 있었다. 꽃이 작고 볼록한 파란 주머니가 되어 가는 것도 있었다. 피를 실컷 먹은 진드기처럼 보였다. 파란 주머니는 점점 익어갈수록 더 커지다가 하얗게 변하고 있었다.

"마토토Matoto예요." 마르셀랭이 아직 엽총을 멘 채 내 옆에 서서 말했다. 서 있는 모습이 기우뚱한 게 어딘지 불편해 보였다. 이마에는 땀이 흘렀고 눈은 충혈돼 있었다.

"마르셀랭, 왜 그러나?"

"발이 아파요." 마르셀랭은 이렇게 말하며 래리 옆에 앉았다. 엽총은 무릎에 안았다. "안쪽이 아파요." 마르셀랭은 무코를 응시하다가 최면이라도 걸린 것 같은 눈으로 나무로 만든 지레가 오르락내리락하는 모습, 무코의 평평한 가슴 근육이 피스톤처럼 위로 올라갔다가 내려올 때는 앞으로 울룩불룩하게 모이는 모습, 구멍 가장자리에서 진흙물이 튀기는 모습, 무코가 냄비를 흔들자 물이 졸졸 흐르는 모습을 쳐다보고 있었다. "맑은 정신도 자신감도 다 없어졌어요."

래리가 눈을 떴다.

"레드몬드, 지금은 말하고 싶지 않아요. 말하고 싶으면 그때 말할게요." 마르셀랭이 말했다.

래리가 말했다. "발이라고?"

마르셀랭이 오른쪽 부츠의 끈을 풀고 각반을 넓게 벌려 그의 발가락 위에 올려놓았다. 그는 흰색이었던 양말을 벗고 바지를 말아 올렸다. 발등은 퉁퉁 부었고 엄지발가락에서 감염된 부위가 불거져 있었다. 정강이의 궤양이 다시 벌어져 맑은 체액이 흘렀다. "양충이에요. 발톱 밑에 알을 낳아놓아서 주머니칼로 파냈어요. 그 작은 빨간 주머니칼이요. 당신이 나한테 준 거요."

"그 발로 여기까지 걸어왔다는 말이야? 무척 아팠을 텐데, 염병하게 아팠을 텐데." 래리가 믿을 수 없다는 표정으로 말했다.

물구멍을 만족스럽게 파놓은 무코는 우리 쪽으로 보러 왔다.

"오오오! 우우!" 무코는 마르셀랭의 엽총을 집어 들며 이렇게 소리치더니 밀림으로 사라졌다.

"플루클록사실린 남은 게 있네. 한 병 있어. 치료할 수 있는 양이야. 내가 갖고 있어. 의약품 가방에 있어. 왼쪽 주머니 아래에. 가방이 도착하면 내가 치료해주겠네. 내 여자친구 크리스가 간호사야. 어떻게 하는지 알아. 붕대도 얼마나 잘 감는다고. 정말 프로처럼 한다고. 최고지."

마르셀랭이 겨우 미소 지으며 말했다. "내 치아 고쳐준 것처럼요?"

"카카카!" 갑자기 광적인 합창 소리가 들렸다. "카카카!" 우리 뒤에서 불협화음이 폭발했다. "카카새예요!" 마르셀랭이 기분이 좋아져서 말했다. "뿔닭이에요. 검은색이고 밀림에 살죠. 머리 위에 털이 쭈뼛쭈뼛 서 있죠. 귀신을 볼 줄 알아요. 무코가 뿔닭하고 이야기를 할 수 있어요. 손가락을 이렇게 콧구멍 속에 넣죠. (마르셀랭이 손가락을 세워 콧구멍 안으로 넣었다.) 그리고 이렇게 불러요. '카우 카우 카우!'(날갯짓 소리가 들리다가 잦아들더니 반투족 목소리 같은 합창 소리가 가까워졌다.) 마르셀랭이 콧구멍에 있던 손을 뺐다. "뿔닭들은 무코의 말에 답해요. 무코를 향해 달려가죠. 무코의 다리 사이로 달려가요. 항상 '카우 카우 카우'라고 불러야 해요. '카카 카카'라고 하면 안 돼요. 콧구멍에 손가락을 넣고 '카카 카카'라고 하면 멀리 날아가버려요."

"그것 참 안됐군." 래리가 말했다.

410

"안되다니요?"

"그 카카새들 말이야. 학교를 잘못 다녔군. '카우 카우 카우'라고 불러야 된다고 하지 않았나? 그렇게 다른 나라 말을 하면 안되지."

"응제가 뿔닭들을 놀라게 했어요!"

"자네가 그렇다면야." 래리가 말했다.

"보마아! 내가 이겼다!" 응제가 야영지로 성큼성큼 들어서며 말했다.

마누가 2미터쯤 뒤에서 말했다. "속였잖아."

고수 미셸은 마누의 2미터쯤 뒤에서 배낭을 벗으며 말했다. "우리는 천천히 와야 했어요. 응제와 마누는 할머니처럼 걸어요. 두 사람이 너무 뒤로 처져서 우리가 되돌아가야 했어요. 되돌아가서 두 사람을 찾아야 했다고요. 우리가 아니었으면 밀림에서 길을 잃고 표범 밥이 됐을 거예요!"

"보마아! 맞는 말이야!" 응제가 행복한 웃음을 지으며 말했다.

"뭐 볼 거라도 있었어?" 마르셀랭이 물었다.

"물소 봤어요. 잔뜩 흥분했더라고요. 나는 한 걸음도 물러서지 않았죠. 기다렸어요. 아기 마누는 비명을 질렀어요. '도와줘, 도와줘, 응제!' 그래서 내가 말했죠. '마누, 걱정 마라. 응제가 여기 있다.' 물소들이 우리를 향해 돌진했어요. 발굽 소리가 천둥치는 듯했죠. 흙먼지가 마구 일고요. 냄새가 고약하더라고요. 마누 바지처럼요. 물소 무리의 리더가 거의 나를 덮치려고 했죠.

뿔이 자전거 핸들처럼 튀어나와 있었어요. 내 자전거 핸들처럼 넓적했어요. 물소는 핸들을 낮췄어요. 입에서는 거품이 부글거리고 눈알을 마구 굴렸어요. '너 도대체 왜 그러니?' 내가 그 뿔을 잡고 말했죠. 팍! 내가 뿔을 잡아챘죠. 휙! 그러자 물소가 뒤로 발랑 나자빠졌어요. 쿵! 탕! 쿵! 놈이 이번엔 벌떡 일어났어요. 내가 순식간에 덮쳤어요. '보마아!' 내가 말했죠. 그리고 마체테를 꺼냈어요. 그리고 목에다 가져다 댔어요. '그래, 애야, 오늘은 알아듣게만 말하마. 먹지는 않을게. 우리는 바빠. 우리는 공무 중이야. 비밀 임무지. 콩고인민공화국 정부에서 왔다고. 콩고 노동당에서 나왔어. 그러니 이제 가거라. 그리고 다음에는 사람 봐가면서 덤비라고. 그게 내 조언이다. 너 정도 사이즈의 사람을 고르란 말이다. 응제 우마르 같은 빅맨, 동구의 인민당 민병대 고위급 간부한테 덤빌 생각 말고. 그러자 물소가 이렇게 말하더군요. '우마르 대령님, 그럼 전 도망가겠습니다.' 그러더니 모두 꽁무니를 뺐어요. 그리고 마누가 이렇게 말하더군요. '응제, 넌 내 목숨을 구했어. 넌 내 영웅이야. 내가 가진 모든 돈을 줄게. 그리고 물론 내 아내 비비 샤를로트도. 당연히 그래야지.'"

응제는 힘을 다 소진했는지 앙투안의 배낭에 걸터앉았다가 바닥으로 스르르 미끄러지더니 다시 기대 앉아 눈을 감았다.

래리와 나는 박수쳤다.

응제가 눈을 뜨더니 우리를 향해 환하게 웃었다. 그리고 오른손 주먹을 올리더니 흔들었다.

"이 거짓말쟁이, 너 이등병이잖아." 마누가 땅바닥에 몸을 죽

펴고 누우며 말했다.

"그런데 무슨 자전거 말이냐?" 마르셀랭이 파요 열매를 모아 식료품 주머니에 떨어뜨리며 말했다.

"레드몬드 돈으로 사게 될 자전거요." 응제가 그런 생각만으로 에너지를 얻었는지 이렇게 말했다. "텔레 호수로 가는 위험 수당으로 줄 돈으로 살 거예요. 아니면 내 요리, 특히 내 소스가 너무 좋아서 주게 될 보너스로요. 그것도 아니면 내 음악을 듣고 싶어 할지도 모르죠. 나는 보스처럼 증기선을 타고 브라자빌로 돌아갈 거예요. 그리고 안장주머니가 달린 빨간 자전거를 살 거예요. 앞에는 경적이 달리고 안장주머니가 달린 빨간 자전거요."

"응제, 마누! 내 텐트를 쳐라. 불을 지피고 훈제 선반을 만들어라. 무코가 사냥하러 갔다." 마르셀랭이 말했다.

"그런데 탄환을 하나만 챙겨 갔어. 개머리에 있는 것 하나." 내가 말했다.

"레드몬드, 무코는 빗맞히는 일이 없어요. 나무 뒤에 서 있다가 다이커를 부르죠. 휙!"

앙투안이 오렌지색 바지에 청재킷을 입고 맨발로 피그미가 하는 방식으로 배낭을 지고 왔다. 그리고 다섯 명의 피그미가 머리에 두른 리아나 덩굴줄기로 받치고 등에 멘 꾸러미와 짐들로 몸이 앞으로 기울어진 채 야영지로 들어왔다. "꿀을 발견했어요! 엄청 많아요." 앙투안이 말했다.

그들을 따라온 벌들이 우리 셔츠에 떼 지어 달라붙었다. "레드소, 벌과의 접촉 시간이야. 벌 피하기-도망가기 시간. 빌어먹을, 어서 텐트를 치자고." 래리가 말했다.

"내 발 치료는요?" 마르셀랭이 말했다.

"잠깐 기다려봐. 나는 이 달라붙는 벌들을 참을 수 없어." 래리가 '벌 회초리'로 벌을 떼어내며 말했다. 그는 마체테를 다시 칼집에 넣고 다른 손의 집게손가락을 핥더니 눈꼬리에 달라붙은 침 없는 작은 검은 벌떼를 짓눌렀다. 그리고 벌회초리나무(꼭대기 잎이 넓적한 작은 묘목 혹은 분재 같은)로 그의 등에 채찍질을 했다. 앞면도 때렸다. 그가 미처 보지 못한 꿀벌 한 마리가 땀에 젖은 가슴털에 엉켜 있다가 침을 쏘았다. "에이, 빌어먹을!" 래리는 이렇게 말하며 나무를 내려놓았다.

"허공에다 친 거네요." 마르셀랭이 웃으며 말했다. "벌은 그냥 무시해야 해요. 피그미들을 보세요. 그냥 가만히 두잖아요." 그는 몸을 앞으로 숙이고 다리 궤양 부위에서 땀을 빨아먹고 있는 벌들 위로 손을 휘젓고 있었다. "빌어먹을!" 그러다 갑자기 전기충격이라도 받은 것처럼 온몸을 뒤틀고 팔꿈치를 치며 겨드랑털에 붙어 있던 꿀벌 한 마리를 튕겨 떨어뜨렸다.

어둠이 내리자 벌은 사라졌다. 우리는 불 주변에 짐과 배낭을 놓고 그 위에 앉았다. 무코는 마르셀랭과 다섯 피그미들 사이에 앉고, 응제와 마누는 음식이 든 냄비 옆에 있고, 내 왼쪽으로는 래리, 오른쪽으로는 미셸과 앙투안이 앉았다. 둘러앉은 우리 뒤로 두 개의 텐트, 훈제 선반, 세 개의 임시 거처(하나는 반투족을 위한 것이고 두 개는 피그미들을 위한), 작은 통나무와 잎으로 만든 지붕(정글 쪽으로 가파른 경사가 졌고 불 쪽으로는 트인)이 둘러싸고 있었다.

"미셸! 아내가 두 명이라고 했죠?" 마르셀랭이 휴대용 식기에 놓인 삶은 파란다이커 간을 자르며 물었다.

고수 미셸은 내 옆의 약 가방 위에 앉아 있었다. 파란 반바지에 하얀 셔츠를 입고 피그미들이 그러듯 나뭇잎으로 만든 접시에 음식을 먹으며 질문을 피해 오른편으로 불편하게 몸을 옮겼다. 불빛에 반사돼 근육이 탄탄한 커다란 등에 불룩하게 솟은 상처가 훤히 드러났다. 왼쪽 견갑골로부터 찢어진 흔적이 세 개, 오른쪽 견갑골로부터 찢어진 흔적이 세 개 나 있고 척추 중앙 위에서 교차했다가 허리 부위로 내려올수록 희미해졌다.

"그리고 아이는 없고!" 마르셀랭이 간 조각을 꿀꺽 삼키며 말했다.

"내 아내들은 새 신부들이에요. 아직 어려요. 자식을 낳기엔 너무 어려요." 미셸이 크게 울리는 저음으로 말했다.

"아내 둘이 싸우겠지? 맨날 싸워요? 가까이 갈 수 없어?"

모두들 웃었다.

"우리 집은 평화로워요. 나는 모든 걸 나눠요. 이걸 한 사람한테 주면(미셸은 오른손에 든 나무 손잡이가 달린 짧은 단도를 가리켰다) 다른 사람한텐 저걸 줘요. 문제는 없어요."

"아들이 필요하잖아. 아들 없이 사는 의미가 뭐겠소?" 마르셀랭이 입 안 가득 카사바를 물고 말했다.

"마르셀랭, 그럼 당신은 어떻게 살아요? 아들? 당신도 아들이 없지 않나?" 앙투안(미셸보다 나이가 많고 조용하고 우울해 보이는 사람이었다)이 일어나서 음식을 더 달라고 나뭇잎 접시를 응제에게 건네며 말했다.

"아내가 임신을 했소. 딸이 하나 있죠. 바네사 스윗 그레이스. 내 딸을 사랑해요. 하지만 곧 아들이 생길 거요. 그렇게 되면 모든 게 달라지겠지. 목숨 거는 일은 안 할 거요. 이런 원정에는 부하를 보낼 겁니다."

"아들?" 앙투안이 다시 앉으며 말했다. "그걸 어떻게 알지? 도쿠가 그랬나? 그건 쉽지 않은 일인데. 방법이 있긴 하지만 비용이 많이 들죠. 딸을 낳을 수도 있소."

"아들을 가질 거요. 그리고 앙투안, 당신에 대한 이야기인데, 왜 우리와 함께 오길 원했던 거요? 그런 일이 일어난 후에? 조용히 베란조코로 갈 수 있었는데, 이제 우리는 서로 경계해야 하지 않소?"

"나는 오고 싶지 않았소. 미셸도 마찬가지고. 그날 밤 그 일이 일어난 후에 우리는 베란조코로 돌아가지 않았소. 하지만 마카오 추장이 사람을 보내 우리를 불렀지. '너는 젊은 마르셀랭 아냐냐와 함께 가거라. 그다음에 베란조코로 돌아갈 거다. 가서 우리가 아무것도 두려워하지 않는다는 걸, 정부도, 베란조코 사람들도, 그들의 마법사가 할 수 있는 어떤 것도 두려워하지 않는다는 걸 증명해라. 우리 마을이 더 크고 우리가 더 강하고 우리 혈통이 더 강력하다는 걸!' 이게 추장이 말한 내용이요. 그러니 다른 선택이 없었소."

마르셀랭이 일어나 래리를 멍한 눈으로 쳐다보더니 오른손을 바지 주머니에 넣었다가 또 다른 벌이 쏘기라도 한 것처럼 재빨리 뺐다. 그리고 음식을 만든 불가로 걸어갔다가 식기를 가져오지 않은 것을 알고 다시 가지러 갔다가 그냥 안 먹기로 하고 휙 돌아서서 짐을 툭 차고는 그 위에 앉았다. "마카오 추장이 거짓말을 한 거네! 추장이 당신한테 갚을 게 있다고 했소. 당신이 일이 필요하다고 말했소."

"일? 짐을 나르는 일? 이 백인들을 위해서?"

"그럼 추장이 왜 그런 말을 한 거요? 왜 나한테 거짓말을 한 거지? 나는 부서의 책임자요. 정부 요원이란 말이오. 내 부서를 갖고 있어요. 정부 부처에서 일한다고!"

"여기서는 아니요. 여기서는 어떤 것의 요원도 아니오. 여기서는 당신이 누군지 다 알고 있지. 도쿠의 딸 마혼시네 모파타 Mahonsine Mopata의 아들이란 걸. 심지어 우리는 당신의 다른 형태도 알고 있소. 악어지. 마카오 추장은 당신을 싫어해요, 마르셀랭 아냐냐. 추장은 당신을 싫어하고 도쿠도 싫어해요."

"나는 딸도 있고 아들도 있고 다 있어요." 저녁을 먹고 원기를 회복한 응제가 휴대용 식기를 모으며 말했다. "너무 많아서 셀 수도 없어요. 동구 각처에 퍼져 있죠. 임퐁도에도 몇 명 있고. 마누가 알고 있어요. 오직 내 할아버지만 내가 자식이 몇 명인지 알고 있죠. 돌아가셨으니까 지금 귀신이고, 그러니 아무 데나 돌아다닐 수 있잖아요. 임퐁도까지 갔을 수도 있겠죠. 내가 아는 건 브라자빌에 갔다는 거지만, 증기선을 타고요!"

"할아버지는 브라자빌에 안 갔어. 브라자빌에 가본 적도 없어." 마누가 자기 배낭을 가지고 와서 래리 옆에 두고 말했다.

"옹제, 여기서의 대화는 진지한 사람들, 남자들을 위한 거다. 그런데 너는 농담이나 하고 어릿광대처럼 익살이나 떨고 있어." 마르셀랭이 이렇게 말하고는 자기 텐트로 가서 무릎을 꿇고 안으로 기어 들어갔다.

옹제는 빈 가방 위에 앉아 휴대용 식기를 쨍그랑거리며 자기 앞 땅바닥에 놓았다. "레드몬드, 담배? 새 라이터?"

나는 물품 주머니에서 담배와 라이터를 찾아 모두에게 휴대용 라이터와 담배 한 갑을 나눠줬다. 무코와 피그미들은 그저 기뻐하며 자기들 거처로 들어갔다. 앙투안과 미셸은 무표정한 얼굴로 자기 거처로 들어갔다. 옹제는 한쪽 입꼬리를 올려 씩 웃으며 담배를 쿠바 군복 가슴주머니에 넣고 단추를 채운 다음, 바지 주머니에서 옥스퍼드 파이프와 발칸 소브레니 담배를 꺼냈다. 손가락 네 개와 엄지로 파이프에 담배를 꾹꾹 채워 넣으며(머리는 한쪽으로 기울이고) 새 라이터로 불을 붙였다. "식민지 개척자처럼. 백인처럼. 프랑스에서 온 보스처럼." 이렇게 말하고 깊이 빨아들이더니 모닥불에서 나는 연기처럼 연기를 내뿜고는 기침했다. "래리, 모든 돈을 갖고 브라자빌로 돌아가게 되면 나는 파이프를 들고 유명한 레스토랑에 갈 거예요. '르 수아 오 빌라주'요, 알아요?" 옹제가 기침하며 빠르게 내뱉었다.

"알지. 뚜렷하게 기억해." 래리가 나를 곁눈질로 흘끗 보며 말했다. 그리고 이번에는 자기가 기침을 했다. 마른 잔기침을 흠흠

두 번 했다.

"옹제, 넌 거짓말쟁이야." 마누가 어색하게 담배 연기를 뿜으며 말했다. "넌 임퐁도에 아들 한 명만 있잖아. 네 아들 내가 알지. 여덟 살이고, 시장 옆에 있는 노파 가게에서 맥주를 훔치고, 맥주 마시고 취하고. 아버지가 없어서 그래. 아무도 어떻게 해야 할지 말해주는 사람이 없잖아. 넌 아들을 보러 가지도 않잖아! 끔찍해. 우리 가족 중에서 유일하게 나만 그 아이를 보러 가. 어느 누구도 신경 쓰지 않아. 아이가 비쩍 말랐어. 그 엄마도 말랐고. 잘 먹지도 못해."

옹제가 말했다. "작년에 보러 갔었어."

래리가 부츠로 바닥에 있는 무언가를 짓이기고 있었다. "마누, 자네는 분별력이 있지. 아마 무슨 일이 벌어지고 있는지 말해줄 수 있을 것 같은데. 이게 다 무슨 일인 거야? 왜 마르셀랭은 그렇게 걱정하는 거지? 왜 텐트로 그냥 들어가버린 거지?"

마누가 나무뿌리에 담배를 비벼 끄고 피다 만 반은 통에다 넣더니 자랑스럽게 말했다. "난 다 알고 있어요. 내 일처럼 알고 있죠." 그는 목소리를 낮춰 계속 말했다. "앙투안하고 관계된 일이에요. 미셸도 마찬가지고요. 하지만 미셸은 앙투안의 친구이기 때문이기도 하고 자기가 용감하고 매우 강하다는 걸 보여주려고 간 거예요. 또 마음에서 우러난 호의 때문이기도 하고요. 앙투안의 삼촌이 마카오에서 멀쩡하다가 급사했어요. 그 삼촌이 죽기 전에 모두들 그 사람이 베란조코에 있는 늙은 마법사와 언쟁을 벌였다는 걸 알고 있었어요. 그 삼촌은 베란조코 마을에 머물고

있었는데 염소를 사러 간 거였어요. 어린 암염소를 샀죠. 그 사
람은 염소를 좋아했어요. 마카오에서 많은 염소를 키우고 있었
죠. 그의 친구 집 울타리 안에 있던 이 염소가 밤에 사라진 거예
요. 그리고 그 늙은 마법사의 아내가 염소를 훔쳐갔다는 걸 알게
됐죠. 그래서 그 사람이 가서 마법사와 싸웠고 마법사가 저주를
퍼부었어요. 그리고 그 삼촌은 건강했는데 마카오로 돌아온 지
얼마 안 돼 갑자기 죽은 거예요. 그래서 마카오 추장이 앙투안을
불러 이렇게 말했죠. '너는 네 삼촌의 원한을 갚아야 한다. 그렇
지 않으면 우리 마을 전체의 치욕이다. 베란조코 사람들은 마카
오 사람들이 겁쟁이이라고 생각할 거다. 우리 밀림에 와서 우리
코끼리를 사냥해도 된다고 생각할 거다. 우리 염소며 닭을 훔쳐
도 상관없다고 생각할 거다. 아무 대가도 치르지 않고 우리 마을
여자들과 결혼할 수 있다고 생각할 거다.'

"마누, 작게 말해." 웅제가 파이프를 손에 쥐고 땅을 보며 말
했다.

"그래서 앙투안과 미셸이 단검과 마체테, 특별해 보이는 두툼
한 막대기 두 개, 무척 딱딱하고 기다란 막대기를 들고 베란조코
로 서둘러 간 거예요. 두 사람은 대낮에 도착했죠. 그래서 숲속
에 숨어 있었어요. 그리고 그날 밤 마을로 살그머니 숨어 들어간
거예요. 그리고 그 늙은 마법사의 집에 들이닥쳤죠. 마법사를 질
질 끌고 나와 땅에 눕혔어요. 그들은 마법사를 죽일 수 있는 유
일한 방법을 알고 있었어요. 미셸이 마법사를 잡아 눌렀고 앙투
안이 긴 막대기로 그의 발과 발목을 부러뜨렸어요. 마법사는 비

명을 질렀죠. 빨리 해치워야 했어요. 앙투안이 마법사의 다리, 성기, 엉덩이, 복부, 가슴, 그리고 목을 으스러뜨렸어요. 마법사의 혼령을 몸에서 끌어올려 두개골로 들어가도록 했죠. 그러고 나서 두개골을 박살냈어요. 마법사의 머리를 곤죽을 만들었어요. 두 사람은 마법사의 몸에서 혼령을 끌어냈고 혼령은 밀림으로 갔어요. 그 혼령은 집이 없는 거예요. 그러면 모두 안전하죠."

"맙소사. 맙소사." 래리가 손으로 머리를 감싸고 말했다.

"마누, 너 잘못 알고 있어." 웅제가 여전히 땅을 보며 거의 속삭이듯이 말했다. "비밀을 알고 싶으면 많은 사람들한테 물어봐야 하죠. 계집애 하나가 하는 말만 들어서는 안 돼요. 겁쟁이는 앙투안이었어요. 앙투안의 삼촌은 베란조코에 살고 있었어요. 이 삼촌은 베란조코에 아내들과 염소 떼를 거느리고 있었죠. 그 사람은 코끼리를 사냥하러 간 적도 없어요. 열심히 일했죠. 농장도 갖고 있었어요. 부자였죠. 베란조코 사람들이 그를 시기하기 시작했어요. 그래서 마을에 사는 어떤 늙은 남자가 병이 나서 죽자 사람들이 앙투안의 삼촌 탓이라고 했어요. 사람들은 앙투안의 삼촌이 마법사라고 했어요. 마카오에서 온 마법사라고요. 밤에 마을 사람들이 그를 오두막에서 끌어내 마누가 말한 식대로, 마법사를 죽이는 방식대로 죽였어요. 그건 맞아요. 마카오에서 앙투안이 이 소식을 듣게 됐어요. 하지만 베란조코에 가서 한 사람도 죽일 생각은 안 하고 대신 밤에 복수하려고 임퐁도까지 가서 살인자를 법원에 고발한 거예요. 법원이라니! 그게 무슨 소용이 있어요? 누가 여기까지 올 돈이 있겠어요? 너무 멀어요. 경찰

은 절대 오지 않아요. 군대도 결코 오지 않아요. 정부는 기껏해
야 사람들한테 공산주의에 대해 가르치라고 2년에 한 번씩 교장
한 명을 보내는 게 고작이에요. 교장이 여기서 볼 수 있는 전부
예요."

"알겠네. 그럼 뭐가 문젠가?" 래리가 말했다.

"이제 베란조코 사람들이 앙투안을 겁쟁이라고 부르는 거예
요. 베란조코 사람들을 법원에 고발할 자격이 없다는 거죠. 베란
조코 사람들은 법원이 뭐하는 곳인지 경험이 없어요. 법원이라
는 것이 언제 공격해올지 모른다고 생각하는 거예요. 그래서 그
들은 앙투안이 베란조코에 나타나기만 하면 죽여버리겠다고 말
하고 있어요. 하지만 내 생각에……."

"웅제!" 그때 앙투안이 우리 뒤쪽 오른편에 있던 그의 거처에
서 깊고 낮은 목소리에 무시무시한 힘을 실어 어둠 속에서 소리
쳤다. 웅제는 깜짝 놀라 파이프를 떨어뜨렸다. "웅제, 마누! 이
시시한 놈들! 누가 그런 이야기를 해? 웅? 한마디만 더하면 너희
둘 다 죽여버린다. 이 시시껄렁한 놈들, 너희처럼 어린 것들은
엄마 젖 좀 더 먹어야 해. 하지만 이것 한 가지만 말하지. 마카오
의 추장은 자기 생각을 접는 법이 없어."

"분위기 험악해지는데. 자러 가야겠다." 래리가 말했다.

23

피그미의 지혜와 힘

마르셀랭은 다음 날 새벽 4시에 우리를 깨웠다. 우리는 마누가 만든 달콤한 커피에 구운 다이커 고기를 먹고 야영지를 철수하고 동이 틀 때 길을 나섰다. 무코가 앞장섰고 우리는 그 전날과 같은 순서로 돌아갔다. ("……편안한 일상……" 래리가 말했다.) 그리고 우리는 점점 다른 사람들보다 앞서갔다.

땅은 더 축축해졌고 진흙 웅덩이와 천천히 흐르는 작은 하천도 조금씩 많아졌다. 그리고 임관이 더 자주 나타났고 리아나 덩굴과 착생식물들이 점점 많아졌다. 어떤 곳에는 다 자란 비단뱀 굵기의 리아나 덩굴들이 나무에서 나무로 고리 모양으로 걸려 있었다. 높은 가지에서 또 다른 높은 가지로 느슨한 나선형을 그리고 있었고, 자기 뿌리부터 땅 표면으로 묵직하게 덩굴을 뻗치고 있었다. 어떤 덩굴은 나무둥치 몇 미터 높이에서 시작되는 것도 있었다. 마치 올라가다가 중간에 멈춰 있는 것 같았다. 어지럽게 올라오는 리아나 덩굴의 작은 가지들은 직각으로 뻗어나가다가 아래로 가파르게 떨어졌고, 덩굴손은 클레머티스*처럼 숙주 나무에 착 달라붙어 있었다. 가지가 나무 몸통에서 평평하게 뻗어 나오는 뿌리덩굴식물도 있었다. 어쩌면 높은 나뭇가지의 갈래까지 자란 수풀에서 내려뜨린 교살목의 뿌리가 내려오는 건지도 모른다. 교살목 뿌리는 점점 두껍고 강하게 자라 서로 톱니바퀴처럼 맞물려 숙주 나무를 잡아 가두고 몸통을 조이고 뿌리에 무성하게 자라나고 임관의 그늘을 다 막아버리도록 자란다.

수 킬로미터를 가서 다리가 내 통제를 벗어나 제멋대로 움직이며 뻣뻣해질 때 완전히 자란 교살목을 보면서 생각을 돌려야겠다고 혼잣말했다. 마치 격자 세공처럼 뿌리를 덮고 가두며 밀림에서 가장 큰 나무보다도 더 높이 자라는 교살목…….

무코는 앞에서 멈춰 섰다. 마르셀랭이 몸을 반쯤 웅크리고 자기 뒤로 길에다 상상의 공 모양을 만드는 시늉을 했다. 앉으라는 신호였다. 래리와 나는 네 발로 푹 내려앉았다. 귀에서 맥박 뛰는 소리가 가라앉자 까치가 지저귀고 돼지가 꿀꿀대는 소리가 한꺼번에 들려왔다.

검은 털이 덥수룩한 커다란 원숭이 한 마리가 15미터쯤 위에서 나뭇가지를 따라 천천히 걸었다. 양치식물이 뭉친 것을 피해 조심스럽게 걸음을 옮기고 있었다. 긴 꼬리가 수직으로 뻗었는데 꼬리 끝은 아치 모양이었다. 그 원숭이 위에는 작은 원숭이 무리가 먹이를 먹고 있었다(무성한 잎들이 바스락거리는 소리로 볼 때 대충 열 마리는 있는 것 같았다). 쌍안경으로 보니 원숭이 무리의 수컷 리더가 우리를 내려다보고 있는 게 보였다. 검은 몸을 앞으로 숙이고 회색빛이 나는 검은 얼굴을 좌우로 빠르게 움직였다. 코의 하얀색 부분이 나뭇잎들 사이에서 나비처럼 춤추는 듯했다.

좀 더 자세히 보려고 앞으로 기어가다가 왼손으로 떨어진 리아나 덩굴 가시를 짚었다. 욕지거리가 나왔다. 끽끽대고 꿍꿍거리던 원숭이들이 조용해지더니 사라졌다.

"그 작은 원숭이는 프랑스어로 오쉐르hocheur라고 하고, 큰흰코원숭이는 셰이커shaker라고도 불러요. 봤어요? 그 큰 녀석은 회색빰망가베이예요."

"그렇지. 그 원숭이들은 저속한 말을 싫어해." 래리가 이상하게 이중음이 나는 마른기침을 하며 말했다.

"자, 쉽시다." 마르셀랭이 위로 좀 올라가서 지주근에 기대 누웠다. 무코는 우리 쪽으로 와 마르셀랭 옆에서 몸을 숙여 짐을 벗고 그 위에 앉았다. 마르셀랭은 셔츠 주머니에서 아직 뜯지 않은 담배 한 갑을 꺼내더니 카카어로 뭐라고 말하며 무코에게 건넸다.

무코가 씩 웃으며 담뱃갑을 배낭의 맨 위 덮개 밑으로 밀어

---

* clematis. 흰색, 분홍색, 자주색의 큰 꽃이 피는 덩굴식물.

넣었다. 그러고 나서 반바지 주머니에서 연초를 꺼내 풀을 하나 뽑아 말더니 새 라이터로 불을 붙였다. 그러고는 기분 좋은 듯 눈을 지그시 감고 담배를 빨았다.

"이 나무는 '무코코' 또는 '방가'라고 해요." 마르셀랭이 나무의 장밋빛 껍질을 바라보며 말했다. "통나무배를 만드는 데 최상의 나무죠. 안을 팔 수 있을 정도로 부드럽지만 불로 단단하게 하고 나면 강해져요. 몇 년을 탈 수 있을 정도로 강하죠."

4만 년은 된 강과 배와 낚시의 어려움을 겪어온 무코는 지루한 듯했다.

래리가 초록색과 하얀색 줄무늬의 작은 풀이 난 벌판에 몸을 죽 펴고 누우며 말했다. "마르셀랭, 왜 한 번도 자신을 카카 사람이라고 하지 않지? 브라자빌에서 바테케나 비리나 그런 부족의 사람들을 만나면 항상 자기 부족에 대해 자랑스러워하던데. 그 사람들이 마르셀랭한테 그렇게 말하는 거 같던데. 카카족은 어떤 부족인가? 카카족에 대해 어떻게 생각해? 무슨 문제가 있나?"

마르셀랭이 말했다. "아무 문제 없어요. 하지만 나는 안 좋아해요. 카카Kaka라는 말이 프랑스어로 똥을 뜻하는 'caca'와 발음이 같아요."

"아, 그렇군."

"그런데 그게 내가 가끔 느끼는 겁니다. 똥 같아요."

"누구나 그렇게 느끼지. 매일 조금씩 다른 정도로 말이야. 위스키, 그게 답이지. 원 샷이나 투 샷. 더는 말고 딱 그 정도." 래리가 모자를 벗어 챙을 돌리며 말했다.

"래리, 나는 가끔 콩고를 아예 떠나버리고 싶을 때가 있어요. 백인이 되고 싶어요. 짐바브웨의 영국인, 그게 최고일 겁니다. 넓은 농장에 대가족, 그리고 커다란 집. 그렇다면 좋겠어요."

붉은가슴뻐꾸기가 가까이에서 지저귀는 소리가 들리다가 갑자기 깍깍하는 소리가 들렸다. 까마귀가 일시에 우는 것 같았다. 초록볏부채머리라도 나타났나…….

"딱 한 번 완벽한 직업을 가진 적이 있었죠, 프랑스에서요. 폴드 라 파누즈 자작Le Vicomte Paul de la Panouse 밑에서 일했죠. 동물원 짓는 걸 도왔어요. 막심*까지 데려갔다고요."

"그 사람 자기 이름을 딴 박쥐도 가지고 있잖아. 사막 끝에 사는 북아프리카산 박쥐." 내가 말했다.

"맞아요. 유명한 사람이죠. 나도 좋아해요. 진짜 귀족이죠. 침대에 곰 인형 하나 두는 것도 못 견뎌 했죠."

"그런데 무슨 일이 있었던 거야? 뭐가 잘못된 건데?" 래리가 물었다.

"어느 날 다른 사람을 데려왔어요. 대학도 안 다닌 사람을요."

"왜? 왜 다른 사람을 데려온 거지?"

"그거야 내가 흑인이니까요!" 마르셀랭이 벌떡 일어나며 말했다.

한낮에 대여섯 번 원숭이 무리를 지나고 난 후(무코가 멈추려고

---

* 파리에 있는 유명한 레스토랑.

하지 않았다), 우리는 끊임없이 이어진 임관 아래 햇빛이 차단되어 어둡고, 거의 고여 있는 나지막한 물웅덩이가 몇 군데 이어진 곳에 이르렀다. 소금쟁이들이 수면을 가로질렀고 물벌레들 때문에 수면에 주름이 잡혔다.

"이펜자Ipendza 강이다! 수영할 수 있겠다!"마르셀랭이 말했다. (래리는 의심스러운 표정을 지었다.) "수영할 수 있다니까요."

무코는 사냥하러 갔다. 마르셀랭, 래리, 나는 가장 깊은 못에 희석된 끈적끈적함 속으로 잠깐 들어갔다. 그리고 다른 사람들이 모두 함께 도착했다.

"몸이 아파요."응제가 말했다.

"침팬지를 봤어요. 우리한테 버릇없이 굴더니 나무 뒤로 숨었어요."미셸이 말했다.

"앙투안은 검은 들개를 봤어요."마누가 말했다.

나비들이 습격해오는 바람에 우리는 못에서 30미터쯤 떨어진 둔덕에 텐트를 치고 거처를 마련했다. 크기는 알락숲나비와 비슷한 밝은 선홍색 나비들이 우리 신발에 내려앉았다. (그리고 래리의 셔츠 등에 역삼각형 모양으로 난 땀자국에도 앉았다.) 하얀 반점이 있는 노란 나비, 양배추 색깔처럼 하얀 나비, 작은 흑백 나비, 큰 흑백 나비(오렌지색 원형 무늬가 뒷날개 끝에 있는), 둥그런 갈색 날개에 노란색이 반점처럼 나거나 띈 듯이 나거나 줄무늬나 나선형으로 나 있는—하늘에서 떨어지는 시든 낙엽에 햇빛이 점점이 박힌 듯한—커다란 나비들이 진흙이 있는 모든 곳에서 먹이를 먹고 있었다.

"나비 술집 같은 곳이군, 동물들의 선술집. 아마도 밀림의 모든 동물들이 이 진흙 연못에 술을 마시러 오는 것 같아. 그러고는 이 작은 둔덕에 올라와 멀리 몇 미터 앞까지 내다볼 수 있으니 안전하다고 느끼고 오줌을 싸는 거지. 나비 맥아가 만들어지는 거야. 우리는 마을 공중변소에서 야영을 하는 거야." 래리가 말했다.

무코가 넓적하고 강인하게 생긴 얼굴에 멋쩍은 미소를 띠며 빈손으로 돌아왔다. 마누와 웅제는 실망한 채 마지막 남은 훈제 다이커 고기를 나눠먹었다. 미셸, 앙투안, 그리고 피그미 다섯 명은 우리한테서 15미터쯤 떨어진 곳에 자기들끼리 불을 피웠다. 무코는 어깨를 한 번 으쓱하더니 아직 총을 든 채 다가와 마르셀랭 옆에 앉았다.

"무코는 아들이 하나 있어요." 마르셀랭이 왜 그런지 해독할 수 없는 격렬한 표정으로 나를 똑바로 보며 말했다. "아마 당신들은 바빙가족이 재산이 없으니까, 당신들이 말하는 대로 수렵채집 생활을 하니까 아들에게 물려줄 게 아무것도 없을 거라고 생각하겠지만, 틀린 생각이에요! 당신들은 아무것도 몰라요. 실수하고 있는 거라고요."

"알았어." 내가 어안이 벙벙해서 말했다.

"카카어와 북부어인 응고디Ngodi어를 할 수 있는 이 무코는, 늘 예의 바르게 지켜보고만 있지요. 무코는 자기에게 특별한 힘, 개인적인 비밀이 있다고 생각해요. 항상 그의 편에 무언가가 있고 이것 때문에 사냥에 성공할 수 있죠."("오늘 밤은 아니에요." 웅제가 이렇게 말하며 웃었다.) "이 힘은 겉으로 보기에는 중요해 보이지 않는 간단한 물건 안에 있어요. 당신들, 서양인들은 코웃음 칠 만한 시시한 물건에 있죠. 예를 들면 고무 같은 거 말이에요. 우리가 당신들한테 팔고 있는, 북미 사람들의 껌 만드는 재료인 바로 그 고무! 아니면 도끼머리에 깊이 숨어 있을 수도 있죠. 무코는 어디에 그의 힘이 들어 있는지 말해주지 않을 거예요. 이제 나는 이해할 수 있겠어요. 당신이나 나처럼 대학에서 이해하는 식이 아니라 이제 진정으로 이해하겠어요. 하루 종일 매 순간이요. 하지만 그 힘은 어떻게 될까요? 그 힘을 어떻게 아들에게 전수할까요? 죽을 때 그 모든 힘을 전수해야 해요. 하지만 죽기 전에는 안 되죠. 살아 있을 때 모든 게 모여 있는 그 힘을 주면 그 사람은 죽어버릴 테니까. 아들은 의도치 않게 아버지를 죽이게 돼요, 영적으로요. 그래서 이 힘의 전수에는 조건이 있죠. 그건 그렇게 간단하지 않아요. 얼마나 느낌이 투명한가의 문제죠. 아버지는 밀림의 다른 무엇보다도 아들을 사랑해야 해요. 무코가 그렇게 말했어요. 그리고 아들은 현명해야 하죠. 아버지에 대한 존경심으로 가득해야 하고요. 아버지를 사랑해야 하고 우러러봐야 하고 그의 시간이라는 선물을 줄 수 있어야 해요. 또는 무코는 그걸 사냥에서 획득한 고기라고 표현하더군요. 만일 당신이 아버지이고 당신 아들이 친절하면서 강하고 관대하고 온화하며 농담할 줄 알고 생기로 가득 차 있다고—이런 게 바빙가 사람들이 가치 있게 생각하는 전부죠—생각한다면, 그 아들에게 어떻게 그 힘이 작동하는지 조금씩 가르치기 시작합니다. 아들에게 그 힘이 성공하기 위해서 필요한 식물들을 보여줍니다. 누군가에게 선물을 어떻게 사용하는지 가르쳐주지 않는다면, 비록 총을 선물한다고 해도 아무 소용 없죠."

"그럼 아버지가 뭘 어떻게 하는데? 언제 그걸 알 수 있지? 언제 자기가 죽을지 말이야." 래리가 다정하게 물었다.

"아버지가 아들을 부르지요. 아들이 안으로 들어갑니다. 아들이 아버지의 오른팔을 잡습니다. 세게 잡지요. 그리고 아버지가 마지막 숨을 거둘 때 그가 가진 모든 힘이 아들에게로 전수되는 거예요."

래리가 고개를 돌리고 비틀거리며 일어나더니 텐트로 갔다.

"그럼 일종의 주물 같은 걸 건네주는 거네." 내가 말했다.

"지금은 말해줄 수 없어요. 레드몬드한테 말할 게 있어요. 나는 화가 나 있어요. 하지만 지금은 아니에요. 지금은 말해줄 때가 아니에요." 마르셀랭은 이렇게 말하고 그의 휴대용 식기를 연못으로 가지고 가서 씻었다.

그날 밤 텐트 안에서 머릿전등을 존 윌리엄스의 《아프리카의 나비 관찰도감》 삽화 18번에 맞추고 말했다. "그 밝은 선홍색 나비 말이야. 틀림없이 이걸 거야. 이것만큼 조금이라도 비슷한 건 없어. 붉은피네발나비는 서아프리카 밀림과 콩고에 서식한다는 군."

"LRJ. 작고 빨간 것Little Red Jobs."

"그리고 그 양배추흰색은 콩고흰나비이고. 그리고 오렌지색 부분이 있는 큰 흑백 나비도 있었지? 그건…… 여기 있다. 한번 봐…… 여기……."

"아, 그래, 그래. 그렇게 원한다면야 함께해주지." 래리가 기침을 하며 일어나 앉았다. 그러고는 삽화에서 글로 눈을 돌리더니 이렇게 말했다. "알았다! 서아프리카 밀림과 콩고 서식. 연중 날아다님. 베커리네발나비, 섀퍼." 바보처럼 행복한 듯 이렇게 말했다.

다음 날 정오 무렵, 무코가 멈춰 서서 뒤집힌 땅을 긴장된 태도로 관찰했다. 다이커만큼 주변을 경계하며 몇 걸음 더 앞으로 나아가 몸을 웅크리고 킁킁거리며 나무 냄새를 맡았다. 마르셀랭이 "무슨 일이야?"라고 카카어로 작게 물었다. 무코는 눈을 크게 뜨고 잔뜩 경계하는 표정으로 낮고 빠르게 뭔가를 말했다. 마르셀랭이 통역해주었다. "표범이래요, 수컷. 오늘 아침 여기 왔대요." 마르셀랭이 진흙 옆에 떨어진 몇 개의 나뭇잎을 마치 그것도 무슨 의미가 있다는 듯 뚫어지게 쳐다봤다. (래리가 나를 향해 눈을 찡긋했다.) "무코는 아직 표범 냄새를 맡을 수 있어요. 이 표범은 강멧돼지를 추격한 게 아니라 영양을 쫓고 있었대요. 무코 말이 어떤 표범은 강멧돼지만 좋아하고 어떤 표범은 영양만 좋아한대요. 하지만 모든 표범은 개를 좋아하죠."

우리는 아무 소리도 내지 않는 무코를 따라 조용히 살금살금 나아갔다. 발밑에서 나뭇가지들이 폭죽 터지듯 빠지직하는 소리를 냈다. 50미터쯤 걸어가자 오래 묵은 곰팡이 같은 고약하면서도 들척지근한 냄새가 났다. 피 같았다. 그리고 래리와 나도 알아챌 수 있을 정도로 분명한 코끼리 발자국이 보였다. 빠질 수 있을 정도의 크기였다.

"표범과 영양이 싸우고 있었군요." 마르셀랭이 발이 질질 끌린 듯한 흔적을 보고 속삭이듯 말했다.

그때 나무 뒤에서 무코가 작게 휘파람을 불어 우리를 불렀다. 파란다이커의 하반신이 나뭇잎들 위에 놓여 있었다. 갈비뼈가 다 드러나고 벌들에 덮여 있었다. 왼쪽 뒷다리는 씹혀 나갔고 오른쪽 뒷다리는 멀쩡했다.

"저걸 먹어야 할 것 같지만 무코는 위험하다고 생각해요. 만일 죽고 싶다면, 어느 날 나무 뒤에서 표범이 덮쳐 모가지가 찢기길 바란다면, 표범이 죽인 짐승을 먹으라고 하는군요." 마르셀랭이 말했다.

"꽤 괜찮을 것 같지만 일반적으로 생각했을 때 그대로 두고 가는 것도 괜찮을 것 같아." 래리가 말했다.

"표범이 가까이 있어요. 코끼리도 그렇고요." 마르셀랭이 소곤거렸다.

맨발인 무코가 드러나지 않은 길을 따라 밀림 속으로 재빨리 길을 찾아갔고 우리가 그 뒤를 따랐다. 밀림은 한여름 영국의 삼림지대하고는 확연하게 달랐다. 리아나 덩굴, 양치식물, 눈에 익은 풀들, 수풀과 관목들…… 그렇게 호의적으로 느껴지지는 않았다. 몇 미터쯤 더 가자 나무 아래 그늘진 곳에 부드러운 무언가가 움직이는 것 같았다.

"코끼리가 여기서 밤을 보낸 것 같아요." 마르셀랭이 빈터에 서서 조용히 하라는 제스처를 하며 말했다. 납작하게 눌린 덤불이 원을 그리고 있는 것을 보며 고개를 끄덕거렸다. 우리는 코끼리 배설물 여러 더미를 조사했다(배설물을 조금 떼어 공 모양으로 굴리고 가는 쇠똥구리는 아직 나타나지 않았다). 그리고 우리는 나무 등치에 세로로 난 홈 사이의 고랑이 마른 진흙으로 메워진 걸 보기 위해 멈췄다. 마르셀랭이 '구마 나무guma tree'라고 말했다. 코끼리들이 몸을 비비는 나무라고 했다. 큰흰코원숭이와 회색뺨망가베이 집단이 한참 위 나무에서 모습은 보이지 않은 채 까치의 깍깍, 돼지의 꿀꿀, 칠면조의 골골, 홍머리오리의 삑삑 소리를 냈다.

긴장이 풀린 마르셀랭이 마체테로 나무껍질을 치면서 소리지르며 장난을 쳤다. "내려와! 백인들이 보고 싶대!"

원숭이들이 잠잠해지더니 한참 위에서 쉭쉭 도망가는 소리가 들렸다. 그때 우리 왼쪽의 덤불이 융기하듯 일어나더니 뭔가 회색빛이 보이고 그 주위로 갑자기 나뭇가지가 쪼개지고 잎들이 날리기 시작했다. 식물들이 서로 부딪히며 내는 소리가 잦아들고 가라앉더니 조용해졌다.

"성공했다! 우리는 드디어 공식적으로 둥근귀코끼리의 둔부 6제곱센티미터를 목격했다!" 래리가 말했다.

"우-우-우." 무코가 노래하듯 소리를 냈다. "우-우-우!" 그는 머리위 허공에 엽총을 대고 마르셀랭을 향해 소리쳤다.

우리는 평소대로 무코의 가차 없는 속도에 맞추어 계속 행군했다. 마르셀랭이 어깨 너머로 말했다. "아마 무코의 잘못은 아니겠지만, 수단인들한테 돈을 받고 했겠지만, 무코 말이 지금까지 자기가 코끼리 네 마리와 고릴라 세 마리를 죽였대요. 하지만 그걸로 충분치 않대요."

무코는 우리에게 1미터 정도 높이에 헝클어지듯 난 풀들을 보여주기 위해 잠시 멈췄다. 야생생강Afromamum이었다. 고릴라들이 무척 좋아하는 빨간색 매운 열매가 가지 끝에서 삐죽이 고개를 내밀고 있었다. 무코는 바무bamou 열매도 살펴보았다. 침팬지들이 껍질을 벗겨 빨아먹고 버린 것이었다. 이번에는 암갈색 마른 진흙의 작은 흰개미 집도 가리켰다. 나뭇가지나 나무 몸통에 안전하게 있는 것도 있고, 침팬지들이 휙 잡아떼서는 땅에 놓고 부수어 안을 벌린 다음 흰개미 애벌레를 해치운 것도 있었다. 그리고 마침내 무코의 목적지였던 그의 오래된 사냥 캠프 중 하나에 도착했다. 사냥한 둥근귀코끼리를 도살해 고기를 먹거나 훈제하기 위한 곳이었다.

넓은 빈터에는 곧 무너질 듯한 선반이 그대로 남아 있었다. 독신자용 거처와 네 개의 작은 반구처럼 생긴 오두막도 남아 있었다. 자이언트 프라니엄 잎은 바스러질 듯이 갈색으로 변해 있었지만 그래도 모양의 변화 없이 그대로 선 채 기다리고 있었다. 열두 개의 나무 막대기가 땅에 꽂혀서 빈터를 빙 두르고 있었다 (고기를 조각조각 길게 잘라 걸어놓기 위한 것이라고 마르셀랭이 말했다).

빈터 가장자리 쪽으로는 커다란 나무등치가 드러났고, 급속히 자라는 식물 종들이 침범해 들어오고 있었지만 아직은 무릎 높이밖에 되지 않았다. 쓰러져가는 피그미들의 벤치에 앉아 바로 오른쪽 옆에 있는 밝은 갈색의 부드러운 껍질을 가진 나무는 왜 단 하나의 리아나 덩굴이 등치를 감고 있는지 의아하다는 생각을 하고 있었다. 회전 모양도 매우 수직적이어서 겨우 세 번 나무를 감고 리아나 꼭대기에 이르고 있었다. 반면 내 왼쪽에 있는 회색의 거친 껍질을 가진 나무는 적어도 두 종류의 넝쿨손 식물에 휘감겨 있었다. 매달려 있는 착생식물 양도 달랐다. 오른쪽 나무는 이끼와 지의류 식물 외에는 아무것도 없이 거의 맨몸이다시피 했지만, 거친 껍질을 가진 나무의 높은 가지에는 양치식물과 난, 그리고 이름을 알 수 없는 식물들이 솟아나고 달라붙어 있어서 거의 폭삭 무너질 지경이었다. 물론 그 자신의 생태적 적소와 미기후* 때문일 뿐만 아니라, 개미나 나나니벌, 삽주벌레, 또는 흰개미들의 특정 종과 맺는 특정 관계, 숨은 화학적 전쟁이나 숙주 나무와 인접한 경쟁 식물들과 맺는 동맹관계 때문일 것이다. 아마도 식물학자들은 연구 대상의 정교한 디테일 한가운데 있다 보면 걱정거리가 잠잠해지고 사라지기 때문에 오래 살거란 생각이 들었다. 그렇게 생각하면 천문학자는 영생할 수 있을 것이다. 우주를 생각해볼 때 걱정거리란 부질없는 것일지 모른다……. 올빼미 한 마리가 거친 껍질 나무 중간쯤에 있는 구멍에서 나와 몸을 드러냈다. 암갈색에 하얀 줄무늬가 있는 중간 정도 크기의 아프리카올빼미였다. 어정버정 걸어 인접한 나뭇가지로 가더니 깃털을 세우고 자다가 깬 것처럼 멍하게 눈을 끔뻑거렸다. 그러더니 고개를 30도쯤 돌려 곁눈질로 나를 흘끗 보고는 가지에서 미끄러지듯 내려와 날개를 어설프게 푸드덕거리며 그늘 속으로 날아갔다.

땅거미가 지기 직전 무코가 손에는 엽총을 들고 틈이 벌어진 이를 드러내고 웃으며 나무들 사이에서 나타났다. 어깨에는 영양 한 마리를 걸치고 있었다. 영양의 기다란 뒷다리가 그의 가슴팍까지 축 늘어졌고 발굽 위 뒤쪽에 난 털이 리아나 덩굴로 그의 배 위에 묶여 있었다. 그는 영양을 불 앞에 던져놓고 배낭 위에 앉아 엽총을 자기 발치에 내려놓고 반바지 뒷주머니에서 구겨진 담뱃갑을 꺼내 담배에 불을 붙였다.

영양은 평범한 다이커류처럼 보였다. 뒷다리가 앞다리보다 길고 몸은 짧은 수풀을 헤치고 재빨리 도망갈 수 있기에 적합한 아치형이었다. 하지만 파란다이커보다 몸집이 더 크고 원뿔 모양 뿔 사이에 적갈색의 볏이 있었다. 그리고 검은 털이 난 등 한가운데 꼭짓점부터 엉덩이를 가로지른 밑면까지 거친 오렌지색 털이 길쭉한 삼각형 모양으로 나 있었다.

마르셀랭이 파이프를 꺼내며 무코 옆에 앉았다. "벰바!" 내가 헬트노스와 딜러의 책을 가지러 텐트로 가고 있는데 마르셀랭이

---

* 微氣候. 지표면으로부터 지상 1.5미터까지 기층(접지층)의 기후. 지표면의 상태나 지물의 영향을 강하게 받아서 미세한 기상이나 기후의 차이가 발생한다.

나를 뒤에서 불렀다. "뱀바라고요!"

후덥지근한 작은 텐트 안으로 들어가자 래리가 방수포를 펴고 있었다. 셔츠를 말아 베개를 만들고 펜슬 전등과 머릿전등, 《마틴 처즐위트》를 서로 가장 적절하고 편안한 곳에 맞춰놓았다. 그러고는 내가 배낭을 막 뒤적거리고 있는데 이렇게 말했다. "레드소, 매우 공손한 마음으로 이런 제안을 하는데 말이야. 네 무의식 세계에 끼어들어 여기 있는 대부분의 사람들처럼 미쳐 날뛰게 하고 싶지는 않은데 말이야. 하지만 단 한 번이라도, 오늘 밤만이라도 그 물건들을 좀 치우면 어떨까? 있잖아, 네가 대관절 뭘 찾는지 모르겠지만 찾고자 한 걸 찾았으면 텐트에 마구 흩뜨려놓은, 구더기가 득시글대는 그 망할 놈의 63켤레 검정 양말 좀 원래 있던 곳에다, 그러니까 네 그 냄새나는 공중위생 위해의 산실인 네 배낭, 거기다 도로 좀 넣으면 안 될까? 응? 기분 나쁘지 않지?"

"접수 완료!" 내가 한 손에는 헬트노스와 딜러의 책을, 다른 손으로는 양말들을 집으면서 말했다.

"그리고 그 탄저병 주머니는 어디다 뒀지? 그 주물 말이야. 여기 안에 돌아다니고 있는 거야?"

"주머니에 있어. 잘 넣어뒀다니까!"

"맙소사! 지금 화내는 거야?" 래리가 오른뺨에 모기에 물려 생긴 둥그런 딱지를 긁으며 말했다.

그때 반자동 총을 발포하는 소리가 바로 밖에서 골을 빠갤 듯이 가까이 들려왔다.

"밀렵꾼이다!" 래리가 텐트 덮개로 몸을 내밀며 소리쳤다.

캔버스 천이 찢기고 목재가 부러지고 나무가 쿵하고 쓰러지는 소리가 들리더니 잠잠해졌다.

"나무가 쓰러졌다!" 래리가 소리를 질렀다.

"우우우." 무코가 소리쳤다.

거친 껍질의 나무가 텐트 바로 오른쪽에 떨어졌다. 박살 난 가지가 길게 엉켜 있고 리아나 줄기가 부러져 있었다. 댕강 부러진 커다란 나뭇가지는 텐트를 고정시키는 가이 로프guy rope에서 3미터 정도 떨어진 곳에 널브러져 있었다.

"우리 거의 죽을 뻔했어! 겨우 3미터 정도 차이야!"

"죽일 의도였어. 하지만 그럴 수 없었지. 구제된 거야. 주물의 힘으로 구제된 거라고."

"그만해." 래리가 흥분을 가라앉히고 콧수염을 잡아당기며 애절한 표정으로 말했다.

"저기 봐요! 바마쿠!" 마르셀랭이 부드러운 껍질 나무둥치를 가리키며 소리를 질렀다.

절반쯤 되는 높이에 등은 올리브황색이고, 축 늘어진 옆면은 은회색인 다람쥐 한 마리가 사지를 쫙 벌리고 나무껍질에 매달려 겁에 질린 채 벌벌 떨고 있었다. 작은 가슴이 펌프질을 하고 있었다.

래리가 목을 죽 빼고 다람쥐를 보며 말했다. "올빼미는 뭔가 알았나 봐. 나는 올빼미가 깜짝 놀라 내뺄 줄 알았는데. 생체 시계가 작동하지 않을 줄 알았어. 하지만 이제 보니 올빼미가 다람쥐보다 더 똑똑하네."

나는 헬트노스와 딜러의 책에서 다람쥐 편 삽화 27번을 찾아
봤다. "비크로프날다람쥐야!" 그리고 다시 내다봤을 때 다람쥐
는 가고 없었다.

"이미 날아갔어. 다리를 죽 내밀고 막을 좍 펼쳤어! 믿을 수
없을 정도로 멋지게 활공했어!"(래리는 밀림 속 낮은 지대를 가리
켰다.) "저쪽으로!"

"제기랄!"

래리가 내 팔에 손을 얹더니 이렇게 말했다. "레드소, 어머니
가 한 번도 말씀해주시지 않았어? 모든 것을 책에서 배울 수는
없다고. 경험주의, 과학, 주의 깊은 관찰, 주변을 돌아봐야지."

그날 밤 우리는 삶은 다이커 고기(노란등다이커였지만, 래리에게
는 말하지 않았다), 카사바죽, 그리고 야자유에 튀긴 파요칩을 한
사람당 네 개씩 먹었다.

마르셀랭이 무코 옆 배낭에 앉아 말했다. "래리, 당신은 과학
자죠. 나도 과학자예요. 우리는 서양에서 교육받은 사람들이에
요. 하지만 아프리카는 이제 아프리카로 돌아가고 있어요. 이 나
라 사람들은 날마다 더 아프리카 사람다워지고 있어요."

"그런가?" 래리가 휴대용 식기 위의 기름지고 탄 파요칩을 카
사바 덩어리 아래로 밀어 넣으며 말했다.

"모든 외국인들이 브라자빌을 떠나고 있어요. 쿠바인들, 중국
인들, 러시아인들도 떠나고 있지요. 심지어 프랑스인들도 떠나

게 될 거예요."

"왜 그렇지?" 래리가 여전히 바삐 움직이며 말했다.

"섀퍼 박사님, 왜냐하면 그게 우리가 원하는 것이기 때문이
죠. 왜 당신들만 우리를 착취해야 하죠? 이제 우리가 당신들을
착취할 차례예요!" 마르셀랭이 나이프로 휴대용 식기 옆면을 치
며 말했다.

래리가 쳐다봤다.

"그래요, 친구, 이제 우리 시대가 오고 있어요! 아프리카는 아
프리카로 돌아가고 있어요. 우리는 유럽인들의 사고 중 최상의
것만 취하고 나머지는 모두 버릴 거예요. 당신들은 놀라게 될 거
예요."

"그럴까?"

"예를 들어, 무코만 봐도, 그는 자신만의 과학이 있어요. 밀림
을 아는 사람의 과학, 밀림에 사는 사람의 과학이죠. 그는 그 자
신의 삶에 질서를 부여하는 나름의 방식이 있어요. 당신들의 인
공적인 시스템, 사물들에 부여하는 분류 방식이 필요하지 않죠."

"분류학이라고?"

"예를 들어, 바마쿠, 날다람쥐 예만 봐도 그래요. 무코의 세계
에서 날다람쥐는 반은 새고 반은 포유류죠. 새와 쥐를 이어주는
중간 역할이에요. 하늘과 땅을 연결해주는 거죠. 그래서 아내가
임신을 하면 날다람쥐를 먹으면 안 돼요. 아이가 자라서 걸을 수
있을 때까지요. 아이가 땅의 피조물로 안전하다는 확신이 들 때
까지는요. 죽어서 훨훨 날아 혼의 세계로 가지 않을 거라 확신이

들 때까지요."

래리가 일어나서 식기에 있는 내용물을 낮은 덤불 안에 털어 버린 후 이렇게 말했다. "마르셀랭, 난 좀 푹 자야겠네."

텐트 안에 있으니 올빼미가 우는 소리가 들렸다. 높낮이 없이 크게 '우우' 하는 소리로 들렸다. 우리에게서 가까운 밀림의 저지대 어딘가에 홰를 치고 앉아 있는 것 같았다.

"죽은 새끼를 부르는 엄마인 모양이야." 래리가 《마틴 처즐위트》를 옆으로 치우며 말했다.

"그냥 그 나무에 보금자리를 튼 건지도 모르지. 그리고 암컷인지 아닌지 어떻게 알아?"

"그럼 레드소, 너는 그 비스카운트 무스인가 뭔가, 마르셀랭이 그 밑에서 일했다는 사람, 그 사람은 어떻게 알아? 박쥐는 또 뭐고?"

"몰라. 잘못 알았을지도 모르지. 그냥 어렴풋이 《동아프리카의 포유류East Africa Mammals》에서 읽었던 기억이 나는 것 같아서 그랬어. 조너선 킹던Jonathan Kingdon이 쓴 책인데, 이 사람은 진짜 기록가야. '아프리카 포유류계의 발자크'라 할 만하지. 그렇게 단숨에 끝까지 읽을 수 있는 안내서는 없어. 진화에 관한 이야기지. 그 사람은 백인 아프리카 사람이었어. 만난 적이 있는데 키는 270센티미터쯤 되고, 턱수염이 60센티미터나 됐어. 이런 외모에 어울리는 목소리를 가졌지. 미셸보다도 더 컸어!"

"총 쏠 줄 알아?"

"뭐?"

"그 사람 일반 중기관총 다룰 수 있어?

"그거야 모르지."

"그럼 편지 한 자 써서 내일 부쳐." 래리가 머릿전등을 벗고 누워서 방수포를 침대 시트처럼 코까지 잡아당겨 덮고는 이렇게 말했다. "왜냐하면 레드소, 뭔가 안 좋은 예감이 드는데 말이야. 내가 먼저 돌아가고 너만 텔레 호수에 남게 되면 너한테 조녀선 킹던 같은 사람, 널 뒤에서 지켜줄 수 있는 사람이 필요할 것 같아."

새벽 4시가 막 지났을 때 응제가 텐트 덮개로 고개를 쑥 들이 밀고 말했다. "저기요, 래리 박사님! 저 좀 들여보내주세요."

래리가 마른기침을 뱉으며 손전등을 켜고 텐트를 열었다.

"나 죽나 봐요." 응제가 네 발로 기어 들어오며 오른쪽 눈은 래리를, 왼쪽 눈은 텐트 위를 보며 말했다. "오줌이요, 고름이 왕 창 나와요."

"죄의 대가군." 래리가 그 생각을 곱씹으며 말했다. "마카오 매독이야."

나는 배낭에 딸린 지도 주머니에서 의료 기록을 찾았다. 나는 피터슨 박사의 첫 항목을 소리 내 읽었다. "아목실, 페니실린 유 래 약품으로 어떤 종류의 박테리아 감염, 특히 호흡기 감염, 요 로 감염, 성병에도 사용할 수 있다. 복용량은 대개 하루에 세 번 한 알 복용하면 되지만, 임질이 의심될 경우에는 한꺼번에 열두 알 복용하는 것이 효과적이다."

래리가 약품 가방에서 약을 찾아 기다랗고 노란 캡슐 열두 개를 세어 웅제 손바닥에 놓았다.

"너무 많아요." 웅제가 작은 목소리로 말했다.

"여자가 너무 많았지." 래리가 웅제의 구부린 등을 밀치면서 내 물병을 열어 건네며 단호하게 말했다. "일주일 동안 섹스 금지."

"일주일?" 웅제의 두 눈에 공포가 가득했다.

나무 꼭대기 모습이 또렷해지고 있었다. 길게 축 처지는 울음소리가 이어지다가 길게 한 번 후 하는 소리로 사라져갔다. 밀림에서 가장 구슬픈 소리로, 난쟁이코뿔소의 비가였다. 임관 아래 갇힌 차가운 새벽 공기 때문에 그 소리가 더욱 도드라지는 것 같았다. 그때 조용하고 처량한 곡조가 갑작스레 합창처럼 터지는 스타카토의 울부짖음에 묻혔다. 일제히 뭔가 외설적인 환희와 함께 낮고 상스럽게 낄낄대는 듯한 소리였다. 회색뺨망가베이가 농지거리를 내뱉으며 자기들 영역을 공표하는 것 같았다. 한 시간쯤 후 망가베이 소리보다 다섯 배는 큰, 성나서 포효하는 굵고 낮은 소리가 들렸다.

마르셸랭이 휙 돌아봤다. "고릴라예요." 흰자위를 드러내며 소리 질렀다.

"우우우." 무코가 소리쳤다.

"본조!" 래리가 말했다.

"고릴라의 보금자리, 잠자리가 여기 있군!" 마르셀랭이 커다란 나무 밑에 무릎을 꿇고 말했다. "늙은 수컷이에요! 외로운 늙은 수컷!" 그는 나뭇잎과 가지가 원 모양으로 눌린 곳을 손바닥으로 툭툭 두드리며 말했다.

내가 마르셀랭 옆에 쪼그리고 앉으며 말했다. "어떻게 알아? 냄새로?" (뭔가 고약한 사향 냄새 같은 것이 났다.)

마르셀랭이 벌떡 일어났다. "당연히 아니죠! 나를 뭘로 보는 거예요? 내가 피그미인 줄 알아요?"

"피그미는 훌륭한 사람들이잖아." 래리가 물병의 물을 벌컥마시며 말했다.

마르셀랭이 한 걸음 물러나더니 나무 위를 자세히 살펴봤다. "늙은 고릴라는 땅에 보금자리를 만들어요. 아내와 자식들은 나뭇가지 안에 침상을 만들죠. 그런데 여기 나무에는 침상이 없잖아요. 그러니 가족이 없는 거죠. 늙은 고릴라예요. 아주 늙은, 섹스를 못할 정도로 늙은."

"고릴라 보금자리는 책에서 읽었는데 문화적인 거야." 래리가 우리에게서 돌아서서 소변을 보며 말했다. "일종의 밈meme이지. 문화를 통해 전해지고 전수되는 학습된 행동 말이야. 동부 저지대 고릴라들은 매너가 없어. 잠자리에 배설을 하지. 반면 서부 저지대 고릴라들은 교양 있는 미국인 같아. 결코 시트를 어지럽히는 법이 없거든. 그들에게는 수준이란 게 있어. 그들 눈에 동부 저지대 고릴라들은 짐승인 거지."

정오쯤 되었을 때 우리는 지쳐서 한 줄로 길게 늘어서서 걷고 있었다. 응제와 다른 이들이 우리 뒤에 바짝 붙어 따라오면서 '우-우-우' 귀에 못이 박이도록 소리를 질렀다.

"하지 마요!" 마르셀랭이 사타구니를 차인 것처럼 허리를 앞으로 접으며 소리를 꽥 질렀다. "그만하라고." 그는 숨을 헉헉거리며 다시 보폭을 회복했다.

'우-우-우' 하는 소리가 한 피그미의 정신을 혼란하게 한 모양이었다. 그는 자기 얼굴 앞에 나무와 나란히 창을 수직으로 세우고 기이하게 정지한 채 서 있었다. 작은 사람들에 대한 전설 같은 이야기가 떠올랐다. 밀림의 난쟁이들이 갑자기 시야에서 사라질 수 있다고 기원전 2000년 이집트의 한 보고서에 쓰여 있다. 사실인 것이다.

내 앞에서 마르셀랭이 반은 혼잣말처럼 중얼거렸다. "저들이 그러지 말았으면 좋겠는데…… 생각만 하면 언제나 떨려요. 저들은 당신이 모르는 사이에 당신을 죽일 수 있어요. 미동도 없이 서 있어서 당신은 볼 수 없어요. 그러다가 피그미가 있다는 것을 알아보면 그들이 소리를 내죠. 그 멍청한 소리를요. 바로 귀에 대고요."

무코는 좁다랗게 다져진 길로 들어서서 우리를 피그미 야영지로 가는 비탈길로 이끌었다. 반은 버려진 야영지로, 진흙투성이의 오두막 열 채와 두 채의 움막이 있었고, 그중 한 곳에 벌거벗은 아이 네 명과 붉게 물들인 라피아 치마를 두른 젊은 여자 세 명이 솥 주변에 앉아 있었다.

"베란조코 교외 지역이죠." 마르셀랭이 지나가며 모자를 벗어 여자들에게 고개를 숙이며 말했다.

우리는 무코를 따라 다시 밀림으로 들어갔고 또 다른 긴 비탈 길을 따라 내려가 하천에 이르렀다. 무코가 안으로 들어갔다. 물이 허리까지 찼다. 우리는 줄지어 그를 따라갔다. 허벅지까지 차는 물살을 헤치며 나아가 강둑의 물기 있는 길을 지나가자 이벵가 강이 나타났다.

갑자기 강렬한 빛이 쏟아졌다. 천천히 흐르는 갈색 수면에 빛이 반사되어 물은 하얗게 보였다. 우리는 숲올빼미처럼 눈을 끔뻑거렸다.

24

베란조코 마을의 어르신

마르셀랭이 무코에게서 엽총을 뺏어 허공에 발포했다. "베란조코 뱃사공들을 위해! 신호탄으로!" 개머리판을 찰칵하고 열어 아직 연기가 나는 빛나는 놋쇠 뚜껑이 달린 붉은색 플라스틱 탄환통을 꺼내 주머니에 넣었다. "베란조코 뱃사공의 아들을 위해!" 그는 총구를 하늘을 향해 들고 눈을 가늘게 뜨고 폭약 연기를 입으로 후 불더니 총을 닫고 열병식의 소총수처럼 어깨에 멨다. "뱃사공은 한 척의 통나무배만 갖고 있어요. 레드몬드, 내가 말했지요. 베란조코는 '코끼리 파이터들의 마을'이라는 뜻이에요. 이 사람들은 어부가 아니에요. 좋은 계획이 아니었어요. 여기 살아야 할 수도 있어요, 영원히요. 레드몬드하고 래리는 여기 농장에서 일하게 될 수도 있어요."

래리의 두꺼운 데님 셔츠가 등과 가슴팍에 달라붙었고, 턱수염은 땀으로 뭉쳐 있었다. 콧수염 아래로 아랫입술이 쑥 들어가 마치 턱 아랫부분이 목을 향해 살짝 빠져 있는 것처럼 보였다. 래리가 말했다. "난 그래도 괜찮을 것 같은데."

마르셀랭이 총을 리아나 줄기 고리에 걸쳐놓고 쉬면서 말했다. "레드몬드, 짐꾼들한테 돈을 줘야 해요. 한 사람당 1만 5,000프랑씩." 앙투안, 미셸, 그리고 피그미 다섯 명이 도착해 지대가 높은 땅에 짐을 내려놓았다.

나는 배낭에서 방수용 서류가방을 찾아 래리와 내가 마카오에서 준비한 작은 지폐다발을 나눠주었다. 앙투안과 미셸은 현금을 주머니에 넣었고, 무코는 머리를 한쪽으로 기울이고 돈을 세는 척했다. 피그미 다섯 명은 그들 손바닥에 놓인 그 꾀죄죄한 푸른 종잇조각을 공손하게 빤히 보더니 나를 한 번 보고는 서로 쳐다봤다. 마치 이해할 수 없는 이유로 내가 밀림에 있는 나뭇잎 꾸러미를 줬다는 듯한 표정이었다.

"어서 넣어둬요. 숨겨. 그건 돈이야." 마르셀랭이 소리쳤다.

하류 쪽 작은 섬 뒤에서 통나무배가 나타났다. 나달나달한 빨간 반바지만 입은 젊은이가 열심히 노를 저어 물살을 가르며 우리 쪽을 향해 빠르게 다가왔다. 젊은이는 먼저 마르셀랭과 백인을 태워가고, 두 번째로 마카오에서 온 두 남자(젊은이는 뭔가 의심스러워하는 표정이었다)를, 세 번째로 다른 두 명의 젊은 남자, 그리고 마지막으로 피그미 무리를 태워가겠다고 말했다.

"닭 한 마리와 탄약통 두 개를 줘야 해요." 마르셀랭이 물가로 걸어가며 말했다. 흔히 보이는 뒤집힌 반쪽짜리 통나무배 물막이판과 얕은 물에 담가놓은 껍질 벗긴 흰 카사바 줄기가 가득한 뚜껑 없는 고리버들 바구니를 지나갔다.

"여긴 통나무배가 없어. 하나도 없어." 래리가 조용히 말했다.

오렌지빛이 도는 붉은 진흙의 가파른 도랑인 비탈길 꼭대기에서 한 노인이 우리를 기다리고 있었다. 옷걸이에 걸치듯 어깨에 흑백 체크무늬 셔츠를 걸치고 있었고, 뼈만 앙상하게 남은 다리는 통이 좁은 검정 홀태바지가 감싸고 있었다. "어서 오시오. 우리 마을에 오신 걸 환영합니다!" 그가 소리쳤다.

마르셀랭이 방백을 하듯 말했다. "레드몬드, 내가 미리 이야기해둔다는 걸 잊었네요. 이 사람은 전직 우체부예요. 프랑스인을 사랑하죠."

"우체부라고? 여기에?" 래리가 말했다.

"나는 바그! 자비에 바그Xavier Bague요!" 노인이 소리치며 도랑 아래로 1미터쯤 내려왔다. "여러분은 우리 집에 머물 겁니다."

래리가 말했다. "그 편지, 너 그 편지 부칠 수 있겠다."

"자비에 바그입니다." 노인이 내 손을 잡고 흔들며 말했다. 손가락 끝이 천막 말뚝처럼 구부러져 있었다. "멋지군요! 나는 브라자빌의 우체부입니다. 프랑스인들이 나한테 자전거를 줬죠. 나는 하루도 쉬지 않았어요. 30년간 한 번도 배달을 망친 적 없었소!" 그는 래리와도 악수를 했다. 충혈된 노인의 눈이 기쁨으로 반짝거렸다. "프랑스 사람이에요? 파리에서 왔나요?"

"미국인입니다."

"좋아요, 좋아요." 노인은 오른손을 희끗희끗한 반백의 머리 위에 얹고 뭔가 생각하며 말했다. "그럼 파리로 돌아가면 프랑스 대통령에게 이 말 좀 꼭 전해줘요. '콩고로 돌아와요. 자비에 바그가 꼭 돌아와야 한다고 말했어요. 프랑스인이 여기 있던 예전이 더 나았어요'라고. 그때는 질서가 있었소. 모든 것이 제대로 돌아갔지. 지금은 달라요. 브라자빌에는 일자리도 없어요. 그래서 나는 여기 베란조코, 내 마을에 돌아와야 했소."

"그러죠." 래리가 모자를 벗으며 말했다.

마르셀랭이 래리에게 눈을 찡긋했다. "괜찮아요. 복잡한 문제가 있어요. 심각하죠. 하지만 오늘은 그의 오두막에 묵을 거예요." 마르셀랭이 영어로 말했다.

"복잡한 문제라." 래리가 혼잣말을 했다. 커다란 파란 나비, 푸르게 빛나는 날개를 가진 모르포 나비가 래리의 발아래 붉은 진흙에서 휙 날아올라 숲속으로 멀어져갔다.

"따라들 오시오. 오늘 내 야자술을 마시게 될 겁니다. 내 아내들을 만날 거고요." 자비에 바그가 말했다.

그래서 우리는 그를 따라 넓고 뜨거운 홍토 비탈길을 올라가 베란조코의 중심 도로로 걸었다. 노인의 찢어진 운동화가 딱딱한 땅 위에서 부드럽게 펄럭거렸다. 우리 양편으로 10미터쯤 떨어진 곳에 깊이 1.5미터, 넓이 4.5미터 정도인 두 개의 구불구불한 골짜기가 언덕을 따라 나 있었다. 너무 작게 보여서 어떤 종류인지 구분하기 힘든 독수리 한 마리가 한참 위에서 천천히 원을 그리며 날고 있었다. 이렇게 해서 우리는 부지불식중에 자비에 바그가 대표하는 살기등등한 도당이 무엇이든 거기에 합류하게 되었다.

"침식되고 있군. 거리가 없어지겠어." 래리가 혼자만의 생각에서 빠져나와 말했다.

"베란조코는 오래된 곳이에요. 오랫동안 여기 있었죠." 마르셸랭이 진흙을 발로 차며 말했다.

"지하 배수로, 빗물 배수관! 그것만 있으면 다 해결되는데. 사람들이 좀 모여야겠어. 남자들이 좀 모여서 시간을 조금만 쓰면 돼. 뭔가 해야 할 것 같아."

"맞는 말이에요." 마르셸랭이 래리가 마치 열사병을 치료해주고 있기라도 한 것처럼 친절한 얼굴로 바라보며 활짝 웃으면서 말했다. "베란조코 사람들은 이제 그만 싸우고 함께 뭉쳐야 해요. 미국인들이 말하듯이 '레디, 액션'해야 해요."

"간단한 배수관이면 되는데! 통나무 배수관이면 되는데! 그게 뭐가 어렵냐고?"

"하나도 안 어렵죠." 마르셸랭이 오른손에 든 엽총을 마치 군악대 지휘관의 지휘봉처럼 빙빙 돌리며 말했다. "트렉터를 배로 실어오면 돼요. 불도저는 노를 저어서 들여오면 되고." 마르셸랭이 소리를 내며 웃었다.

"나의 친구들, 우리 모두 행복합시다! 오늘 저하고 보낼 겁니다." 노인은 돌아보며 말했다. 그는 강둑이 무너지고 있는 지점에서 오른쪽 길로 우리를 이끌었다. 맞은편에 커다랗고 새로 지붕을 인, 옆이 트인 오두막의 마을 회관이 보였다. 그 그늘 아래에는 얼룩무늬 염소 세 마리가 몸을 납작하게 깔고 누워 잠자고 있었다.

마을 회관 너머에는 앙상한 망고나무가 있었다. "내 나무!" 노인이 말했다. 망고나무 너머에 다른 집들처럼 붉은 진흙으로 만든 오두막 한 채가 있었다. "내 집!" 노인은 부러진 앞니를 드러내고 환하게 웃으며 말했다. "베란조코에서 가장 좋은 집!"

앞 벽에는 창문이 없었고 반쯤 열린 나무문은 놀랍도록 두툼했다. 집 안 보호를 위한 것이었다. 오두막에서 몇 미터 떨어진 곳에 세 개의 단단한 말뚝이 일렬로 땅에 박혀 있었다.

"코끼리고기를 널어놓는 건가?" 내가 말했다.

"빨래 너는 거예요." 마르셀랭이 말했다.

자비에 바그가 말했다. "이쪽으로요, 친구들! 닭이 있습니다. 닭이 많죠. 피그미도 많아요."

오두막 뒤에 윗가지와 이엉으로 만든 작은 오두막이 땅에서 1미터쯤 위에 있었다. 안에는 두꺼운 나무막대기로 만든 방책이 세워져 있고, 바깥에는 관목을 묶어서 만든 이동 가능한 경사로가 오두막 문에 닿도록 세워져 있었다.

"이건 잘 만들었는데." 래리가 콩고 북부 마을의 건축에 대해 처음으로 칭찬했다. "그것 참 괜찮은 닭장이군."

조금 더 먼 곳에 암탉들이 각자 흙먼지 바람을 일으키며 덤불 아래서 더위를 피하고 있었다.

"표범이 못 들어오게 하는 거예요. 불쌍한 개들도 가끔 밤에 들어오기도 하고요. 여기 표범이 많아요." 마르셀랭이 말했다.

닭장 오른쪽으로는 헐렁한 하얀색 원피스를 입은 작은 여자 아이가 솥 옆에 무릎을 꿇고 있었다. 녹슨 기름통 반을 잘라 만든 솥에는 물과 카사바잎이 가득 담겨 끓고 있었다. 사카사카를 만드는 중이었다.

"내 손녀예요!" 자비에 바그가 말했다.

손녀가 우리를 보더니 반들거리는 작은 이마를 원피스 소매로 슥 문질러 닦고 무심한 웃음을 지어 보이고는 나뭇가지를 불에 올려놓았다.

노인은 헐거운 운동화를 신고 뭔가 비밀스러운 막사 같은 것을 지나 본채에서 약간 떨어진 곳에 있는 널조각에 수직 기둥을 세워 만든 부엌으로 우리를 안내했다. 부엌에서는 연기가 피어오르고 있었다. 고리버들로 엮어 만든 1미터 정도 높이의 먼지막는 막이 쳐진 부엌 앞에는 두 명의 피그미가 있었다. 노파와 딸이 두 개의 얇은 통나무 위에 허리는 곧게 편 채로 허벅지를 올리고 앉아 있었다. 라피아 치마는 뒤에 몰아놓고 장난감 배처럼 생긴 구유에 카사바를 빻고 있었다. 중년 후반으로 보이는 뚱뚱한 여자도 있었는데 맨발에 낡은 노란 드레스를 입고 머리에는 땋아 만든 푸른 스카프를 두르고 있었다. 손에는 하얀 에나멜 그릇을 들고 겁에 질린 눈으로 우리를 쳐다봤다.

"내 둘째 마누라예요." 자비에 바그가 말했다. 그 생각만으로도 활기가 싹 사라지는 것 같았다.

바그 부인은 우리에게서 눈을 떼지 못했다. 처음에는 래리를, 그다음으로는 나를 뚫어지게 쳐다봤다. 그녀의 눈에 비친 오후 햇살이 어둑해지며 이른 땅거미로 변하더니 캄캄한 정글의 밤이 되었다. 그녀의 입가 주름은 종려나무의 죽은 잎처럼 고집스럽게 아래로 축 처져 있었다. 그녀의 어깨가 올라가고 양팔이 옆구리에 딱 붙자 그녀가 들고 있던 빈 그릇이 앞으로 기울어지며 손에서 미끄러져 탕 하고 바닥을 치고 다시 위로 튀어올랐다.

우리 네 사람은 마치 표범 냄새를 맡은 개처럼 얼굴은 정면을 향하고 걸음은 조심스럽게 한 발짝씩 뒤로 물러나 연기 뒤에 있는 바그 손녀 쪽으로 후퇴하고 있었다. 아마도 바그의 둘째 부인은 프랑스인을 좋아하지 않는 모양이었다. 늙은 피그미 노파의 가슴이 팔딱거리고(가슴은 올라붙은 배의 쑥 들어간 부분 위로 흘러넘치듯 올라왔다가 반대쪽으로 흘러내렸다), 그에 따라 큰 웃음소리가 진동했다. 그 웃음은 아마도 몇 주 동안 계속될 농담의 첫 진동이었을 것이다. 부부가 함께 사는 오두막에 널린 집단 상상 속의 프랑스인 유령, 아마도 모든 대화를 방해하고 모든 추억을 침범할 그러한 유령이 오래전에 바그 부인을 육중하게 내리눌렀을 것이다. 그런데 그 유령이 실제로 눈앞에, 자기 바로 코앞에 예고 없이 나타나자 특별하고 개인적이며 내면적이고 전면적인 온몸의 진동이 마침내 터져나오고, 억눌렸던 소리가 고개가 뒤로 젖혀질 만큼 큰 비명으로 터져나오게 된 것이다…….

연기가 피어오르는 다른 편에서 래리가 말했다. "우리를 좋아하는 것 같지 않군."

우리는 찌르레기 무리처럼 함께 몸을 돌려 오두막에서 더 먼 곳으로 향했다.

다시 길에 들어서자 자비에 바그가 가슴이 뜀박질하는 것처럼 말했다 "내 둘째 마누라는 아주 드세요. 아주 강하지." 그는 길 건너편에 있는 무코를 발견하고 얼굴이 환해졌다. "무코!" 그가 소리쳤다. 그리고 우리 쪽을 향해 말했다. "친구들이여, 걱정 마시게. 내 다른 아내가, 다른 아내만 여러분 음식을 준비할 거예요. 나한테 맡겨두시오."

래리가 모자를 벗으며 말했다. "독이라도 넣는다면……."

"나는 단 한 명의 아내만 있어요." 마르셀랭이 가쁜 숨을 몰아쉬며 가까스로 일반적인 여자들, 특히 부인 때문에 자기가 도망가야 했던 적은 없노라고 말했다. "자비에 바그, 아내를 잘 관리해야지요."

노인은 현명하게도 마르셀랭의 말도 안 되는 조언을 못 들은 체하며 우리 쪽으로 다가오는 무코를 반겼다. "내 피그미! 내 피그미야!"

마르셀랭이 다시 힘이 났는지 머리를 거만하게 치켜들고 말했다. "그건 있을 수 없는 일이에요. 무코는 당신의 피그미가 아니에요. 그냥 무코예요. 당신이나 나하고 똑같은 사람이라고요. 이 나라에서 다른 사람을 소유하는 것은 법적으로 금지예요."

자비에 바그는 어깨를 한 번 으쓱하고는 손뼉을 치며 말했다. "내 피그미!"

무코는 어색한 포즈로 달려와 노인 앞에 어정쩡하게 미소 지으며 섰다. 무코는 마을의 유니폼으로 갈아입고 있었다. 허벅지까지 내려오는 긴 갈색 셔츠에 자기 발보다 세 치수는 큰 끈 없는 파란색 운동화 차림이었다. 오른손에는 자기가 받은 급료를 쥐고 있었다.

"무코의 아버지는 내 아버지의 피그미였고, 무코의 할아버지는 내 할아버지의 피그미였어." 노인은 돈을 받아 주머니에 넣으며 말했다.

무코는 몸을 웅크리고 구부정한 모습으로 오두막 뒤로 사라졌다.

"야자술!" 노인이 이렇게 말하며 우리를 안으로 안내했다. 어둑어둑한 오두막 안으로 들어오자, 그는 테이블 하나에 빙 둘러진 네 개의 나무의자에 앉으라고 손짓하고는 이중 커튼이 달린 뒷방으로 사라졌다.

"바닥이 울퉁불퉁해." 래리가 앉으면서 말했다. 의자가 튀어올라 있었다.

"마르셀랭 아냐냐! 나와서 이야기 좀 합시다. 얼른 나오쇼." 밖에서 앙투안의 목소리가 들렸다. 마르셀랭이 다시 햇빛 속으로 들어갔다.

래리가 모자를 바닥에 떨어뜨리고 팔꿈치를 테이블에 대고 손에 머리를 괴고 말했다. "그랜드 유니언에 가고 싶다."

"운하 말이야? 좋지! 정말 멋지겠지? 쇠물닭, 검둥오리도 있고 댕기흰죽지오리도 있을지 몰라. 밤에 횃불을 들고 갈 수 있을 거야. 갈대밭 조용한 곳에 가면 도롱뇽도 정말 많아. 운이 좋으면 뿔논병아리도 볼 수 있을지 몰라."

"운하 이야기가 아니야, 멍청하긴." 래리가 싫증이 난다는 듯
말했다. "우리 지역에 있는 식료품점이야. 친숙한 사람들은 그냥
'GU'라고 부르지. 거기 가서 바게트를 사는 거야. 그런 다음 길
게 잘라서 그 안에 얇은 칠면조고기를 겹겹이 넣는 거야. 그 위
에 디종 머스터드를 뿌리고 로메인 상추, 얇게 저민 토마토, 그
리고 그랜드 유니언이 만든 체다 치즈를 올리는 거지."

마르셀랭과 앙투안이 목소리를 낮춰 입구 쪽에서 빠르게 이
야기하는 소리가 들렸다.

래리가 말했다. "아삭아삭하고 시원한." 그는 몸을 숙여 모자
를 집어 들고는 테이블 위 자기 자리에 놓았다. "그리고 가질 수
없는. 절대로. 전혀."

"야자술! 옥수수술!" 자비에 바그가 에나멜 주전자 두 개와
에나멜 컵 네 개를 쟁반에 담아서 커튼 사이로 부산스럽게 나오
며 소리쳤다.

"너무 귀해서 차마 손에 닿을 수 없는 술이지." 래리가 모자를
응시하며 말했다.

마르셀랭이 다시 안으로 들어와 앉았다. "짐이 다 도착했어
요. 벽에 기대놓았어요."

자비에 바그는 살짝 노란색이 감도는 투명한 옥수수술을 하
얀 컵에 따랐다. 딴생각에 빠져 있던 래리가 마르셀랭에게 영어
로 말했다. "아까 그 일, 정말 말도 안 되지 않나? 무코하고 돈
말이야. 무코는 대단한 사람이야. 내 눈엔 젠장할 영웅이라고."

"무코는 영웅이 아니에요." 마르셀랭이 술잔을 양손에 쥐고 킁킁거리며 말했다. "내가 바그에게 말한 것처럼 무코는 다른 사람하고 똑같아요. 당신과 나처럼요. 밤에는 다른 피그미들의 아내 뒤꽁무니나 쫓아다니는 그런 사람이에요. 그 여자들한테 이렇게 말하죠. '나는 돈에 대해 좀 알아. 마르셀랭 박사와 백인 남자들하고 일하고 있어. 나는 반투인이야. 그리고 넌 그냥 피그미지.'"

"무코, 무코, 무코." 바그가 이렇게 말하며 자기 잔을 비웠다. 래리와 나한테는 사과의 뜻으로 고개를 까딱하고는 야자술로 자기 잔을 다시 채우고 오른편에 앉은 마르셀랭을 보며 긴장을 풀고 여유롭고 유창하게 카카어로 말했다.

"자, 이제 시작이다. 카카어. 독. 복잡한 문제." 래리가 건너편 옥수수술 주전자에 손을 뻗으며 말했다.

그늘진 실내에 적응되자 맞은편 벽이 눈에 들어왔다. 머리 정도 높이의 눈에 잘 띄는 곳에 프랑스 의학 잡지에서 찢은 광고가 걸려 있었다. 한쪽은 눈구멍이 움푹 파이고 한쪽은 눈알이 달린 플라스틱 해골이 이편을 쏘아보고 있는 사진이었다. 전해져오는 말에 따르면 눈알은 뺄 수 있고 두개골은 원한다면 두 조각으로 쪼개진다고 했다. 해골 아래는 좀 더 작은 크기의 가족사진이 줄지어 있었다. 아마도 오래전 브라자빌 사진관에서 찍은 것처럼 보였다. 하얀 배경에 형식을 갖춰 찍은 것이었다. 검은 볼펜으로 남자들의 셔츠 앞자락에, 여자나 아이들의 양팔에 X표를 해놓은 것을 보니, 아마도 가족의 대부분이 죽은 듯했다.

"래리, 레드몬드! 자비에가 말하겠는데, 나의 첫째 부인이 오늘 밤 우리에게 영양고기 요리를 만들어줄 겁니다. 하지만 지금은 마을의 어르신, 진짜 조상이신 피에르 웰리아를 만나러 가야 합니다. 지금이 면담 시간이기 때문에. 그의 손자가 파이프에 불을 붙여줄 겁니다. 자, 서둘러요!"

"저는 사양하겠습니다. 괜찮다면 카카어는 그만. 나는 그냥 밖에 텐트를 치고 있겠습니다." 래리가 휘적휘적 일어나며 말했다.

"좋아요, 좋아." 마르셀랭이 문 쪽을 향하며 말했다. "레드몬드만 와요. 내 다이어리, 파란 노트를 가지고 갈게요. 레드몬드는 담배하고 닭 한 마리 값으로 500세파프랑을 가져와요."

밝은 빛 아래 오두막 벽에 기대놓은 약품 가방에서 발칸 소브레니 한 통을 찾아 뭔가 분주하게 행복해 보이는 래리를 뒤로 하고, 마르셀랭과 함께 협곡의 왼쪽으로 길을 따라 걸었다. "마르셀랭, 당신 텐트에 안을 들여다볼 수 있는 구멍이 나 있어. 말도 안 돼. 수준 이하야." 우리 뒤에서 래리가 소리쳤다.

베란조코의 염소와 닭 들이 기운 좋게 늦은 오후 산책을 하고 있었다. 겉만 봐서는 아무것도 없어 보이는 땅을 야금야금 뜯고 콕콕 쪼며 오두막 사이를 천천히 이동하고 있었다.

일곱 살쯤 돼 보이는 작은 소년이 우리 앞 오두막 입구에서 나와 마르셀랭을 향해 달려와 그 앞에 섰다. "마르셀랭 박사님." 아이는 비틀거리며 자기 맨발을 바라보다가 먼지 낀 빨간 반바지를 들어 올리고 작은 손으로 목덜미를 긁었다.

"무슨 일이야?" 마르셀랭이 쪼그려 앉으며 물었다.

"아버지가, 약속을 했는데……."

"아, 물론! 탄환통!" 마르셀랭이 주머니를 뒤졌다.

아이는 15센티미터쯤 떨어져 목을 죽 빼고 마르셀랭 손바닥에 놓인 빨간 대롱을 유심히 살펴봤다. 끝은 반짝반짝 빛나는 황동으로 돼 있었다. 신비로운 상형문자에, 왠지 몽롱하게 만드는 주름 하나 없이 매끈한 모양에 끝에는 총안이 나 있었다.

"가져가렴. 이제 네 거야." 마르셀랭이 나긋나긋 말했다.

아이는 양손으로 탄환통을 쥐고는 가슴팍에 소중히 꼭 안고 마르셀랭 얼굴을 초조하게 살폈다. 누군가 화가 나서 이 소중한 보물을 언제라도 다시 뺏어갈지 모른다고 생각하는 듯, 너무 긴장해서 눈물을 와락 터뜨리며 엄마가 있는 오두막으로 냅다 달려갔다.

"아이가 근시예요." 마르셀랭이 이미 자리 잡고 있는 염소(고개는 숙이고 꼬리를 흔드는) 무리를 피해가며 말했다. "그런 간단한 일에 대해선 생각 안 해봤겠죠? 여긴 안경이 없어요. 저 아이가 당신이 너무도 당연하게 생각하는, 지금 쓰고 있는 그런 안경 같은 걸 쓰게 되는 일은 결코 없을 거예요. 평생을 자욱한 안개 속에 살게 되겠죠. 사냥도 할 수 없고 농장에서 제대로 된 일도 할 수 없어요. 할 수 있는 게 아무것도 없죠. 사무실에서 일할 수도 없고 시계수리공도 될 수 없어요. 여자도 만날 수 없겠죠."

"그럼 어떻게 되는 건가?"

"마법사가 되거나 가수, 이야기꾼, 아니면 그 셋이 동시에 될 수 있겠죠. 하지만 어려운 일이에요. 시력이 안 좋은 것만으로 되는 게 아니니까. 타고난 재능이 있어야 하죠."

강을 향해 있는 오두막은 다른 오두막들보다 컸다. 역시 더 큰 경사진 지붕이 나무기둥에 받쳐져 30센티미터 높이의 베란다를 덮고 있었다. 오두막들 중 한 베란다에 초록색 티셔츠를 입은 몸집이 떡 벌어진 중년남자가 손을 무릎에 놓고 미동도 없이 자그마한 붉은 진흙 무덤을 응시하고 있었다. 진흙 묘비에는 십자가가 놓여 있었다. 십자가는 언덕 아래를, 강물을, 그를 내려다보고 있었다.

"마르셀랭?"

마르셀랭이 그에게서 들리지 않을 만큼 멀어지자 말을 꺼냈다. "네, 기독교인이에요. 선교사가 한 명 왔었죠. 그 남자는 기독교로 개종했어요. 사람들이 다 싫어했죠. 그 사람은 성체를 받았는데 그다음에 딸이 죽었어요. 열 살이었죠. 그때부터 매일 이 시간에 저렇게 앉아서 신에게 말하는 거예요. 제발, 왜 우리 딸이 죽었는지, 왜 우리 딸을 데려가셨는지 말씀해달라고요. 물론 아무 대답도 없죠. 앞으로도 없을 거예요. 차라리 마법사가 되었거나 주술, 마법, 마술, 애니미즘, 당신 백인들이 뭐라고 기가 막힌 이름을 만들어냈든, 그런 걸 믿었다면 나았을 거예요. 그러면 적어도 화라도 낼 수 있었겠죠. 뭐라도 할 수 있었을 거예요. 친구들은 그를 이해했을 거고 말이라도 건넸겠죠. 사람들은 그에게 뭘 해줘야 할지 어떻게 도와줘야 할지 알았을 거고요. 하지만 지금은 저렇게 저기 앉아 있는 거예요. 어찌 할 바를 모르고요……."

그때 우리 왼편 숲속에서 꽥 하는 새된 비명 같은 게 들려왔다. 수풀을 마구 가르며 회색 앵무새 한 마리가 있는 힘을 다해 소리 지르며 우리 머리 위를 낮게 날아갔다. 그리고 앵무새 꼬리, 빨간색 둔부 바로 뒤로 기다랗고 날렵한 몸체의 흰색과 갈색이 섞인 아프리카참매 한 마리가 느긋하게 먹잇감을 쫓고 있었다. 참매는 마치 교미 비행이라도 하듯 가까이서 먹잇감을 쫓아 오두막 건너편 밀림 속으로 몰아갔다.

"불길한 징조군." 마르셀랭이 웃다가 웃음을 거두며 이렇게 말했다. "그리고 그건 당신 잘못이에요. 우리 얘기 좀 해야 해요. 레드몬드한테 나는 화가 나 있는 상태예요. 다 괜찮아질 거라고 생각했지만 아직 화가 나요……."

그는 강에 다다르기 전 오른편에 있는 마지막 오두막 베란다에 올라섰다. 마을에서 가장 큰 오두막이었다. 늙은 피에르 웰리아가 가죽의자에 앉아 있었다. 울 느낌의 초록색 모자를 쓰고 장딴지까지 오는 검정 바지를 입고 슬리퍼를 신고 있었다. 그는 마르셀랭에게 고개를 끄덕하고 마치 우리를 기다리고 있었는데 우리가 늦게 왔다는 양 의자에 앉으라고 손짓했다. 우리는 베란다에 남은 두 개의 통나무에 앉았다. 우리 앞에는 젊은 여성들과 여덟 명의 아이들, 개 한 마리(하얀 가슴팍에 검정 무늬가 있고 발이 희며 보더콜리처럼 생긴)가 앉아 있었다.

피에르 웰리아의 의자 앞에는 높은 지위를 상징하는 다리가 세 개 달린 스툴이 있었다. 그 위에는 높이가 30센티미터쯤 되는 담배 묶음이 덩굴줄기에 묶여 있었고, 대나무로 만든 주둥이에 점토로 만든 기다란 대가 달린, 지위를 상징하는 정교한 파이프와 함께 그물코 모양이 세밀하게 조각된 재떨이가 놓여 있었다.

피에르 웰리아는 헛기침을 하고 왼편에 있는 화로에 침을 뱉었다. 뱃사공의 아들과 비슷한 나이로 보이지만 의식을 치른다는 특권 때문인지 행동이 더 확신에 차고 자신감 있어 보이는 피에르 웰리아의 손자가 말아놓은 담배를 뜯어 파이프에 넣고 엄지손가락으로 다듬은 다음, 화로에서 막대기 하나를 꺼내 파이프에 대고 길게 들이마셔 불을 붙였다. 몸을 웅크리고 기침을 하더니 침을 뱉고 막대기를 내려놓은 후 숨을 쌕쌕거리면서 파이프를 할아버지에게 건넸다.

피에르 웰리아는 의자에 기대 앉아 천천히 담배를 뻐끔거리며 눈을 감았다. 마르셀랭은 무릎에 파란색 수첩을 얹어놓고 주머니에서 볼펜을 꺼내 기다렸다. 한 피그미 여성이 우리를 지나쳐 강 쪽으로 향하고 있었다. 등에 고리버들 가지로 만든 바구니를 지고 머리에 끈을 둘러 지탱하고 있어 몸은 앞으로 구부정하게 기울어 있었다. 바구니 안에는 하얗게 벗긴 카사바 줄기가 넘칠 듯이 가득했다.

피에르 웰리아가 아직 눈을 감고 뒤로 기대 툴툴거리는 듯한 모노톤의 목소리로 말하기 시작했다. "우리 카카족은 아프리카 중앙, 응곰빌로라는 마을에서 왔지. 무슬림들에게 쫓겨 반다라는 곳으로 도망갔고, 반다족에게 쫓겨 그곳의 제일 끝까지 이동했어. 우리를 반다 땅으로 몰았던 카카족 추장인 베란조코가 반다족 추장을 만났어. 이 추장이 베란조코에게 말하기를, '우리 우정의 표시로 내 이름을 쓰도록 하라'고 했지. 베란조코는 이 제안을 거절하고 이웃한 응고디 부족과 전쟁을 시작했어. 그리고 응고디 추장을 토막내버렸어. 그런 다음 남쪽으로 이동하기로 결정하고 여기서 본다면 북쪽에 있는 이벵가 강 상류 쪽에 첫 번째 마을, 리바시를 세웠어."

여기까지 말하고 눈을 뜨고 똑바로 앉더니 계속했다. "백인들이 도착했어!" 그는 이렇게 소리치면서 나를 파이프대로 가리켰다. 모든 아이들이 공포 가득한 커다란 갈색 눈으로 몸을 돌렸다. "백인들은 이미 거기에 있었지. 강 하류 쪽 밈푸투Mimpoutou에 있었어."(옆줄에 앉아 있던 젊은 엄마가 나에게 안심하라는 듯 미소 지었다. 마치 "걱정 말아요. 그냥 역사 수업일 뿐이에요"라고 말하는 것 같았다.) "그런데 이 백인들이 뭔가를 알아챈 거야. 물살에 휩쓸려 강 위로 둥둥 떠가는 바나나 껍질을 본 거야. 그러자 이들은 '아하! 강 상류에 인간들이 사나 보다. 인간들은 바나나를 좋아하지!' 이러면서 서로서로 이렇게 말한 거야. '자, 우리 상류로 가보자. 이 사람들을 찾을 수 있을 거야.' 그렇게 해서 리바시가 발견된 거야."

노인이 스툴에 파이프를 올려놓고 오른손으로는 벨트에 매달아 바지 주머니에 넣어둔 시곗줄을 슬그머니 꺼냈다. 열쇠고리 줄이 주머니와 손바닥 사이에 언뜻 보였다. 길쭉하고 작은 갈색 털이었다.

"백인들! 그들은 베란조코 추장에게 사람들을 좀 더 하류로 이동시키라고 말했어. 자기들이 접근하기 쉽도록. 하지만 추장은 백인들과 함께하는 것을 거절했지. 그가 거절한 이유는, 그걸 어떻게 설명해야 할까…… 그 백인들의 피부색이 그들에게 신뢰를 주지 못했어!" 아이들은 추장의 생각에 공감하는지 다시 눈을 돌렸다. "리바시의 카카족을 발견한 이 백인들의 이름은 비앙조Bianzo와 코톨롱고Kotolongo였어. 그들은 유럽 옷을 주면서 우리의 전통 의상인 나무껍질로 만든 옷을 버리라고 했지. 이 제안은 말이 되는 것 같아서 오랜 회의 끝에 카카족은 받아들이기로 했어. 백인들이 준 옷은 응딤바ndimba라고 불렸는데, 라피아의 뿌리로 만든 거였어. 그리고 베란조코 추장은 두 명의 사절을 그 백인들이 살고 있는 강 하류의 바스Bas까지 보냈어. 그 일 이후 모든 사람들이 하류로 갔고 베란조코라는 마을이 탄생했지. 바스(밈푸투) 사람과 봉장가스Bonzangas 사람들은 교역을 위해 몇 번 왕래했지. 밀림에서 잡은 고기와 농장에서 나온 카사바와 바나나를 교환했어. 마모쿠에Mamoquet라 불리는 백인 남자가 다른 백인 남자 마용가 기통Mayonga Giton을 데려왔어. 그리고 그들은 베란조코에 첫 교역소를 차렸어. 그렇게 해서 식민 정부에서 우리에 대해 알기 시작했고 우리 이름으로 명부를 만들었지. 정부는 고무를 채집하는 것 같은, 우리의 특정 활동에 관심을 갖기 시작했어. 그 덕분에 우리는 돈 좀 벌었고 그래서 교역소에서 백인들의 물건을 살 수 있었어. 백인들은 부족 사람들과 일을 나누었어. 그 사람들이 쓴 부족은 반다족, 응고디족, 음바콜로족Mbakolo, 그리고 카카족이었지. 카카족에게 커다란 통나무배를 만들게 해서는 베란조코에서 동구까지 노를 저어 오가게 했어. 먼 거리지! 우리한테 이 일은 힘들었어. 왜냐하면 우리는 강 사람들이 아니었으니까. 하지만 그렇게 해야 돈을 벌 수 있고, 돈을 벌어야 교역소에서 물건을 살 수 있었어. 우리는 백인들이 산 고무를 싣고, 아내들과 함께 커다란 배에 타고 강 하류의 동구까지 먼 길을 가야만 했어." 노인이 잠깐 이야기를 멈추고 이렇게 물었다. "자, 그다음 이야기는 누가 해주겠나? 그다음에 어떻게 해야 했지?" 노인이 맨 앞줄에 개와 함께 앉아 있는 작은 소년을 보면서 말했다.

"그 사람들은 돌아왔어요!" 아이가 카카어로 대답했다. (옆에 앉은 마르셀랭이 나에게 통역해주었다.) "그 사람들이 돌아왔어요. 왜냐하면 개를 두고 갔거든요." 아이는 이렇게 말하고 팔을 들어 개의 목을 감싸 안았다. 개는 반은 꼬리를 흔들고 반은 목이 졸려 일어나서 몸을 비틀어 빼고는 미안한지 아이의 무릎을 핥았다. 그러더니 다시 아이의 발 위에 누웠다.

"그래, 그들은 물살을 거스르며 매번 그 먼 거리를 오가야 했어. 하지만 그럼에도 다른 부족들, 반다족, 음바콜로족, 응고디족은 백인들을 어깨에 태우거나 의자에 태운 채 운반해야 했지. 그래서 그 사람들은 이런 분업이 부당하다고 생각했고 카카족에게 뭔가 행동을 취해야겠다고 결정한 거야. 그래서 그들은 콩고알라Congoala라 불리는 물신物神을 찾아 떠났어. 백인들을 상대로 싸우기 위해서 말이야. 카카족의 추장 만진자키Manzindzaki는 반다족 추장 코만다Komanda의 계획을 받아들이려 하지 않았어. 그러자 코만다 추장은 카카족과 백인 양쪽 모두에게 전쟁을 선포했어. 카카족의 한 무리가 콩고알라의 힘을 믿고 반다족에게 합류했어. 그리고 주물이 준비되었지. 정확히 이 시간에!"피에르 웰리아는 이렇게 소리치며 왼손을 무덤이 있는, 비탈길의 오두막을 가리켰다(관절염 때문에 혹이 툭 튀어나와 있는 오른손은 굳게 쥔 채 오른 무릎 위 길쭉한 털 뭉치 주변에 놓고 있었다). "바로 저기 고무를 사고팔던 교역소에서, 바로 오늘 같은 날!" 아이들은 똑바로 앉아 다음에 나올 이야기를 기대하고 있었다. 그들은 이미 잘 알고 있는 이야기였다. "반다족이 공격했지!"

"으악. 휙!" 아이들이 소리쳤다.

"우우우" 마르셀랭도 소리치고 나를 향해 크게 웃었다.

"백인들이 총을 집어 들었어! 탕! 반다족 한 명이 죽었어! 탕! 반다족 두 명이 죽었어!"

웅크리고 있던 개가 끙끙거리며 길게 누웠다.

"반다족은 자기들이 안전할 줄 알았어. 콩고알라가 있었으니까. 그 주물이 총알이 뚫고 들어오지 못하게 할 거라고 믿었어. 이렇게 패배한 후 반다족은 물러났어. 반다족, 음바콜로족, 응고디족 모두 북부로 영원히 물러났어. 카카족은 그들의 땅에서 평화롭게 살게 됐지. 더 이상 반다족의 친구도 아니었던 거야."

"사말레는 어떤가요? 사말레가 도움이 되었나요?" 내가 물었다.

피에르 웰리아가 나를 똑바로 쳐다보며 날카롭게 말했다. "사말레는 신비의 동물이오." 그는 왼손으로 초록색 울 모자를 이

마 뒤로 툭 밀며 계속해서 말했다. "사말레는 반다족에 기원을
두고 있소. 그 물신은 반다족의 보호와 안전을 위해 취해진 거
요. 한 여자가 사말레의 힘을 발견했소. 그리고 그 힘을 남편에
게 주었소. 그리고 그 남편이 다른 사람들을 위해서 사악한 목
적이 아니고, 그들의 보호를 위해 사말레라는 상징을 만든 거요.
당신들의 기독교도가 이 땅에 왔을 때, 기독교와 전도사들은 문
제없이 받아들여졌어요. 그리고 모두 기도하기 시작했지. 그건
이들이 신을 다른 모든 혼령들의 기원이라 생각했기 때문이오.
카카족은 처음으로 모타바 강과 이벵가 강 밀림을 개척해 살기
시작했소. 그다음에 피그미들이 북부로부터, 바칸도와 바코타의
영토로부터 오기 시작했소. 반투족의 이동을 따라온 거지. 베란
조코는 카카어로 '코끼리의 일'이라는 뜻이오. 코끼리를 잡아 도
살하고 고기를 만드는 것이지. 이건 매우 어려운 일이오."

"지금은 어떤가요?" 마르셀랭이 말했다.

"지금? 마을의 생활? 지금 늙은 사람들은 아이들과 손자들이
이제 그들을 대신해 마을을 계속 수호해갈 거라 생각하지. 왜냐
하면 이곳이, 이곳만이 조상들의 영혼이 살아 있는 곳이기 때문
이야. 도시로 공부하러, 일하러 떠났던 자식들이 일선에서 은퇴
하고 난 뒤에는 마지막 나날을 이곳에서 보내기 위해 돌아오지.
그러면 그들의 혼이 조상들의 혼령과 합쳐지는 게지. 그들은 오
두막에서, 마을 회관에서, 농장에서, 밀림의 끝에서 다시 한 번
아버지와 할아버지와 이야기를 나누지."

노인은 시계와 열쇠고리, 그의 손바닥에 있던 물건들을 다시

주머니에 넣고는 몸을 앞으로 기울이고 오른손으로 손자의 머리를 부드럽게 살짝 쓰다듬고는 자리에서 일어났다. 그러더니 눈을 감고 신부가 하듯이 손바닥을 아래로 한 채 청중들 위로 양팔을 쭉 뻗었다. "베란조코 마을은 영원하리라! 조상들의 땅은 결코 버려지지 않으리라!"

마르셀랭이 행복한 웃음을 지으며 내 갈비뼈를 쿡 찔렀다. 그리고 래리의 억양을 흉내 내 영어로 말했다. "빗물 배수관, 지하 배수로!" 노인이 피곤한 얼굴로 자리에 앉아 낡은 가죽의자 뒤로 몸을 기댔다.

수업이 파하자 아이들이 뛰며 왁자지껄 떠들어댔다. 여자아이들은 왼편, 남자아이들은 오른편, 두 그룹으로 나뉘어 여자아이들은 걷고 남자아이들은 뛰며 도로로 나갔다. 앞줄에 있던 남자아이가 자기보다 덩치가 큰 세 아이 뒤에서 전속력으로 달렸고, 개는 꼬리를 세우고 그의 뒤를 따라 느릿느릿 걸었다.

여자 두 명이 웃으며 아이들만큼이나 빠르게 뭐라고 말하면서 통나무들을 쌓기 시작했다. 역사나 지식은 사람들을 자기 자신에게서 빠져나오게 하고 행복하게 한다는 생각이 들었다. "정신 차려요. 멍하게 쳐다보고 있지 말아요. 최면에 빠지지 말고. 담배하고 500세파프랑이나 스툴에 얹어놓고 악수하고 가요."

자비에 바그의 집까지 반쯤 갔을 때 용기를 내서 물었다. "마르셀랭, 왜 나한테 화가 난 거지?"

마르셀랭이 누군가 엿듣고 있기라도 한 것처럼 슬쩍 뒤를 보고는 말했다. 그는 고개를 살짝 숙이고 어깨를 앞으로 무너뜨려 몸을 웅크렸다. "전에 내 정신은 명징했어요. 의식도 그랬고요. 세상에 맞닥뜨리기 두려운 것은 없었어요. 어디든 걸어 다닐 수 있었어요. 아무것도 두려워하지 않고 말이에요."

"남편들 말하는 건가?"

"남편들!" 마르셀랭이 내 말을 묵살하는 쓴웃음을 지으며 발치를 바라봤다.

"그럼 뭐가 문젠가?"

왼편에 있는 도랑에 두 남자아이가 서서 파파야 중간을 앞뒤로 차며 짧은 창으로 찌르려고 애쓰고 있었다.

"레드몬드가 나한테 문제를 안겨줬어요. 할아버지 집에서 그날 밤에요. 그 주물 말이에요. 난 그걸 원하지 않았어요. 항상 거부해왔다고요!"

"그게 뭐가 문젠가? 주물이 무슨 문제가 있어?"

"짜증나는 고약한 진보주의자 같으니라고." 마르셀랭이 땅에서 눈을 떼지 않은 채 진심으로 강하게 조용히 말했다. 내심 흠칫 놀랐다. "주물이 무슨 문제가 있어?" 마르셀랭이 내 목소리 톤을 흉내 내며 조롱하듯 반복했다. "다 문제예요. 나는 그걸 내 주머니에 넣고 다녀요. 꼭 가지고 다녀야 해요. 그걸 잃어버리면 박살 날 거라는 걸 잘 아니까. 내 주머니에 넣고 다닌다고요. 텔레 호수를 생각할 때마다 그리고 두려움이 밀려올 때마다 그걸 만져요. 그럼 기분이 나아져요."

"그럼 좋은 거 아닌가? 안 그래?"

"좋다고요? 당연히 안 좋죠! 한번 그런 말도 안 되는 걸 시작하면 멈출 수 없어요. 마음의 평화를 잃게 되고 이성도 잃게 돼요. 똑바로 생각할 수도 없고 생각 없이 행동하게 돼요. 밤에도 창을 쥐게 돼요. 바보 같은 일을 하게 된다고요. 텔레 호수에 가면요, 가슴에 총알을 맞게 돼요. 교역소의 그 반다족 사람처럼요!"

"하지만 마르셀랭의 다른 보호물은 어떤가? 그 신성한 동물 말이야. 악어? 그때 증기선에서 그렇게 말하지 않았나? 부채꼴 갑판에서 그날 밤 마리하고 위스키를 마시면서 말이야. 그때 마르셀랭이 왜 박사학위를 위해 악어에 대한 연구를 하고 있는지, 왜 마르셀랭에게 그리고 조상들에게 악어가 그렇게 특별한지 알게 될 거라고 하지 않았어? 악어가 무슨 의미인지 내가 알게 될 거고, 그걸 마카오라는 곳에서 알게 될 거라고 했어. 그래, 알게 됐어. 도쿠가 우리에게 말해줬지."

마르셀랭이 소리를 빽 질렀다. "순 거짓말쟁이!"

깜짝 놀란 염소 한 마리가 협곡 쪽으로 내려갔다.

"당신은 거짓말쟁이에요." 마르셀랭은 주위를 둘러보며 속삭이는 듯 목소리를 낮췄지만 강한 어조로 쉭쉭 소리를 내며 말했다. "파리의 자연사박물관에서 박사학위를 받기 위해 아프리카 긴코악어에 대해 연구하고 있다고 했어요. 악어의 생장률에 대한 비교연구를 하고 있다고요. 나는 과학자예요. 나는 악어의 무엇이 어떤 의미를 갖는다고 말한 적 없어요." 마을 회관을 막 지나며 마르셀랭이 멈추더니 두어 걸음 떨어져 내 얼굴에 대고 소리를 질렀다. "말도 안 돼요. 다 헛소리! 거짓말쟁이!"

그때 래리가 텐트 덮개에서 쑥 나오며 물었다. "여기 어디 성질내기 콘테스트라도 열린 거야? 내가 제일 좋아하는 팔걸이의자에 앉아 15년산 글렌모란지 위스키 마시며《댈러스Dallas》볼 준비를 하고 있는데 말이야. 두 사람이 날 방해했어. 두 사람 목소리가 마을 전체에 쩌렁쩌렁 울렸어!"

래리가 우리를 따라 오두막으로 들어가 빈 테이블에 앉아 있을 때 마르셀랭이 이렇게 말했다. "그리고 한 가지 더 이야기해야 할 게 있어요. 빨리요. 앙투안에 대한 거예요. 앙투안하고 미셸이요."

래리가 작고 검은 털이 조금 난 견과 한 움큼을 테이블 위에 놓고 달그락거렸다. "야자 씨앗이야." 래리가 통통한 손가락으로 한 알을 들고 엄지로 평평하게 누르며 말했다. "야자 열매를 끓여 야자유를 만들고 이건 버리지. 텐트 주변 사방에 이게 널렸어. 이게 마음에 들어. 그래서 모으고 있어. 모두 껍질에 세 개 정도 고르지 않게 움푹 들어간 데가 있어. 대충 계산해서 스무 개당 하나에서 그 패턴이 얼굴 모양으로 보여. 지금까지 그 얼굴은 다 달랐어. 한번 봐봐." (음흉한 얼굴을 한 견과 하나.) "그래서 말인데, 내가 여기서 나가게 될 수만 있다면 말이야." 래리는 그 견과를 다른 견과들과 뭉쳐 줄을 세우기 시작했다. "나는 내 얼굴하고 비슷한 얼굴을 모아볼 거야. 그런 다음 언제라도 내가 어딘가 갇혔다고 느껴질 때면, 끝이 없는 행정 업무나 망할 놈의 건축물, 세계대전 전에 나온 재조립하기 까다로운 자동차 기어박스 등 그런 일에 꼼짝없이 갇혀 있다고 느껴질 때면 말이야.

가서 내 사무실 책상 위에 줄지어놓은 이 절망적인 얼굴들을 쳐다볼 거야. 그리고 이렇게 말할 거야. '섀퍼, 지금 네가 어딘가 갇힌 것 같아? 하지만 기억해봐, 섀퍼, 네가 베란조코에 진짜로 갇혀 있을 때를 말이야. 카누도 없고, 도망갈 방편도 없고, 아무것도 없었을 때를. 통나무배를 만들 나무 부스러기 흔적도 없을 때를 말이야. 신이 레드소만을 위해 보내신다는 쪽지—왜냐하면 레드소는 언제나 명랑하고 마음씨 좋은 녀석이니까, 못생긴 여자를 구원해주는 도련님이니까—가 붙은 통나무배가 우리를 기다리고 있다는 소문 한 자락도 없이 갇혀 있었던 때를 생각해봐.' 이렇게 말할 거야. 그리고 내 짧은 소견을 말하자면 적어도 이 부근에서는 천사가 착지를 허락해달라고 요청하는 징표는 하나도 없었네. 맙소사, 레드소, 내가 경고하지 않았어? 정말이지 내가……."

"앙투안 이야기예요." 마르셀랭이 테이블 상석에서 몸을 기울이며 더 큰 소리로 반복했다. "빨리 말할게요. 바그가 들어서 좋을 게 없어요. 앙투안이 오늘 나한테 뭔가를 요청했어요. 그들이 짐을 갖고 왔을 때 오두막 바깥에서요. 왜 그러는지 이해할 수 없지만 앙투안이 레드몬드 당신이 자기한테 염소 한 마리를 사줄 것을 요구해요. 제의를 위한 희생물로 쓰려나 봅니다. 비밀스럽게 준비하고 있어요. 나도 잘 모르겠어요. 하지만 우리는 거절할 수 없어요. 왜냐하면 우리가 바그 집에서 머물고 있기 때문이에요. 우리는 바그가 준 야자술과 옥수수술을 마시고 취했고, 오늘은 어두워지고 나면 그 사람하고 같이 영양고기를 먹을 거예요."

래리가 야자 씨앗을 한 손에서 다른 손으로 주르륵 따르듯이 옮기며 말했다. "무슨 말인지 잘 모르겠는데."

"모르겠어요?" 마르셀랭이 초조해하며 물었다. "내가 말 안 했어요?"

"복잡한 문제?" 래리가 주사위처럼 너트를 앞뒤로 흔들며 말했다.

"그래요, 복잡한 문제. 바그, 자비에 바그가 그의 가족 중 젊은 남자들, 같은 혈통의 젊은 남자들을 그날 밤 앙투안의 삼촌이 자고 있던 오두막에 데려가 앙투안의 삼촌을 침대에서 밖으로 질질 끌고 나와 막대기로 죽을 때까지 때린 바로 그 사람이에요."

침묵이 흘렀다.

래리가 말했다. "그게 우리와 연관이 있는 건가?"

"모르겠어요. 확실하지 않아요. 큰 문제가 있을 것 같진 않아요. 누가 피를 보거나 하진 않을 거예요. 나는 살인, 복수 같은 건 상징적인 거라고 생각해요. 피도 상징적인 거예요. 앙투안과 미셸은 우리와 함께 여기 오길 원하지 않았어요. 마카오의 추장이 시켜서 한 거죠. 게다가 복잡한 문제예요, 마법과 관련된 일은요. 언제나 의심은 있기 마련이에요. 앙투안도 속으로 그렇게 생각할지 몰라요. '삼촌이 사실은 진짜 마법사였을지도 몰라. 어두워서 잘 안 보였잖아? 그러니 내가 어떻게 알겠어?' 하지만 아무튼 지금 우리는 바그의 집에 있고 그를 보호하고 있어요. 그러니 내가 마카오 추장의 마음을 알았을 때, 도쿠가 추장의 머릿속에 피의 대결, 복수심이 가득하다고 했을 때 처리해야 했어요. 나는 계획이 있었어요. 하지만 이런 작은 일과는 별도로 대체로 외지인들은 비난의 표적이 되기 쉬워요. 편리하니까요. 나쁜 혼을 갖고 왔다고 말할 수 있죠. 무슨 일이 일어나든 외지인이 했다고 할 수 있어요. 외지인은 그 일에 대해서 전혀 아무것도 모를 수 있고요. 어떻게 해서든 외지인 잘못이 돼버리는 겁니다. 몇 년 전에 일어난 일부터 시작해서요. 외지인은 혼령이 겉으로 나타난 게 되는 겁니다. 그래서 낮에는 독으로, 밤에는 쉭쉭 마체테로 그렇게 없애버리는 거예요. 외지인은 죽고 나머지 모든 사람은 행복하게 되고 마법사는 문제가 해결됐다고 말하는 거예요. 과거의 적들이 한데 모여요. 몇 년 만에 처음으로. 그리고 서로 이야기하죠. 가족들도 다시 뭉치고요. 마을의 삶은 훨씬 나아지는 거예요."

래리가 말했다. "그렇군. 근사하군." 그런 다음 덜 격식을 차린 목소리로 말했다. "고마워."

"내 생각에 우리는 무사할 것 같아요." 마르셀랭이 왼쪽 손등에 있는 딱지를 떼어내더니 오른 집게손가락과 엄지의 통통한 부분에 묻은 피를 빠는 데 정신이 팔린 채 말했다. "진짜 위험한 사람은 앙투안이에요. 미셸이 그를 도울 거고요. 하지만 그들은 이 오두막으로 들어와야 해요. 바그가 표적이면요. 하지만 이 집은 마을에서 가장 튼튼하고 앙투안이 오지 못하게 막을 수 있죠. 그리고 우리는 밖에서 잘 거예요. 텐트 안에서 안전하게요. 거기는 못 올 거예요."

래리가 말했다. "총은 누가 갖고 있지?"

마르셀랭이 일어서며 말했다. "내가 갖고 있어요. 문제없어요. 내 텐트 안에 숨겨났어요. 자, 이제 레드몬드는 가서 염소, 희생 제물을 살 돈을 준비해줘요. 어두워지기 전에 앙투안한테 가져다줘야 해요. 앙투안이 어디 있는지 알아요. 어디 숨어 있는지 알아요. 하지만 앙투안이 뭔가 핑계를 대며 총을 달라고 하면 그건 우리한테 썩 기분 좋은 일이 아니에요. 불길한 징조예요."

방 한가운데 낮은 서까래에 매단 야자유 램프와 테이블 가운데에 놓인 작고 하얀 초 두 개의 빛으로 우리는 야자술을 마시고 삶은 영양고기와 카사바, 사카사카를 먹었다. 하얀색 원피스를 입은 바그의 손녀딸과 첫째 부인이 우리의 시중을 들었다. 바그의 첫째 부인은 바그만큼 늙고 깡마르고, 허리가 거의 꼽추처럼 굽었다. 척추가 앞으로 구겨지듯 접혀 있었다. 아마도 단순한 칼슘 부족이 문제일 것이다. 요오드 부족증도 있어 보였는데, 목에 갑상선종이 있었기 때문이다. 왼편 엽이 오른편 엽보다 컸다. 그녀의 몸에서 유일하게 풍만한 곳이었다. 그녀가 입은 빨간색 서양식 드레스는 틀림없이 오래전 그녀가 크고 몸이 곧았을 때 샀을 것으로 보였다. 지금은 너무 커서 앞면이 속이 텅 빈 것처럼 헐렁하게 늘어졌다. 면으로 된 뒷면은 그녀의 혹 위로 너무 타이트하게 잡아당겨져 반원 모양이었을 소매 솔기가 삼각형 모양이 되어 당겨져 있었다. 저런 자세로는 척추가 계속해서 조이고 신경이 눌릴 텐데 양약 진통제 없이 그녀는 미소 짓고 웃고 남편과 농담을 주고받고 끊임없이 카카어로 대화를 나누었다. 도쿠의 목소리처럼 깊고 낮으며 거칠었는데 놀라울 정도로 기운 넘치는 목소리였다. 그리고 바그는 그녀를 사랑했다. 그녀와 함께 웃었다. 이 오래된 커플은 서로 사랑하고 있었다. 둘째 부인이 그러는 것도 놀라울 일이 아니었다.

"래리 씨, 내 손녀예요!" 자비에 바그가 프랑스어로 이렇게 말하며 빈 접시를 아내에게 건넸다. "손녀가 당신을 좋아해요!" (그 말은 사실이었다. 손녀는 래리를 뚫어져라 쳐다보고 있었다. 마치 내 옆에 베란조코 추장이 앉아 있기라도 한 것처럼 넋이 나간 표정이었다.) "당신은…… 이건 질문인데, 당신도 우리 손녀딸이 좋아요?"

래리는 기우뚱한 의자에서 몸을 돌려 작은 소녀에게 그가 보여줄 수 있는 가장 환하고 친절한 미소를 지어 보였다. 소녀를 이중 커튼 위로 훌쩍 뛰어오르게 할 수 있을 만한 미소였다. "착한 아이예요." 래리는 이렇게 말하고 자기가 올바르게 행동하고 있는지 확신하지 못한 채 "저 아이가 무척 마음에 들어요."

"잘됐군요! 이제 시간이 됐어요." 자비에 바그가 진심 어린 애정이 담긴 눈으로 래리를 보면서 술잔을 들어 건배를 했다. "당신의 건강과 성공을 위해!"

"네, 시간이 늦었네요." 래리도 그에 화답해 자기 잔을 들며 말했다. 하지만 래리는 인간이 마시기에 가장 역겹다고 생각할 것을 그다지 많이 들이키지 않았다. "이렇게 음식을 대접해주시고 환대해주셔서 감사합니다. 그리고 바그 부인께도 감사합니다. 맞는 말씀이에요. 이제 가서 잘 시간이군요."

"아, 그 말이 아니에요." 자비에 바그가 재미있어 죽겠다는 듯이 깔깔대며 말했다. "이제 이 아이가 결혼할 때가 되었다는 말입니다. 이 아이하고 결혼하고 싶어요? 좋아요. 당신한테 주죠. 이 아이하고 결혼해도 됩니다. 하지만 한 가지 조건이 있어요. 여기서 우리와 함께 산다는 거예요. 우리가 집을 지어줄 동안 여기서 우리와 함께 사는 겁니다. 좋은 집을 지어드리리다. 이 아이는 내가 제일 예뻐하는 아이에요! 당신한테 우리 집 같은 집을 지어드리리다. 그러면 떠나고 싶지 않을 거예요. 베란조코에서 제일 좋은 집! 그리고 이 아이는 당신 것! 여기서 사는 거예요. 이 아이를 보살피면서요. 베란조코에서 여생을 보내는 거예요! 행복할 겁니다. 무척이요. 나처럼!"

"고맙습니다." 래리가 작게 거의 끽끽대는 소리로 말했다. 래리는 어안이 벙벙한 표정으로 바그를 보았다. "고맙습니다." 래리는 눈동자를 고정시킨 채 태엽 감긴 곰 인형처럼 같은 말을 반복했다.

래리의 뇌는 아마도 마비되었을 것이다. 시각도 완전히 뒤엉켜 받아들인 거라곤 거꾸로 뒤집힌 자비에 바그의 이미지뿐일 것이다. 래리의 자율신경계에 있는 단순 반사고리의 상스럽고 비분강개하고 고분고분하지 않은 조절 장치인 시상하부—고상한 도덕적 감각이 결여되고, 장기적 책임을 모르고, 가장 중요한 사회적 책임에 무지하며, 명예를 모르고, 식별력 있는 자기절제로부터 완전히 벗어난—중추가 기회를 잡은 것이다.

래리는 바그를 뚫어지게 쳐다봤다.

래리의 오른손이 몽유병 환자처럼 테이블 위로 가서 손가락을 내밀고는 쭉 펴서 마치 벌레잡이통풀의 식충 나뭇잎처럼 천천히, 그렇지만 단호하게 야자술이 가득 담긴 컵을 감쌌다.

이번에는 마르셀랭이 최면에 걸리기라도 한 듯 약간 사시가 된 눈으로 래리의 오른손을 쳐다봤다. 래리가 잔을 쥔 손을 테이블 위로 올리자 우윳빛 술이 잔 속에서 찰랑거렸다.

"너무 큰 행복이죠. 좋은 집에, 젊은 아내! 그리고 그것도 한꺼번에! 이해할 수 있어요. 자비에 바그는 이해합니다. 충격이겠죠." 자비에 바그가 팔로 자기 몸을 껴안으며 말했다.

래리의 목이 뻣뻣하게 뒤로 획 넘어갔다가 다시 꼿꼿하게 세워졌다.

자비에 바그가 말했다. "그렇고말고요. 정착할 수 있는 기회라니! 새로운 인생을 시작한다니! 그것도 한꺼번에 여기서, 게다가 전혀 기대하지 않고 있다가 말입니다!" 자비에 바그는 그때까지도 자기를 껴안고 있다가 잠깐 동안 벌집(엄청나게 많은 꿀도 가까이 있는) 앞에서 춤추는 꿀벌처럼 행복하게 그의 상반신을 좌우로 매우 빠르게 움직여 마치 그의 상반신이 엉덩이에서 획 뽑힐 것만 같았다. "그렇지, 그렇지. 뭔가가 될 기회예요. 추방자처럼 떠돌아다니는 일은 그만두고 말입니다."

래리의 턱이 아래로 툭 떨어졌다. 목의 추간판 몇 개가 더 이상 긴장을 지탱하기 못하고 물렁물렁한 중심부에서 푹 꺾여 목선이 툭 튀어나왔다. 래리의 고개가 뒤로 미끄러지듯 넘어가고 오른손은 앞으로 툭 기울어지더니 잔에 있던 내용물이 그대로 목구멍 안으로 쑥 사라졌다.

"소 사타구니 맛이다!" 래리가 깜짝 놀라 똑바로 앉았다. "그건 소 사타구니하고 당밀을 섞은 거잖아요." 래리가 비난조로 잔을 들여다보며 아직 구시렁거렸다. "이건 바로 그런 거예요. 이제는 말할 수 있어요……."

자비에 바그는 누군가 말할 상대가 있다는 게 기뻐 이렇게 말했다. "젊은 래리 씨, 내가 래리 씨 나이일 때는 말이에요, 여행을 한다면, 여행길에 오를 때면 목적이 있었어요. 여느 사람들이 그렇듯 그렇게 여기저기 방랑하며 다니지 않았어요. 그때 나는 이미 남자였어요. 인생에서 뭘 해야 하는지 알았단 말입니다. 나는 편지를 배달했어요!"

"내가 도대체 그걸 왜 마셨지? 그 독소를 왜?" 래리가 분해하며 이게 다 마르셀랭의 책임이라는 듯 그를 노려봤다.

"살아날 거예요." 마르셀랭이 자기도 그렇게 확신할 수는 없다는 투로 말했다. "살균하지 않고 여과하지 않아서 그래요. 하지만 걱정 말고 쉬어요. 여기 베란조코에서는 들통에 어쩌다가 들어가는 것 천지니까요."

바그가 사색에 잠긴 듯 말했다. "그리고 소포도요. 매일은 아니지만 프랑스 사람들이 살던 집에 꽤 자주 소포를 배달했죠. 가끔은 큰 것도 있었고." 바그는 몸을 일으켰다. 아마도 이제 그 모든 편지도 그런 날도 다 가버렸고, 이제 현실로 돌아와 그의 인생도 곧 끝날 것임을 상기하고는 지친 듯이 테이블에 몸을 기댔다가 경직된 태도로 팔짱을 꼈다. "내 손녀 말이오. 래리 씨, 내 손녀하고 결혼할 겁니까?"

"나는 벌써 아내가 있어요. 결혼했습니다." 래리가 말했다.

"그렇군요." 바그가 이렇게 말하고는 빈 잔을 만지작거리며 건배라도 할 것처럼 오른손으로 들어올렸다. "사람을 보내 불러 올 거예요? 첫째 부인 말입니다. 모두 여기서 다 같이⋯⋯." 이렇게 말하더니 갑자기 하얀 에나멜 잔을 양손에 쥐고 살펴보면서 마치 막 그 문제에 대한 자기 의견을 뼈아프게 바꾸기로 결심한 듯이 조용히 말했다. "프랑스 사람들, 그 사람들이 옳아요. 한 명의 아내로 충분해요. 두 명의 아내⋯⋯ 그건 너무 많습니다."

마르셀랭이 래리에게 영어로 말했다. "저 여자아이, 래리를 좋아하는 이유가 지금 당신이 입은 파란 셔츠, 청바지 때문이거나 아니면 내가 당신이 미국 사람이라고 말해서 그럴 거예요. 이 아이들은 배울 기회도 없고 배운다고 해도 브라자빌 대학에서 온 가장 가난한 학생이자 선생, 진짜 공산주의자한테서 배울 수 있을 뿐이에요. 왜냐하면 모든 대학생들이 내륙 마을에서 2년간 봉사해야 하거든요. 하지만 여기까지, 아니면 밀림까지 갈 수 있는 한 가장 멀리, 병으로 죽거나 살해당하거나 아니면 그냥 실종되거나 해도 아무도 신경 쓰지 않는 이곳까지 오게 되는 젊은이들은 정말 가난한 사람들이에요. 그들 가족은 돈도 영향력도 정부와의 연줄도 없고, 가족 중 누구도 그들에게 사바나 같은 고원의 마을에서 안전한 직장을 얻어주지 못해요. 그러니 그들은 홍위병처럼 격렬한 급진 좌파일 수밖에 없어요. 그들은 아이들에게 미국인은 적이라고 말합니다. 래리, 당신은 잔인하고 무자비하고 악마 같은 프랑스인보다 더 악질인 자본주의자에 식민주의자예요. 당신들이 여기 온 이유는 인민공화국을 무너뜨리기 위해서지요. 왜냐하면 여기는 만민이 평등하고 자유롭고 모든 것을 나누는 곳이니까요. 하지만 걱정 말아요. 당신은 안전할 거예요. 왜냐하면 누구도 그 말을 곧이곧대로 믿지 않으니까요. 모두 알고 있어요. 모든 아이들이 알고 있고요. 미국이란 나라는 원하는 만큼의 고기를 양껏 먹을 수 있고 청바지를 가질 수 있고 원하는 것은 다 이뤄지니까 아무도 마법사를 찾아가지 않는 곳이라는 걸 말입니다. 미국에서는 아무도 죽지 않죠."

내가 말했다. "하지만 적어도 학교가 있지 않나. 그건 특별해. 진짜 성취라고 할 수 있지. 이런 곳에, 이렇게 멀고 깊은 정글 같은 곳에 학교를 세우려는 노력을 한다는 것 자체가 말이야."

"영국도 마찬가지잖아요. 모든 마을에 학교가 있지 않아요?"

"음, 꼭 그렇지는 않아. 마을 학교가 문을 닫고 있어. 하지만 버스가……."

"됐어요, 농담이었어요. 진보주의자를 한번 놀려봤죠. 농담이에요! 하지만 그럼에도 알아야 할 것은, 아무 정치적 입장을 갖고 있지 않은 사람도, 심지어 진보주의자도 알아야 할 것은 중화인민공화국이 톈안먼 광장에서 비무장의 학생들을 대량 학살했을 때 세계에서 제일 먼저 그들의 단호한 행동을 지지하는 메시지를 보낸 나라가 콩고인민공화국이었다는 겁니다."

"그것하고 마을 학교가 무슨 상관이지?" 래리가 물었다.

"상관 많죠." 마르셀랭이 바그가 이제 몽상을 끝내고 다시 프랑스어로 돌아온 것을 알아채며 말했다. "그런 태도가 문제라는 겁니다. 그래서 마을 학교가 재난이라는 거고요. 그런 점에서는 도시의 학교도 그렇지만. 프랑스인이 떠나고 나서 이곳 학교는 재앙이에요!"

바그가 기운을 조금 차리고 일어나 자기 뒷자리 구석에 놓인 검은 플라스틱통에 담긴 야자술을 주전자에 다시 채우며 말했다. "프랑스인들이 여기 있을 때는 모든 마을에 병원도 있었지. 학교는 없어도 병원은 있었어. 밀림으로 가는 길은 모두 열려 있고, 강도 베란조코까지 모두 깨끗하게 유지됐어. 모두 일자리가 있었고 돈을 벌 수 있었지!"

"네, 맞아요. 정말 그래요. 우리 친구. 우리 우편배달부 아저씨." 2리터 정도의 야자술을 마신 마르셀랭이 말했다. "여기 있는 우리는 모두 친구예요. 그러니 인정할 수 있어요. 아무도 듣는 사람 없잖아요. 프랑스인은 교양 있고 지성적이고, 그리고 이 나라를 잘 통치했어요. 심지어 프랑스의 끔찍한 도시 마르세유 같은 불량한 곳에서 여기로 보내진 사회 쓰레기 같은 사람들도 다섯 명 중 한 명은 이 아름다운 나라에 진심으로 관심을 가지고 사랑했어요. 그들은 우리를 보살폈고, 집을 지어주고, 아픈 사람들을 치료해주고, 모든 마을에 진료소를 세우고, 농작물 생산을 체계화하고, 중개인을 보내 농민들의 생산물을 사주고, 마을에 사람들이 살 수 있도록 해줬죠. 그 사람들은 우리를 이해했어요. 우리 여자들하고 결혼도 하고!" 마르셀랭은 잔을 다시 채우고 한 번에 절반을 벌컥 마시고 테이블 건너편의 래리를 쳐다봤다. "백인 미국인하고는 달랐어요! 섀퍼 박사님하고는 달랐죠! 백인 미국인은 우리 여자를…… 피그미 취급해요! 우리 여자들하고는 짝짓기를 안 하죠. 자비에, 백인 미국인들은 우리 여자들을 건드리지도 않아요. 섹스도 안 하고요."

래리는 술이 깬 듯했지만 아마 속이 불편한 것 같았다. 달곰쌉쌀하고 퀴퀴한 맛이 나는 야자술 찌꺼기가 아직 그의 치아를 덮고 있는 것처럼 말했다. "저는 벌써 결혼했습니다. 그리고 자비에 씨, 손녀딸은 아직 어린 애예요."

마르셀랭이 말했다. "내가 무슨 말을 하고 있었죠? 자비에? 우리 무슨 말을 했더랬죠? 아, 맞아요. 교육, 우리 마을 학교들. 다시 한 번 말하지만 마을 학교는 재난, 재앙이에요. 이 성마른 바보들, 젊은 공산주의자들은 마르크스, 레닌밖에 안 가르쳐요. 그리고 심지어 가끔 마오쩌둥에 대해서 가르치죠. 아이들이 학교를 나와도 편지 한 장을 제대로 못 써요. 프랑스인들이 여기 있을 때 브라자빌 학교 아이들은 논문도 쓸 수 있었어요! 아무튼 혁명 이후에 이제 통제도 없고 모두들 그저 도시로 향하고 있고 전체 시스템은 붕괴됐어요. 하지만 이건 명심해요. 래리, 레드몬드도 포함해서요. 지금 이런 말을 할 수 있는 건 우리가 친구이기 때문이고 우리끼리 있고 아무도 듣고 있지 않아섭니다!"

"무장 방위군이다! 인민공화국의 이름으로 왔다. 문 열어!"
밖에서 낮게 깔린 목소리가 들려왔다.

(2권으로 이어짐)

옮긴이 **이재희**

이화여자대학교에서 국어국문학을 전공하고, 같은 대학 통번역대학원 한영번역학과를
졸업했다. 옮긴 책으로《린다 브렌트 이야기》가 있다.

야생의 심장 콩고로 가는 길 1

초판 1쇄 발행 | 2015년 5월 11일

지은이	레드몬드 오한론
옮긴이	이재희
책임편집	나희영
디자인	김한기

펴낸곳	바다출판사
발행인	김인호
주소	서울시 마포구 어울마당로5길 17(서교동, 5층)
전화	322-3885(편집), 322-3575(마케팅)
팩스	322-3858
E-mail	badabooks@daum.net
홈페이지	www.badabooks.co.kr
출판등록일	1996년 5월 8일
등록번호	제10-1288호

ISBN 978-89-5561-763-4 03840
       978-89-5561-762-7 (전2권)